# The Egoist

# 利己主义者
## ——叙事体喜剧

[英]
乔治·梅瑞狄斯
著

项星耀
译

人民文学出版社

George Meredith

THE EGOIST A Comedy in Narrative

根据 Modern Library，1951 年 1 月版本译出

图书在版编目（CIP）数据

利己主义者：叙事体喜剧/（英）乔治·梅瑞狄斯著；项星耀译. —北京：人民文学出版社，2022
ISBN 978-7-02-017124-8

Ⅰ.①利… Ⅱ.①乔… ②项… Ⅲ.①长篇小说—英国—近代 Ⅳ.①I561.44

中国版本图书馆 CIP 数据核字（2022）第 065778 号

| 责任编辑 | 马爱农 |
| 装帧设计 | 李思安 |
| 责任印制 | 任　祎 |

出版发行　人民文学出版社
社　　址　北京市朝内大街 166 号
邮政编码　100705

印　　刷　三河市鑫金马印装有限公司
经　　销　全国新华书店等

字　　数　491 千字
开　　本　880 毫米×1230 毫米　1/32
印　　张　20.375　插页 3
印　　数　1—5000
版　　次　2022 年 5 月北京第 1 版
印　　次　2022 年 5 月第 1 次印刷

书　　号　978-7-02-017124-8
定　　价　85.00 元

如有印装质量问题，请与本社图书销售中心调换。电话:010-65233595

# 目 录

译本序 …………………………………………… 1

序　　幕　这部分仅最后一页还算重要 …………… 1
第 一 章　显示祖传操刀手法的一件小事 ………… 7
第 二 章　青年威洛比爵士 ……………………… 11
第 三 章　康丝坦霞·德拉姆 …………………… 18
第 四 章　利蒂希娅·戴尔 ……………………… 27
第 五 章　克兰拉·米德尔顿 …………………… 43
第 六 章　他的求爱方式 ………………………… 54
第 七 章　一对订婚的人 ………………………… 65
第 八 章　与逃学者赛跑，与老师散步 ………… 81
第 九 章　克兰拉和利蒂希娅会面，她们的比较 … 92
第 十 章　威洛比爵士无意中给了自己一个称号 … 105
第十一章　重瓣野樱桃树 ……………………… 124
第十二章　米德尔顿小姐和维农·韦特福德先生 … 138
第十三章　争取自由的第一次努力 …………… 146
第十四章　威洛比爵士和利蒂希娅 …………… 160
第十五章　提出了取消婚约的要求 …………… 171
第十六章　克兰拉和利蒂希娅 ………………… 184

| 第十七章 | 瓷花瓶 | 195 |
|---|---|---|
| 第十八章 | 德克雷中校 | 204 |
| 第十九章 | 德克雷中校和克兰拉·米德尔顿 | 214 |
| 第二十章 | 伟大的多年陈酒 | 228 |
| 第二十一章 | 克兰拉的沉思 | 243 |
| 第二十二章 | 骑马出游 | 256 |
| 第二十三章 | 关于脾气和策略的结合 | 271 |
| 第二十四章 | 威洛比宽宏大量之一例 | 286 |
| 第二十五章 | 狂风暴雨中的出走 | 300 |
| 第二十六章 | 维农的跟踪追寻 | 318 |
| 第二十七章 | 在火车站 | 325 |
| 第二十八章 | 返回庄园 | 336 |
| 第二十九章 | 威洛比爵士的神经过敏事出有因,他受到了不少教育 | 345 |
| 第三十章 | 蒙斯图特·詹金森太太举办宴会 | 367 |
| 第三十一章 | 威洛比爵士得到了他想得到的同情 | 378 |
| 第三十二章 | 利蒂希娅·戴尔发现了精神变化,米德尔顿博士发现了身体变化 | 391 |
| 第三十三章 | 喜剧女神窥探着两颗善良的心 | 402 |
| 第三十四章 | 蒙斯图特太太和威洛比爵士 | 411 |
| 第三十五章 | 米德尔顿小姐和蒙斯图特太太 | 427 |
| 第三十六章 | 午餐桌上的热烈谈话 | 447 |
| 第三十七章 | 聪明的防范措施和对它的必要性的认识 | 460 |
| 第三十八章 | 跨向利己主义的核心 | 472 |
| 第三十九章 | 在利己主义者的心中 | 478 |

| 第四十章 | 午夜,威洛比爵士和利蒂希娅,藏在毯子下的小克罗斯杰 | 487 |
|---|---|---|
| 第四十一章 | 米德尔顿博士、克兰拉和威洛比爵士 | 500 |
| 第四十二章 | 洞察一切的头脑的推测艺术 | 519 |
| 第四十三章 | 威洛比爵士得出了神灵也在阴谋反对他的结论 | 537 |
| 第四十四章 | 米德尔顿博士,埃莉诺小姐和伊莎贝尔小姐,戴尔先生 | 555 |
| 第四十五章 | 两位帕特恩小姐,戴尔先生,布歇夫人和卡尔默夫人,蒙斯图特·詹金森太太 | 567 |
| 第四十六章 | 威洛比爵士的大将韬略 | 577 |
| 第四十七章 | 威洛比爵士和他的朋友贺拉斯·德克雷 | 594 |
| 第四十八章 | 有情人终成眷属 | 608 |
| 第四十九章 | 利蒂希娅和威洛比爵士 | 621 |
| 第五十章 | 幕随之落下 | 631 |

# 译 本 序

## 一

《利己主义者》是梅瑞狄斯的代表作。

乔治·梅瑞狄斯是英国小说史上光辉的"维多利亚时代"末期的重要作家之一,他与乔治·艾略特一起,在十九世纪英国现实主义小说向现代文学过渡的阶段,起到了继往开来的作用。他在1828年出生于朴次茅斯,在当地接受初等教育,十四岁的时候,被送往德国科布伦茨附近一所著名的中学读书,在那里受到了德国和法国文学的影响。由于家境贫寒,1844年他辍学回家,在一个律师事务所当学徒,但他的兴趣在文学方面。这时他结识了一批文学青年,开始学习写作。他起先写诗,1855年后改写小说,从此以小说创作为主。梅瑞狄斯是位勤奋的作家,一生共写了十四部长篇小说(最后一部未完成),其中主要有《理查·弗浮莱尔的苦难》(1859)、《包尚的事业》(1875)、《利己主义者》(1879)等,此外他还写了不少诗歌,一些中篇小说和剧本,同时他又担任各种报刊的特约撰稿人,长期在英国著名的恰普曼和霍尔出版公司任文学顾问,对当时英国文学的发展发生了重大影响。1892年起,他任英国作家协会主席。1896年起,他的第一部文集由恰普曼和霍尔出版公司出版,共三十四卷。他于1909年5月去世。

综观梅瑞狄斯的一生,有两件事显然对他的创作发生了深刻影响。一件是他出生在一个成衣匠的家庭中,他的父亲和祖父都从事这一职业,这种低微的社会地位常使他感到压抑和不平,这在他的许多作品中得到了反映,尤其是《伊凡·哈林顿》(1861)和《哈利·里奇蒙的冒险经历》(1871)。伊凡·哈林顿的父亲也是成衣匠,他是以梅瑞狄斯的祖父为原型的,几个姐妹中有一个后来嫁给了葡萄牙的一个伯爵,成了伯爵夫人,她终生的愿望便是不顾伊凡本人的反对,要使他进入上流社会,与他的家庭出身割断联系。她经常教导伊凡的话便是:"尽管我们的爸爸值得我们骄傲,我们必须把对他的记忆隐藏起来。"因此小说的副标题是"他将成为一位绅士",而整个小说也就围绕这点展开。在《哈利·里奇蒙的冒险经历》中,哈利的父亲一生念念不忘的,便是要为他的儿子在上流社会中争得一席位置。为了这个目的,他可以不择手段,玩弄各种阴谋诡计。值得注意的是,在这些小说中,那个"儿子"还是比较正直的,因此最终并不能完成他们的家人要他们扮演的角色。

另一件事是梅瑞狄斯与玛丽·艾伦的婚姻。玛丽·艾伦是当时一位著名作家托马斯·洛夫·皮科克的守寡的女儿,也喜欢写作。两人于1849年结婚时,梅瑞狄斯21岁,玛丽·艾伦比他大七岁。这次婚姻是不幸的,据梅瑞狄斯本人的说法,是两个高傲的有独立思想的人的结合,是"两只翱翔的鹰落进了一张网中"。结婚八年后,她与一个画家私奔了,但不久又要求回到梅瑞狄斯身边,遭到了后者的拒绝,最后在郁郁不乐中于1861年去世。这次婚姻给梅瑞狄斯的一生罩上了阴影,促使他不断思考这个问题,并在他的各个作品中获得了反映。玛丽·艾伦死后一年,梅瑞狄斯发表了他最重要的一部组诗《现代爱情》,把不和谐的婚姻称作坟墓,在这里爱变成了恨,"每人都想把命运的刀指向对方",最后只得在"漫无尽头的忧郁"中度过一生。

关于不和谐的婚姻的思考,几乎贯穿在梅瑞狄斯所有的作品中。在他的第一部长篇小说《理查·弗浮莱尔的苦难》中,一切苦难的根源便在于理查的父亲奥斯丁的不和谐的婚姻;他的最后一部小说《惊人的婚姻》处理的也是这个主题。然而在这个过程中,梅瑞狄斯的观点已发生了根本性的变化,从指责妇女变成了妇女权利的保卫者。显然,英国许多杰出的女作家的涌现和女权运动的发展,促使梅瑞狄斯不得不认真思考他在妇女问题上的态度。这样,在1864年发表的长篇小说《散德拉·贝洛尼》和1866年发表的长篇小说《维托利亚》中,一个穷乐师的女儿散德拉·贝洛尼成了意大利民族解放运动的战士和胜利的象征。在《利己主义者》中,女主角克兰拉·米德尔顿对妇女的社会地位进行了广泛的思考,成了为捍卫妇女的自由权利而斗争的新女性。1885年发表的长篇小说《十字路口的黛安娜》,甚至被当时英国舆论界称作女权运动的宣言书。在《惊人的婚姻》中,女主人公卡林西娅也从婚姻问题上仰人鼻息的少女发展成了独立自主的政治斗争的参加者。

第一次婚姻对梅瑞狄斯的影响不仅在于这些方面,更重要的是他与皮科克一家发生了密切关系。托马斯·洛夫·皮科克是雪莱的好友,后来又成为雪莱的遗嘱执行人,在当时英国文学界是位有影响的人。皮科克也写诗歌,但主要是写小说。他的小说具有独特的风格,主要由对话组成,叙述仅起辅助作用,对话也以展示思想为主,因而小说带有理性化倾向,一般没有情节,往往只是一些性格各异的人相遇在乡下的某个地点,就某些问题各抒己见,高谈阔论。皮科克又擅长喜剧手法,能用幽默的笔调对这一切进行讽刺、嘲笑,引起读者的兴趣。梅瑞狄斯实际继承了皮科克的这种写作方法，只是把它放在现实主义的框架中加以运用和发展，因而使人物具有了血肉和性格，不单纯是一些思想观念的传声筒，同时情节因素也得到了加强，人物性格有了发展，再加上梅瑞狄斯在心理现实主义方面的大胆尝试，就使他的小说大大超过了皮科克的成就，这方面最成功的例子便是《利己主义者》。

不仅如此，梅瑞狄斯还把皮科克写进了作品，这就是《利己主义者》中的一个重要人物，克兰拉的父亲米德尔顿博士。人们公认，这个人物准确反映了皮科克的特点：强调舒适平静的学者生活，厌弃世俗事务，思想保守，对一些问题怀着固定不变的观点，讲究饮食，喜爱一些无伤大雅的享受等。他爱女儿，可是当女儿提出要与未婚夫解除婚约时，他却大吃一惊，尽量逃避矛盾，采取了和稀泥的办法，这在本书中是描写得很出色的。

二

梅瑞狄斯自称是一个激进主义者，也就是革命的、战斗的民主主义者。然而，按照他的认识，他又坚信一个作家最好不要参与实际的政治活动，因此除了1866年他曾作为英国《晨报》的特派记者，在意大利采访民族解放运动新闻，1867年曾参加过一个朋友的议员竞选活动以外，他一直置身在现实的政治斗争以外。他的作品也大多不涉及具体的社会或政治活动，上述两次事件后来虽然在他创作的《散德拉·贝洛尼》《戊维托利亚》和《包尚的事业》中有所反映，但都没有成为它们的主要内容，只起了背景或陪衬作用。不仅如此，梅瑞狄斯似乎还认为，一个作家的写作与现实的党派斗争是无关的，因此他可以一面担任保守派的《伊普斯维治日报》的撰稿人，一面为自由派的《双周评论》写稿，一面又担任中立派的《晨报》特约通讯员。这一切都说明，梅瑞狄斯在文学与现实斗争的关系上抱着超然态度。在他看来,文学创作所要处理的不是某一社会现象,某一政治事件,而是要针对作为贵族资产阶级社会基础的思想意识,影响人们世界观的各种习惯势力,腐蚀人们思想感情的各种错误观念。因此他在作品中大力揭露的是贵族资产阶级的虚伪作风,损人利己的自私心理,尔虞我诈的丑恶表现,而利己主义在他看来是这一切的根源,它是贵族资产阶级思想体系的中心环节,这样,揭露利己主义的丑恶面目成了他创作的根本任务。这使他的作品带有很大的哲理性和抽象性。

利己主义作为一种哲学思想本来源远流长,一些唯物主义哲学家,如霍布斯和斯宾诺莎,都在自己的学说中阐述过这个问题,但他们只是根据资本主义社会的现实,从哲学的高度提出了所谓趋利避害是人类天性的观点。直到十九世纪的英国,随着资本主义工业生产的发展,阶级对抗的加剧,以及资产阶级功利主义思潮的形成,利己主义才被确认为资产阶级以至一切剥削阶级思想的最根本特点。梅瑞狄斯正是抓住了这个中心环节,在他的许多作品中,对贵族资产阶级的思想作风、心理状态和生活方式作了淋漓尽致的揭露。

《利己主义者》的中心人物当然就是利己主义者威洛比·帕特恩爵士,他号称全郡的楷模,最完美的绅士,可是随着故事的展开,他显示出自己只是一个自高自大、唯我独尊的极端利己主义者。这个揭露过程是通过他为维护自己的婚约,和他的未婚妻克兰拉为争取自由而要求解除婚约的斗争进行的。威洛比的最大特点,便是一切以我为中心,在他的眼中,任何人都是为他而存在的。他要求他未来的妻子不仅在行动上,而且在思想感情上与他保持一致,完全成为他的影子,用他的说法,结婚就是使两个人变成一个人,也就是把妻子的个人融化在丈夫的个人中。他把爱慕他的利蒂希娅拉在身边,又根本不打算与她结婚,只是把她看作随时可以供他利用的一个筹码。他不放他的表兄维农离开庄园,不是出于任何亲族的情谊,只是因为维农对他还没有失去利用价值。他的两个未出嫁的姑姑更是处处得听命于他,看他的眼色行事。作者指出,帕特恩公馆实际是个"给罩在铁盖子下的家庭""在这个家庭中,威洛比爵士不仅是统治者,也是国王,是它的思想领导……他具有不容侵犯的自尊心,不同的意见一露头便会遭到打击;但是他得到满足时却和蔼可亲,还不惜对服从者赐予恩惠"。在克兰拉要求他照顾小克罗斯杰时,他声称:"如果要我接手,我必须对他拥有绝对的支配权……他必须面向我,把我作为他的榜样",也就是让他把这孩子按照他的模式培养成人。在谈到维农时,他说:"我承认,我要求他完全依赖我。封建主义其实并不是一件应该反对的坏事,只要领主确实像个领主。"他不仅要求别人服从他,而且要死心塌地地服从他,他说:"我并不是赞成奴役,我认为重要的是感情。我要求周围的人都爱我。"但他承认:"我不想自封为完人……我一旦生气,我是不留情面的。"凡是得罪了他的人,便永远成了他的眼中钉,小说中写到的一个仆人弗利奇便是例子。

　　作者指出,利己主义者的"敌人是整个世界",也就是整个社会,因为它不让他这个"昂首挺胸的'我'字"横行无阻。威洛比便是这样,他要求克兰拉必须敌视世界,憎恨世界。这引起了她的恐惧,她不明白她为什么要这么做,她还是个相当年轻的女孩子,热爱自由,热爱生活,对前途充满了憧憬和希望,在她看来,憎恨世界就像要她憎恨河流、憎恨高山一样荒谬。于是她与威洛比展开了争论,然后提出了解除婚约的要求,在一切归于失败、走投无路之后,她采取了冒险出走的办法。值得注意的是,作者没有把出走作为解决克兰拉的问题的途径,出走中途夭折了。在第二十五章开头,作者指出,一个人遇到困难时,"必须当机立断,鼓起勇气,斩断绳索,如果不能这么做,只得让绝望主宰我们"。而克兰拉"选择了绝望,她却认为自己很勇敢,因为她的勇气正好鼓动她逃走,摆脱她所憎恨的一切"。显然,作者认为,获得自由是克兰拉应该享有的权利,她不必采用不合法的手段,以致贻人口实,成为人们说三道四的丑闻,她完全可以理直气壮地提出要求,与威洛比解除婚约。就作家在婚姻问题上的思想而言,这不能不说是一大飞跃。

与威洛比相反的是维农·韦特福德,他光明磊落,在书中被比作重瓣野樱桃树上那一片比雪还洁白的花朵。他爱克兰拉,同情她的遭遇,但从不干预她在婚姻问题上的态度,强调她应该在深刻思考的基础上,自己解决一切,这反映了梅瑞狄斯反对在爱情问题上感情用事的理性态度。这个形象是根据梅瑞狄斯的好友莱斯利·斯蒂芬塑造的,斯蒂芬博闻强记,是当时的文学评论家和实证主义哲学家,他的女儿便是后来英国著名的女作家弗吉尼亚·伍尔夫。梅瑞狄斯显然对他十分器重,维农的许多特征,如喜爱跑步和登山运动等,都体现了他的特点。

三

梅瑞狄斯在1877年下半年开始写《利己主义者》,就在这年初,他在伦敦学会发表了《喜剧的观念及喜剧精神的效用》的演讲,后来讲稿又以《论喜剧》为题在杂志上发表。

《论喜剧》是梅瑞狄斯的美学纲领。按照他的说法,喜剧观念就是"当你爱的那些人显得可笑时,你能觉察到,然而你的爱并不因而减少",因此喜剧与讽刺、揶揄、诙谐等不同,它引起的是"善意的笑",通过这种笑来启发心灵,净化感情,从而克服野蛮、愚昧。他说,喜剧的任务是提高人们的道德水平,不是改造社会;喜剧作家承认"我们的文明是建立在健全的理性上面的",因此他首先是理智的，其次才是感情的；他经常进行的是"一种悠闲自在的观察"，要在读者中引起"深思的笑"；他所关心的"不是人们的未来，而是他们现在是否正直，是否美好"。

在《利己主义者》的"序幕"中，梅瑞狄斯又对他的喜剧观念作了进一步的阐述。他首先指出："喜剧是为了反映社会生活而进行的一种活动"，但"它是在文明男女的客厅中表现人的天性"，这就把广阔的世界排斥在喜剧的大门外了。在谈到喜剧精神时，他说："因为它是一种精神，它所探索的也是人的精神"，在创作方法上，他认为，"把见到的一切忠实笔录，把听到的一切依样复制的写实方法，是造成我们今天的作品充满糟粕，内容冗长嘈杂的主要原因"，这就是说，喜剧是以反映人的精神为主，不是罗列事实，这为他的以心理描写为主的创作方法提供了理论根据。在这里，他还提出了反对感伤情绪的理性原则：喜剧精神"手持桦树棒监视着感伤情调"，但它并不反对爱情故事，"你可以爱……但不得违背理性"，小说中的人物和对话等都得接受这根理性标尺的制约。

《利己主义者》有一个副标题"叙事体喜剧"，它是梅瑞狄斯的喜剧观念的具体运用。在这里没有广阔的社会活动，整个故事局限在帕特恩庄园这个小天地内，人物也大多属于同一阶层，他们之间没有现实的利害冲突，情节只是围绕婚约问题展开，除了克兰拉的一次流产的出走，书中几乎没有重大的活动。威洛比爵士的思想面貌和政治态度，我们也几乎一无所知，只知道他是一个保守派人物，作为乡绅担任了当地的治安法官，将来打算进入议会从事政治活动，目前只是在经营庄园，但有关这方面的情况，书中几乎没有接触到。涉及阶级对立关系的仅开头时威洛比对待他的亲属帕特恩中尉的态度，以及他与仆人弗利奇的关系。关于克兰拉的过去，书中也只有简单的交代，她的具体活动几乎没有，我们看到的，只是她在为解除婚约、争取自由日夜苦恼操心。利蒂希娅只是帕特恩庄园的一个"食客",她在那里具体做些什么,我们不知道,只知道她崇拜威洛比爵士,充当了后者的牺牲品。克兰拉的父亲米德尔顿博士也是这样,我们只知道他是一个神学博士,又是研究古典著作的学者,讲话喜欢引经据典,生活讲究清静舒适,还爱好喝几盅,但并不过分,自诩对名酒具有独到的高雅情趣。小说中的其他人物,包括威洛比的两位姑姑,以及所谓"代表世界"的三位夫人:布歇夫人、卡尔默夫人和蒙斯图特·詹金森太太,也似乎什么都不做,只是在为威洛比和克兰拉的婚姻纠纷发表意见和奔走忙碌。一切正如作者在"序幕"中所说:"喜剧精神为若干个角色构想了一个特定的情境,它排斥一切附属物……"然而正是在这样一个环境和这样一些人物中间,作家为他的心理现实主义找到了广阔的活动空间。

深入细致的心理分析,可以说是梅瑞狄斯小说的最大特征,也是他对十九世纪英国现实主义小说的最大贡献。在《利己主义者》中,我们看到,几乎每一章的重心都是对书中人物,尤其是威洛比和克兰拉的内心活动的描绘和作家对这些心理变化的评述和插话。在心理活动之后,往往是长达几页的对话,然而这些对话又以他们各自的心理状态为根据,对话本身大多十分简单,寥寥数语,必须从作家的心理描写中才能找到它们的潜台词。有时一句对话之后,作者插入了大段的心理描写,造成谈话中断,也给阅读带来了一定的困难;尽管这为某些评论家所诟病,但梅瑞狄斯仍坚持这么做,因为这正是他的风格,他总是把心理描写放在第一位,从不放过任何一个机会对人物的心理状态作无微不至的刻画。在心理分析方面,他作了种种尝试,运用了种种手法,如内心独白、景物描写、回忆、想象、对比、联想等,力求把人物的心理活动充分显示在读者面前。有时他还利用一两个字,对人物意识深处最隐秘的思想作了暗示,如克兰拉几次把"韦特福德"说成"奥克斯福德";在见到维农时,由于觉得他给她带来了光明,又突然说出了"天狼星"这个词。有时他还干脆用心理描写代替对人物具体行动的叙述,如克兰拉出走的计划,几乎整个都是通过她的心理活动逐步透露的,直到她出走之时,作者都没有明确交代过她的打算。总之,梅瑞狄斯在心理描写方面取得了巨大的成就,他是乔治·艾略特提出的心理现实主义的实际执行者,与艾略特一起为十九世纪后半期英国的心理小说奠定了基础。他的创作方法影响了包括哈代、亨利·詹姆斯在内的一代作家,他在意识领域的探索也对后来的意识流小说起了先导作用。

梅瑞狄斯的小说不注重情节,人物也缺乏广泛的活动,因此他笔下的人物形象主要是建立在心理分析的基础上的,这些心理分析尽管深刻,但大多只限于一个方面,即婚约纠纷。克兰拉所想的只是如何摆脱婚约,威洛比所想的只是如何维持婚约,他的两个姑姑、维农·韦特福德以及蒙斯图特太太等,也莫不如此,因此这些人物往往不能在读者中引起一种直觉的理解。如果按照爱德华·摩根·福斯特把小说人物大致分为扁形人物和圆形人物的理论,那么梅瑞狄斯的人物不少是带有扁形人物的特征的,但也正如福斯特所说,"扁形人物虽然不像圆形人物本身那样是很大的成就,但当他们是喜剧性的人物时,他们也能成为出色的形象。"

象征手法的广泛运用也是梅瑞狄斯作为诗人小说家的一大特色。在这里,重瓣野樱桃树是象征,克兰拉出走时的暴风雨也是一种象征,它不仅象征她当时的心情,也象征她出走之后,雨过天晴,看清了自己应该走的道路。蒙斯图特太太谈到的瓷器,德克雷中校带来的打碎的瓷花瓶,更是一种象征,因为正如蒙斯图特太太所说:"瓷器是靠不住的。"不仅如此,人物的许多对话中也都包含着象征因素。

梅瑞狄斯是按照喜剧的手法写作小说的,他严格遵守时间、地点、情节的三一律,整个故事只在几天内完成,地点基本上只在帕特恩庄园,情节只是婚约问题。结局也符合喜剧的原则:好人——克兰拉和维农——得到好报。他所擅长的幽默诙谐的笔调,更给他的喜剧手法增色不少。小说的后半部实际全是喜剧场面,甚至在威洛比向利蒂希娅求婚的那个尴尬场合,也充满了喜剧因素。在这方面,作者运用了多种多样的手法,除了一般喜剧中常用的误会等,有的还是别具匠心的,如第三十三章维农和利蒂希娅在忠诚问题上的互相赞美,然而维农并非出自纯粹的友情或忠诚,才对克兰拉如此关怀备至,因此赞美使他感到惭愧,而利蒂希娅这时对威洛比的忠诚也早已发生变化,特别在昨晚的谈话之后,她觉得受了骗,这时维农却对她的忠诚大唱颂歌,这自然叫她受不了,正是这种隔靴搔痒式的互相吹捧产生了喜剧效果。此外,有些情节如果不从喜剧角度考虑,便会觉得不合情理,如米德尔顿博士为了波尔图酒,居然置爱女的婚姻大事于不顾。其实这只是一种喜剧手法,作家在后来也明确指出,克兰拉"还太年轻,不会想到,她把杯中物看作一位正直的绅士考虑他的职责时,会发生决定作用的因素,这是很大的误解"。关于威洛比最后选择了利蒂希娅作他的救命稻草这点,实际不仅不大可能,也是不必要的,然而从喜剧的角度来看,这却是无可非议的,也是很出色的。小说中有许多细节都应作如是观。

当然,利己主义是一个严肃的主题,它涉及贵族资产阶级社会的思想基础,作家企图在不触动这个社会的根本利益的前提下,用喜剧的方法来解决问题,这实际是不可能的,作者的现实主义精神也不允许他这么做,以致尽管他为此作了不少努力,小说中还是留下了许多悲剧性的成分。在小说的最后,他不得不承认,当喜剧女神在庆幸克兰拉和维农的结合时,"想起最近这出喜剧中的其他角色,她不免闭紧了嘴唇"。好在作者早已有言在先,他的任务不是要改造社会,只是要提高读者的道德水平,让大家看到利己主义者的可笑和丑恶,从而引起警惕。

梅瑞狄斯是一个具有独特风格的小说家,他的许多表现手法也是带有实验性的,正如弗吉尼亚·伍尔夫所说,"当他在十九世纪七十至八十年代写作之时,小说已经发展到了只有向前迈进才能生存的地步……如果小说仍保持简·奥斯丁和特罗洛普的那种状态,那么到了现在小说就失去了生命。因此,梅瑞狄斯作为一位伟大的发明创造者,理应受到我们的感谢,并激起我们的兴趣。"但是梅瑞狄斯的小说又以文字晦涩闻名,尤其开头几章,往往像横在读者面前的一道道障碍,作家仿佛在向读者发出警告:你必须克服这一道道障碍,才能进入我的艺术园地。可以说,梅瑞狄斯的小说是为有文化的读者写的,读这样的小说不是一件十分轻松的事,读者只有耐心读下去,仔细体会书中的各个环节,才能有所收获。这种情况大大限制了他的小说的流传,以致在 1909 年,梅瑞狄斯去世前不久,在一次谈话中他不无伤心地指出:"我的名声已经很大,但是我的书却找不到一个读者。"也许,这正是梅瑞狄斯作为一个文体改革家的悲剧。

# 序　幕

## 这部分仅最后一页还算重要

喜剧是为了反映社会生活而进行的一种活动，它是在文明男女的客厅中表现人的天性，那里没有尔虞我诈的外部世界的尘埃，没有污垢，没有激烈的冲突，不必依靠它们使正确的描写具有说服力。在这里不是凭感觉所接受的印象，对它信以为真；也不必借助于钟表匠眼睛上的小光圈，使微不足道的迹象变得纤毫毕露，令人不得不信。喜剧精神为若干个角色构想了一个特定的情境，它排斥一切附属物，集中全力表现他们和他们的言语。因为它是一种精神，它所探索的也是人的精神；想象和热情是它的特长；它并不企图说服你，要你相信它。只要你看下去便能领会一切。但问题在于跟着它跑是否值得。

现在世界拥有一部大书，这是地球上最大的书，可以名副其实地称作全球之书；它的名称是《利己学大全》，它集中了世界的智慧。它无所不包，自从人类开始写作以来，世世代代的人都在撰写它，以致它的篇幅如此庞大，为了便于阅读，我们必须对它大加压缩。

卓越的幽默家在提到这书时说，如果把书页铺开，它的跨度可以从利泽德半岛延伸到这可怜肺端那些零零碎碎几里长的土地[①]，

---

[①] 指整个英国，利泽德半岛在它的最南端，它的北端有连绵不断的小岛。

它们已靠近北极,据探险家告诉我们,到那里的人整天冷得直跳足尖舞,呼吸也那么困难,像狗在桌边寻找骨头,得碰运气才能吸到一口空气;总之,这么一部书,谁能孜孜不倦地读完它呢?漫无尽头的篇幅,浩如烟海的内容,足以使我们心惊胆战,望而生畏。那么,如果我们最后把它的一页设置在孤独而威武的化外人荒凉的小山头上,那会怎样呢?我们可以让他走进书中,但我们所需要的知识不会因而增加,倒不如把它限定在我们所熟悉的多佛港口①的岩石上,让我们伟大的当家人可以坐在这里,对着外界的海洋,思考它在内心的反映!

如果我不揣浅陋,把他的意思译出来(幽默家是晦涩难懂的,他们的幽默之一便是故弄玄虚),这就是:为了对漫无止境的事实的里程碑(它们几乎已延伸到了北极)提取精华,选择例证,使之易于消化,那么,具有概括和提炼精神的内心明镜是必要的。我认为他这是说,把见到的一切忠实笔录,把听到的一切依样复制的写实方法,是造成我们今天的作品充满糟粕,内容冗长嘈杂的主要原因,它像没有排干的沼泽地一样,滋生了千篇一律的疾病,这是我们的时代病。不论治疗方法或病根何在,我们得了这病。为了对症下药,以前我们纷纷求助于科学,正如走累的行人登上风驰电掣的火车一样;科学要我们效法远古的祖先,那些按东方人姿势生活的人们;②于是大家哓哓不休,要恢复原始状态,声浪之高,仿佛夜幕降临前亚马孙河流域森林的啸鸣。我们以为,我们得救了;但不到天明,疾病又紧紧攫住了我们,而且还奉送了一条尾巴,它在我们前后晃动。我们不仅依然故我,还成了动物。这便是科学所给予我们的一切。

---

① 英国南端港口,与法国隔海相望。
② 这里是指当时主张人类回到自然状态的学说。所谓东方人姿势是指跪拜,这与猿猴有些相似。

艺术才是特效药。我们不能向猿猴学习什么,对它们可以置之不论。从我们而言,主要考虑的是:为了读懂我们那部包含着普遍智慧的书,运用哪一种文字艺术最为有效,可以使我们用比较清醒的头脑和比较愉快的方式,摆脱似乎大雾迷漫的世界,走进阳光灿烂和歌声的天地。是依靠钟表匠眼上的小光圈,使最细小的事物也纤毫毕露,还是依靠我们的共同社会认识所养育的精神,即喜剧精神,如同在阿尔卑斯山上高瞻远瞩一样,用例证和典型来说明一切?聪明人说是后者。他们告诉我们,那部书的必然趋势是事实无休无止的堆积,以致内容累赘,使它提供给人类的那面镜子变得模糊不清,我们无法从中准确认识个人的面貌;这对文明是有害的。这些聪明人坚持他们的观点,认为我们应该提倡喜剧精神,它毕竟是我们自身的产物;它可以减轻这部书的分量。他们说,喜剧是真正的娱乐,同样也是读懂这部大书的钥匙,能够使它发出悦耳的声音。他们告诉我们,它怎样把全书的几个章节压缩成一句话,几卷内容融化成一个角色;这样,书页展开时将跨越数千英里的浩大篇幅便能浓缩成一个喜剧场面。

因为按照他们的说法,如果我们要作真正的人,就必须尽我们的能力阅读它,至少是我们面对的那一页。他们中的一个人①指着这书,用可以原谅的激烈声调喊道:瞧,医治你们那可怕苦难的药方便在这里,它是通过喜剧的提炼取得的,科学不能提供它,速度②也无济于事,它只是贪婪的另一名称。可不是,一个人如果精神振奋,心灵的活动加快,脉搏的跳跃就会发生各种变化。那就量一下脉搏吧。它们却像老马一样,拖着疲沓的腿在慢条斯理地行走,或者像掸地毯灰尘的棍棒一样,只有千篇一律的声音,或者像

---

① 即指作者本人。
② 指工业发展的速度。下面一段话的意思是说,虽然工业发达,人的精神仍极端贫乏,"只有千篇一律的声音……哪怕酒神也改变不了"。

农舍时钟午夜的报时声,只能报出一些简单的数字。这情形哪怕酒神也改变不了。就算它们飞跑吧,让它们在上帝的跨骑下奔跑,跑向婚姻之神,跑向冥府之神,它们发出的还是同样的音响。千篇一律的单调像安菲特里特①的双臂一样搂住了我们!我们听到的变化只是战争的叫嚣。总之,这人声称,喜剧是使我们的阅读轻快自如、理解透彻的途径。正是它主张根除浮夸、空洞、沉闷的作风,肃清我们中间可能出现的简陋和粗糙的痕迹。它是文明的最后加工者,精雕细琢的工艺师,珍馐美味的烹调人。他指出,尽管它手持桦树棒监视着感伤情调,它并不反对爱情故事。你可以爱,热烈地爱,只要你正直行事。但不得违背理性。一个情人如果做过了头,那么只要过头一尺,这一尺就会陷入喜剧的罗网。唯有在喜剧中,由公正的笑声所表现的轻蔑,才能产生仁慈的后果:这是普罗斯帕罗的魔杖从罪恶的女巫西科腊克斯的桎梏下释放出来的艾里尔。② 这种理性的笑声可以开花结果,它仿佛春末的一阵大风,能像魔法一般决定夏季的到来。你听到它赋予了美好的精神以自由。相比之下,在一个没有发酵的社会中③,你听到的声音就像是一头过了挤奶时间的乳牛在哞哞叫!啊,但愿有一位称职的教士对那邪恶的俗物发出诅咒,把它逐出教门!——热情主义者在这方面也许有些相似,不过他还是有权占据一席位置的。

谈到感情因素,现在一条船缺乏引起同情的事物,就无法航行;我们不能完全没有同情。我不知道究竟应该怎么称呼它,也许不妨说这是我们现代航船上一种可以通过独特的过程分泌出水

---

① 希腊神话中的海洋女神。
② 艾里尔是善良的精灵,在莎士比亚的剧本《暴风雨》中,米兰公爵普罗斯帕罗用魔法把他从女巫西科腊克斯的囚禁下解放了出来。
③ 《圣经》中说:"天国好像面酵……藏在三斗面里,直等到全团都发起来",见《马太福音》第13章33节。这句话是指没有经过理性加工的作品。

分①的压舱物;因为它不可能是货物,船上的整个给水系统也另有任务。船舶有了压舱物才能平稳地航行——这就是同情的作用。利己主义者无疑是能够引起怜悯的。他指望每个人掏出钱来为他购置衣衫,单凭这一点,他便理应给剥光衣服,暴露出赤裸裸的本来面目;如果产生怜悯的因素有一种形态,那么这位真实的人便可充当它的化身。只是不能让他扑向你,压倒你,从你身上挤出泪水。② 这便是新意所在。

我们随时都能清楚地识别他,这是我国当代的一位绅士,既有财产,又有地位;不论我们对他怎样,他从不变化;他的内心活动很少引起表面的涟漪,因此只有洞察一切的、调皮淘气的小精灵才不致受他蒙骗,它们躲在暗中,对一般难以觉察的他的个性的流露,发出阵阵叫嚣,正是这些喊声才使我们温文尔雅的文学天使意识到,在他身上存在着某些喜剧因素——他们本来无一例外,只是按照他的经历,直截了当地(在这里简单是最值得称道的)把他写成名门望族的一位绅士,这个礼仪之邦和崇尚实际的岛国上的一个偶像。那些精灵诡计多端,把探索的目光投向各处,喜欢揭露隐私,让道貌岸然的人变得滑稽可笑。它们一发现利己主义的踪迹,立刻安营扎寨,在周围蹲坐下来,把灯点得亮亮的,相信可笑的事就会到来。它们信心百倍,牢牢抓住了这位可供它们取乐的英国绅士,决不放松,直到他在不知不觉中,开始变成他自己也不认识的有趣怪物,终于按照精灵们追踪的线索,露出自己的真面目为止。利己主义者走到哪里,精灵们立刻跟到哪里。大家知道,它们会在一幢大房子里窥伺几个世纪;在新的继承人一代接一代诞生

---

① 指由同情或怜悯而产生的泪水。
② 按照梅瑞狄斯在《论喜剧》中的说法,这是喜剧与讽刺、揶揄、诙谐等的区别,而"挤出泪水"更是流于感伤情调了。

时，它们总是在场，勤奋地记录着可以作证的事实；在作为全家支柱的主人大限将临、岌岌可危时，它们也手携着手，环绕在他周围，用它们欢乐的嗓音齐声歌唱；它们似乎（可能确实）在那还没诞生、还不存在的家族财富的继承人身上，早已嗅到了从前去世的利己主义巨人的气息。在利己主义朝气蓬勃、头脑清醒、对社会尚有价值、对国家尚能作出贡献时，它们还不敢发出讥嘲的笑声。它们等待着。

很久以前，一位高贵的老利己主义者建立了一个家。事实表明，为了维持这个家，需要不断改善它的素质；但是事实尤其表明，在改善的伪装和掩护下，让粗俗的原始因素死灰复燃，这对家的基础会构成一场地震。那么与其给这个时代错误的幽灵提供可乘之机，不如保持原状，坚定不移地维护一切古老的传统。然而围成一圈、弓起背脊蹲坐在那儿的精灵们，已等得不耐烦了，它们睁大眼睛，竖起耳朵，期待着这场自杀喜剧的开演。有一行诗这么说：

他只爱自己，结果反害死了自己。

如果它还没有在我们的文学作品中出现过，那么就让它成为利己主义者的墓志铭吧。

# 第 一 章

## 显示祖传操刀手法的一件小事

那些有形和无形的眼睛幸灾乐祸地注视着威洛比的童年时代,他是帕特恩庄园的创建人西蒙·帕特恩的第五代后裔;西蒙是一个律师,一位知识渊博、抱负不凡的绅士,他深深懂得基础工程对于家庭的重要性,善于对衰落的第一批代理人,那纷至沓来的亲族,一律采取否定态度。他还理直气壮地声称,除了长子,他不要第二个儿子。因为橡树若要茁壮成长,就得剪除多余的枝柯。同样,树木遭到了寄生虫的侵蚀,便不能繁荣。一个伟大的家族一开始就得靠刀子生存,这确实是不易之论。土壤遍地皆是,砖瓦取之不尽,妻子和儿女你一旦需要,也唾手可得,但运用刀子的魄力却是天赋的才能,成长的关键。帕特恩家的第五代首脑成为全郡的希望时,穷苦的帕特恩族人已为数不少。其中一个便在海军陆战队服役。

这个家庭的首脑和这个国家同时获悉了这位年轻谦逊的军官的存在,他名叫克罗斯杰·帕特恩,是一支号称铁军的部队中的中尉,在中国海岸某地攻击河边一个堡垒时,他凭英国人血液中特有的沉着冷峻的气质,完成了一次英勇行动,由此出了名。根据他的军衔,大家相信他还年轻;另外,他谈到这次战斗时,声称他只是尽了他的责任,这种谦虚的态度大概也说明了这点。我们的威洛比当时还在大学读书,这种年纪正是喜欢标榜自己热情豪爽的时候,报道把他的姓登到了报上,这使他大为兴奋。他对这事反复思考了几个月,以致到了继承爵位和家业的时候,便给克罗斯杰·帕特恩中尉寄去了一张支票,钱的数目相当于那位勇士的全年薪饷;这件事同时也表明,他懂得慷慨的首要原则,或称化学原理:"血比水浓"。这家伙虽在海军陆战队,但他是帕特恩家族的一分子。至于帕特恩家族的人怎么会流落到海军陆战队中,这个问题毫无意义,只能说是上帝的安排。在随同支票发出的赞扬信中,中尉还接到了邀请,要他在方便的时候访问祖先的庄园,他可以相信,他已使他的亲属和朋友对战士的生活发生了兴趣。年轻的威洛比爵士喜欢侈谈他的"军人本家和远亲,海军陆战队中的帕特恩小伙子"。这很有趣;对这位族人的英勇业绩的描写也同样令人捧腹:他救出的一个英国水手怎样烂醉如泥,他怎样俘获了三名黑龙兵勇,用他们自己的辫子把他们背靠背缚在一起,在黄土地上押往英国兵营,这种新发明的捆绑方式使他们不能直线行走,以致这些天朝俘房的身子,也只得像他们那六只惊慌不安的眼睛一样斜着前进,一路上跌跌撞撞,像即将倒下的陀螺。这种冷漠无情的丰功伟绩对国内的绅士,总能产生振奋人心的作用。我们是一个小小岛国,但是你们瞧,我们干出了什么。帕特恩府上的女士们,威洛比爵士的母亲,他的姑姑埃莉诺和伊莎贝尔,对自己有一位在海军陆战队供职的亲族,比他更加起劲。这是不足为奇的!我们英国人把公爵的血液注入了各行各业:系谱学家告诉我们,在我们普通的买卖人中间也有王家的血统。因为不论我们多么高傲,我们是一个奇怪的民族;你可能在一位身为都铎王朝后裔的屠夫那里定购鲜肉,你也可能坐在金雀花王朝①一位子孙的藤底椅子上。过不一会你又可能……你得随时保持崇敬的心

---

① 金雀花王朝(1154—1399)和都铎王朝(1485—1603),是英国历史上两个重要的王朝。

情。青年威洛比使这位英勇的远亲变成了一个草莽英雄或者足球名将,但对他只是寄来了一封充满感激之情的回信,却不想利用这次邀请,享受帕特恩府上的款待,有时不免觉得奇怪。

一天下午,在阵雨的间隙中,他正与未婚妻,美丽而潇洒的康丝坦霞·德拉姆一起,在公馆中漂亮的花园平台上散步,后面跟着三三两两的女士和先生,他们声称要利用饭前的机会,呼吸一点新鲜空气。事有凑巧,出于一贯的好运(我们总是把我们无法理解的上帝的安排称作巧合),威洛比爵士在走到平台尽头,刚要转身的时候——还得补充一句,也就是他正在凭着爱情的特权,向德拉姆小姐畅叙心曲的时候——偶然向椴树林荫道瞥了一眼,发现有一个矮胖粗壮的人正沿着林荫道的砾石路面,向公馆门前的台阶走来;不论怎么说,他绝不迟钝,他立刻意识到了一种不祥的预兆;据他事后向他家的女眷们说,这个人不论"他的帽子,他的衣着,他的脚,以及他身上的一切",都毫无绅士气派,而他认为绅士必须有绅士气派,这是天经地义的。他用短短几句话,便勾勒出这人的可憎样子。来访者提着一只口袋,翻起了上衣领圈,戴着一顶饱经风霜的帽子,那副神情就像一个潜逃的破产商人,既没戴手套,也没带雨伞。

关于这件事,我们得指出,它毫不足道。帕特恩中尉的名片送到了威洛比爵士手中,他把它放回了托盘,对仆人说:"不在家。"

他对这个人的年纪感到不满,对他的外表更是大失所望,可是这个人却不合时宜地来到了他的府上,自称是他的亲戚;于是敏锐的本能立刻告诫他,把一个既不潇洒又不年轻的不登大雅之堂的家伙,介绍给朋友们,说这就是海军陆战队中英勇的著名中尉,就是他家族的成员,这实在太荒谬了!他把这个人讲得太多也太起劲了,弄得现在已不能这么做了。如果这是一个年轻尉官,外表上粗俗得还过得去,那么他可以用戏谑的方式夸大他的英雄事迹,使大家对他的尊容一笑置之。可是对一个已届中年、又矮又胖的小军官,他就无能为力了。深思熟虑使他毫不迟疑,当即回绝了他。这是城府极深、少年老成的绅士才能办到的事,它证明他已掌握了用刀的艺术。

见到德拉姆小姐吃惊的神情,年轻的威洛比爵士在谈到那位受到拒绝的客人时说道:"我会给他一张支票。"因为她好像自己受到了侮辱,整个脸已涨得通红。

小姐没有回答。

从克罗斯杰·帕特恩中尉在逐渐密集的乌云下,沿着椴树林荫道,委屈地离开庄园的那一刻起,那一群围着威洛比爵士转的精灵便严阵以待,密切注视着他每时每刻的活动;如果要用比喻,不妨说它们像笼子里的一群猴子,如饥似渴地期待着给它们递送食物的手指。它们在他身上,发现了他从祖先那里继承的古老传统的最新发展和绝妙表现。

# 第 二 章

## 青年威洛比爵士

这些捣乱的小精灵作为喜剧精神的侍从和宠儿,已赢得了一定的尊敬。它们早在三年以前,也就是从威洛比爵士的成年之日起,在他公开宣布与美丽的德拉姆小姐订婚以前很久,就好奇地注视着他了。也是在那一天,蒙斯图特·詹金森太太发出了她关于他的警句。蒙斯图特太太这种女士讲的话即使并不正确,也肯定是令人难忘的。这在重大的庆祝会上,在生日或婚礼中已一再得到证明,她总能一语中的,引起广泛的共鸣;于是她的话传遍全郡;如果她不是一个慈悲为怀的女人,她一定可以凭漫画的铁棍,统治这个郡;她的笔触锋利无比,一句尖刻的话就能把绅士淑女们的嘴脸和性格弄得光怪陆离,在全郡不胫而走。她既富裕又仁慈,像我们的大自然母亲一样,对一两种谁也不能袒护的行为,抱着合情合理的反对态度,对在阳光下闪闪发亮的人,保持着坚定不移的偏爱心理。她的话总是脱口而出。她望着你,那些话便随之而来;它们立刻粘住了你,不论千锤百炼或精雕细琢的语句都做不到这点。她谈到利蒂希娅·戴尔的话是:"瞧,她在眼睫毛上挂着浪漫故事走来了,"这为利蒂希娅勾勒了一幅画像。关于维农·韦特福德,那是:"一位化身为斋戒苦行僧的太阳神阿波罗"①,一句话便描绘出了这个消瘦的长跑健儿和学者两颊凹陷、才华焕发的面貌。

　　关于年轻的威洛比爵士,她的话是简单的;它的价值便在于讲这话的一天,他从日出到月落,听够了各种颂扬的言语、赞美的歌声和西塞罗②一般雄辩的谀词。富足、漂亮、彬彬有礼、慷慨大方的他,作为庄园上筵席和舞会的主人,使他的男女宾客把这一天变成了奉承献媚的节日。当美好的辞藻在他四周堆砌起来的时候,蒙斯图特太太说:"你瞧,他有一条腿。"

　　当然,这是你早已看到的。但是经她一说,你就看得清楚多了。蒙斯图特太太讲话时,就像别人谈空洞的废话一样,从不提示重点何在。她的话立即得到了响应,从大会客厅的一端传到了另一端,大家明确地意识到,这是蒙斯图特太太讲的。于是帕特恩老夫人打发她的小赫柏③,绕过翩跹起舞的人群,探听这句话的准确说法;这是哪怕通过年轻使女无知的嘴唇传达之后也不会走样,不会丧失它深刻的真实含义的。它太完美了!颂扬青年威洛比爵士的英俊和聪明,高贵的举止和风度,高尚的道德,这不过是老生常谈;作为一种尊敬的方式,你不妨对它们表示欢迎;但它们太普通了,与蒙斯图特太太朴素自然的表达方式相比,几乎有些庸俗。正如伊莎贝尔·帕特恩小姐向布歇夫人指出的,蒙斯图特太太讲的似乎比别人少得多,却概括了别人所讲的一切,让人看到,对显而易见的事是不必多费唇舌的。她像贵族在指责乡巴佬:"亲爱的女士们,先生们,你们对他的夸奖,他都当之无愧,他谈吐文雅,舞步优美,骑马具有大将风度,姿势自然,神态高贵,可又无时无刻不

---

① 希腊神话中的太阳神阿波罗多才多艺,能干英俊。
② 西塞罗(公元前106—前43),古罗马政治家、演说家和修辞学家,文笔优美华丽,富有说服力。
③ 希腊神话中诸神的侍女。

表现出一位英国青年绅士的本色。亚西比德戴上路易十四时期的假发也不能超过他①;不论你们怎么说,如果我要吹捧他,我的出色比喻比你们多得多。你们注意到他有一条腿吗?"

把她的话引申出来便是这个意思。它表面看来极其简单,却含有深意,这是精神的胜利;在它的价值得到承认的地方,社会便达到了文明的高度;那是通向人间乐土的艺术捷径。但正如埃莉诺·帕特恩小姐向卡尔默夫人指出的,那句话不是要大家低头去看威洛比的腿,而是要大家从他的腿往上看,懂得尊重他的必要性。然而这未免有些煞风景。回味一下蒙斯图特太太的话吧;它可以把我们带进任何地方,任何风光旖旎的场所,只要我们的情欲保持着文明礼貌的外表;不是吗,我们出于对殉难者查理的深切悼念,一直怀着羞羞答答的依恋心情,向往着他那位快乐王子的宫廷,而这宫廷便是由飘着爱情的蝴蝶结的腿统治的。② 你说,啊,那是一个寻欢作乐的宫廷呢! 然而我们梦寐以求的不正是这样一个时期吗? 那时的英国骑士是文雅的化身,与今天正把我们逼进另一领域的庸夫俗子不可同日而语;他们风度翩翩,每个举动都那么优雅。如果说女士们……我们希望这只是对她们的诽谤。但如果她们真的这样,如果她们过于温柔多情,那么,啊! 绅士毕竟是绅士,为之身败名裂也是值得的! 这个梦在英国还没有消失,它必然是对某种温文尔雅的绅士风度的憧憬,根据人们的想象,那是在这个岛国的某个时期存在过的;在我们的诗人中间,那个富于骑士色彩的时期也是大家津津乐道、心驰神往的。

---

① 亚西比德(约公元前450—前404),古代雅典名将,以容貌美好著称。法王路易十四时期风气奢靡,假发开始成为贵族的流行饰物。
② 英王查理一世(1625—1649在位)在十七世纪资产阶级革命中被推翻,1649年被处死,因而自称为"殉难者"。快乐王子指他的儿子查理二世,他于复辟后登基,他的宫廷奢侈淫逸,裤管上缚蝴蝶结成为当时流行的服饰。

蒙斯图特太太触及了一根激动人心的弦。"尽管现代的男人服装令人厌恶,你仍能看到他有一条腿。"

那是说,天生的骑士的腿总是一目了然:不论你怎么遮盖它,穿上了退化的衣服,有眼睛的女士们还是能看到它。你瞧见了它,或者你看到他有它。关于那句话的重点何在,伊莎贝尔小姐和埃莉诺小姐有不同的看法,但毫无疑问,两种看法都成,尽管听来意义上可能略有差异。许多人搬出了充足的理由,把重心放在腿上。女士们都了解这个事实:威洛比的腿是完美的;他的衣柜里就挂着一套骑士的宫廷服装。蒙斯图特太太指出的是:这条腿之所以能看到,是因为它是一条燃烧的腿。它就在那里,它会向周围发射亮光。他有的是罗彻斯特、白金汉、多塞特、萨克林的腿①,一条会笑的腿,会使眼色的腿,它既对你百依百顺,又为自己的美好踌躇满志;它的闪光正巧到达傲慢与诱惑、大胆与审慎、"你应该崇拜我"与"我将会忠于你"之间不偏不倚的中途;它是你的主人,你的奴隶,两者既能交替变化,又能合为一体。这是一条既有退潮,也有涨潮,又有高潮的腿。这么一条腿,当它假装退却,刚完成这一姿态时,已长驱直入,走进女士们的心坎。对她们说来,什么也不像它那么危险。

它踌躇满志是必然的。自卑不能所向披靡,赢得女人的心。有了光辉自然会自命不凡。一切迷人的旋律,只要你凝神静听,就能发觉它内部有一支自负的笛子在低声吹奏,咿咿呀呀的,简直好笑(这可以证明,一个人一旦达到完美的程度,自满是不可避免的)。

---

① 罗彻斯特伯爵(1647—1680),英国宫廷诗人;白金汉公爵(1628—1687),英国政治家和剧作家;多塞特伯爵(1536—1608),英国政治家和诗人;萨克林爵士(1609—1642),英国诗人和政治家;这些都是英国的名流和著名家族的成员,在世时显赫一时。

不用说，你应该知道，他的腿是不会胡作非为的。在他身上你可以看到我们希望看到的一切长处，对于一个为了道德上尽可能的净化而失去了它的腿的民族，这是难能可贵的。当然，它的道德是否净化还屡有争论，但它失去了腿却是事实。

不错，脚夫和大臣，苏格兰高地居民和跳芭蕾舞的，还有赶大车的，他们都有腿，一目了然的腿，相当美观的腿。但它们算得什么？那不是我们所说的应付自如的工具，那只是劳动的腿，像牲口一样不能说话的腿。我们这位骑士的腿是诗意的腿，一种神奇的启示，一种潜在的力量。他有腿就像西塞罗有舌头一样。它是一只竖琴，可以向情人弹唱歌曲，如果她执拗不从，它也可以变成一把剑。总之，这是一条既有脑子又有灵魂的腿。

它的影子是一支伏兵，它射出的光芒是一次袭击。它的脸可红可白；它会窃窃私语，也会大声喊叫；它让你匆匆瞥上一眼，依稀看到个奥林匹斯山上的神——化身为客厅骑士的朱庇特①。

在青年威洛比爵士的家人和头脑灵敏的崇拜者看来，蒙斯图特太太这句简单的话，无异是把我国历史上一个时代的色彩，赋予了他进入成年时期的第一个夜晚。他体现了快乐王子的那个宫廷，丝毫也不比它逊色。他正是带着这种光辉在跳舞，你可以设想，它对他周围的同伴发生的作用如何之大。

他接受过一个王子的家庭教育。在财富堆积如山的国土上，小王子是到处都有的。他们不必为王家军队服兵役，在青年时代，不论到哪里，他们必然逍遥自在，有时还不受约束；由于他们不用对国家尽个人的义务，每人只为自己生活，他们不仅现在可以尽情享乐，将来也可以在富贵荣华的闲适生活中表现他们的忠诚。有时这种生活也会损害他们的健康，不过这只能发生在大陆国家。

---

① 希腊神话中奥林匹斯山上诸神的主神。

幸好我们的气候和我们英勇的热血,把大部分人送到了狩猎场上,他们可以在带头追逐狐狸中履行他们的公民责任,增强他们的体质。就这样,我们造就了一批既强壮又有用的小王子,威洛比便是其中的佼佼者。他努力提高修养,对时髦的学问从来不甘落后。如果公众的趣味以哲学为标准,民族的热情集中在哲学家身上,那么他至少会用心读几本书。他还从事科学研究,拥有一个实验室。然而,在他年轻时,他令人折服的好胜心理主要表现在体育比赛上;这种热情如此强烈,以致通常是在存在竞争者的情况下,他才会宣布他的爱情。

不过他知道,他对女性的依恋是永远不变的。他从没给利蒂希娅·戴尔对他的忠诚泼过冷水,哪怕在美丽的康丝坦霞·德拉姆风魔一时(蒙斯图特太太称她为"独桅赛艇"),把他也卷入旋涡以后,他还是没有忘记利蒂希娅,眼睛仍盯着她。她是一朵羞涩的紫罗兰。

即使赞美的倾盆大雨把威洛比淋成了落汤鸡,他依然会镇静自若,与受到顶礼膜拜的印度神像差不多,不过他与它们不同,不是固定在宽阔的台座上,不致露出陶醉的迹象;他必须不断活动,跳舞,准确地保持身体的平衡,一会儿朝左,一会儿朝右,向他的崇拜者讲几句恰到好处的话。这只是说,做一个木制偶像比做一个有血有肉的偶像容易得多;不过威洛比是完全能够胜任的。小王子的教育告诉他,他与你们不同;由于他接受的教导,也由于我们所不得而知的某种内在因素,在你们必然会摇晃不定的地方,他却能保持固定的姿势。淘气的孩子只要严肃的长辈用手按着他们鬈发的头顶,讲几句赞扬或勉励的套语,便会一下子变得老成起来;威洛比也比他的年龄显得成熟一些,这不是由于他缺乏朝气,只是因为他觉得他必须保持高贵的仪表和准确的姿势。

听了蒙斯图特太太关于他的话,他笑了笑,说道:"它随时可以为她效劳。"

这句话传达到了她那里,于是她提议给它缚上一条绸带,作为对她的献礼。接着他们来到了一起,他们的对话充满机智,妙趣横生,与舞厅的旖旎风光融合无间,然后他们走进了迷人的餐厅。威洛比把蒙斯图特太太领到了晚餐桌边。

她说:"要是我年轻二十岁,我想,为了医治我的痴情,我会嫁给你。"

"那么我不妨预先告诉你,夫人,"他说,"为了重新获得这二十年,除了与你离婚,我什么都愿意做。"

他们真是诙谐无比,可惜我只听到这些,我的报道也只能到此为止。

后来当女士们离开我们,单独坐在帕特恩夫人的印度式客厅中,因而可以无所顾忌地交谈她们那些微妙的问题时,蒙斯图特太太再一次引起了大家的赞美,她听完之后,说道:"然而这使为他物色妻子的事变得异乎寻常的困难了!"

"威洛比会为自己物色妻子的。"他的母亲说。

# 第 三 章

## 康丝坦霞·德拉姆

　　这个全郡的大问题在许多家庭里展开了争论,不论那是女儿成堆的还是没有女儿的;争论从威洛比那个难忘的成年日起,继续了很长一段时间。布歇夫人赞成康丝坦霞·德拉姆。她嘲笑蒙斯图特·詹金森太太偏袒利蒂希娅·戴尔的观点。她比蒙斯图特太太年纪大几岁,见到过威洛比的父亲,他与韦特福德家族最富裕的一支结亲一事实属明智。她说:"帕特恩家族娶的是钱,他们不是罗曼蒂克的人。"德拉姆小姐有钱,而且健康,美貌,这是帕特恩家新娘的三个主要条件。她的父亲约翰·德拉姆爵士,是本郡西部的大地主,一个阔气的绅士,正是威洛比理想的岳丈。戴尔小姐的父亲是从印度回来的历尽沧桑的军医,是帕特恩庄园边上威洛比爵士的一栋小屋的租户。他的闺女没有嫁妆,又是一个女诗人。她在青年从男爵[①]的生日写过一首祝贺诗,这被认为是她聪明绝顶的表示,是一个羞怯的少女所能做到的最大胆的行动。她通过诗歌的字里行间让隐秘的内心公开亮了相,几乎向她的心上人提出了结婚的要求。她生得秀丽,眼睫毛又长又黑,眼睛深蓝色,只要威洛比看她一眼,她的心灵便准备从这对眸子中飞将出来。他

---

① 指青年威洛比,有此爵位的人在称呼时可称爵士。

当然看过她,那天晚上也看过她,尽管没有与她跳过一次舞,却接二连三与德拉姆小姐跳舞。他把利蒂希娅交给了维农·韦特福德,让他与她跳了这晚上的最后一次舞;他可能看了她许多次,为一个优雅的少女只得与这么一位舞伴搭配感到惋惜。"化身为斋戒苦行僧的太阳神阿波罗"早已忘记了他在动作中体现音乐节奏的天赋。他不是踩了自己,就是踩了那位困惑的舞伴的脚,在变换舞式时还踩到了所有人的脚上,弄得他的表弟威洛比忍俊不禁,哈哈大笑。就算这已是清晨四时,每个跳舞者为了让自己的腿轻松一下,必须找个人取笑几句,然而这个时刻的机智只能助长最粗野的嘲笑。维农给比作进了迷宫的忒修斯,完全得依靠他的阿里阿德涅;①比作逃出果酱罐头的一只苍蝇;比作船只失事后侥幸脱险的小伙子,又落进了众仙女的包围圈,只得亦步亦趋听任她们摆布。威洛比的比喻得心应手,取之不尽,他隔着那些标准乡绅们的队列,向德拉姆小姐讲个没完,这些难忘的笑料为他赢得了幽默笑星的雅号。于是谣言不胫而走,说他的意图是一旦下定决心,为自己选择了德拉姆小姐以后,他便会把利蒂希娅永远奉送给维农;他为人慷慨,这是众所周知的;但是决心却像绳子虽已绾了结,还没最后抽紧一样,迟迟不肯到来;它宁可松松的,不即不离。人们不禁会想,既然他是为他的表兄趋奉利蒂希娅,那么他的亲属之爱一定超过了他的男女之情。但他的慷慨可以使他这么做,也可以使他娶一个没有陪嫁的少女。

我们的名门望族中有一位年轻漂亮的寡妇,据说,他差一点落到她的手中。为什么他不肯与我们的名门望族联姻呢?蒙斯图特太太这么问过他,他回答道,那个阶级的女儿们没有钱,而且她们

---

① 忒修斯是希腊神话中的英雄,为了征服妖魔弥诺陶洛斯,他陷入了迷宫,后来依靠克里特的公主阿里阿德涅的引导才逃出迷宫。

的血统是否纯正也值得怀疑。他的头脑是清醒的。他首先要考虑的是他对家庭的责任,正是出于这个原因,他宁可不顾个人的爱好,把身材瘦小、体质单薄的利蒂希娅让给维农。只要提到这位寡妇他就会不快,尽管这位夫人身份很高。他说:"娶一个寡妇?我?"他是在向一位寡妇讲话,确实,那是一个上了年纪的寡妇;但是人们居然提议他与一个寡妇结合,这不能不使他生气,以致一时忘记了他君子风度的种种小节。他要求蒙斯图特太太以明确的态度驳斥这种谰言。他重复了他的要求,表示对这类话必须痛加驳斥,再次说道:"娶一个寡妇!"同时把整个身子挺得笔直,成了个字母"Ⅰ"。① 蒙斯图特太太是没有再醮的寡妇,世界上有不少贞洁的女人始终保持着第一个丈夫的姓,不让新的小乡绅出现在自己身边,从而玷污丈夫的名声,这样的寡妇是多少能赞同威洛比爵士所表示的反感的。她们这么做的时候,便想到了她们自己;她们很少会说:"我本可能结婚。"哪怕在心里,她们也不愿意承认那曾是可能的。她们能理解男人对寡妇帽子的观点。但是他与一位伯爵的年轻遗孀可能结合的简单谣言,竟然使他如此大动肝火,其中的奥妙是难以解释的。威洛比爵士伸直了身子。他那个昂首挺胸的我,满不在乎地瞥了一眼内心的镜子,在逢场作戏的花环点缀下,看到了一个游手好闲、随心所欲的我,于是他透露了一点口风,尽管十分暧昧,已足够说明谣言的根源,同时也为它的不足凭信提供了充足根据。他受到了责备。蒙斯图特太太给他上了一堂课。不过她还是负责驳斥了关于那位年轻伯爵夫人的故事。"你们不必担心,他不会娶她,亲爱的夫人们。"

应该担心的还是,他可能失去与美丽的德拉姆小姐结为伉俪的机会。

---

① 英语中的"我"。

小王子们往往也会遇到左右为难、无所适从的困境。这值得时不时地谈一下,给穷苦颠连的普通人提供一个例证,说明灾祸和不幸也要袭击命运的宠儿,让那些无力成家,或者即使成了家,也只得背着包裹,为了妻子和一大群辛辛苦苦养大之后只能供人使唤、充当贱役的小家伙而流落街头的倒霉鬼知道满足。根据我们的看法,在道德之邦,道德训条总是受欢迎的;在它惩罚愚蠢的嫉妒,对不守本分、企图改变现状的要求进行口诛笔伐时,尤其如此。青年威洛比爵士当时碰到的难题是这样:他的两边都站着一位小姐,除了他在首都社交界的风流韵事不算,只有这两个女人能使他动情。他对美是敏感的,他从没见过一个少女像康丝坦霞·德拉姆那么美丽。他对女性的深情厚意也是同样敏感的,他觉得世上没有一个女人像利蒂希娅·戴尔那么聪明。他是站在雍容华贵的玫瑰花和谦恭羞怯的紫罗兰之间。一个是他所崇拜的,另一个则是崇拜他的。他不能兼而有之,这是王子和流浪汉必须同样服从的法则。那么他放弃哪一边呢?他日益增长的阅历教导他,他应该对戴尔小姐的感情增加砝码。然而康丝坦霞的美貌却具有使人欲罢不能的魅力。她光辉夺目,是在迷人的习习微风中扬帆飞驰的单桅赛艇。她并不希图赢得他,她在飞翔。在他冷静思考的时刻,那位使他时刻保持清醒头脑的小姐对他的吸引力压倒了一切。然而他也有感情激动的时刻,这时,那位飞翔的女人便像磁石一样吸引了他,使他只得紧紧跟随着她。何况事情更为复杂,他爱好他的自由;他应该比王子更自由,他的臣子和奴隶也更多;他高高在上地统治着女人的世界,他不仅是他自己。但他在首都的经历并不能回答他所关心的一个特殊问题:我们把一个女人变成妻子之后,她一定会像崇拜上帝一样崇拜我们吗?

正当威洛比爵士犹豫不决的时候,布歇夫人偶然提到了一个消息,说是有人正在热烈追求德拉姆小姐;这促使他立刻向她提出了求婚。她接受了,他们订了婚。然而在他反复考虑的时候,别人的嘴已咬过她,只是还没把她吃进肚里罢了;尽管那是他要立刻赢得她的原因,它却触犯了他的贞洁观念。她不是从纯洁的修道院,带着纤尘不染的光辉走向他的。从精神上说,他也是个小王子,一个专制的王子。他希望她是从蛋壳中钻出来的,对世界甚至比小鸡更感到新鲜,但是在他敲开蛋壳之前,她必须完全与世隔绝,她那女性的眼睛看到的第一个男人只能是他。她却公然谈论她的表亲和朋友,那些男性青年。对他的严格要求,她无异是在这么回答:"威洛比,你应该在你二十一岁生日那天晚上就向我求婚!"从那以后,她已接触了世界的尘埃,因此可以说,从他订婚之日起,他就孕育着一种特殊的反感,它必然对他发生举足轻重的作用。而且他与众不同,他的嫉妒并不针对个人。在追求康丝坦霞的人中,年轻的奥克斯福德上尉处在领先地位。但威洛比很少想到奥克斯福德上尉,正如他很少想到维农·韦特福德一样。他的敌人是整个世界,是所有的男人,这个世界是一个整体,我们选择的她一旦遭到它的污染,我们便不能,永远不能洗净腌臜的群众在她身上留下的痕迹,恢复她的清白面貌。世界要做的就是不让这个昂首挺胸的"我"字抬头,侵犯我们的权利,玷污我们的尊严。开始思想便是开始憎恨这个世界。

    订婚公布之后,全郡的人都说,利蒂希娅本来就毫无机会;蒙斯图特·詹金森太太也以悔改的态度,谦卑地表示:"我不是算命的。"布歇夫人可以自称是算命的,她预告过这件事。利蒂希娅与全郡的人同一看法。她仰望过他,但没抱希望。她仰望的只是一个光芒万丈的人,但他既然高不可攀,她怎么能有非分之想呢?她是多病的父亲身边一个孤独的伴侣,尽管这位父亲执迷不悟地相信,她有朝一日会统治帕特恩庄园,这个信念带给其可怜女儿的痛苦,却与它可能带给他的安慰一样大。订婚的消息只是使他保持沉默；与世隔绝的病人总是顽固地坚持自己的想法。他曾经看到，每逢威洛比爵士与他的女儿在一起的时候，年轻的从男爵立刻变得生龙活虎，仿佛又回到了童年时代。确实，他们从前曾作为大男孩和小女孩在一起玩耍。威洛比那时是一个讨人喜欢的漂亮男孩。公馆里还挂着一幅他的画像，他戴着小礼帽，靠在他的小马上，交叉着双腿，鬈曲的淡黄色长发披在肩膀上，这便成了她心目中的天使的真实形象。他作为一个男子，使她把一颗芳心献给了他，但她认为不是他有意如此。她对他如此倾慕，以致想到他在一切场合无不行为端正，比设想出现其他情况，更使她觉得高兴。这可以比作札格纳特崇拜中的狂热精神。① 那是在小王子们的感召下形成的一种情绪，所以生性谨慎的女性竟来帮着维护他们的崇高地位，是不足为奇的。要不然，还能崇拜什么呢？如果把他们降为凡人，视作土块，那么我们就会失去光芒四射的灯塔；只要妇女对一个理想青年男子的普遍崇敬得以保持，不时把一个女人放到火上烧死也就值得。纯洁是我们对她们的要求。她们需要有所向往，这完全合理。她们的姐妹们把眼睛一律注视在小王子身上，便是这种向往的最鲜明表现，因为小王子拥有令人目眩的美德，能够实施这些美德而不致损害自己的形象，降低自己的光辉。让形形色色的男子将来为她们的上帝感到惊讶吧，这是他们的事。至于她们，她们还是继续崇拜的好。

利蒂希娅便是在继续这么做。她在帕特恩庄园见过德拉姆小姐几次。她羡慕这一对。她希望自己能参加婚礼。她盼望着这一天，心情是又想看到它，又不想看到它，就像我们读一部引人入胜的小说，快到结局，即将离开这个幻想的世界时，我们心中的感觉

---

① 札格纳特是印度教中信奉的主神之一。相传有的教徒为了表示自己的虔诚，往往投身于载有札格纳特神像的车子轮下，自愿给碾死。

一样。正是在这种心情中,一个礼拜天的早上,她孤独地穿过帕特恩庄园前往教堂时,遇到了威洛比爵士。当时离预定的婚期已不到十天。他不应该在这里,应该在郡里另一头的德拉姆小姐的住处。利蒂希娅知道,前一天他已骑马去了那里;然而现在他却在这里,而且不同往常,出乎意料地伸出了胳臂,让利蒂希娅挽着,把她一直送到了教堂门口。他一边讲话,一边讪讪发笑,这使她想起一天她看到一位打猎的先生从地上爬起来时的神色;这位先生是从马背上摔过树篱和围栅,重重地落在她短短的冬日散步的小道上;他站起来的时候摇摇晃晃的,捂住了流血的脑袋,嘴里却说:"没什么,一切都很好,再好没有,只是擦破了一点皮!"威洛比爵士喋喋不休,说他很幸运,遇到了她。他说:"我真的太幸运了。"接着又东拉西扯说个没完,还讲了郡里发生的一个小故事,笑得嘴巴张得不能再大了。进了教堂门廊他还不住口,嘟嘟哝哝地陪着她走了几步,经过了蒙斯图特·詹金森太太和布歇夫人坐的那几排位子。当然,他的话很有趣,不过这态度却叫利蒂希娅觉得那么陌生!他的脸几乎在那顶老式女帽下占去了半个空间,凑到了她的脸上,那双眼睛也一直注视着她,更显得脉脉含情。

礼拜结束后,他避开那两位高贵的夫人,踱到离她座位一两码的地方等她。他一心要她挽住他的胳臂,领她从教堂直通庄园的路出去,一边俯下脸,不停地与她交谈,兴致勃勃,似乎对她平静的回答充满了兴趣,只是有时显得有些紧张,暴露了一丝神不守舍的样子。她怕摸不准他的意思,只用最简单的话与他敷衍。

她提出了一个问题:"我想,德拉姆小姐很好吧?"

他的回答是:"德拉姆?我从不认识什么德拉姆小姐。"

他留给了她一个印象,似乎他昨天骑马出了事,摔坏了脑袋。

她真想问个究竟,可是她知道他是一个地道的英国人,哪怕真出了意外,他也不喜欢别人以为他会因此负伤。

第二天他拜访了她,邀请她一起散步。他声称这是她答应过的,还要她的父亲作证,父亲不能证实没有听到过的允诺,但要求女儿出外走走,不必守在他的身边。于是她再次与威洛比爵士一起在园子中溜达,听他兴致勃勃地回顾过去的日子。她一句赞同的话就使他感到满足。"现在我又无牵无挂了"是他这天反复表示的一个意思。她为了让他高兴,一再赞美庄园和公馆的景色。

他没有谈到德拉姆小姐,利蒂希娅也不敢再提起她的名字。

他们分手时,威洛比答应明天来看她。他没有来;但是只要她听到了他的故事,她是应该可以原谅他的。

这是一个伤心的故事。他骑了马,前往约翰·德拉姆爵士的公馆,它离这儿三十英里;到达以后,他听说,两天前康丝坦霞离开了父亲的家,上伦敦探望一位姑妈了;她刚才捎信回来,说她已是奥克斯福德上尉的妻子,上尉是她一个哥哥在轻骑兵团的同僚。新娘已有一封信在威洛比府上恭候他。他连夜赶回庄园,为了尽快到家,简直不顾马的死活,在这个可怕的打击下,也忘记了他自己。那是星期六晚上。下一天是星期日,他在庄园中遇到了利蒂希娅,陪她上了教堂,又陪她离开教堂;第二天,他又与她一起散步,让公路上来来往往的马车都看到他们。这以后,他便接连几个星期没有露面。

你们瞧,千真万确,他非常幸运,德拉姆小姐让他恢复了自由,尽管这算不上是一种体贴。他是信守婚约的人,不可能主动这么做,但是一个少女一旦醋劲大发,忘乎所以,却什么都干得出;至于他对此如何不以为意,人们已经看到了。这故事还说,德拉姆小姐是他母亲相中的,这违背他本人的心愿,不过最后,帕特恩夫人还是依从了他。这样,在威洛比爵士和戴尔小姐之间,就不再存在障碍了。这是一则美好的爱情故事,它使大部分人对全郡的宠儿刮目相看,因为他选择了一个没有陪嫁、没有地位的女儿,但要不是德拉姆小姐作出令人震惊的反常行为,这是不可能的,他也无从让人看到,一个人人景仰的绅士是永远不会变成可怜虫的。现在康丝坦霞被称作"那个发疯的东西"。利蒂希娅却脱颖而出,拥有了大量新的优点。帕特恩家主妇的重要条件之一便是善于应酬,能使枯燥乏味的公馆变得引人入胜;这个条件现在她也完全具备了,因为她温柔,活泼,又聪明过人。帕特恩夫人常常特地把她请去,她在那里有时也见到威洛比,他正在监督实验室的安装工程,尽管对外声称他已出门,不希望人们以为他仍在家中。他本要专心致志研究科学,很少谈论别的事。他说,科学才是我们今天唯一值得全心全意追求的目标。但是这句包括一切的话恐怕不能包括利蒂希娅,在她面前,他是谦恭而沉默的追求者;你们知道,一个人挣脱了不幸的婚约,回到初恋时期倾心相爱的意中人身边后,便是这样。

平静安详的追求持续了几个月,为挽回体面所必需的一段时间终于过去,于是威洛比爵士离开家乡,开始周游世界了。

## 第 四 章

利蒂希娅·戴尔

那又是轰动全郡的一个惊人消息。

现在,我们不想追究那些在饥饿中耐心等待的女人的心情;她们一定从自身获得了若干养料,因为你们看到,她们还活着;显然,她们并不需要大量的食物;我们可以确定,她们是只要一点热量就能维持生命的生物。她们既从不大声疾呼,也就没有充沛的活力。这些有机会争取同情,却不想争取的人,引起的只是一种相应的情绪,也即一种无可奈何的怜悯,它与轻蔑已相差无几。在几个星期中,公众的心对利蒂希娅是敞开的,只要她投进它的怀抱,向它哭诉,它会怀着感激的心情把她搂在怀里,演出一幕乡村戏剧。可能会有一部分人责备她,这些冷酷的人对她的企图不满,认为她想从无名之辈一跃成为帕特恩庄园的女主人;但是也有一部分人会责备威洛比爵士,这主要是两三个革命分子,每逢英国有些风吹草动,他们便会对自己身上的枷锁感到厌烦;不过大部分人却天生具有恻隐之心,随时准备用眼泪回答眼泪;偶然也会有几个慈悲为怀的人表示愤愤不平,要从苦难中拯救不幸的人们。然而机会没有成为戏剧便过去了。利蒂希娅依然按照习惯上教堂,脸色温和虔诚,也照旧接受邀请出入公馆,给威洛比的亲属念他的家信,靠从没提到过她名字的那些枯燥词句聊以充饥。这位年轻小姐从没发出过一声要求同情的呼吁。

这样,不用多久,公众的心就对她关闭了。根据对事情的新解释,她缺乏必要的气质,不适宜作帕特恩家的威洛比夫人,周旋应酬中不可能得心应手;他一定看到了她与他的身份不能相配,于是只得一走了事,以便克服藕断丝连的初恋留给他的烦恼;现在,从他来信的调子看,这已不再严重困扰他的心境。那确实是一些美妙无比的信!布歇夫人和蒙斯图特·詹金森太太细读了信都感到欣慰。在这些发自美国各主要城市的家信中,威洛比爵士表现了我们岛国贵族一位青年代表的卓越风貌。他说,他要描写一下"我们这些民主的表兄弟"。是的,表兄弟!他们很可能都在海军陆战队当过兵。他带着他的英国标准走遍了那个大陆,靠简单记下的一些事实,把他比较的结果告诉国内的亲戚朋友。他把不协调的事物并列在一起,表现了他的讽刺才能。星条旗下的平等的实质就是通过这样的方式暴露的。平等!信上有时会出现一些感想:"我们这些表兄弟实在非常有趣。我仿佛来到了圆颅党人①的后代中间。这随时会使我想起我们老家的不同,不过我是心平气和的。我们走我们的路,他们走他们的;显然,他们相信共和主义可以深刻改变人的天性。维农也竭力相信这点。我们表兄弟中的上层人物是巴黎的魔鬼②。其中也有一些是英国的激进派人士③——据我所知,我国的那部分人便是这样的。"与我们一比较,他们就变得荒谬绝伦了;与我们一对照,他们就显得凶相毕露了。维农的信与威洛比的也这样截然不同。你简直难以想象他们是结

---

① 十七世纪英国资产阶级革命中的清教徒革命派,因剪短发,不戴假发,故名。他们反对国王,革命失败后,不少人流亡到了美洲。
② 指十九世纪法国历次革命中的领导人。
③ 十九世纪英国政治改革中的先进派别,大多为共和主义者。

伴旅行的表兄弟,或者维农·韦特福德是生在英国、长在英国的英国人。这两支笔描绘的同一事物,往往南辕北辙。维农从不讽刺,威洛比书信中的创造力他是一点也没有的,可是正是这种创造力使他的亲友们惊叹不已:"那多么像他本人!"仿佛他们一下子飞越了广阔的大西洋,又见到了那位标准英国绅士,不免要向他鼓掌欢呼。

他鲜明地出现在他们面前,就像他们的肉眼看到了他。他的每一句话,每一种笔调,或者没有讲出的话,都提供了他的画像,一个在美国、日本、中国、澳大利亚以至欧洲大陆上,以英国的标准检阅上帝创造的那些畸形儿的他。维农却像温驯的绵羊,在国外变得低声下气,整天赞不绝口,参加了一次宴会便感恩戴德,硬着头皮要消化他所看到和听到的一切。但他们一个姓帕特恩,另一个姓韦特福德。一个是天才,另一个是跟在天才背后转悠的学者。一个不论到哪里都不愧是英国绅士,另一个却不伦不类,只是英国最近才出现的一个新品种,是那种对自己、对国家都不像会有多大益处的东西。

维农在美国的表演,威洛比作了出色的描绘。他在前往日本的船上写道:"再见吧,我们的表兄弟们!也许我的舞姿给他们留下了深刻印象,我的骑术让他们看到了英国人的风度,但是既然我得不到他们的普遍欢迎,我只得离开他们。我不能唱他们的国歌——如果几个州凑在一起就可以称作国家的话——说实话,他们唱的时候,我只得洗耳恭听,但我并不感动。不过毫无疑问,这是一个伟大的民族。我与他们告别了。我不得不把老维农强行拉走。他竟然曾真的想留在这里,现在还打算与一些人保持通信联系。"总的说来,如果不把他提到过的主人方面的两三点"傲慢作风"当一回事,那么威洛比的这次游历还是相当顺利的。总统在有意无意之间对他不太礼貌,但大家知道他的出身。英国绅士在离开一个国家时,总要竖起狮子尾巴,①对它轻轻抽上几下,借以表示他依然效忠于英国国王陛下,这正是英国统治者所希望的,威洛比·帕特恩爵士在告别那个生活方式迥然不同的国家时,便是用那些感叹完成了这个任务。不过这以后,他谈到美国总是恭恭敬敬,不胜留恋,可以说已把尾巴夹紧了。他的旅行对他还是有益的。原因在于这些表兄弟已经长大了,必须对他们采取安抚手段,免得他们生气,找你的麻烦。上帝禁止表兄弟发生内讧!

威洛比在阔别三年之后,回到了英国。那是四月最后一天的上午,天气晴朗,他的马车沿着庄园栅栏驶过的时候,事有凑巧,他遇到的第一个朋友便是利蒂希娅。她正领着一群学童穿过田野,为明日的五朔节②采集野花。他跳下马车,抓住了她的手。"利蒂希娅·戴尔!"他说,兴奋得有些喘气。"你的姓名是甜蜜的英国音乐!你好吗?"这个关切的问题使他得以凝视她的眼睛。他在那里看到了他希望看到的人,热情地握住了她的手,然后放下手,说道:"你和这些采花的孩子让我看到了家乡最可爱的景物,我简直不敢指望得到更好的欢迎了。我不相信巧合。我们的相遇应该是天意。你不认为这样吗?"

利蒂希娅快活得说不出话来。

他请她把一枚金币分给孩子们,问了几个人的名字,跟着念道:"玛丽,苏珊,夏洛特……只要讲教名,说吧!好吧,孩子们,明天早上把你们的花环带到我宅上去,记住,得早一些!明天不要睡懒觉。利蒂希娅,我变黑了吧?"他笑了笑,为外国的太阳表示歉意,接着又兴高采烈地嘟哝道:"英国这一片翠绿的乡村是无与伦比的。它美极了。你若想知道其美妙,就得离开英国,给太阳烤

---

① 狮子是英国的国徽上的图案,因此常以狮子代表英国。
② 英国的传统节日,在五月一日,这一日要采集鲜花、制作花环等,举行庆祝活动。

过。你不能,你还没有像我这样尝过去国离乡的滋味——这已多少年了?多少年了?"

"三年。"利蒂希娅说。

"三十年!"他说,"在我的感觉中它已这么久。至少我老得多了。但是看到你,我相信那还不到三年。你没有变,一点没有变。这正是我所希望的。我得很快见到你。我有不少话要对你讲,有不少事要告诉你。我会很快去看望你的父亲。我必须专门找他谈谈。我……这叫我多么快活,利蒂希娅!但是我不能忘记我还有个母亲。再见;只要几个小时,不多几个小时!"

他又握了握她的手。他走了。

她打发孩子们各自回家。现在采集报春花成了艰苦的劳动——一件没意思的事。她还有希望,她的星辰可能还没有陨落,他的出现使她如此激动;但是他的爱国热情像一阵急雨,可以在一年的春季驱逐寒冷的东风,融化凝固的空气,带来新的色彩,使生活重新开始流动;她的思想在惊异中又回到了康丝坦霞·德拉姆的行为上。那是利蒂希娅如何看待她的缺点的又一次表现。她几乎想咒骂这个女人,正是她给那个仁慈的魔术师,那个可同情的出国者带来了悲痛,使他高贵的脸庞变黑了,注视的目光变得忧郁了。啊,他那对眼睛看得多么深刻呀!这位有耐心的挨饿者被幻想的筵席惊醒。饥饿的感觉随之而来,希望也跟踪而至,耐心却溜走了。她本应该拒绝希望,把忍耐保留在心中;但是她的热血却理由十足地说,不可能永远是冬天!如果她由于重又感到了温暖,因而相信威洛比的到来符合时令转变的规律,标志着漫长冬季的过去,那么我们应该尽可能原谅她。他说过,他必须专门找她父亲谈谈。那可能是什么意思呢?什么意思,除了……她不敢把它形诸语言,变成观念。

到他们下一次见面时,她又成了"戴尔小姐"。

一星期后,他与她的父亲作了一次密谈。

在那个充满希望的晚上,戴尔先生对威洛比爵士恭维备至;他是房东,他答应按照原来的条件与戴尔先生签订一份新租约。除了这事,威洛比爵士还祝贺他生了一个出色的女儿,看来这只是房主和租户之间的会谈。利蒂希娅一面悄悄把心中刚诞生的希望掐灭,一面用满意的声调说道:"那么我们不必离开这房子啦?"夜里她的日记上多了这么一行:"今天我是个傻瓜。明天呢?"

明天,直至许多天以后,那里还是没有一个字,只有一些破折号。

忍耐又带着阴沉的脸色回到了她这里。由于我们必须有某种食物,她又没别的可吃,只得靠它充饥,但她发现,它比以前更没有味道了。这是具有镇静作用,但毫无营养价值的食物。死才能忍耐一切,老是靠那样的食物充饥,天长日久之后,我们便会仿佛死了一般。她两颊凹陷,面有菜色,这使她不得不自怨自艾,觉得她的偶像看不上她这样的人是理所当然的。他在公馆的时候,她遇见过他。他没有注意到任何变化。他彬彬有礼,殷勤体贴。她不止一次发现他的眼睛注视着她,接着他又连忙转望他的母亲。利蒂希娅只得强迫自己不再思想,唯恐思想成为堕落的诱惑,希望成为罪恶的幽灵。但他的母亲是不是曾经反对她?她不能不问自己。他的环球旅行便出于他母亲的要求;她是个野心勃勃的夫人,只是健康已在逐渐衰退;她希望儿子同她一起留在帕特恩庄园,然而她似乎也同意他住在伦敦,认为这对他有利。

一天,他以他一贯不露声色的态度告诉她,他已决心做一名乡绅;他放弃了伦敦,那是一个使人丧失个性的地方,他讨厌它。他打算定居在庄园上,他说,他要让表兄维农·韦特福德帮助他管理产业;他把这位表兄描摹得非常可笑,说他想入非非,要靠写文章过活,让他仅可糊口的收入增加一些,以便照例每年能在阿尔卑斯山生活两个月。在那次伟大的旅行以前,威洛比谈到维农的见解总是冷嘲热讽;人们也有些知道,威洛比认为维农在某些方面放任不羁,损害了家族的荣誉。但是在他们回国后,他承认了维农的才能,似乎不能没有他了。

这新的安排使利蒂希娅有了一个散步的同伴。步行锻炼对威洛比是一件苦差事,提到它,他便要叹气,表示他宁可骑马锻炼,不论骑多远都不在乎。但是她没有马,这样,他打猎的时候,利蒂希娅和维农只得步行,附近的人看到这情形,不免有所议论,于是埃莉诺和伊莎贝尔两位老小姐只好时常邀她一起乘马车锻炼,让威洛比爵士骑了马陪伴她们。

对利蒂希娅而言,给她带来真正的欢乐和阳光的,是把小克罗斯杰·帕特恩安置在她的家中;这是那位海军陆战队中尉——现在是上尉——的儿子。这十二岁的孩子具有十二岁孩子的一切活泼性格;他的伙食和住宿费用,已由维农与她的父亲讲定,由他提供。维农这种人没有固定的收入,也没有弥补家产损耗的支付能力,却大手大脚地花钱。他听说帕特恩上尉家庭负担过重,便自告奋勇,把他的长子接到庄园居住,教他读书。但威洛比拒绝接待这么一个父亲的儿子,预言孩子的头发一定会变红,皮肤一定会生疖子,行动一定叫人讨厌。这样,维农在征得戴尔先生同意让孩子寄养以后,立刻奔赴德文波特,带回了一个调皮的小家伙;这孩子红通通的面颊,圆鼓鼓的身体,看到肉饼和布丁便狼吞虎咽,吃个精光;他以可爱的坦率态度承认,他一生从没吃饱过。他接受了应该如何对待丰盛饮食的训练。在大家的多次帮助后,起先,小克罗斯杰坐在那里,对着吃剩的菜肴长吁短叹。后来他告诉他的男女主人,他家中还有两个姐姐,三个弟弟,两个妹妹,说道:"他们全都饿着肚子!"

他的伤感十分滑稽。直到过了整整一个月,他才能看着布丁从桌上拿走,不再叹气,为他不能代表德文波特的一家人吃完它而感到遗憾。小家伙的恶作剧,他对乡村生活的陶醉,以及经常弄得满身污泥的表现,使利蒂希娅从早到晚笑个不停。她在早上只要能抓住他,便教他读书;维农善于赛跑,因此下午归他管教。小克罗斯杰能给任何家庭带来活跃的气氛。他不完全是懒惰,他是反对从书本上获得知识,总是说:"我不要读书!"那口气可以使逻辑学家反躬自省。大自然对他有强烈的吸引力。每到上课时间,必须把他像树根一样拔出土地,清除污泥,然后那颗圆圆的大脑袋才会集中在扑朔迷离的残酷课文上。然而鸟类的生活习惯,它们下蛋的地点,兔子的饲养方法,怎样用手抓鱼,怎样与本区好斗的孩子们玩偷猎游戏,以及怎样从厨子那儿骗取食物,以便在雨中度过一天等,他很快就知道这些都是他天赋所在。对海军生活的向往,才使他的注意力没有完全脱离书本,因为他开始明白,要取得海军候补生的资格,必须先穿越这片沙漠。他热烈地夸耀他作战的父亲,一天他向维农和利蒂希娅谈到父亲时,刚好在公馆附近,他便提出了一个藏在心中的问题;他的话是这样的:"我的父亲是带兵打仗的!"他停顿了一下,"我说,韦特福德先生,威洛比爵士待我是亲切的,常给我一个克朗①,可为什么我的父亲在雨中走了十英里路来看他,他却不愿见他,使他不得不往回走了十英里路,在客店中过夜?"

他得到的唯一答复是:威洛比爵士可能不在家。"不!我父亲看见他了,只是威洛比爵士说他不在家。"孩子答道。由于他复述的"不在家"同样用了这句托词的口气,尽管他显然并不懂得这里面带有的挖苦,却使这句话带有了特殊的意味。然而维农告诉利蒂希娅,孩子从没向威洛比爵士要求过解释。

---

① 一个克朗在旧时相当于五个先令。

小克罗斯杰与谚语中的马不同,把他拉到河边比要他喝教育的水更难。① 他的心不像他的天性那么不受约束,纪律加上哄骗,只要运用得当,就能使他逐渐乖乖地喝水。四月的一个晚上,他游荡胡闹了一天之后,到厨子的窗口吹口哨,然后一边吃着向他提供的晚餐,一边汇报他的冒险经历。利蒂希娅走进厨房,伸起食指责备他。他却跳起来吻她,继续喋喋不休,说他在十五英里外一个地方,看到威洛比爵士与一位小姐坐车经过。利蒂希娅觉得,孩子徒步走这么远几乎不可能,因此怀疑他讲的不是真话,但后来他又谈到,一位先生在路上看到他,让他搭他的双轮小马车,来到一个农场,给他看一排排鸟蛋和鸟类标本,这包括英国所有的各种鸟,如翡翠鸟、红冠绿身啄木鸟、黑啄木鸟、嘴比头还大的欧夜鹰等,这些标本翅膀上有粉尘和黑斑,像飞蛾似的。这一切他都讲得那么详细明确。不过,尽管他说他在农场上喝了茶,回来时那位先生又给了他钱,让他坐了火车,利蒂希娅还是觉得这故事像胡诌;然而最后他谈到他上车站途中怎样看到威洛比爵士,向他脱帽致意,但威洛比爵士没有注意,车子便过去了,不过那位小姐看到了他,还向他点头还礼来着;这个画面却是带有真实色彩的。

如果真实的色彩遮暗了我们所向往的一颗明星,这阴影便显得不合情理。仿佛错误不在于那星,而在于真实。现实冒犯了我们,夺走了我们宝贵的错觉。这才出现了自愿的错觉这一说法,它是必然伴随着对真实的厌恶而俱来的;它对心灵造成的损害比耐心忍受饥饿造成的要大得多。

流言从周围一带出现了,乡村小道在窃窃私语,树顶在聒噪。蒙斯图特·詹金森太太的声音特别响:"你说,帕特恩家要有女主人了?但是从来没有人怀疑过他要结婚,他必然要结婚;只要他娶

---

① 英国有一句谚语说,把马牵到水边比强迫它喝水容易。

的不是外国女人,我们就不必大惊小怪。他是在切里顿遇到她的,两人都一见倾心。我听说,她的父亲在某方面很有学问,也有钱,但没有田地。我相信,也没有房屋。这是那种把一半时间消磨在大陆上的人。目前他们已在厄普顿庄园住了一年。只要那位姑娘高兴,想住在那里,她也会在那里定居。她十八岁,一表人才;当然漂亮,这不用问。威洛比爵士会得到美满的婚姻的。我们必须教育她,让她配得上他——但是别听布歇夫人胡诌!他那时还太年轻,才二十三四岁。从没听说年轻男子会给人抛弃,他是与她好好分手的。年轻人结了婚,就好比一个脾气暴躁的人必须保持温和的外表;即使他做到了,心里也不痛快。到了三十一岁或三十二岁,他就成熟了,知道怎么克制自己,因为他懂得了能屈能伸的道理。威洛比爵士是挺不错的,只是需要配上个妻子。像他那样的人,老是跑东跑西是绝对不成的。哪怕头脑清醒也不成!这很快会闹笑话。他一向不比别的男人差,也许还好一些——值得体谅得多;现在好了,他终于明白了,这也正是时候。我会注意她,观察她,你可以放心,我的眼睛是雪亮的;不过我想,他的判断力还是可以信赖的。"

传闻沸沸扬扬,终于得到了证实:米德尔顿神学博士带着他的女儿访问了庄园,但来去匆匆,只有帕特恩家的人看到他们。小克罗斯杰与米德尔顿小姐作过一次短暂的谈话,跑回家中后老惦记着她,因为她爱海军,有一张快活的脸蛋。根据维农的说法,她的笑容令人心情舒畅。他们给利蒂希娅勾勒的轮廓是:这位年轻小姐身材修长,体态轻盈活泼,似乎一举一动都带有青春的气息。有了那种"令人心情舒畅"的笑容,她是必然会得到人家好感的。

维农谈的大多是她的父亲,一个声誉卓著的学者;幸运的是,是个自己拥有财产的学者。他对米德尔顿小姐的回忆逐渐变得富有诗意,或者说他为了适应有诗歌意识的耳朵,把她描绘成这样的形象:"她给你一种意境,仿佛她是深山的回声。米德尔顿博士的头脑是全英国最伟大的头脑之一。"

"她的教名叫什么?"利蒂希娅问。

他想她的教名是克兰拉。

利蒂希娅夜间睡在床上和白天各处走动时,都在想象那深山的回声,那是被声音激活后,沿着半圆形圈子飞送到远处为之服务的精灵,一个飘忽不定、不可捉摸的东西,她的名字便叫克兰拉;她的甜蜜不仅在于美貌,她像天上的彩虹,凌驾于客厅的一切美女之上;如果与此同时,她又有优美的风度,可爱的笑容,那么一个男人还能抵制她吗?能在任何心灵中唤起深山的回声这一称号的少女,一定具有不同凡响的气质。维农说,她的父亲把她看作掌上明珠。谁不会这样呢?她的身上还洋溢着迷人的诗的魅力,这更加显得残酷,因为它无异剥夺了利蒂希娅的小小优势,尽管那只是一种虚无缥缈的优势。然而威洛比爵士这样的人有权进入诗歌的天地,他拥有男子的一切优点;想到米德尔顿小姐凭着她同样具备的天赋条件——尽管它虚无缥缈——赢得了他,利蒂希娅不免隐隐意识到,她与那个入选的少女之间存在着一定的联系。"他在她身上看到了我所有的东西。"她这么想,满足了她的自尊心,仿佛在自己的墓碑上看到了一个花圈。她为克兰拉尽量发挥想象力,故意给她装点各种妩媚动人的气质,尽管这是痛苦的;狂热的苦行主义者把马鬃衬衣①和鞭子当作进入天堂的途径,一条无限痛苦、又无限幸福的路。利蒂希娅的乐趣便是颂扬克兰拉。通过那位入选的情敌,通过对威洛比爵士之所以挑选克兰拉那样的人的理解,她与他还联结在一起。

她那种执迷不悟的忠诚是一种危险的亢奋状态,在沙漠中它

---

① 一种供苦修者用的、用马鬃编制的衣服。

会使人丧失清醒的头脑,而在偶像居住的世界中,一旦他来到身边,它便会把他投入它的熔炉中进行试验,从焚毁的心获得清醒的头脑。她时常出入公馆,帮助护理生病的帕特恩夫人。在威洛比爵士眼中,她一向只是一个无足轻重的亲密朋友,对这样的人,他是无须提到他骑马上厄普顿庄园的目的的。

然而在他思考他可能得到什么的时候,也对他可能失去的什么感到不安。她属于他光辉的青年时期,她的忠诚是他青年时期的新娘;他是一个既生活在现在,又同样执着地生活在过去的人;尽管利蒂希娅在侍候他的母亲时,关心体贴无微不至,他仍怀疑她对他变了心,这不是没有原因的:她最近的脸色不再那么苍白,她看他时,眼神中不再带有遣责的意味,她对他们之间从前的秘密既不掩饰也不暴露。她可能已把它埋葬,这是女人们的做法,她们的心可能成为坟墓,只要我们和世界允许她们这么做;那是绝对沉静的坟墓,你可以死一般躺在那里,像一个可怕的幽灵。即使不死,即使不致引起恐怖的联想,你也只是一具冻僵的躯体,躺在某个角落中。虽说涂了防腐剂,你也不会经常受到瞻仰。世界怎么知道你涂了防腐剂呢?对于它,你与一具腐烂的尸体并无不同,它不会向女人的心中窥视你,观赏燃烧的蜡烛和偶尔举行的礼拜仪式。有的女人——更不必说那位以弗所的太太了[①]——给你涂了临终香油,从此脱离红尘,不让悼念的蜡烛熄灭,可是一旦来了一个陌生人,自称心中珍藏着你的形象的她,会突然吹灭忠贞的烛光,把你当作给她心中的花园施肥的尘土,让那里再生出一朵爱情的鲜花。威洛比爵士知道这点,他以陌生人的身份经历过这种事;他也

---

[①] 古罗马作家佩特罗尼乌斯(? —66)在其名作《萨蒂利孔》中讲到的一个著名故事:在以弗所,一个刚死了丈夫的寡妇与一个士兵私通,士兵正奉命看守三个被处死的罪犯的尸体;在他们幽会时,一个尸体被盗,寡妇为救士兵,便把丈夫的尸体顶替了罪犯的尸体。

了解陌生人对他的前人和那个女人的感觉。

他在路上拦住利蒂希娅,跟她谈他自己和他的打算:到意大利旅行一次的计划。令人羡慕吗?是的,但是在英国你过的是较高的道德生活。意大利夸耀的是肉体的美,精神的美却属于我们。"我对意大利相当熟悉,我一直希望在那里给你当导游。但现在看来,我只能跟与我同样熟悉那个国家的人一起去了,因此我并不特别起劲——你现在还像过去一样吗?"他往往东拉西扯,在一句话里从一个人跳到另一个人,结果变得不知所云。当他专门谈到他自己时,她觉得这是在讨好她。他终于把话题转到了她身上,先是谈她对他母亲的悉心照料使他衷心感激,然后表示希望给她介绍"一位米德尔顿小姐";他想听听她对米德尔顿小姐的看法;他信赖她在观察性格上的敏锐洞察力,从没发现它出过差错。

"如果我觉得它可能出错,戴尔小姐,那么我对自己也会怀疑了。你瞧,我对你的好感是由来已久的。你必须还像过去那样,否则我真不知道怎么办。"于是他开始大谈友谊,尤其是男女之间的友谊的魅力,这就是人们所说的"柏拉图主义"①。"我在世界面前嘲笑过它,但是在内心深处,我总是尊重它的。世界会对柏拉图哲学着迷,这实在很可笑。你曾教导我,理想的友谊是可能的——只要两个人不计私利,互相尊重。其余的生活只是义务:对父母的义务,对国家的义务。但友谊是那些能够成为朋友的人的节日。妻子很多,朋友却很少,我明白是多么少!"

利蒂希娅把刚冒出来的想法咽了下去。为什么他要折磨她?是为了让他自己得到一个节日吗?她能够失去他——这点她已习惯——能够忍受他的冷淡,但是不能忍受他玷污自己的形象;这使她感到伤心。他仿佛在要求她向他作出保证,对她说道:"意大

---

① 指心灵与心灵之间的爱,也即一般所说精神恋爱。

利！但是我在意大利永远不会有一天可以与我回到英国的一天相比,我的欢乐也永远不会像你的迎接那么美好。你能永远这么做吗?我能再次期待这样的会面吗?"

他逼迫她答复。她尽可能作出了最好的回答。他不满意,要求她答应他,让他放心,这在她听来简直不像一个男人的口气,他的语言似乎女性化了。她只得说:"恐怕我无法把这当作任务一样来完成,威洛比爵士。"他立刻意识到了他的错误,因为他绝对不是一个迟钝的人,于是他答道:"只要你答应了,你就一定会做到的,你会坚定不移地履行诺言。这样,万一发生意外,我也只能抱怨命运。意志才是关键。你知道我最恨变化。至少你还是我的租户,不论我走到哪里,我都能看到你的灯光还在我的庄园尽头发亮。"

"不论我父亲和我都不会自动离开常春藤庐舍。"利蒂希娅说。

"目前是这样,"他喃喃地说,"你能答应我,想离开时要提前很久通知我,先得征求我的同意吗?"

"这是我几乎可以保证做到的。"她说。

"你喜欢这个地方?"

"是的,能住在这种小房子中,我心满意足。"

"我相信,戴尔小姐,要是我也能住在这种小屋中,我一定会觉得很幸福。"

"这是宫廷中的幻想。但既这样了,就别想那样,睡觉就比较安稳。"

"你把小屋描绘得那么美好,使人巴不得快些离开高楼大厦和深宅大院。"

"但你会更快跑回去的,威洛比爵士。"

"也许你是了解我的。"他说,一边点点头,一边满意地往前走。他站住了,又道:"不过我并没有野心。"

"大概你太高傲了,不屑指望什么,威洛比爵士。"

"你一下子打中了我的要害!"

他走了,心里有些遗憾。克兰拉·米德尔顿不像利蒂希娅·戴尔那么琢磨他,了解他。

她站在原地,心想他是在存心捉弄她。她并没有"打中他的要害",否则她会感到惊讶,承认他是多么真诚。

她下一回坐在帕特恩夫人病床旁边的时候,她听到的一切使她的认识深入了一步;要是她能保持冷静的态度,这对她理解他的内心是有帮助的。老夫人充满深情和信任,谈到了她的一个话题,她的儿子:"现在又出现了一个时髦女郎,我的孩子;她有钱,健康,漂亮;他也一样;这似乎是天作之合;我希望并祈求一切顺利;但是我们的眼睛变得模糊的时候,我们才开始读懂世界这本大书,因为我们总是从字面上去理解它的意思,我问自己,双方具备了金钱、健康和美貌这些条件,怎么会不互相吸引。我们以前已领教过一次;但不论怎么说,那个姑娘德拉姆还是正直的。不过我但愿他能找到一个尊敬他、体贴他的终身伴侣,一个头脑清醒、具有另一种的财富和美丽的女人。她是正直的,她及时跑了,要不然还可能闹出更坏的事。现在我们又读到了这一章,又碰到了这样一个人,然而她可能并不那么正直;我看不到它的结局了。请你答应我永远好好对待他,做我儿子的朋友,做他所说的他的艾吉利娅①。在那个姑娘使他伤心的时候,他不让任何人,甚至他的母亲发现他的痛苦,只有你了解他,今后请你也这么做。要在他的感情受到伤害的时候安慰他。威洛比对你有着最完好的信任。如果那破灭

---

① 罗马神话中的仙女,据说曾帮助罗马传说中的第二个国王努马·庞皮利乌斯制定各种律法,因此后人用她的名字指聪明的女人或顾问。

了——我简直不敢想象！他说，以前也时常说，你是他心目中理想的忠诚女性……"

利蒂希娅不能再往下听。几天中她一直在心中重复这句话："他理想的忠诚女性！"现在，当他第二次抛弃她的时候，他对她的忠诚的赞美显得那么荒谬，只能令人觉得啼笑皆非。

# 第 五 章
## 克兰拉·米德尔顿

威洛比·帕特恩爵士和米德尔顿小姐的伟大会见发生在一位大乡绅的切里顿庄园上；在那里，这位十八岁的年轻小姐是第一次升到地平线上，给大家看到。她有钱，健康，美丽，这三位一体的灿烂星光，可以使所有的男人都变成天文学家。他望着她，希望她也能看到他。但是他一旦凝神望她，便发现他必须经常移动位置，才可以赢得她回报的目光。他只是一群人中的一分子，许多人在他的前面，而每个人都争先恐后。他不得不在心中斟酌，怎样才能尽快地通知她，他是威洛比·帕特恩，免得她的手套给弄得太脏，不能满足他的高雅情趣，因为她随时随地都在向周围的人伸出她的手，与这些蒙昧无知的男人的接触必然会留下污点。她的灿烂星光照耀得太普遍了，使他感到不快。然而这却促使他全力以赴，迅速投入竞赛的热潮，尽管他对她还一无所知，只知道这是一件值得争取的珍宝，而他威洛比·帕特恩对这位年轻小姐而言，只是几十个人中的一个。

他的科学头脑比他的对手们略胜一筹，他明白一个漂亮女人选中你，这是大自然对你的赞美，是值得自豪的。我们根据科学已经知道，在这个普遍存在斗争的领域，成功总是授予优胜者。你礼服的燕尾比你同伴的更漂亮，你的头饰比别人的更精致，你的谈话更富有新意,你迈的步子更大,于是她把你作了比较研究之后,便选中了你。出类拔萃才对她有吸引力。她的眼睛可能望着别处,但你会看到,出类拔萃者只要招一招手,她便跑了过来。她不能不这么做,这是她的天性,她的天性是最高贵的家族将从她得到繁衍的保证。她赞赏你,优秀的后裔也就有望了。科学,或者不如说,对科学的理解,便是这样促进了贵族的繁荣昌盛。因此,成功的追求者把她从众多的竞争者中间拉到自己身边,这个事实便告诉你,你是最优越的人。不仅如此,它还向世界宣告了这点。

威洛比在米德尔顿小姐眼前亮出了自己高人一等的优美气质;他有一条腿。他是飞黄腾达的竞争者的继承人。他有风度,有悦耳的声调,有精美的服饰,有高贵的仪表;他在充满希望和热情的追求浪潮中,保持着使他占据优势的充沛精力;这一切加上为赢得和占有锦标而勇往直前的意志,便赋予了他不可抗拒的力量。他不辞辛苦,不怕困难,因为他如饥似渴地向往着胜利。他奉承她的父亲;他知道所有的人,尤其是父母,总是谁拿出得多,谁的口袋深,谁的土地广阔,谁的态度恭敬,便喜欢谁。男人也像女人一样会按照自己的方式,对表现最好的人刮目相看,帮助他取得最后胜利;理所当然,米德尔顿博士对威洛比在造访厄普顿庄园的一个月中,向他的女儿提出的那个令人难忘的问题,在关键时刻作出了自己的贡献。起先,那位小姐对威洛比的旋风式追求感到吃惊,像小草一样无法抵御。她要求让她考虑一段时间;威洛比表示无法等待。她毫不迟疑地承认,她心目中没有一个人比得上他,于是他同意了。但对他的处境的冷静思考告诉他,在这段时间内,他得受到求婚的约束,她却不必,这太不公平。她为自己辩解说,在缔结婚约之前,她希望看看世界。这使他不安,他在精致而神圣的外表下装出令人吃惊的爱神角色。他乐意服从她的意愿,度过一段苦恼的日子,但是他的母亲不能等待,她必须在她死前看到,帕特恩庄园已有了一位未来的女主人。爱神狡猾地躲在孝顺父母的面具背后眨眼睛,但这作为急不可待的口实是合理的。米德尔顿博士认为,这合乎情理,假定他的女儿打算接受婚约的话。她不是不想接受,只是她怀着少女的愿望,想先看一看世界——只要宽限一年,她说。威洛比把一年减少到六个月,答应了这个条件,这使她感激不尽,同意与他订婚,但这不是一句轻松的许诺便可了结。他要求她宣布婚约,举行一次不公开的但有约束力的仪式,从而确定她的从属地位。她健康,美丽,还有金钱给这些天赋条件增添光彩;这倒不是他要把金钱作为一个条件,只是它带来的光辉足以造成举世瞩目的效果;这么一来,那一大批紧追不舍的竞争者只得大失所望,在无可奈何中发出伤心的叫喊。她必须属于他。

他使她的订婚不只是轻声许诺的密约。这是庄严的忠诚宣誓。为什么不呢?在说了我是你的以后,她还可以说,我完全是你的,我永远是你的,我起誓我永远不背叛婚约,我是你心心相印的妻子,无条件属于你的妻子;我们的婚约便是照上面这么写的。对此她还周到地补充道:"就我而言是这样";这种慷慨带有令人心寒的意味,他接着强迫她对他进行爱情问答考试,他以热烈的回答通过了测验,这使他与她的结合显得如此不可分离,她再也不能怀疑他是爱她的。是的,他爱我!她怀着单纯的信念和惊讶,在心中反复这么说。她几乎刚开始想到爱情,爱情的魅影便在她的路上升起了。她从没对爱情感到任何温暖,它已来到了她身边。在她的梦想中,爱情一向只是强有力的世界的遥远祝福,它潜藏在世界某地的大森林中,在波涛汹涌的海洋那边,一片迷雾中间,既美丽又危险的事物包围着它,那是令人心悸的秘密,但既隔着万水千山,就不会使她心悸。她对它的主要观念是:爱情可以使世界变得丰富多彩。

就这样,米德尔顿小姐默认了优胜劣败的规律。

就这样，一群人中最优秀的一个吹响了胜利的号角。

他看来便是"适者"；他证实了科学的名言①。帕特恩家族的繁衍得到了保证。他向他的崇拜者蒙斯图特·詹金森太太说道："在我眼里健康的价值高于一切，但是她除此以外还无所不有：门第，美貌，教养；她是人们所说的女继承人，是最完美的女性。"他以巧妙的方式向这位太太暗示，米德尔顿小姐是他从一群人的包围中抢救出来的，她没有受到这群人的污染，不致损害他的高雅情趣。这是他通过对当代时髦女郎的嘲讽进行的，这些女人在世界上东跑西走，勾搭男人，也给男人勾搭，以致对异性像对同性一样了解，对市场的熟悉程度也丝毫不比男人逊色；也许还纯洁，但要说天真无邪就难了。她们决不是我们理想的女性。米德尔顿小姐便不同，她是名副其实的理想人物，早晨刚采下放进篮子的水果，它那果皮外的粉霜便是一种保证。

妇女不会为年轻的姐妹们辩护，尽管后者的行为或许也是前者所做过的。例如，撩起面纱让人观看；窥视一个花花世界，在那里，天真无邪的脆弱就像一层胎膜，不能在海船遇难时保证胎儿的安全。饱经世故的女人从来不想反对把纤尘不染的贞操作为男女关系的条件，而这种白银般纯洁的观念却来源于东方，反映了她们的夫君在爱情上的要求。蒙斯图特太太祝贺威洛比爵士功德圆满，获得了一位东西合璧的美人。

"让我看看她。"她说；米德尔顿小姐经过介绍，接受了严格的检阅。

她的嘴笑的时候不露牙齿。嘴唇在弧线中央密合无间，两端较薄，弯弯地升向酒窝。她的眼睑也在外角微微翘起，就像嘴唇伸向光洁的面颊一样，急于上升到鬓角，于是隐隐形成了一缕亮光，

---

① 指达尔文进化论学说中的"适者生存"。

或者这种上升只是一种色泽的表现。她脸上的各个部分像彼此契合的游伴，没有一个部分想突出自己，充当绝对正确的角色，鼻子也没有家庭女教师在一群活泼的小姑娘之间通常表现的威严，尽管这样，它具有美好的轮廓，似乎既不想对你严厉盘问，也不想纵容你调皮捣乱。对于一个敏感的情人，她的面貌会使他想起等待着微风的白杨在水中的倒影；那是一张纯洁、光滑、白皙的脸，两颊带有一抹淡淡的红晕，即使在平静的时候，那两个浅浅的酒窝也不会完全消失。她的眼睛是棕色的，恰到好处地嵌在温柔的眼睑之间，往往由睫毛遮着，但目光依然是清醒的。她的头发是浅棕色的，从鬓角松松软软地向上延伸，绾成了一个结，衬托着从脑门到嘴唇和下巴的那个三角地带，使它仿佛成了寓言中的一片林间空地，带有粗野的色彩，而这显然符合她的趣味；这三角形也与她相称；但她脸上主要表现的不是桀骜不驯的狂妄气质，也不是怯懦软弱的情绪；她那安详地抿着的嘴唇把长长的弧线伸向两边，防止了她的小圆下巴产生那样的效果。她的眼睛只在心情舒畅的时候才会闪动，但一旦陷入沉思，它们便显得坚定镇静；在这种时刻，她那冬山毛榉林形状的头发也失去了仙境般的幻想气息，然而奇怪的是，单单它的轮廓便给她增添了一种凝神思索的外表。只要观察一下老鹰怎样展开翅膀在空中盘旋，伺机攫取它的猎物，便可以理解一位年轻小姐表情上的这种变化；对此，维农·韦特福德把她比作"深山的回声"，而蒙斯图特·詹金森太太却声称这是"一个狡黠的瓷美人"。

　　维农的想象一定来自她对答如流的机智和悦耳的声调。对他说来，与她那位渊博的父亲做伴，比跟一个不满二十岁的他表弟的未婚妻打交道更有意思，但是她的敏捷口才和声音对他却是有吸引力的，因为他聪明而富于理解能力，他认为那是一种智慧，一种天然的智慧，它光芒四射，与城市中那种索然无味、故弄玄虚的智慧完全不同。他在赞美时,没有引用过米德尔顿小姐的机智谈吐,然而他大胆向蒙斯图特太太提到了这点,结果那位太太答道:"好啦,我没有发现什么机智。大概是你有本事把这引出来。"

没人发现这种机智。维农认为,人们的听力退化了,需要声音的冲击。为了证明米德尔顿小姐的声调如何美妙,他回忆着她的大量谈话;它们涌上了他的心头,只要他不把它们说出口来,它们就具有惊人的丰富意义;因为不论他的叙述方式对它们的损害是大是小,它们反正已不能完全代表她的风格了。在一定程度上,这可能是由于她敏捷地抓住了谈话中瞬息万变的细微差别和感情色彩。把她参与的每次谈话全部回忆一下,她这种机智很可能会受到检验;然而哪个人能记得其中枯燥冗长的部分呢?既然这件事只是对他个人,而且显然仅仅对他一个人,是新鲜和有趣的,那么何苦为它展开争论,因此维农决定把它保留在心里。至于她的姿色,他认为这并不十分显著,因此对它的颂扬只能引起他的气恼。为了奉承威洛比爵士,人们总是把她吹捧成美的化身,上帝特地为他这位标准绅士选择的配偶。她被比作鲜花,画在宣纸上的那种中国宫廷仕女。只要给她披上一身法国衣衫,她就可以变成西方美人,似乎正坐在草地的喷泉旁边,周围乐声悠扬,一群迷人的牧羊女穿着丝绸衣服,在她周围窃窃低语,尽管这一切实际上并不存在。布歇夫人从她身上看到了达·芬奇[①]的得意之笔,那种女性的姣好容貌,卢伊尼[②]画中的安琪儿。卡尔默夫人则看到过一些粉笔画,那些法国贵族的闺阁名媛与她长得一模一样。有人还提到了古代一个吹笛子的牧人的雕像,说那凑在笛孔上的小嘴仿佛便是她那弯弯的嘴唇,只是这种比拟遭到了反驳,因为它太荒诞不

---

① 列奥纳多·达·芬奇(1452—1519),意大利文艺复兴时期最著名的画家之一。
② 伯纳蒂诺·卢伊尼(?—1532),意大利文艺复兴时期画家,以宗教画著称。

经了。

可是蒙斯图特·詹金森太太这次没有成功。她的"狡黠的瓷美人"得不到威洛比爵士的赏识。"为什么说狡黠?"他问。这位太太言必有中的名声令他不安,未婚妻优美的举止和文雅的仪表也对他的反驳起了支持作用。克兰拉年轻、健康、漂亮;因此她适宜做他的妻子,他的孩子们的母亲,他的如花似玉的伴侣。毫无疑问,他们是天生的一对。在她身边走路,向她俯首谈话,他整个身心都能感到,她是他本人的女性化身,在不同中显示了同样美好的气质。她是他的补充,他的完成,赋予了他在世界面前所缺少的柔和线条。他忘乎所以地追求她,他彬彬有礼地奉承她;镇静自若的男子气概,辅以谨慎乖巧,更是相得益彰,深得少女欢心。他在抬高她的同时,从不显得在贬低自己,这是追求有头脑的少女时必须掌握的无价秘诀;一个情人只有不唾弃自身的价值,才能使她们加倍地意识到他的价值。那些幸福的日子是值得自豪的,他每天骑着他那名叫黑诺曼的马前往厄普顿庄园,他的心上人便在那儿等他,凭着心跳的加快已知道他的到来。

她的心也是富于接受能力的。她对他的性格获得了一些印象,也给予了他愉快的感受。她记得他随意说出的片言只语,注意到了他的习惯,他的特点,这是女性中没有人这么做过的。他感谢他的表兄维农称赞她的智慧。她确实这样,而且具有高雅的情趣,以致对于评论她的那句警句,他越想越觉得不是滋味。她的智慧足以了解他,她的内心也懂得崇敬他,这使她具有了一般少女所望尘莫及的高贵品质。

"为什么说狡黠?"他坚持要蒙斯图特太太作出解释。

"我是说瓷美人。"她答道。

"我不满的是狡黠。"

"瓷美人就是说明。"

"她有最严格的荣誉观念。"

"我相信她是品行端正的典范。"

"她有美好的风度。"

"一位年轻公主的举止!"

"我认为她是完美的。"

"她依然可能是一个狡黠的瓷美人。"

"你是指她的头脑还是她的人品,夫人?"

"包括两者。"

"两者并不一样。"

"两者不可分割。"

"狡黠和帕特恩夫人的称号不能并立。"

"为什么不能?她在我们这一带会成为一个新型人物,给你的公馆带来活力。"

"说实话,狡黠的人与我并不完全相称。"

"可以把她当作你的一种补充。"

"你喜欢她吗?"

"我爱她!我能设想,与她在一起,我会一辈子感到愉快。听从我的劝告:珍惜瓷美人,但别认真对待她的狡黠。"

威洛比点点头,但依然不得要领。他的身上没有一点狡黠的影子,理所当然,他的新娘也不应该有。调皮,任性,恶作剧,这些都与他的天性背道而驰;他争辩道,他所选择的配偶不可能是应该得到这种称号的人。他的守护神也不会批准这点。他对米德尔顿小姐的进一步认识,与他最初的印象完全一致;你们知道,这是理应相信的;普通陪审团证实了大陪审团向它提交的案情正确无误①;克兰拉的行为一

---

① 普通陪审团即一般所说的陪审团,在法庭上就审理的案件作出裁断。大陪审团人数较多,是在审理前核实罪证,提出报告,决定是否进行审理的。

天天坚定了他原来的结论,即她本质上是一个女人,也就是说,是一个寄生者和一只酒杯。他开始教导她,让她对他获得彻底的认识,但随着她越来越不怕他,她变得善于思索了。

"我是根据性格判断的。"他对蒙斯图特太太说道。

"要是你摸得透一个姑娘的性格,那倒好了。"她说。

"我想我已了解得差不离了。"

"一个跳到井水中捞月的人也这么想。"

"想不到女人这么鄙视她们的姐妹们!"

"根本不是这么回事。她还没有性格。这是你在塑造它,请你听我的劝告,不要感到不愉快;实在的事物才是你最可靠的向导;你从一个姑娘的面貌和举止上更能了解她的性格,这比你的水中捞月强得多。她是一个可爱的年轻女人,只是属于那一类。"

"哪一类?"威洛比爵士问,有些不耐烦。

"狡黠的瓷美人。"

"你这是要我相信,我永远不能理解这点。"

"我无法讲得更清楚了。"

"问题在于狡黠这个词!"

"我是说娇滴滴的狡黠。"

"意思是她不牢靠?"

"我也说不清。"

"喜欢调皮捣乱?"

"是材料精致,造型美观。"

"你是认为她像一件德累斯顿瓷器[①]?"

"可以这么说。"

"一件工艺品?"

---

① 德国德累斯顿瓷器以精美著称。

"天然的不是更好吗?"

"我衷心觉得她从头到脚都是完美的,亲爱的蒙斯图特太太。"

"那就再好也没有了。有时你得跟她走,但通常是她跟你走,于是一切美满无缺,亲爱的威洛比爵士。"

正如一切心直口快的人一样,蒙斯图特太太最讨厌别人对她的词句刨根问底。它刚形成一个模糊的概念,便给抛了出来,但这是为了让人领会,不是供人分析的。她为理解米德尔顿小姐的性格所作的指示,与她对理解威洛比爵士的性格所作的说明一样——他的面貌和举止都证明,他正是她所想象的那个人:一个神采奕奕、自视甚高、具有健全的理智的绅士。

蒙斯图特太太的劝告比她讲的那些话更有意义,因为她一遇到他不愿触及的地方便缩住了。他不去研究那份索引,就潜入了水下。他的求婚得到了米德尔顿小姐的认可;他相信他已赢得了她的好感;只是他还不能确定他是否占领了她的心,但他必须取得它。可是我们这位热恋的绅士不能用大自然在水上书写的一半符木,印证他在水底的发现。于是这种深入挖掘的习性带来了危险的副产品:在找不到我们预期的事物时,往往千方百计播种和栽植它们;这便干扰了那颗温柔的心。米德尔顿小姐的面部表情本来一目了然,足以说明性格的主流。他应该能够看到,她的精神包含着对自由的天然热爱,其次,她还需要广阔的活动空间,这样她才能保持她的忠诚。不幸的是,那些表面特征没有成为进入内心世界的向导,却被当作了他自身的反映。确实,它们十分甜蜜,足以诱使一个已被承认的情人得寸进尺,企图在第二人称中看到第一人称。不过他已经发现,他们的想法在一两个问题上并不一致,而观念上的差异出现在他的新娘身上,这使他厌恶,不能放任不管。他反复批驳这些看法,证明她在许多方面错了。他力求塑造她的性格,使她成为他本人的女性化身。然而她为自己的观点辩护,这使他不免流露出小小的失望和惊讶。她立即说道:"威洛比,现在还不迟。"这伤了他的心,因为他只是要她成为他手中的材料,让他可以塑造她;他并无别的想法。他向她宣讲爱情的无所不包。怎么现在还不迟?他们是订了婚的,他们已永远结为一体;他们是不能分割的。她严肃地听他讲解,觉得这个无所不包实际是一个狭隘的住所,只有一个嗓音在那里嗡嗡个不停。然而她听着。她成了专心的听讲者。

# 第 六 章

## 他的求爱方式

在这一对情侣中,世界是分歧的主要问题。他对世界的观点给了她一种感受,仿佛生物面临被剥夺空气的危险。他向他的爱人说明,唾弃世界是两人相爱的必要条件。他们生活在世界上,接受它的恩惠,也尽自己的力量帮助它。但在他们心中,他们必须鄙视它,排斥它,这样,他们才能全力把他们彼此的爱倾泻在纯洁的河床中。除非他们与世界隔绝,他们便不能使爱情享有安全感。你得承认,世界是粗俗的,它是一只野兽。我们表面上为我们从它得到的利益感谢它,只是我们俩有一个内心的圣殿,而我们在那里进行的礼拜——只要你愿意正视一下——便真正是把世界从那里驱逐出去。我们不能允许这只野兽亵渎圣殿。这可以保证我们的结为一体,我们的遗世独立,我们的幸福。这才是用整个心灵去爱。亲爱的,明白吗?

她摇摇头;她不明白。世界上那些臭名昭著的罪恶,她一个也不承认;什么暗箭伤人,自私自利,粗野庸俗,尔虞我诈,腐蚀引诱。她还年轻。威洛比本来认为,她可以接受指导;但是她并不驯服。她要武装起来保卫世界;不难看到,她对世界抱着浪漫主义的幻想,如此而已。她败坏了他的兴致,不想听他唱秘密的闺房之歌。爱情的神灵啊!如果不能把世界赶出我们的闺房,与它一刀两断,我们还怎么能谈情说爱？爱情不把世界一脚踢开,那么情侣们躲在帷幔后面的活动,在没有遭到鞭笞的、冷嘲热讽的世界看来——不是吗？——就只是偷偷摸摸溜进阴暗的角落接吻,而不是在屏幕背后进行的光明正大的行为。我们的主人公对藐视世界的方针,怀着坚定不移的信念,为的是保卫他个人的尊严和他心上人的优美情操(不妨说,也是为了他的荣誉)。

藐视世界才能使两人高于世界,对它说:滚开,魔鬼！这同样也是一种策略;他是一个有高深教养的人,其次,他知道,女人为燃起崇拜丈夫的篝火,必须由世界提供干树枝。他还知道,他是在给未婚妻制定一种诗歌规范,一种实事求是的诗歌。她爱好诗歌,有时尽管他噘起嘴唇,厌烦地嘟哝:"我不是诗人。"她仍置之不顾,照样引用诗歌。但是他讴歌的是封闭的、堡垒式的闺房之乐,它没有荒诞的音韵吸引女人的耳朵,它即使不引起她的反感,也是她所不能接受的。她不想为他焚毁世界;尽管不能想象还有更纯粹的诗歌,她却不愿为了向他表示敬意,让自己变成一堆灰,一炷香,或者一缕烟;她不想在爱情的感化下,让自己名副其实地化身成她要嫁的那个男人。她宁可做她自己,保持女人的利己主义！她直言不讳,对他说道:"我必须是我自己,才能对你有所价值,威洛比。"他不知疲倦地向她讲授爱情艺术。为了对她作出补偿(他不愿她由于不再崇拜世界,感到失去了什么),他常常向她叙述他年轻时的想法;于是他原来对世界的想象成了这个话题的代用品。

米德尔顿小姐尽量容忍这一切,因为她相信他是出于好意。由于忍受了她所厌恶的,她对以前仅仅在观察中发现的事却变得不能忍耐了,例如,他在学术问题上的观点,他对她父亲所十分器重的维农·韦特福德的态度,以及关于他如何对待戴尔小姐的谣传等。康丝坦霞·德拉姆的故事在乡间流传,在她听来也有了新的意味。其实他从不忽视世界的赞扬。韦特福德先生给郡报写的通信为他在各乡绅人家赢得了声誉,他照单全收,却又流露一种惶恐心情,唯恐成为他所蔑视的世界的嘲笑对象。回想到他讲的话,她心里便不痛快,觉得他"有些不合逻辑",这是我们的天性遭到压抑,不再能自由活动的时候,很容易发觉的,于是我们便会立即希望展开一场辩论。她决定总有一天,遥远的一天,她会与他发生争论,但争论什么呢?她不知道症结何在。世界是一位太大的当事人,它又污点太多,太不堪一击,一个少女要当它的辩护人,对付一个男人,这谈何容易。那"有些不合逻辑"引起的主要是她感情上的,而不是她理智上的对抗。她还不敢想象自己能当韦特福德先生的支持者。然而她还是相信,争论必然要到来。

她这样思考的时候,开始按照威洛比爵士第一次听到他的新娘绝不同意他的看法时流露的脸色,描绘他的面貌。这幅肖像一旦形成,便不会轻易消失。他本来生得漂亮,漂亮得无懈可击,以致不友好的小小一笔,便能把他弄得面目全非,变成一幅漫画。他那种扬扬得意的高傲表情,或者不如说,那种不可一世的自满情绪,是很容易夸张的。在他强调他的惊讶时,他的眉毛往往向上扬起,这样,在漫画的夸大下,那对眉毛便升到了无限的高处;每逢他的思想惹得她不愉快时,她心目中看到的便是这副面貌,不是他的原形。这是不公平的,也不符合她更深的感情;她责备自己,在她的淘气天性所许可的范围内,她尽量按照世人的看法看待他;这种努力令人不由得要想,无知还是幸福的。她觉得仿佛陷入了一群精灵的包围中,很难再为自己的思想负责了。

他对待小克罗斯杰的态度,连韦特福德先生也自叹不如。她看到过他与孩子在一起的情形,他那么快活,对孩子百依百顺,几乎自己也成了孩子,这与韦特福德先生那种教师的威严截然相反。他保持着英国父亲的作风,对儿童的兴趣和玩乐采取放任的宽容态度,尽量满足孩子对零用钱的需求。他不是以教师自居,不是做一个严厉管教小家伙们的书呆子。

韦特福德先生竭力避开她。他到厄普顿庄园拜访她的父亲时,与她只在餐桌上见面,她也不觉得有什么特别的遗憾。他那对深陷的眼睛不时发出炯炯逼人的目光直视着她。她喜欢过他的眼睛,现在它们却叫她不能忍受了;它们停留在记忆中,仿佛在那里留下了一道磷光。她记得童年时期,她与一起游玩的男孩们曾把头伸进树篱叶子,观看母鸟在窠中孵蛋;而那神奇而幽暗的树篱间,母鸟的眼光使她不由得带着无数幻觉缩回了身子。韦特福德先生的目光重又唤醒了她的这种感受,但没有早先那种又惊又喜的感觉。她为他的不在感到庆幸,因为她刚与威洛比度过了一个钟头,那留下了不愉快的回忆的一个钟头。韦特福德先生才离开,威洛比便到了,他带来了他母亲病重的坏消息。帕特恩夫人已朝不保夕。她的儿子谈到了这将成为他多大的损失,还谈到了死的可怕。他又带着哲学意味,漫不经心地提到了自己未来的死。

"我们所有的人都得死!我们的生命是短暂的。"

"是的,很短。"她同意道。

那口气显得毫无感情。

"要是你失去了我,克兰拉!"

"但你身强力壮呢,威洛比。"

"我明天也可能突然夭折。"

"不要这么讲话。"

"但这是应该正视的问题。"

"我不明白这种话有什么意思。"

"万一你失去了我,亲爱的!"

"威洛比!"

"啊,丢下你叫我多么痛苦!"

"亲爱的威洛比,你太悲伤了;你的母亲可能复原;让我们这么希望吧;我会帮助护理她;我已提出过,这你知道;我做了准备,愿意尽最大的努力。我相信我是一个很好的护士。"

"重要的是要相信,我们不会随着死亡而消失!"

"那是我们的安慰。"

"如果我们相爱呢?"

"我们便可以指望重新相见吗?"

"但是来到世上,我却看到你也许……与另一个人在一起!"

"看到我?——在哪儿?在这儿?"

"嫁给了……另一个人。你!我的未婚妻,一个我以为属于我的人;而你正是这样!然而你可能——多么可怕!但一切都是可能的;女人总是女人;她们随波逐流,水性杨花!我知道她们。"

"威洛比,不要折磨你自己和我,求求你。"

他露出深思的脸色,问她道:"你能在这种女人中成为一位圣人吗?"

"我想,我比一般幼稚的女孩子强一些。"

"不会忘记我?"

"哦,不会。"

"永远属于我?"

"属于你。"

"能够保证?"

"已经保证过了。"

"在我死后仍属于我?"

"我想,结婚就是结婚。"

"克兰拉!把你的生命献给我们的爱吧!永远不要让别人碰你,永远不要听别人的轻言巧语!没有遐思,没有梦想!你能吗?——我感到痛苦,一想到你……受到侵犯。永远属于我吗?尽管我走了,在所有的男人面前,依然是我的人,依然忠于我的遗骸吗？告诉我。让我得到这种保证。忠于我的姓氏！啊,我听到了那些话。他们在叽叽喳喳议论帕特恩夫人:'他的遗孀,一个寡妇。'如果你知道这些人怎么谈论寡妇！塞住你的耳朵,我的天使！但是如果她不去理睬他们,继续走自己的路,他们就不得不敬重她。死去的丈夫就不会像他们想象的那样,成为声名狼藉的可怜虫,因为他没有受到他们的伤害。他还活在他妻子的心中。克兰拉！我的克兰拉！不论现在还是将来,让我永远活在你的心中;不论你是妻子或是寡妇,对于爱情是没有区别的,我是你的丈夫,你要永远这么讲。我必须得到安宁,我不能忍受这种痛苦。是的,我有些伤心;这是有原因的。自从我们订婚以后,这个思想一直困扰着我:我会得到你还是失去你呢！"

"难道不可能我先死吗？"米德尔顿小姐说。

"失去你,而且想到你,仍像现在这样可爱的你？却被世界上那些猞猁狂吠的狗围住了,因而可能……我对世界的感受难道有什么奇怪的？这只手[①]！——想起来多么可怕。你会被包围,男人都是野兽;嗅到一点不忠诚的气味,便蠢蠢欲动,手舞足蹈。我却无能为力！想到这点我几乎发疯。我看到一群猴子龇牙咧嘴地围住了我。人们看到你漂亮,便恨不得污辱你,把你弄到手。你会日日夜夜遭到纠缠,终于抛弃我的姓氏,变成……我现在便能感到这种打击。他们不会让你安静,除了你的誓言,你不能依靠什么。"

"我的誓言！"米德尔顿小姐说。

"亲爱的,我告诉你,这个思想压在我的心上,我看到一群猴子的脸龇牙咧嘴地包围了我,这不是幻觉;它们困扰着我。请你再

---

[①] 在英文中,手是允诺的象征,因此,"要求某女子的手"便是向她求婚,"把手给予某人"便是答应嫁给他。

说一遍你的誓言吧！只要一次，以后我不会再为这事麻烦你。随你怎么想，也许这是我的弱点！你会看到，这就是爱，一个男人的爱，比死更强大的爱。"

"我的誓言？"她说，嘴唇翕动着，竭力回忆她可能说过什么，但是忘了。"对什么？什么誓言？"

"不论我活着还是死了，你都会忠实于我！轻轻地说吧。"

"威洛比，我会忠于我在圣坛上表示的愿望。"

"不，要忠于我！忠于我！"

"这就是向你表示的。"

"要忠于我的灵魂。我得不到你的保证，天堂对我便不复存在——我看不到别的，只看到痛苦，克兰拉。我相信你的话，从内心里相信。我对你是绝对信任的。"

"那么你就不必烦恼。"

"这是为了你，亲爱的；为了你能武装自己，当我不在旁边保护你的时候，你可以自己保护自己。"

"我们对世界的看法是对立的，威洛比。"

"答应我吧，满足我的要求，起誓吧。说在我死后也不变心。轻轻地说吧。我不要求任何别的。女人认为，丈夫的坟墓可以割断婚姻关系，使它失效，不再约束她们。她们嫁的是丈夫的肉体——这是胡说！我要求你的是高尚的情操，生死不渝、忠贞如一的情操。让人们称你为'他的遗孀'吧；一个守节的圣女。"

"我在圣坛上许的愿应该足够了。"

"克兰拉，你不肯说？"

"我与你已经订了婚。"

"不肯说一句话？一句简单的诺言？但是你爱我？"

"我已给了你我能给的最好的证明。"

"要知道，我把一切都寄托在对你的信任上。"

"但愿我不致辜负你的信任。"

"我愿向你下跪,把你崇拜,只要你肯说,克兰拉!"

"应该向上帝下跪,不是向我,威洛比。我是——我巴不得我能让你明白我是怎么一个人。我也许不能始终如一,我不了解我自己。你可以考虑,问问自己,我是不是你应该娶的人。你的妻子应该具备心灵和思想上的伟大品德。我允许你说,我不具备这些品德,我服从你的裁决。"

"不,你具备这些品德!"威洛比喊道,"如果你对世界的认识深入一些,你就会理解我的焦虑。我活着时,我有力量为你挡开世界;我死后就无能为力了——这便是一切。你应该穿上盔甲,刀剑不入,使自己不受侵害,只要你愿意……但是你要尽量体会我的用心,与我一起思想,一起感觉。你一旦领会了我这种男人的强烈的爱,你就不需要再问什么。这便是上帝的选民与凡夫俗子的不同所在,理想之爱与牲畜交配的不同所在。我们暂时不谈这点。至少,我已与你订婚。只要我还活着,我与你便是夫妇。难道我还不应该知足吗?是的;只是我比大多数人看得更远,感情也更深。现在我必须骑上马,回到我母亲的床边去了。她至死仍是帕特恩夫人!她当初也可以……但她是一个杰出的女人!要是我有一个继父!我的天哪!我可能怀着同样崇敬的心情站在她旁边吗?简直不可能,亲爱的,我们从文明得到的一切都会崩溃;我们便会回到原始的日中受尽折磨。我在她身旁守护她的时候,我的思想得出了这个结论:荣誉是值得争取的事物,对女人尤其如此。要不然,我们就成了一群浑浑噩噩的无知之徒。妇女必须教导我们去尊重她们,否则我们就跟只会啼叫的牛羊差不多。好吧,现在就谈到这里。你只要再想想就能明白。我得走了。可能在我离开时已经出事。我会写信的。你会给我写信吗?来,看我骑上黑诺曼底吧。请代我向你父亲问好。我没有时间亲自见他了。记住,一!"

他把一当作爱情的神秘象征,多数通常便从它产生;但在目前它只是单数,一个冰冷的数字。她看他骑上骏马走了,真是个要多帅就有多帅的骑士;但把他刚才的话与这英俊外表一对照,就构成一个谜,使她的血冷得快结冰了。那些话对她的耳朵这么陌生,音调这么不自然,不像一个男子讲的,尽管这是个情人(那种允许使用温柔的语言的人);她感到迷惘,思索着它们的根源和动向。她很高兴,这时她无须遇上维农·韦特福德先生那样的眼光。

据说,为了威洛比爵士,他的母亲曾在丝毫不致损害他所要求的对他的决定和情绪绝对尊重的前提下,与他谈到米德尔顿小姐,认为那位年轻姑娘的性情似乎有些轻浮;他觉得,这与蒙斯图特太太说的"狡黠的瓷美人"不谋而合;它们作为两位熟悉世事的女人的独立观察,令他惊异。不过这并没对他个人形成一种压力,使他相信这种轻浮是真的,以致他要尽可能促使他的未婚妻作出生死不渝的保证,让他高枕无忧,心安理得。这要求来自他本人,他的母亲只是敲了下警钟,而他实际早已付诸行动。克兰拉不是康丝坦霞,但她也是一个女人,而他受过女人的骗,这也是一个对女性怀有崇高理想的男子必然的遭遇。从他的感情和心理看,他要未雨绸缪是完全自然的。男人的原始要求在一切时代都以相同的方式表达,只是一个现代绅士向他的情人谈到这点时,少了一点原始色彩罢了。

帕特恩老夫人在新年后的冬天死了。四月,米德尔顿博士必须离开厄普顿庄园,可他还没找到寓居的地点,也不知道在女儿即将离开他,留下他孤身一人后,他将怎么办。威洛比爵士提议,替他在帕特恩庄园周围一带找一幢房子。此外,他还邀请神学博士挈带女儿,从厄普顿直接上帕特恩庄园住一个月,结识一下他的姑姑埃莉诺小姐和伊莎贝尔小姐,免得克兰拉在结婚后,与她们住在一幢房子里感到不习惯。米德尔顿博士没有征求女儿的同意,便接受了邀请；他事后才告诉她，似乎这是理所当然的。但她温和地答道："很好，爸爸。"

威洛比爵士有事去了一次首都，又去看了看另一个郡里的田产，但每天从那里给未婚妻写信。他及时赶回帕特恩，为欢迎他的客人作了安排；由于时间不够，他没去看他们；然而在他外出期间，米德尔顿小姐忽然想到，应该把成婚前的最后一些日子献给她的朋友们。在帕特恩庄园度过几周后，剩下的时间便不多了，何况她有个愿望，要上瑞士或提罗尔游览一下阿尔卑斯山；她的父亲认为，这是一个古怪的念头。她又严肃地提了一遍，米德尔顿博士发觉，女人随心所欲的梭子在她头脑中活动；这太可怕了，这无异是要他在两个方面之间进行选择：一方面是帕特恩庄园完美的藏书室和酒窖，还可与年轻有为的学者维农·韦特福德先生做伴；另一方面是在旅馆中打发日子，这等于每天夜里与一群人挤在特大的炮筒里，第二天一早又给射出炮口，在路上奔波一整天。

"你可以把你的旅行和你的阿尔卑斯山之游安排在婚礼以后。"他说。

"到那时我宁可待在家里。"她说。

米德尔顿博士回答道："我可不是这样。"

"但是我还没有结婚，爸爸。"

"实际已差不多，亲爱的。"

"我本想换换环境……"

"我们已接受威洛比的邀请。他还在为我物色一幢离你不远的房子。"

"你希望住在我附近，爸爸？"

"靠近庄园，只隔一段路，来往方便。"

"为什么我们要分开？"

"道理很简单，亲爱的，你已拿父亲交换了丈夫。"

"如果我不想交换呢？"

"要买进就得付出，我的孩子。丈夫不是不付代价可以取得的。"

"是的。但是我宁可要你，爸爸。"

"宁可？"

"好在我们现在还没分开，亲爱的爸爸。"

"这是什么意思？"他慌张地问。他心里本来已经七上八下，生怕婚礼延期，会影响他所珍惜的学者的平静生活，使父亲的烦恼变得旷日持久。

"哦，没有什么特别的意思，爸爸。"看到他心神不定的样子，她这么答道。

"那就好！"他说，点点头，眨眨眼睛，逐渐恢复了平静；他愿意接受任何条件，只要别再打扰他；因为反复多变只是女人的另一个名字，它是学者的敌人。

她提出，在帕特恩庄园待两周，已可抽出很多时间去看附近的空房子，因此还来得及，可以考虑会会朋友，上伦敦买些必要的东西。

"两周或三周。"他匆忙表示同意，这是对那个可怕的前景不得不作出的让步。

# 第七章

## 一对订婚的人

在从厄普顿前往帕特恩庄园的车上,米德尔顿小姐希望,也有些相信,威洛比爵士的求爱方式会发生一些变化。他过去对她的态度多么不同。她记得他开始接近她的时候,她认为他相当热情,因而答应了他,现在她却产生了一种朦胧的失望的感觉。那么是不是那时她在用别人的眼睛看他,却以为那是她自己的眼睛?他的神态,那种流露出"不可一世的自满情绪"的神态,当时曾显得那么高贵,令人陶醉,与骑马飞驰的将军头上的翎饰一样光辉夺目。它不可能改变。那么是她的眼睛发生了变化?

那些日子的情景又从她心头升起,它们在谴责她,通知它们复活的消息:她想起了她那些粉红色的梦,他在她心目中的形象,她为他感到的那种激动心灵的骄傲,她那美满得令她窒息的幸福感;她还记得,尽管她力图表示谦虚,但没有用,最后还是唱出了欢乐的歌,这想起来是奇怪的,它不缺乏魅力,但显得奇怪而不可思议。

有些人由于收入有限,只能依靠过去的积蓄维持生活,他们又不愿为未来担忧而伤身体,只知图一时的快乐,于是重又倒进了舒适生活的怀抱,随意花钱,结果他们只是不顾预料中的难以忍受的饥馑,从一两次的挥霍浪费中得到一些安慰。情人们也是这样,由于没有新的收入,只得靠老本过活,为了抑制对未来的忧虑,便尽量满足眼前的需要,挥霍他们的存货,以致很快变得所剩无几;他们在未来的饥馑面前获得了片刻的陶醉,他们强迫记忆发挥作用,从往事中寻找爱情;他们走进从前的老房子,在那里搜罗储藏的食品;他们高高兴兴地,甚至死心塌地地沉浸在幻想中,只希望回忆的甜蜜库藏取之不尽,可以维持久远,抵偿眼前的饥渴。这实际上等于不是把蜂蜜消耗净尽,便是让靠它活命的生物饥饿而死。由此看来,情人们是很容易夭折的。他们比世上可怜的芸芸众生更需要新鲜的食物,那种促进发育的健全养料;不妨说,爱情是从蓓蕾中萌发的生命,是还挂在树上的水果,不是罐头食品。后者只能供你的不时之需,尽管那里包含着大量的美好回忆,必要时也可聊以充饥。如果他们心里装满的只是最初的印象,只能靠保留这些印象,靠回顾事实的理性之光相爱,他们也许能取得丰富的收获,像在初期一样;但这种情况终究是罕见的。换句话说,爱情是两个人的事,只有这两个人能像太阳和地球一样,不论有云没有云,始终在迅速地、不断地进行交流,爱情才能存在。他们互相从感情的表示、忠诚的证明和相爱的要求中,汲取养料和活力。在爱情的黄金时期,男人和女人便是这样的。如果只是一个人在扛一根沉重的木头,那么除非把这根木头当作上帝,他才会乐意承受这负担。但这不是爱情。

克兰拉是所有女人中最不适合扛这种木头的。很少有姑娘会这么快地用光自己的积蓄。确实,她是女人,但她需要亲密的友谊,她希望让双方最美好的东西得到生动而坦率的交流,又不致损害更深刻的感情。被固定在矿井口上,每天得深入坑道,可是又不能在下面发现任何宝藏;相反,她只是感到地底下阴风惨惨,不见阳光,也没有任何真实的品质可以供她领会;在那个自以为是、夸夸其谈的男人的洞穴中,只有一支亮度不足的牛脂蜡烛发出神秘的光,这对她说来,两三个礼拜的见习期已经太长了。何况一辈子过这种日子!

她的天性迫使她去指望、希冀和相信,威洛比爵士会再度成为她接受他时,她所知道的那个人。非常奇怪,这时她让人看到她的心灵十分单纯,她毫没意识到她在行为上对他有任何冷淡;她不知道别的,只知道她的头脑在活动,在反对这个,反对那个,期待着变化。她做梦也没想到,在爱情上,她已站到了消极的或否定的情绪的危险边缘,只要朝错误的方向再跨进一步,便可能掉进她不愿掉进的深渊。

他们会面的时候,她的眼睛闪闪发亮,他的也一样。看到他站在台阶上,手里牵着小克罗斯杰,她很高兴。威洛比爵士兴致勃勃地告诉她,小家伙那天早上为了躲开监督他的人,闯进了实验室,炸坏了窗子。她也用同样的口吻责骂了少年犯,这时威洛比爵士让她挽着胳臂,跨过门槛,一边轻轻对她说:"不久就会好了!"在回答时,她要求他再讲一点小克罗斯杰的故事。"我们到实验室去吧。"他说,显得那么温柔,笑声也轻了一些。克兰拉要求把父亲叫来,让他看看小家伙刚才闯的祸。威洛比爵士对她喃喃地说,他们分离的时间太长了,又说他很高兴,能在家里迎接她,不久她就是这个家庭的主妇了。他计算着周数,轻轻说道:"来吧。"匆忙之间,她没有思考突然出现在她心头的恐惧感。它一闪而过,像夏日里一片青草往下一伏时掠过的阴影,只是在她的思想中留下了一点涟漪;她心中纳闷,不知自己在为什么担忧。她的父亲便在他们旁边。她与威洛比还不是单独在一起。

小克罗斯杰闯的祸,可不像威洛比爵士用轻松的口气宣称的那么有趣。他把一组电池与火药的导火线接通,结果炸塌了窗框,连墙上的一些砖头也松动了。米德尔顿博士马上问,有没有禁止孩子进入藏书室,听到那里的门已上了锁才放心。他们朝那里走去。维农·韦特福德不在屋里,他去做他的长距离散步了。

"你瞧,爸爸,他对你可并不那么忠心耿耿。"克兰拉说。

米德尔顿博士皱起眉头,望望桌上的草稿,那是维农的手笔。他把额前的头发往后一掠,坐到椅上,仔细审阅稿件了。现在他已不会再离开。克兰拉只得让他待在那里。她不由得琢磨,威洛比是故意把他们引进图书室,目的是把她与她的保护人分开;她开始感到他可怕。她提议去拜访埃莉诺小姐和伊莎贝尔小姐。她们不在,仆人在客厅中报告,她们坐车外出了。她拉住了小克罗斯杰的手。威洛比爵士打发他去找女管家蒙塔古太太,要些茶点和果酱吃。

"走吧!"他说,孩子只得跑了。

克兰拉发现自己已没有一面可以保卫她的盾牌。

"哦,那花园!"她喊道,"我喜欢那花园;我得去看看,你这儿都种些什么花。到了春天,我最爱欣赏野花,如果你能让我看看黄水仙、报春花、银莲花……"

"我最最亲爱的克兰拉!我的未婚妻!"他说道。

"因为这都是些庸俗的花吗?"她天真地问,想知道他阻挡她说下去的原因。

为什么在要求他明显的权利以前,他不能等一等,为她考虑一下!——不,不是为她考虑,是让她习惯一下她的实际地位;不是让她习惯,是让她修正一下他在她心中的形象!

他没有等。他把她搂到了怀中。

"你是我的,克兰拉,完全属于我的;每个思想,每个感觉都是我的。我们是一体,不论世界可能变得多么坏。我一直盼望着你,期待着你。你从无限的烦恼中拯救了我。一个人永远不会愉快。烦恼充斥在我们周围。现在我们是两个人!有了你,我才安如磐石!这快了!不论世界是活着还是死,我们都不必管它。我最亲爱的!"

她挣脱了身子,觉得自己像一个落进海水中受了惊吓的孩子;她定了定神,心想这毕竟算不上什么严峻的考验。她的印象便是这样;她立即对自己说:我是什么人,有什么要抱怨的?两分钟以前她还不会想到这点;但自尊心一受到委屈便一落千丈,比谦卑都不如了。

她没有责备他,她是减低了对自己的评价;这主要不是因为她是订了婚的克兰拉·米德尔顿,这一点目前已像飞鸟胸部给射中的伤口一样明显,而是因为她成了一个被俘虏的女人,对她的要求便是她必须绝对服从,哪怕想去看花也由不得她。克兰拉为女人感到羞耻。她们一步也不能行动,一动便沦为女奴;多么可怕的地位!从她本人说,她认为她的考验已过去了。关于她自己,她只是抱怨一切来得太早,太粗鲁,而这些还是不去分析为好。实际上,这很难说她是在抱怨;她只是在批评他,她觉得奇怪,一个男人怎么会没有发觉,或者没有引起注意,看到那不是自愿的,不是真心诚意的,只是无可奈何的顺从;这是在尽一个女奴的责任,不是履行新娘的诺言。啊,这有多大的区别,完全属于两个范畴!

她对他是公正的;她承认他讲的话符合情人的口吻。要不是他又提到了"世界",她不会批评和反对他那些话,尽管那只是彻头彻尾的占有欲的表现。他有权利使用它们,因为她即将嫁给他。但是他应该等一等,不必忙于扮演一个享受特权的情人!

威洛比爵士在她面前显得兴高采烈,然而如果要他描写他的新娘怎样接受他的拥抱,他只能说,她是那么纯洁,那么冷淡,像一尊雕像,像狄安娜①神像;接着红晕便布满她的脸颊,流露了圣洁的少女的羞涩反应;但这符合他对女性美的最高要求。

"让我陪你到花园去,亲爱的。"他说。

---

① 古罗马神话中的月神。

她答道：“我想我还是到我的房间去吧。”

"那么我给你送一束野花去。"

"野花？不，我不喜欢采下的花。"

"那么我在草坪上等你。"

"我觉得头有点沉。"

高度的关心和体贴使他挨近了她。

她很活跃地请他放心，说她已好了，可以陪他上花园，在园子里走走。

"这不是头痛。"她说。

但是她邀请一位千方百计想接近她的绅士待在身边，便得为此付出代价。

这一次她责备自己，也责备他，责备他所辱骂的世界，以至命运。现在她担忧的不再是见习期；她渴望自由。她为自己的冷若冰霜感到吃惊，她不明白她为什么要接吻，是什么力量在迫使一个无动于衷的人成为接吻的同谋者。为什么她不能自由？他凭什么奇怪的权利，把她当作了一件私有财产？

"我想我多走走，头沉的感觉就会消失的。"她说。

"我的姑娘可不应该让自己过于疲劳。"

"哦，不会的；我不会这样。"

"还是跟我坐下吧。你的威洛比是你忠诚的侍从。"

"我需要一点新鲜空气。"

"那么我们出外走走吧。"

她感到惶恐，心想她离他已多么遥远，于是她用手挽住他的胳臂，尽量平息她的自我谴责，履行她的义务。他说的话是她以前所希望的，他的举止也是她以前所希望的；她是他的未婚妻，与妻子已差不多；她的行动却像一个疯子；她不明白她为什么这样。

清醒的理智和责任要求她克服刚愎自用的精神。

他抚摩着她的手,她对此已变得习惯了;她的手是在很远的地方。何况手算得了什么?让它待在那里吧,它只是联结她自己和她履行的义务之间的一个环节。再过两个月,她便是终身的女奴了!她后悔没有回自己的房间,以便检查自己的处境,坚定自己的意志,然后完全听凭命运的安排,与他见面。她想象她下楼见他时,便会温情脉脉。这是他现在的彬彬有礼和轻松谈吐,对她炽烈的神经产生了作用,引起了幻想。她觉得,高山中自由自在的五周,会使她做好思想准备,迎接婚礼的日子。她需要的只是一次能提供新印象的分离,她可以在那里好好思考,不受干扰,恢复清新的意识。

他带着她在花坛附近溜达;他流连不去,仿佛在给康复者一次户外活动。她对此感到懊恼,为顺从了他的要求而后悔。在无可奈何中,她开始赞叹花园的美丽。

"一切都是你的,我的克兰拉。"

这在她看来简直是沉重的压力。对这个男人表现的体贴奉承,她只得消极应付。他的住宅、田庄和财产,使她感到窒息。它们似乎表明了该付的代价。然而她还记得,上次她穿过园子离开时,曾为微风吹拂的草地和绿叶成荫的树木感到自豪。一定是什么毒物在她身上作怪。她今天来到他这里的时候,心中并没有这种阴郁的对立情绪;那是她在这儿沾上的。

"你好了吧,我的克兰拉?"

"很好。"

"没一点不舒服?"

"没一点。"

"哪怕全国的医生都为此死去,也必须让我的未婚妻恢复健康!亲爱的克兰拉!"

"告诉我,你那些狗呢?"

"狗和马的状况都很好。"

"我很高兴。你可知道,我喜爱法国那种别墅与田庄合在一起的古老风格,在那里,从客厅的窗口就可望见家禽饲养场和马厩。我喜欢这种与牲口和农夫一起相处的家庭气息。"

他点点头,表示赞赏。

"但是在英国,恐怕无法满足你的要求,我的克兰拉。"

"是的。"

"我也喜欢农场,"他说,"但是我想,我们的客厅从花园获得的空气更新鲜。至于我们的农夫,我担心,缩小我们的阶级界限,势必危害我们完整的社会结构。"

"也许这样。我并没作任何建议。"

"亲爱的,我倒是希望你提出建议的,只要让我相信那是切实可行的。"

"你对我非常好。"

"我认为满足你的愿望是我应尽的责任。"

虽然她不稀罕那些甜言蜜语,但他们的谈话是平静的,她没有要求他解释他的神秘观点,说明为什么他们必须与世隔绝,躲进个人的小天地,这使她感到心情舒坦,能够在头脑里反复思考,究竟他造成的特殊危害是什么,仿佛它存在于她的头脑中似的。年轻人往往处在感情的驱使和支配下,但是从一种情绪转向另一种情绪时,他们很难为这种混乱状态找到一个具体的开端;除非那是坏人造成的严重伤害;但克兰拉并没感到他的拥抱是对她的人身侮辱;而女性的羞涩感只是一种暂时的抗议,不会留下长久的印记。这样,她觉得她的所作所为未免有些残酷,于是喊了声:"威洛比,"因为她意识到,在她前面的谈话中,她还没称呼过他的名字。

他立刻集中注意力,听她要说什么。

她只得找一些话说下去:"威洛比,我得要求你,不要设法惯坏我。你一直在称赞我。但称赞对我并不合适。你把我想得太好了。这几乎与藐视我同样的坏。我是……我是一个……"但是她无法学习他的榜样；哪怕就她说过的话而言,她为自己勾勒的简单几笔,与她那些真实、可憎而又无法排遣的感觉相比,在单纯中还是流露了一点矫揉造作的意味,而这是走向虚伪的第一步。她该如何说明她是怎样一个人呢？

"难道我还不了解你？"他说。

这是声调悦耳的男低音,表现了他在这个问题上的信心,它与这句话一样,意味着不论你怎么回答都不是准确的回答。她的任何异议只能使这和谐的乐声变成不和谐的噪声,使他的自鸣得意变成惊讶诧异。她闭上了嘴,知道他并不了解她,同时心中在琢磨,他们不同的认识所暴露的分歧,已构成了一条鸿沟。

他谈到了她住地附近和他住地附近的一些朋友,提出了女傧相的名单。

"戴尔小姐拒绝了,理由是她的健康欠佳,埃莉诺姑姑会把这事告诉你的。她确实体弱多病,尽管她具有真正值得尊敬的品质。都是些同你一样差不多年纪的年轻姑娘,这没什么不好,这是一束蓓蕾,尽管其中有一朵开放的花……然而她已经决定了。我的主要烦恼还是维农拒绝做我的傧相。"

"韦特福德先生拒绝了？"

"差不多拒绝了。不过他并没直接回绝我。他的推托是他不喜欢参加婚礼。"

"我也有这种想法。"

"我和你有同感。要是我们有隐身术,可以不让世界看到,那就好了！与世界割断联系的办法是有的,有时我完全掌握了它,有时又失去了它,仿佛那是人们得念的犹太教神秘咒语。但是与你在一起！你便使我永远掌握了它。我再也不会失去它,永远不会,我的克兰拉。什么也不能伤害我们,什么也不能触犯我们;我们彼此便是一切。让世界去争斗不休吧,我们同它毫无关系。"

"要是韦特福德先生坚决拒绝呢?"

"我们完全成了一个人,外界的影响问题不再存在。比方说,我打猎后骑马回家,便看到你在等我,我完全了解你的心情,就像你一直在我身边一样。我知道我是回到一个了解我的人那里!你也了解我的心,就像我是一本摊开的书,是的,你,而且只有你!"

"我得整天待在家里吗?"克兰拉问,但没有引起注意;她为他没有听到而松了口气。

"你理解了吗?我们是不可伤害的!世界不能损害我们,不能触犯我们。幸福属于我们,我们可以不受侵犯地享受它。这是上帝的安排!一定是上帝的意志在人间的体现吧?克兰拉!我们彼此便是一切,世界永远不能干预我们!我所做的是对的,你所做的也是对的。彼此完美无缺!每当新的一天到来,我们起床后研究的是新的秘密,享受的是新的乐趣。让人群远离我们吧!我们甚至不必说到他们;我们生活在世界呼吸不到的空气中。"

"啊,世界!"克兰拉的欢歌几乎是用深深的叹息表达的。

听到他讲得兴高采烈,好像登上了山顶,她却觉得他是在深渊中,这是十分滑稽的,只能引起她的嘲笑。

"看过我那些信了?"他兴奋地问。

"看过了。"

"环境使我们不得不经历一段较长的恋爱时期,我的克兰拉;也许我该为那些礼节感到伤心,我也确实是这样!但我还是认为,彼此逐渐增进了解是有益的。突然发现男人的性格出乎自己的意料,这对女人没有好处。我们也有需要了解的事——在任何地方都有可学的东西。也许有一天你会告诉我,你今天对我的认识与我们最初见面时你对我的想法有什么不同,是吗?……"

为了一时应急,克兰拉只得口是心非,像啜泣似的嗫嚅道:
"我……我想我会这么做。"

接着又补充道:"如果必要的话。"

然后她突然提高声音说道:"你为什么要攻击世界？你总是让我觉得它太可怜了。"

他为她的年轻无知笑了笑。"我也经历过那个阶段。它引起了我的同情。不用说,它是应该可怜的。"

"不,"她说,"应该可怜它,同时与它站在一起,不是把它想得这么坏。世界是有缺点的;冰川有裂隙,高山有峡谷,但这不是高大造成的后果吗？如果因为高山和冰川可能造成残酷的后果,我们便蔑视它们,这在我看来……应该说世界是美好的。"

"如果指大自然的世界,那是这样。但人类的世界呢？"

"也一样。"

"亲爱的,我怀疑你想到的只是舞会的世界。"

"我想到的世界是包含着真实而伟大慷慨,包含着真正英雄主义的世界。我们看到它就在我们周围。"

"是在书本上读到的。一个作家们所幻想的世界！"

"不,一个现实的世界。我相信,爱它是我们的义务。我相信,如果我们不这样,那就是削弱我们自己。要是我不这么做,我会觉得眼前只是一片迷雾,听不到音乐,只能听到一阵阵永恒的噪声。我记得韦特福德先生说过,愤世嫉俗是知识界的纨绔作风,只是缺少纨绔子弟的鲜艳服饰罢了。在我看来,主张独善其身的人无非要别人也像他们自己一样,把世界看作一片荒原。"

"老维农！"威洛比爵士喊了起来,脸色有些尴尬,仿佛被人用手套拍了一下。"他就爱夸夸其谈,废话连篇。"

"爸爸可不像你这么看,他说韦特福德先生是一个非常聪明、非常纯朴的人。"

"说到愤世嫉俗的人,亲爱的克兰拉,嗯,那当然,当然,你是对的。他们太可笑,不值一谈。但是请你理解我,我的意思是,除非我们把自己与世界截然分开,我们便不能感到,至少不能这么深切地感到,我们是一体的。"

"这是一种艺术吗?"

"这么说也可以。那是我们的诗!但是难道爱情不想躲避世界吗?两个相爱的人必须从与世隔绝中汲取他们的营养。"

"不,那他们只能靠吃掉他们自己。"

"美越是纯洁,便应该离开世界越远。"

"但不是与世界对立。"

"我们不妨这么考虑,"威洛比表示让步道,"经验对世界的看法会与无知一样吗?"

"它应该采取更宽容的态度。"

"美德在世界能通行无阻吗?"

"我认为,它应该在那里成为一个榜样。"

"世界能容忍神圣的事物吗?"

"那么,你是要它变成修道院啦?"

他俯视着她,发出了一阵似笑非笑的声音,表示了一种不忍责备她的怜悯心情。

当我们认为我们讲到了点子上的时候,听到这种笑声是很不舒服的。

"还是谈谈我那些信吧,克兰拉……"

"我一句也不记得了,威洛比!"

"不过,你一定会发觉,我在信中总是无法充分表达自己……"

"你在给男人们的信中大概不会这样。"

这句话打断了他的思路。他的神经是非常脆弱的,一点打击就能在他的内心引起反复回旋的涟漪,以致变得愤愤不平,要在他受到过伤害的地方寻找根源,尤其是他唯恐世界会猜到的那些伤处。她的言外之意是不是在嘲笑他不会写情书？或者她是表示,他那些信只能使女人觉得味同嚼蜡？她特别强调"男人们",那是用的复数。也许她听到了康丝坦霞的事？她有没有对那个女人形成自己的观点？威洛比爵士那超人的敏感向他发出了一连串肯定的叫喊。他本来一直在考虑他道义上的责任,认为应该向克兰拉公开一切,说明他是怎样对待康丝坦霞的;这个女人正如一切自取灭亡的人一样,是不难找到口实的。至少他也有责任为她提供这种口实。她是自作自受,但是难道他没有给了她一些理由吗？如果是这样,他必须以男子汉的勇气承认这点。

万一克兰拉先听到了人们的不同说法呢！有的男人,自尊心是他们的脊梁骨,在别人仅仅感到略略一震的时候,他们已感到了强烈的震荡,威洛比爵士便是这样,他一想到人们可能已悄悄告诉克兰拉,他是给抛弃的,他的精神便仿佛触了电似的,再也安定不下了。

"亲爱的,你说我给男人们的信？"

"我是指你那些事务信。"

"我在事务信中能充分表达自己吗？"他真的瞪起了眼睛。

她用一句话使他的紧张状态缓和了:"你在写给男人们的信中,可以按照你的意思表达自己。但是在写给……写给我们的信中,也许会困难一些。"

"是的,亲爱的。但是说困难也许并不确切。我不承认任何困难。我只想说,语言并不完全适宜于表达感情。热情是无法表达的。"

"那么只能做手势,靠哑剧来表现？"

"不是,但文字会使它变得冷冰冰的。"

"啊,冷冰冰!"

"我的信让你失望吗?"

"我没有这个意思。"

"亲爱的,我的感情太强烈了,无法把它们变成文字。我觉得我拿起笔来,便像神话中的提坦与宙斯战斗时①,觉得浑身的劲头可以把高山扔过去,可是找不到高山,只能找到一些石子。这个比喻还是恰当的。你千万别根据我的信来判断我。"

"我不会的;我喜欢它们。"克兰拉说。

她红了脸,迅速瞟了他一眼,看见他扬扬自得,便又说道:"我宁可要石子,不要高山;但是如果你读读诗歌,你就不致认为人的语言不足以……"

"亲爱的,我讨厌做作。写诗只是一种职业。"

"我们的诗人会向你证明……"

"正如我时常说的,克兰拉,我不是诗人。"

"我并没在这点上责怪你,威洛比。"

"我不是诗人,也不想成为诗人。如果我是的话,你可以相信,我的生活能提供足够的材料,亲爱的。我的良心总不能完全平静。也许最令我烦恼的,便是我在万般无奈中犯下的错误。你听到过德拉姆小姐吧?"

"是的,我听到过她。"

"但愿她现在很幸福。我相信这点。要不然,我是不能逃避某种责任的。这是一个例子,说明世界和我之间存在着分歧。世界把这责任加在她身上。我却掩护她,不让她遭到谴责。"

"你很宽厚,威洛比。"

---

① 提坦是希腊神话中的巨神,为反抗天帝宙斯的统治,与宙斯展开激战,最后失败,被打入地狱。

"且慢。也许我是罪魁祸首。但是,克兰拉,如果我能根据荣誉观念,按照荣誉观念行事,我本来会坚持履行我的婚约的。"

"那你实际上怎么做了呢?"

"说来话长,得从很早的时候讲起,正如维农说的,那还是'我羽毛未丰的少年时期'。"

"韦特福德先生这么说?"

"老维农的古怪言论之一。这是我早年误入歧途的结果。"

"爸爸告诉我,韦特福德先生讲的话有时是发人深省的。"

"从家庭考虑,妻子身体健康是首要条件之一;在亲族的估量中,她的社会地位也有一定重要性。然而我迷恋她也是事实。我得承认这点。这会引起女人的嫉妒。"

"事情结束了没有?"

"现在?在有了你之后?我亲爱的克兰拉!早已结束了,要不,我会向你公开内心的秘密!我能这么毫无保留地谈论自己,希望你在一定程度上,像我了解自己一样了解我!是的,要不然,怎么能指望你与我建立那种亲密的关系?而且与世隔绝、不受侵犯!"

"你没有像与我谈话一样找她谈过?"

"完全没有。"

"那怎么可能……"克兰拉有些迟疑,没有把她的感叹句说完。

威洛比爵士本来还会根据他的最新文本,作出进一步的解释,可惜一个仆人穿过草坪走到了他面前,报告道,建筑工已在实验室恭候大驾,要求向他请示修理房屋的事。

克兰拉借口怕谈砖瓦屋梁之类的东西,抽身走了。他总觉得她的态度很难叫他满意,又说不清究竟为什么。他离开了她,相信他必须做更多的事,讲更多的话,才能说服这个女人,使她思想开窍。

她看见小克罗斯杰吃够了果酱,跳跳蹦蹦地跑来,一头扑在保护人的怀里,随即给举到了空中,在那里拼命踢脚跟。她的反应是混乱的。威洛比爵士与这孩子在一起时,显得那么可爱。她想:"这是两个人吗?"接着又想,"是不是我不够公正?"为了别再想心事,于是她跑到小克罗斯杰的前头。

# 第 八 章

## 与逃学者赛跑,与老师散步

　　米德尔顿小姐的奔跑引起了小克罗斯杰的兴趣,决心与她进行一场猎狗追野兔的游戏。他撒开两腿,一边跑一边吆喝。但她非常敏捷,快得像有一百只小脚在托着她向前飞行,使她既像草地上的流水,又像园子里的草在风中滚滚起伏,那两只隐没在草中的脚互相追逐着,似乎要使劲催她跑得快些,更快些。她陶醉在自己飞快的脚步中,那个孩子则与这种年龄的孩子一样,把钦佩变成了疯狂的、顽强的追赶,继续在后面紧跟,尽管已落后了一大截,仍决心哪怕累死也得赶上她。突然,她的飞跑变成了十几个细碎的步子,终于结束了,她坐到了地上。小克罗斯杰追上了她,气喘吁吁地说:"你真是个能跑的人!"

　　"我忘记你刚吃过茶点了,可怜的孩子。"她说。

　　"可是你一点也没喘气!"他这么表扬她。

　　"对,我没喘气,跟一只鸟一样。你这简直是想赶上一只鸟呢。"

　　小克罗斯杰点点头,表示理解。"等我松一口气再说。"

　　"现在你必须承认,女孩子跑得比男孩子快。"

　　"在开始的时候可能这样。"

　　"她们干什么都比你们强。"

"她们只是火花,一眨眼便消失了。"

"她们肯用功读书。"

"可是你不能使她们成为战士或水手。"

"这话不对。你从没读过玛丽·安布利①的故事?还有本地治里的哈纳·斯耐尔女士②?还有著名的威廉·泰勒③的新婚妻子。还有贞德④呢,你该怎么说?对波狄卡⑤又该怎么说?我想你还没听到过亚马孙人⑥。"

"她们不是英国人。"

"那么你只是要贬低你的女同胞啦,先生!"

小克罗斯杰显得有些焦急,发现自己站错了立场,于是要求听听玛丽·安布利和其他英国女英雄的故事。

"瞧,你不肯自己读书,老是逃学,躲开韦特福德先生,结果便是你对祖国的历史一窍不通。"米德尔顿小姐责备了他,看到他既怀疑她是在开玩笑,又想承认错误,有些不知所措,觉得很有趣。她命令他说出我国海军史上光辉的圣瓦伦廷日在哪一年⑦,当时的英雄是谁,他的军舰名叫什么。对这些问题他回答得又快又准确,就像英勇的"船长号"瞄准了西班牙的四层战舰开炮一样。

"那便是你该感谢韦特福德先生的地方。"米德尔顿小姐说。

---

① 英国十六世纪的女英雄,曾身先士卒围攻根特城。
② 英国十八世纪女战士,曾乔装男子参加海军陆战队,在印度围攻本地治里城。
③ 美国传教士,曾深入印度、非洲等地土著民族中传教,他的未婚妻不怕艰险,随同前往。
④ 法国十五世纪著名的女民族英雄,曾在英法百年战争中指挥解放奥尔良城的战斗。
⑤ 英国古代的一个王后,曾在丈夫死后率领英军抵抗入侵的罗马人,战败后自杀。
⑥ 古希腊神话中的一族女战士,以英勇善战著称。
⑦ 圣瓦伦廷日是二月十四日。1797年的这一天,约翰·贾维斯爵士在旗舰"船长号"上指挥英国舰队,在葡萄牙的圣维森特角打败了西班牙舰队。

"他给我买了有关的书。"小克罗斯杰大声说,摘了几叶青草,放在嘴里咀嚼;他模糊而又确切地预见到,这一切快要结束了。

米德尔顿小姐朝天躺在草地上,说道:"克罗斯杰,你会喜欢我吗?"

孩子坐在那里,眨巴着眼睛。他的愿望是向她证明,他对她早已喜欢得不得了了;要是她坐起来,他一定会扑上去搂住她的脖子,但是她躺着,眼皮半睁着,这使他惊奇和害怕。他那颗年轻的心在怦怦直跳。

"亲爱的孩子,"她支在胳膊肘上说,"你是个很好的孩子,但又是个没良心的孩子,凡是关心你的人,说不定你都会恩将仇报。现在跟我来,给我在那儿采几枝野樱草,还有它们旁边的婆婆纳花;我想,我们两个都喜欢野花。"她站起来,拉着他的手。"等一会你在湖上给我划船,我跟你好好谈谈。"

然而到了船房里,她却拿起了桨,因为她以前经常跟男孩子玩,知道他们一旦担当了大人的任务,就不愿再听女人的话了。

"听着,克罗斯杰。"她说。他的脸色变得那么阴沉,仿佛罩上了一块修士的头巾。她弯着腰划桨,偷偷发笑。"你这傻小子,好像我要教训你似的!"他半信半疑,脸色开朗了一些。"我像你一样,一向也爱好掏鸟巢。我喜欢勇敢的孩子,你希望参加皇家海军,我赞成你的志愿。只是如果你不肯学习,你怎么能参加呢?你知道,这事必须船长认为你合格才成。有人宠坏了你,可能是戴尔小姐,也可能是韦特福德先生。"

"怎么是他们?"小克罗斯杰嚷了起来。

"那么是威洛比爵士?"

"我不知道什么叫宠坏。我只是觉得跟他很合得来。"

"我相信他对你很亲切。也许你认为韦特福德先生太严厉。但你应该记住,他得教你念书,让你可以通过海军的考试。你不能

83

因为他要你学习便不喜欢他。你想,要是你今天把自己炸伤了,怎么办? 那时你就会觉得,还是跟着韦特福德先生念书的好。"

"威洛比爵士说,他与你结婚后,你不会让我逃学。"

"对! 溺爱你这么个大孩子是错误的。克罗斯杰,他是不是常给你钱——你所说的小费?"

"大多是半克朗的银币。我拿到过一个一克朗银币。还有些一英镑的金币。"

"就为了这个,他要你干什么你便干什么? 他纵容你是因为你⋯⋯好吧,尽管韦特福德先生没有给你钱,他把他的时间给了你,他在尽力帮助你,让你能参加海军。"

"他为我付了钱。"

"你这是指什么?"

"我的生活费。谈到喜欢他,我可以说,如果他现在跳进这儿水底,我也会跟着跳下去。我是说向他学习。我们两人每天早晨六点钟,天刚蒙蒙亮,就在这儿游泳。他教我。不过,我从来不喜欢读书。"

"韦特福德先生为你付生活费,这是真的吗?"

"我的父亲告诉我,他负担我的生活,我得听他的话。他听说我的父亲很穷,子女又多。他曾特地去看我父亲。我的父亲到这儿来过一次,可是威洛比爵士不肯见他。我知道韦特福德先生在为我花钱。戴尔小姐也给我讲过。我的母亲说,她认为他这么做,是为了替他们赎罪,因为我的父亲那次到帕特恩庄园来,冒雨走了不少路,回去还得了感冒。"

"既然这样,你就不应该惹他生气,克罗斯杰。他是你和你父亲的好朋友。你必须爱他。"

"我喜欢他,我喜欢他的脸。"

"为什么是他的脸?"

"它不像那些人的脸！戴尔小姐跟我谈过他。她认为威洛比爵士是世界上最漂亮的男人。"

"你们不是在谈韦特福德先生吗？"

"对,是谈老维农。那是威洛比爵士对他的称呼,"小克罗斯杰看她露出惊讶的脸色,便这么为自己辩解。"你可知道他使我怎么想？我是指他的眼睛。它们使我想起鲁滨逊·克鲁索①山洞中的老山羊。我喜欢他,因为他始终如一,对有的人你就说不准了。米德尔顿小姐,你看过打板球吧,有的人十拿九稳,可以连得十分。他便是这种人,也许还不止十分,但至少十分。你最好听听老农民在货摊上怎么谈论他。那正是我的感觉。"

米德尔顿小姐明白,孩子用板球场作比喻,是为了说明他对韦特福德先生的感情。小克罗斯杰显然很兴奋,心里还有不少话要说。但是太阳落山了,她还得去更衣,准备用餐。她与他上岸时,心里有些遗憾,似乎一天的假期结束了。他们分手前,他提出他可以穿着衣服游到湖对岸,或者不论她把什么丢入水中,他都能从水底捞到它；他一本正经地宣称,它决不会遗失。

她迈着缓慢的步子往回走,把阴暗的思想压在心底,轻轻哼着歌,像一只歌雀在黑暗溪流边的枝上啼啭；那是简单轻松的旋律,它毫不理会下面起伏不定的黑色和灰色的水流。

后面传来了脚步声。

"我看见你在惯坏我的小淘气鬼。"

"哦,韦特福德先生！是的,但我希望不会宠坏他。我是在设法教育他。这是一个可爱的小家伙,只是据我看,有些不好对付。"

晚霞似的美丽红晕布满在她的脸上,她无法抑制高涨的情绪。

---

① 指笛福的著名小说《鲁滨逊漂流记》的主人公。

她说,她刚才划船来着。他按照习惯,把敏锐的眼睛盯紧了她,为了保护自己,她只得一心琢磨鲁滨逊山洞里的老山羊。

"我必须尽快让他离开这儿,"维农说,"他在这儿完全给惯坏了。请你跟威洛比谈一下。我猜不透他对孩子的前途抱着什么想法。但是参加海军考试的机会是不容等闲视之的;如果有哪个孩子是天生当海军的,这便是克罗斯杰。"

实验室的爆炸事件对维农还是新闻。

"威洛比还笑?"他说。"海港城市里有些老师专给年轻人补习功课,让他们通过考试,我们必须立刻从这些人中物色一个最好的,把孩子交给他。按照我的心思,我倒宁可让他在我身边一直留到最后三个月,以便彻底了解孩子头脑里装进了些什么。但是他在这儿给毁了。我也快走了。因此我不想再难为他多少星期。米德尔顿博士好吗?"

"我父亲很好,是的。他在图书室看到你的手稿,就像老鹰似的扑了上去。"

维农不禁扑哧一笑。

"那是故意放在那里引他看的。我准备与他展开辩论呢。"

"爸爸可是不留情面的,这从他的脸色看得出来。"

"我知道这种脸色。"

"你今天的散步走得很远吗?"

"花了九个半小时。我的弗力勒铁捷贝特①有时简直叫我受不了,我不得不靠走路来扑灭火气。"

她抬头看看他,心想她乐于同这种脾气急躁,但光明磊落、勇于接受规劝的人打交道。

---

① 莎士比亚的悲剧《李尔王》中提到的五个魔鬼之一,见该剧第四幕第一场:"……一个是愁眉苦脸的弗力勒铁捷贝特,他后来常常附在丫头、使女的身上。"这里是指闷闷不乐的心情。

"需要这么多小时吗?"

"不完全是为了这个。"

"你是在为你的阿尔卑斯山旅行作准备吧?"

"今年我能不能上阿尔卑斯山还不一定呢。我离开庄园后,也许得在伦敦待一段时间,靠卖文生活。"

"威洛比知道你要走吗?"

"就像勃朗峰①知道山脚下有一群人要向上攀登一样。它已望见了峡谷中有一两个黑点。"

"他没有讲过这件事。"

"他会把这归因于情况的变化……"

维农没有说完这句话。

她的呼吸有些急促,这倒不是出于情绪上的波动,只是因为有一种阻力在抵制她的冲动,不让她问:什么变化?她弯下腰,摘了一朵野樱草花。

"我在下面的洼地上看到过黄水仙,"她说,"只有一两株,现在恐怕快谢了。"

"这儿的野花是很多的。"他回答。

"请你不要离开他,韦特福德先生。"

"他不再需要我。"

"你是他忠实的朋友。"

"我不敢这么说。"

"那么你是以为你预见到了一些变化……如果真有这么回事,为什么它会使你非走不可?"

"得啦,我三十二岁了,还从没在生活中经受过磨炼,只是一种四不像的东西,半个学者,可我天生是半个当兵的,半个弓箭手

---

① 阿尔卑斯山的最高峰。

或火枪手;如果我还能有些作为,伦敦便是我的天地。但我总得亲自试试才知道。"

"你把你的笔用在伦敦,爸爸不会高兴,他会说,你这是大材小用,不值得。"

"不少人都在这么做,我并不认为我比他们高明。"

"他说,他们是在浪费自己的才能。"

"不对!如果他们有个人野心,他们会认为他们浪费了才能。但是我不太清楚,个人野心对世界有什么价值。"

"你对世界没有恶感吗?"米德尔顿小姐说,觉得心口有些发痛,仿佛这是在强迫自己服用一杯毒药。

他答道:"这无异是一个人对一条河流产生恶感:这儿污泥太多,那儿清澈明净;今天波涛滚滚,明天又风平浪静。我们应该用健全的理智来对待它。"

"是爱它吗?"

"从对它尽责的意义上讲。"

"不认为它很美丽?"

"一部分是这样,一部分却相反。"

"爸爸会用'美人鱼'[①]称呼它。"

"不过,把黑色的下端称为'鱼'还嫌好一些。至于上面那部分,称它'美人'倒是合适的。"

"你为何那么说?不过我相信,你没有嘲笑的意思。你的观点是我的理性所能接受的。"

她感激他,因为他不是从理想出发与威洛比的观点对抗的。

---

[①] 原文为拉丁文:mulier formosa(美女),引自古罗马诗人贺拉斯的《诗艺》。《诗艺》的开端说:"如果画家作了这样一幅画:上面是个美女的头,长在马颈上……下面却长着一条又黑又丑的鱼尾巴。"贺拉斯在这里是批评那种不统一、不和谐的作品。

88

假定他那么做,那么由于她年轻的血渴望着热爱世界,她觉得,他势必会引导她脱离实际。有一会儿她的脚下已出现危险的深沟。她曾说:"是爱它吗?"那时,只要一点热情,便会像酒一样使她陶醉,飘飘然升入空中。但是那句清醒的话"从对它尽责的意义上讲",进了她的脑海,对她理解世界和他的话起了重要作用。

她想到他时感到轻松愉快,丝毫不受女性天生的警惕心的牵制。他没有心计,也不自作多情,完全不像他的表弟那么装得风度翩翩,彬彬有礼。有一次她目睹过他军人一般准确的跳舞姿势,心想但愿永远不作他的舞伴,成为这种姿势的受害者;她懂得喜欢他,那是以后的事。他走路时像个英雄,他的善于步行也是远近闻名的,但是这也意味着他不会接近女性,在男人和女人手握着手进行的娱乐上不会出人头地。他也不太擅长骑马。威洛比爵士看到他骑马便发笑。他在客厅中也不见得引人瞩目,除非是坐在准备作认真谈话的人身旁时。看来,他可以给一个需要朋友的女人做伴,但这主要是由于他的缺点,不是由于他的优点。他的生活方式给她混乱的内心提供了一幅值得向往的平静画面;她认为,他能够这么安详自如,这是一种力量的表现;她希望能够在思想上依靠某种友好的力量。据说,他对女孩子的卖弄风情无动于衷,这名声给他增添了一层高贵冷漠的气息,仿佛那是独自耸立在南方海洋中的遥远的冰山。人们对世袭贵族的一般观念,与她对一个既不想奉承女人,也不需要她们奉承的男子的感觉差不多:他高高在上,几乎令人望而生畏。她还年轻,但她的耳朵已听惯了甜言蜜语,这使她陷入了它们的罗网;可是他蔑视捕禽者的诡计,不屑利用它们,也看不上无足轻重的小鸟,这在她看来是一种建立在天生的崇高气质上的自豪心理。

他们不再说话,过了一会,维农突然打破沉默道:"孩子的未来还是得依靠你,米德尔顿小姐。我打算尽快离开,我不愿他在我走后还留在这儿,尽管我毫不怀疑你会照顾他。但是起先,你可能看不到,纵容对他的危害在哪里。他应该在你成为帕特恩夫人以前,就被送到一位补习老师那里。请运用你的影响力吧。在你的请求下,威洛比会负起培养这孩子的责任的。费用不会大。我有充足的理由不把他带往伦敦,哪怕我能负担他。我能拜托你吗?"

"我会提出这事,尽我最大的力量。"米德尔顿小姐说,显得神情沮丧,有些异样。

他们这时走到了草坪上,威洛比爵士与他两位未出嫁的姑姑埃莉诺和伊莎贝尔,正在那儿散步。

"看来你追赶野兔,却捕获了一头鹿。"他向未婚妻说。

"吓跑了逃学者,却遇上了一个教书先生。"维农说。

"唉,关于那个孩子的管教问题,你不肯听我的话。"威洛比爵士回答他。

两个老姑娘拥抱了米德尔顿小姐。一个献给她的是一阵对她的美貌的赞叹,另一个是对她的健康的歌颂,然后两人一起指出,再纵容小克罗斯杰的话,他还不知会闯什么祸呢。克兰拉觉得奇怪,不知这是天然的倾向,还是在威洛比爵士的训练下,丧失了个性的结果,以致她们成了他的影子或回声,与他一模一样。她望望她们,又望望他,对他产生了害怕的感觉。但是现在她还没有体验到他的力量,还不知道它能威胁和强迫他家庭中的每一个成员,使之成为从属于他的卫星。尽管她已在事实上与它战斗了几个月,由于她仍坚守着自己的阵地,她还不能明确看到那种与她对抗的精神的性质。

她对两位老小姐说:"不至于吧! 韦特福德先生采取的是教育克罗斯杰这样的孩子的唯一方法。"

"我主张使他成为一个人。"威洛比爵士说。

"如果他什么也不学,他会成为怎样一个人呢?"

"只要他得到我的欢心,我会供应他一切。我从没抛弃过一个顺从我的人。"

克兰拉盯住他瞧了一会,没有转身或低头,却合上了眼睛。

这效果使他感到不舒服。他对眼睛和声音的含义是十分敏感的,这也是他能牢牢掌握家庭中每个成员的一个秘密。他使他们知道,在他炯炯逼视的目光下,他们必须表示同意。现在那对打量他的眼睛不含一点温暖,也没有一点女性的羞涩,它们看了一会便突然闭上了,表现了某种缺乏谅解的态度,而这是可能成为敌对情绪的。难道他还没有完全占有她吗?他皱起了眉头。

克兰拉看到他扬起眉毛,心里想:"我的头脑是我自己的,不论我是否结婚。"

这正是争论的焦点。

## 第 九 章

克兰拉和利蒂希娅会面,她们的比较

第二天早晨上课前一小时,小克罗斯杰抱了一大束野花走过草坪。他把花放在门厅外,说这是送给米德尔顿小姐的,随后便消失在树丛中了。

这些粗俗的野花差点被公馆里那些高贵的仆人丢进垃圾箱,但是很巧,米德尔顿小姐曾从窗口瞥见它们捧在克罗斯杰手中,查询的结果,它们确实是献给她的,于是一个仆人奉命把它送到了她面前。她很高兴。花的搭配说明这不是孩子干的,它们经历过更纤巧的手指的安排,按颜色组成环状:红色剪秋萝和银莲花,野樱草和婆婆纳,报春花和野风信子排列在一起;在蓝色中央还升起了一根满是白花的树枝,花这么稠密,又这么洁白,可惜她说不出它的名字,尽管她同时在称赞克罗斯杰懂得要求戴尔小姐的帮助。

"这是经过园丁改进的'森林处子'——野樱桃,"米德尔顿博士说,"在这件事上,我得承认,这个园丁确实功不可没,不过我还是相信,尽管他掌握了培植重瓣花的技能,他却把果实改革掉了。因此不妨称它为'文明处子';但他做的事至少证明了这一工作的美好和这一名称的正确。"

"这是维农的圣树,现在它遭到了小淘气的劫掠。"威洛比爵士喜笑颜开地说。

他告诉米德尔顿小姐,这棵重瓣野樱桃树是韦特福德先生的宝贝。

威洛比爵士答应领她去看这棵树。他对她说:"你经得起这个考验,很少人的肤色能经得起;对大多数女人说来,这是比冰雪更严峻的考验。例如戴尔小姐,她在离它十多码远的地方,便成了一条旧花边。我真想让她站在树下你的身旁试试。"

"我的天,这可不好,那无异是要哈玛德律阿得斯①行使别开生面的可怕任务。"米德尔顿博士惊叫道。

克兰拉说道:"戴尔小姐会把我拉上更高的法庭,向我证明,在比肤色更有价值的天赋方面,我在她旁边会变得暗淡无光。"

"她具有卓越的才能。"维农说。

全世界都知道,克兰拉也知道,戴尔小姐对威洛比爵士十分倾倒,怀着浪漫主义的幻想;她出于好奇,很想见见戴尔小姐,了解一下这种钟情的性质,只要它合理,也许还是值得仿效的;但是一个男人对迷恋他的可怜女人,怎么会用这么无动于衷的冷淡口气谈论呢?好吧,也许对女人说来,最好还是把感情隐藏在冰雪下面,让它接受训练,接受限制,以便把她们的美梦转向内心。不过话说回来,他的冷淡是合乎需要的,它有助于建立他的理想形象。这是发人深省的,它似乎在向克兰拉的内心指出,保持距离具有神圣的意义,亲密无间的观察固然准确,只能带来致命的后果。她试图按照戴尔小姐可能采取的方式看他,但是她对她所羡慕的戴尔小姐的糊涂观念在一定程度上是蔑视的,对他为了奉承别人,不惜利用他的崇拜者作对比,她也完全不以为然,认为这是感情上不人道的麻木表现,因此她只能设想一种距

---

① 古希腊神话中的女树神。

离可以使她不加批判地、仁慈地、赞赏地观察他,那就是,比如,从月亮上观察一个美貌的凡人。

在这种思想活动中,她出乎自己的意料,忽然说道:"我一定是一个不堪教育的人。如果我有卓越的才能,我就会对事物看得比较清楚了。我从来不记得我曾对直接的教导发生过浓厚兴趣……"

她打住了,不明白她的舌头要把她领向何处;为了给自己转圜,她又道:"可能正因为这样,我才同情可怜的克罗斯杰。"

对于她为"卓越的才能"一句话喋喋不休,韦特福德先生显然并不在意,虽然他这句赞美的话是用强调的口气讲的,它会引起反应也是必然的。

威洛比爵士驱散了她心烦意乱的疑虑情绪。他说:"确实,我对维农说过不知多少次,我认为,你一定会得到孩子的好感。他不愿意人家强迫他。我也没有接受过这种影响。勇敢的孩子不会听凭别人摆布。我想我了解孩子们,克兰拉。"

他发现他对之说话的那双眼睛正在瞧着他,它们似乎只是把他当作一个小黑点,一个针头,完全与它们的深远考虑无关。它们睁得大大的,随即又合上了。

她睁开眼睛,望着别处。

他是十分敏感的。

她知道她伤了他的心,但哪怕这时,或者正因为这样,她仍力图爬回高处那个狭窄的中立地带,从那里观看一个情人的缺点,便会超越于它们之上,成为客观的考察者。她确实爬了,但并不顺利,很快就失望了,借口花力气太多,退到了更低的地方。

米德尔顿博士把威洛比爵士的注意力从难以觉察的烦恼中吸引开了:

"不,先生,不行,应该用桦树条!桦树条!勇敢的孩子通常应该成为坚强的人,越是坚强的人,便越应该拥护巴斯比①。至于我,我但愿他成为英国不朽的伟人。不论海上的空气,山上的空气,其振奋人心的力量及不上一半。我敢大胆说,鞭打的力量比管教的力量效果更好更大。如果克罗斯杰不肯读书,就骑在他背上,用桦树条教训他。"

"先生,这是你的意见吗?"主人和蔼地向他点点头,又为女士们而感到吃惊。

"一点不错,先生,我可以担保,对于那些从事社会活动的人,我不必知道他们的经历,便可准确无误地指出,哪些人早年没有受到过巴斯比的教育。这些人缺乏坚定的性格。他们的理性没有取得巩固的位置。他们不能冷静地对待失败和成功。他们制造仇恨,不讲宽恕,到处寻找机会,谋取私利,如果东风并不对他们有利,他们便气得发火。哦,先生,当他们长大成人以后,身上依旧保留着年轻时代的荒唐作风;你看到,他们没有挨过鞭子。我们英国能打败世界,就因为我们知道鞭打的好处。我认为,这是使我们的血统永远朝气蓬勃的保证。"

威洛比爵士的笑容变得越来越温柔,与此对立的摇头也更加频繁了。在对神学博士作了回答,指出了他的错误之后,他露出一点让步的神气,说道:"不过这对水兵也许是必要的,可以让他们遵纪守法。你的理论不妨应用在船上。在绅士中间,我想这不合适。不合适。"

"那就让你们那些绅士安心睡觉吧!"米德尔顿博士说。

克兰拉听得埃莉诺小姐和伊莎贝尔小姐在交换意见:

---

① 理查德·巴斯比博士,十七世纪英国威斯敏斯特学校校长,以对学生实施严厉的体罚闻名。

"威洛比就不应忍受这种痛苦！"

"这会使他变成另一种人！"

她叹了口气，咬住了下嘴唇。幽默的想象力在女人的头脑中是个禁区，她们必须扼杀它；如果她们想到一个幽默的场面，例如，小威洛比给他的老师抓住，惶惶不安的亲属目睹这出犯上作乱的喜剧即将开演，却无动于衷，她们便非得蒙上心灵的眼睛不可。她们是社会所严格训练的一支军队，是行动和思想必须保持统一的普鲁士军人。不妨说，这是为了文明世界的利益，因为男人们制定了这规则，或者主妇们这么理解这规则。不过说不定，有时也会出现一个年轻的女人，虽已长大成人，却胆大妄为，不可救药，出乎意外的成了女性中的叛逆者，觉得她的命运和她的头脑一起被丢进一个小土坑，比她的肢体还小的土坑。

克兰拉在琢磨，戴尔小姐是否可能是这种意外的产物，心灵还保持着一定的自由。当然，在一个可以说是给罩在铁盖子下的家庭中，她只是要求这颗心灵有一点点的，仅仅一点点的自由意志。在这个家庭中，威洛比爵士不仅是统治者，也是国王，是它的思想领导；怎么会这样呢？她已经发现，他具有不容侵犯的敏感，不同的意见一露头，便会遭到它的打击；但是他得到满足时却和蔼可亲，还不惜对服从者赐予恩惠。她看到，甚至韦特福德先生也避免触犯他表弟的权威意识。如果他不想对威洛比爵士随声附和，像埃莉诺小姐和伊莎贝尔小姐那样，他至少也会表示妥协，或者保持沉默。他从不坚决反对。这个家庭的风气，连同它的铁盖子，压在那些仆人身上，也压在他的身上，还会压在主人的妻子身上；啊，船只失事的蒙难者看到他们必然覆灭的命运，怎么能不心惊胆战！

"我什么时候可以见到戴尔小姐？"她问。

"今天晚上用膳的时候。"威洛比爵士回答。

她想，那么今天我还有点盼头。

她发泄完了这股痛苦的情绪,便关上心扉,等待与戴尔小姐的会见了。但是早在这个时刻到来以前,她的希望便幻灭了,觉得她将见到的,无非只是威洛比爵士的又一名麻木的追随者而已。因此当她与利蒂希娅单独坐在客厅中,在别的女士尚未到来的三分钟内,她倒有两分钟处在没精打采的状态。

"是米德尔顿小姐吧?"利蒂希娅边说边向她走去,"我的嫉妒告诉了我这点;因为你赢得了我的孩子克罗斯杰的心,在几分钟内便使他变得听话了,这是我们几个月都没办到的事。"

"他给我的那束野花真叫我太高兴了。"克兰拉说。

"他非常看重这些花。我提到这点是因为像他这种年纪的孩子,通常总是刚把花采下便塞到了我们面前,他对你的做法却完全不同。"

"我看得出,他得到了他的仙女的帮助。"

"仙女得辞职了;不过我劝你不要因此太宠爱他,因为他必须离开这儿,跟一个能帮助他通过考试的人去读书。我们都认为,他是天生的水手,他的前途是参加海军。"

"但是,戴尔小姐,我这么喜欢他,我会按照他的利益,而不是按照我个人的爱好行事。如果我的影响能起作用,他在你身边就不会再待一个星期了。这件事今天就会提出;也许这只是我的梦想,但我知道我确实是这么考虑的。我不会忘记在力所能及的范围内尽我的责任。"

克兰拉想到,提出某种请求,接受某种恩惠,不免涉及再度作出保证和承诺,于是她的心沉重起来。但这件事是做得对的。何况她已经作过保证了。

"威洛比爵士是真正喜欢这孩子的。"她说。

"他是希望引起孩子对他的好感,"戴尔小姐说,"他很少与孩子们接触。我相信他喜欢克罗斯杰,要不,他不会这么宽容;他能这么忍耐,对一切一笑置之,这是奇怪的。"

威洛比爵士进屋了。戴尔小姐的在场使他容光焕发,就像教堂的烛光使圣坛上的盘子闪闪发亮一样。他为她的忠诚深深敬重她,认为她是高尚情操的典范,因此同她在一起,他总觉得十分舒畅,仿佛她照亮了他潜在的优良品质;既然这些品质都被当作金子,那么把它们称作无限美好也是绝不过分的。

这个晚上对克兰拉的影响是使她刚才的对抗情绪发生了动摇。她在不知不觉中感受了戴尔小姐的精神,威洛比爵士也助长了这点;因为在她看到他如此和蔼可亲、平易近人以后,她不得不同意他的忠实崇拜者的观点;正如有人说的,在家庭中说话风趣,是机智深入人心的一种形式。蒙斯图特·詹金森太太看出他体格完美,有一条腿;戴尔小姐却发现,完美是他最本质的东西。在这两位女士眼中,他都不单闪闪发光,而且富于创造力;赞美是养育万物一样的太阳,这话千真万确。他甚至还带有一点浪漫气息,克兰拉记得,这位全郡骄子给她的第一个印象便是这样;奇怪的是,她发现这个复活的印象却与她的经验背道而驰。那么是不是她太会挑剔,不懂得体谅别人?啊,和睦意识的恢复是多么美好!痛苦逐渐消失的幸福感成了她唯一的憧憬,她想望的自由便是学会爱她的锁链,只要他不再强迫她接受他的拥抱。怀着这种心情,她严厉地谴责了康丝坦霞。"我们必须与人为善;我们不能只想到自己;我们在生活中必须择善而从。"她怀着谦虚谨慎的热忱,反复琢磨这些童年的格言;她要毫不迟疑地实践她的善良愿望,想到韦特福德先生将会听到这事,她的眼前便出现了遥远而令人高兴的前景。她找到个机会向威洛比爵士提出小克罗斯杰的问题,那时他刚跨下马背,正因为刚与一群绅士骑马慢跑了一阵,出足了风头而沾沾自喜。他一向是最好的骑手,今天又大显身手,表现了他的骑士风度,尽管有些做作,但效果不坏。在步行时,他昂起了头,半垂着眼皮,那副自命不凡的样子太明显了。"威洛比,我想与你谈谈,"她说,但又有些迟疑,怕他在爱情的需要下马上答应一切,以致妨碍了她的拖延方针,"我想与你谈有关那可爱孩子小克罗斯杰的事;你很喜欢他,但他在这儿成了一个懒散的孩子,浪费了时间……"

"现在你在这儿,今后你也会永远在这儿,永远是我的爱人……"他兴高采烈地扮演着情人的角色,把克罗斯杰忘了,接着才谈到他。"孩子会承认他的女主人的无上权威,只要你命令他读书,他便会读书!谁会不服从你呢?你的美貌便可指挥一切。何况还有什么?还有优美的风度,神妙的肤色,这些不是使你高高在上,但能使你与众不同,独立于世界之外。"

克兰拉露出了照例应该显示的微笑,接着说道:"如果马上把克罗斯杰送进一所补习学校,让他为海军考试作准备,他就有可能被录取,很清楚,海军是他的职业。他的父亲很勇敢,他继承了这种品质,而且他向往航海生活;只是他必须通过考试,目前时间不多了。"

威洛比爵士勉强笑了笑,表示既同情,又无可奈何。

"亲爱的克兰拉,你崇拜世界;我想你应该明白,在这个争名夺利的世界中,个个问题会使我们辩论以至争吵得面红耳赤。关于克罗斯杰,我有我的观点,维农有维农的。我希望让他成为一位绅士。维农认为他应该当水兵。但维农是孩子的保护人,我却不是。维农从他父亲那里把他领来受教育,他有权利说应该对他怎么办。我不想干涉。只是我不能阻止孩子喜欢我。老维农似乎感到了这点。我向你保证,我完全没有插手。尽管我不赞成维农为孩子所作的安排,但如果要我同意他离开,我也只能耸耸肩膀,因为你已看到,我从没反对过。老维农为他付钱,他是主人,他有权决定,如果克罗斯杰在一阵大风中,摔下了桅杆,责任不在我身上。

亲爱的,这一切都是不言而喻的。"

"我并不想否定这一切,"克兰拉说,"只是我想也许钱……"

"是的,"威洛比提高了声音,"这是一个方面。但只要维农把孩子交给我,我马上可以替他负担一切,他不必再掏钱。亲爱的,要不然,我能赞助一个我所反对的计划吗?事情是这样的:最近我曾邀请帕特恩上尉到这儿作客,这是在他出发去非洲海岸以前——政府把海军陆战队派往那里,大概因为没有别的地方可以杀死他们——我专门给他寄去了邀请信。他表示感谢,但断然拒绝了。这个人我几乎可以说是拿我给的津贴的。是的,他的姓是帕特恩,他又无疑是一个勇敢的人,他的身上有我们的血统,他又姓我们的姓。我想,我指望把儿子培养成比我见到的父亲更好的一位绅士,这理当受到称许。我觉得,从早年起就在船上过那样的生活,充其量只能使他成为他父亲那样的绅士,因此我认为,我要为儿子开拓另一条道路是正确的。"

"他可以成为海军官佐……"克兰拉提出。

"有些人可能,"威洛比说,"但他们必须出身高贵,来自教养良好的家庭。剥夺了他们海军官衔的光圈,让他们走进客厅,恐怕你不会说他们每一个人都够得上称为绅士。我的要求比较高,我希望小克罗斯杰与他们有些不同。这是可以办到的;他的行为会让你看到他是帕特恩家的人,亲爱的;这可以办到。但是如果要我接手,我必须对他拥有绝对的支配权。假如我得时常受到这个人或那个人的干扰,我便无法使他成为一个绅士。总之,他必须面向我,把我作为他的榜样。"

"那么,你今后是否能因此而为他负担一切?"

"这得看他的行动。"

"那对他不是太没有保障了吗?"

"难道比你打算为他选择的职业更没有保障?"

"但那里是根据明确的规则行事。"

"对于我,他只要以同样的感情回答我就成了。"

"你能保证他有固定的收入吗?做一个游手好闲的绅士已经够坏了,如果还分文全无……"

"亲爱的,只要他得到我的欢心,他就可以安全无恙,受到保护。"

"但万一他无法得到你的欢心呢?"

"难道这很困难吗?"

"唉!"克兰拉有些心烦。

"你瞧,亲爱的,我都回答了。"威洛比爵士说。

他接着又道:"但是老维农喜欢自讨苦吃,那就让他管这孩子吧。他有他自己的主见,让他试试吧。我不妨看看他这番尝试。"

克兰拉觉得无能为力,打算放弃她的要求了。

"问题是在于钱吧?"她胆怯地问,知道韦特福德先生是个穷人。

"老维农高兴这样子花钱呢,"威洛比爵士答道,"如果他能因此得救,免得在阿尔卑斯山上摔断胫骨,送掉性命,我觉得,那些钱倒还是值得花的。"

"是的。"克兰拉拖长了声音,免得沉默。

厌倦像一条蛇缠住了她,她把它抓住后扔掉。"但我明白,韦特福德先生需要你的帮助。他并不……并不富裕吧?他一旦离开庄园,在伦敦试着以卖文谋生,他也许就无法资助克罗斯杰,让孩子得到必要的教育了,因此帮助他是一种慷慨的行为。"

"离开庄园!"威洛比爵士喊了起来,"我从没听他提过这事。他一开始就走错了路,我本以为他会学乖一些了,要知道他为此曾丢掉了大学中的研究员位置呢,真糟糕!当时他刚得到了一笔小小的遗产,便想另谋出路,在写作上碰运气;我告诉他,这只是一种赌博。伦敦的生活对他没有好处。我还以为,他的想入非非几年前已经结束了呢。他从我这里得到的是多少?大约一百五十镑一年;只要他提出,我还可以加倍给他;还有他需要的所有的书;这些作家和学者一旦想要一本书,便恨不得马上拿到它。不要以为我是在埋怨。我这个人就是这样,是绝对不要直接替我办事的人自己掏一个先令的。我承认,我要求他们完全依赖我。封建主义其实并不是一件应该反对的坏事,只要领主确实像个领主。你知道,克兰拉,你也应该了解,我有我的弱点,但我并不是赞成奴役,我认为重要的是感情。我要求周围都是爱我的人。还得与一个人在一起?……对,一个最亲爱的人!这样,我们两人就能把世界关在外面;我们过着别人梦想不到的生活。不能想象还有比这更甜蜜的事。这是真正的人间天堂。我成了你整个身心的占有者!包括你的思想,希望,一切。"

威洛比爵士竭力发挥他的想象力,但是再也想不出什么,或者再也表达不出什么,于是只得继续道:"可是维农说他要离开我,这算什么话?他不能离开。他自己那边只有一百来镑一年。你瞧,我是为他着想。我也不说他想走就是忘恩负义。你知道,亲爱的,我一向最讨厌分离这一类事。我总是尽力而为,让我的周围都是头脑健全的人,以便保护我自己,免得我的感情遭到摧残。除了戴尔小姐,她是你所喜欢的——亲爱的,你喜欢她吧?"他得到了满意的答复,又道:"除了那一个例外,我从未想到谁会对我构成痛苦的威胁。现在却出现了一个人,不是在被迫的情况下声称要离开庄园!我的天哪,这是为什么?为什么?我不由得想,难道美满幸福的前景叫他伤心吗?我们知道,人心'诡诈到极点'[①],可我

---

① 语出《旧约全书·耶利米书》19 章 9 节:"人心比万物都诡诈,坏到极处,谁能识透呢。"

不愿相信我的朋友们也会这样;但他们的行为却又往往很难解释。"

"如果事情是真的,你不会惩罚克罗斯杰吧?"克兰拉无能为力地插话道。

"当然,我会收留克罗斯杰,按照我自己的样子培养他,亲爱的。但这是谁跟你谈的?"

"韦特福德先生自己讲的。威洛比,我不妨谈谈我的看法,我觉得,如果他担心克罗斯杰可能失去参加海军的机会,那么他宁愿把孩子带走,也不会让他留下。"

"海军陆战队看来很吃香呢。"威洛比爵士说,对她固执己见,为一个海军陆战队员的儿子说情感到吃惊。"那么他必须带走克罗斯杰。我不能接受半个孩子,"他笑笑道,"我是要求贤明国王判决的合法申请者①。再说,孩子身上有一份我的血统,却没有维农的血统,一滴也没有。"

"啊!"

"亲爱的,明白了吗?"

"哦,是的,我明白了。"

"我不想自封为完人,"威洛比爵士继续道,"我能忍受别人的无理取闹;然而我还是会生气的,我一旦生气,我是不留情面的。如果有机会见到维农的话,你不妨同他谈谈。当然,我也会同他讲。克兰拉,你可能注意到了,刚才我们骑马回来时,有一个人在路上经过我的身旁,一点也没有向我表示致敬的意思。那人是我

---

① "贤明国王"指《圣经》中的以色列王所罗门。据说,有两个女人争夺一个孩子,找所罗门判决。两人都说孩子是自己的,所罗门便命人取来一把刀,吩咐把孩子劈成两半,一人一半。真正的母亲是真爱孩子的,立刻表示愿意放弃孩子。于是所罗门据此判决,她是真正的母亲,把孩子判给了她,见《列王纪》上,第三章。

103

的一个佃户,租了我三千六百亩地,姓霍普纳;撇开我的地位不谈,这个人也应该记得,我是常常帮助他的。他租我这块地的租约还有五年到期。我必须说,我讨厌我们乡下这些居民的粗野无礼,如果他们敢冒犯我,我决不放过他们。但维农是另一回事,他只要有人提醒一下就成了。这位老兄总是心血来潮,使人不由得想,他似乎非让自己沦为乞丐不可。亲爱的,"他向她俯下头,不再来回走动,"你累了吗?"

"我今天非常累。"克兰拉说。

他一抬胳臂让她挽。她把两根手指搭在他的手臂上,但当他想把它们夹在他的肋部时,她缩回了手。

他不再坚持。在她身旁走路,就得与她庄重的步子保持一致。

到了门口,他站在一旁,让她从他前面走进屋子,一边垂涎欲滴地望着她的脸蛋,她的耳朵,她那微微有点黝黑的颈背;那一绺绺从梳子和发髻中漏网的细小的、不肯驯服的浅色鬈发,有的全鬈,有的半鬈,有的像根须,有的像葡萄串,像结婚戒指,像小鸟羽毛和一簇簇绒毛,或者像随风飘拂的细草,它们分布在颈背上,仿佛起伏不定的水波,互相交叉的涟漪,有时疏散,有时密集,有时松弛,有时下垂,形状像一根根丝绒的小触手,每一根的颜色几乎还没粉笔的笔画那么浓,然而它们却比那种长长的一圈圈金黄色鬈发更变化多端,撩人心弦。

利蒂希娅是没有什么可以与这种美相比的。

# 第 十 章

威洛比爵士无意中给了自己一个称号

目前维农对他的表弟还有用;这位表弟需要一个多才多艺的秘书,因为尽管他在管理庄园方面精明能干,但是作为一个治安法官①,他在庄严的法庭上作判决时,却出过一两次洋相——在这种场合,往往有半个纵队的英国人引经据典,唇枪舌剑,与他对抗,使他意识到了这样一位秘书在辩论中的价值。有了维农作他的得力助手,他就不用怕火龙——新闻界——咄咄逼人的气焰了。何况他还打算进入议会,他预见到那时他会更需要他。此外,他喜欢他的表兄就古典文学问题写的论争文章能注明"写于帕特恩庄园"。这可以使他的家庭在另一个领域大放光彩,证明它曾为学术研究作过贡献,因而具有书香门第的条件,尽管文化知识并无多大价值,其本身实际还为人所不齿,然而这种名声还是不该以物质利益和头衔来衡量的;至于为什么这样,恐怕谁也说不清楚。总之,这是一种香料。精美的调味品是一盘名菜的生命,它的高贵所在。如果把它们分开,前者固然难以下咽,后者也成了粗俗的平民。你的家庭需要有一个诗人——有学者更好——道理就在这里,或者

---

① 英国维持地方治安的法官,大多由当地乡绅兼任,处理本地区的轻微刑事案件。

近乎如此。威洛比爵士应该有这么一个人,因为他比郡里的朋友们高明一着,懂得这种人能带来香味,有了他,就能使那些朋友意识到自己的不足。他的厨子德霍斯先生是大厨师戈德弗鲁瓦的徒弟,但他不是本郡唯一的法国厨师;他的表兄和秘书,作为正在成名的学者和出色的散文家,却是只此一家、无与伦比的装饰品;当然,这只是就他那一类人而言。对他个人,我们嘲笑他;但你们最好别这样,除非你们不怕当场出丑,表明你们对高雅的文学世界一无所知。在郡里宴会上,威洛比爵士提到维农"在家中忙于研究他的埃特鲁斯坎文化或多里安文化"①,便能制造一种自惭形秽的沉默气氛;他说了这话,照例要停顿一下,让这种气氛消失,并在心里对古怪的表兄大大嘲笑一番,然后才不再理会他。

不仅如此,威洛比爵士还不愿在他的家庭圈子内,失去一张熟悉的脸。凡是被他辞退之后,不想求情留下的仆人,他总是特别反感。如果他们自动要求离职,那在他看来,更是与魔鬼差不多。维农要求离开庄园的计划,冒犯和伤害了这位敏感的绅士。"看来我终于只得把利蒂·戴尔②让给他了!"他想,决定对一个忘恩负义的人给他造成的危机,采取委曲求全的宽大态度。因为自从他与米德尔顿小姐订婚之后,他深谋远虑的内心立刻想起了戴尔小姐,如果她依然住在附近一带,没有出嫁,那么她可以作他未来的孩子的家庭教师,时常供他咨询请教。但现在突然冒出了另一种前景:这两个人可以结婚,住在庄园边上的小屋里;维农仍保持他的职位,利蒂希娅则保持她的忠诚。不过他不能不看到她背弃他的危险。大家知道,婚姻会影响一个最忠诚的女人,一旦有了丈夫,她们的伟大感情便会在她们反复多变的天性中烟消云散。在

---

① 埃特鲁斯坎人是意大利的古代民族,多里安人是希腊的古代民族,他们的文化在这里即指古希腊罗马的文化。
② 利蒂是利蒂希娅的昵称。

女人身上,肉体战胜精神的情形特别明显。然而为了眼前的目标,看来他不得不冒一下这风险了。

但是他没有兴趣与维农商量这件事,这个人一向不在他的眼里,如果他有什么话要对他说,说完之后转身便走,从来不屑听取他的意见。现在也这样,他让那两个关心小克罗斯杰的人自己去想象,以为他在考虑孩子的问题,并且以为让他独自考虑是明智的;因为如果不顾他的情绪,得罪了他,他便可能以不同寻常的严厉态度对待他的任何朋友。同时,他交代埃莉诺小姐和伊莎贝尔小姐邀请利蒂希娅·戴尔到公馆作客,这里不久即将举行各种宴会,需要一位谈吐不俗的女士,尤其是一位知书识礼、具有高雅情操的女士;她一向表现了女性忠贞不渝的奇迹,这可能会在一定程度上激发一个比她年轻的女人的竞争心。目前要他下定决心,把利蒂希娅奉送给维农,还为时过早;只要他手中握着这张牌就够了。

关于克兰拉,他通过她对他的言行的一系列反应,凭他洞察心灵的天赋,已知道她的心并不与他完全一致,这使他在她的性格中看到了一些迹象,它们可能便是蒙斯图特·詹金森太太那句站不住脚的无稽之谈"狡黠的瓷美人"的根源所在。那句话毫无道理;然而如果你把克兰拉看作一个精细绝伦的瓷美人,那么她脸上那些精细绝伦、难以言状的变化,确实能引起一种联想,使你把它们与"天真调皮的狡黠""桀骜不驯的狡黠"挂起钩来;不过那种与昂贵而可爱的物质的类比,还是使这含含糊糊的称号有了一定的可取之处。他讨厌这句话,又摆脱不了它。

她有时无疑带有林中仙女的神态,只是由于对法翁①注视得太久了,以致不知不觉在模仿他偷偷撇嘴唇和斜眼看人的作风。

---

① 罗马神话中的一种森林之神,外形半人半兽,常用来指粗野贪婪的人。

她和小克罗斯杰的玩耍,似乎使这位小姐变成了一只猫;她玩得那么起劲,似乎她真实的生命力在她看到这孩子以前,一直处在停滞状态。威洛比爵士对身体上的活跃是完全不反对的,这是他的配偶身体健康的表现;但是在他们的谈话中,他开始感到,她并不指望自己成为他独占的安乐窠。借用比喻的说法,就是每逢他对这个最温柔最美丽的女人敞开胸膛时,他遇到的往往是尖尖的钢针。她谈大道理,换句话说,给她的无知披上了武装。她公开对他提出异议,还引诱维农作她的帮手。影响可以说是一种力量,她对维农的影响便表现在一天晚上,在卡尔默夫人的晚会上,她硬要他与她跳舞,尽管她看见过他在这门艺术上的伤心表演;她不仅要他站在对面,还在整个舞蹈中指挥他的动作,像一个聪明的孩子在玩陀螺,要它毫不摇晃地走到自己面前,结果维农固然满意,威洛比爵士也大为得意,因为他决不会反对未婚妻显示力量。考虑到她对维农的影响力,他重又提出了小克罗斯杰的问题;为了实现他的意图,他把它告诉了她,希望她按照他的想法,为他出一把力。

"老维农没有再同你谈起那个孩子吗?"他说。

"不,韦特福德先生问过我。"

"他没有问过我,亲爱的!"

"他大概把我的帮助估计得太高了。"

"你瞧,亲爱的,如果他把克罗斯杰交给我,他就可以走了。这个人发了疯,要用他的笔在伦敦'入伍'——这是他自己的说法。我与他相处惯了,我感到痛心,他居然想当雇佣文人,按照别人的授意,写些不三不四的东西,挣几个钱勉强糊口。但我要他留下;假定他走了,我会生他的气,他也失去了一个朋友;我受到朋友这么大的作弄,已不是第一次了。但如果他惹我生气,他在我眼中就不存在了。"

"在你眼中怎么样?"克兰拉喊道,有些吃惊。

"他在我眼中就成了一个从来不存在的人。他从我的思想中被开除了。"

"尽管你对他是有感情的?"

"我得说,正因为有感情才这样。我们的天性是不可思议的,我的也与任何人的一样。不论我多么遗憾,他还是不存在了。这不是我对世界讲的那种语言。但我不会伤害他,别人也不能说我不近情理。只是……"

威洛比爵士稍微耸了耸肩膀,摊开双臂,表示他无能为力。

"但是请你像对世界讲话一样对我讲话,威洛比;别再叫我猜谜了!"

"我亲爱的克兰拉,我们是一个人呢。你应该了解我,不妨这么说吧,了解我最好的方面,也了解我最坏的方面。"

"你也肯听我一句吧?"

"你有什么要告诉我吗?"

她暂时没有作声;不顾一切的决心像波浪一样在她心中升起,然后又退却了,于是她说道:"我太懦弱,没法讲。"

"你们这些女人啊!"他说。

我们对女人不能指望太高;她们成不了大器,也干不了坏事。她们的性格一目了然,没有什么需要说明的。

他重又开始谈了,他的声调让她明白,她现在已进入了他内心的圣殿:"我告诉你这些事,我完全承认,它们不能提高我的身价。但它们是我的性格的构成部分。我可以毫不掩饰地告诉你,我身上有很多……太多的堕落天使长①的骄傲。"

克兰拉俯下头,长长地吸了一口气。

"这必然是骄傲,"他说;他的自白引起了她的深思,这使他得

---

① 即魔鬼撒旦,他本为天使长,因犯罪被逐出天国。

意扬扬,为自己身上出现了魔王的地狱之火而感到荣耀。"

"你不能改正吗?"她说。

失望使他深深地苦恼,他答道:"我就是我。也许在你看来,我的性格是像数学一样,可以用加减法或替代法加以改变的。但我得告诉你,这是错误的。"

"我觉得,为了韦特福德先生要改善他的命运,便这么残忍地惩罚他,这才是错误的。"

"他考虑命运时,应该想到我的作用。只要他向我提出,我便可以加倍给他报酬。"

"他希望自立。"

"脱离我而自立!"

"他要自由!"

"牺牲我的利益!"

"哦,威洛比!"

"好啦,但世界便是这样,我知道它,亲爱的;尽管你出于美好的愿望,不肯相信,但你会发现:世界是自私的,而信赖我对这一点的了解是最安全的。亲爱的,你愿意吗?——你应该这样!因为我们中间的丝毫分歧都是不能容忍的。你不觉得它会损坏我们的魔法戒指①吗?只要我们有一点小小的裂痕,世界就会带着它的污泥浊水冲进来!——但现在我要谈的是老维农。是的,如果维农答应留下,我可以负担克罗斯杰的费用。我愿意放弃我对孩子的计划,尽管我认为那是较好的计划。现在请你劝维农留下。他对留在一个女主人的家中有他自己的想法;因此不必与他争论——老维农不是可以用道理说服的,在他那里,一种狂热的决心

---

① 据说公元前六世纪的吕底亚国王盖吉兹有一只魔法戒指,它可以使他取得隐身术,戴上这戒指,他便从人们面前消失了。

取代了理智——只是让他留在我附近,住在我的一栋小屋中;这便好了,但为了使他安心住下,我们得让他结婚。"

"跟谁呢?"克兰拉说时心里在盘算这是哪一位小姐。

"女人是天生的媒人,"威洛比说,"而一个年轻的未婚妻最有说服力。对于一个男人——像老维农那样的男人!——她是不可抗拒的。这是我的愿望,它可以作你的强大后盾。你要做的就是促使他就范。如果他要走,他就永远不能回来。如果他留下,他便是我的朋友。我对他,对任何人,都这么简单。这是树立权威的秘密。现在戴尔小姐很快就会失去父亲了。他是靠养老金生活的,因此她面临着不得不离开这一带的前景,除非她在我们附近成立家庭。可怜的女人,她全心全意喜欢这个区域,它有她向往的一切。可以相信她会同意。只是需要有一点小小的追求,老维农的追求!你不妨想象一下这个场面,亲爱的。据我看,他关于追求的观念,恐怕就是把一位小姐当作一本字典,他先是查一个字,然后又赶紧查另一个字,这样才构成一个句子。不要对这位可怜的老兄皱眉头,我的克兰拉。有的人一开口就滔滔不绝,有的人却无话可说。有些人是干透的树枝,他们像男子汉,为人正直,但已脱离树身,与女人也从不往来,这样,局外人给他们牵线搭桥,就非常必要了。事情确实这样!"威洛比爵士对着克兰拉的脸大笑,想打破她心不在焉的呆板表情。"但我可以向你保证,最亲爱的,我早已看到这点。只是维农不像我们,他不知道怎么开口。其实他现在或过去一直对戴尔小姐保持着一种所谓偷偷的爱。这是一件非常有趣的事,他的求爱!那就像一只狗怀着惴惴不安的心情,竭力想取得主人的欢心!它只会引得我们哄堂大笑。当然,这是没有什么结果的。"

"如果韦特福德先生拒绝,你会不会生气,以致从你的思想中开除他?"克兰拉说。

威洛比为她的愚蠢,用含有深情的语调哼了一声"啐!"

"我们把他们撮合在一起,这是尽了我们的责任。克兰拉,你瞧,这是我的愿望,我会作出一定的牺牲来挽留他。"

"但是你牺牲了什么呢?一栋小屋?"克兰拉说,简直有些气势汹汹。

"也许是一个典范吧。我强调的不是牺牲。我是坚决反对分离。因此你得说,我是在为人们的结合创造条件,是吗?希望你运用你的影响,成人之美,亲爱的。我相信你甚至可能说服他,让他在客厅的桌上跳高地弗林格舞①呢。"

"对他只字不提克罗斯杰的事?"

"克罗斯杰的事暂时不谈吧。"

"但那很紧急。"

"相信我。我有我的想法。我不会不管。那孩子很有希望,可以成为一个出色的骑手。机会是很多的……"威洛比爵士嘟哝着,既像自言自语,又像在对未婚妻说,"骑兵怎么样?如果我们让他参加骑兵,就可以使他成为一个绅士,不必为他害羞。还有,只要机会凑巧,也可以进禁卫军。好好考虑吧,亲爱的。德克雷是禁卫军的中校,一个十足的绅士——万一老维农跟我顶牛,我想,他会做我的男傧相——当然,这个人没什么头脑,但举止文雅;一个爱尔兰人;你会见到他的,到时候我会让一个海军中校与他并排站在客厅中,让你比较后考虑一下,应该给你关心的孩子选择哪一个作榜样。贺拉斯·德克雷是绅士风度和骑士气派的化身;也许有些糊涂;我一向对他非常友好,因此可能看不出他的缺点。他的行为就像我的一只狗,老是跟在我的脚后,尽管他比我年长。在我看来,很少人的脸称得上是讨人喜欢的,他却是这少数人中的一

---

① 一种节奏强烈的苏格兰民族舞蹈。

个；也许，在这张脸后面什么也没有。照维农的说法，只是'给秃鹫啄光的一片不毛之地，给太阳烤干的一片沙漠'。不过他很有口才，如果你喜欢轻松活泼的谈话，他一定能使你满意。老贺拉斯还不知道，他有多么逗人乐的呢！"

"韦特福德先生是那么谈德克雷中校的吗？"

"我忘了他这话是不是谈他的。那么你注意到老维农的弱点了吧？你引用了一句他的警句，他便乐得手舞足蹈的！这是使他跟你走的万无一失的方法。如果我需要他心情愉快，我只要提一下'正如你说的'，马上能使他变得神采奕奕。"

"我注意到的主要是他为孩子非常担心，"克兰拉说，"因此我才敬重他。"

"那是值得赞许的，但不见得太有远见和明智。好吧，就这样，亲爱的，马上向他发动攻势，把他的兴趣引导到我们的女邻居身上。她会上这儿作客一个来星期，因此有充分的时间，可以使他在她离开前把这件事定下来。她目前正等待一个表妹来照顾她的父亲。只要轻轻推一把，就能使老维农双膝跪下，从此再也难以伸直。一个女人一旦动心，准备接受求婚时，你知道，她是不会——是不是？——太计较形式的，是吗？虽然有些美丽的堡垒……"

他搂住了她。克兰拉对此已逐渐变得无动于衷。她觉得这是她命中注定的，她看不到任何逃避的方法，只能祈求自己的血脉中来一阵善意的冰霜，从而毫无感觉地过这个短暂的时刻。等它过去之后，她便责备自己，何必把它看得那么重，其实这比听他噜苏还好受一些。她能怎么办呢？她是笼中的鸟；造成这情况的，有时她觉得是她的婚约——她凭荣誉所作的保证；有时又觉得是她的懦弱；她还隐隐感到，后者是比前者更坚固的锁链，于是她思索着一个抽象的问题：女人的懦弱难道会这么强大，以致使她陷入了她所厌恶的魔爪，还无法自拔？这怎么可以设想？难道它没有作

113

困兽之斗的时刻？但是形容枯槁的荣誉观念这时跳了出来，要求向它表明态度；因为如果她还保持着勇气，她就应该有勇气打破荣誉观念，敢于背弃自己的诺言，不仅说我得勇敢一些，而且真的勇敢起来，不怕承担不光彩的名声。一个订了婚的女人渴望解除婚约时，她的笼子前面站着两个守卒，一个高尚，一个卑鄙；世界上还有谁遭受这么可怕的监禁？她必须战胜使她屈辱的观念，才能通过战胜给她光荣的观念，赢得她的自由。

她在考虑她的处境时，一个观念（或者只是青年人的狂想取得了观念的神圣外表）作为她目前痛苦心理的产物，突然从她的头脑中诞生了，那就是：这个世界一定是一个黑白颠倒的混乱世界，因为它把一个无知的时刻当作创造我们命运的转折点强加给我们，要我们对影响一生各个主要方面的问题作出决定性的选择。这样，她的老师早就促使她考虑他对世界的观点了。

她同样还想到：能够像他那样向我暴露自己的男子，必然是一个鄙视女性的人！

多亏了威洛比·帕特恩爵士，米德尔顿小姐不再像一个小姑娘那么思想了。这伟大的转变是什么时候开始的？回顾往事，她可以想象，它离我们所说的初恋时期的开始阶段不远——几乎就在开始的时候。她只能这么想象，因为那个时期的感情对她已变得陌生，她再也无法回忆它们。它们已经死了，在想象中甚至连影子也找不到了。她不想指责他，因为她在这方面还是合情合理的，她只是觉得自己陷入了牢笼。不知为什么，有一次她梦见自己被判处了终生监禁；啊，多么可怕！她不是待在安静的地牢里，她的周围尽是不见天日的墙壁，它们在向她说教，在要求热情，在指望得到赞美。

她说不出为什么她不能那么做，为什么她越来越不愿敞开自己的心扉，为什么她祈求冰霜来扼杀她最温柔的感情。她想反抗，然而结婚的钟声在她耳边轻轻响起,使她不得不在无可奈何中屈服;接着,对和谐生活的向往又逐渐增强,终于急转直下,把她从屈服中再度推向了反抗,但是那个独特的日子带着它喜气洋洋的可怕面目重又出现在她眼前,把她送回了现实中。它是活的,它在前进,它有一张嘴,它会唱歌。她收到的女傧相们的信都写到了它,她觉得它们像波浪一样要把失事海船上的木头抛到岸上。但周围的一切似乎挟带着她,都想把她卷走,她在痛苦地挣扎,于是她不禁想到,可能她已处在发疯的开始阶段。即使不是这样,她也会被指责为反复无常,这使她同样感到伤心。不久以前,她在给那些小姐之一的信中还写到过这位绅士,怎么谈的?用什么口气?那么是不是她当时疯了?现在清醒了?她觉得,在信上热情洋溢地谈论他,比惴惴不安地想离开他,更加像发疯的表现;但是脱离大家,反对她所同意进行的一切,对一个女孩子说来毕竟太不寻常了,她不能找到充足的理由,证明自己是正确的。

仿佛命中注定,威洛比爵士给她提供了一把能够说明问题的钥匙,它揭露了他,用一个称号给他打上了烙印,也加强了她的反抗精神,几乎使它取得了神圣的性质。

本郡一位深得人心的医生柯尼大夫,也以谈笑风生、善讲逸事闻名。他前一天在公馆参加了宴会,第二天大家不约而同谈起了他,还谈到了阿尔芒·德霍斯的烹饪艺术,说他的菜这么可口,就因为他听说这天是要招待一群精英人物。威洛比爵士对为他办事、又有一技之长的人,总是另眼相看,现在也以善意的揶揄口气谈到了德霍斯:"为什么他不能每天给我们吃这么好的菜,我想,这得从法国人的天性中查找答案。法国人一向是靠热情来弥补他们缺少的一切的。他们不懂得尊重别人,如果我对他说:'德霍斯,给我做些特别精美的菜肴,'我就只能吃到一顿平常的晚餐。但是他们的热情却是取之不尽的,我们必须懂得利用它。你了解了一个法国人,你就了解了法国。德霍斯在我手下干事已两年了,我一句话就能激起他的热情。他把精英人物当作了文化人。法国人消灭了他们的贵族,但为了感情上的需要,又抬出了文学家——不是为了崇拜他们,这他们办不到;这是为了让自己能处于兴奋状态。他们并不指望有真正的伟人凌驾于他们之上,因此便制造赝品。也许这么一来,他们就可以问心无愧地侈谈平等了! 好啦,我的好维农,你不要摇头! 你瞧,人的本性重又抬头了,我们要改变也改变不了;法国人与我们的不同,只在于他们是经过流血之后才发现,他们不过是在再一次玩弄老花招罢了。'先生,我与你是平等的,生来平等的。啊! 你是文学家? 请允许我为你感到兴奋吧。'是的,维农,我相信这家伙崇拜你,把你当作了一家之主,我并不嫉妒,只要他能做好他的本职工作! 有一位法国哲学家①提出,要用法国文人的名字命名每一天:伏尔泰日、卢梭日、拉辛日等。也许维农可以告诉我们,四月一日②该用谁的名字命名。"

"你一心要嘲笑的时候,有些小错误算不了什么,"维农说,"你相信可以通过一个厨师了解一个民族,这是你的自由。"

"他们也可能通过一个骑师了解我们英国人!"米德尔顿博士说,"我相信,我们的骑师与他们的厨师旗鼓相当,可以互换;在这笔交易中,他们占不了多少便宜。"

"是的,但是我亲爱的好维农,那么做毫无意义,"威洛比爵士说,"为什么得用一个文学家的名字来称呼每一天呢?"

"还有哲学家。"

"对,还有哲学家。"

"还应该包括每个国家每个时代的人。他们都是对人类作出

---

① 指法国实证主义哲学的创始人奥古斯特·孔德(1798—1857),他在建立实证主义宗教——人道教的过程中,提出了类似的主张。
② 按西方风俗,四月一日为愚人节。

过贡献的。"

"贡……!"威洛比爵士的嘲笑声打断了这个词。"这一切包含着自命不凡的意思,与英国人的健全理智不能相容。你当然看到这点吧?"

"如果你不满意,"维农说,"我们也可以给一部分日子换个名称,或者留出一部分日子,献给在这一天建立过特殊功勋的我们的名门望族。"

他的取笑赢得了克兰拉的好感,她的叛逆精神促使她说道:"这样的家族有那么多吗?"

"不妨用一两个诗人凑凑数。"

"也许还可以加上一个政治家。"她提出。

"必要的话,还可以加上一个拳击手。"

"这适用于刮大风的日子,"米德尔顿博士怀着遗憾的心情,匆匆忙忙插了一句,又就那个别出心裁的主张发表了一通大道理,然后向维农小声谈了几句,这就重新捡起了他无意之间打断的话头。不过这次谈话使克兰拉感到庆幸,因为她发现,她的父亲尽管有时与威洛比爵士的观点相同,却并不想对他随声附和。

在这场谈话中,威洛比爵士本来是挑大梁的,后来这地位却给别人抢走了,他有些不高兴,只得转向克兰拉,与她谈柯尼大夫饭后讲的两则逸事;其中一则包含着不少人情世故,它讲一个体弱多病的绅士,他的妻子忽然得了不治之症,他在病房外找到会诊后的医生们,哭哭啼啼地要求他们,无论如何得救救可怜的病人,他牺牲一切都在所不惜。他说道:"她是我的一切,一切;如果她死了,我就不得不冒重新结婚的危险;我不能不续弦,因为她使我习惯了妻子无微不至的照料;我真的不能没有她,不能!你们必须救救她!"这位只是需要一个忠诚妻子的恩爱丈夫痛苦地绞着双手。

"瞧,克兰拉,这就是利己主义者,"威洛比爵士补充道,"一个十足的利己主义者。你瞧,他变成了怎么一个人……还有他的妻子!他压根儿没有意识到,他把最粗俗的利己心理流露了出来。"

"一个利己主义者!"克兰拉喊了起来。

"要警惕,别嫁给一个利己主义者,亲爱的!"他殷勤地鞠了一躬。她没有想到他这么缺乏自知之明,以致简直不敢相信,刚才她听到的话真的出自他的口中;她一直困惑地望着他,直到从这个思想中突然惊醒,才移开她的目光。她瞧了一眼维农,瞧了一眼父亲,又瞧了瞧埃莉诺和伊莎贝尔两位老小姐。他们谁也没有用这个词看这个人,也没有留意这个词。然而这个词却成了她的诊断书,她的指路明灯,成了理解他的一把钥匙(说真的,她正是在需要它的时候得到了它),成了为她辩护的一个律师。利己主义者!她用这盏无情的灯照亮了他——不幸,他正是他自己说明的那种人!——看到了他的缺点,也看到了他的优点,但他的优点已湮没在他的单数第一人称中了。从他的慷慨中还是能听到"我"的声音,它比其他一切都响。假定他到了柯尼大夫的故事中那位主人公的年纪,他会说:"求你们啦,为了我而救救我的妻子吧。如果我失去她,就不得不再娶一个妻子,但是新人待我可能抵不上她一半好,或者不那么了解我性格的特点,不能对我百依百顺。"他现在三十二岁,因此还是个年轻人,强壮而健康,然而他却喋喋不休,一再弹他的老调,始终离不开一个"我"字,这使他显得老气横秋,简直已经未老先衰。

"要警惕,别嫁给一个利己主义者。"

他会帮助她摆脱这命运吗?她想象着她要求他放她走以后的情形,想象自己在他的利己主义围墙中被拖得团团转,她的头被按在墙角上撞,这使她心惊胆战,仿佛生了一场大病。

康丝坦霞便是一个例子。但那个姑娘在危急中得到了一个亲切英勇的绅士的帮助;她遇到了奥克斯福德上尉。

克兰拉琢磨着这两个人,终于他们在她眼中成了英雄。她问自己,她能这样吗?会有人帮助她吗?她无力地闭上了眼睛,不相信自己的愿望能够实现,又不愿说"不"字。

威洛比爵士明确地说:"要警惕!"嫁给他将是不顾他的明确警告而犯下的错误。她想得那么远,甚至想到他后来会说:"我已警告过你了。"她想象与他结婚后,她将发现,与她拴在一起的不是一个有感觉的人,只是一块方尖碑,上面写满了无法理解的象形文字,她只得日日夜夜听他解释它们,靠回味他的教训过日子。

毫无疑问,这个屹立不动的石人是不会给她自由的。这块利己主义顽石会先是惊讶,然后毫不留情地拒绝她的要求。他的自尊心不允许他理解她要离开他的愿望。如果她下定了决心,又不直截了当按照康丝坦霞的方式行事,那么她父亲心烦意乱的困惑情绪,也是不能不考虑的,因为对他说来,这件事的复杂性简直是进退两难的悲剧。她的父亲虽然对自己的孩子十分体贴,但仍会采取维护荣誉的立场;是的,他最后肯定会对她让步,但是他会忧心忡忡,陷入暴风雨般的苦恼中;他在无可奈何中举起了双臂,他不想读书,不想讲话,像一个遇难的人在海上漂流,似乎除了淹死再也没有别的指望。至于世界,它会跟在她背后猖猖狂吠。她可以挣脱自己的手,把那个男人称为利己主义者;世界却会说她朝三暮四,抛弃了他。她感到痛苦,发现自己竟同意了威洛比爵士对世界的观点,认为她的花园长满了荨麻,她的地平线变成了方框中没有亮光的第四条边,都是他的罪过。

克兰拉一个个回忆着那些访问过这庄园的人。她不得不看到,他们对这儿的主人普遍表现了真诚的敬意。没有一个人对他伪装下的内心产生过怀疑。她在作为威洛比·帕特恩爵士的未婚妻,接受他们的恭维时,她为自己的虚伪感到的痛苦,并不能靠对他们的糊涂浅薄的鄙视得到根本改变。她试图欺骗自己,说他们是对的,只是她愚昧无知,心地不良,不能始终如一。她的叛逆精神已从头脑蔓延到了血液,不论头脑是不是在活动,它都有所表现,这使她忧虑重重,为了摆脱它,她鼓励埃莉诺和伊莎贝尔两位老小姐对她们崇拜的偶像尽情进行虚构,指望自己也进入她们这个想象的天地,从而在一定程度上死心塌地地安于现状。在麻痹自己的反抗意识方面,她取得了部分成功,但与他五分钟的相处,便会使她前功尽弃。

他要求她戴上帕特恩家的珠宝首饰,参加一次贵妇人的盛大宴会;他告诉她,他会交代伊莎贝尔小姐把它们送来。克兰拉谢绝了,理由是她没有权利戴这些首饰。他取笑她过于谦虚,不合常情。"这确实可算是一种过虑,"他说,"但我给了你这种权利。你实际上已是我的妻子。"

"还不是。"

"在上帝面前还不是吗?"

"不是。我们还没有结婚。"

"那么作为我的未婚妻,为了让我看了高兴,你愿意为了我戴上它们吗?"

"我认为还是不戴好。我不能戴借来的首饰。我不想戴它们。请原谅,我不能。再说,威洛比,"她又道,有些瞧不起自己,觉得自己不够坚定,不能直截了当地让他碰个钉子,"这不有些像装饰好了等待献祭的祭品吗?我戴上那些珠宝,不成了你在希腊花瓶上看到的那种戴花环的小母牛?"

"亲爱的克兰拉!"吃惊的情人喊道,"你怎么能说那是借来的?这是帕特恩家的珠宝,我们的祖传首饰,我敢说,它们在本郡和其他许多地方都是首屈一指的;它们传给这家的女主人使用,是天经地义的。"

"它们是你的,不是我的。"

"从长远来看,它们是你的。"

"但现在戴它们便是超前行为。"

"这是我同意的,我许可的,我要求的!"

"但我还不是……也不可能是……"

"我的妻子?"他胜利地笑了,用坚决的态度打断了她的话。

他说,她的顾虑也许是高尚的。这些首饰放在铁箱里可能更安全。他只是想让她感到惊异,高兴一下。

她看到他不再坚持要她戴那些首饰,便恢复了勇气,讲话也平静了;他装得像是尊重她的愿望,这触动了她的同情心,解除了她的武装。

不过她还是声明道:"恐怕我们不能经常保持一致,威洛比。"

她得到的是令人不快的回答:"等你年纪大一些就不同了!"

"到那时再发现就来不及了。"

"亲爱的,我看这发现不是必不可免的。"

"我觉得,我们的想法是对立的。"

"只要有一点征兆,我早就会注意到了,这你放心。"他说。

"但我知道,"她紧接着说,"人们认为,妇女的理想行为就是服从,在思想上扮演伴唱的角色。"

"这是就一般妇女而言,亲爱的,但我的妻子与我是天然和谐的。"

"啊!"她闭紧了嘴唇。呵欠来了。"我在这儿总是想打瞌睡。"

"我的克兰拉,这里的空气是全英国最好的,它具有海上的清新气息。"

"但如果我在这儿老是睡着呢?"

"那我们只得举行睡美人的公开展览了。"

他这种机灵劲儿使她无计可施。

她离开了他,觉得对头脑的鄙视像发烧似的越来越激烈,越来越尖锐,因为这颗头脑总是躺在觉醒前的快活的草地上,靠反刍当时吞下的草料过活。发烧变得这么强烈,反省变得这么无情,以致很少人能得到她的谅解,连维农也不例外。只有小克罗斯杰,她是真心希望他快乐的,尽管她承认,在所有的人中,他是最难帮助她,作她的战友的;但她由衷羡慕他,他最年轻,最自由,世界还在他的前面,他还不知道世界有多么可怕,或者说可以被弄得多么可怕。她爱这个孩子,正因为她对他不能指望什么。其他人,例如维农·韦特福德,可以帮助她,却不想动手。他了解她的处境。他在迷茫恍惚、若有所思的表情下发出的炯炯逼人的目光,尽管只在她身上停留一两秒钟,却表明他看到了她内心的每一个活动,每一个细节——除了她对他的想法:他在用这洞察一切的钢针窥探她的内心,却没有一个目的。

她知道她的想法是不公正的。这是她的状况,她所处的悲惨状况造成的;她像一只囚禁的野兽在心烦意乱、惊慌失措中大声呼救。为了获得力量,挣脱束缚,她夸大了她的痛苦,而在认识到这种夸大时,便失去了力量;这种斗争的结果只是使她不顾一切,盲目叫喊,像发了疯似的,因为她甚至毫不脸红地对自己说:"要是有一个人爱我就好了!"在听到康丝坦霞以前,她心目中的自由是位纯洁的女神,男子不在她的考虑之中;哪怕拯救者的形象出现在她的心头,那也是一位天使,而不是英雄。现在那美妙的少女的憧憬消失了。随着她的身体在孽龙的魔爪中挣扎,随着无法抗争、无法大声呼叫的厌恶情绪的加深,她全部健全的天性都在使她发出女性的呐喊,她对自己说道:"要是有人爱我多好啊!"——这不是为了爱,是为了能自由的呼吸;她发出呐喊是要给希望注入生命和持久的力量,就像一位母亲在失事的船只上大声呼唤,是为了让她的婴孩得救一样。"只要有位仁人君子看到我目前的处境,愿意伸出援助之手就好了！啊！把我救出这个监狱，救出这片遍布荆棘和蒺藜的地方吧。我不能靠自己冲出牢笼。我是一个弱女子。我的求救便承认了这点。我相信，只要有人伸出手指向我招呼一下，便可以改变我的状况。在一片叫嚣声中，我能流着血，飞向我的朋友。是的！一个朋友！我不需要情人。我会找到另一个利己主义者，没有这么坏，但仍足以使我活着跟死去差不多。我可以嫁一个战士，像可怜的萨莉或莫莉①那样。他把生命献给祖国，一个女人是可以为这样的人自豪的，即使他是最坏的人。康丝坦霞遇到了一个战士。也许她曾向上帝祈求，而祈求给变了样。她做得不好。但是我为此多么爱她啊！他的名字是哈利·奥克斯福德。爸爸会称他为她的珀耳修斯②。她一定曾感到，她的痛苦是无法说明的。她只能靠行动，只能不顾一切。起先她把心思集中在哈利·奥克斯福德身上。她能够讲他的名字，看到他在等她，这对她一定是一种宽慰，一种暂时的解脱。她没有动摇，她砍断了锁链，把自己交给了他。啊，勇敢的姑娘！你会怎么想我？但是我没有哈利·韦特福德，我是一个人。不论把女人说得怎么坏，随它吧；我们一定很坏，才写了我们这么多的坏话；不过，请问，只因一句无知的诺言，便要求她们通过宣誓和仪式，把自己交给她们选择错了的男人，这难道……难道……"但是她蓦地发觉，她用另一个姓代替了奥克斯福德，这使她一下子变得手足无措，满脸通红了。

---

① 英国普通妇女的名字。
② 希腊神话中的英雄，曾搭救埃塞俄比亚的公主，并与她结婚。

# 第十一章
## 重瓣野樱桃树

威洛比爵士选择了一个与克兰拉在一起的时刻,责问他的表兄;他站在落地窗前,万一对方理由充足,他便可以朝草坪上一走了事。他指出,他的表兄企图溜往伦敦,这个荒谬的计划势必破坏他的家庭生活:"顺便提一下,维农,你对什么人都讲你要离开我们,要到那个大炖锅里去,给熬成肉汤,唯独不告诉我,这是怎么啦?伦敦不是好地方,而你应只适合于一个好得多的地方。我要求你,不要再叫我心烦了。如果你感到厌烦,不妨到国外走走。去两三个月吧,可以在我们旅行后与我们一起回来,然后请你考虑在这里定居。这就是说,像我一样。我可以给你一栋屋子,或者为你造一所房子。只要你不再破坏我周围的宁静气氛,一切都可以商量。在伦敦,亲爱的老伙计,你会丧失你的个性。你在那里算个什么?我问你,算什么?一个人老是东奔西走,不能安定,就会觉得仿佛房子都快坍了。在这里大家认识你,你能安心搞你的研究;到了伦敦,你就什么也不是;我讲的是老实话,这是我的切身体验,一周的伦敦生活就叫我受不了,直至回到家中,我才恢复我离开时的原来那个我。听我的忠告,不要再想走。"

"我有自己的打算。"维农说。

"为什么?"

"我已向你谈过了。"

"是当面谈的?"

"你一向只给我从侧面向你谈的机会。"

"就我所知,你没有向我提过这事。至于理由,我可以听你搬出一打理由,我却一个也不理解。这是违反你的利益,也违反我的愿望的。好啦,朋友,我不是唯一给你弄得伤心的人。再说,维农,你自己讲过,英国人只要能按照宗法制方式生活,他们可以成为最好的犹太人。① 这话你讲过,是的,你讲过!——但是我记得很清楚。至于你的言外之意,那么你说对了,你是嘲笑英国家庭不能在一起生活,因为大家脾气坏;但现在是你首先要破坏我们的关系!我绝对不想自称为最好的犹太人,但是我……"

威洛比爵士发现,他的未婚妻和他的表兄交换了一下也许含有笑意的眼色。他抬起了头,似乎在征求他眼睑的意见,然后决定笑一笑:"好吧,我承认这点。我喜欢宗法制生活的想法。"他转脸对克兰拉说道:"神学博士也可以成为我们中的一员。"

"我的父亲?"她说。

"为什么不呢?"

"爸爸有他学者的生活习惯。"

"我的意思是让你不必与他分开,亲爱的!"

克兰拉为威洛比爵士能想到她父亲而感谢他的好意,同时心里却在分析这种好意:不过她至少没有发现不好的意思,更谈不上利己主义,尽管她相信不可能没有。

"我们可以提出这个建议。"他说。

"表示对他的敬意?"

---

① 犹太人散居世界各地,靠宗法式家族纽带维系着整个民族。这里是指英国人也能像犹太人一样团结一致。

"如果他不嫌弃，把它当作敬意接受也可以。这些大学者啊！……如果维农要走，我们劝米德尔顿博士留下便……但这种讨论有些荒唐。哦，维农，克罗斯杰少爷的事我会考虑的。"

他正打算离开维农，转身走进花园，克兰拉开口了："威洛比，你愿意让克罗斯杰培养成海军战士吗？已经不能再耽搁一天了。"

"是的，是的，我会考虑的。放心吧，我会把小淘气的事放在心上的。"

他把手伸给她，要带她一起跨下台阶，走上砾石路；他发现她的脸色那么红，有些诧异。

她对这邀请的反应只是伸出了手，使弯曲的胳臂变直，手指却迟疑不前。"这不能再拖延了，威洛比。"

她的态度似乎先得讲妥条件，她的手指才能碰他。

"你知道，威洛比，这只是钱的问题，"维农说，"如果我到了伦敦，在一个时期内我不能负担孩子，或者说不知道能不能。"

"那你为什么一定要走？"

"那是另一回事。我要求你代替我照顾他。"

"如果这样，情况就变了。我可以负担他，但我有权利按照我自己的方式培养他。"

"那么我们大概只会多一个游手好闲的乡巴佬。"

"我保证使他成为一位绅士。"

"你所说的绅士，我们已经太多了。"

"这样的人不可能太多，我的好维农。"

"他们是懒惰的民族根源。把一文不名的孩子培养成他们中的一分子，这几乎与让他接受盗贼的训练一样坏；他不成为警察的捕捉对象，也会成为社会的公敌。"

"维农，你见过克罗斯杰的父亲，那位海军陆战队的现任上尉吧？我想你见过。"

"他是一个好人，一个非常勇敢的军官。"

"尽管他素质不坏，他仍是个粗人，一个大老粗。他现在是上尉，但你得承认，他很迟才得到这个军衔。你瞧，这就是你所说的好人，毫无疑问，他是个勇敢的军官，但他不称其为绅士，这就降低了他的价值。与他来往也成了不能考虑的问题。政府不愿尽快提拔他，这是不足为怪的。小克罗斯杰不是姓你的姓。他是姓我的姓，单凭这一点，我在决定他的生活道路方面，就应该拥有发言权。我要特别强调，一个年轻人在客厅中得到的赞扬，是他在生活中前途远大的最好保证。我知道伦敦城某家商号，还有某个律师事务所，它们除了大学生不录用其他人；至少大学生享有优先权。"

"克罗斯杰只有一颗不开窍的脑袋，他进不了大学，也不适合高贵的客厅，"维农说，"但他可以打仗，为你们牺牲，这便是一切。"

威洛比爵士只得回答道："我喜欢这个孩子。"

为了尽快摆脱这个问题，他走进了花园，把克兰拉丢在后面。等他转过身来以后，又抱歉似地对她说了一声："亲爱的！"她的表情不见得严厉，但脸上没有一丝笑容，眼睛闪闪发亮。因为她曾在心里打赌，她引起的这场关于克罗斯杰的谈话，必然会使这个利己主义者原形毕露。但是她还有其他动机，这些动机是隐蔽的，错综复杂的，她不愿意承认它们，然而它们对她起了作用；当她拦住威洛比，要他当着维农的面谈论克罗斯杰时，由于意识到自己的险恶用心而脸红，与之相比，这一作用更为严重。

事情终于变得有目共睹了：她已意识到，她与这个利己主义者的结合，只能给她带来痛苦！维农代表了得到她信任的那个世界。现在，她怀着希望想道，那么这个世界不致把她想得那么坏，尽管与此同时，她把自己想得很糟糕。但是，把自我谴责放到算总账的日子再说吧;她希望,也必须使世界站在她一边,或者相信它在可怕的斗争中会站在她一边,这场斗争已在她内心可见的地平线,她现在的最后界线上出现。为了这场不可避免的冲突,她需要世界。她的正直不妨作出一点小小的牺牲。考虑到她多么软弱,多么孤独,陷入了多么悲惨复杂的处境,每天忍受着她愤怒的感觉所无法忍受的、无法掩饰的耻辱,那么小小的虚伪应该是一个可怜姑娘的天然武器。她摧毁了良心的抵制,相信这只是被夸大了的小节;她也不是完全没有意识到,这是她在为自己寻找口实,以便对面临的可怕选择采取视而不见的态度;但是对小过失如此重视,她觉得自豪,这给她的纯洁感带来了一抹愉快的红晕,战胜了内心的警告。事实上,既然她即将投入战斗,她就不敢长时间地把自己想得很坏。修女和隐士可以,他们过着从容闲适的生活。她为挽救自己而必须付出的代价感到惋惜,如果成功了,这也是世界的胜利;她惋惜,还因为她感到了失败的危险,但还是决心一试,抛弃了疑虑。

"你瞧,老维农讲不出什么理由。"威洛比对她说。

他把她的手挽得紧了些,要让她感到她是靠在一根坚固的柱子上。

"每逢你的小脑袋有了疑难问题不能解决,不知采取什么办法好,你可以找我,是不是?我总会听你讲,"他又带着安慰的口气说道,"你与我是一个人!世界使我烦恼时,我也会找你。就这样,我们是不可分割的整体。你会了解我的;不用多久就会了解我。对于我愿意开诚布公地对待的人,我并不是一个谜。我也不想成为一个谜,然而我得承认,作为你的家,你的心灵的家的威洛比,与站在世界面前的威洛比,不是完全相同的。一个人必须武装起来,对付那只粗暴的野兽。"

年轻人反对单调的说教,这是必然的,没有比这更必然的事了。他们不用订什么计划,重复本身便与他们身体的构造不能相容;他们需要朝气蓬勃的呼吸,手足的自由舒展,田野上的奔跑,这是他们的报复;天性自会替他们报复。

"德克雷中校什么时候到达?"克兰拉问。

"贺拉斯吗?两三天内。亲爱的,你希望他一到就让他知道要他扮演的角色吗?"

她不是飞向了未来,才想到德克雷中校到达的事;她不知道她怎么会提起他;但是现在她飞回来了,她感到震惊,先是躲进阴暗的隐蔽所,后来又落进了罪犯的被告席。

"我并没希望在这儿见到他。我也不知道他有角色要扮演。我并不想问这些。威洛比,你不是说我可以找你,你会听我讲吗?那么你会听吗?我这么平凡,如果你不是按照通常的意义理解我说的话,你便不会了解我。我配不上你。我反复多变。我爱我的自由。我需要得到自由……"

"弗利奇!"他喊道。

那声音像巫师在赶鬼。

"请原谅,亲爱的,"他说,"你瞧对面那个人,我曾明确禁止他踏上我的土地,可是他违背我的命令,竟出现在我的花园边上!"

威洛比挥挥手,要那个站在前面想拦住他的倒霉鬼走开。

等那个人走开后,他可以心平气和地说话时,他才俯下头对她道:"反复多变,配不上我,自由……亲爱的!你在法律面前是自由的,与任何善良的女人一样;你的反复多变,我会加以纠正和引导;至于配不配,等我们熟悉一些,我希望你能改变这个观念;这是胆怯。意识到配不上,这是今后配得上的保证。你瞧,我变得在向你说教了!这是谁造成的?那个人的出现叫我气糊涂了。弗利奇从前给我管过马厩,当过马夫和车夫,他是接替他父亲的,他们在庄园干过三十年;他父亲至死仍是我的仆人。弗利奇先生在这里从没受过亏待,可是一天他鬼迷了心窍,想改善他的生活,他要独立;他带了一个荒唐的计划来找我,说他打算在县城开一家店铺。我对他说:'记住,弗利奇,你走了就永远走了!'——哦,他完全明白——那么很好,再见,弗利奇!——这人很规矩,不过有些傻,后来事实证明他确实是个傻瓜。从那以后,在几年中间,他十来次违背我的明确指示,闯进我的领地。这么多次,真奇怪。当然,店倒闭了,弗利奇的独立只落得两手空空插在裤袋里到处游荡,或者站在附近的土丘上望着庄园发呆。"

"他结婚了吗?有没有孩子?"克兰拉问。

"九个,还有一个既不会烧饭,也不会缝衣服或洗衣服的老婆。"

"你不能再雇佣他吗?"

"在他主动要求离开后,我还雇佣他?"

"不妨原谅他一次。"

"他在这儿本来无忧无虑。他决定另谋出路,他要自由——当然,他觉得在我这里不自由。他不顾我的警告离开了我。我们可以说,弗利奇带着他的老婆和九个孩子,已与我的庄园脱离关系,他的船沉了。他要回来,但他的职务有人了;他在这里成了幽灵,我不喜欢幽灵。"

"总可以另外给他安排一个工作。"

"亲爱的,老维农的遭遇也会这样。如果他走了,他便永远走了。这是与我的权威息息相关的一个原则,我必须坚持。否则一片落叶也可以要求回到树上了。要知道,它一旦离开了树,就永远离开了!我很遗憾,但是,朋友,这是你自己决定的。你瞧,克兰拉,我有我的基本原则……"

"太可怕了!"

"那你就尽量说服维农吧。对这位老兄,你是几乎什么都做得到的。戴尔小姐要在这儿住一两个星期,今天晚上就到。你得设法让他想到她。刚才我说到我的原则,这是像火药一样不允许随便玩弄的。同时,没有理由不重视它,只要对我还保持着一定程度的尊敬,注意到后果,便应该这么做。那些没有这么做的人已经在后悔了。"

"你并没有对别人讲过你的原则。"克兰拉说。

"当然没有,我只有一个未婚妻。"他冠冕堂皇地回答。

"你让我看到你最坏的方面,难道这对我是公平的吗?"

"亲爱的,应该说是我的每个方面吧?"

他谄媚地垂下了头,露出了亲切的微笑,这使"我的每个方面吧"这句话显得情意绵绵,充满深意,似乎对她无边的爱怀着幸福的信心,这样,她终于明白,他是希望她崇拜他,服从他,不问他是怎样一个人,也不考虑他的品质如何,因为真正的爱情便是这样,或者年轻人的爱情便是这样——在他使她变得心灰意冷之前,也就是在她的"小脑袋"开始思索,意识到需要反抗以前,她也许便是这样。

威洛比爵士以为,他已进入了一条滔滔不绝的爱情之河,他的个性之舟可以在那里安全地遨游;正因为这样,他相信他不必顾虑,可以把自己和盘托出了。

与这个想法背道而驰,她却在心中惊呼:"为什么他在我面前不用明朗的色彩打扮自己!"同时提出了一个问题:"难道他完全不懂得宽大和仁慈吗?"

但是不幸的绅士却认为他得到了爱情,躺在爱神的怀抱中。他以为他个人的一切都激起了纯洁的好奇心、女性的尊敬以及力图了解他的热情;他的愿望便是一再重申同一些事,满足她的要求。他的女性观念是由黑白两种基本颜色构成的:她们不是好便是坏,而他得到的是一个好的女人。他的自命不凡更加强了这个信念,因为上帝的意旨是正义的,合理的,上帝必然要为他选择一个好的女人,要不然我们还怎么相信上帝呢?这个女人是由那只鼓舞人心的手塑造的,自然会与他保持一致,从内在的深刻核心到外在的光辉表现无不如此。你懂得了核心,也就懂得了外在的一切,你发现不同的表现只是性格的不同流露,但你必须通过这个光辉的外围,才能进入核心。因此威洛比爵士有时把米德尔顿小姐放在这一条光辉的射线下,有时放在那一条下。他也要把我们拖向他的灵魂深处,但是我们用捕鲸叉叉住鲸鱼,紧紧拉住绳子不放的话,我们也必然随着它一起沉入海中;看到我们重又浮出海面倒是奇迹。

好坏混杂,从神圣到相当卑下的方面都有的女人,在他的观念中是不存在的。他的理性不允许世上有陶土的天使,正如不许有狡黠的瓷美人一样。对于他,她们开始怎样,以后便永远怎样;许多破损了,许多玷污了,但不时会出现一个完美的标本,那是留给上等人的。只要嗅到一点世界的气息,他便会砰的一声朝她们关上谨慎的大门,甚至恨不得亲自用火红的颜色给她们打上耻辱的烙印。他确实在心中这么做;他极端敏感,又对女性的优美高尚具有特殊的爱好,因此在利己主义的狂欢节这一爱情的季节中,他成了她们的严厉批评者。康丝坦霞……可以讲吗?不妨说,她本来是在那个季节与他公平合理、开诚布公地做买卖的年轻女商人;她天生是作英雄们的母亲的;她欢迎他与她接近,几乎还有些迁就;她单纯坦率,与大量提线木偶的未来母亲不同,那些女人退场时照例要悲悲戚戚、痛哭流涕地表演一番;她们对利己主义绅士也总是百般奉承,称他为"最好的人"。康丝坦霞的过错并不比她们大,但她没有表现出激动人心的纯洁性,而这正是他对一个未婚妻的要求,因此她的错误是严重的。

爱情的季节是利己主义的狂欢节,它对我们的天性是试金石。我讲的是爱情,不是它的面具,也不是笛子上吹出的爱情曲调,而是它的感情;感情正如我们的生命一样,它包含着生也包含着死,它可能长也可能短。这试金石适用于威洛比爵士,正如它也适用于千万个文明的男性;它发现,他是要他的未婚妻把他当作原始的野人一样对待。她必须不断地演奏那支最早的教化的乐曲,这支乐曲曾使我们的祖先萨堤罗斯①懂得跳舞的节奏,懂得怎样穿过迷宫,懂得在他用双手带着她并让她随着他吱吱出声的灵活的脚跟旋转以前,先得适应他的舞伴的姿势。但是为了使他保持对她的敬畏,使他永远不离开她,有些事她必须永远不做,永远不说,也永远不想。她必须像修女一样生活。不过,尽管听起来奇怪和可怕,妇女是按照男人的精神看待对她们的这种需要的;她们也明白——这是值得庆幸的——她们的演奏主要不是为了驯服那位粗野无知、胡闹成性的森林之王,而是为了平息一种贪得无厌的情欲,它每时每刻都在不知满足地纠缠她们,叫嚷着那个令人寒心的"我"字,要她们为他保持纯洁。她们是否看到,这是以肉欲作为基础的,是否已从这漫无止境而又精致巧妙的贪欲中发觉,他不过是那只羊蹄牲畜演变而成的它的直系子孙,这不能肯定。她们也许还没看到,这样危害更大;因为为了安抚这种欲望,她们必须干许多违心的事;从这点看,她们与她们古代的母亲一样,是失败者。她们忍不住要炫耀的依然是她们有形的和物质的东西,并由此来吸引和满足对她们的追求;在这种情况下,她们的希望所在的精神自然萎缩了。女性中间精神强大的人最后会发现,指望她们冰清玉洁、一尘不染的要求中包含着无限粗俗的实质。她们迟早会看到,她们只是作了一个单独的利己主义者的牺牲品;她们戴着无知的面具,却被称作纯洁;她们使自己成了供男人取乐的市场商品,

---

① 希腊神话中的山林之神,与前面提到的法翁近似,是一种半人半山羊的怪物,性好淫欲。

在满足这种欲望的同时,她们实际是在丧失自己的商品价值;她们不得不让自己给拉回童年时代,装得对肉体的欢乐一无所知,以便满足他嫉妒的占有欲,尽管她们应该做的是把灵魂看得比最珍贵的财富更重要,让女人的力量源泉不在于装饰性的白净。难道她们在本质上不是与男人一样的勇士吗?不是男人的配偶,要为他们生育英雄,而不是生育木偶的吗?但是欲壑难填的男性利己主义者宁可她们是没有生命的、精雕细琢的、光亮可爱的、以贵金属制成的器皿,刚离开工匠的手便落进了他的手中,让他揣在怀里带走,把它们称作属于他的物品,用它们喝酒,喝了又喝,忘记了这是他靠偷窃得到的。

我讲了些题外话,但并没有离开威洛比·帕特恩爵士和克兰拉·米德尔顿小姐。他相当聪明,又非常敏感,却看不到她内心中显而易见的活动,这就因为她是他需要女性提供的商品的生产者。现在他必须与美丽的小姐分手,骑马前往县城了;他要她陪他穿过一片月桂树林,打算在树荫下来个突然袭击,欣赏她的娇羞和慌乱。她不干,而且坚定地回到了草坪上。他把她与恋爱时期的康丝坦霞相比,发现她们大不一样,所以虽感失望却又觉得高兴。他看到,谨慎女神守护着纯洁;我们可以断言,他不会没有听到过有关纯洁的格言,老奶奶们和老外婆们扭动着落光牙齿的瘪嘴,喋喋不休地发出的对它的赞美。如果你要问,为什么一个敏感的人,一个情人,会成为亮眼瞎子,那么只得请你再细读一遍前面的那段话。

在女性的地位方面,米德尔顿小姐受到的教育还不多,不知道她已陷入了一场艰苦卓绝的大战。然而她个人的处境正在迅速把这种知识灌输给她,正如身体的疾病会告诉我们,我们处在什么状况,必须同什么斗争。她能够与这个人结婚吗?他显然是可以驾驭的。那么她甘愿靠耍弄手腕来笼络他,让自己获得一种差可自慰的生活吗？啊,一望无际的沼泽,多么可怕！死气沉沉的天空笼罩着凄凉单调的平原,这一幅鲜明的前景出现在她的想象中,她闭上了眼睛,怒气冲冲地要赶走它,仿佛那是从外界闯入她心中的。她恍恍惚惚,几乎撞在小克罗斯杰身上。

"啊,我碰痛你了吗？"他嚷道。

"没有,"她说,"这应该怪我。带我到别处走走,我不想见到任何人。"

孩子牵着她的手,她的思想恢复了活动。她握住他的手指,他的存在,甚至他的沉默,都使她感到温暖;这是年轻的血,哪怕是冷淡的、无知的血,哪怕只是手指的接触,也能给头脑带来活力,于是她对自己说道:"如果我嫁了,那么……那么就算高尚了吗？我嫁给他是为了履行我的诺言,那以后呢？……"她感到没精打采,无法忍受,便深深叹了口气。这是按照她的思想记录的;她的思想留下了不少空白,女孩子们以及有些妇女往往这样。一个男性利己主义者的魅影伫留在她们的脑海中,使她们惶惶不安。

"我是该结婚,然后逃走不成！"这是她的想法;她把自己交在你们手里,听凭发落。我们面对的是一个找不到出路的少女,不是一个傻瓜。

"我想你一定太累了。"克罗斯杰说。

"不,我不是累,你为什么这么想？"克兰拉说。

"我觉得是这样。"

"但为什么你觉得是这样？"

"你显得这么热。"

"为什么你这么想？"

"你的脸这么红。"

"你也一样呢,克罗斯杰。"

"除了奔跑的时候,我只有脸颊中间才会发红。而且你在自言自语,男孩子们跑得喘不上气的时候也会这样。"

"他们也会这样?"

"他们跑不动停下来的时候,总是自言自语,叨咕道:'我知道我还能继续跑',或者'我的鞋带断了'。"

"这是你看到的?"

"米德尔顿小姐,我并不希望你是男孩子,但我愿意一辈子生活在你旁边,成为一位绅士。我是今天傍晚跟戴尔小姐一起来的,预备住在庄园上,让她照顾我,我不想跟她的表妹待在她家中,她是来照料她的父亲的。也许今天夜里我与你可以下棋玩儿。"

"到了夜里你应该上床睡觉,克罗斯杰。"

"只要我和威洛比爵士在一起,他就不会催我睡觉。他说我是找鸟蛋的行家。我知道怎么对付野兔和家禽。做个庄稼人不是很快活吗?但是他娶不到出身好的小姐。骑兵军官机会最多。"

"但是你将来得当海军军官。"

"我不知道。这还没有决定。我得把我的两只睡鼠带来,让它们在餐桌上耍玩把戏。这两个小东西真可爱。海军军官不是像威洛比爵士那样的人。"

"是的,他们与他不同,"克兰拉说,"他们把自己的生命献给祖国。"

"可是到那时他们死了。"克罗斯杰说。

克兰拉但愿威洛比爵士这时在她面前,现在她对他有话可说了。

她问孩子,韦特福德先生在哪里。克罗斯杰指指重瓣野樱桃树的方向,显得非常神秘。走到看得见樱桃树干的地方,她望见维农直挺挺躺在地上,似乎正在读书;走近后才发现,他睡着了,一只手指夹在书页中间。那是什么书?她怀着好奇心,想知道他在树荫下读什么,于是紧紧抓住克罗斯杰的手,伸长了脖子,像在悬崖上往下看却又怕摔下深渊似的。她朝封面瞥了一眼，没有伸直头，又马上转脸去瞧那一大片白茫茫的花瓣，它们甚至比夏季天空的白云更白，一簇簇蓬蓬松松的挂在树上，显得那么稠密，仿佛在炫耀自己的颜色和姿态，像午间阳光下阿尔卑斯山高处那一片闪光的白雪。她的目光从这一片白色飞向了更高的白色的天空。惊奇占有了她的心。这棵树的美丽引起的欢乐感随即又取代了它，但这是一种更容易消失、更短暂的反应。感想来到了她头脑中，束缚了她的视线，把她又拉回了地面。她的感想是："喜欢躺在这样一棵树下安睡的人，一定是心地善良的！"她仍想抓住最初的印象，那无限广阔的神圣的惊奇感，让它带着她畅游天使聚居的空间，在一对对弓形喷泉似的洁白的翅膀中间，在无数的圆柱中间穿梭盘旋。然而想象并不能使它真正恢复，这简直就像她要使自己重又变成孩子一样。欢乐的感觉本来可以在回忆中保持较长久的生命，可惜她现在渴望幸福的痛苦心情为了追踪它存在的秘密，把记忆的每个角落都弄乱了。但感想扎下了根："他一定是心地善良的！……"它坚持着自己存在的权利。尽管与它所取代的感觉相比，它是微不足道的，然而在她眼中，它似乎赋予了他一种特殊的色彩，因此哪怕它使她失去了那种感觉，她也不愿意让它消失。

她俯下了头。维农正在睡思恍惚地向上仰视。

她拉住克罗斯杰飞也似的走了，一边小声对他说，最好不要惊醒韦特福德先生；接着她便提议再像上回那样赛跑一次，她做猎狗，他做野兔。克罗斯杰拔腿便跑，十分利索。他回头看看，发现米德尔顿小姐正无精打采地走着，一只手按住了肋部。

"还是一个普通的女孩子！"他说，有些不满；因为他的理论是：女孩子反正不行，与她们玩游戏只能让人扫兴。

# 第 十 二 章

## 米德尔顿小姐和维农·韦特福德先生

一个人还没有从短暂的瞌睡中完全清醒,忽然看到耀眼的鲜花丛中有一张美丽的脸在俯视他,他一时间总会按照常情,认为这是眼睛在重新获得大脑的指导时产生的幻觉。直到这个浮动的幻觉与现实交叉渗透之后,他才会惊醒。现在维农也是这样。那是梅留辛①的拥抱,如果你纵容她,她马上会骗你上当。你与她稍微调笑几句,这件无关紧要的小事说不定便会要了你的性命。他一跃而起,清了清嗓子,皱紧眉头,闭紧嘴巴,迈开大步,在催他入睡的土地上猛烈地走了几步,好让他的血液活跃起来,恢复清醒的头脑。米德尔顿小姐和小克罗斯杰就在离他不远的地方,那么他看到的是她的脸,然而视之为幻觉的想法被逐出理性的认识之后,仍在使劲打门,要求重新接待它。一个对女性怀有自卑心理的男子,看到有个少女在他入睡时俯身向他探望,本来不会多想,然而她那苗条的身材采取的姿势介于窥视和窃听之间,这生动地唤起了他

~~~~~~~~~~~~~~~~~~~~
① 法国传说中一个半人半鱼的水中女神,由于杀害了她的父亲,被罚在每星期六变成半人半蛇的怪物。她嫁给了吕济尼安的伯爵雷蒙德,但有个条件:他不能在每星期六与她会面。后来他违背诺言,看到了她的蛇形,她因而离开了他,并在荒野中游荡,时常发出恐怖的叫声,凡是听到这叫声或遇到她的人,都会遭到灾难。

对她所作的高山回声的比拟。露天睡着的少男少女会引起好奇心,使你蹑手蹑脚走近他们。我们知道,有些男子在那种状态中,曾被疯狂地亲吻,然而他们不会因此获得任何权利,他们只是受到了瞬息即逝的情欲的戏弄;这些可怜的家伙几乎还不明白自己遇到了什么,便从那一天起变得神魂颠倒了。但是一个幻觉还不致发生这么大的迷惑作用,它来自我们本身,我们可以丢开它或恢复它,怀恋它或抛弃它,也不必因为我们的内心珍藏着这个秘密而接受法律和法规的审问。此外,它是一把万能的金钥匙:在它的光芒下,各种新世界层出不穷。正因为它处在现实之外,它可以照亮、丰富和美化一切现实事物;不过,为了它而不愿看到简单的事实,这是软弱无能的罪证。

维农就这样让自己这出想入非非的短剧落幕了。他意识到了自己心中的幻想因素,立刻控制了它。我们中间稍有价值的人,谁没这种因素呢?他没有太大的虚荣心困扰他,他的感情是平静的,因此他要做的事也并不宏大。尤其应该指出,他是一个健步如飞的人,这对驱散精神上的迷雾最具疗效。在这方面他屡试不爽,知道散步可以医治思想上的混乱。

在靠近园子尽头的地方,小克罗斯杰追上了他,故意延长了一段呼哧呼哧喘气的时间,这才喊道:"我说,韦特福德先生,米德尔顿小姐在那儿擦眼泪呢。"

"为什么,我的孩子?"维农问。

"说真的,我不知道。她一下子突然落后了。你瞧,女孩子就是这么回事!瞧,她正朝这儿走来,好像啥事也没有,可我刚才明明看见她在按肋部呢。"

克兰拉只是摇头,表示否认。"我根本没事,"她走近后说道,"我早猜到克罗斯杰为什么跑来找你;他是个不中用的孩子,好管闲事。我只是累了,休息了一会。"

克罗斯杰瞅着她的眼睑。维农望着别处,说道:"你累得还能走吗?"

"现在不累了。"

"走得快吗?"

"随你的便。"

他撒开腿开始跑了,小克罗斯杰只得两步并作一步,紧紧追赶,但是她却凭她短小、敏捷、平稳的步子,轻而易举赶上了维农;他不胜感慨地想,在全世界所有的姑娘中,这位小姐应该是最能跑的一个。

"我不会跟不上你。"她发现他在瞧她,便这么说。

"你使我想起了皮埃蒙特狙击兵①的行军。"

"我看见过他们从米兰进军科摩的行动。"

"他们一天能走很多路,只要走的是平原。但是你缺乏另一种能耐——登山的本领。"

"我当然不会把登山看作跳舞。"

"高山会使人们的浪漫观念很快消失。"

"你是说,高山会打破人们不切实际的幻想。我知道怎么征服它们。我不怕跋山涉水。只要能攀登山顶!"

"对,你这就掌握了成功的秘诀:不怕跋山涉水,始终保持旺盛的热情。"

"是的,只要我们有一个目标。"

"目标任何人总是有的。"

"俘虏也有吗?"

"超过了其他人。"

～～～～～～～～～～

① 意大利皮埃蒙特地区的一支轻步兵,擅长游击战,在十九世纪意大利民族解放战争中曾发挥过重要作用。1859年它在加里波第领导下参加了解放科摩的战斗。

天真的人！遇人不淑的妻子呢？这些最伤心的俘虏看得到什么目标？恐怖笼罩着目标,而耻辱使她们不敢冲出牢笼,为自己内心的痛苦大声疾呼。

"对不起,你还是谈谈你的登山吧,韦特福德先生,"米德尔顿小姐说,忽然对他失去了兴趣,"俘虏的前途便是死,哪里还谈得上目标。"

"俘虏为什么不能指望获得自由？"

"对暴君是不能指望什么的。"

"你对暴君这么想,也许是对的。如果暴君死了呢？"

"牢狱的门打开了,但出来的已是骷髅。对于骷髅还有什么好说的！还是谈高山吧,它比其他话题更有意思。"

"告诉你,"维农说,仿佛在与一位少女的谈话中,忽然发现了一个确定不移的事实,因此非常兴奋,"我已不是第一次感到,你会喜欢阿尔卑斯山。你在那儿散步和爬山,一定会觉得像跳舞一样轻松愉快。"

她喜欢听人谈到克兰拉·米德尔顿,喜欢别人想起她；她向他投出了友好的目光,几乎没有发现他脸上兴奋的红晕,说道:"你的话对我的鼓舞太大了,我恨不得马上开始登山呢。"

"我也但愿如此。"他说。

"我们何不谈谈登山,就当它是真的一样,你说行吗？"

"好,我们现在就可以开始爬山。"

"哦！"她在想象中使劲攀登。

"那么这是什么山呢？"维农说,口气显得那么认真。

米德尔顿小姐建议,作为尝试,先假定是一座适合女人攀登的山。"然后,如果你认为我还可以,如果我摔倒不超过两次,或者问离山顶还有多远不超过十次,那么我便可以升级,攀登一座大山了。"

他们爬上了瑞士和斯蒂里亚一些较小的山,停留在南提罗尔,克兰拉提议在这个地区进行登山运动的训练,因为她喜爱意大利风光;她唤醒了韦特福德先生活跃的想象力,他觉得她的理由相当充足。"不过,"他突然说道,"你并不像意大利人,倒像法国人。"

她说,她只希望她像英国人。

"当然,你是英国人……是的。"他迟疑的肯定词冲淡了同意的语气。

她惊异地问,为什么他的话显然带有犹豫的口气。

"哦,因为你有法国人的标志,比如,法国人的机智,法国人的急躁,"他压低了嗓音,"法国人的魅力。"

"还有,喜欢恭维。"

"也许。不过我不觉得我是在恭维你。"

"而且还有一点叛逆精神?"

"至少是不承认权威。"

"那是一种可怕的性格。"

"不论怎样,这是一种性格。"

"适合作阿尔卑斯山之游的旅伴吗?"

"在任何地方都是最好的旅伴。"

"至多只能说,这是一件不适宜放在客厅中的雕塑品!"她发出了一声伤心的叹息。

要是他愿意,她还可以继续这个话题,因为作为一个长时间忍受内心折磨的可怜的人,在她从外面观看自己时,能从中找到一种乐趣。但是谈话中断了。在沉默之后,她无法恢复它;而他在解剖她,给她盖上外国人的标记之后,已经满足,对其他显然并不关心。这样,她的假日过去了。她刚才忘记了威洛比爵士,现在又想起了他,说道:"韦特福德先生,你认识德拉姆小姐吧?"

他的回答很简单:"认识。"

"她是……?"一个羞得满脸通红的问题向外窥探了一下,又缩了回去。

"她很漂亮。"维农说。

"是英国人吗?"

"是的,英国人中朝气蓬勃的一类。"

"非常勇敢。"

"我得说,她有些勇气。"

"她做的事非常错误。"

"我不想否认这点。她发现了一个更适合她的男子,幸而还不太晚。我们总是不由自主……"

"她不至于不可原谅吧?"

"我想任何人都不致这样。"

"但你也承认她做了错事。"

"我是这么看的。她做了一件错事,但她纠正了它。如果不是这样,她会犯更大的错误。"

"但是这方式……"

"方式不好——根据我们的看法。但世界没有充分的权利作出裁判。错误的开端是随时可能发生的。我认为,最好还是不要计较这点。"

"那么支配我们的究竟是什么?"

"是感情的暗流,是我们的天性。不过在这个问题上,我是最没有发言权的;年轻女人对我是个谜;我猜想,她们一定具有天赋的直觉,能识别谁适合做她们的丈夫,谁不适合;只要她们有一定的勇气,她们必然会获得满意的结局。"

"她们不必考虑她们造成的危害吗?"米德尔顿小姐说。

"她们完全可以考虑;她们做的事对任何人没有害处。"

"但这是破坏婚约!"

"如果这婚姻能维持一辈子,那敢情好。"

"然而这是残忍的,是伤害别人!"

"要是一位小姐跑来对我说,她必须废除我们的婚约——我从没有这样的经历,只是凭想象讲的——确实,我不会认为她是残忍的。"

"这是说她不致成为很大的损失。"

"我这么想还出于这个理由:一个女孩子在作出这样的决定之前,不可能对她的……对那个与她订婚的人,事先毫不露出一点迹象。我认为,与一个女孩子订婚的期限超过一两周就不对了,因为这期间已足够她作准备和公布婚期了。"

"如果他一天到晚只想到他自己,他可能没注意那些迹象。"米德尔顿小姐说。

他没有回答,于是她立即又道:

"这永远是残忍的。世界会这么想。这是不忠诚的表现。"

"要是他们在订婚以前彼此充分了解的话,那也许是这样。"

"你是不是过于宽大了?"她说。

维农的回答是诚恳而坦率的:

"对某些事件,根据结果来判断是正确的;至于是非曲直,让历史学家去作严格的裁决吧,他的职责便是作一个道德家,把人的天性置于各种辩解的天平之外。我们所谈的那位小姐可能受到过指责,但她没让任何人心碎,我们得到的却是:四个幸福的人代替了两个不幸的人。"

他那令人折服的和善表情使她不得不承认,根据结果作出判断是正确的,她点了点头,说道:"是的,四个人。"但那口气还心有余悸似的。

从那时起,她没有再讲话;后来小克罗斯杰突然从树上摔到了车辙发绿的小道上,给扶起来时还直愣愣地奔拉着嘴唇,脸色白得像剥下来的鳗鱼皮内侧。但他的出现使她感到轻松,仿佛独自行走在沙漠中,忽然遇到了一个同伴。

他们在两旁搀着倒霉的孩子回家,对他的共同照料以一种独特的方式把他们联结到了一起,这对她的拘谨是一种试探,但她温和善良的天性已把任何考验置之度外。他们与小家伙手拉着手,像医生和专职护士一样。

# 第十三章

## 争取自由的第一次努力

克罗斯杰的意外事件,再一次证明了维农对戴尔小姐说的话:这孩子一半是猴子。

"又出什么事啦?"戴尔小姐看见他给扶进公馆,惊叫道;她也刚才到达。

"不过是老花样,"维农说,"他总是不听话,不安分。他也许少了一条尾巴,所以在危急的时候,不能靠它卷住树枝。克罗斯杰,你是人不是?"

"我想我是人!"克罗斯杰回答时装出老头子的嗓音,同时,因为被两位小姐的同情弄得不知所措,就扮了个鬼脸,勉强笑了笑。

戴尔小姐把他拉到怀里,对维农说道:"你走到了另一个极端。"

"但是对他严厉一些,这比纵容他好。"米德尔顿小姐说。

她没有得到回答,心想:"在这位小姐眼中,威洛比不论做什么都是对的!"

当天晚上威洛比爵士坐在戴尔小姐旁边时,克兰拉的印象又得到了证实;毫无疑问,她从没看到他这么兴致勃勃、容光焕发,像与戴尔小姐在一起那样。两个人谈笑风生,逗趣打诨,她的眼睛脉脉含情,他的手势优美动人,这一切吸引了她的注意力,仿佛那是一场击剑比赛,你来我往,彼此都想充分发挥双方的技巧。他的意图是要让她赞美他的表演,他绝对不是一个愚钝的人;他正陶醉在这场比赛中,觉得他的谈吐必然引人入胜,会使那个旁观者看到,他与一个聪明机智的小姐在一起是怎么一个样子。就这样,一天又一天的过了三天。

有一次她觉得,她发现了嫉妒的幼虫在愉快地蠕动,这不是在心中,也不是在思想中,是在她的希望之书中,那是年轻人所熟悉的一个本子,凡是与思想和感情无关,不能纳入那两本大事记的内容,往往便记载在这里。嫉妒可以搭救她,那是魔鬼提供的亲切帮助。她研究了嫉妒的表现形态,以其存在于自己身上的感觉来欺骗自己,于是她笑个不停,仿佛坐在一家下等戏院里,津津有味地欣赏残缺不全的舞台装置,对演出本身倒并不在意。

维农深深伤了她的心。那个"四"字一直困扰着她:"四个幸福的人代替了两个不幸的人。"他讲这话是把她也包括在四个人中间的;她觉得一定是这样,他一定认为她得到了她可能得到的幸福;因为不仅他无法理解她的处境,他也无从想象出现在她周围的是另一种状况。应该为他说句公道话,他和别人都只能那么想。

她的处境从未在对她友好的世界中引起怀疑,这种孤立无援的可怕状态使她一想起来便不寒而栗。抛弃她的秘密,适应她的环境,不再反抗,不再批评,逆来顺受,成了她迫不及待的愿望;这件事从戴尔小姐到来后,显得不那么困难了。亲热的表示更少了,大多只是例行公事;身体不再觉得受到干扰,也不必害羞了;照她自己的说法,本来没有人关心她,她可以在不知不觉中改变方向,采取她应有的态度;她还有些模仿戴尔小姐在谈话上的应对方式。说真的,自从她看到威洛比与戴尔小姐在一起以后,她在他面前也变得活跃一些了。自由现在取得了高耸的监狱围墙的外形;从一面爬上去,又从另一面跳下来,这太危险了,没有人帮助,她决不敢这么做。这样,既然谁也不关心她,那么一个微不足道的人不如停止梦想,不再考虑实现美梦的办法。她还是听天由命的好,即使不然,也只能尽力而为。

威洛比爵士沾沾自喜,十分满意。克兰拉采取的活跃态度证明他对女性的了解是深刻的;尽管她有时不能坚持这么做,他也没有感到不快。只是近来她流露的那种沉静的目光,他觉得不能理解,只得安慰自己,认为这是她在他的优势面前无能为力的表现。然而这种努力和失败都是好的征兆。

但是她无法继续这种努力。她觉得负担太重,因为她不能使模拟的感情固定不变,在她的天性中取得一个十分自然的位置。于是她的头脑中出现了一个想法:可以指望,他可能从目前的对比中看到,戴尔小姐与他才是天生的一对;通过与她自己这种无动于衷的人比较之后,他也许会认识到,戴尔小姐具有更大的才能和对他的一片忠诚,这些使她可以当之无愧地成为他的伴侣;这一切便会促使他公正地对待她。虽然这只是一个模糊的前景,克兰拉坚持不懈的注视终于使它逐渐变得明朗了。作为行动的前奏,她把自己贬低到了毫无价值的地步,尽管这并非完全真心实意,但把这指责为虚伪的做作,也是不恰当的。年轻人的情绪像流沙小岛上浮动的火光,坚硬土地上尚未冷却的贵金属。她对利蒂希娅的同情更少被迫成分,但她在自我菲薄方面确实几乎同样真挚,因为她的光彩近来已有些暗淡,她甚至不能适应一般的谈话需要。她没有勇气,没有机智,没有毅力,没有她可以夸耀的一切,有的只是酸性腐蚀剂似的不满感觉;在这方面她是完全真诚的,以致她对那个与她订婚的男子,也由于感情上的奇怪转化,产生了怜悯情绪。即使怜悯威洛比爵士符合她的目的,可以肯定,这也不是出于策略上的意图;她的需要出自她的本性,她的情绪来自她的内心;她只是善于发现一切对她有利的因素,让它们为她发挥作用。正因为这样,年轻人在陷入困境之际,尽管他们还没有上升为训练有素的伪君子,却可以在虚伪方面为那些狡诈诡谲的人上一堂课。

"为什么威洛比不应该幸福?"她说;而对此的解释存在于第二个想法中:"那么我就可以自由了!"尽管如此,这想法是第二个出现的。

希望威洛比获得幸福的心愿,完全是为他着想,它带着她远离了亲友和书报,来到了狭小的提罗尔山谷,那里清浅的河水蜿蜒而去,有如远远望见的一列迤逦而行的大军,只见黄玉与水晶交相辉映,流向迷人绿宝石似的谷底。自由在狠命跳出监狱的高墙后,便坐在这儿,在松树山上投下的阴影间,安详地注视着流水和阳光照耀的山顶。她希望他获得幸福,一旦把自己安置在想象的自由的天地中以后,她觉得她这愿望是完全纯洁的,很容易向他说明。

威洛比爵士提供了这样的机会。每天早餐后,戴尔小姐便穿过庄园,回家探望父亲;今天威洛比爵士和米德尔顿小姐陪她一起走到了湖边,一路上三个人谈论着白桦、山杨、白杨、山毛榉等各种树木的美,它们当时正一片嫩绿。戴尔小姐喜欢山杨,米德尔顿小姐喜欢山毛榉,威洛比爵士则喜欢白桦,各人都用美好的词语赞扬他们心爱的树木,尤其是戴尔小姐。这样,在她走后,他回想起她的一句话,说道:"我相信,如果整个园子明天给铲平了,利蒂希娅·戴尔仍能重建这一切,山杨树仍在湖的北面,数目和位置与现在的丝毫不差。我保证,即使她离开了这儿,她也能准确地描绘它们。"

"为什么她要离开?"克兰拉问时心在直跳。

"这很简单!"威洛比爵士答道,"正如你说的,用不着问为什么。生活的艺术——对于我,这主要是指乡村生活,在城市中不是生活,那里只有一些疯狂旋转的原子——就是使你的周围有一群情投意合的朋友;这是一件值得关心的事,因为如果我对这地方感到厌倦了,我马上可以找利蒂希娅·戴尔谈一会,这就能使我恢复精神,胜过在大陆旅行一两个月。她是热情之源。有一个可以随叫随到的受过教育的人,这很有好处,你可以与之谈论天下的任何问题。我再说一遍,你的身边有了利蒂希娅·戴尔那样的朋友,你就不再需要城市。我的母亲对她就十分器重。"

"威洛比,她没有必要离开。"

"但愿如此。亲爱的,你能喜欢她,我很高兴。但她的父亲身体太坏。一旦她剩下一个人还住在乡下,就只能当老姑娘了。"

"你的计划怎样啦?"

"老维农是个大傻瓜。"

"他拒绝了?"

"目前还无从谈起!我知道,我提出的话,肯定会碰钉子。"

"你可能没有发觉,你使他在她面前落到了很不利的地位。"

"他好像从来不懂得与小姐们谈话的艺术。"

"先生们觉得自己灰溜溜的时候,怎么会不拘谨呢?"

"他没这种艺术,亲爱的;维农缺少的只是得到女人欢心的舌头。"

"我却为此敬重他。"

"你说他灰溜溜?可谁算得上光辉夺目——除了一个人,那个照亮了我的道路和我的生活的人!"

他用鞠躬和轻轻的握手告诉她,他说的这个人就是她。

"他缺少赢得女人欢心的舌头,可我认为这是男人应有的能耐,"威洛比爵士继续道,"不仅如此,他还不懂得使他的有利条件发挥作用。这次戴尔小姐与他在一幢屋子里相处了四天,然而他们的关系仍原封不动,与她刚来的时候一样。你问为什么?我可以告诉你。原因在于缺乏热情。老维农是学者——一种冷血动物。哦,也许他逃避结婚是有道理的,不过他还是冷血动物。"

"那么你同意他离开了?"

"这不过是一场虚惊!凡是违反习惯的事,老维农不会下决心去做,这根本不符合他的情况。"

"但是如果奥克斯福德,不,韦特福德先生……啊,你那些天鹅在湖面上游来,它们发怒的时候,显得多么美丽!我刚才是想问你,人们看到对方另有所爱,是否必然会感到气馁?"

威洛比爵士立刻明白这意思,顿时紧张起来。虽然没用嫉妒这个词,她的意思指什么是很清楚的。他心里暗暗发笑,他回答的话对她也不是个谜:"年轻女人也必然……有一点吧?不合常情?但这是多年的友谊啊!跟一只手戴惯的旧手套一样。它们总是一见如故。天然的融洽不可能出现不和谐的音符。但如果制止这种融洽状态,就会出现不和谐的音符。我的好姑娘!你真是一个孩子!"

这些寓言式的晦涩的话是值得赞美的,她为此从心底里感谢他,因为他确实说到了点子上,这是她自己不想指出,也不希望听到别人指出,却希望他领会的意思;他绝不是一个迟钝的人。他沾沾自喜,但不露声色,得意地听她大声说道:

"年轻姑娘可能这样。嗯,但不是我,不是我!我可以明确告诉你,不是那样。相信我,威洛比。我从来没有过这种感觉,或者这一类感觉。我不可能想象自己有权干预任何人的生活;我也不能想象缺乏完美的、完全一致的感情作基础的婚约应该继续下去。那么我怎么会有那种情绪?正如你谈到奥克斯——韦特福德先生时说的,这根本不符合我的情况。"

威洛比爵士抓住了"奥克斯——韦特福德"这个说法。①

---

① "奥克斯"在英文中是牛的意思(但克兰拉只是无意中说出了奥克斯福德的姓,赶紧缩回去,因此只剩了半个姓)。

他自鸣得意,发出了一阵大笑,说这是给老维农在社交活动中的表现勾勒了一幅肖像。因为她把维农未免想得太好了一些,而黄毛丫头们对未婚夫的朋友往往产生这种错觉,这是浪费了本来属于他的东西;从更高的意义上说,是把她本来应该完整地献给他这座神庙的敬意,浪费在对路旁一些偶像的跪拜中了。他用嘲笑开导了她。

关于另一个问题——她的嫉妒——他不想再听。她已经畏缩了,她身上的女性本能已被刺痛,这就够了。她试图再次提起这点,但无能为力,他采取了漫不经心的回避态度。至于克兰拉,她为她在韦特福德的名字上两次愚蠢的失误,恨不得咬断自己的舌头;但由于她在心里是无辜的,她坚持要问自己,她怎么会犯这种错误的。

"你们两人都知道这些野花在植物学上的名称。"她说。

"谁?"他问。

"你和戴尔小姐。"

威洛比爵士耸耸肩膀。他觉得有趣。

"世上没有一个女人像我的克兰拉这样,坐在豪华的四轮马车上能给它增添这么多光彩。"

"这是在哪儿?"

"在我们每年两个月的伦敦之行中。我在那儿有一辆豪华的四轮马车,我敢预言,车上的装备可以使每个伦敦人艳羡不止。老贺拉斯·德克雷看到了准目瞪口呆!"

她叹了口气。她没法引他谈她要谈的问题,或者与它多少有些关系的话。

但是办法有了,她看到了。她差点错过了机会,于是只得涨红脸,说出了那个词。

"威洛比,你是说嫉妒吗?伦敦的人会嫉妒吗?还有德克雷中校？多么奇怪！那是一种我无法理解的情绪。"

威洛比爵士做了个手势，表示"这当然"，对她的不理解表示了完全理解的态度。

"说真的，威洛比，我无法理解。"

"当然无法理解。"

现在他落进了她的圈套。他却以为他是在剖析她女人的天性呢。

"威洛比，你听我向你证明这点好吗？我完全没有这种感觉——请听我说——假定有一天你跑来告诉我，你发现戴尔小姐对你合适得多，我却不行——恐怕我真的不行；我们不必转弯抹角；也许我根本配不上你——那么我会，请你相信我，你必须相信我，是的，那么我会给你……马上给你自由；这完全是真心的，我保证我对你这么讲也是这么想的。威洛比，那时不论在公开还是非公开的场合，没有人对你的赞美会超过我，因为在我看来，你将是世上最正直、最真诚、最有骑士精神的绅士。那样的话，我敢担保，她对你的崇敬不会比我更大；我是说戴尔小姐，她对你的崇敬不会超过我；哪怕戴尔小姐也不会。"

这是为争取自由而作的第一次直接跳跃，它使她喘息不定，非常紧张，以致她身上神经质的部分和理智的部分像铙钹一样在猛烈撞击；她感到困惑，迷惘，不知她讲的话是否恰当；她也感到犹豫，彷徨，不能肯定这是否在万分无奈之中，最巧妙的摆脱他的办法。

女人的嫉妒心理已昭然若揭。

他本来并不想逼她走得这么远。

"好吧，让我来消除这些……"他考虑着怎样措辞，他的手势和语气却已表示了安慰的意思，"这些被夸大了的琐事。我的克兰拉，现在我是凭荣誉说话！每逢我用荣誉作证的时候，我的语言便取得了它所能取得的最严肃的意义；我平时的话已足以成为担保、诺言或决定，何况这是凭荣誉讲的！我可怜的孩子，我可以保证，可以断言，这件事不仅没有怀疑的余地，而且实际情况正好相反。现在，注意我的话：关于她的感情，我无权妄加猜测；但就我而言，它不是我引起的，我不必对它负责；正如我们说的，在法律面前，我对它是毫不知情的；也就是说，我从未听到过这类的表白，因此，尽管我应该承担过于糊涂的指责，我只得说，我对此一无所知。至于我自己，我可以为自己声明，而且凭荣誉声明——克兰拉，不妨直截了当，开门见山，尽管你知道我不愿这么讲——我不可能和利蒂希娅·戴尔结婚！我再说一遍，不可能！我希望你记住这点。任何奉承——我们大家或多或少会受到它的影响——任何可以想象的情况，都不能使它变成事实；任何赞美都不能做到这点。她和我是真诚的朋友，但我们不可能更进一步。你看到我们在一起的时候，我们的心那么融洽无间，这当然会引起误解。她是一个才气横溢的女人，我不想掩饰这点，我承认我钦佩她。坦白说，有些时候我需要得到利蒂希娅·戴尔的帮助，这是互相支持，取长补短。我们这种二重唱的乐趣是很少人懂得，也很少人能同意的，至于有机会得到它的人则更少，因此我为我的这种享受而感激她。我承认，我感激她，我欠了她很大的情；我也承认，我对戴尔小姐保持着深厚的友谊，但是如果我的未婚妻觉得她不顺眼……哪怕只是一丝一毫，那么……"

威洛比爵士挥了挥胳臂，把戴尔小姐赶进了黑暗的荒原。

克兰拉闭上了眼睛，转动着眼珠，心中充满了不能吐露的对利己主义者的强烈厌恶。

但是在这场谈话中，她不是要为戴尔小姐或普遍人性充当辩护士。

"啊！"她说，只是为了不让这个话题中断。

"怎么,啊?"他柔声地模仿她,"不过这是事实！没有人比我的克兰拉更清楚这点:我的妻子必须年轻、健康、美丽,并且具备与我地位相称的其他各种难以说明的品质,因为她将要代表我,主持我的家务的女主人。作为我的另一个自我,我的妻子,难道不应该这样吗？但是你符合这一切条件！亲爱的,你符合！请你正确理解我的性格,你……"

"我理解,我理解！"克兰拉打断了他的话,"如果我这时还不理解,那么我简直成了白痴。让我告诉你,我理解。哦,听我说,只要一会儿！戴尔小姐把我看作世界上最幸福的女人。威洛比,如果我有她的美好品质,她的心灵和思想,我无疑会这样。我的希望——你必须听我说,把话听完——我的希望,我最诚恳的希望,最热烈的祈求,便是给她让路。她赏识你,可是我不——我感到惭愧,我不能。她崇拜你,可是我不,我不能。对于她,你是升起的太阳。多年来一直这样。没有人能说明爱情,我也说不清楚为什么不能爱……在我们应该爱的时候不能爱;所有的爱都使我感到困惑。我天生就对它无法理解。但是她爱你,她憔悴了。我相信是这种爱毁了她的健康,而这正是你所列举的条件之一。但是你,威洛比,你可以使她恢复健康。旅行,还有……与你共同生活,与你在一起的快乐日子,无疑都能使她恢复健康。你们在一起多么美好！她对你无限忠诚！可是我,我不能把你当偶像一样崇拜。我总是看到缺点,每天看到。它们使我吃惊,使我痛苦。你听到人们谈论它们,尤其是你的妻子谈论它们,你的自尊心会受不了。你警告过我,要我提防——那是指你说过……是的,你说过这类话。"

她繁忙的头脑找不到恰当的遁词,掩饰她语言上的失误。

威洛比爵士马上插口道:"我得说,这种联想完全出于对事实的误解,从错误的观察中得出的错误结论！怎么？不,不。请你相信我。我现在向你提出这点,纯粹是为了免得你受到迷惑。亲爱的,你觉得冷吗？你在发抖呢。"

"我不冷,"克兰拉说,"我只是觉得,似乎有人在我的坟墓上走动。"①

只见拥抱已张开大口,像一个腾起的巨浪正在卷来。

她俯身采摘一朵金凤花,那个怪物扑了个空。

"你的坟墓！"他在她头顶喊道,"我亲爱的姑娘啊！"

"威洛比,在远离石灰岩的地方,红门兰不天然是个外人吗？"

"我对这类重大问题无法提供答案。我的母亲爱好形形色色的花卉。我似乎还记得,她怎样把你提到的这种花分种在园子中。"

"要是她现在活着就好了！"

"那么我们会很愉快,可以接受这个最值得尊敬的女人的祝福了,我的克兰拉。"

"她一定已注意地听过我的话了。她会了解我的意思的。"

"确实,克兰拉,愿她的灵魂安息！"他自言自语地嘟哝,然后大声道,"说真的,你完全错了。如果我给了你这样的印象——但是我再说一遍,这是你的误解。你认为'相配',这纯粹是一种错觉。假定你——甚至假定都使我痛苦——完全离开了我,从我的思想中……"

"被开除。"克兰拉低声说。

"退出,不再存在,"他选择了一个差强人意的说法,"假定这样,我仍然——尽管我敬重她,而且我从来不认为我需要隐瞒这一点——我仍然得着重指出：我绝对不可能与戴尔小姐结为夫妇。也许她会作为一个朋友永远留在我的心中,但只是一个朋友,决非

---

① 英国民间迷信,认为无故打冷战是不吉利的将死的征兆,因此无故打冷战时便这么讲。在这里,这只是表现克兰拉的心理状态。

其他。这是我从早年就接受的一种关系。人们都看到这点——看来我们确实是互相影响,互相衬托。"

她抬头望了他一眼,心中很得意,因为她看到她那支狡猾的箭已射中目标。

"你说得对,这是大家知道的,"她说,"她一走近,你的表情立刻不同了,这是任何人都能看到的。"

"亲爱的,"他打开了通往花园的铁门,"你这是在鼓励一种捕风捉影的猜疑。"

"但是这情景看来很美,威洛比。我喜欢看到你们在一起。我喜欢,正如我喜欢和谐的色彩一样。"

"好吧。那也没什么危害。我们会常常在一起。我喜欢我这位女朋友。但只要你表示一点不赞成的意思,马上就结束。"

"你就把她打发走。"

"是的。那是说对于你讲的话,我要成为你的回声,扫除一切引起怀疑的蛛丝马迹。这样,她就得离开。"

"哪怕她没有得罪你,也非得从你的思想中消失不可。"

"不能说没有得罪我,因为只要得罪了我的未婚妻,我的妻子,我至高无上的夫人,便是得罪了我,大大地得罪了我。"

"那么你的妻子一旦任性……"克兰拉踩了一下草地,对于她这烦躁而难以觉察的动作,软软的草地毫无反应。她改变了既无结果又无意义、温和而又挖苦的口气,说道:"威洛比,女人与男人同样有的荣誉观念,可以凭它起誓;女孩子也一样,她们在圣坛上也得起誓呢;现在我可以对你这么做吗?请你听着,我得对你说,你与戴尔小姐的结合会比任何事都叫我感到高兴。我已说得非常清楚了。请你答应我,与我解除婚约。"

他的脸上又露出了我们熟悉的那种勉强的笑容,表示他已疲惫不堪,厌烦到极点,一边答道:"请允许我再一次声明,这是不能接受的,不可想象的,在任何条件下,哪怕是死,也不可能使我接受戴尔小姐做我的妻子。你弄得我提出了这种非常幼稚的抗议——幼稚得可怜!但是,亲爱的,我与你是订了婚的,我又是一个讲信誉的人,这难道还要我提醒你吗?"

"我知道,我意识到了,但是请你答应我解除婚约!"克兰拉喊道。

威洛比爵士严厉批评了自己的缺乏远见,只看到眼前的人,以致对戴尔小姐表现得过分亲热。他不能否认,他们引起了注意,而且他是有目的的,他很遗憾,他不够谨慎,没有深思熟虑,以致做过了头。他的意图是要在克兰拉的心头激起一种不明智的感情,结果弄巧成拙;他感到内疚,只得坦率地对自己说:"我没有为她着想。"

她又喊道:"威洛比,你怎么样,放我走吗?"

他请她挽住他的胳臂。

一面答应挽他的手,一面又要求离开他,这在克兰拉似乎是矛盾的,但是既然她希望他让步,那么她也应该作出相应的让步,因此她伸出了手,却不让他的身子靠近;她对自己被夹住的手指很生气。他压紧那些手指,说道:"米德尔顿博士在图书室。我看见维农正在西屋给克罗斯杰上课——这孩子今天一天够苦的了。这不是好像老维农拼命往那个裂开的脑袋里塞书本,不让它得到一点休整的机会吗?"

他向小克罗斯杰做了个手势,小家伙一跃而起,马上从落地窗中溜出了屋子。

"你可以进屋,与维农谈谈那位小姐的事,"威洛比爵士小声对克兰拉说,"你可以用我们共同的名义,尽量劝劝他。你可以用我的名义对他说,钱的问题他不必考虑;住房和收入也请他放心。上次我要求你负责向维农谈这事时,你大概并没把我的话当真。

其实我当时也和现在一样认真。戴尔小姐那边由我负责。我不愿在我们结婚的日子另外还有一场婚礼,但在那以前或以后都可以,我愿尽早看到他们的结合。我想,现在我已给了你最好的证明;不过我知道,妇女的误会尽管看来可能毫无根据,她们仍会执迷不悟,但我信任你健全的理智。"

维农站在窗口一边,让她进屋,威洛比爵士又温柔地催促了一下,她低下头走进了屋子,仿佛是在钻进山洞。她显得冷冰冰的,当威洛比爵士在后面关上窗时,她唯一担心的只是再闹出笑话,把韦特福德先生称作奥克斯福德先生。

# 第十四章

## 威洛比爵士和利蒂希娅

"戴尔小姐那边由我负责。"

威洛比爵士想着他对克兰拉作的诺言。他跟小克罗斯杰玩了一会,然后把孩子打发走了,独自沉浸在思索中。你要知道他现在的神情,不妨想象一下为祖国鞠躬尽瘁、死而后已的那许多政治家的雕像。

在《利己学》第十三卷第一百零四章中这么写道:对事物拥有所有权,却不必承担义务,这可以说便是一种幸福。

这样的占有方式是极其罕见的。例如,你有了田地,便得对土壤和税务官承担义务;有了漂亮的衣服,你也会感到负担重重;金银用具,珠宝首饰,精美的家具摆设,其实都是镣铐;拥有一个妻子,则是超重的负担。在所有这些场合,占有只是奴役的一个委婉的别名,它给予的幸福可以说与奴隶的酗酒一样。你可以得到快乐,可以自豪,可以为你拥有的一切陶醉,然而你失去了自由的心灵。

但是有一种所有权却完美无缺,它不会剥夺我们的自由,也不会带来一丝义务的阴影,它只有收入,没有支出,即使支出,支出的也只是我们抛弃的废料;不妨说(恕我冒昧),这不过是出汗或辐射的一种形式,毛孔无意识的排泄作用;它是对机体有益的运行过程。我们拥有一位女性真诚无私的崇拜时,便是这样。

这位温柔体贴的袄教徒几乎一年四季都在向你顶礼膜拜。她对你一无所求,只要求你永远做她的太阳——这正是你念念不忘希望扮演的角色;这样,你们便形成了牢不可破的联盟;她给你的物质提供精神,同时又给你的精神提供物质;这实际上是一种令人欣慰的二位一体现象。对它上帝也会祝福的。

上帝也确实在祝福它,从他为这种幸福的桂冠和光环所选择的男子便可看到这点。懦弱的男子受到一个女人的崇拜,便会受宠若惊,惶惶不安;他们或者非得加以报答,至少部分地报答不可,仿佛那是可以互相授受,仍不致损害它的诗意的;或者会表示怜悯,以致把一件好事糟蹋了。有些人还会把美丽而孤独的贞洁的火焰,通过乘法表的简单运算,变成家庭生活中贤妻良母的感情。那么上帝所选择的决不是这些人,那是另外的一类,他们非常高贵,非常坚定,不会辜负这顶桂冠,在他们所播种的伟大感情面前,始终保持着神圣的独立地位。

哪怕是他们,前面也难免出现危险,我们即将看到,他们中最高贵的一个样品便是这样。

在威洛比·帕特恩爵士与利蒂希娅·戴尔的关系中,早已包含着他获得幸福的一条捷径。她属于他,他却不会受到她丝毫拖累。她具备食客的一切优点,却没有他们的任何缺点。她是他忠心耿耿的评论者,总是用赞美的目光在观察他,毫不懈怠地行使她的职责;不论世界可能讲他什么,这位幸运的绅士总可以从她那里找到镇痛的香油,使自己重新振作精神。她飞向他的心灵,作为它的居民,在那里唤起一种愉快的感觉;他赐予她飞进心灵的权利,正如国王授予他的猫进入他怀中的特权。它们不会三呼万岁,却可以瞪起眼睛瞧他;不容争辩,这些卑贱的小家畜全神贯注的圆眼睛,可以成为国王豪华排场和庄严仪仗的点缀品,我们相信,有朝一日它们会取代蜜蜂、貂尾和目前的各种饰物,成为编织和绘图的对象,搬上国王的衮袍,使背后的衣裾变得特别长,像波浪一般,把提衣裾的侍童累得气喘吁吁。

《利己学》的同一卷中还有一句话,也得一并引用:把我们愿意放弃的东西让给别人,也是痛苦的。

这个思想相当微妙,不可思议,它是利己主义核心的卫士之一;它很容易被忽略,除非你肯把这部大书第一、二册的各卷全部浏览一遍,可是这得花去你毕生的精力;也许你必须亲自钻进它的每一页,或者干脆不闻不问,当它没有。从前有一位道貌岸然的老先生,鼻尖上突然生出了一根白毛;他对拔除它的想法嗤之以鼻,久而久之终于习惯了,认为这不过是一个幻觉。这根白毛对他的脸和他的心理有什么影响,我们可以置之不论;我只想说,他觉得这东西无损于他的尊容;我们上面提到的那个思想自然更无关紧要;自从男人开始追求女性之日起,它就在他们两眼之间出现。对于那位老先生,这可能只是一根毛的幽灵,或者视神经的一点小病;但我们认为,这是真实的赘生物,人类如果像他一样经常看到它,对它作些耐心的思考,应该是有益的。

威洛比爵士虽然准备按照责任和策略(两者是常常结合在一起的)的要求行事,把戴尔小姐丢开,但是他不得不考虑,比如说,他不是简单地把她丢过树篱,而是把她丢在一个男人的手中;在前一场合,她过了树篱只是砰的一声掉在地上,而后者就复杂得多了。一旦落进丈夫的怀抱,她内心的忠诚还能保持多久,这就难以逆料了。他在构思这幅撮合的草图时,并不觉得难受;那是恻隐之心帮了他的忙;但是看到它逐渐具体化,便不免犹豫和痛苦了。它损害了利蒂希娅在他心中的形象。

然而如果她的命运发生了这么大的变化,她的精神依然可以保证不变,那么,为了安慰他的未婚妻,并且使两个对他有用的人仍留在身边,供他使唤,他还是乐意让他们结合的。他这个决定在他看来,是对肉体上不忠实的女人表现了一点淡淡的轻蔑;毫不奇怪,他要查阅那本大书,翻开那惊心动魄的几章,看看它是怎样论述女性,怎么描绘在追逐中跑在前面拼命逃走的人的狡猾伎俩。那本举世无双的大书是不会放过她的。但还是把它合上吧。

它的内容主要是男人写的,理所当然,男人会从它的智慧中获得力量;六七句让女人感到迷惘的流行格言(黄铜的切口久经摩擦之后,也会像金子一样发出昏暗的光泽),使威洛比爵士茅塞顿开,下定了决心。

对利蒂希娅憔悴面容的审查,也发挥了有益的支持作用。

他的克兰拉嫉妒这片枯萎的树叶!

他但愿能把利蒂希娅的一两种品质移植到他的未婚妻身上,但是你不能像煮菜一样,把两个女人的香味混合在一盘菜里。如果可以这么做,如同他最近把两个女人同时请进庄园那样,把她们放进一只锅里煨,那么多半只会使她们性格中与生俱来的特征变得更加明显。假定她们有取长补短的美好愿望,自然另当别论;那时她们才可以进行我们所指望的交换;或者如果她们生活在一个并不愚钝的苏丹的后宫中,那么经过长时间符合科学规律的调和配合,她们也能做到这点。然而为这些空想感到遗憾,议论不休是没有意思的,在威洛比爵士的头脑中,它们只是像两列交叉驶过的快车,一眨眼就过去了。

埃莉诺和伊莎贝尔两位老小姐与戴尔小姐坐在一起,三人都在绣花。他只要瞧一眼埃莉诺小姐,她便会站起来。她又瞧一眼伊莎贝尔小姐,把她的钥匙链子摇一下,这便是通知她离开。于是经过一段适当的间隔之后,伊莎贝尔小姐也悄悄走了。这是这个家庭的严格纪律。

威洛比爵士交叉着腿,在膝盖上打拍子。

利蒂希娅从静默中逐渐意识到了一种意义。她开口道:"今天有什么事使你感到烦恼吗?"

"只有特别伤脑筋的事才能使我烦恼,"他答道,"你是指国家大事还是我的私事?"

"我想我是指国家大事。"

"我相信我与我国的任何人一样爱国,"他说,"但是我已习惯了我国同胞干的蠢事,何况我们是在一条坚固的船上。最坏的事也不过是提高地方税和国税;也许还得在庄园门口施粥,允许在外围的小树林里砍伐木材,或者发放十几车煤。你是反对我的封建主义的。"

"全身盔甲的骑士没有了,"利蒂希娅说,"城堡和吊桥也看不到了。自从我们鼓励通商以来,这个岛国也不能与外界隔绝了。"

"我们是用独立作代价换取商业利润。你又触及了我们争论的老问题。但说真的,我们不需要这种人口的过分增长!不过,我们暂时不谈政治和社会学,可以把那一大堆现代的野蛮术语放在一边。你是凭直觉了解我的。我不想说我有什么烦恼,但有些事确实叫我不快。我有不少事要做,如果我失去维农,一旦我进入议会,我会变得几乎无能为力。你了解他的一些荒谬想法吗?文学名声,独身主义,小饭店生活,还有其他等等。"

她了解,但对文学名声她有不同的看法;她涨红了脸,又为自己的脸红害羞,以致皱起了眉头。

他向她俯下身子,露出一位正要开玩笑的绅士那种认真细看的神情。

"你不是故意要皱眉头吧?"

"我皱眉头了吗?"

"是的。"

"现在?"

"皱得很紧呢。"

"啊!"

"你乐意笑一笑,让我放心吗?"

"很乐意,我尽量照办。"

忧愁的表情叫他受不了。他跟任何女人在一起,都不如跟利蒂希娅·戴尔在一起那么快活,使他想起古代法国宫廷中的领主和夫人。他并不指望那个时代复活,只是把它作为一个花园保存在心中;每逢他与一位小姐在一起,需要表现一下潇洒的风度和春风得意的心情时,便可走进这个花园;利蒂希娅的谈吐也足以帮助他发挥这种美妙的遐想。她同样并不缺乏文雅的举止。

她会对他始终保持那种难能可贵的从属地位吗?以前她是这样,而且历来如此,毫不勉强。但是作为一个已婚妇女,她会怎样呢?令人寒心的是,我们的心灵总得服从我们的躯体所处的条件!成了妻子,也许还成了母亲之后,可以清醒地估计到,她会发生巨大的变化。可是任何局部的变化,从高贵的所有者看来,就意味着全部变化,因为这是要他放弃所有权,而不是取得所有权,他知道,这种时候要么就得到全部,要么就什么也不要!

总之,哪怕婚姻关系对她的个性或者心理习惯只会产生最小的影响,但只要这种危险存在,那为什么要对一个几乎已心如死灰的老处女施加压力呢!

再说,有一次他虽然让她作了维农的舞伴,但事后总是耿耿于怀,他的慷慨使他敏锐的感情受了伤害,以致在成年后的两三个生日中想起这事还郁郁不乐,它们的光辉也变得暗淡了。何况所有的女性,只要稍有姿色,他都觉得恋恋不舍,这种贪得无厌的情欲,使他从早年起就不能容忍任何一个漂亮女人的浪漫作风,更不必说为了寻求归宿而对他变心,把自己交给另一个男人,让他把她带走了。只要他听说某个女人容貌不坏,她一旦有了情人或丈夫,就会使他愤愤不平。他的怀抱足以囊括一切;他的贪欲虽然从不大声疾呼——因为他很清楚,哪怕在穆斯林的法律下,他也不能把她们全部占为己有——但是作为一心要维护女性纯洁的人,他不能不为情人和丈夫这种大污点感到脸红;为任何其他人牺牲贞洁,这在他是不能容忍的。她们没有了贞洁,还算什么!不成了水果摊上的烂李子?不会有什么销路。是的,必须让它们保持新鲜!

"我已说过,我失去维农就等于失去右手,"他继续道,"现在看来,我是非失去他不可了,除非我们有办法把他牢牢拴在这儿。亲爱的戴尔小姐,我想,你了解我的为人。至少,我会请你作我未来的传记作者——当然,你得注意一点:在你写到自私这个词时,必须对它详加说明。我不能忍受失去我的任何家庭成员,在任何情况下都不能。我的任何朋友由于结婚,对我改变了感情,我都觉得是残忍的。我想问你,为了文学这种倒霉的职业,离开一个安定舒适的家,这对维农难道是值得的吗?——我说倒霉是指收入讲的,"他向女作家哈了哈腰,"他可以离开这屋子,如果他认为他无法与年轻的女主人和睦相处。他是一个怪人,虽然并不坏。但如果那样,他应该建立自己的家。我为他想了个办法——戴尔小姐,男人的结婚不会改变他们对老朋友的态度——我的办法对他的生活方式造成的变化几乎微不足道;这就是在我的花园边上给他造一幢富有诗意的小屋,但相当宽敞,足够两个人居住。我已选中了地点。问题只是他能不能单独住在那儿。我说男人不会改变态度。怎么我们不能说女人也这样呢?"

利蒂希娅指出:"一般说,女人克制个性的能耐似乎特别大。"

"谈到个性,就某一个人而言,我也许错了。因为说得准确些,我现在想到的就是这个人;正是我的强烈友情使我担忧;当然,这对我们两人都是不必要的,但是应该看到它的根源是什么。哪怕纯洁的友情也难免滋生嫉妒,它会玷污我们的关系;尽管我希望她建立自己的家,住在我附近,生活幸福,并以她在社交生活中的无比魅力帮助我获得幸福。不用说,我并不认为她是一个一般的女人。"

"如果这是指我,我感到荣幸,威洛比爵士,"利蒂希娅说,"但我与我父亲是相依为命的。"

"哪一个求婚者会认为这是拒绝呢?他只是要求成为家庭中的第三个成员,共同承担你的感情义务。老实说,为什么不行呢?我的议论可能是违背我自己的幸福的,它也许会成为我的末日。"

"末日?"

"老朋友总是要求过高,吹毛求疵。不,不能说末日。然而如果我的朋友不能同样对待我,那种方式的友谊便到了末日,至少已大非昔比。可是一个人已习惯了那种方式!我把'习惯'这词运用在友谊上,你也许不以为然吧?然而我们是习惯的动物。我承认,在感情问题上,我是个懦夫,我怕变化。眼睑的升高只要超过习惯一丝一毫,便会引起我的惶恐!——告诉你,我就是这么神经过敏。亲爱的戴尔小姐,我把我的命运交给了你,我不怕向你暴露我的弱点;我还得说,除了你,我不会向任何人这么讲。现在请你考虑吧,如果我失去了你会怎样!我的担忧完全是由于我顾虑太多。心灵崇高的女人成为妻子、母亲之后,可能依然为她们的朋友保留着那个家。她们能够,也愿意战胜人生的不幸遭遇。我一向认为,我们的境况,我们不同的状态,都不足为虑,只要它们不对我们的第五元素①,即精神元素勒索捐税,便不致造成危害。你理解我的意思吗?我并不擅长这类抽象的阐述。"

"你已把自己说明得相当清楚。"利蒂希娅说。

---

① 古希腊哲学家认为世界由水、土、空气、火四种元素构成,后来又把"以太"作为第五元素,即一种介于精神和物质之间的东西。

"我从不认为自己精通心理学。"他说,她的冷漠赞许使他感到情况不妙,因为他不仅对眼睑的高低,而且对语调的细微差异也十分敏感,因为不妨说他本身就是一种旋律,一切的一切只要未能低声下气或默不作声地与之配合,便是走调;身上有个旋律,你便可察觉一切,这比世上最好的试金石和护身符都更灵验。"令尊的健康近来有好转吗?"

"今天早上我看见他的时候,他没有向我抱怨他的健康。我的表妹艾米利亚在照料他,她是一个出色的护士。"

"他很喜欢维农。"

"他十分尊敬韦特福德先生。"

"你也这样吧?"

"是的,我也同样。"

"作为基础,这是最可靠的。我希望我最亲密的朋友从这里开始。草率孟浪的结合是……! 我们该怎么描写它呢? 恐怕只能看它的结局了。维农的才能确实是值得尊敬的。他的不善交际只是一种病态。我猜想他总在考虑他不是一个富人。其实他早就可以向我要求帮助,我的钱袋并没有上锁。"

"不错,威洛比爵士!"利蒂希娅热情地说,因为他的乐善好施是众所周知的。

她的目光给他提供了他感到津津有味的食物,他沉浸在它的温暖中,继续道:

"维农的待遇马上可以根据他新的状况的需要,得到相应的提高。这只是钱的问题,钱,钱! 但这是世界造成的。幸好我继承了实事求是和勤俭节约的作风。维农这样的人,只要得到一位赏识他的才能,又不计较他的小缺点的贤内助的帮助,他的成就便会超出现在的五十倍。他的缺点只在表面上,无足轻重。他从来就知道我的愿望——尽管我是一只家雀,但为了实现这些愿望,我甚至不惜再到世界各地去流浪一次！我们的友谊是什么时候开始的？我想，那还是在我的童年时代。那是许多年以前了。"

"我已经三十岁了。"利蒂希娅说。

这种毫不掩饰的自白使威洛比爵士吃了一惊，十分痛苦，就像女人正在向你表示亲热的时候，干了一件大煞风景的事（大家知道，她们由于心不在焉，或者得意忘形，有时会摘下假发，露出自己的秃顶），于是诗意的恋情马上化为乌有；为了惩罚她，他故意暗示，她看来确实是这个年纪。

"天才是不知道皱纹的出现的。"他说。这句话算不得他的隽永妙语，但是他受了伤害，他是不可能立刻处之泰然的。由于这伤害来时他正有着一种情绪，因此其创甚巨。这位小姐的年龄，他也心里有数，然而她直截了当把它形诸语言，这就冲击了他情意绵绵的喁喁低语，使他不能不感到震惊。

他瞧了一眼壁炉架上的镀金大座钟，提议用膳前在草坪上散散步。利蒂希娅收拾好了她的刺绣活计。

"按照常规，女作家是不会做针线活的。"他说。

"为了不越出常规，我看来不放弃针线就得放弃笔杆了。"她答道。

他很想称赞她几句，说她确实具有不同寻常的个性，但是他的听觉认为这不合节拍，也不太顺耳，因此只得像弹琴的人心绪不宁的时候一样，把手指按在琴键上不动。话要说回来，他本来担心把一位三十岁的小姐嫁给他的表兄维农，会给自己造成一大损失，现在她毕竟使这种担忧减轻了。因此他一边在草坪上漫步，一边不时抬头望一眼那间屋子的窗户，他的克兰拉正在那里与维农谈话；他觉得，他为了未来的舒适而作的安排与他眼前的感情尽管还不太和谐，但已到了乐队的琴师们所说的校准音域的阶段。这时的声音并不美妙，但美妙的时刻即将到来。我们不是天使，天使的琴才永远校准在赞美诗的音域。我们是凡人,要想奏出和谐的仙乐,就得作出努力,通过痛苦的阶段。对于威洛比爵士,一定程度的痛苦是必要的,否则他就不会觉得他的慷慨是违背他的利益的。这样,他再次对利蒂希娅萌发了眷恋之情,甚至在心中对自己说:"在谈天方面,她还是一个值得珍惜的妻子。"他要送给表兄的也正是这么一位值得珍惜的妻子。

从他的克兰拉和维农谈话的时间之长看来,显然,他的表兄需要经过苦口婆心的劝导之后,才会接受这份礼物。

# 第十五章

## 提出了取消婚约的要求

克兰拉和维农都没有在午餐桌上露面。米德尔顿博士与戴尔小姐在讨论古典文学问题,就像耐心的大人教孩子从一块石头跳到另一块石头,越过山涧的浅滩一样,以致不学无术的旁观者看到她克服重重困难,可能真以为她是靠自己的力量在前进。威洛比爵士为她感到自豪,因此在他乐于失去她的时候,急于想及早办妥她的婚事。他希望在饭前向维农讲一两句话,从而了结这事。克兰拉要他放她走,让她获得自由的请求,不仅触犯了他的自尊心,而且使他隐隐有些害怕。

伊莎贝尔小姐离开了餐室。

她回到屋里报告道:"他们不想吃饭。"

"那么我们可以走了。"威洛比爵士说。

"她在哭呢。"伊莎贝尔小姐轻声告诉他。

"太孩子气了。"他说。

两位老小姐一起走了。戴尔小姐还想向神学博士讨教,他请她去图书室继续上课。威洛比爵士在草坪上踱来踱去,每次转身时,总要望一眼西屋。他终于不耐烦了,走到窗口望了一下,发现屋里空空的。

整个下午,克兰拉和维农没有露一下脸。快要开晚餐时,米德尔顿小姐的使女通知两位老小姐,女主人已上床睡了,她头痛得厉害,没法上餐厅。小克罗斯杰带来了维农的口信(由于掏鸟蛋,他耽误了一点时间),说他到山那边去了,打算在柯尼大夫那儿用膳。

威洛比爵士派人慰问了未婚妻。他无法集中思想,好好按照习惯考虑问题,因为他这个人有点像钟楼,头脑里老是盘旋着关于他自己的钟声,每想到一句可疑的话,一件不愉快的事,只要触痛了他,便能使他耿耿于怀,心烦意乱;而由于可疑的话和不称心的事偏偏又随时都能出现,以致他非常需要有一位崇拜者,好让他不时向她诉说,从她的偶像崇拜中获取止痛的药物。眼前正是他迫切需要崇拜者的时候,他却不知道上哪儿找这药品。戴尔小姐正陶醉在神学博士的说教中;这样,不论在内心和外界,威洛比爵士都得不到安慰。他平常跟人谈的不外是一位英国绅士关心的话题:驯马、养狗、赌博、竞赛、私通、丑闻、政治、名酒等男人感兴趣的事;有时他也不惜在女人的闲谈中搭讪几句,传播一些猥亵的小道消息。但是希腊观众怎样如醉如狂地欣赏雅典剧场的表演,听少女如何在幕后用笛子模仿夜莺的鸣声,他却一点兴趣也没有!戴尔小姐这么兴致勃勃专心听讲,如果可能的话,他一定会怀疑她另有动机。何况古人不像我们这么彬彬有礼,他们还不懂得为女人写作。在饭桌上,他大胆打断了一次米德尔顿博士的话:

"先生,我想,戴尔小姐只要完全依靠你这本现代版的古典文学,就做得很聪明了。"

"这是靠英文本辞典研究古典神话的人的观点。"米德尔顿博士答道。

"戏剧是与社会风气有关的,先生。你想必同意我这个观点。"

"如果聪明才智来自社会风气,你的话也许不错,先生。"

"我们认为,这是与艰巨的教育问题有关的,或者,出于这方面的需要。"戴尔小姐说,又向米德尔顿博士提出了一个问题,使威洛比爵士没有置喙的余地,仿佛他刚才干扰了他们正在进行的谈话。

埃莉诺小姐和伊莎贝尔小姐对这场学术讨论,本来只是洗耳恭听,现在觉得有必要给他解围了;但是与你的姑姑——你的家庭成员,在餐桌上谈其他问题,是不恰当的;她们的企图增加了他的不安;他心想,他选择了一个错误的岳父;学者都是不懂礼貌的家伙;但年轻的或者还算年轻的女人总是盲目崇拜任何形式的权威,对作为男人的特异品种的学者佩服得五体投地;他的结论是在博士访问期间,他应该举办一系列宴会,邀请赏识他的朋友们,尤其是女士们参加。克兰拉在楼上闹头痛,米德尔顿博士在楼下使性子,影响了他的情绪,似乎大祸即将临头,雷电已潜伏在空中了。然而他还是摸到了一些情况,这对他今后是有用的。话题转到酒上,立刻吸引了博士,他不再谈古典文学;这对他发生了魔力。主人和客人发现,对某些名酒和酿酒年代,他们的口味异常接近;谈到那些葡萄丰收的年份,他们如数家珍,激发了彼此的好感。如果说威洛比爵士为这个话题牺牲了两位女士,那么他为了介入谈话,探索一位老先生的薄弱环节,也不得不违反习惯,采取了委曲求全的态度。

夜深之后,他听到门铃响,在门廊中拦住维农,把他请进实验室,要他谈谈柯尼大夫的最新故事。维农的回答很简单,柯尼没有讲一件逸事;说完,他便点亮了蜡烛。

"顺便问一声,维农,你与米德尔顿小姐谈过了吧?"

"她明天十二点钟会向你报告的。"

"明天十二点钟?"

"她需要二十四小时的考虑。"

威洛比爵士决定,他的困惑应当显示出来;但是在表示惊讶的戏剧场面开始之前,维农已向他道了晚安,匆匆跑上楼梯了。

雷电已在空中,风雨即将来临。威洛比爵士的本能已意识到了许多征兆,尽管目前还风平浪静,但是哪怕他一再向自己叮咛,女人的嫉妒心理会驱使她们干出疯狂的过火行为,他的顾虑还是不能完全消失。他相信克兰拉的嫉妒,因为他确实曾希望引起这种感情;那是竞争的一种形式,只是比较隐蔽。他不能想象她会向维农谈到这点。至于她要求解除婚约,这是否当真还大可怀疑。然而她定在二十四小时后与他面谈,这又留下了一段空隙,给疑虑提供了滋生的机会。谁能设想克兰拉·米德尔顿会成为无理取闹的感情的牺牲品!他对自己反复念叨,提出了各种值得宽慰的理由,认为一个女人心情不太正常是可以原谅的,但又把它们一股脑儿推翻了,因为它们毫无意义,不适用于克兰拉。为了能够安睡一会,他同意对自己稍稍责备几句,这有些像历史学家对干了坏事的美人,在迷恋之余不得不提一下她们的小错误。他这么做是为了以身作则,让她有个榜样。然而他还是不能入睡。最后他想到,嫉妒的强烈正说明情爱的真挚,这才解决了他的难题。但当他试图把这说法应用于克兰拉的性格时,发现在她身上,从未有过奔放的热情。最近,随着那个令人脸红的日子的临近,她更是变得十分矜持,简直冷若冰霜了。他不能了解她,猜不透这个哑谜。

到了第二天早餐桌上,大家都承认夜里睡不着。除了戴尔小姐和米德尔顿博士,谁也没有合过眼。博士回答威洛比爵士道:"先生,我可睡得好极了,就像韦特福德先生和我离开图书室以后,那里的拉丁文辞典一样。"

维农无意之间提到,他写了一个通宵。

"你们这些人是在自杀,"威洛比爵士责备道,"至于我,我有一个原则:必须在不致自杀的条件下完成工作。"

克兰拉在父亲的脸上寻找嘲笑的影子,他安详地注视着那位按部就班的工作者。她无法猜测,他将成为她的盟友还是法官。她担心他会成为法官。现在她领会了这场斗争的性质;她看到了一条分界线;她站在它的一边,世界却要那些成为未婚妻的女孩子站在它的另一边。她的父亲不见得会站在她这边,那要求太高了。他爱她,但无疑会认为,她这是出于疯狂的幻想;他并不想了解她的处境。人类生活在奇迹的安排下,本来有条不紊;打破这种平静的局面,都会招致学者的厌恶,单凭这点,他就会反对她;而由于世界支持他的观点,他可能像一个专横的父亲那样行动。在他面前,她该怎么为自己辩护?一想到威洛比爵士,她便可以滔滔不绝地说出不少理由,女性的机灵使她有恃无恐,应答如流;但是在父亲面前,她只能设想自己是在与一种麻木、顽固的势力对抗。

"这是两种性质不同的工作。"她说。

米德尔顿博士对她的回报,是在他的浓眉毛上露出了一点笑影,这是他对从男爵的工作观点不以为然的表示。

她不需要更多的鼓励,这眉毛之间的一点笑影已使她心里暖洋洋的,她望着他,尽量使父亲的目光停留在她的眼睛上;她开始想,如果她对他说,她没想到她完全错了,也就是向他承认,她没有早些打破他的平静是她的过错,那么她也许还能赢得他,使他站在自己一边。

"我没有说那是性质相同的,"威洛比爵士声明,尽量使两人的观点保持一致,"我的渺小工作是为了今天,毫无疑问,维农是在为明天工作。然而我还是主张保护身体健康,这是工作的主要条件。"

"应该说继续工作;在这点上我与你一致。"米德尔顿博士亲切地说。

克兰拉的心又沉下去了;一点不如意便能叫她泄气。

可以责备她对未婚夫怀着夸大事实的对立情绪；然而应该记住，他讲的话固然没有给她提供充足的理由这么做，但人心是相通的；可以剥夺俘虏的一切，却无法剥夺他们了解暴君的内心的能力；还应该记住，她也不是无可指责的，她完全明白这点，她对他的愤怒一部分也是针对她自己的。

大家纷纷起立，餐桌边只剩了她和威洛比爵士两人。她立刻追赶戴尔小姐，一边喊道："实验室！你愿意我跟你一起散步，去看看你的父亲吗？今天在户外呼吸些新鲜空气多好。天气暖洋洋的，又吹着春风，不是吗？我答应，我可以在你的花园里散步，不会催你。"

"我非常欢迎，真的。但我得马上动身。"利蒂希娅说，看到威洛比爵士在来回徘徊，准备随时抓回他的未婚妻。

"可以，我取一下遮阳帽，马上出发。"

"我在屋前平台上等你。"

"不会让你等的。"

"至多五分钟。"威洛比爵士对利蒂希娅说。她走出了餐室，留下他们单独在一起。

"好吧，亲爱的！"他向未婚妻说，几乎像要拥抱她似的，"事情怎么样？你昨天跟老维农谈得顺利吗？他同意还是不同意？在这些事上，他像女人一样。他害得你头痛了，我不能宽恕他。据说你哭了。"

"是的，我哭过。"克兰拉说。

"现在把事情告诉我。你知道，我亲爱的姑娘，不论他同意不同意，让他留下，住在这一带——不一定在这幢房子里——这是最重要的。在这些日子，催他结婚凑热闹，也许没有必要。我相信，现在全国都在忙着结婚……可是大多数婚姻只配用丧钟来庆祝！"

"我想是这样。"克兰拉说。

"因此应该说,富有成果的婚姻,也只有这种婚姻,才值得用欢乐的钟声迎接。"

"不要公开说这种话,威洛比。"

"我只是对你说,对你说的!不要以为我会在世界面前暴露自己。好吧,我已向戴尔小姐试探过,看来不会有太大的障碍。那么维农呢?"

"等我与戴尔小姐散步回来,一过十二点,威洛比,我便告诉你。"

"十二点!"他说。

"我指定了一个时间。这似乎有些孩子气。我可以向你解释。但是既然已经指定,我不能改变,因为我也许本来就是个有些孩子气的人,才给自己作了个规定,把我的话推迟一段时间。但我可以立刻告诉你,韦特福德先生没有接受我的劝告,哪怕解除我们的婚约也不能使他留下。"

"维农是这么说的?"

"这是我的话。"

"'解除我们的婚约'!亲爱的,请你到实验室去。"

"我没有时间了。"

"宁可让时间停止,也不能让它妨碍我们的谈话!'解除⋯⋯!'但这种话是对上帝的亵渎。"

"这我也感到了;然而那是必须讲的。"

"迟早会发生吗?为什么?我不能想象这种情况。你知道,克兰拉,对于我,宣誓忠诚,两个相爱的人订立的婚约,是有关宗教的大事。我把它看得与结婚一样神圣;不,我觉得它比结婚更神圣;我确实说不清为什么,我只能要求你用你的心理解我。我们对离婚倒还比较淡漠,因为那是发生在浪漫精神已消磨殆尽的夫妇之间。"

听到他这么不自量力,要引她说话,她觉得又好气又好笑,恨不得顶撞他几句,问他浪漫精神是否也是有关他宗教的大事。

为了平息她的好斗情绪,他故意感慨万端地说:"这些可怜的家伙!他们还是分道扬镳的好。结了婚的人不再相亲相爱,这成了一种不伦不类的东西。然而说到解除婚约,尤其是我们的婚约,哦!"

"哦!"克兰拉本来只是机械地模仿他的话,但是她那天鹅般的嗓音却使她的口气显得无限忧伤。她气咻咻地说道:"哦!现在暂时不必争论。请你听完我的话再说。我的头脑可能马上就要糊涂了。两次这种事情,这叫我受不了。我对不起你,我表示忏悔。我为你感到悲痛。一切都怪我。但是你必须放我走,威洛比。别再向我提那个词,我不知道什么嫉妒……如果我能称你为朋友,看到你跟一个更配得上你的人在一起,她以后也能称我为她的朋友,我便感到幸福了!你得到了我与你结婚的诺言……那是在我不了解我的感情的情况下作出的。请你责备一个软弱而愚蠢的姑娘的无知吧。我已考虑过了,尽管我的错误很大,很可耻,但我看不出我有什么恶毒的用心。你是没有错误的,你不应该受到任何指责。你不必像我一样承担责任。你能宽恕我吗?我为自己感到内疚,但我要求你宽恕我,让我解除婚约。"

"难道这是……"威洛比竭力保持镇静,"难道你与维农谈的是这件事吗?"

"我与他谈了。为了完成你给我的任务,我跟他谈了。"

"谈我?"

"谈我自己。我看到我怎么伤害了你,我又不能不这么做。是的,我谈到了你,那是在涉及我们两人的时候。我说我相信你会放我走。我说我可以忠于我的婚约,但你不会强迫我。难道一个绅士会强迫别人吗？不过我至多做到这点，不是爱，我没有爱。威洛比，把我当作一个毫不足道的人吧；我也确实如此。我应该一年以前就了解这点。我是受了自己的骗。我以为那就是爱。"

"以为！"威洛比的口气表现了对她的严厉抨击。

"后来我发现我没有爱。我觉得我与它格格不入。人们谈的关于它的感受，我一点也没有。我发现我错了。这说说很容易，但非常痛苦。你明白，我所祈求的是自由，是摆脱束缚。如果你肯放开我和原谅我，或者答应最后原谅我，或者说一句谅解的话，那么我将知道，这是因为我根本配不上你，我无法给予你一个妻子应有的爱。只要对我说一声'走'就成了！这是你发现我缺乏感情，这才主动解除婚约的。至于人们对我怎么想，这无关紧要。我关心的只是让你不致为难。"

她等他答复，他似乎非说话不可了。

他领会了她的希望；他心里乱糟糟的，但是他的尊严告诉他，他只能让她失望。

他一边频频摇头，像东方的棕榈树要给走过树荫下的头脑发热的人送来一些凉意，一边露出庄重的微笑，婉转地向他的自尊心请教，他该怎么说才不致丧失体面，又能用同情而尖刻的训词制服这个发疯的年轻女人。对这事怎么想，那是下一步；当务之急是怎么做。

他攥紧她的双手，一下子推开了餐厅的门，不断眨着眼睛说道："在实验室我们才可不受干扰。在这里我简直无法猜测，最不愉快的感觉来自哪里。我们老是得用鼻子'猜测'。我是指这儿吃剩的早餐。如果你看过我那些信，你也许会认为我的挖苦太苛刻了。但他们不是在用鼻子'猜测'什么，就是在心里'计算'什么。那比午夜筵席上的残羹冷炙更叫人恶心！一次去美国的旅行可以使你获益不浅，当然，它不够浪漫。我是说，不如意大利那么富于浪漫气息。我们赶快离开这个地方吧。"

她缩回身子,避开了他的胳臂;她搅乱了他的头脑,这太可惜了,但她的情绪正在高涨,她不能停顿,也不愿改变地点。

"必须在这儿谈;还有一分钟——我不能换个地方重新开始。在这儿对我说,回答我的要求。一次,一句话。如果宽恕我,你便是超人。但是,请你放了我。"

"说真的,"他答道,"你瞧,茶杯和咖啡杯,面包屑,鸡蛋壳,鱼子酱,黄油,冷牛肉,咸猪肉!在这儿怎么谈?屋里充满臭味。"

"那么我就与戴尔小姐一起去散步啦。等我回来你告诉我,好吗?"

"什么时候都成。你跟戴尔小姐去散步吧。不过,亲爱的,我的宝贝!说真的,我们是什么关系?相爱的人难免吵嘴,可是我从不吵嘴,这是我的个性。你跟我的表兄维农谈论了我!说真的,婚约就是婚约,它像铁链一样牢固,是不能破坏的。思想上有了一点小疙瘩?不找别人,偏找维农谈!啐!她满以为找到了一个十全十美的英雄,这么一比就可以把她的威洛比比下去了。但是,我的克兰拉,我得告诉你,未婚妻就是未婚妻,你是我的,我的!"

"威洛比,你提到过那些人,那些结了婚又离婚的人。你说,如果他们不再相爱——哦,那么,与其晚一点,还不如早一点……吧?"

他趁她讲话温和一些的时候,喊道:"我们现在是什么关系?未婚妻就是未婚妻,妻子就是妻子,从义务看,订婚与结婚一个样子。你不能离开我。我们是联结在一起的。要承认这个事实,我们已联结在一起。妻子是不可能与丈夫分开的!"

"哪怕出走也不成?……"

这已开门见山,不能再把它当作一场戏剧了。他逼得她走投无路,终于对她提到的那条出路有了较鲜明的想法;她怀着这个清晰的观念,在绝望中光辉地向那个人真实的或假装的迟钝,发出了这惊心动魄的、必然会使他醒悟的一击。

但是一时间她的脸涨得通红,目光也暗淡了。她看到他惶惶不安,自己也感染了这种情绪;尽管这只是他的情绪引起的一种反应,她为自己还有一点羞耻心感到欣慰,深深叹了口气。

"出走?出走?出走?"他一边反复念叨,一边眨眼睛。"怎么出走?上哪儿?多么荒谬的想法……"

他觉得火山即将爆发,他梦寐以求的关于年轻女性的纯洁观念受到了威胁。

她,一个年轻姑娘,一个处女,受过最严格的教育,他又从没与她谈过这类事,可是她居然懂得妻子们的出走,懂得她们可以用出走迫使丈夫屈服,放弃他们的所有权!而且她作为一个妻子居然敢自己提出这点!敢谈到出走!

如果她再往下讲,用具体的内容充实这些可怕的感叹句,那么他的理想,利己主义男人所普遍向往的蜡像型女性的形象便会彻底崩溃。

她有些跃跃欲试,因为在这几分钟里,她的处境像火光一样照亮了她的理解能力,使她看到了在这以前不久对她还像北极的冰山那么遥远的事物;只要她有勇气,敢于面对羞耻,不把恶劣的行径放在心上,那个前景就可以使她成为他所厌恶和畏惧的一个年轻坏女人。她不让自己再往下想,主要是因为在处女的胆怯心理束缚了她以后,哪怕在他眼中降低女性的尊严也是她所不能容忍的。

门开着。她真想趁这段休战时间,冲出门外,呼吸一下新鲜空气。

她从侧面匆匆考虑了一下她的处境:

"如果一个人为了摆脱婚约,必须这么冲破重重阻力,那么已经结婚的可怜女子为了获得自由,更是多么困难呀?"

要是她把这话说出了口,威洛比爵士就可能明白,她对这个世界的认识其实并不那么偏激和不可理喻,只是她的女性本能使她像笼中的野兽那样不顾一切,以致一怒之下,仿佛想拿起那件主要来自他的启示的武器。

但是克兰拉实际拿起的只是女人古老破旧的誓言,把它重说了一遍:"我绝对不和任何人结婚。"

她回答威洛比爵士道:"我的话都说完了。我不能对我说的一切作出解释。"

她听到了过道上的脚步声。维农走了进来。

看到他们,他语带歉意地说明了他的使命:"米德尔顿博士把一本书丢在这屋里了。我看到了,那是一本海因修斯①的书。"

"哈!顺便说一下,这是一本书;但如果不把书带到这儿,它就不会丢在这儿,我尊重米德尔顿博士,他可以做他要做的事,不过严格说,秩序是秩序,"威洛比爵士说道,"克兰拉,我们到实验室去。这就是人类的缩影:他们走到哪里,哪里就乱糟糟的,"他既像朝着维农又像朝着杯盘狼藉的餐桌,不以为然地点了点头,"你们这些人类的崇拜者必须尽力改变这种状况。走吧,克兰拉。"

克兰拉反对道,她与戴尔小姐约好了一起散步的。

"戴尔小姐在门厅等着呢。"维农说。

"戴尔小姐正在等我。"克兰拉说。

"你可以跟戴尔小姐散步,我不会阻拦你,"威洛比爵士郑重地说,"我会要求她再等两分钟。你下楼时可以在门厅中找到她。"

---

① 丹尼尔·海因修斯(1580—1655),荷兰诗人,著名的古典学者。

他打了铃,出去了。

"你对戴尔小姐可以无话不谈,她是完全值得信任的。"维农对克兰拉说。

"我还没有前进一步。"她答道。

"记住,你所处的地位是你自己选择的;如果你经过深思熟虑,想摆脱它,你必须下定决心进行一连串的战斗,即使每次都打败了,也不要气馁;只有这样,你才能成功。"

"那不是我选择的,不要讲选择,韦特福德先生。我没有选择。我并不能进行真正的选择。我只是同意而已。"

"这事实上是一样的。但你必须明确,你的希望是什么。"

"是的,"她同意道,觉得他认为她并不确切明白自己的希望,这是她罪有应得,"你的劝告今天帮助了我。"

"我给过你劝告?"

"难道你后悔了吗?"

"如果我的话干预了你和他的事,我当然会感到遗憾。"

"但是你还不会离开庄园吧?你不会丢开我,让我没有一个朋友吧?如果爸爸和我明天离开,漫无止境的通信便不可避免。我至少还得在这儿住几天,熬出个名堂来,再说,如果我必须向可怜的父亲说出实情,你可以想象,这对他会发生什么影响。"

威洛比爵士大踏步跨进了屋子,纠正他走开的错误。

"戴尔小姐在等你,亲爱的。你戴什么帽子?不戴?你与她约好一起散步的,难道忘了吗?"

"我已准备好了。"克兰拉说完便走了。

她走后,两位先生在过道中分手了。他们没有说话。

她在书上看到过对妇女的责备,说她们破坏了男人之间的友谊。她责备自己,但她是在走投无路中披荆斩棘寻找出路。想到这些就感到可怕!她成了书上所写的那种人物。

## 第十六章

### 克兰拉和利蒂希娅

尽管维农的态度是正直而谨慎的,他的一些话却使米德尔顿小姐比刚才与威洛比爵士谈话时,更加愤怒和坚决了。他预言她必须进行一连串战斗,而且可能每次都打败,这使她原来的感受显得软弱无力,与她目前这种斗志昂扬、跃跃欲试的心情简直不能相比。她可以理直气壮地宣告她没有作过选择,她当时还太年轻,太无知,不可能进行选择。他错误地使用了那个词,它带有咎由自取的意思;至于把同意说成与选择事实上一样,这更是故意混淆是非。韦特福德先生的用心是好的,他襟怀坦白,光明磊落。但他不是从天上下来的英雄,不会用明晃晃的剑斩断女人身上的脚镣手铐,把她从张着血盆大口的深渊中拯救出来。

当她把威洛比爵士交给她的愚蠢任务丢在脑后,为自己哭泣时,他对她的规劝带有逻辑上的冷酷性,她觉得这固然值得称道,但缺乏侠义精神。他把她希望实现的一切留给她自己去解决,条件只是要她在实行解放自己的企图之前,留出二十四小时的间隙进行思考。其中没有一句安慰的话。他说:"我是最不配在这类问题上提出劝告的。"然而在她向他诉说之后,他却丝毫也没表示惊讶。她不知道她怎么会向他诉说。那是他拒绝了结婚的设想引起的,她曾祝贺他避免了套上枷锁的前景,但由于记忆已太模糊,她没有复述她在犯下那个可怕的错误时,在头脑发热的一两分钟里,她断断续续说过的那些话。

这位先生不会甜言蜜语,也几乎算不得朋友。他可以眼看着她伤心,却不说一句安慰的话。假定他热情地安慰她呢?她尽量不让自己怀着对他不满的情绪这么想。然而她还是在责怪他过于冷酷;他的关心是明显的,他却没有一个字涉及这点;他的神气仿佛在说:"这与我的猜想差不多,但为什么你要向我诉说这件事呢?"他建议她必须明确知道她的要求,这简直带有藐视的意味。但她并不认为他是故意的;他只是把她当作一个小姑娘。从他谈到戴尔小姐的话看,他是认为她应该向那位小姐学习。

"我必须是我自己,否则我便成了弄虚作假,是在给自己挖陷阱。"她对自己说,一边与利蒂希娅商量散步的路线,欣赏同伴大小适中的帽子弧度。

威洛比爵士讲了不少抱歉和遗憾的话,表示一些事务信件亟待处理,使他无法享受陪伴她们的乐趣,又就戴尔小姐提出的路线说道:"走那条路,你们必须带一个仆人。"

"那么我们换一条路好了。"克兰拉说。她们出发了。

"威洛比爵士总是大惊小怪,怕我们没有人保护。"戴尔小姐对她说。

克兰拉抬头望了望云,收起了阳伞。她答道:"这只能使人变得胆小。"

这个回答的语气和性质都在向利蒂希娅提出警告:与米德尔顿小姐的闲谈不可能是平静的。

"你喜欢散步吗?"她选择了一个不会引起争论的话题。

"从散步和骑马而言,是的,我喜欢散步,"克兰拉说,"困难是找不到同伴。"

"可惜韦特福德先生下个星期要走了。"

"他要走吗？"

"这对我是一个重大损失，因为我从不骑马。"利蒂希娅回答了那个随口提出的问题。

"哦！"

米德尔顿小姐只是简单地发出了一声感叹，不想再谈这个题目。

利蒂希娅试图提出另一个不带感情色彩的话题。

"今天的天气很适合我们的乡村生活。"她说。

"你是指整个英国还是帕特恩庄园？我爱好高山，因此对平原没有兴趣。"

"米德尔顿小姐，你认为我们的乡村是平原吗？我们也有丘陵和山脉，我们的土地变化很大，有草地，河流，灌木林，溪水，既有宽广的大路，也有美丽的小径。"

"美丽令人向往。美丽的东西可以供人欣赏；但是居住，我宁可要丑陋的地方。我能想象怎样学会爱好丑陋。它是正直的。不论你怎么年轻，它不会欺骗你。富人的这类园林属于美丽的一部分。我宁可要田野和公地。"

"园林使我们可以在草地上愉快地散步，可以在美丽的树林中行走。"

"但愿群众都能获得通行权。"

"将来会有的。"戴尔小姐说，有些惊讶。克兰拉喊道："我受不了限制：到处都是树篱和木栅！除非我在外面跑了十年，我才会坐在这些防御工事中间还感到舒适。当然，在诗歌中读到这类富裕的英国农村，我还是会感到愉快的。但在我看来，这是诗歌的作用。你觉得，需要诗歌发挥这种作用的人怎么样？"

"他们不太好相处，但距离的烟雾增进了他们迷人的外表。"

"那么你应该知道，你是最聪明的人了！"

利蒂希娅抬起了黑黑的眼睫毛,她在体味这话的意思。她只能自认为理解了;如果她真的理解了,那么这就是说,米德尔顿小姐认为她保持独身是很明智的。

克兰拉充满了不祥的预感,相信她的"嫉妒"已通过暗示透露给了戴尔小姐。

"你认识德拉姆小姐吧?"

"不太熟。"

"就像你认识我一样?"

"还没这么熟。"

"但是你们见面比较多吧?"

"她对我讲话不多。"

"啊!戴尔小姐,但我可以对你无话不谈。"

利蒂希娅听到这颤动的声音,偷偷瞟了她一眼。克兰拉的眼睛是明亮的,她已准备热情洋溢地向她倾吐一切;要不然,她不会流露激动的心情。

"米德尔顿小姐,你决不会让这一片好树遭到砍伐吧?"

"砍伐比腐烂还好一些,你同意吗?"

"我相信你的影响很大,可以经常发挥有益的作用。"

"我的影响,戴尔小姐?今天早上我还提出过一个要求,可是没有得到允准。"

话说得很轻松,但克兰拉的脸色却意味深长,利蒂希娅不禁问道:"什么要求?"

在她表示歉意之前,克兰拉已作了回答:"我的自由。"

利蒂希娅用另一种更高的声调说道:"什么?"一边转身把她的同伴打量了一会;她的目光充满了怀疑,但这怀疑带有一个通向信任的小孔,它慢慢扩大,终于在痛苦中廓清了怀疑。克兰拉看到她毫无表情的脸逐渐给忧郁笼罩了。

"我要求他解除婚约,还我自由,戴尔小姐。"

"威洛比爵士呢?"

"你会觉得不可相信。他拒绝了。你瞧,我对他毫无影响。"

"米德尔顿小姐,这太可怕了!"

"是说违反自己的意志,接受被迫的婚姻吗?那倒是的。"

"啊!米德尔顿小姐!"

"你不觉得情况就是这样吗?"

"那不可能是你的真正意思。"

"难道我会把这种事当儿戏吗?你知道我不会。我是像陷入捕鼠机的耗子一样认真的。"

"不,请你不要误解我的话!米德尔顿小姐,这样的打击对威洛比爵士是令人震惊的,太残酷了!他是真心对待你的。"

"他也是真心对待德拉姆小姐的。"

"没有这么深,也不完全一样。"

"他那时不是许多人争夺的目标吗?他现在仍这样;只是比以前差了一些,因为他不那么年轻了。但是我提到德拉姆小姐的原因,是对一个女孩子为了赢得自由,不惜套上结婚的枷锁,感到惊讶。你觉得这可以理解吗?她从一个监狱跑进了另一个。正是这样的事使男人对我们的行为感到奇怪,使他们嘲笑我们,我敢说,还轻视我们。"

"但是,米德尔顿小姐,要叫威洛比爵士答应这样的要求,即使真的提出……"

"已经提出了,是我提出的,而且还会提出。我把这事完全归咎于我配不上他,戴尔小姐。这一带的人都会这么看我,我也罪有应得。我宁可保护他,不想保护我自己。他需要另一种妻子,那是我万万做不到的。这便是我的发现,不幸它来得太迟了。责任全在于我。世界怎么对待我都不算过分。但即使是对那位受到我伤害的先生,如果要我对他的裁判宽宏一些,那么我也必须获得自由。"

"可是这是多么高尚的一位绅士!"利蒂希娅叹了口气。

"我可以在颂扬他的任何献辞上签名。"克兰拉说,头脑中闪过了一个思想:像利蒂希娅这样对他有深切体会的人,怎么可能认为他是高尚的。"他有一种高尚的神态。我这是真心说的,你对他的赞美便证明了这点。"她对威洛比爵士的反感促使她夸大其词,把利蒂希娅弄得莫明其妙。似乎为了说明自己的话,克兰拉又道:"你的指责是我无法反驳的;我还不太了解他,至少我认识他不如你久,体会也没有你深。"

利蒂希娅琢磨着这些话中隐藏的意思,它们似乎在责备她理解力的迟钝,幸好一缕亮光射到了另一种最隐晦的情绪上。她担心那可能是嫉妒,尽管看来奇怪,她觉得一种若明若暗的嫉妒在影响着米德尔顿小姐的感情。这与她和威洛比爵士在门厅中等候的时候,他那隐隐约约的暗示是一致的。"一种女性的小毛病,对完美的友谊的缺乏理解。"这便是他对她讲的话;他含糊地告诫她,在赞美她的朋友时必须特别谨慎。

她决定把话明说了。

"我没有说我认为他是无可指责的,米德尔顿小姐。"

"高尚吗?"

"他有缺点。我们对一个人认识多年以后,他的缺点总会暴露,但是习惯使我们不把它们当一回事;我觉得,我们看到了难以视而不见的东西,也会沾沾自喜!一点细小的事便能使我们自鸣得意!瞧,你欣赏那片景色吗?这是我喜爱的一个地点。"

克兰拉望望迎风飘动的茂密的绿叶,树林和流水,还有教堂的尖顶,市镇和地平线上起伏的山丘。一只云雀在近处歌唱。

"不,连那只不会飞走的鸟我也不欣赏!"她说,意思是那只满足于老在这个地点起飞和降落的鸟,也引不起她的兴趣。

利蒂希娅的思想飞向了一个模糊而广泛的观念,那就是米德尔顿小姐的反感是一种病态心理。她不敢接触这点,似乎怕它传染了她,使她对亲切的景物失去永恒的新鲜感。但是克兰拉接着讲的话却感动了她:"不过为了你,可能有一天我会……爱上它,或者亲切古老的英国景物。自从……自从我……产生这变化以后,我发现我不能把景物与联想分开。现在我懂得青春是怎么消逝的了。我在一星期中老了几岁。戴尔小姐,他会给我自由吗?他会放弃我吗?他肯让自己剩下一个人吗?"

"我很同情他。"

"同情他——不是我!啊!对!我早料到了,我知道你会这样。"

利蒂希娅企图像米德尔顿小姐一样改变态度,但是办不到;因为现在她似乎真的听到了嫉妒的声音——对衰老的利蒂①·戴尔的嫉妒;那是刚才连影子也没有的。

"是的,"她说,"但是你使我觉得自己陷入了一片黑暗中,每逢这种时刻,我的习惯便是让自己完全接受内心的亮光的引导。只要你愿意,你便会了解我,就像我了解自己一样。如果我说我的身体很虚弱,请你不要以为这是一句多余的话。我是医生所说的贫血症患者,也就是一个缺乏血液的人。血液便是生命,因此我缺少生命力。十年前——如果要说得准确些,那么是十一年前,我想用我的笔征服世界!结果我却只得指望有一个温暖的家,我也不知道我能不能永远有一个家,这便是我的成就。我的日子单调乏味,但是如果我有所担心,那么就是担心它们发生变化。我的父亲没有什么钱。我们的生活是靠他的一点个人收入,还有他的养老

---

① 利蒂是利蒂希娅的昵称。

金维持的。他从前当过军医。我随时可能不得不去城里,靠教书糊口。凡是能使我摆脱这种前途的人,我都会感激他。他愿意让我住在他的家中,负担我的生活,我同样感到惊讶。这样,我有没有把我的同情的性质解释明白?这是一种普通的同情,是出于怜悯,出于一种恻隐之心,几乎没有任何利害打算。去年落下的树叶和花朵是不能编成迷人的花环的。它们的唯一长处只是它们没有这种野心。我便像它们。好啦,米德尔顿小姐,我毫不掩饰地向你说明了我自己。我希望你理解我的诚意。"

"是的,我理解。"克兰拉说。

她的内心再一次感到不能平静,她喊道:"我理解,你的谦逊使我羡慕!要是我也能像你一样,我将多么自豪!啊,要是我能讲得这么恳切,真诚,我会多么自豪!如果你没有某种善良的感情,那种使人们成为朋友的感情,你便不可能对我讲这番话。那是我深信不疑的。要真诚地对待一个人,就必须对这个人怀有好感。这是我体会得到的。我有没有太自以为是?"

友好的表情流露在利蒂希娅的脸上。

"但是现在,"克兰拉说,依然在内心的波浪中漂浮,"我不得不责备你,你产生了你这样的人所能有的最愚蠢的怀疑。小姐,你是认为我犯了我们最卑鄙的一种罪愆!请你握住这只手,利蒂希娅;我的朋友,你愿意吗?不知为什么我总是不能平静。"

利蒂希娅握住她的手,对她不平静的内心表示了理解和同情。

克兰拉说道:"你是一个女人。"

这是她在努力说明自己的心情。

眼泪使她一时间轻松了一些,她听任它们潜潜流下。

哭完以后,她才长长喘了口气,相当冷静地说道:"瞧,这多像一个英勇的叛逆者!"

她的同伴小声安慰了她。

"这不要紧,这算不得什么。"克兰拉说,竭力抿紧嘴唇,不让自己抽泣。

她们向前走去,手携着手,彼此充满了深深的同情。

"我现在比较喜欢这个乡村了,"激动的姑娘又开口道,"我能躺在这儿,只要求好好睡去。想到你在这儿,我会感到愉快。你所说的话证明你是一个高尚的、懂得尊重自己的人! 我们梦想的英雄,不论男女,与现实相比只是苍白的闪光。我最近总是觉得我已被姐姐妹妹们抛弃了,我希望有一个好心的女人会喜欢我……爱我? 啊,利蒂希娅,我的朋友,我本来是应该吻你的,不应该让自己闹笑话——如果你认为这是歇斯底里,那么你错了! 因为在我没有力量闭紧嘴巴的时候,我甚至咬住舌头,不让它出声——只是可惜你的头脑中出现了嫉妒的想法。这是从他那儿来的。"

"我记得我讲过的话里没有一句提到过它。"

"我希望离开他,可是他想不出任何别的原因。我发觉,他的天性便是认为天下的女人都是一样的。她们是铁针,而他是磁石。嫉妒你,戴尔小姐! 我可以称呼你利蒂希娅吗?"

"你爱怎么称呼都可以。"

"我能希望……哦,你知道我的教名吗?"

"克兰拉。"

"你终于讲了! 我能希望……那是说如果你也这么希望的话。是的,我可以那样希望。除了独立,我便是希望那样。我刚才也许冒犯了你。但是不要因为我的话不得体便疏远我。我希望他得到幸福,但要他幸福只有一个办法。我的所谓嫉妒便来自这里。"

"这就是你刚才要讲的话吗?"

"不。"

"我想也不是。"

"我刚才是想说——我相信我不像你,痛苦不能使我依然保持忠诚——是的,难道你没有感到……记住,我是看到了他的优点的;我可以向他最忠实的朋友说,我承认他是吸引人的,他有男子汉的爱好和习惯;但是难道你从没感到……我没有权利问;我知道人都是有缺点的,我不能指望他们成为圣人;我就不是,尽管我希望我是。"

"你问我从没感到什么呢?"利蒂希娅催促她道。

"我是说,很少女人在谈话时,能直截了当,开诚布公,不论她们如何希望做到这点。"

"她们受的教育不同。巨大的不幸造成了她们这种情形。"

"我相信你的回答是正确的。你认识过一个完全可以称为利己主义者的女人吗?"

"在我认识的人中?我想,我们并不比男人好多少。"

"我也并不认为这样。最近我已变成了一个利己主义者,我只想到自己,不想到别人,只在计算怎么利用我遇到的每一个人。不过,妇女是处在弱小的地位。她们几乎刚走出育儿室,脖子便给套上了锁链。如果她们有几分姿色,毫不奇怪,她们便会用它作武器,尽一切力量把许多男人变成她们的俘虏!我就不感到奇怪!天生的软弱带给我的羞耻感,以及男子的傲慢自大,会促使我去攫取千百个俘虏,哪怕因此成为一个卖弄风情的女人。我绝不同情那些自命不凡的鸟,那些鹰隼。看到他们给剪掉翅膀,我觉得高兴。难道还有别的办法惩罚他们吗?"

"应该考虑一下,你为了惩罚他们失去了什么。"

"我只考虑,如果我不这么做,他们会得到什么。"

利蒂希娅觉得,仿佛这是在听她东拉西扯地论述男女之间的不平等关系;这样,她对旁敲侧击的言外之意的顾虑消失了,但是接着红晕又飞上了她的双颊,因为她听得克兰拉又说道:"我看到了这儿的区别,我看到了;这是没有疑问的:女人靠搔首弄姿、卖弄风情赢得的,不是最好的男子,可是利己主义男子的受害者却是善良的女人,他们吃的是这些女人的忠诚和贞洁,把这个当血喝。我相信,我不是完全站在女人的立场上说这话。他们撇开一个适合他们的女人,这也是在惩罚他们自己,因为只有这样的女人才能给予他们所企求的东西,可是他们却要找他们所……"克兰拉住口了。"我没有你的表达能力。"她又道。

"米德尔顿小姐,你有一种惊人的力量。"利蒂希娅说。

克兰拉露出了亲切的笑容。"可是我一点也没意识到。这是谁的屋子?"

"我父亲的。你愿意进屋坐坐吗?待在花园中?"

克兰拉端详了一会常春藤围绕的窗子和门廊上的玫瑰花。她谢了利蒂希娅,说道:"过一小时我再来找你。"

"你想一个人在路上散步不成?"利蒂希娅说,有些犹豫,她想起了威洛比爵士的顾虑。

"我信任这条大路。"克兰拉答道,刚打算离开,又回过头来,让利蒂希娅吻她的脸。

先前,这位少女的"惊人的力量",给利蒂希娅留下了难忘的印象;现在吻她时,她的温柔和女孩子气又使她感到惊奇。

克兰拉走了,没有意识到她拥有任何一种力量。

## 第十七章

### 瓷花瓶

在克兰拉与利蒂希娅散步的时候,威洛比爵士与蒙斯图特·詹金森太太在一起,这使他蜷缩的自尊心,像一件经过风吹雨打的衣服挂在火边一样,又恢复了一点光泽,绒毛也变得柔和了。在他眼中,她是世界的代表,他怕它,总是使出浑身解数,尽量让它向他保持阳光灿烂的面目。她希望他作一个快活的威洛比爵士,她的出现也像灵验的符咒,立刻能使他像平时一样精神抖擞,说出一句又一句的俏皮话。文明社会是女王主宰的。得到男人们的广泛好评,尽管对赢得女人们的青睐也有一定作用,对一位敏感的绅士,尤其是一位为他的自尊心,他的优越感,他的舒适生活忧心忡忡,充满不祥的预感的绅士却价值不大。男人是可以收买的浊物,几杯美酒,几支雪茄,一点友好的表示,便能使他们俯首帖耳;他们没有骨气,不值得信任;对他们的不满,你也不必放在心上。然而女人的一瞥却能使你顿时变得判然不同,从趾高气扬的大公鸡变成低声下气的秃毛鸡。幸好她们是可以征服的,一条腿,一张伶俐的嘴巴便能征服她们。只要大自然赋予了你优越的条件,她们就一定会向你靠拢;只要你风度翩翩,说话知趣,只要阳光照射着你,她们看到你光彩夺目,或者只要她们发现你地位显赫,英俊漂亮。她们被征服之后,便会像镜子一样对你忠诚不渝,其忠实程度甚至远远超过真的镜子。关于她们反复无常的说法只是无稽之谈。你一旦投合她们的幻想,她们便成了你的奴隶,只要求你保持一般的礼貌和恭敬。她们会否认你的衰老,她们会掩盖你的丑闻,她们会闭眼不看你闹的笑话。威洛比爵士的本能,或者皮肤,或者伸出的触角,都告诉他,女性的影响是不可思议的;他毫不怀疑一位夫人能发挥巨大的作用。

不过他需要用事实来印证这一切,这也是出于保护自己的需要;他天生是一个自我保卫的魔术师,目光看得很远,还知道在与毒蛇搏斗时该吃什么草药,不必别人指导。他对敌人内心的理解虽然迟钝,但敏锐的感觉弥补了这个缺陷;敏感不能提供清晰的印象,但会使一个人变得异常活跃。他认为,赢得蒙斯图特太太的好感,在策略上是必要的,这倒不是出于目前的需要,而是未雨绸缪,向她透露一点消息,防止将来可能出现的尴尬局面;当然,他要透露的不是克兰拉反复多变,毋宁说是关于他自己的,说得更准确些,是指他对克兰拉的性格的看法有了些改变。于是他提到了"狡黠的瓷美人"这句话。

他露出了轻松的笑容,表示对它饶有兴趣,说道:"我比较理解它了。"

"别忘记,我是真心爱她的。"蒙斯图特太太说。

"那是对我们的惩罚。"

"这对你是愉快的惩罚。"

他表示同意。"可以把'狡黠'删掉吗?"

"等她当了母亲再说吧,亲爱的威洛比爵士。"

"那么你的意思是……"

"我可以接受任何解释,只要那是赞美。"

"我觉得任何赞美对她都是不够的,因此还是让她的性格来填补这警句吧。"

"行。何必匆忙呢？切勿由于反对狡黠便产生误解；但如果你不能掌握她，你的顾虑也许是合理的。"

这句话在他心中打开了一个空房间的门，从那里发出了各种可怕的回声。

他试图用调笑来回答，说热烈的爱情不是永远能把一个狡黠的女人掌握住的；但是意识中的风雷声打乱了他的思维。蒙斯图特太太露出了微笑，她看到，只要向这位情郎提到，一切得看他的运气，他便会从平稳的谈话跌进惊涛骇浪中。经过这个转折之后，他们的对话必然变得松弛了。

"戴尔小姐气色很好。"他说。

"好得很，她应该结婚了。"蒙斯图特太太说。

他摇摇头。"你劝劝她。"

她点点头。"榜样也许有些效果。"

他显得神色呆板，十分困惑。"是的，是时候了。你有没有合适的人可以介绍？她现在有了从前缺少的东西：成熟的智慧加上乐观的性情——也许你会说这是一种浪漫气质。但我认为这对女人没有坏处。"

"有一点也好。"

"她称它为'树叶'。"

"说得不错。你对你的马阿基米特肯不肯让步？"

"至少四百镑，少了我不卖。"

"可怜的约翰尼·布歇！你忘了，他的妻子乐善好施，把他的钱花光了。你是一个冷酷的生意人，威洛比爵士。"

"我定这价格的本意便是要人家望而却步。"

"很好；'树叶'对捉迷藏是有用的，只要不给狡黠的人打掩护就好。关于利蒂希娅·戴尔，这是我能说的最坏的话了。夸大忠诚是对我们女人的侮辱。大家说，你在全郡也算得最难打交道的人,这我能相信;因为不论在家里还是在外面,你的目的就是要超过每一个人。你瞧,我没有树叶,我只知道事实,赤裸裸的事实。"

"然而,亲爱的蒙斯图特太太,你可以相信,与你谈话就像与戴尔小姐谈话一样,使我感到精神振奋。"

"但是,树叶!树叶!你们这种冷酷的生意人,对忠诚的老处女是不会同情的。"

"我把我的心情毫无保留地告诉了你。"

"我也在一定程度上表明了我的看法。"

她想起了今天早晨来访的目的,那就是邀请米德尔顿博士上她家中赴宴;威洛比爵士陪她走到图书室门口,说道:"要坚决一些。"

在等待她出来的时候,他一直在回味他不无目的地进行过的那场谈话;这使他看清未婚妻此举的可憎全貌。这是通过把它抛到远处,与自己隔开的办法才做到的;在这较远的距离上,它较少涉及他的个人感情,使他可以高瞻远瞩,进行全面的观察。这样,他终于看到,那个存心不良的少女的罪恶行径像只完整的巨球一样,始终在谈话的中心恬不知耻地转动。

把我们受到的损害与我们分开,让它孤立在空间,然后对它的重量和体积进行数学测算,这是一种艺术;它也可能是一种自我保护的本能;要不然,正如高山的崩塌会摧毁附近的村庄一样,情义深重的人也随时可能被邪恶和冷酷的力量压成齑粉。但是作为一种艺术,凡是想运用它,获得它的利益的人都应该知道,环境的帮助是不可缺少的。威洛比爵士的这种本能在他与蒙斯图特太太谈话以前,本来已遭到摧残,变得麻木不仁,是她又把他推上了他的理想的高度。他是真正的英国绅士;在女士们面前,他的模范是路易十三至路易十五之间任何时期的法国大臣。他所特别赏识的人,在谈天中都能让他扮演那样的角色——不言而喻,这是以英国人的强硬精神作后盾的。在蛋奶酥和香槟酒后面,得有烤牛肉发挥作用①。他作为一位英国绅士,不仅要在社会上长袖善舞,高人一等,而且在生活中既能温文尔雅地小声说话,也能慷慨激昂地高谈阔论;他不仅机智聪明,谈笑风生,还掌握了其他能耐——一两回合的冲击和刺杀本领;因此人们很快就知道,他的潜力一旦发挥出来,那是不怕与人较量的。他理想的自我就是这么光辉夺目。现在,克兰拉不仅对这一切视而不见,从不理会,而且加以对抗,使它们在她身边毫无用武之地。在平常的估量中,他为了体谅她,总是忽视这些事实;他只知道他是一个正直的君子,而她是一个美貌的女子;但是在蒙斯图特太太的影响下,他的理想突然重放光芒,在克兰拉的侮辱之后接踵而至,使他恢复了运用他的间隔艺术的全部能力。他把她送到远处,与他隔着一定的距离,然后对她不体面的叛逆行动进行思考。

早已把《利己学》读得滚瓜烂熟的他,自然知道这句绝顶聪明的话:受伤的自尊心若不向外出击,便会打击内心。用什么出击呢?利蒂希娅要是年轻十岁,倒是现成的武器。但现在考虑她便荒谬绝伦了。在克兰拉旁边,她无异是冬季的萧条景色出现在鲜花盛开的树枝下。他抛开了她,从内心深处感到遗憾,她明显的衰老根本不能与那位小姐的花容月貌相比,然而他为了自卫,必须找到一种途径,对她进行严厉的惩罚。

蒙斯图特太太的脚刚跨上她的马车踏板,在庄园的一个斜坡上,那披上了黄绿色春装的山毛榉树正在布满去年的黄叶的褐色土地上随风摇曳的地方,忽然出现了两顶少女的绸伞。

"陪伴她们的是谁?"她问道。

一位绅士在护送她们。

---

① 蛋奶酥是法式点心,香槟是法国酒,烤牛肉是正宗的英国菜。

"维农？不！他正在督促克罗斯杰读书呢。"威洛比说。

维农正好带着克罗斯杰出来，让这孩子进行饭前的半小时跑步。克罗斯杰一眼望见米德尔顿小姐，立刻跳跳蹦蹦向她跑去。维农在后面不慌不忙地跟着。

"瓷美人有没有表兄弟？"蒙斯图特太太问。

"那个家庭已好几代只有一个儿子或一个女儿了。"威洛比回答。

"那么利蒂·戴尔呢？"

"表兄弟！"他喊道，仿佛听得戴尔小姐拿到了一笔财产，然后补充道："她只有表姐妹。"

一辆在火车站接客的小马车正驶出林荫道，绕向庄园的入口处。赶车的是弗利奇。他无权进入庄园，这是他明知故犯，但他有职务作掩护——为了养活老婆孩子。他浮皮潦草地把手往帽边一举，算是向从前的主人表示歉意，那样子像一只摇尾乞怜的狗。

威洛比爵士招招手，要他上前。

"你又来了，"他说，"还带着行李。"

弗利奇跳下驾车座，念着行李上的标签："贺·德克雷中校。"

"中校遇到了两位小姐？追上了她们？"

弗利奇似乎有苦难言，哭丧着脸。

他开始追根溯源，不着边际地讲了起来：他丢了威洛比爵士公馆的饭碗，不得不另谋出路，有什么干什么，虽然他没有权利回到原来地方，他仍希望得到宽恕，因为他必须养家糊口，现在他是在给火车站的接客马车赶车，中校先生在车站雇了他的车；他相信威洛比爵士会原谅他，他是为了把他的朋友中校先生送到这儿才来的，他记得中校，中校也记得他，他没有注意他的装束，说道："怎么！弗利奇！回到你的老东家那儿干活了？是来接我的？"他告诉了中校他的不幸境况："没有回去，中校，我没有这份福气。"

200

德克雷中校是位心肠很好的先生,他一向如此,于是关心地问起了他的家庭状况。可想而知,他目前干的这种可怜活计随时有丢掉的危险。灾祸就是这样,它一旦像捕鲸叉一样叉住了你,随你往水下钻还是拼命逃,它总是扎在你的身上,一个人干了一件傻事便得这样。最后,为了证明他总是碰到倒霉的事,他打开了车门,露出了一堆瓷器的碎片,说道:"威洛比爵士,请您千万行行好,千万别骂我。"

"但是,怎么,怎么!这是怎么回事?"威洛比爵士喊了起来。

"这是什么?"蒙斯图特太太问,竖起了耳朵。

"这是一只花瓶。"弗利奇回答,像在唱哀歌。

"一只瓷花瓶!"威洛比爵士解释说。

"瓷器!"蒙斯图特太太有气无力地尖叫道。

一块碎片送到了她手上,供她检验。

她把它举到眼前,又举到远处。她伤心地叹了口气。

"这家伙还不如自己上吊的好。"她说。

弗利奇用表情和手势装出一副可怜相,打算继续他的不幸故事。

"这是怎么发生的?"威洛比爵士气势汹汹地追问。

弗利奇要求从前的主人证明他是一个优秀的、谨慎的赶车人。

威洛比爵士大发雷霆:"我对你说,告诉我这是怎么发生的。"

"我没有喝一口酒,夫人!从昨天吃晚饭到现在没喝过一口酒,这千真万确,我不骗您!"弗利奇向蒙斯图特太太请求援助。

"讲得干脆一些。"她说,这鼓舞了他。

他的叙述这才直截了当。

离派珀的磨坊不远,在威克河与莱布顿路交叉的地方,弗利奇正悠闲地驾着马车下山,霍普纳的一辆大车迎面驶来,它像平时一样装满了货,被赶着上坡的马突然站住了,使弗利奇落到了霍普纳的大车和正在走来的一位小姐之间;可就在这时,大车的车夫忽然抽了一鞭,于是马几乎发疯似的把车猛地一拉。小姐吃了一惊,躲到了大车后面;中校也给摔出了马车;为了救那位小姐,弗利奇只得冲向前面,感谢上帝,他确实救了她,尤其是当他看到那位小姐是谁的时候,他真的高兴极了。

"她是一个人吗?"威洛比爵士惊慌不安地问,眼睛直瞪着弗利奇。

"很好,你救了她,但马车翻了。"蒙斯图特太太提醒他,催他往下讲。

"磨坊的老总管巴莱特可以做证,夫人;马车的一个轮子不得不驶到了堤坝上,确实,车子翻了,花瓶滚出车子,撞在第十二英里的里程碑上,好像那里有它的出路!但是没有一个人受伤;要是撞在别的东西上,它决不会打得粉碎,害得巴莱特和我花了十分钟才把碎片全部捡齐,连最小的一片也没遗漏。他说,这是天意,我自己也不能不这么想,因为我们全都碰到了一起,好像命中注定我们就是要干这件事的。"

"这以后贺拉斯就采取了谨慎的办法,宁可与两位小姐一起步行,不再把他的躯体交给这辆随时可能倾覆的马车了。"威洛比爵士对蒙斯图特太大补充说。她答道:"幸好没有一个人受伤。"

两人瞅着可怜的弗利奇的鼻子,同时发出了一声"哼!"作为他们的判决。

蒙斯图特太太从钱包里掏出个半克朗银币,赏给了那个可怜虫。威洛比爵士吩咐随身的仆人,把车上的东西卸下,小心地保存好碎瓷片,一面吩咐弗利奇赶快离开。

"这是中校送的结婚礼物!明天我再来拜访。"蒙斯图特太太挥手告别了。

"每天都可以来!是的,我想我们都猜得到花瓶是作什么用

的。"他向她点头还礼,她喊道:

"现在好了,如果你们打算分道扬镳,这礼物可以平分了。"在车轮的轧轧声中还传来了一句话:"不论怎么说,瓷器是靠不住的。"

漠不关心的世界给我们的便是这种打击。

至于花瓶,那是贺拉斯·德克雷的损失。他不能不送结婚礼物,送碎片是绝对不成的。从花瓶的外表看,它很值钱,但目前要考虑的不是这个,而是:克兰拉独自一人在大路上步行,这意味着什么?威洛比·帕特恩让她成为他的荣誉的收藏者和保卫者,这不是要自己走进通向地狱的陷阱吗?

# 第十八章

## 德克雷中校

克兰拉和德克雷中校一路上说说笑笑的来了,小克罗斯杰挽住了她的一只胳膊,她的阳伞闪闪发亮;真是一个光彩夺目的害人精;仿佛她存心要迫使这位旁观者承认她是个娇美而狡黠的瓷美人;她确实风姿绰约,令人陶醉:身材不高不矮,举止优美文雅,头发柔软飘逸,嘴唇鲜艳红润,在乳白色皮肤的衬托下更显得异常分明,从远处便能望见。在她面前,树林也会跳舞,整个市镇都会如痴如醉。不过,她虽然美丽,艺术行家的评审团却可能表示异议,因为与众不同的相貌是称不上美丽的。他们可能说,身材很美。对她的身材和步态的描摹可以赢得任何人的赞美;她的衣服有时熨帖地包在身上,有时又松松飘拂,显得婀娜多姿,富有夏日的情调。米德尔顿博士也许会称之为卡吕普索①式装束。不妨看看在微风中摇曳不定的银色白桦树,它这儿鼓起,那儿散开;这儿给风吹成了圆圆一团,那儿又像挂着一面迎风招展的狭长的三角旗;有时白色树干的线条在里面若隐若现,闪闪发光,有时一阵风卷过,它又在沙沙声中给匆匆遮住,不让人看到一丝踪影,然而那白晃晃

---

① 古希腊神话中,俄古癸亚岛的美丽女王,希腊英雄奥德修斯因迷恋她,曾在该岛停留七年之久。

的闪光依然在向外窥探。她在衣着上似乎别具匠心,能适应季节和天气的变化。今天她的打扮与她容光焕发的脸显得格外融洽无间,而甜蜜和开朗的神气更给她的容貌增色不少,尽管从最严格的意义上讲,还不能称为美丽。服饰商会告诉我们,她戴着一条薄纱白围巾,它在质地同样柔软的、镶有玫瑰红花边的外衣前面绾了个结。她撑着一把灰绸阳伞,伞边缠络着一些藤蔓植物的绿叶,在伸给克罗斯杰的手臂上也挂着长长的一条常春藤,手里则握着一簇刚生出的细长青草。这些深红、翠绿和浅绿的颜色,随着衣服的洁白波浪翻腾起伏,衣服有时像气球一样鼓起,有时又形成了一条条柔和的峡谷,使她有些像一艘尚未启航的帆船;但是她的行走并不像乘风破浪的船只,倒像随着西南风飘动的白云,动作无拘无束,潇洒大方;那和谐融洽的色彩,那时而微哂、时而大笑的表情,那无忧无虑的神态,都使她像微风吹拂不到的天空一样明净开朗。

威洛比爵士不是诗人,这是他一再向克兰拉声明的。他比一般坦率的英国绅士更加坦率,他公开承认,他不喜欢诗人的胡言乱语、废话连篇和咬文嚼字。而由于近来那班家伙名噪一时,不少人不得不噤若寒蝉,保持沉默的蔑视,他却与之不同;要知道,一种情绪是可以暂时蛰伏,不必为自己申辩的。他讨厌那班家伙,反对那班家伙。然而就一个风行的诗歌主题,即女性的魅力而言,他却与诗人完全一致。他的不幸在于他非常敏感,他的爱慕一旦引起别人的效法,这爱慕便会变成愤怒。他一眼就可以看出,贺拉斯·德克雷对米德尔顿小姐产生了爱慕之心。贺拉斯是有鉴赏能力的,除了爱慕,他不会也不可能产生其他的反应。但是多么奇怪,就在克兰拉和戴尔小姐出现在威洛比爵士眼前,可以让他仔细端详和比较的时候,他却对未婚妻的到来只是点了点头,略表欢迎!近来他对她的外貌早已觉得无关紧要了。

她的行为,首先是,即使不说主要是,她被发现独自在大路上行走,没有同伴也没有仆人,而且偏偏给他的朋友贺拉斯遇到这点,引起了他不同寻常的痛苦感觉,他有理由为此而愤怒。陷入这种状况以后,他对那个伤害了他的少女的爱慕,成了一个男人所能感受到的一种辛酸情绪。以他的天性为主要动力的憎恨,又把它变成了屈辱感,但原来的爱慕并未丝毫减少,尽管他决定正式表示他的蔑视,对她进行惩罚。她现在的欢乐在他耳中,就像教堂布道坛的阴影中发出的笑声。

"你总算脱险了!"他对她说,一面却与他的朋友贺拉斯握手,热情地欢迎他。"我的老朋友!顺便讲一下,我听弗利奇说,你也差点遭殃。"

"我,威洛比?根本没有,"中校说,"我坐进马车,又离开了马车,如此而已。弗利奇扶我上车,又扶我下车,这家伙真有办法,就像给我掸衣服上的尘土一样熟练。唯一美中不足的是米德尔顿小姐不得不跳到一边,显得匆忙了些。"

"你立即认出了米德尔顿小姐?"

"这得感谢弗利奇的介绍。他先是把我摔在米德尔顿小姐的脚边,然后让我以东方的古老方式跪见我的女王。"

威洛比爵士的脸色已足以使他的朋友贺拉斯明白一切。他转过四分之一身子,对克兰拉说道:"米德尔顿小姐,我但愿终生占有这个位置,可惜一个人不会总这么幸运,一开始便有光明正大的理由这么做。"

克兰拉说:"幸好你没有受伤,德克雷中校。"

"我是在爱神的手中。不过恐怕不是在美惠三女神的手中。我知道我当时是怎么一副样子。哦,真糟糕!亲爱的威洛比,你是从来不会让自己头先着地的。要是姿势不那么丢人,我简直会被当作怀有不良的动机呢。不过米德尔顿小姐没有笑。至少除了同情,我没看到别的。"

"你没有给我写信。"威洛比说。

"因为我是去爱尔兰还是上这儿,得靠抓阄决定;它决定我上这儿,不去那儿。顺便我还带了只瓶子,预备献给厄运之神,他接受了我的献礼。"

"它没有装在匣子里?"

"没有,为了让人看到它美好的形状,我是用纸包的。昨天我在店铺中看到了它,今天早上就带它上路,中午就向米德尔顿小姐献上了它,只是它已经什么形状也没有了。"

威洛比知道,他的朋友贺拉斯那根爱尔兰舌头一旦开动,便欲罢不能。

"你瞧,这会造成什么后果。"他对克兰拉说。

"我很抱歉,一切都怪我不好。"她答道。

"弗利奇说,这个事故是由于他要避免让车轮撞倒你,把车子赶上了堤坝。"

"还是让他去埋怨他的空酒瓶吧,"贺拉斯·德克雷说,"往后请他把酒瓶的盖子盖紧一些。"

"结果是给我们运来了一只打碎的瓷花瓶。克兰拉,你不应该一个人在大路上行走。你必须有一个同伴,永远必须。这是这儿的规矩。"

"我和戴尔小姐是到了她家门口才分手的。"

"你应该带几只狗。"

"难道它们会保护花瓶吗?"

贺拉斯·德克雷得意地笑了起来。

"恐怕未必,米德尔顿小姐。要保护花瓶,除非去找女巫;她们现在都在空中,只是我们看不见罢了,正因为这样,我们的国家和社会才乌烟瘴气,目前扫帚涨价也证明了这点,因为她们告诉我们,每个角落都需要进行一次大扫除。戴尔小姐气色很好。"德克雷说,不管讲的话有没有意思,只要能使威洛比不再生气便成。

"你最近没去过爱尔兰?"威洛比爵士问。

"没有,连一个在爱尔兰题材的戏剧中扮演爱尔兰人的演员也没碰见过。亲爱的威洛比,那是弗利奇的功劳,是他引起了我的民族感情;我要把他推荐给你,我相信他一定会使你称心满意,就像我相信几年之后我会听说,你的主妇从没惹你生气,让你皱过一次眉头一样。让这个可怜的老家伙回来吧,好吗?他做梦也想回庄园呢。我说,威洛比,你让他回来一定不会吃亏的。这值得考虑,我敢担保,这是一件大得人心的事。我总有一种预感,觉得你离开教堂时应该由弗利奇给你赶车。如果我发了财,我也会雇他赶车的。"

"这家伙是个酒鬼,贺拉斯。"

"他确实常常喝醉。这只是借酒浇愁罢了。他心里还是清醒的,并不希望这样。他喝酒是为了宽宽心,因为他有烦恼。看在我的分上,宽恕可怜的弗利奇吧。"

"不要再提他了。他已丢掉了他的职务。"

"他想在世界上碰碰运气,我们每个人都会这么做,然而仆人的号衣总是跟在背后告诉我们,要变成一个独立的绅士是不可能的,于是到了一个阴冷的日子,我们又只得带着满意的笑容,重新把铜纽扣的号衣穿上身子。你是在做一件深得人心的事。米德尔顿小姐也与我一样要向你求情呢。"

"求情是没有用的!"

"我已起誓要凭我的三寸不烂之舌说服你。威洛比,你真的不肯听我一句话,饶恕这个可怜的老家伙吗?"

"我一句也不想听!"

"再听一句!"

威洛比爵士竭力克制着自己,在他的朋友苦口婆心的劝告面前,发脾气显然是对他不利的。在平时,这个爱尔兰人的信口胡诌常使他觉得很有趣,他赏识他的说笑逗乐,尽管那有时是无意识的,而且往往肆无忌惮,甚至弄得大家不欢而散。德克雷正如威洛比时常提醒他的,是个正宗的诺曼人。只是他的家系中出现了两三个爱尔兰母亲,这才造成了他的爱尔兰气质。如果说他脸部的漂亮轮廓流露了那个比较刚强的民族的特点,那么他的眼睛和深入脸颊的灵活嘴唇,以及其他一些性格特征,却是母系遗传因素的证明。

"关于那个人,我的话已经说完了。"威洛比答道。

"但是我可以打赌,你的心与你的话并不一致,它是不愿失去他的,这使我有双倍的理由,要求你收回成命!"

"可我连一个理由也看不出。女士们来了。"

"你应该为老家伙考虑一下,威洛比。"

"我不想再为这件事浪费唇舌。"

"他觉得他哪怕在庄园上推独轮车,也比在外面赶豪华的大马车快活一些。他的心都碎了。"

"他打碎的东西太多了,亲爱的贺拉斯。"

"哦,那只花瓶!那只瓷花瓶!"德克雷喊了起来,"好吧,他的事我们以后慢慢谈。"

"悉听尊便,但是我的规则是绝对不允许修改的。"

"它们不能更改吗?有些古人为了维持面子,宁可穿铅衣服,也不肯承认它不舒服,你便是这样。人间的法律之所以美妙,就在于它可以根据新的情况进行修改。"

德克雷中校跟在他的东道主后面,向埃莉诺和伊莎贝尔两位小姐问了好。

威洛比爵士早已猜到,他的朋友贺拉斯这么纠缠不清,这么不识事务地要为弗利奇这家伙说情,是受了谁的怂恿;这没有使他的心情变好,也没有使他回答的口气变得温和一些。只是这位朋友悠闲自得、谈笑风生的神气和态度,与他自己的固执形成了鲜明的对比,使他很不自在;他从克兰拉的脸色看出,她也注意到了这种对比——他不由自主地夸大了他的不满,自然无法恢复平静。他不想再看这些人,突然扭转了肩膀,要不然他会知道得更多:德克雷中校和米德尔顿小姐在互相使眼色,而且双方都是自动的。他的目光在说:"你讲得很对,"她则表示:"我早知道了。"她的脸色起先比较平静,但过一会儿便变得阴沉了,似乎对那些老调有些厌烦。他却容光焕发,表现着惊异、沉思、赞美和怜悯的神色,仿佛发现了什么,正在苦苦思索,追根究底,力求理解这个奇怪的事实。

这一切威洛比爵士没有看到便过去了,但有一个人看到了,这便是那个同样可以为这秘密提供解答的人。戴尔小姐是在家门口就发现德克雷中校和米德尔顿小姐在一起的。他们有说有笑,像多年的老朋友。德克雷作为爱尔兰人,正在大显身手;事故已把拘谨一扫而空,在这之后,爱尔兰人的舌头和彬彬有礼的风度,对打开亲热的道路便具有不可抗拒的威力。弗利奇是他们的话题:"啊,如果我们手携着手走到威洛比面前,向他一鞠躬,要求他原谅弗利奇,难道他对这两个求情人会毫不买账吗?他当然会答应!"米德尔顿小姐说他不会。德克雷中校保证他会,他是最了解威洛比的。米德尔顿小姐一脸严肃的神色,这表示她坚持相反的意见,它是有悲痛的体验作根据的。中校说:"等着瞧吧。"他们谈个没完,像两个在异乡客地萍水相逢的陌生人,忽然发现彼此讲的是同一种方言。这样的两个人遇到以后,话还会完吗?他们咭咭呱呱,一分钟也不放过,好像一旦出现一个信号,他们就会给粗暴地拉开,因此必须争分夺秒,讲个不停;这是两条山间小溪的会合,不是对话;他们像赛跑一样争先恐后,谁也不知道说了什么,要说什么,或者话题是什么,你一言我一语互相插嘴,互相打岔。利蒂希娅根据一小时前与米德尔顿小姐谈话的印象,对她目前的轻松心情感到诧异。克兰拉沉浸在欢乐中。一个孩子在夏季的溪水中游泳,也不会这么精神饱满,意气昂扬。利蒂希娅现在才理解,维农为什么称赞她聪明机智。看来她也有爱尔兰人的血统。谈到爱尔兰,米德尔顿小姐说,她在那儿也有表亲,那是她唯一的亲戚家。

"你的笑声便告诉了我这点。"德克雷中校说。

利蒂希娅和维农在草坪上散步。德克雷中校露出英国人的庄重神色,正跟埃莉诺和伊莎贝尔两位小姐聊天。克兰拉和小克罗斯杰则在别处闲逛。

"如果允许我提出劝告,我得说,不要马上离开庄园,目前还不要走。"利蒂希娅对维农说。

"那么你知道了?"

"我不明白她为什么把她的心事告诉我。"

"是我劝她这么做的。"

"但我看不出那么做能达到什么目的。"

"谈谈对她有好处。"

"但是多么随心所欲!多么反复无常!"

"这种事与其以后发生不如现在发生。"

"她想解除婚约,只要提出就成,不是吗?既然那是她的希望,她就该认真地提出来。"

"你估计错了。"

"为什么她不找她的父亲商量?"

"那是她以后必须做的。但她暂时不想告诉他。"

"如果她要解除婚约,就不可能不告诉他。"

"她不想告诉他是免得他为难。现在争执已不可避免,他没法不插手了。"

"也许她觉得他不会支持她吧?"

"她天生不会耍小聪明。你把她想得太坏了。"

"在散步时,她使我很感动。到了家中,我的感觉有了些变化。"

维农望了一下德克雷中校。

"她需要良好的指导。"利蒂希娅继续道。

"她并不想背叛什么人。"

"你这么想吗?也许这是真的。但是她似乎生来就缺乏耐心,很容易轻举妄动,不顾一切。有点野……我根据她讲话的方式这么判断;看来,她讲话至少是诚恳的。她不想掩饰什么。他觉得几乎不能相信,那是很自然的。她的变化这么突然,这么不可更改,我简直不能理解。在我看来,这是桀骜不驯的野兽的行为。他可以强迫她遵守婚约,这没什么不对。"

"要是他这么做,那让他等着瞧吧!"

"你这话不是比我讲她的话更严厉吗?"

"我并不是存心要夸奖她。我只是认为我了解这件事的性质,这是两种性格的对抗。我们永远说不清,什么人对我们完全合适;这往往只是凭一刹那的印象。"

"你是说我们会突然发现,他们与我们并不相配?但是不,那是逐渐形成的。"

"是的,但是证据和感觉的积累,不妨说,那会形成一种易燃物;我们却无法控制火星,它的落下可能迟一些。你的理论对她还是有利的。应该说她是一个心地宽厚、容易冲动的姑娘,终于变得忍无可忍了。"

"为什么?"

"一切都使她不能忍受,比如,他的高傲。我们不妨说,对于她,他是飞得太高了。"

"威洛比爵士成了一只鹰?"

"可是她也许讨厌他的鹰巢。"

维农不是一个玩弄辞藻的人,然而"鹰巢"这个词出自他的口中,却使她深深意识到,他完全理解威洛比爵士的为人,而她对他只有一些肤浅的认识。

如果说他用这个词吐出了自己心中的块垒,那么这只是暂时的宽慰,他的脸色仍是沉重的。

"但是我猜不出,她把她的处境告诉我,是希望我为她做什么。"利蒂希娅说。

"这种事我们谁也不知道该怎么办。我们把希望寄托在威洛比身上,威洛比却把希望寄托在一切对他有利的事物上;这样我们只得随波逐流,听其自然。"

"你瞧,你留在这儿还是明智的,韦特福德先生。"

"这种情况一两天就会过去。是的,我暂时不走。"

"她是愿意服从你的。"

"如果我的权威得建立在她的服从上,我感到遗憾。我们必须为克罗斯杰作出决定,假如可能的话,还得为他筹措一笔学费。要不,我也许就得找一个肯借钱给我的人了。我打算把孩子带走。威洛比一直在用他的绅士观念影响他,已经控制了他一半。我说'她的服从',意思是不论从她的处境和她的条件看,她都不应该盲目听信任何人,让别人牵着鼻子走。她必须依靠自己,自己来做一切要做的事。这个结子是只能由她自己解开,任何人无法插手的。"

"我怕……"利蒂希娅说。

"什么也不用怕。"

"说不定他会坚决拒绝。"

"那么让他承担后果吧。"

"你没有为她着想。"

维农望了望他的同伴。

## 第十九章
### 德克雷中校和克兰拉·米德尔顿

米德尔顿小姐结束了她与克罗斯杰的溜达,把那枝常春藤绕成花环,套在他的帽子周围,又把那簇青草插在花环中。然后她吩咐他坐在一株大杜鹃花旁边的地上,等她回来。他曾告诉她一个计划,说他打算与一群孩子爬到大树上去摸鸟蛋,还在有黄蜂和马蜂的地方标上记号,以便在秋天攻打它们;她认为这是危险的游戏,而由于这个孩子一旦想出了这样的主意,连用膳的铃声也很难约束他,她希望凭她对这种年龄的孩子所具有的不太有把握的魅力,能使他多少听她的话。"答应我,在我回来以前,你不离开这儿;我回来就吻你一下。"克罗斯杰答应了。她走了,却把他给忘了。

原来她刚才看了看表,知道离打铃还有十五分钟;她突然决定,必须立刻找父亲谈一下,一分钟也不再拖延,于是她便像鬼使神差似的,当即放弃了没有目标的乱跑,把这决定付之实行。她知道她应该怎么办,对于这点,现在比早上更清楚了。她喊道:让爸爸立刻带我离开这儿!现在不能再迟疑了。以前迟疑过吗?但至少在早上,她还没想到她会干越轨的行为,不得不靠自己来拯救自己。她的天性并不单纯,也许除非圣人才会那样;但是她的愿望是单纯的;它是火,不是冰。在开始看到她性格中的各种因素时,她并没想把它们不分彼此搅和在一起,用可爱的外形装扮自己。她相信她有一定的力量,但也有不少弱点;她几乎敢于一眼不眨地面对越轨的危险倾向。她要找她的父亲,便是这种倾向的表现。

"他必须立刻把我带走,明天就走!"

她不想让父亲伤心。她对自己却是毫不留情的,在她犹豫不决,没把她对威洛比爵士的感情发生变化的情形告诉父亲以前,哪怕在心里她也不允许自己把这说成是一个女儿考虑到父亲今后的孤单生活,才毅然作出的选择,尽管以前她也曾陶醉在这想法中。她承认这事已迫在眉睫,不得不谈了,但她明白她以前不愿谈,甚至不愿低声下气向别人诉说心头的悲伤,这只是出于人类一种最愚蠢的愿望,即维护忠贞不渝的名声。她曾听得人们污蔑女人浅薄和轻浮,还曾听到她的父亲辱骂她们是转动不定的风向标,他还一再提到"女人能干什么"①。为了女人,也为了成为女人中的例外,这位颇有理性的小姐希望人们相信她是忠贞不渝的。

她刚叫了一声"父亲",他就听出这口气的严重,于是她意识到,向他说出一切的时机尚未成熟,她赶快插了一声"爸爸",让他的神色缓和下来。但离开的要求还是提出了。

"上伦敦?"米德尔顿博士说,"我不知道谁能接待我们。"

"爸爸,去法国怎么样?"

"那就要过旅馆生活。"

"不过两三个礼拜。"

"两三个礼拜!我已答应蒙斯图特·詹金森太太,五天以后,也就是星期四,去参加她的宴会。"

---

① 原文为拉丁文,引自古罗马诗人维吉尔的《埃涅阿斯纪》第五卷:"特洛伊人心中充满了不祥的预兆,他们知道,在疯狂的不忠实的爱情中,女人能干什么。"

"难道这不能推辞吗?"

"不守信用?不,亲爱的,哪怕这是寡妇的酒①,我也不能失约。"

"约定了就得照办吗?"

"那自然,难道不是吗?"

"但我觉得身体不大舒服。"

"那么我们可以把这儿宴会上遇到的那个人请来,我是指柯尼,他是出色的大夫,一个满肚子趣闻逸事的老派医生。亲爱的,你怎么忽然不舒服了?你的脸色不错呢。我简直不能相信你不舒服。"

"我只是想换换空气,爸爸。"

"原来是这样——换换空气!老是这一套!女人巴不得到天堂换换空气呢,我看,恐怕还得换换天使才好。从这么好的地方换到一家法国旅馆里,这可是从天堂跌进了地狱!'难道应该用天堂换取这个所在,这阴风惨惨的地狱?'②我在这儿图书室中真是如鱼得水。那个出色的小伙子韦特福德与我相处得很有意思;他敢于向他的前辈和师长挑战,我喜欢他。"

"他马上要走了。"

"我一点也没听说,只要我还没听说,我不会相信你的故事。他为人固执,但还是通情达理的。"

克兰拉在咻咻喘气。无声的反抗大有夺眶而出之势。

西南风挟带着阵雨在吹打窗玻璃,米德尔顿博士仿佛看到自己坐在船上横渡英吉利海峡,不禁心惊胆战。

"柯尼会给你看病,这个人本身就是灵验的药水;也许不太有

---

① 指女人不懂得酒,因此寡妇的酒往往不够醇和,见第三十二章这次宴会后,米德尔顿博士的反应。

② 引自弥尔顿的《失乐园》第一卷,文字略有删节。

学问,因此难怪他坐在我对面时,有一次打断了我的议论,但还有些文化,懂得尊重知识,能开药方;对一般人或医生,我没有更多的要求。"米德尔顿博士说到这里,站了起来,看了看钟和他的手背。"但是除了诗文创作,最难的是哪门技能?我想是医学。医生仅次于学者,尽管我不记得我需要过这种仅次于我的人,也从不指望我的孩子服用那种牛奶。不过她是女儿,属于一种解释不清的性别;我们会派人把柯尼请来。至于换空气,亲爱的,你不久就能如愿以偿,让女人的忽发奇想得到满足,因为照我看,只要威洛比想赶时髦,他也会在火车上度过蜜月的;这是疯狂的恰当表现,它发展到最后就是进疯人院!在我的时代,我们都待在家中享受天伦之乐,我们从没把在大陆上奔波看作幸福,把风尘仆仆当作值得企求的美好生活。我们的下一代却要把生命消磨在动荡不定中。尘土和骚乱是它的必然结果。那便是你的现代世界。现在,亲爱的,让我们去洗手吧。午餐的铃声是不容忽视的。它不希望你坐在前室高谈阔论,迟迟不进入餐厅。"

克兰拉站在那里定了定神,她为丧失的机会而伤心。她垂头丧气的外表和眼神早已引起他的注意,因此像老师一样开导她,想消弭和平息她流露的不愉快情绪。

"父亲,你不会不把女儿的事放在心上吧?"

"不会,我也不能,我爱她,我爱我的孩子。但是,亲爱的,你要提出那个问题,不必像只虫子,老是在我耳边叽叽喳喳。"

"那么,父亲,你今天就告诉威洛比,我们明天得离开这儿。你可以准时赶回来,参加蒙斯图特太太的宴会。朋友们会接待我们,比如道尔顿家和厄平海姆家。我们也可以去牛津,你在那里肯定会受到欢迎的。活动一下我就能恢复精神。不要提什么医生。你瞧,我确实有些心神不定。我自己也觉得不好意思,我根本没有病,也没把这当一回事,只是我无法摆脱这种情绪。我相信,过一两天我就能恢复。答应我吧。用启蒙课本上的语言跟我讲话,我的愚蠢脑袋受不了你的高深说教,今天它都快裂开了。"

米德尔顿博士耸耸肩膀,摊开了双手。

"克兰拉,你要我当你的大使去找威洛比?这是要我在两只球拍中间当网球。既然这场游戏非做不可,何必来一通那种不着边际的开场白。我倒像在看一出神秘的爱情剧,不过说实话,我还是不明就里。如果你有什么话要对威洛比讲,他应该直接从你口中听到。"

"是的,父亲,是的。我们有分歧。目前我没有心思与他争论;我的头昏昏沉沉的。我不希望因此病倒。他和我……我责备我自己。"

"铃响了!"米德尔顿博士叫道,"我不妨跟威洛比商量一下。"

"今天下午?"

"反正在晚饭前找个时间。我不能让钟点束缚我的行动,亲爱的孩子。现在我得向你指出一点:下次你要把 I 和 A 这两个实际不相干的元音连在一起讲时①,不要在中间插进一个 Y 音。这使我们的语言庸俗化。所以我得责备你。我不希望我的孩子有这缺点。"

他笑了笑,免得他的纠正显得太严厉,并吻了她的前额。

她声称她不能去吃饭,又认真地叮嘱了他一句,要他谈过以后马上通知她,然后回自己的房间了。她没有淌一滴眼泪;她为自己的克制能力感到得意,似乎这说明了她真正的勇敢,尽管她刚才的表现只能证明相反的结论。

---

① 指"我责备我自己"(I accuse myself)这句话的发音,由于 I 的发音是[ai]与后面的元音连读时中间自然有个[i],米德尔顿博士的话表现了他咬文嚼字的学究习气。而在原文中,他下面自己说"我得责备你"时,也是这样发音,故作者有意写作 Iy-accuse you。

下午晴雨不定,每隔半小时便转变一次,仿佛阴天和晴天在携着手一起前进。阴影来了,她便觉得寒冷;潮湿的空气中刚露出昏黄的阳光,她便把脸埋在手中,免得它给欢乐占领。她相信她在头痛,于是把各种严重的症状加在自己身上,又对头脑严加管束,强迫它专心思考利蒂希娅·戴尔对农村,尤其是这一带绿叶如荫、风景宜人的欢乐气象的朴素感情。离开这一切的前景,使她对一段可爱的生活感到依依不舍,现在太阳不再是一无遮蔽的火球,而是有林木裹着的好友了;花园和草坪也取得了东西方名胜古迹的面貌;远处环抱的群山,以及穷苦村民的心情——对他们的同情证明了她的善良——对日日夜夜居住在这儿的人都是亲切而熟悉的。而且她喜爱野花,这是在花开季节随时可以享受的幸福;诗人使她激动,书籍令她神往。她竭力让自己相信她的感情是真挚的,它使她深深扎根在我们的土地中;她需要它,尽管这时她用一只手按住了眼睛,意识到她正在装病;不过她还是相信,她是由于头痛才变得精神萎靡的,这完全合理,因此她的头脑拒绝怀疑这点,甚至在一定程度上她还感到了心脏的悸动。如果不是这样,她就没有理由关在房间里。维农·韦特福德可能会怀疑。但不论是否头痛,德克雷中校是必然要觉得奇怪的,她先前在他面前没有过任何生病的迹象。他的笑声和谈话还在她耳边回荡,破坏着她虚构的故事;他是海上的风,能镇定不安的神经。她的思想又回到了威洛比爵士身上,于是它立刻像泡沫四溅的激流一样不能平静了。

但是过不一会,她的情绪又发生了变化。她的使女巴克莱送来了她父亲的一张铅笔字条:

"事已办妥,他很愉快,情人的争吵……"[①]

---

[①] 原文为拉丁文,引自古罗马喜剧作家泰伦提乌斯(约公元前190—前159)的作品,原句最后为:"情人的争吵是爱情的新生。"米德尔顿博士所省略的半句正是他要表达的意思。

那么，事情已办好，威洛比装出愉快的样子接受了，而她的父亲认为这是情人间的一场争执；这一切她初看未免奇怪，继而一想又觉得很自然。威洛比一定真的讨厌她了，巴不得她离开。他还不知道她不再回来。她感激他，因为也许是他暗示这只是"情人的争吵"的，不过她不能接受这句愚蠢的诗。现在她从窗口眺望了一下亲切可爱的乡村。做这个地方的女主人是幸福的，只要她的选择符合她的要求！克兰拉·米德尔顿不为别的，但为那棵重瓣野樱桃树羡慕她。如果它还没凋谢，像阿尔卑斯山谷下面的冰雪一样变成尘土的颜色，那么把它折下一枝，她就可以怀着对这儿的最美好回忆，安心离开了！她虚构的头痛不再使她痛苦。她把薄纱衫换了绸衣，对巴克莱递给她的第一顶帽子也没有挑剔。她愿意友好地对待这屋里的每一个人，包括威洛比在内。她打开窗子，深深呼吸着，祝福所有的人。她想："如果威洛比肯向大自然敞开他的心灵，他就会抛弃对世界的成见。"那时大雨刚过，只剩了最后几滴，大自然给洗刷得清新可爱，晶莹明亮，仿佛在为她喜气洋洋的乐观心理提供合适的背景。她觉得有点饿了，真的饿了，这是最近所没有的，它增强了健康的意识，使她并不急于进食，她宁可维持原状，让它给全身肌肉带来的活力不致消失。她以心情轻松的少女的姿态跑下楼梯，仿佛一条滚滚而下的瀑布，又像一颗陨落的流星，在离德克雷中校不远的地方着地之后，又飞进了门厅旁边的一间屋子。

他在半掩的门口望了一眼。

现在我得交代一下，这位性喜寻欢作乐的绅士，为了在情场中周旋时免得上当受骗，总是把漂亮的女人归纳为各种类型。有的是在天上飞的，有的是在地上跑的；有的鸟翅膀强硬，有的则敞开了胸膛让你射击。在他眼中，独立于这些类型之外的女人是不存在的。他承认女人的个性只是为了把她们归入某一类型。在这方面,他的顽固可以永垂不朽,他绝不相信女人的个性变化或个别特征。

德克雷中校在门口望了一眼,立刻对自己说,他在门后看到的是一个大胆泼辣、放任不羁的女子。他作出这个判断有他自己的理由。他送的结婚礼物摔碎之后,她谈到它的话是奇怪的,她讲到威洛比的话也是奇怪的,或者在提到她的未婚夫时有一种奇怪的口气;她见到威洛比时,她的态度也很特别。她关于弗利奇的话尤其发人深思。还有她那副神气!然而后来,她对威洛比的朋友却给予了礼貌的对待。这个甜蜜的姑娘,谈话引人入胜,总是与你一来一往,抬杠打诨,他与任何女子在一起都没这么快活过,可是在这一切之后,她却忽然头痛了,与他避不见面,接着又为了同一目的,装作没有看见他。

他觉得自尊心受了伤害,但认为这比遭到攻击还好一些。

米德尔顿小姐从另一扇门走了出来。她刚才经过他身旁,看到了他,但没来得及向他打招呼,现在她与他讲话却装得好像刚才经过时,已与他招呼过了。

"没有人吗?"她说,"这屋里就我一个人?"

"还有一个无足轻重的人,"他说,"但不如当他没有,只要你背对着他,希望独自待在屋里,他也就根本不存在了。"

"威洛比在哪里?"

"出门办事了。"

"骑马去的?"

"骑的马是阿基米特,他还是别卖掉它的好,米德尔顿小姐。我是奉命在这儿陪伴你的。"

"我想到外面走走。"

"你完全复原了吗?"

"完全复原了。"

"身体很好?"

"从没这么好过。"

"这是坏老头的妻子死后,向他显灵时回答他的话,她劝他说这是他最后的机会了。可是他说:'我不相信天堂,除非你能接住这只瓶子。'他扔出了瓶子,它掉在地上碎了,他也自杀了,怀疑这是她故意给他设下的圈套。这些阵雨真太好了,卷过大地之后,留下了一股香味,米德尔顿小姐。到了你结婚的日子,我就有权用教名称呼你了。威洛比的这个庄园是英国最优美的地方之一。湖面上云烟缭绕,使人仿佛看到了基拉尼①的一角;我是说,它诱使眼睛产生这样的幻觉。"德克雷把一根手指向上盘旋,表示一圈烟的冉冉升起。"你喜欢爱尔兰的风景吗?"

"爱尔兰的,英吉利的,苏格兰的,我都喜欢。"

"对,只要是美丽的,都一样,你说出了我要说的话。对民族的世界主义观念,那是另一回事。说真的,我怀疑某些民族能真正结合。例如,爱尔兰民族和撒克逊民族,哪怕爱神作它们结合的主婚人,让它们住在幸福的丰饶角②中也不成。不过我见过一位撒克逊绅士戴了一朵爱尔兰花,却引以为荣;还见过一个爱尔兰人追求罗文娜③!由此可见,我说的话只能收回,就当它没讲。"

"你是造反派吧④,德克雷中校?"

"我是新教徒和保守派,米德尔顿小姐。"

"我对政治一窍不通。"

---

① 爱尔兰的一个市镇,它附近的基拉尼湖以风景秀丽著称。
② 希腊神话中,宙斯赐给仙女的一只山羊角,它能生出万物,要什么有什么。
③ 撒克逊族妇女常用的名字,英国最早的撒克逊族王后即名罗文娜,司各特的名著《艾凡赫》的女主人公也名罗文娜,这里即指一般英国妇女。
④ "造反派"指反对英国统治的爱尔兰民族主义分子,如十九世纪芬尼运动的参加者等。爱尔兰人信奉天主教,英国国教属新教系统,因此下面德克雷中校说他是新教徒和保守派,即表示他并非反政府分子。

222

"我见过的政治家都使我得出那样的看法。"

"威洛比说过他什么时候回来吗?"

"他没有说具体的时间。米德尔顿博士和韦特福德先生正在图书室打书籍战呢。"

"这是快乐的战斗!"

"你对学者习惯了。但是他们不能容忍我们这些可怜的人。"

"他们不能容忍的也许是无知,不是人。"

"我想,你是令尊亲自教育的吧?"

"他尽量向我灌输拉丁文,我懂得不多只能怪我自己。"

"希腊文呢?"

"只懂得一点。"

"啊!难怪你觉得它很轻松。"

"因为我知道得不多。"

"米德尔顿小姐,我愿意坐下来接受你的教育,尽管我年纪大了。每逢女人超过我们的时候,我真的相信,我们是世界上最不中用的东西。你喜欢戏剧吗?"

"我们的戏剧?"

"那么演出呢?"

"好的演出,那当然。"

"如果我说,你演戏一定很出色,你不见怪吧?"

"你的假设太大胆了,因为我从没尝试过。"

"让我想想;这里有戴尔小姐和韦特福德先生,还有你和我;演一出两幕剧完全够了。《爱尔兰人在西班牙》便可以。"他俯下身子,摸了一下她走过的草地。"草还湿湿的。"

她表示她不怕潮湿,说道:"英国的女人怕阴雨天气的话,只好待在屋里别出门。"

德克雷继续道:"帕特里克·奥尼尔从爱尔兰到了伊比利亚

半岛,这是一个被剥夺了继承权的儿子,父亲已落在律师的手掌中;他带了一封介绍信,要见西班牙大贵族唐·贝尔特伦·德阿拉贡,后者有一个女儿唐娜·赛拉菲娜(米德尔顿小姐),这位当时最傲慢的美人由一位夫人(戴尔小姐)管教,并与古兹曼家的唐·费南(韦特福德先生)订了婚。这就是戏中的全部人物。"

"你是帕特里克?"

"一点不错。我遗失了信,站在马德里的普拉多大街上,手里拿着最后一枚英国铜币,用我家乡最纯粹的口音叫道:'这都是由于遗失了一封信,我才流落在伊比利亚,回不得海伯尼亚;让拼法见鬼去吧!'"①

"但是帕特里克肯定得发送气音,把它念成海伯尼亚。"

"你指正得对,真的,米德尔顿小姐!他得这么发音。因此我们是丢了两个字母。但是他可以一边讲一边叹气,那么这个问题就可以当它没有了;反正在舞台上怎么办都行,因为演戏无非为了博得观众一笑。何况你不妨假定看戏的都是伦敦人,他们天生就反对发送气音,不能容忍他为了准确的发音而牺牲一个笑话,好像他是勋爵或警察似的。这是英国民主精神的表现。就这样,我把铜币放在手心里翻来翻去,决定不了是否应该消灭它,让它给我换一顿晚饭,正在这时,我看到一对西班牙眼睛在那个美好国土的夜空下像紫罗兰一样闪闪发亮。你喜欢紫罗兰的颜色吗?"

"紫罗兰的颜色不符合我的实际情况。"

"但紫罗兰在黑暗中发出的是深蓝的光辉。"

---

① 这些话都含有文字游戏的意思。在英文中,"信"与"字母"是一个字,因此"遗失一封信"也可以是"丢了一个字母"之意。海伯尼亚是爱尔兰的拉丁文名称,但由于发音上的差异(爱尔兰人发送气音,伦敦人不发送气音等),"海伯尼亚"也可能被念成"伊比利亚"(与西班牙所在的半岛名称相似),即少了两个子音字母的发音。

"你提醒了我,我的眼睛与黑夜不能相配。"

德克雷中校趁这机会,飞快地瞧了一下米德尔顿小姐的眼睛。"栗色,"他说,"很好,西班牙是生栗树的地方。"

"那么我应该是西班牙的女儿啦?"

"这是明摆着的。"

"合乎逻辑吗?"

"根据正确的推理。"

"那么我对帕特里克怎么看呢?"

"就像在看一匹运货的牲口。"

"我的天!"

米德尔顿小姐叫得太响了,似乎超过了谈话内容的需要。她还举起了双手。

在杜鹃花的另一边,从房屋窗口看不到的地方,小克罗斯杰还直挺挺地躺在那儿,头枕在交叉的手臂上,绕有常春藤花环的帽子遮没了他的脸,一切都与她离开时一样,他遵照她的吩咐,一动没动。她赶紧向那片草坪跑去,半路上望见了可怜的孩子,那副伤心的模样促使她加快了步子。德克雷中校跟在后面,一手捻着唇髭的尖端。

克罗斯杰跳了起来。

"亲爱的,亲爱的克罗斯杰!"她一边说,一边责备他。"你一定饿坏了!瞧你全身都淋湿了!这实在太糟了。"

"你告诉我在这儿等的。"克罗斯杰说,不好意思地为自己辩护。

"我说过,但你不应该真的这么做,傻孩子!德克雷中校,我告诉他午餐前在这儿等我,可这个傻呵呵的孩子!他还一点东西没吃呢,只因为我没来找他,他一定淋了两三场雨了。"

"可想而知。要是岩浆滚过他的身上,只要他忍受得了,他可

225

以变成一块化石,像庞贝的哨兵一样①。"

"他一定感冒了,还可能发高烧。"

"他是根据你的命令待在这儿的。"

"我知道,我不能宽恕自己。克罗斯杰,快进屋去,把衣服换了。哦,快跑,找蒙塔古太太,要她让你洗个热水澡,还告诉她,我要她为你煮些吃的东西。每一件衣服你都得换。都怪我,这是不可原谅的。我说我不懂政治,现在我开始想,也许我什么都不懂。但是怎么能想象,吃饭的铃声响了,克罗斯杰还会一动不动躺在这儿!而且还在下雨!克罗斯杰,我忘记了你。我很抱歉,非常抱歉!你可以罚我,怎么罚都可以。记住,我欠了你一大笔债,一大笔。现在你快跑吧。今晚你可以上餐厅吃甜点。"

克罗斯杰没有跑。他拉了拉她的手。

"你说过的话呢?"

"我说过什么啦,克罗斯杰?"

"你答应的事。"

"我答应过什么?"

"一件事。"

"讲吧,亲爱的孩子。"

他结结巴巴道:"……答应亲我的。"

克兰拉扑到他身上,把他搂住,亲吻了他。

热烈的悔恨情绪冲击着她,它太强烈了,她必须付清这笔债,劝诫的常规做法不能限制她。她催他快找蒙塔古太太以后,脸上随即飞起了红晕。

"可爱的、可爱的克罗斯杰!"她说,叹了口气。

"是的,这是个可爱的小家伙,"中校说道,"在这样的犒赏下,

---

① 意大利古城庞贝于公元79年因维苏威火山爆发,全城被毁,埋入地下。

他可以成为一个忠诚的战士,坚守在岗位上。他得到了你的宠爱。"

"我喜欢他。如果你能说服威洛比,让他送他到一个老师那里补习功课,通过海军考试,你就为他办了一件好事。还有,德克雷中校,你肯在就餐时提出,让克罗斯杰与我们一起用甜点吗?"

"当然愿意。"他说,有些奇怪。

"你在这儿的时候,愿意关心这孩子吗?就是当心别让人惯坏他。要是你走以前,就能让他离开这儿,这对他更大有好处。他生来是当海军的材料,现在就该为入伍作准备。"

"当然,当然。"德克雷说,更奇怪了。

"那我预先谢谢你。"

"这会不会成为篡权行为……?"

"不会,我们明天就走了。"

"离开一天?"

"不止一天。"

"两天?"

"也不止两天。"

"一个星期?我不能再见到你了吗?"

"恐怕是的。"

德克雷中校克制着内心的惊讶;他确实感到了痛苦,只得竭力忍耐着,亲切地说道:"这对我是一个打击,但我相信你是不得不这么办。我们全都为这事感到遗憾呢。"

米德尔顿小姐说,她得去找女管家蒙塔古太太,为克罗斯杰洗澡的事作些交代,就离开草坪走了。他哈了哈腰,望了她一会;一些互不相关、又似乎不可分割的事实,指向着同一个终点,他不禁对他的朋友威洛比产生了同情。他觉得,不论赢得或失去那位小姐,对威洛比都会同样不幸。

# 第 二 十 章

伟大的多年陈酒

　　米德尔顿博士傍晚的消遣,就是与女士们和尊敬的先生们一起,在草坪上悠闲地踱方步,等待晚餐的铃声。他的步子说明他从前是擅长跳舞的(在阿波罗的时期和少年爱神丘比特的时期),因此脚和小腿的肌肉富于弹性,深灰色头发的大脑袋高高抬起,显得气宇不凡。在一天的辛勤工作之后,轻松的活动是必要的,最后得到法国烹饪技术和各种名酒的调养也理所当然。这时他心情愉快,谈笑风生,尽量向听众布施他的智慧,这在他已习以为常,只要大家迎合他的兴致,他便会像西边的太阳一样,散发出静谧的光辉,他的知识宝库是取之不尽的。他确实凌驾于他的同辈之上,就像在晴朗的落日天空中振翅翱翔的飞鸟,在地上啄食的麻雀与他不可同日而语;他很幸运,一生中循环反复的每一个傍晚都能看到美好的未来还在前头,它不久就会到来。青年和壮年时代循规蹈矩的生活,给他带来了丰厚的报酬。凡是不能在饮食上保持应有的尊严,毫无顾虑地就餐的,在米德尔顿博士看来,不仅前途可悲,他们的过去也值得怀疑。他认为这种人是既不适合今世,也不适合来世的。

　　他对他的消化功能怀有心安理得的自豪感,相信这是清心寡欲的生活带来的良好后果;他的政治态度也得益于他对善待有德之人的神灵的崇敬。只要这点得以遵循,世界便可太平无事。

　　这位神学博士是一幅精致的古画,英国独特的艺术样品;在他身上,虔敬和讲究饮食,博学和绅士风度同时并存,既各得其所又互相渗透;此外,他身体强壮,年轻时期还是体育健儿;他博闻强记,但对人情世故却一窍不通;他温文尔雅,在工作中堪称巨人,而且孜孜不倦,但感情脆弱。他爱女儿,也怕女儿。不论他多么喜欢她的性格,她的性别和年龄却经常在向他发出警告:只要小姐儿克兰拉还没出嫁,他便不能高枕无忧。她的母亲是一个善良贤淑的女人,然而带有诗人的气质,太热情,太多幻想,太容易激动,不能让严肃的学者得到一会儿清静。这是一个可爱的女人,但不言而喻,她仍是一个女人,一个火药筒。女孩子便像她。为什么她要离开帕特恩庄园,哪怕一会儿也好?只因为她是一个女人,天生好恶无常,忽冷忽热。丈夫才是她恰当的保护人,这样,父亲便可名正言顺地卸下责任。外面有政客,家中有女儿,我们只能靠哲学保护自己。就算她是西塞罗的塔利娅吧①,可是她死了!她们中间最杰出的人,也无非给我们提供几个娇生惯养、随心所欲的例子。

　　戴尔小姐在米德尔顿博士旁边,克兰拉走上前去,占据了他的另一边。

　　"我正在对戴尔小姐说,只有到你出嫁的一天,我才可以无牵无挂,脱离苦海,"他对她说,一边笑一边叹气,"这日子不远了。它的到来就万事大吉,完成了一个确定不移的事实。"

　　"你巴不得我快些离开你吗?"克兰拉嗫嚅道。

　　"亲爱的,你是把我带到了一片田野上,要我在那里等待号声,号声一响,我才完成任务,不必再神经紧张,如此而已。"

---

① 古罗马政治家和文学家西塞罗的爱女塔利娅博学多才,不幸早逝,给西塞罗的晚年带来了很大痛苦。

克兰拉觉得这些话无关紧要,不必答复。她在琢磨利蒂希娅默不作声的意义。

威洛比爵士过来了,他似乎心情很好。

"我不用问也知道你好一些了,"他对克兰拉说,向利蒂希娅笑笑,又把一只钥匙举到米德尔顿博士胸前,说道,"我现在正要到我的秘密酒窖去。"

"秘密酒窖!"博士惊叫道。

"这是管家不得进入的圣地。它坚固得连石匠也无计可施。我带你去看看怎么样?我的地窖还是值得参观一下的。"

"酒窖不是地下墓穴。如果建筑合理,设计严密,它是修道院,让一瓶瓶酒在那里修身养性,以便为人们提供美好的享受,而不是浪费在保存遗骸上!你有什么好酒呢?"

"一种九十年的陈酒。"

"你把年代讲得这么肯定,难道它也有你的族谱作根据吗?"

"那还是我的祖父继承的。"

"应该说,威洛比爵士,你的祖父不仅有慷慨无私的祖先,也有值得称道的后代。要是它落到女儿手中,真是不堪设想!我很乐意与你去看看。那是波尔图葡萄酒,还是隐士葡萄酒?"①

"波尔图酒。"

"啊!我们是在英国呢!"

"现在时间还来得及。"威洛比爵士说,带着米德尔顿博士走了。

神学博士一边讲一边啧啧赞赏:"霍克酒②也算得年高德劭

---

① 波尔图酒是产于葡萄牙波尔图地区的著名葡萄酒,其中又以纯酿陈波尔图酒最为名贵。隐士葡萄酒是产于法国瓦朗斯地区的葡萄酒,因该地附近有隐士的潜修所,故名。
② 德国莱茵河地区生产的一种葡萄酒。

了。我喝过年龄最大的霍克酒,它的香味像一条涓涓不断的溪流,十分醇厚。但我们得说,波尔图才是酒中元老。其他酒都配不上这称号。波尔图的味道像海洋一样深不可测。它的香味纯正浓厚,这就是它与众不同的地方。它正如古典悲剧,具有浑然一体的构思。陈年隐士酒有古玩的光彩,它的特色可以发挥到耄耋之年,这是它难能可贵之处。但不论霍克酒还是隐士酒,都不能说它们经过漫长的岁月依然保持着活力,能把青春的旺盛精力和老年的智慧结合在一起。这点只有波尔图才当之无愧!波尔图酒是我们最珍贵的遗产!注意,我不是要比较各种酒,只是区分它们的不同性质。让它们一起为丰富我们的生活而存在吧,它们不是伊得山的三女神,①不是互相敌对的。如果它们互相排斥,第四种就会迎头赶上,超过它们。勃艮第酒②有伟大的特色,在它的黄金时期创造过奇迹;它唯一没有办到的是在竞赛中保持领先地位,因而它是短命的。白发苍苍的勃艮第要与没有胡子的波尔图赛跑。在我的想象中,波尔图讲的是智慧的格言,勃艮第却在唱富于灵感的颂歌。或者这么说:波尔图是荷马的六音步诗,勃艮第却是品达罗斯③的酒神颂歌。你认为怎么样?"

"你的比较很有意思,先生。"

"应该说是区别。品达罗斯令人惊奇,然而他的前辈带给我们的酒更耐人寻味。前者是美不胜收的喷泉,后者是波涛滚滚、深不可测的紫红色海洋。"

"这区别真是恰到好处。"

"我觉得你现在是在称赞这类比喻。其实它们属于对那些诗

---

① 希腊神话中的伊得山是众神的居处,三女神指天后赫拉、爱神阿佛洛狄忒和智慧女神雅典娜,她们各不相让,都认为自己是最美的。
② 法国勃艮第地区生产的一种葡萄酒,早在古罗马时代已享有盛名。
③ 公元前五世纪的希腊抒情诗人,以写颂诗著称,但流传至今的诗篇不多。

人进行评论的最初年代。谈到希腊人,你已讲不出什么新东西,一切都说过了。'希腊人别无所求,只求获得荣誉。'①把天才献给名望的人是不朽的。我们呢,先生,我们是在把才能献给阴沟水。我们不是面对不朽的神讲话,而是迎合公众的口味。"

威洛比爵士表现了极大的耐心。他对米德尔顿博士的高论总是随声附和,密切配合,就像大鼓和大提琴在进行二重奏。但他一插嘴,便遭到那位老夫子的乐器的校正。不论他打的是肯定的还是否定的音符,他反正错了。然而他知道,学者是不懂礼貌的家伙,而博士的学问又是千言万语也讲不完的。

进了酒窖,这就轮到大鼓发言了。米德尔顿博士在这里只得闭紧嘴巴。威洛比爵士对他的名酒的历史分章作了介绍,最初这酒怎么到他们家,后来如何传到他手中,数量又如此之多。"很奇怪,我的祖父继承了它,可是他本人却是滴酒不沾的。我的父亲又很早就去世。"

"真的!我的天!"博士叹息道。既表示惊讶,也表示哀悼。前者是为父亲的截然不同而发,后者则包含了对他的不幸命运的同情。

这个家庭使博士不禁肃然起敬。阴凉的拱顶地窖,中央的方形建筑也叫封闭式大厅——那里漆黑一片,闯入的灯光也仿佛只是一只眼睛,无法穿透那片空间——证明在这样的基础上建造房子的人如何别具匠心,深谋远虑。底下储藏着美酒的房屋,在我们的想象中是一个快活的家,它牢固而显赫地扎根在大地上。这想象对这家庭的继承人也同样适用。他的祖父滴酒不沾,他的父亲又很早去世,这些情况向我们雄辩地说明,命运规定了他将得到光

---

① 原文为拉丁文,引自贺拉斯的《诗艺》。贺拉斯在这里是把希腊人和罗马人作比较,认为罗马人是金钱的奴隶,因此毫不足道,米德尔顿博士在这里发挥的即是贺拉斯的观点。

辉的继承权和美好的前途。米德尔顿博士的遐想在未来觥筹交错的友好场景的衬托下,更生色不少;他的心情洋溢着节日的气氛;他沾沾自喜,沉浸在荒诞不经、虚无缥缈、绚丽多彩的幻想中;这种欢乐的心情有时会留下难以立即磨灭的印象。我们知道,期望是值得感谢的,而感谢的心情又能使我们变得温和宽厚。而他本就是一位自我陶醉、自得其乐的先生。

威洛比爵士命令跟在后面的仆人拿起"那两瓶"时,博士很欣赏他的口气,因为那包含着小心谨慎的意思,却又毫不过分,何况还是令人惬意的两瓶呢。

他密切注视着仆人的手,说道:

"但是出类拔萃的事物往往是不幸的,二十个人中至多一个人能正确对待它。"

威洛比爵士答道:"说得很对,先生;我想我们可以不必理会那十九个人。"

"比如女人,还有大多数男人。"

"这种酒对他们好比是一本天书。"

"我完全同意。这是令人惋惜的浪费。"

"维农只配喝红葡萄酒①,贺拉斯·德克雷也这样。他们两人没有条件喝这种酒。让他们跟女士们在一起。先生,也许只有你和我才是它的知音。"

"这使我感到无上荣幸。"

"我期待着你的判断呢,先生。"

"你不会失望的,先生,我可以预言,我的判断与它以前得到的好评完全一致。"离开酒窖时,米德尔顿博士归纳了它的特点:"阴凉,但并不寒冷。坐北朝南。不霉不潮。空气流通。一切符

---

① 指法国波尔多地区生产的一种普通葡萄酒。

合条件。哪怕一个人躺在这儿,也能永远保持新鲜。"

在我们英伦三岛,一切尊敬的先生,不论他是律师,医生,乡绅,红光满面的海军元帅,还是首都的大商人,谈起年代久远的波尔图酒,无不眉飞色舞,垂涎欲滴,但是只有这位古典学者才真正配得上那些蛛网尘封的瓶子。原因一定是他熟读过古典诗人的作品。为了讴歌这些人类的精华,他必须得到时间在世界上培植的最名贵产品的滋养。也许他还在名酒和勤奋的头脑之间发现了某种类似性,它与人的必有一死正好相反,岁月的流逝只是洗净了它们的腐蚀物质和各种废料,使它们变得晶莹光亮。波尔图酒符合他的保守精神。它具有魔力,只要呷上一口,他便悠悠忽忽陶醉在这古老而永远年轻的紫红色液体中了。

这样,与他相比,别人的喝酒是粗野的,他们缺乏这份高尚情操;只有他才配得上这种酒,正如只有诗人才懂得美一样。确实,它们只能分配给学者和诗人,因为这本来就是他们自己的好东西。那么让他们如愿以偿吧。

这时米德尔顿博士正在慢慢啜酒。

女士们离开后,威洛比爵士胸有成竹,对维农和贺拉斯作了直截了当的安排。

"你们喝红葡萄酒,"他对他们说,把酒递了过去,"米德尔顿博士,我想你还是喝波尔图酒吧?你面前的酒只是暂且作个引子。你的酒五分钟后就可上桌。"

红葡萄酒的酒壶空了。威洛比爵士问要不要再来一些。德克雷没有理睬这个问题。维农站了起来。

"我们还有米德尔顿博士的一瓶波尔图酒要喝。"威洛比对他说。

"什么,你说这是我的酒?"博士惊叫道。

"这是名贵的酒,不允许与人分享。"维农说。

"如果你去弹子房,我们随后就来,维农。"

"我品尝名酒时,不想为任何人加快速度。"神学博士说。

"贺拉斯,你呢?"

"我是只小虫子,不配喝它,威洛比。我还是找女士们做伴的好。"

波尔图酒送到时,维农和德克雷都走了。米德尔顿博士开始啜酒,边啜边望着它的主人。

"大概有三十打吧?"他问。

"五十打。"

博士恭敬地点点头。

"每逢我有机会招待你的时候,先生,"他的主人对他说,"我都会想起我是那种酒的酒窖管理员。"

神学博士放下了酒杯。"先生,从某种意义上说,你担任了一个令人羡慕的职务。如果说那是一种幸福,那么责任也重大。怎样推迟最后一打的日子的到来,这全看你了。"

"先生,你对这种酒的评价不坏吧?"

"我得说——只有浅薄的人才会讲大话——单凭你祖先的这一杯酒,我便该为自己感到庆幸,我不是活在九十年前或其他任何时期,而是活在现在。"

"我很珍重它。"威洛比爵士谦逊地说,"不过它的天然归宿还是那些能够赏识它的人。你便是这样的人,先生。"

"不过,我的好朋友!这是一种责任;当然,它是一份产业,但在一定意义上带有代管性质。虽然我们不能宣称它是限嗣继承产业①,我们的良心还是承担着某种义务,得使它在继承中不致大量

---

① 英国历史上的一种地产继承制度,它规定产业只能由直系后裔继承,如无直系后裔,它便得归还授予人,以免大宗地产因继承关系被分割。

减少。"

"先生,你不致反对用它为你的外孙们的健康干杯吧。但愿你能活到他们结婚的一天,用这酒为他们祝福!"

"你使健康长寿在我的眼中增添了迷人的色彩。哈!这是献给提托诺斯①的酒呢。这可以使他永葆青春,奔向**黎明**的怀抱,啊哈!"

"我一定奉陪到底,让你喝到黎明。"威洛比爵士说;他对博士话中包含的酒神的媒妁作用一无所知。②

米德尔顿博士瞧了一眼盛酒的细颈瓶。欢乐中包含着悲伤,这是人生短暂的象征。瓶中的酒已不够通宵畅饮,度过满天星斗的夜晚,迎接黎明了。"我的朋友,酒陈了,瓶里就不会满了!"

"还有下一瓶呢。"

"不用了!"

"已经吩咐下去了。"

"我不想再喝。"

"瓶子已经启封。"

"还是免了的好。"

"已倒进细颈瓶。"

"那么我只得从命了。但是,注意,必须公平交易,两人合饮。只有在这个条件下,我才接受你的款待。要知道,酒比爱情高明,它是不怕与人分享的!我得说,它的度量最大,只有不能分享的东西才会引起我们的嫉妒!但是那瓶塞,威洛比,那些瓶塞使我惊奇。"

---

① 希腊神话中一个长生不死的老人,黎明女神厄俄斯的丈夫。他永远不死,却不能永远不老,因此后来被厄俄斯变成蚱蜢。
② 博士的话中,"黎明"指的是黎明女神,但威洛比不知道这一典故,只当是一般的黎明。

"酒瓶的封口是定期进行检查的。我记得父亲生前还检查过。在我手里也检查过一次。"

"这像气管切开手术,带有一定的危险性;我猜想,它与外科手术一样,既要有技巧,又要有坚定的手,而且得随时防备病人的窒息。"

又一只细颈瓶放到了博士面前。

他说:"我只有一个女儿可以出嫁!"他的心感动了。

威洛比爵士答道:"我认为她是这个世界给我的最高奖赏。"

"我给她的头脑灌输过不多一部分拉丁文,还有一点希腊文。她的身上有着古典文学的气息。我曾经指望……但她是个女孩子。她有些像森林中的仙女。不过她还是能给你带来希波克瑞涅①的甘泉的。她有高贵的气质——没人比得上她。她又生得漂亮,是个美女,那些不光凭血统看人的人便这么说。她是我的掌上明珠,威洛比!她是我的天使。不少人向她求过婚。在意大利时就有人向我说情。她从没爱过任何人。你是她恋爱史的第一章。她的故事便从你开始,事情也该如此。你知道,'女人的美好香味……'②最好的香味便是不带任何味道。她是从我这里到你那里,没有经过别人,从她的父亲直接走向她的丈夫。'像花园围墙内秘密开放的一朵鲜花',"他喃喃地默念了几行,直至"'这样一个处女……'③我不能对她的离开无动于衷。她所接受的人也会像我一样为她骄傲,甚至超过我。我还得说,他是值得羡慕的。韦特福德先生应该为你写一首结婚曲。"

---

① 希腊神话中的灵泉,它的泉水能给人诗的灵感。
② 原文为拉丁文,引自西塞罗的书信,全句的意思与下一句同。
③ 原文为拉丁文,引自古罗马抒情诗人卡图卢斯(约公元前84—约前54)的诗篇,其中没有念出的几行主要是说少女像没有采摘的鲜花,纤尘不染,还是她父母的没有出嫁的爱女。

那位不幸的绅士听着米德尔顿博士的这些话,心不禁怦怦直跳。被侮辱的情绪使他离开了克兰拉的这幅图像,重又看到了她今天早上与贺拉斯·德克雷在一起的样子,他感到伤心,尽管她像英国阳光明媚、和风习习的天气那么甜蜜,洋溢着青春的活力。她的眼睛,她的嘴唇,她那飘拂的衣衫,那胸前仿佛有一对孪生儿正从衣衫下向外窥视的幸福的母亲的形象,还有她的笑声,她那苗条的身材,无比美好的姿态,这一切惊人的娇艳表现,刺痛了他最敏感的伤口。

他最焦急的是她希望摆脱他。他的痛苦使他进行认真的思索。每逢痛苦减轻一些的时候,他便竭力让自己相信,她这是出于对利蒂希娅·戴尔的嫉妒,因此她的希望是假的。但她已表示了这个意思。他要医治的便是这个伤口;这出于双重理由:在惩罚她以后,他可以更好地爱她,而考虑这么做,可以掩饰他怕失去她的恐惧心理——她已让他看到了这个可怕的深渊,尽管他掌握着各种自卫的手法,他还是不能不感到心惊胆战,似乎万丈峭壁随时可能出现在他的脚下。

"明天晚上叫我怎么办!"他叹息道,"我不想为德克雷中校和维农浪费一瓶酒。我也不想为我自己开一瓶酒。跟女士们坐在一起,对于我就像坐在冰窖里。先生,你什么时候可以把我的未婚妻带回给我?"

"亲爱的威洛比!"神学博士呀了口气,等平静以后,又呷了口酒,"这次旅行是荒唐的,我一点也不明白这有什么目的。她说她头痛,这只是心血来潮。等这过去,她的理性就恢复了。我一向主张,对女孩子的胡思乱想不能鼓励。我会出面阻止她。我的安排是按照你的慷慨邀请,继续在这儿待十天。我不想走。"

"我欢迎你的决定,先生。你不会变卦吧?"

"我答应的事是从来不会变卦的,威洛比。"

"在压力下也不变?"

"任何压力也没用。"

"我的意思是指劝说。"

"当然不变。不论那是劝说还是压力,让步就是软弱。后者是用力量压服我们,前者则是利用我们缺乏力量。"

"你使我很感激,米德尔顿博士,我放心了。"

"打破良好的生活习惯,这是我最讨厌的事。但是我记得——我没有记错吧?——我曾通知克兰拉,你对我们的暂时离开,或者中断一下访问,似乎并不在乎,但我得承认,这不合我的心意。"

"亲爱的博士,这不过因为你的爱好便是我的爱好,但是请你也把我的爱好当作你的爱好,留在这儿跟你的女婿多喝几瓶。"

"说得好极了。你有第一流的口才,威洛比。我想象得到,你会用彬彬有礼的态度,像开导富有教养的女孩子那样,对待情人间的争吵,是吗?"

"还是别说争吵吧,这是多余的。"

"那么没有事了?"

"克兰拉是完美无缺的。"威洛比爵士答道,像演戏似的。

"我很高兴。"神学博士说,这样,他得到的印象是,他的女儿和他的主人之间的这场情人之间的争吵,已完全结束。

他在十一点多钟离开了餐桌。接着他又就女士们谈了几句他的高见。她们准都上床了吧?那还用说,她们当然睡了。她们早一点上床很有好处,可以为我们保护她们的面色。女人是光辉的创造,但是与百年陈酒相比,她们却显得虎头蛇尾。对它而言,她们是一种倒退,是抵消和对抗它的作用;在精神上,她们代表忏悔和赎罪;用形象的说法,她们是吹在即将发绿的褐色嫩芽上的寒冷北风。她们对味觉的鉴赏能力和酒筵的欢乐心情,懂得什么呢?

要知道,在狂欢中不失庄重,在兴奋中保持节制,这是古典式饮酒风格。尽管她们对我们来说是可爱的,她们能在头脑中点起枝形大烛台,照亮整个历史,解决人类命运的秘密吗?她们不能;她们也不能与能够这么做的人保持共鸣。就因为这样,我们之间才出现了分歧。然而我们不是戴头巾的东方人,她们也不是后宫的居住者。我们不是穆斯林。面对餐桌上的酒瓶进行沉思的时候,不要忘记这点。

米德尔顿博士说道:"那么我这就上床去了。"

"让我送你到房门口,先生。"他的主人说。

钢琴声还隐约可闻。米德尔顿博士把手搭在楼梯栏杆上,问道:"女士们准都上床了?"

维农从图书室出来,被喊住了:"我的学者朋友!"

他向博士挥挥手,算是道了晚安,又对威洛比说道:"女士们在客厅里。"

"我现在要上楼了。"他答道。

"喝了那样的酒以后,需要安静和睡眠;但愿人类社会不致干扰我们!"博士喊道,"但是,威洛比!"

"先生。"

"明天喝一瓶。"

"我的酒窖完全由你支配,先生。"

"这比要我给太阳神驾马车更不合适①。我得严格提出,只喝一瓶,绝不增加。第五十打已经不完整了。每天一瓶,我们才不致过早地数到第四十打。每天两瓶,这是不顾一切,只会加速它的崩溃。从体质上说,我不妨加一句,我可以喝三瓶呢。我是为子孙后

---

① 据希腊神话,太阳神赫利俄斯每天驾四马金车在天空奔驰,从东到西,这便构成了白天。

代着想。"

在米德尔顿博士作指示的时候,女士们从客厅中出来了,克兰拉走在前面,因为她听到了父亲的声音,想问他关于他们离开的事。她说道:"爸爸,你能告诉我明天动身的时间吗?"

她跑上楼梯与他亲吻,又说道:"明天早上什么时候你可以准备好?"

米德尔顿博士用一本正经的声音嗯嗯啊啊了一会,表示他在郑重思考。他本来觉得,他应该运用博士的口才回答这个问题。但是克兰拉急不可待的脸色警告他,必须简单扼要,它似乎要立等回音。栖息在秘密酒窖中等待赐给勇士们的那些妖艳美女,还留在他的头脑中,现在这幅诱人的前景遭到了破坏,这使他心烦意乱。他的额头皱了起来。他说道:"明天早上我还不准备动身。"

"下午呢?"

"下午也不成。"

"那么什么时候?"

"亲爱的,现在我只准备上床休息,没有其他准备。"然后他对聚集在门厅中的女士们弯了弯腰,说道,"女士们,祝你们今天晚上做一个好梦!"

威洛比爵士刚才已匆匆走下楼梯,与女士们握手,并请贺拉斯·德克雷到实验室去吸烟;现在他又回到了米德尔顿博士身边。他看到那个场面,有些手足失措,不知道他与克兰拉在一起,能不能保持镇静;按照他的安排,她的失望应该留到明天,他不在的时候;因此他赶紧摆出恰如其分的殷勤态度,一边说:"晚安,晚安!"一边俯身吻她柔软的手指;表演完毕,他又让神学博士挽住他的胳臂。

"啊,我的孩子威洛比,多谢你的友好表示,尽管我还不用搀扶,自己能走。"父亲向他说,姑娘却惊呆了。"我相信,蜡烛放在第一个楼梯转角上。晚安,克兰拉,亲爱的!"

"爸爸!"

"晚安。"

"咳!"她愣住了,发出了这声深深的叹息,为幕后的秘密交易,也为她自己感到害羞,"晚安!"

她的父亲拐上楼梯。她却往下走。

"爸爸和我本来预定明天一早上伦敦的。"她装出无所谓的样子,对女士们说;她的声音是平静的,然而她的脸色却一目了然。这个场面使德克雷心里觉得很不是滋味。

# 第二十一章

## 克兰拉的沉思

那天晚上两个人失眠了：米德尔顿小姐和德克雷中校。

她全身发热，直挺挺躺在床上，头脑像火烧一样。天性敏感的人看到一点灾难的影子，立刻觉得已大祸临头。恐怖的预感驱赶着他们。他们在惊慌的翅膀的挟持下，不走到极端不会停止。皱眉头便意味着暴风雪的降临，一刮风仿佛船便要沉入海底；一见火似乎即将葬身火窟。尽管他们怕的只是他们所厌恶的事物的出现，他们却一有风吹草动，便惶惶不可终日。于是在他们和恐惧之间，他们和助长恐惧的邪恶之间，他们和容忍邪恶的软弱之间，他们和他们本身光明正大的较好方面之间，展开了一场搏斗。

她由于胆怯，无计可施，采取了一条错误的路线，她回想起来，不禁心惊胆战。她失败了。威洛比利用它取得了优势，显示了他的力量，这使她感到沮丧，灰心；她失败了，给险恶的激浪冲走了。他把她父亲争取到了他的一边。真奇怪，她不知道他用什么手段居然得以控制了她的父亲，而以前，她的父亲几乎不能容忍他。"我的孩子威洛比"出自她父亲的嘴，这意味着她的前面还存在重重障碍，要与它们斗争，势必会耗尽她父亲和她自己的精力。她经历了麻木、轻蔑、反抗、屈服等情绪，反复回味着"我的孩子威洛比"这句话。它表明她被战胜了。它也表明她父亲对她的尊重已化为乌有。她看到他心烦意乱,极不平静。

她承认自己胆小软弱,这使她陷入了宿命论思想。像她这么一个微不足道的人,不论她的命运是好是坏,她有什么权利闹得人们不得安宁呢？不如随波逐流,安静一些,与每个人和睦相处。多谢上帝,人生是短暂的！一旦陷入罗网,绝望只是自取其辱。从尘世的命运看,我们可能只是牲畜,但我们却不必像牲畜一样地忍受这种命运。

她现在沉溺在消极情绪中,这时我们把我们的苦难丢给了天上的神灵,却又并不爱它们。为了爱它们,她必须摆脱消极情绪,努力忍受不可忍受的一切,这种努力尽管不能洗刷她的耻辱,却可以使她谦卑地服从命运的安排。正是在这里,良好教育的种子可以对心灵起支持作用,因为在命运要我们闭上眼睛的地方,教养命令我们睁开眼睛,清醒地看到我们的处境,明确地意识到我们正处在对立的十字路口。

她感觉敏锐,但不能勇敢地作出决定,她发现这使她犯了多么大的错误。作为一种惩罚,她认为像她这样不了解自己的心情的人,必须克制自己的本性,服从事实。她过去接受了威洛比,现在就应该接受他。这已经是既成事实,不容争论。

对境遇的这种抽象思考可以顺利进行。但是明确的义务横在她的道路上。于是一个不切实际的想法飞到了她的身边,把她与维农作了不利于她的比较。多年来他为了安心从事研究,忍受了许多不愉快的事,还以他微薄的收入帮助比他更穷苦的人。她想着他,对他既怜悯又羡慕;他住在这个地方,她也必须这样;他的谦虚谨慎并未使他丧失尊严;他懂得自我克制,因为他有一种内在的生活。她几乎想象她可以模仿他,但是有个具体的想法却一针见血:"我与他不同！不同！"因为她是一个女人,是绝对不能屈服的。一个女人能不能有与她从属的男人无关的内心生活呢？她力图躲进内心深处,躲进抽象观点给她提供过安慰的那个角落,不按照女人的天性所要求的那样思考。但这只是徒劳的努力。她不能逃脱那差别,那残酷的命运,那女人的没有保护的地位,这些把她绑在野马的背上,投进了蛮荒之中。就她而言,履行义务便是耻辱;因此,这不可能是真正的义务。那个不可忍受的差别已给这个词宣布了死刑。

但是头脑的烈火越烧越旺,点亮了一切使她自己否定自己的想法:她这么一个反复无常的女人谈得到意志吗?她是不是把许多转瞬即逝的愿望当作了意志?她的头脑这么轻浮多变,她真的会坚定不移地捍卫自身的尊严吗?既然她能够毫不考虑(她认为她当时是这样的,因为她不能想象她经过考虑还会这么做)便答应了他的求婚,她比那些可以购买的、对交易毫无发言权的商品,又好得了多少呢?

此外,她那闪闪发光的理智说道,她以前可从没怀疑威洛比有什么狡猾的伎俩。那么也许她根本没有受骗——也许是她误解了他?既然比她想象的要强大,那么也许他同样也更值得尊敬呢?世界对他颇有好感,他的朋友们对他也是交口称誉的。

她对他作了回顾。这只是在一瞬间进行的。她不得不同意世界和他的朋友们的看法,对他大体上采取了肯定的评价。但是开始接触到他对他们的想法时,她又听到了威洛比的声音,他怎样谈论世界和他的朋友们,例如,谈他对维农·韦特福德和德克雷中校,以及对一般男人和女人的看法。她隐隐感到,她也可能像他的朋友们和世界那样看他,只要他与她也保持同样的距离。这便是她在这方面思索的结果,它只存在了一分钟,那是通过一系列鲜明生动的画面得到的,而在她要求解除婚约时,他那张阴沉险恶的脸却出现在它们后面,成了它们的背景和注解。

"我不能!不能!"她大声喊道;她觉得,她的反感是神圣的警告。与其成为终生遗憾的妻子,不如受人唾骂,不如不守信用。为什么她不能实际怎样便怎样呢?

为什么?我们通常总是依赖某些优异品质,对这个问题作出愤懑的回答,我们这些受到伤害的优良品质尽管尚未被世界所发现,连我们自己也没怎么明确意识到,它们却仍是我们的堡垒,我们的尊严便像守旧的八旬老人那样,孤独而不可侵犯地驻守在那里。然而当头脑怒气冲冲,像火炬一样燃烧,照亮了我们潜在性格的每一角落时,我们便不可能那样回答了。她的软弱方面还没得到克服,这使她心惊胆战,退回了怨恨的老路。可是怨恨一旦为她敏锐的感觉所意识到,她又觉得害怕,变得软弱了。她自作自受,她前后矛盾,她反复无常,没有原则,她不仅是罪恶的牺牲者,也是罪恶的制造者;她只是在等待什么人把她引上邪路。但是不,被引上歧途的想法却使她依依不舍;因为到那时,战斗便过去了,她成了幸福的海藻,不再受到根部的牵制,可以无所顾虑,随着海水翻腾起伏。那时她便像康丝坦霞一样——像她一样幸运,不过恐怕她不会像她一样勇敢!

也许她完全可以像康丝坦霞那样幸运!

给烦恼困扰的可怜人在半夜惊醒时,会看到来源于内部混乱的器官的各种魅影;他迷惘地注视了一段时间,在意识完全清醒以前,会像鱼一样敏捷地钻入被子。克兰拉也注视着自己的思想,然后蓦地一头扎进了绯红色的深渊。

她一定已得到了解脱,要不然那下面只能是混沌的一片。她钻下去之后,她的沉思的第一个目标是德克雷中校。她冷静地回想着他:他看来是一个庇护所。他和蔼可亲,具有轻松活泼的个性。他那灵活的身材,那牡鹿一般矫健潇洒的步子,那敏捷机智的谈吐,那喜欢逗笑取乐的作风,那令人快活的气质,那真诚的态度,以及他可以像弹奏作为爱尔兰的象征的竖琴那样,得心应手地随意发挥的爱尔兰人气质,都使她想起他便感到欣慰。她不再怀疑她对他的这种冷静观察只是为了消遣。她年轻的生命力要求摆脱痛苦,躲避照亮一切的头脑,寻找欢乐的养料,而对他的思考则提供了丰盛的筵席——他是落在干裂的土地上的一阵大雨,把清新的空气带到了她的周围。她没有理由不把他看作一个好人,她可以毫无顾虑地思考他。何况他未来的任务便是帮助他的朋友威洛比,这规定了他不可能对她怀有坏心。再说(你也许不能在这里找到逻辑上的联系),对他的思考带来的阵雨般的清新气息,无异给了她一种保证,以致她想得越多,越觉得他不像是一个会行使那种可恶的任务的人——那就是在婚礼中,为威洛比担任她的父亲要为她担任的那种责任。她对德克雷中校是可以放心的。

他的名字是贺拉斯。她的父亲教她读过贺拉斯[1]的作品。她知道他的大部分颂歌和一部分讽刺诗,还有他的书信。诗人的名字给那位先生披上了一层迷人的光辉。他也一样轻松活泼,诙谐有趣,平易近人,优美文雅;他说他喜爱农村风味,向往乡间生活,晚年打算退隐加拿大,去耕作自己的土地;"一片土地,不太大";[2]这是一种幸福。然而他住在乡下时,又同样向往城市。他们的相似之点那么明显。他在说笑时曾经透露他并不富有。"清贫的生活多么高尚,又多么伟大。"[3]然而这句话应该用于和属于维农·韦特福德。这个细节打乱了她的沉思。

她应该想到维农,她的安全感便这么告诫她,然而他太严格了,叫她受不了。他对她的帮助仅限于提出看法。她必须自己处理一切,自己面对一切,自己决定一切。他直截了当告诉她,只有这样她才能真正了解自己的愿望;还干脆说,这是她应该接受的惩

---

[1] 指古罗马著名诗人贺拉斯(公元前65—前8)。
[2][3] 原文为拉丁文,引自贺拉斯的讽刺诗。

罚。她毫无保留地向他吐露了一切,可是什么也没有得到。他要她让威洛比和她的父亲当面谈判,并且她也亲自参加,而谈话的中心却是她自己。如果她不这么办呢?那就只能按照她承诺的婚约办了。他谈到了忍耐,谈到了自我反省和忍耐。但是她的一切——她面对的问题却刻不容缓。这幢房子是个牢笼;但这个世界,还有她的头脑也是牢笼,只有她获得了她所渴望的自由,她才能走出这些牢笼。

至于这幢房子,她是可以离开的;瞧,曙光已在屋外出现。

她走到窗口,眺望灰色天边的第一线霞光。她不能满足于注视它或注视自己。她离开了窗口,不再仰望天空。它们使她觉得自己像关在笼子里的奴隶。仿佛她已待在这里好久好久,再也跑不出去了,这儿便是她的世界,对阿尔卑斯山的向往简直是企图恢复童年时代。除非奇迹出现,她便得在这儿度过一生。男人现在已没有什么骑士精神,奇迹是不可能出现的。如此看来,她的命运已经注定了。

她拿起笔,开始给她的好朋友露西·道尔顿写信;露西是答应给她当傧相的,现在克兰拉要取消定制的结婚礼服,托她代办,说她打算上瑞士旅行一次。她写到这个山地国家时,真的沉浸在幻想中;它成了她看到的逃避困境的唯一出路。她站起来,把一条围巾披到睡衣上,抵挡寒冷,重又坐到桌前,想不出一句话。她写下的那几行遭到了她的否定:它们显得可笑,毫无意义。信给撕成了碎片。很清楚,她的命运已经注定了。

她望着这些纸片,淌下了眼泪,然后穿上衣服,坐在窗口,望着草坪上一只黑鹂从日光照射的带露水的地面,跳向带露水的长长的树影,不禁在心里琢磨,暗处的露水也许比亮处的露水更有意思,树林中的露水也比草地上的露水更美,更可爱。这只是说明她比较平静了。她的思想已先期经历了一场危机。这正是敏感的心灵在真实的危机到来时,往往能比较冷静和坚定,或者不为所动的缘故;也就是这个道理,所以它们已有所准备,可以惊人地跳越那些使它们的表现即使不能为我们所原谅,也能为我们所理解的演变阶段。她看到,黑鹂伸长了脖子,忽左忽右地啄食,橘黄色的尖嘴两旁挂着小虫子。胸部有斑点的画眉正忙于觅食,一只鹡鸰在跑来跑去,步子又小又快,跟克兰拉本人的一样。画眉和黑鹂飞回巢中去了。它们有翅膀。可爱的早晨把一阵阵泥土的香气送进了她打开的窗户,在一片唧唧啾啾、吱吱喳喳的鸟鸣声和风吹树叶的簌簌声中,带给了她一种情不自禁、无法抵御的陶醉的感觉。啊,去爱吧!她没有这么讲,但这是她的心情,如果她讲的话,一定是这句话。她和威洛比的战斗便来自她要爱却不能爱,只感到厌恶。她为自由发出的呼声便是要获得爱的自由;她发现了这点,心里有些战栗;去爱吧,啊!不,不是爱某一个男子,也不是爱大自然中不可捉摸的事物,是爱无私的精神,助人为乐的风格,在某些方面给人增加一些力量。自己多一点爱,也得到一点别人的爱,那么她会获得多么大的力量!她可以向威洛比和她的父亲讲出她要讲的一切;也可以躲进她的爱中,行走在这个世界,却生活在那个世界。

  从前她曾在绝望中呼号:要是有人爱我,这就好了!对康丝坦霞的幸福的嫉妒,对她的逃跑的羡慕,那时主宰着她;她还记得这呼声,尽管她并不完全明白这句简单明了的话,她宁可认为她的意思是:如果威洛比能够真正地爱,这就好了!但是现在她头脑中的火焰熄灭了,各种遁词和口实包围了它。个人的爱在思想中抬头了,她也但愿这样,因为它可以给她力量,让她在它的帮助下开辟通向自由的道路。刚才她的感觉还是与此相反的,但现在她已不能容忍那种感觉;确实,在她的想象中,自由并不像爱的思想那么模糊。

  如果她对男人们有所了解,那么他们会不会也像她所了解的他一样呢?

对于她,这是个魔鬼提的问题。

她把它丢开。但是不论她转向哪里,它总是站在她面前。她对一个人了解得那么清楚,对其他人却一无所知;她自然对此怀有好奇心。维农可以保证并不一样。但他是例外。那么这屋里的另一个人呢?

少女们对主宰她们命运的人,通常只能凭直觉理解他们。如果这种直觉由于过度活跃,变得十分灵敏,她们就必须置少女的羞涩心理于不顾,毫无畏惧地面对一切;不仅如此,她们还得善于假装糊涂,免得男人看出她们具有洞察一切的天赋。对男人而言,绝对天真无知才是她们纯洁的保证;她们必须拭去她们的观察写在大脑记录本上的一切,不知道她们所知道的事。求知的本能却遇上了变已知为不知的任务,造成了自然与伪装之间的矛盾,她们最终暴露的两面性,那种令男人永远不满和抱怨的东西,便来自这里。毫不奇怪,她们希望自己像个傻瓜,至少她们不少人在这么做。尽量不要嘲笑她们幼稚吧。她们这样是你们造成的,也多亏这样,她们才使你们变得文明一些。假定你们要真的文明,那就得对你们的要求作出许多必要的让步,让年轻女人的智慧取得应有的收获,以利于她们精神的积极发展。这样你们才谈得到公平的较量,才显得更勇敢,结果也更好。

克兰拉内心的眼睛飞快地掠过了德克雷中校。

她立刻从他身上抹去了奥克斯福德上尉的影子,抹去了他对威洛比的嘲笑留给她的启示,他的变化不定、缺乏原则的观点,他那些杂乱无章的轻浮的爱情故事。

她抹去了这一切,不让它们进入她的头脑;她对他已有所了解,他是比较惹人喜爱的另一个威洛比,一个豪爽开朗的威洛比,一种威洛比蝴蝶;她没有闲情逸致对他进行总结,让他引起她的警惕。他的面貌是零乱的,只是直觉的产物,并不能给她留下深刻的印象。何况她的头脑昏昏沉沉,也不允许她接受印象。

小克罗斯杰的声音穿过早晨宁静的空气,来到了她耳边。那是孩子天真活泼、叽叽喳喳的可爱嗓音。是的,那肯定的小克罗斯杰,他是她心爱的一个人。他也爱她。他会成为一个无私的人,一个坚毅、真诚、顽强的男子,她所期待的、可以依靠的男子。啊,那亲切的嗓音!它兼有啄木鸟和画眉的意味。他迈着大步,跟在维农·韦特福德身边,一路上讲个没完,他们是要到湖边去作早晨的游泳。这幸福的一对!早晨赋予了他们一种清新的气息,纯朴的气息,使他们显得与一般人不同。对于克兰拉,他们似乎是由清晨的空气和澄澈的湖水构成的。克罗斯杰的嗓音忽高忽低,在整个音阶上跳动,偶尔出现一个半音程的疑问词或一阵嘹亮的笑声。她觉得奇怪,他怎么老是有这么多话好讲;她想象着他的全部谈话。他唠唠叨叨讲着他的昨天、今天和明天,然而并不包含过去和未来,有的只是鲜明的现在。她听到他的声音,觉得自己好像要飞,却又飞不起来;她觉得老了。她的唯一安慰只是觉得自己像个母亲,她希望拥抱这个孩子。

克罗斯杰和维农跑跑跳跳地走进了园子,不理会潮湿的草地,也没瞧一眼房屋。克罗斯杰冲到前面,采了几株花,又扬起花跳了回来。克兰拉仿佛听到了自己的名字,她的心怦怦直跳。如果这些花是为她采的,她就要珍爱它们。

两个游泳者在起伏不定的水波中越游越远。

他们的消失使她回到了中断的思想上。

对烦恼的深入思考,可以产生帮助年轻人忘记它们的效果,因为他们的思考不可能不包含幻想,而他们的幻想总是充满了欢乐,两者的冲突即使不能把悲伤变成甜蜜,也能分泌出一种麻醉剂。

"我的婚约真的神圣不可侵犯吗?"她问自己,似乎一下子苏醒了。

她望望自己的床,她在毫无作用的呻吟中在那里度过了一夜;她的目光又移到了起伏不定的绿色波浪上,克罗斯杰和他的好朋友刚才便消失在这中间。

难道斗争还得全部重演一遍?

她对她的真实状况的理解又逐渐回到她的心中,淹没了它。

"我是在他的家里!"她说。这像是一个新发现,多么奇怪,她的麻醉剂和梦想能力居然通过了她的痛苦。她喘着气说出了那句话。她是在他的家里,是他的客人,他的有着婚约的未婚妻。这个事实是刻在钢板上的,无情的阳光照耀着它。

这种思考促使她走出屋子,成了克罗斯杰之后的另一个清晨的漫游者。

她逗留在山毛榉树林中,孩子回家时得从这旁边经过。她等在那里;她觉得不可思议,她竟要在这儿拦截什么人——她只扮演过相反的角色!——这使她不愉快,不愿意想。然而她愿意承认,她需要找维农谈谈,他是她的参谋,尽管他严厉,说话简短,但他有清醒的头脑。

游泳者又在绿色的波浪上出现了,他们在比赛,手里挥动着湿毛巾。

有人在招呼他们。飞奔的马蹄声把她的注意力吸引到了林荫道上。她发现威洛比在园子的平地上疾驰而过,他向维农说了句什么,便骑马走了。这时她觉得可以让人看见了。

克罗斯杰大叫一声。威洛比回头看了看,但没有掉转马头。孩子跳到克兰拉身边。他在湖中游了个来回;他跟韦特福德先生比赛来着,而且打败了他!他多么希望米德尔顿小姐也参加了他们的比赛!

克兰拉羡慕地听着他讲。她想的是:我们女人是注定只能做女人的!

她说:"你们刚才在跟威洛比爵士讲话呢。"

克罗斯杰挺起身子,模仿从男爵,做了个告别的手势。

要是他没有意识到他的表演会赢得好感,他不会这么做。

她不想笑。克罗斯杰重复了一遍,大笑起来。他又向正在走近的维农,作了一次扩大的表演:"韦特福德先生,你说,这是谁?"

维农一弯腰,想抓住他。克罗斯杰逃得远远的,又在那儿恢复了扬扬得意的表情。

"早安,米德尔顿小姐,你出来得很早。"维农说;在冷水中游泳之后,他显得有些苍白,青筋突起,随后那急剧的动作更使他的目光变得异常严峻。

她本来以为她会听到一些她必须拒绝的亲切的话,因为他可能向她表示同情,而她也把他当作了她的医生,认为他至少能给她开一些可有可无的药品。

"早安。"她答道。

"黄昏以前威洛比不会回家。"

"对于你们的游泳,这真是再好也没有的早晨。"

"是的。"

"我能走得像你一样快呢。"

"现在我已走得太热了。"

"但你是喜欢走得快的。"

"那是在出发的时候。"

"哦!是的,这我明白。回家时便不同了!威洛比今天出外干什么?"

"他有事要办。"

走了几步以后,她说道:"他对爸爸已完全放心了。"

"这不是没有道理的,你以后会知道。"维农说。

"是吗？我想不明白。我是得到爸爸同意的。"

"同意你离开庄园一两天。"

"这本可以……"

"也许可以。但别人的头脑也像你的一样在思考。如果你本来真心要这么做，早就应该把一切立刻告诉你的父亲。假定你要我提供意见的话，我提的便是这办法。"

"真心！我没有想到你会怀疑这点。我是不希望使他难过。"

"但这是一件他不可能不与闻的事。"

"要是与我订婚的是任何别人，事情就不致这样。我从没想到过，谁会把我当作囚犯。我认为，只要我真心诚意与他谈一下就成了。"

"听了一句话，就肯放弃手中珍宝的人，恐怕不会太多，威洛比尤其不会。"

"珍宝"出自维农之口，使她听了十分激动，这对她的委屈心理是一种安慰。

她想提出异议，说她谈不上是珍宝，也没什么价值，根本得不到普遍的尊重；她只是给一个男人当作他的私有财产；她不是真正意义上的珍宝。

笼罩在心头的痛苦使她没有这么讲。

"他以为我还会转变吗？我不是给当作他彩票赢来的奖品吗？住在这儿实在超过了我的忍受能力。如果他指望……韦特福德先生，如果他指望我再次改变态度，那么他千方百计把我留在这儿，只是枉费心机，也很不聪明。离开这儿以后，转变也许还有可能。"

"聪明也罢，不聪明也罢，他有权利使用一切可能的办法让你留下。"

她望着维农，露出一丝惊讶和谴责的神色。

"为什么？什么权利？"

"你要求他给你自由的时候，你自己承认的权利。因此，他有权利认为你走上了歧途，认为如果你留下，你的情绪可能便会好转，变得对他有利。他绝对有这权利。你也不能忘记，错误是在你这边。你要求他宽恕你便是承认了这点。每个人都有权利尽可能把财富留在自己手中。你必须正视这些事实。"

"你是希望我一切按理智行事！"

"尽量这么做。这可以使你明白，你是不是真心要求这样。"

"我可以试试。这会迫使我走上更坏的道路。"

"尽量公正一些。在我看来，你目前最聪明的办法便是决心留下。我是按照你需要扮演的那类角色这么讲的。再说，作为朋友，我也得提出同样的劝告。你的父亲本来可以与你一起走，但你现在只是打扰他，惹他不快。他很可能拒绝离开。"

"男人这么反复多变，比女人还不如！爸爸已经答应，他同意走；他对我也有些同情，我看得出。那还是昨天的事。可是到了夜里，到了夜里，他对我们各人讲话的口气，就跟以前不同了。他对我简直毫无感情。但是你劝我留下，韦特福德先生，你也许没有意识到，这无异是要我牺牲光明磊落的作风。"

"不妨把这看作考验期吧。"

"这对我要求太高了。"

"这事要通过头脑好好思索，由它设法解决。"

"你这么同我谈，难道我是个没有思想的女人？"

她的声音有些哽咽，这说明她的眼泪快淌下来了。

他有些哆嗦。"你是有思想的。"他点点头说，穿过草坪，离开了她。他得去穿衣服了。

但她不可能感到孤独，因为德克雷中校马上就要来与她做伴了。

## 第二十二章

### 骑马出游

克罗斯杰抢在中校前面,冲到了她身边。

"我说,米德尔顿小姐,上午下课后,整个下午我们都有空了。你愿意与我去钓鱼,看我掏鸟巢吗?"

"算了,孩子,我可不想再看到你摔破脑瓜子,"中校插话道,向克兰拉鞠了个躬,"威洛比今天把米德尔顿小姐完全托付给我了,这是她同意的,不是吗?"

"我不知道,"她说,显得没精打采的,似乎正在回忆什么,"我是不是在这儿还不一定。我还不清楚我父亲的打算。我得找他谈一下。如果我在这儿,克罗斯杰也许喜欢下午与我一起骑马。"

"哦,对,"孩子叫道,"我们越过波顿,穿过默赛,登上克洛沙比坎山,下了山便是阿斯平威尔村,那里有一块适合骑马的公地。然后我们可以涉水过河!"

"这对你是有吸引力的。"德克雷向她说。

她笑笑,握了一下孩子的手。

"我们不会不带你去,克罗斯杰。"

"小伙子,你游泳时没带梳子吧?"

中校的这句话提醒了小克罗斯杰,他想到在他崇拜的小姐眼中他那副蓬头散发的样子,不禁涨红脸,向她亲切地瞧了一眼,便一溜烟走了。

"我喜欢那个孩子。"德克雷说。

"我爱他。"克兰拉说。

克罗斯杰那诚实的小脸,那时常眨动的眼睑,对她说来都是美好的。

"说到底,米德尔顿小姐,威洛比为他作的打算,从你可以处于他母亲的地位这点考虑,其实并不那么坏。"

"我认为那很坏。"

"你看来不愿考虑,这孩子留在陆地上多么幸运,他可以得到你更多的照料,这是他穿上海军制服便不能得到的!"

"你和威洛比谈过他的事了。"

"昨天夜里谈过一次。"

她想:是认真谈的吗?

"威洛比什么时候回来?"

"我只知道他得回家吃饭,因为秘密酒窖的钥匙在他手里,而米德尔顿博士对他的酒又大为称赞,使他脸上有光。承蒙威洛比看得起我,认为我能使你感到愉快。"

她一面迷惑不解地思考她的父亲和酒的问题,一面要求德克雷中校再劝劝威洛比,请他全面考虑克罗斯杰的未来,并采取相应的行动。

"他似乎也很喜欢这孩子。"德克雷露出沉思的神色这么说。

"你不相信吧?"

"我相信。人是奇怪的东西!他也一样,对我们宽宏大量,对他喜欢的人态度也不错,只是有些专横,不是吗?"

"如果他们违背他的心意呢?"

这是作为问题提出的,不是随口说说的口气。她叹息道:"我可爱的克罗斯杰!我倒是愿意自己为他掏钱,我宁可这么做,也不能让他失去机会。只是我还不能决定,是不是要这么提出。"

"也许我错了,米德尔顿小姐。据他说,孩子也喜欢他呢。"

"他可以这么说。"

"我认为,他喜欢担当北极星的角色,这也是人之常情。"

"但他不可能成为北极星。"

"在其他问题上,你的影响可以压倒一切。"

"并非如此。"

德克雷漫无目的地朝天空望了一会。

"看来我们会有一阵子相当好的天气。奇怪的是每逢国内天气很好的时候,我们却想朝国外跑。我本来打算到地中海旅行一次,只是为了参加你的婚礼,才把它推迟了。"

"真的?"她忍不住问道。

"难道不应该吗?"

她一时作声不得,沉默了一会。

德克雷打破沉默,挽回了这个僵局。"我写了半篇谈蜜月的文章,米德尔顿小姐。"

"半篇文章与写了一半,是不是一个意思,德克雷中校?"

"一个意思,不同的只是,从一个方面看,它已是一篇完整的文章。"

"这是指哪一个方面?"

"单身汉的方面。"

"单身汉何必为这类事操心?"

"因为他受到了冷落,必须找些安慰。"

"他感到嫉妒?"

"这是必须承认的。"

"可是他保持了自由。"

"如果这是一件没人要买的货物,他不知道它有什么价值。"

"为什么他要出售它?"

"因为他想完成他的文章。"

"这会使文章变得枯燥乏味。"

"我们在这里接触到了问题的要害。因为关键就是怎样才能从两个人构成的单调生活中挽救这对夫妇?单身汉的建议是这样的:当一个人找到了可以共同过沉闷生活的正确人选后,如果可能,一走出教堂,应该立刻开始含有惊险色彩的一系列旅行,让他们的生活从第一天或第二天起便处在危险中。单身汉的孤独是他个人的事,他不必面对另一张脸,为他在那张脸上造成的既使他同情又无法改变的痛苦表情感到害羞;他的伴侣只是枕头,他可以随心所欲惩罚它,如果他要来个彻底改变,他也可以把它翻个身,然后躺在上面安心做梦。可是我们可怜的夫妇睡不着,只得大睁着眼睛。他们的梦都已经做完了。他们瓶中的美酒已经喝干,或者瓶子都打碎了。可是她却渴望使用她的舌头,而他对这些老调只想打呵欠。他们没有意识到,他们已经无法谈天,他们像暴雨之后的沙漠一样已经饱和。这样,一有可能,她便去找她的女朋友,他也跑回了他的俱乐部。这便是我们的单身汉看到的和希望避免的一切;如果他看不到这些情形,他便会自投罗网,走到门口,跪在早晨的露水中,向他见到的第一个送奶女工求婚。"

"单身汉很幸运,能从你的文章中吸取教训,免得重蹈覆辙。"克兰拉说;正如他所希望的,这引起了她的兴趣。"那么给我谈谈,你建议的那些惊险活动吧。"

"我有一个朋友划着船,带着他的新娘从议会大厦出发,上溯泰晤士河,经过塞文河,到达北威尔士,一路上穿过了不少美丽的堤坝和激流。"

"那很有意思。"

"他们经历了许多险情,从中获益不小,最好的证明便是他们忘记了他们自身的一切,只顾得到他们经历的各种危险。"

"这两人回来时一定兴致勃勃,使你很满意。"

"他们回来时容光焕发,像水手眼中的灯塔。你想,米德尔顿小姐,旅途中既有风景,又有运动,又有不时出现的危险。我认为这经验是值得介绍的。景物永远在变换,变得又不太快;它不像高山那么庄严,害得他们只能不断地大叹其气。在呼啸的狂风中行走和在和煦的西风中遨游,这两者是不同的。他们有新鲜的空气和活动,不是待在火车车厢中;他们可以尽情欣赏他们看到的一切。她掌握着舵绳,那是一个聪明的开端。丈夫整天都在表现他的男子汉气概,努力划船,一分钟向她鞠躬几十次;她兴致来的时候,只是欠欠身,就算帮了他一把。他们脸对着脸,保持着应有的状态,没有必要面面相觑又无话可说,因为,你知道,他们手头有事可做;小船正是他们所需要的第三者,它从不干扰他们,又必须得到他们的关心。他们明白他们必须同舟共济,一起前进;一切符合正常状态;不论他是否得为生活操劳,他的能力得到了证明。米德尔顿小姐,你认为怎样?"

"我认为这值得推广,德克雷中校。"

"可是万一船翻了,他们便得掉进水中!"

"你忘了夫人的梳妆盒。"

"铁皮上的锈斑成了他英勇抢救它的永恒纪念!对了,还有另一个办法,那更加巧妙,这就是把谈情说爱改成朗读剧本,免得老是重复同一些话,弄得耳朵的鼓膜对可怜的头脑而言,真的变成一面鼓;在他们走进教堂,把名字签在决定命运的婚姻登记簿上以前,先跟外省的一个戏班子签订合约,等到婚礼结束,立刻坐上他们的四驾马车一起出发,于是她做了一个月的吉蒂·跳跳蹦蹦夫人,他做了一个月的哈利·逍遥自在先生。这真是一次眼花缭乱的蜜月旅行!我惊奇的是还没看到一对新人这么做。这时他们可以游历各地,观看生活,在戏班里逗笑取乐,然后朝气蓬勃地回来,恢复他们原来的角色,而不是让自己成为不是野蛮人的野蛮人,不像非洲人的非洲人——据我所知,这便是他们给人的印象。许多人本来可以无限幸福,但是平凡的蜜月生活给他们造成了无法挽回的悲惨后果。从我来说,我更赞成第二种作战方式。"

克兰拉发觉他在等她回答,便说道:"也许这是因为你喜欢演戏的缘故。但必须双方都具备这样的条件才成。"

"米德尔顿小姐,我敢保证,我对舞台生活和冒险活动同样都有热情。"

"你是希望大家都有这种热情呢。"

"只要我的先生身上还蕴藏着一点热情,他的夫人便能点燃它。这在她是不费吹灰之力的。"

"万一他毫无热情呢?"

"那么恐怕他们就得在死一般的沉闷生活中打发日子了。"

她只得让沉默来回答了;她知道,沉默也往往含义深远;她已经控制不住内心的倾向,提供了一点线索,这便是那句话:"万一他毫无热情呢?"一时间沉闷仿佛笼罩了她整个身心。

她充满了反抗和愤怒的情绪,她的处境令她忧心如焚;如果她现在还为她做的任何事感到羞愧,那么这羞愧也已变成愤怒,投向给她制造绝望的痛苦的人了。责备自己的时刻过去了,也许要到获得自由之后,它才终于会重新出现。目前她丧失了审视内心的能力,不知自己该怎么办,所以当她意识到她对威洛比的朋友有了准确的理解时,她就在心里感谢他,因为他做的一切都是为了使她快活,并且在一定程度上获得了成功。这样,下午与他和克罗斯杰一起骑马,成了她想望中的愉快消遣。

利蒂希娅的到来使她与德克雷中校分开了。米德尔顿博士没有出现,最后才在早餐桌上露面,见到女儿,他不禁心乱如麻,额上时不时像地形图似的布满了一条条皱纹。人间的景象比一位好好先生良心不安的表情更值得我们同情的,恐怕并不多。

神学博士的烦恼是明显的。埃莉诺小姐和伊莎贝尔小姐看出原因在于他的女儿,不免在心里责备她,很想帮助他脱身;但他为了这个目的却求助于戴尔小姐,谁知戴尔小姐并不同情他,把这个任务推给了克兰拉,要她陪她父亲离开餐室。他只得招呼维农,然而维农只点了点头,便跟克罗斯杰一起从落地窗走了。

米德尔顿博士退场时那种可怜巴巴、受人挟制的样子,德克雷中校只消看上半眼,马上明白,这家里的人分成了两派。起先他想到的是,可能会有两三天见不到米德尔顿小姐,这使他有些惆怅;接着他发觉,维农·韦特福德和利蒂希娅·戴尔在支持她,他们的行动叫他纳闷,看不出他们的目的何在。因为他属于那种头脑既清楚又糊涂的先生,他们总是抱着自以为是的先入之见在观察人间戏剧,把世上的男男女女都看作一局杂乱无章的象棋中的棋子,每颗棋子走着对自己有利的路线。尽管作为一个殷勤、坦率、勇敢的伙伴,他是难能可贵的,他在他那部分世界里的经历,却养成了他那样的观点。但是他的思考可以比作一只变化不定的风速表,晃动的指针无法固定在一个位置上,因此不久他便抛开了这些想法。他依靠他的感受和直觉,把注意力集中到了那些主要人物上,其他人在他眼里只是为了确立他的假设:一个家庭分成了派别,那么根源一定在于有了一个使大家着迷的人。这永远是海伦①的成绩。米德尔顿小姐在他眼里便是人间少有的迷人尤物;她的笑容像阳光一样温暖,她的微笑又像树荫一样清凉;这位妙龄女郎天然就是为情人提供的完美音乐。

她在世上每个男人眼中都是这样,一点不差。高尚的教养没

---

① 希腊神话中最著名的美女,对她的争夺引起了特洛伊战争。

有使她姑娘家的温婉变得冷若冰霜。然而威洛比做到了这点。这个想法的介入干扰了对她的绚丽多彩的描绘,然而他不得不承认这点,因为它使他想起了一些事例,它们证明这两人确实并不和谐。

现在(因为毫无指导思想的纯粹的冲动在我们心中是根本不存在的,尽管我们可能在一定的指导下成为盲目的代理人),他作为一个正直的绅士,必须对那位不懂得他所赢得的珍宝的价值的人,发出猛烈的指责。威洛比怎么能像一只十足的蠢驴那样处理问题呢!德克雷知道,从内在的气质看,他是生硬、古怪、苛刻的,妇女们都这么讲他;他曾经使一个女人,那个无所畏惧的康丝坦霞受不了;他还把一个为他作出了比康丝坦霞大得多的牺牲的女人,折磨得半死不活。对于克兰拉·米德尔顿这么一位绝代佳人,威洛比的行为尤其不可理喻,荒谬绝伦,令人鄙薄。何况这是在结婚以前!是在追求那个姑娘的时候!男人的这种情形发生在结婚十年以后。

这个思想把他带到了十年以后,他恋恋不舍地想象着这位年轻少妇风韵绰约的仪态,在她身上年龄没有留下一丝痕迹,她有主妇的精明,女人的甜蜜,也许还有了一对儿女,她爱他们,然而她从未得到过一个男人的爱。

想到克兰拉·米德尔顿这样一个少女到了二十九岁,有了两个漂亮的孩子!可是还从未得到过一个男人的爱,也可能还没爱过一个男人,这使中校感到痛苦。

为了平息心头的烦恼,他只得重新考虑,仍把她看作年仅十九岁的未婚少女。

但是她订了婚,她没有得到爱。我们可以打赌,她没有得到爱。她也不是那种有了一幢大房子,一个神气活现的丈夫,便心满意足的姑娘。

这时突然发生了急剧的变化,克兰拉的不幸历史换了一副面貌,她不再是得不到爱,只能得到两个孩子的安慰的主妇;一个没有孩子的克兰拉,经历了爱和被爱的悲剧的克兰拉,从未来这面模糊的镜子上显露出来了。

但不论哪一条路,她的命运都是残酷的。

德克雷有些惊讶,发现他在这片想象的沼泽中竟走得这么远。他明白,前进或后退完全由他自己选择,他选择了前进。但是想象已经幻灭,在她周围盘旋的诗意从他眼前消失了;他站在沼泽中,这便是他知道的一切;一时间他又向前深入了一步;他萌发了一个强烈的愿望,想看看她的脸,以便再次端详她的容貌;别的他什么也不想知道。

这是头脑被男人的感情包围了,它终于明白,它已陷入了情网。

惊讶仍在一定程度上控制着他。在这以前,他的所作所为只是损害妇女,逃避她们的报复。在米德尔顿小姐的容貌和神态中,究竟有什么打动了他这个情场老手,这个年已三十六岁,几乎也征服过同样数目的女人的美男子?"每颗子弹都打中了目标。"现在他自己终于给打中了。弗利奇闯的那场祸射出了这颗子弹。它穿透了心,却没有让我们意识到我们的不幸,直到要求这颗心恢复正常的跳动时,我们才发现这点。他想到自己怎样直挺挺躺在路上,米德尔顿小姐怎样站在旁边低头看他,后来又与他一起走回庄园,他的心便像瓷花瓶一样碎了。她说了什么?那是些什么话?她什么也没说,她只是流露了一点意思。他一刻也没有认为她迷上了他,相反,她的魅力却深深吸引了他,使他心旌摇曳,以致那种纨绔子弟的轻薄作风再也无法抬头。不过她还是很欣赏他的夸夸其谈;她逗他打开爱尔兰人的话匣子,他也满足她的要求。谁会看不出,这么活泼的一个姑娘,在威洛比这种人的控制下,马上会变得死气沉沉？她已经是这样了,别人祝贺她逐渐临近的婚礼,她竟不置一词。提到这事,她的笑容便消失了。弗利奇的遭遇,为他重返庄园做工而提出的半开玩笑的打赌,都最终证实了她对威洛比的看法。

这使他再一次感到,必须为威洛比的愚蠢好好骂他几句。为什么这个人要惹她不高兴？在有些方面他一定在惹她生气。

如果威洛比像米德尔顿小姐一样,也希望解除婚约,那怎么样？……

在这一瞬间,那位专事奉承女人的漂亮军官证明,他那颗男人的心比他想象的更为完整。这想法非但没有使那个伟大器官欣喜跳跃,还对它发生了抑制作用。

要知道,他有的不仅是男人的心,而且是一颗征服者的心。他属于情场英雄这一类,他们的光荣便在于追逐、攫夺和征服：从情敌手中夺取战利品,让爱情在女性美好的内心斗争中日趋成熟,然后以温文尔雅的古老方式克服抵抗,摘取果实。最后她们怀着惴惴不安的甜蜜心情,献出了一切。他为她们的这些表现感到得意,哪怕他的血已冷了一些,因为社会崇拜捕获者,在一定程度上也因为竞争总可以提高战利品的价值,使我们的虚荣心在回忆中得到新的满足。

再说,他和威洛比较量过,这种情况发生过两三次。他说得出他赢得的一个女人的名字,也说得出他失去的一个女人的名字。威洛比的大量财产和优美风度,使他在开始时占据了优势。但开始往往意味着竞赛还在进行,而涉及女人,这多少得靠点运气。

但是德克雷中校那颗飞驰的心受到的小小抑制,持续了不过一秒钟——一往直前的奔跑中向旁边的简单一瞥。克兰拉的迷人魅力对他这种性恪的人尚且如此,那就是说,使他迷上了她,那么这便在一定程度上证明,她对普天下男人的心都具有支配的力量；

265

因此他相信,哪怕她给人抛弃了,争取她还是值得的。

现在他有了加倍的理由,对威洛比的愚蠢感到惊讶。威洛比对待她的态度来自他的脾气,或者对她的厌倦。在虚荣心和判断力的指引下,德克雷猜测是前者。关于她对威洛比的不满情绪,他已得出了自己的结论。他相信这点,这使他认为,他对她的性格已掌握了绝对不错的认识:她是一个安琪儿,天性温柔多情;她的心灵是属于天上的,只是她学会了六七种人间的诡计。"不安分的小雌马"本是他惯用的说法;但是她的举止和目光,不允许用蘸了肮脏的阴沟水的画笔描绘她的形象。

那么,现在让我们看看,他是不是有生以来第一次猜错了!如果没有错,他还有机会。

帮助一个姑娘摆脱她所不满意的婚约,这没有什么不光彩。企图把这看作为威洛比打算的想法,半途夭折了。德克雷放弃了这种自欺欺人的诡辩。它最终对威洛比有好处,这是毫无疑问的。正是这点可以抚慰他男子汉的荣誉感。然而同时他得面对把威洛比看作情敌的思想,作为一个朋友,他的荣誉势必遭到世界的白眼。

这些思考使他对米德尔顿小姐情意绵绵。然而必须承认,德克雷中校心头的热情有时也会清醒一些,因为他没有忘记,那两人在婚约问题上情投意合的可能性也是存在的。尽管可以指望,他们的结合不会融洽,但它能使一篇爱情故事变得平淡无奇,使第三者在这出戏剧中成为一个傻家伙。没有一个男人喜欢扮演这类角色。那些女神[①]的心上人如果写过回忆录的话,便可以证实男人在这方面的感受,哪怕他们赢得的是至高无上的女神。我们看到,

---

[①] 指希腊神话中的女神,她们往往与一些美少年热恋,给他们带来各种烦恼或不幸。

他们扮演了什么角色。

德克雷从实验室前往马厩,穿过门厅时,克兰拉刚好走出图书室,正在关门。他随口搭讪了几句,没有站住,也没敢多看一眼他渴望见到的那张脸。

他看到的脸色叫他担心,她今天恐怕不会跟他一起骑马了。但是他们第二次见面时,他便放心了;她一身骑马的装束,脸色也变得兴致勃勃。他向自己发出了指令:一定要顺着她的口气讲话。

他天生也像克兰拉一样敏感。但经验把他推到了前面,使她的想象力望尘莫及。同时经验也伸出了清醒的手指,约束着他的实际步骤,命令它们把主动权让给她。她讲得很少。骑着马在前面慢跑的小克罗斯杰,成了她心爱的话题。从清早到现在,她已变得很多。他试图活跃一些,碰碰运气,但没有成功;她最欢迎的还是严肃的英国作风。退后一步自然就会变成多愁善感。她提到了一件使她遗憾的事:新教国家禁止妇女戴面纱①。幸好德克雷没有作声;除了穆斯林,他不知道还有什么人戴面纱;等他恍然大悟时,他只得向自己承认,盲目追随年轻女人的思想,只能使男人智力衰退,麻木不仁。半小时后,他重蹈覆辙又作了一次傻瓜,以为她是在向他吐露心事。这次也是沉默帮助了他。

到了阿斯平威尔村,她从胸口掏出一封信,叫克罗斯杰把它投进邮箱。孩子大声念道:"露西·道尔顿小姐! 多好听的名字!"

克兰拉不动声色,似乎这名字并未泄露什么。

她对德克雷说道:"这证明他不应该留在这儿,光知道什么名字好听。"

她的同伴答道:"你可能是对的。"为了避免显得太低声下气,

---

① 修女外出均得戴面纱,因此戴面纱即当修女或过独身生活的意思。又,隐修制度只在天主教内实行,英国国教属新教系统,不实行这种制度。

他又道:"男孩子都这样。"

"不一定,只要他们有严格的老师,每天教他们读书,懂得一些生活的道理。"

"维农·韦特福德还不够严格吗?"

"韦特福德先生的作用会受到这儿其他影响的干扰。"

"你是指威洛比?"

"不是指威洛比。"

他明白了她的意思。她的委婉暗示是坚定的。这使他那颗男人的心对她肃然起敬;能够这么深思熟虑,或者敢于这么直言不讳的女孩子并不多。他看到,她变得十分严肃,感到她对孩子的爱已超出了少女的感情,这是母亲的爱。

她的严肃态度启发了他;不把信放进庄园的信箱,却带到远处的乡村投寄,这也许不容忽视;她不见得是担心她的私人通信权利遭到侵犯,但是我们喜欢看到我们的重要信件投进公共邮箱。

由此可见,这封信事关重大。在变化无常的少女的行动中,也可能有内在的联系。这与她谈到面纱的话,以及其他事情,那些还没形成语言,只是作为一种情绪流露出来的迹象(它们与她的处境是有关的),放在一起看,这么推想并非毫无理由。她甚至可能是一个完全统一的人。只是必须有一把适合她的钥匙!

她讲起过,假定她能说服她的父亲,她要立刻到伦敦去一次。德克雷想起了昨夜门厅中发生的事,还有她的忧伤表情。

他们沿着阿斯平威尔公地驰向可涉水而过的滩头;那里水很浅,小克罗斯杰并不满意;他们与他保持着一段距离,让他可以赶着小马在溪水中来回奔跑,他兴高采烈,溅起了不少水花,俨然是一位水中之王。

迅速的奔跑可以使血液冲击头脑,使我们的思想变得活跃,于是感情主宰了它们。

德克雷在骑马疾驰中只觉得全身热乎乎的;他大胆提出了一个试探性的问题:"我能知道女傧相们的名字吗?"

奔跑给了克兰拉勇气,她直截了当地回答道:"没有必要。"

"我无权过问吗?"

她没有作声。

"比如露西·道尔顿小姐;对于她的姓名我几乎与克罗斯杰一样喜欢呢。"

"她不会当我的女傧相。"

"她拒绝了? 让我们一起向她要求。"

"向所有的人要求,还是向她要求?"

"难道所有的女傧相都拒绝了?"

"这种场面太叫人恶心了。"

"是指婚礼吗?"

"女孩子们已对它感到厌恶。"

"厌恶结婚仪式? 应该克服这种厌恶情绪。"

"有些人做得到。"

"道尔顿小姐做不到吗? 你使我不得不提出异议。"

"你喜欢那么办?"

"你是指争取她的同意? 这当然。"

"喜欢那种场面?"

"什么场面?"

"结婚!"克兰拉喊道,冲下了浅滩;她担心无法克制自己的愤怒,发出疯狂的叫喊——啊,父亲! 是你迫使我走上一个少女不应走的道路! ——她忘记了威洛比,只记得她的父亲;她要求他,差点向他下跪,他还是不肯为她离开一个舒适的家庭,不愿倾听她的解释,回答她的总是那几句像丧钟一般可怕的语言,仿佛他是聋子,什么也听不懂。

269

德克雷让她独自赶到前面，与克罗斯杰在一起。他们进了一条狭窄的小径，两旁是五月的绿色树篱，在它幽暗的深处是可能有鸟蛋的。这条小径不允许三匹马齐头并进，中校只得充当后卫，聊以自慰的是可以端详米德尔顿小姐的背影；但是她积极参加克罗斯杰掏鸟蛋的娱乐，这对于一个刚给她逗得心猿意马的先生来说，却不是一件有趣的事。她讲到"结婚"时那种鄙夷的口气一直在他心头回旋。显然她对他的态度已开始变得随心所欲，完全把自己置之度外了。

她在下马之前，一直与克罗斯杰并排前进，中校不得不听任一系列沉闷的思想占领他的脑海，它们跟大象一般笨重，他却把这当作了它们的自然重量。我们放弃主动不会不受到惩罚。这么做的人就像一支骑兵部队只知防守，不知进攻，一支小分队的袭击就能把它打得落花流水。

收复失去的阵地的焦急心情，使他的思想按照实际的标准，回到了一定的范围内。

两种对立的想法像决斗者一样准备来个你死我活，它们同样使他感到吃惊，一个是：她可能证明，他从认识她的一天起，根据她对威洛比的态度作出的猜测，决非子虚乌有；另一个是：她也可能证明，她只是一个典型的轻佻女子，不论有夫之妇还是寡妇都值得向她好好请教。

这两位对阵者在互相射击，但谁也没有倒下；战斗尚未定局。然而不论结果如何，他还没遇到过比克兰拉·米德尔顿更有诱惑力的女人。她那声厌恶的喊叫："结婚！"出自一个少女之口，似乎已不再是古代妇女为摆脱羁绊而发出的柔弱的呼吁，它表达了一种纯洁、冷静、强烈的自尊心，这把他对她的向往移植到了一个更高的领域。

# 第二十三章

关于脾气和策略的结合

这时,威洛比爵士正在按照他对自己的责任的理解,采取他的行动。他接受了一个自欺欺人的简单观念:脾气和策略的结合可以产生美满的效果。

这个错误观念由来已久,显然什么也不如它那么富有希望,何况联合是双方共同的愿望。然而人性的理论家会说,它们是两种截然相反的气质。这很对,因为联合建立之后,没有哪一方会完全接受它的约束;它们一旦使尽了自己的花招,便不再安分,企图脱离关系。但是它们相互之间确实存在着吸引力;只要在一颗心中碰到,它们马上会拥抱在一起,并且希望它的主人像主持婚礼的神父一样,立即为它们的结合祝福。道理很清楚:脾气为了保证它的出现合乎情理,需要像策略一样具有深思熟虑的外表,而策略为了更快地证明它的精明强干,也必须得到脾气的急躁作风的支援。

然而在这一对难分难舍、又反复多变的伙伴开始接近的时候,还是下决心阻止它们结合的好,哪怕是偶然的暂时结合;因为当它们还只有一点影子,刚在阴谋策划的头脑中会面时,它们那惊人的甜蜜表现是比发酵的葡萄汁或巫师的药酒更能令人陶醉的;它们在足智多谋的伪装下,会使我们像父母一样对待它们的不轨行为,那种在神志清醒的人眼中,比异教的农神节①更加荒诞不经的行为。这些话确实理直气壮,但是在我们兢兢业业通过人生的任何道路时,我们都难免要经历一些精神振奋的状态;这是事情本身决定的,也是居住在每个文明人心中的理性所同意的。

一开始你就得确定,脾气对策略是致命的;你得把它们放在两只手里,彼此分开。有人可能还得加上一句:对你的策略要持怀疑态度,对你的脾气要持克制态度,这样你才算得聪明。另外,你也不妨从古圣先贤留给我们的大量陈词滥调中选择两三条,结合这些久经考验的至理名言加以运用,让它们节制你的行动。它们是有用的,可以对你的认识起振聋发聩的作用,为你出谋划策,使天性鲁莽、年轻气盛的行动与你的认识取得和谐的统一,因为前者往往只知道直截了当,不懂得灵活机动,只有在它的脑瓜上用木棍猛击几下,它才能保持清醒的步伐,至少会在危险的拐角上提高警惕。

至于威洛比,脾气对策略是致命的这点已不用别人教他,非但如此,他还开始看到,他所纵容的脾气,对他目前采取的策略危害特别大。在昨天对未婚妻皱眉头表示不满之后,他今天跨上马背的意图是明确的,也可以认为是明智的,然而现在他已感到不对,因为在追求一种无法获得的满足时,命运把他推得离她更远了。

她的行为使他不得不采取一条策略的路线,单单这点便叫他的脾气受不了,这无异是对他的挑衅。

他觉得他受到了不公正的待遇,她不仅严重地伤害了他,而且颠倒了他们固有的位置,夺走了原来属于他的、应该由他来守卫的地位,打破了他要求别人对他低声下气的习惯,因而使他丧失了向她提出严格要求的权利。男人世代相传的对财产的敏感情绪,谴

---

① 古罗马的农神节是狂欢的节日,在这期间一切纵情放浪的行为都不算犯罪。

责她轻举妄动,犯了侵权行为;他的家庭,他的佃户,他的邻居,以及整个世界,都可以做证,他自己也知道,在他得到他应得的权利时,他是和蔼可亲的,他感到自己受到她傲慢的不友好对待,在一定意义上可以说包含着殉难者的精神。

最仇视他的敌人也不能宣称,错误在他这边。

克兰拉本人也从没放肆到敢于这么说。对他个人的厌恶,在这社会的宠儿看来是不可想象的。这个随心所欲的女子也许需要严加惩处,才能头脑清醒,明白男人掌握统治权是天经地义的。

但是统治权在他手中吗?如果他还保持着对她的控制权,毫无疑问,他可以随时对她实行制裁,任何形式的制裁;他可以不理睬她,给她看冷面孔,还可以用挖苦、怜悯的微笑、讥刺、向别的女人献殷勤等,弄得她无地自容。如果他还能控制她,这些事他都可以做,而且做得很好,因为他相信他的和蔼可亲是众所周知的;这么做的时候,他可以感到这不像是他做的,他仁慈的天性也会在他实施惩罚的时候安慰他。确实,他是仁慈的,冷酷使他痛苦,那是世界硬加给他的。他的心沉浸在这种虚构的情景中——所有还在跳动的心,有一半在一定程度上有过这种体验,这使它们可以怡然自得;它们需要给予的惩处,实际上不过是一颗受到侮辱的善良的心所作的正义报复。形象地说——也可能真会这样——克兰拉跪在地上,于是他扶她起来,宽恕了她。他盼望着这一天。好让她明白,她对他的理解多么肤浅!如果这样,那么她造成的痛苦是值得的,重新迸发的信任的溪水将从这里流出,使他在她眼中恢复原来的面貌;当然,这是指他的精神面貌,不是指世界所看到的他的面貌,尽管世界有理由对他表示敬意。

然而首先必须使她屈服。

他的耳边响起了一个声音:他已失去了对她的控制权。

在这种情况下,他的任何打击只能使她跑得更远,最后使他们之间的裂口终于无法跨越。

每逢回顾他所受到的伤害时,这些思想便像老式水车的水轮叶片在他头脑中旋转,他决定,结束这种永恒的旋转的最好办法便是不放她走。他以前得到的是这个结论,现在还是这个结论。这便是他的报复。它符合他的心愿,她是这么甜蜜!她在他面前显得光彩夺目,像一阵微风吹过阳光照耀的水面。他想到她,呼吸便变得急促了。

这个年轻女子太可怕了,她比绝色美女更使男人迷恋。

放走她,这无异是发疯。

她给他的印象,就像在久别之后看见伟大的帕特恩庄园,而欢迎他的旗子在帕特恩公馆上空正自豪地流泪!

放走她,这无异是背叛。

那对她也是残忍的。

他必须考虑到她还年轻,这个失足者过于年轻,愚蠢是可以原谅的。

一朵花,我们闻厌了,不想再戴,便把它扔掉。但是抛弃这朵玫瑰——一个少女——是不能不留下恶果的。一个以男子的形态出现的魔鬼,总是站在我们背后企图乘机抢走她。他捡取那个被抛弃的东西,这是偷盗行为。威洛比在利蒂希娅的问题上,已有过这种感受,更何况是克兰拉,她的娇美大大超过了那朵凋谢的花,这是他现在也能感到的。她的姿色那个化身为人的魔鬼见了,不可能毫不动心;想到他在把她的美貌和香气榨干以前,就让她躺在路边,他便觉得不自在,仿佛有一万个复仇之神会集到了他的心头。

从另一方面说,假定她躺在那里,无人理睬,遭到了普遍的冷落,连那个明智的魔鬼也像狗一样嗅了嗅,便扬长而去,以致多年来她成了老处女,那么他势必感到悔恨莫及。面对一个憔悴的失足者,想到我们的惩罚未免严厉了一些,温柔的悔恨心情便会变成一种愉快的感觉,为我们所采纳。看到她自怨自艾,他自然愿意对她仁慈一些,尽力作出一些小小的妥协。不过这得视她的年龄而定。假如她看来还年轻,他们之间便可能进行一场动人的谈话,它大致便像人们所熟知的那样:

"可怜的姑娘,难道这是我的过错吗?你孤零零度过了没有爱情的青年时代,这应该由我负责吗?"

"不,威洛比!是我犯了不可弥补的错误,应该责备的是我,仅仅是我。我一生要为此忏悔。我并不想得到你的原谅,因为我不配。如果我得到了它,我便应该知道自重,把它珍藏在这颗配不上你的心中。"

"当时我可能不够耐心,克兰拉,我们都是人哪!"

"对一个为我忍受了这么多痛苦的人,我永远无权提出这种指责!"

"然而,我过去的爱人——我这么称呼你,因为我只是在引证历史——我也不可能是毫无过失的。"

"对我说来,你过去没有错,至今没有错。"

"克兰拉!"

"威洛比!"

"我们两人一度几乎是一个人!差不多已经是一个人!现在却要永远分开,难道我必须承认这个痛苦的事实吗?"

"这是我不可避免的命运。我的朋友——我可以称你朋友,因为你曾经是我的朋友,最好的朋友!啊,我曾经有过一双能识别朋友的眼睛!威洛比,在黑暗的夜里,在那些对我的心灵也像黑夜一样的白天中间,我只看见一只无情的手指在引导我穿过荒野,走我寂寞的道路,我的任性和固执,我的荒唐和罪恶,已使我失去了我的天堂。我们又相遇了。这是我不应该得到的幸运。让我们分手吧。在宽恕中永远分手吧。啊,这是一个多么可怕的词!它是我们年轻的感情铸造的,今天,当我们失去了人间的一切珍宝时,它成了我们的唯一财富,这是自我克制签发的护照,它可以带着我离开这痛苦的考验,走向我的末日。威洛比,让我们分手吧。还是这样比较好。"

"克兰拉,让我们再亲吻一次,仅仅一次,最后一次,一次神圣的吻!"

"如果这可怜的嘴唇对你曾经是甜蜜的……"

这个吻成了这篇幻想的大作的结束语,它那些哀艳凄恻的对话,则是威洛比爵士从他心爱的当代读物中得到启发而编成的。

是的,她得到了一个吻,一个不平常的吻。它的意图是把她衰退的魅力的全部残余吮吸净尽;在这个背景上,一些流言蜚语便会应运而生,给她这桩悬案带来一个差强人意的结局;人们纷纷传说:"她永远怀念着他,对他保持着神圣的回忆";正如他那些脍炙人口的风流韵事一样,它也会为人传诵不息。

不幸的是这个想象的亲吻礼,把一个活生生的克兰拉召回了他的心中。她像一阵风突然从空中兴起,把一艘华丽的船吹到了礁石上。

他的白日梦把他推进了严重的混乱中。情欲的奴隶同奔跑的野兔一样,是绕着圆圈思想的,他的终点便是他的起点。推动他开始奔跑的是她的甜蜜形象,绕了一圈,他又回到了她的甜蜜形象上;这是不能计算成绩的,他自然不满足;你只要想想,她的行为使她对他成了一朵云,便可明白他的痛苦如何之大了。

他骑在马上,没精打采地按辔徐行,跟那两个在沼泽地上骑马奔驰之后缓步回家的人一样。马竖起了耳朵,威洛比从山边小路上向下眺望,只见小克罗斯杰正一马当先,穿过阿斯平威尔公地,向那可涉水而过的浅滩疾驰。后面那两人是谁,那是错不了的,尽管他们在下面,离他几乎有一英里之遥。他发现,他们并不想赶上孩子。他们在浅滩处勒紧了缰绳,谈话时不仅脸对着脸,简直脸贴着脸。一种威洛比自己也不明白的新奇感觉,仿佛把他们拉到了他的面前,他似乎看到他们在眉来眼去,互诉衷情。后来她突然跃马涉水,德克雷跟在后面,但并不太近。为什么不太近?她用她那种傲慢无礼的谈吐刺痛了他,这在骑马疾驰之后情绪兴奋时是很可能的。这种话威洛比早已领教过。它们是亲密的表现。

昨天夜里他向德克雷提出,要他今天下午陪米德尔顿小姐一起骑马。当时他全没想到,他和他的朋友从前曾作过情敌。他只希望让克兰拉快乐一些。策略要求利用每一条绳子,把她拴在庄园上继续作客,直到他可以控制他的脾气,与她平静地谈话并制服她为止;每个男人只要忍住性子,凭借一定的优势,肯定可以征服一个年轻女人。策略掺杂了脾气仍是策略,正是出于策略的要求,他今天一早才出外奔走,要在离帕特恩庄园五到七英里以内,给米德尔顿博士找一幢合适的花园住宅。只要神学博士对房子满意,接受了它(威洛比认为那个地点很恰当),这种邻居关系便会成为套在克兰拉身上的一条锁链;如果那位难以取悦(除了用多年陈酒)的绅士不喜欢那房子,他可以表示歉意,另行物色,好在他早已向他那个固执己见的女儿说过,他相信一定能找到一幢出色的房子。米德尔顿博士根据他的许多暗示,已形成了先入之见,认为克兰拉只是小题大做,夸大了情侣间的争吵,因此一切还大有希望,只要威洛比的策略得以顺利推进。

但是现在,意外的悲痛穿过了他的心头,向他指出,大量于事无补的脾气渗入了他的策略。德克雷对朋友的忠诚,在涉及一个女人时,往往不可信赖。它虽然存在,但已极不稳定,马上会变得面目全非,像诡辩论者随意摆布的理由一样。没有估计到他的忠诚的这种特殊性,便证明脾气给我们造成了盲目性。

德克雷有爱尔兰人的舌头,他对它控制得很好,它既能讲符合情理的话,也能信口胡诌。蔑视饶舌者的英国清教精神哪怕发挥最大的威力,也不能制止女人们喜欢他。显然克兰拉喜欢这种夸夸其谈,这使威洛比不禁大骂女人。这些没有头脑的东西,可是我们的荣誉却要由她们来决定,真是命运的嘲弄!

因为他不是饶舌者。他记得他在年轻时候也曾夸夸其谈,但他的夸夸其谈是为了达到一个目的,他希望人们把他看作一个生活优裕、无忧无虑、风流倜傥的小伙子,这与任何年轻人一样,他们恨不得他们的五万镑年收入变成一块金碟,钉在他们年轻神圣的后脑勺上①。然而逐渐成长的批判精神告诉他,他的夸夸其谈用的大多是粗俗的俚语;他正确地看到,这种艺术对他的家族和他的身份是一种有损体面的,于是他假装满不在乎,通过拘谨和厌烦的各种表现,完成了向蔑视饶舌者的纯正清教精神的转化。

女人喜欢饶舌者,你瞧,那些姑娘们!那形形色色的姑娘们多么不知廉耻!至少下面那个姑娘是这样!

已婚妇女了解他,寡妇也这样。他无意中把他认识的一个非常美丽、讨人欢喜的年轻寡妇玛丽·卢依逊,放在克兰拉旁边与她比较,他立刻发现——尽管这违反他的本意(他是宁可出现相反的情况的),尽管玛丽夫人有高贵的血统和社会联系——那位少女熠熠生辉的光彩一下子使可怜的寡妇变得黯然失色了。

这不幸的比较,结果只是把克兰拉的容貌衬托得越发鲜艳夺目,它给了他最后的致命的一击。嫉妒侵入了他的心坎。

在这以前,嫉妒对他毫无影响,他认为它是与他无缘的魔鬼,庸人的鄙陋的伙伴。不幸的人可能成为这种疾病的受害者,他却不然;不论奥克斯福德上尉,不论维农,不论德克雷,也不论哪个身

---

① 指神像脑后的光轮。

份、年龄、能力与他一样的人,都不能使他尝到这种心如刀割的苦楚;做到这点的是一个女人,不是男人;她造成的结果也与他目前这种走投无路、进退两难的状况完全不同,她从没使他当众出丑,只得靠嫉妒发泄愤怒。他曾夸口说,他是超越于这种可耻的感情之上的。

如果那是真的,我们就不必为他操这许多心了。跟那伙小精灵巡视一两趟,便可真相大白。但是他要得到克兰拉·米德尔顿的决心是很大的,只要看到一点点情敌的影踪,便妒火中烧,那个与他无缘的魔鬼转瞬间也占有了他,使他成了一堆火;为了准确起见,我们可以直言不讳,这是嫉妒之火,它确实带有铜绿的颜色①;但是只当我没有说吧。

不妨回忆一下诗人笔下的嫉妒。这是第三者闯进了两个人的天堂带来的魅影;这个阴险的第三者有时在前,有时在后,因此总是包围着我们;笼罩着我们,纠缠着我们;这是爱情的一张燃烧着地狱之火的石床;它让你看到和体会到一个害人的第三者潜伏在甜蜜的胸膛内;它把你拖进往事中,你发现那片美丽的伊甸园②已变得满目荒凉;它又把你拖到未来和荣誉的大门口,你看到它们染上了血迹;它使你三倍的爱那个可恶的东西,也使你要用三倍的力量扼住她的咽喉;这是被欺骗,被嘲笑,被凌辱,这是抛弃和哀求,这是有意识的恶毒的背信弃义,是报复的胜利保证和充足理由。

然而男人的感觉至今仍未改变,尽管他们的行为今天可能明智一些。

你知道,正是这种可诅咒的祸根使男人在许多画面上变成了疯狂的野兽;这对我们的利己主义是最无情的考验,它使利己主义

---

① 莎士比亚写过"要留心嫉妒啊,那是一个绿眼睛的妖魔"(《奥赛罗》第三幕),从此"绿眼睛的妖魔"在英国成了嫉妒的同义语。
② 《圣经》中的人间乐园。

者分化成了两个自我,他的思想集中在另一个体上,然而这个体仍是他自己,只是在另一个胸膛中;为了发现自己,他必须观察和研究它。他的贪婪张开了血盆大口,根据这点可以想见,他的嫉妒如何无法餍足。让她走吗?不,哪怕她在桎梏中窒息而死,使他成为公众嘲笑的目标,也不能放她走!他的决心是惊人的。尽管他不习惯运用想象力,他还是把她的形象召唤到了他的面前,直到他的眼球发痛为止。除了克兰拉,他什么也看不到,除了这个叫人无法忍受的女人,他谁也不恨,谁也不爱。他不知根据什么逻辑,认为她是与环境完全无关的个人,是她一个人造成了他的全部痛苦。我们知道,她已使他对这些痛苦作好了准备。一想到德克雷来到庄园后同她就并不陌生,顿时就把他的愤怒推向了德克雷;但不论他们之间是不是存在秘密,克兰拉是一切的关键。他的爱和恨都这么强烈,除了克兰拉,他对谁都不能保持稳定的观念。在她的目光下,他的心灵一会儿痛苦不安,一会儿又毫不怜惜地向她关上了门。她是他的所有物,却企图脱离他,这件所有物正在偷偷向第三者靠拢。

但是这也可以成为他——那个第三者——的痛苦!站在圣坛前面,看到她在灵魂和肉体上与另一个人紧紧结合,这无异是给放在一堆熊熊烈火上烤炙。

这对她也可以成为一堆熊熊烈火,如果她心里不愿意的话。可以设想,她的不满会烧死她,吞灭她。然而那时她已是他的!——你说什么?烧死和吞灭!那时对立便不再存在。她不愿与同她订过婚约的男子结合这件事,也就不再有人谈论,不再有人发觉了。

他终于相信她不愿与他结合。使他相信这点的全部事实只是公地上的那个场面;仅仅是这么一点火星,或者只是想象出来的火星!但是第三者的存在是必要的,否则他就得承认自己是个不受欢迎的人了。

女人可以把我们推回原始状态,也可以把我们送到比最高的星球更高的地方。究竟怎样,这在于我们自己。我们对于她们是什么,这得由她们来讲;对于我们,她们是我们的生活的正面和反面:是诗人的莱丝比娅①,也是诗人的贝雅特里齐②;我们可以自行选择。据说,有些光辉的女人是魔鬼豢养的使者,手掌上盖着黑暗王国的印记,而有些女人却是我们听得人们讴歌的仙女,但是哪怕这些话得到证明,我们仍得说,她们看到了我们的内心;她们在按照我们的好恶对付我们。她们对于我们,便是我们内心认为最好或最坏的东西。根据她们的状态,可以判断我们的文明;如果她们基本上还处在动物状态,那就因为原始人遍地皆是,他们需要得到饲料。既然领导权在我们手中,领导者只得对这判决低头服罪。为一个女人引起的嫉妒是原始利己主义的表现,它在担心权利遭到侵犯时,为了掩盖它发展到野蛮状态的本性,才采取了比较文雅的形式。这有点像老虎正把爪子紧紧按住一块鲜肉时,突然发现了来复枪的威胁;出于对入侵者的愤怒,它便撕裂了鲜肉。利己主义者是以大男子形态表现的男人本性,他的爪子下没有流着血的小动物,但有可以任意蹂躏的女性。尽管他在崇拜他、奉承他、可以供他欺侮威吓的女人中间,愿意表现得彬彬有礼,但他的愤怒却可以使一个贝雅特里齐变成莱丝比娅·夸德朗塔利娅③。

① 古罗马诗人卡图卢斯曾迷恋一个放荡的美女克洛狄亚,并为她写了一系列抒情诗,在诗中把她改名为莱丝比娅。
② 但丁的精神恋人;但丁为她写了诗集《新生》,后来又在《神曲》中把她写成带领诗人游历天堂的引路人。她在诗人心目中是一个绝对纯洁、美貌、高贵的女子。
③ "夸德朗塔利娅"是不值分文的意思,这是西塞罗给克洛狄亚起的外号,因为她放荡成性,可以为几个钱出卖自己。

女人怎样对付这场战斗,这得由她们自己来讲。她们可以作我们的利己主义的试金石,我们却不一定可以作她们的试金石。英勇地捍卫独立的女人,不论戴王冠的或不戴王冠的,行动大致相似,这说明,她们如果处在追猎的地位,她们也有可能像男子一样。但今天她们是处在被追猎的地位,差别便在这里。我们在捕猎中的表现告诉了她们,我们是怎样一种人。

虽然年轻女人的认识还很模糊,她们却因年轻而敢于憎恨,因此她们对利己主义者,便不像她们冷静的姐姐们那么能够容忍。何况只要她们看到的,她们都能无所畏惧地加以理解;如果女性的洞察力没有为克兰拉的行动指明方向,那么她做的一切就会变得不可理喻。她在他身上看到的情形,使她背离了他,要像躲避妖怪的洞窟一样躲避他的家。她已给露西·道尔顿发了信。不仅如此,如果她有机会把德克雷中校打发走,她还可能真的考虑,在热烈亲吻维农的学生之后,让下一趟驶过山那边的火车啸叫的汽笛声作她的旅伴,把她送往她的朋友露西那里;掉转马头返回庄园,使她感到恶心。啊,在那儿用餐!而且还得在那儿度过一天,甚至两天;那就是说,四十个小时,也可能是四十六个小时;何况不能入睡,没法在睡眠中让时间飞快的过去!

这是克兰拉内心的感叹,与此同时,可怜的威洛比一直在忍受着散发金属臭味的铜绿色火焰的煎熬,它把他那个空虚的胸膛烧得百孔千疮,跟一副腐烂的旧盔甲差不多了;这种盔甲我们不妨设想,是一个罪犯在青苔覆盖的水塘旁边挖掘潮湿的土地时,给他的灯光突然照见的,它上面沾满了奇形怪状的土块。怎样用别的话描绘这个伤心的人呢?他只觉得心里空荡荡的,但又异常沉重;那由来已久的你死我活的搏斗,使他痛苦难忍,忧心如焚;他的身上深深地刻着:

从这累累洞孔里,

灵魂早已经逃逸。

太难以忍受了;对一切他都无能为力,只是感到痛苦流连不去;思想斗争的结果便是这样。

痛心疾首的厌恶也不能救他脱离苦海,这他试过了;不当一回事也不成,他已有过深切的体会。她是健康的年轻女人这个事实,像被害后投进河里的尸体一样,重又浮上了他的思想,它不会永远沉没,腐烂的因素又会把它送出水面。他继承了家族的庄严愿望,要把庄园、财产和姓氏传给强壮的后代,这就一方面促使他厌恶和蔑视那种与他的地位相比显得卑下和短暂的性格,另一方面又使他对她优越的健康条件依依不舍。祖先们的意见要求作为他们的后裔的他,选择这个年轻女人作他的配偶。他便是怀着他们赞成他这么做的想法,对她进行追求的。啊,她多么健康!他也一样;但是如果说这是两个血统不同、壁垒分明的家族之间必然要展开的决斗,那么她是第一个让他尝到可能灭亡的感觉的人。

他不能宽恕她。因此他觉得,对她保持强硬态度,让她进一步体味到他的冷淡的滋味,这在策略上是必要的,尽管他心里像火一样在燃烧,恨不得马上把她搂在怀里压得扁扁的,从而激发他对她的同情。

"你们骑马回来了?"他彬彬有礼地对她说;这时大家正会集在草坪上。

"是的,我骑过马了。"克兰拉回答。

"我想,很愉快吧?"

"非常愉快。"

这是显而易见的。唉,真不害羞!

接着,他便开始跟利蒂希娅谈话了。他问她为什么她的眼睫毛颓丧地耷拉着。

"我想,我是身体不太舒服。"她说。

他低声对她道:"我相信什么病都有药可治,而且不难找到,除非我们得病的根子在别人手里。"

她没有提出异议。

德克雷希望让自己相信,威洛比并不关心米德尔顿小姐,正如她不关心他一样,现在他对他们的观察加强了这个信念,因此他大谈这次骑马如何有趣,那位美丽的同伴的骑术如何高明。

"你应该去办一个巡回马戏团。"威洛比答道。

"但这个主意还是很不错的!它可以成为我建议的旅行的另一种方式,米德尔顿小姐,"德克雷说,"我担任小丑吗?我丝毫也不反对。我必须好好读些笑话集子。"

"不必。"威洛比说。

"那我的演出非大出洋相不可!你知道,天生的小丑也无法让人为的表演维持整整一个月,因为一个月是我们建议的时间。我们天生的一点本领一天便会用光,于是只得靠平常最枯燥的小噱头混日子,例如在脸上搽白粉,在帽顶上装个摇摆不定的绒球等。"

"所谓'我们'建议的旅行,这是什么意思?"

德克雷在心中告诫自己,绝对不能提到蜜月,免得给米德尔顿小姐添麻烦。

"只是治疗枯燥生活的一种游戏。"

"哦!"威洛比放心了。"你说一个月?"

"能延长到几年自然更好。"

"唉,你是在学丑角跟我耍嘴皮子,贺拉斯,我可是个不懂笑话的人。"

威洛比向米德尔顿博士弯了弯腰,从维农身边带走了他,装出孝顺的样子挽住他胳臂,开始与他亲切交谈。

克兰拉望着父亲和威洛比两人这样走开,德克雷注意到了她的脸色。

这使他超脱了在忠诚问题上的顾虑和犹豫。战马嗅到了火药味,已经跃跃欲试,迫不及待地等候着信号了。

## 第二十四章
### 威洛比宽宏大量之一例

观察一件日趋复杂的事物和一个人的行动,通常像拾落穗一样;拾落穗的人只知道捡取麦穗,以便积少成多。观察者不论与观察的事物有无利害关系,往往对一些无足轻重的小事也过分重视,以致小题大做。他们一开始就应该遵守一条格言:不是我们看到的一切都值得收藏,我们看到的事必须结合我们知道的情况加以衡量,然后决定取舍,进行检讨。人们可能是精细的观察者,却不是优秀的判断者。然而他们不这么想,往往只是急于捡取一切,然后匆忙作出结论,忘记了他们每一步都得进行筛选,提出疑问。

戴尔小姐追随在维农·韦特福德之后,从事着估计脸色和声调的活动,关注着每一句话。她是毫无利害关系的;他完全相信他也是这样;就这点而言,他们是胜任这项工作的;他们都认为,他们虽目睹了这些场面,但他们同其不可预测的结果,都不可能发生任何个人的瓜葛。他们只是热心的旁观者,勤奋的资料员。她认为克兰拉很重视他的意见,他也这么认为,并觉得这是他值得自豪的。两人都在心中把克兰拉突然向他们倾吐肺腑,与德克雷中校到达后,她不再透露任何隐秘的话,进行比较。威洛比爵士要求利蒂希娅尽可能多与米德尔顿小姐做伴,这说明他保持着警惕。另一个康丝坦霞·德拉姆似乎已在拍动翅膀,预备飞走了。克兰拉与德克雷中校突然变得明显地亲密了,这震动了利蒂希娅;他们相识至今是可以用钟点计算的。不过他们初次会面时,她所怀疑的可能发生的情况,比她现在想象的更坏。她当时要求维农暂时不要离开庄园,便是出于那种模糊的臆测。它的起因是她在屋门口遇到了克兰拉和德克雷,发现他们像老朋友一样,谈得滔滔不绝,喜笑颜开。她不能相信,这两个性格活泼的人,经过那样尴尬的见面礼之后,竟会一下子变得如此融洽,尽管外表可能超过了实际,而且其中一人正如饥似渴地盼望着欢乐。利蒂希娅还听到他们为一点无关紧要的事打赌——在弗利奇的问题上,一个反对,一个赞成;克兰拉说:"威洛比不会宽恕他,"德克雷说:"哦,他也是人,"然后是克兰拉的沉默,德克雷的热情喊叫,"弗利奇会恢复职务,给一位绅士赶马车,否则你就再也不要相信我的话!"对此克兰拉只是摇了摇头;这一切使利蒂希娅觉得,这个年轻的未婚妻一小时前还怀着一颗迷惘的心,不承认任何权威,现在却遇到了她的对手,旁观者可能要说,这便是命中注定要征服她的人。她认为存在着这种令人震惊的可能性,根据是米德尔顿小姐最近向她暴露的性格,而且在这以前,克兰拉还向一个男人(向维农)谈过那些话。一个年轻小姐居然把神圣的内心活动作为话题,透露给一个男人,哪怕这是维农·韦特福德,在利蒂希娅看来也是难以置信的;但是必须承认,这是我们不可解释的生活中可怕的事实之一,它们把我们的身体缚在轮式刑车上受刑,让我们心灵痛得大叫。这样,既然克兰拉可以向维农谈——这是利蒂希娅哪怕在重金贿赂下也不会干的——她也可以向德克雷谈;利蒂希娅根据推理这么想,这是没有受过训练的头脑的逻辑,它们往往不顾事实,只想从推理中提出自己的谴责:克兰拉必然向德克雷谈过了!

利蒂希娅记得,米德尔顿小姐的诉说多么惊心动魄,令人同情。她想,一位先生听了便可能忘记他对朋友的义务,因为她自己也在克兰拉的影响下发生了奇怪的变化——她觉得,以前她从未想到过的对威洛比爵士的看法,便是克兰拉在她心中播下的。她没有问自己,那位年轻小姐的探索精神是否只是唤醒了它们,使它们从原来埋藏的地方萌发了出来。温和柔顺的妇女在别人,尤其是她们所崇拜的男人伤害她们的时候,往往那样对待他们留下的印象;就像新的堡垒在堤坝还是松软的泥土时,射向它的炮弹往往陷入土中,在它们给挖出以前不会爆炸;比起遭到同样打击的克兰拉,那些被损害的女人之所以具有更强的承受能力,原因之一可能便在这里。

维农与利蒂希娅有些不同,并不认为克兰拉是头脑发热,几乎丧失了理性。她找他谈心,他觉得这种行为是情有可原的,因为他同情她的处境。她告诉他情况,也没有使他大吃一惊;整个说来,由于她心情激动,感到不幸,他对她完全采取了谅解态度。他甚至还想赞扬她,觉得她来找他是很自然的,她讲得这么坦率是勇敢的表现,她肯把他当作一个朋友,也令他感到荣幸。她的处境使她的行为变得完全可以原谅了。但是她把德克雷也当作可以信赖的朋友,却是不可原谅的。这里存在着区别。

是的,区别在于德克雷对待妇女缺乏鲜明的荣誉感,我们这位沉思者却有这种观念,我们将会看到,他是一位公正的法官;他在自己和别人之间看出了不同,这是正确的,但是与此同时,感情支配了他的头脑,他责备米德尔顿小姐,在她向德克雷说出她的处境以前,没有清醒地看到这种区别,因为维农认为她已这么做过。当然他会这么想。这种不恰当的事她既然会做一次,那么在一个不以为然的朋友看来,她自然也会做第二次。这是有事实作根据的。那些命中注定只能向她们应该防备的人寻求庇护的女子,一旦越出规定的轨道,必然只能得到严厉的惩罚;公正在这里是不可想象的,男人的头脑也许可能,他的感情却不允许他这么做。只有使他完全死心之后,她们才能达到她们的要求。但这个办法,她们靠呼吁是做不到的。

当天晚上,米德尔顿小姐和中校表演了二重唱。她近来拒绝唱歌。她的嗓音显然坚定有力。威洛比爵士对她说:"你又恢复了圆润的歌喉,克兰拉。"她笑了笑,似乎能使他快乐,她也很高兴。他谈到了一支法国民歌。她走到钢琴那里,不经要求便唱了这歌。他应该感到满意,因为她唱完后对他说:"我唱得还可以吗?"他中止了与戴尔小姐的谈话,答道:"好极了。"有人提出了一支托斯卡纳①民间小调。她等待着威洛比的同意,把他的点头当作了命令。

他恨不得大喝一声:女骗子!

他在书上读到过女人的这个特点,她们要欺骗你的时候,便故意对你百依百顺。他自己也有过这种体验。

"我们海峡对岸的朋友对女性的了解超过了我们,这是靠的本能还是经验?"他对戴尔小姐说;在克兰拉大唱"至圣的圣母马利亚"的时候,他都在讲话,他仍把脾气当作策略的一部分,尽管它对克兰拉毫无效果,但痛苦的嫉妒使他必须这么做。不能制造伤害的情人,实际是失去了抛锚的地点,只得在海上伤心地漂流,对着空气刺杀,结果无非刺痛自己。她却得意扬扬,穿上了护身甲,让他知道他已被别人取代了。

在女士们回房休息前的短暂谈话中,埃莉诺小姐偶然谈到了结婚的事。伊莎贝尔小姐响应她,向克兰拉提出了问题。德克雷巧妙地挡开了它。克兰拉没有回答一个字。她的胸膛在不安中起伏,然后平静了。接着她毫无表情地看了看德克雷,像一个刚醒来的人,但她确实在看他。她对他的灵敏反应觉得惊讶,感激他为她

---

① 意大利的一个地区。

解了围。她的目光显得冷静,随便,并不对着任何人,一点不包含感谢或个人情绪。然而这目光对威洛比说来已太长了,超过了他的忍受能力。他把交叉的腿伸开,喊了声"瓷器!"这对埃莉诺和伊莎贝尔两位小姐是就寝的信号。克兰拉起立时,维农向她鞠了个躬。她的眼睛从没看过他一次,他指望他的告别多少得到一点青睐。她道了晚安,脸却对着伊莎贝尔小姐,后者正为德克雷中校的结婚礼物瓷花瓶的被打碎,再一次向他表示慰问;她以为威洛比是因为心里想到了它,才发出那个信号的。维农走回他的房间,哭丧着脸,眼睛像给打瞎了:"胆汁进入了肝脏"①;她的忽视对他的打击,就像迎面一拳,打得他眼前一片漆黑,头脑也昏昏沉沉的。

他们分别以后,克兰拉发现她给他带来了痛苦,心里很不忍。这个人是她真正的朋友!但他给她规定了一个太艰巨的任务。此外,她已做了他要她做的一切,除了同意留在这儿,尽量说服威洛比,然而威洛比花样百出,早已耗尽了她有限的耐心。她向父亲提出意见,恳求他,可是没有用,他给这儿的主人糊弄住了。她不想考虑这是为什么;难道是由于酒?这想法太荒唐了。

然而在琢磨脱身之计时,她总是不由自主想到这点。如果露西·道尔顿在家,如果露西欢迎她前去,如果她逃到了露西那儿,啊!那么父亲真的会大发雷霆。但是他不会想到,要不是那可恨的酒,他又何至于这样呢!……

这种多年陈酒究竟含有什么,以致可以使人忘记理性和父爱?他是她亲爱的父亲,她是他心爱的女儿,然而他们却给什么东西隔开了;这东西塞住了她父亲的耳朵,使他听不进她的话;那么它是否就是那不可理解的、诱人的酒呢?她的孝顺心理大喊道:不。他

---

① 原文为拉丁文,引自古罗马诗人贺拉斯的《歌集》。西方古代人的观念认为胆汁会使人忧郁或愤怒。

那些必须暂时留下的议论,逼得她无计可施,低下了头,然而她记得,为了反驳它们,她提出过许多强有力的理由,想起这些,她那反叛的头脑清醒了,抬起来了。

男人真是奇怪:不论年轻年老,一点小东西(她认为那伟大的酒是小东西)竟能左右他们,改变他们,这叫她吃惊。可是就是这些男人,却还诬蔑女人说女人反复无常!她想,只有最紧要的理由,而绝不是鸡毛蒜皮的小事,才能影响女人。那东西哪怕多如海洋,女人也不会为了它们伤害她所爱的人,是的,那太不合理了!

可是女人必须尊重男人。她们不得不尊敬父亲。克兰拉在寂静的卧室里喊道:"我亲爱的、亲爱的父亲啊!"她回忆着他的一切好处,竭力让她对他强迫她忍受这种处境的不满心情,与一个孝顺的女儿的感情和谐一致。那个眼看要落到他头上的打击,却先重重地打中了她。她审视着她的许多理由,还有那重大的一个,说道:"一个也不能取得他的谅解!"然而父亲会由于她而遭受痛苦的想法,比她的自我辩解更加有力,更使她懊丧。她尽量想象怎样才不致让父亲伤心。但是这太渺茫了。

这间卧室是她神圣的避难所,整齐洁白的房间与她少女的情怀这么融洽,似乎在向她喁喁低语,要她保持冷静,然而接着另一个声音闯进了她心中,它像一声怒吼,使她绷紧的心弦仿佛给猛烈弹了一下。如果她在这里住下去,这间卧室就不再是避难所了。它成了悲惨的牢狱!宁可高傲地死去。死亡是我们无可避免的,但它一旦占有我们以后,我们对耻辱便失去知觉,进入了幸福的无感觉状态。

沉重的思想终于使年轻的眼睑合上了,然而她还在颤抖,直到在颤抖中醒来,听得有人在窗下喊她的名字。小克罗斯杰那孩子的嗓音令她陶醉,她对自己说道:"我还能爱,因为我爱他。"她想到了他在湖中的游泳,重又感到了对他的羡慕,似乎湖水可以洗去烦恼和锁链。于是她决定让他成为这儿最后一个见到她的人。要他为她办一点事,他一定很高兴;明天早上就让他陪她步行到火车站,然后放他一天假,让他在外面游荡,她可以为他写一张请求原谅的条子,由他在夜里交给维农。

克罗斯杰与女管家蒙塔古太太一起用过早餐后,跑来找她,告诉她,是他叫醒了她。

"明天就不会这样了,我会起得比你早得多。"她说。在克罗斯杰声称他一定第一个起床时,她在想她的父亲,觉得应该再向他作一次解释,这是她的责任。

威洛比有一些私事要维农办。他向米德尔顿博士作了慷慨的许诺,要向伦敦定购他可能需要的每一本书;博士回答道:"我会弄得你倾家荡产的。"说完便像平时一样,走进了图书室。

他安闲自在,平静得像晨光中的山岳;克兰拉为了免得惹他烦恼,打算先跟威洛比再交涉一次;但是她不能叫住威洛比,同样她也不能指望威洛比会主动找她。他站在门厅中,挽住了维农的胳臂。她经过他身边,他没有开口,于是她走进了图书室。

"什么事,亲爱的?又怎么啦?"米德尔顿博士看见她进屋后关上了门,便这么说。

"没什么,爸爸。"她平静地答道。

"我的孩子,你该没有把门锁上吧?你好像在那儿转动什么,试试把手看。"

"请你放心,爸爸,门没有锁上。"

"韦特福德先生马上就要进来。我们得从事艰苦的工作。妇女不懂得时间的宝贵,也永远不会懂得,这是普遍的看法。"

"我们是空虚而浅薄的,亲爱的爸爸。"

"不,不,我不是指你,克兰拉。但是我猜想,你需要明白,在进行一项工作时,最重要的是……是每天有一个安静的开端。我想,任何学者都会对你这么说。我们必须有一个安静的环境。这些打扰!——哦,那么你今天还打算去骑马吗?这对你有好处。明天蒙斯图特·詹金森太太请客吃饭,她确实是一个值得尊敬的夫人,尽管我不太明白,为什么我们要赴宴。昨天夜里我多喝了点酒,你不要责备我,我的克兰拉!我从不这样,只是要我鉴定一种酒时,我不得不喝一点。"

"我是来要求你带我离开这儿的,爸爸。"

这件麻烦事的重新提出,把米德尔顿博士又送进了风暴中心;他为了掠开额上的头发,胳膊肘匆忙间碰翻了一本书,他把书放好,喊道:"上哪儿?到什么地方去?读了那些导游手册,懒汉们的旅行笔记,报上五光十色的通讯,把男女老少的心都搅乱了。你知道,我反对过旅馆生活。我可以毫不迟疑地说,我从心底里讨厌这类活动。你亲爱的母亲在世时,我受够了这份罪,现在这不是三倍的不幸①,是足足一万倍的不幸了。难道你不明白,对于一个老人,他的痛苦是随着年龄成倍增长的?我请求你谅解一个老人,克兰拉,我的话总不致一点用处也没有吧?"

"道尔顿将军会接待我们的,爸爸。"

"我讨厌他家的饭菜。对这点我不想多说,但他的酒跟毒药一样。就算不考虑这事——不过我得说,这是不能不考虑的!我们的政治观点也不一致。确实,我们没有必要一见面便讨论这些问题,但我们没有一个看法是相同的。我们一向话不投机。军人中已经产生出,或者分化出一批著名的享乐主义者;他们往往是虔诚的,他们成了光彩夺目的文化人,他们是绅士,国家尊重他们也应该;但是,总而言之,我反对去道尔顿将军家的建议。怎么哭啦?"

---

① 原作中"三倍的不幸"为希腊文。

"没有,爸爸。"

"我也希望没有。在这里,每个人可能需要的一切都可得到;不容争辩,这儿的主人是很好的。你们暂时有了点争执,这只是茶杯里的风波,可你把它夸大成了十二级飓风,那是爱情小说中惯用的手法。不过这样更好,我再说一遍,这样更好,在结合初期发生这种事,比以后发生好。进来!"米德尔顿博士听到叩门声,马上高兴地喊道。

他担心门给锁上了,又怕他的女儿存心不肯开门。

"克兰拉!"他喊道。

她无可奈何地转动了把手,埃莉诺和伊莎贝尔两位小姐走进了屋子,一面按照米德尔顿博士对女性的要求,一迭连声表示歉意。她们想对克兰拉说几句话,但又拒绝把她带走。尽管神学博士再三声明,她完全可以服从她们的需要,但她们宣称,她们只有几句话,说完就走,决不多打扰一分钟。

她们像两个年轻的学生代表,见了老师只有沉默作开场白。这一冷场既尴尬又棘手,然而却给米德尔顿博士带来了希望,他愉快地估计,等两位女士讲完以后,他就可以设法让她们把克兰拉带走了。

"你也许会觉得我们有些郑重其事。"伊莎贝尔小姐先开口,转脸瞧了一眼她的姐姐。

"我们不想不恰当地夸大我们的使命的重要性,如果这可以称作使命的话。"埃莉诺小姐说。

"那么是威洛比派你们来的吧?"克兰拉问。

"亲爱的孩子,为了让你能更认真地考虑我们的话,也为了表达我们本人希望你得到幸福的心情,因此威洛比委托我们与你谈这件事。"

接着姐妹俩轮流向克兰拉发言,她只得一会儿看这人,一会儿看那人,尽可能把她们七零八落、空洞无物的句子拼凑在一起,领会她们的意思。

"——我们在谈到你的幸福时,亲爱的克兰拉,这也包括我们的威洛比的幸福,因为它是与你不可分割的。"

"——我们决不允许我们自身的爱好在这方面造成障碍。"

"——决不允许。我们爱我们的老家,如果只因为我们太崇拜它,太爱它,我们应该受到惩罚,那么我们认为要我们离开这儿是完全正当的。"

"——说真的,我们没有一点抱怨的意思,一点也没有,没有。"

"——年轻的妻子是天然希望在自己的家庭中成为不容争辩的王后的。"

"——年轻的和年老的!"

"但是我从没提过这要求,也从没想过……"克兰拉说。

"——亲爱的孩子,你有一个爱你的人,他在为你的幸福操心,他看到了你的希望,也看到了你应该享受的权利。"

"——至于我们,克兰拉,既然承认你享有的权利,我们便应该采取相应的行动。"

"——何况,亲爱的,海边的一幢小屋便是我们始终梦寐以求的归宿。"

"——我们一直没有认识到,我们是一对老小姐,在主持一个大公馆的活动中,不能成为年轻妻子的融洽无间的伙伴。"

"——由于我们的老观念,家务管理方面难免产生矛盾,尽管我们怀着全世界最好的和睦相处的愿望!"

"——因此,亲爱的克兰拉,你可以认为这个问题已不存在。"

"——我们随时愿意变成你的客人。"

"——你的客人,亲爱的,不是吹毛求疵的批评者。"

"你们把我想象成了这么一个利己主义者！亲爱的小姐们！你们提到了这么残忍的利己思想，这使我痛心。我并不希望你们离开公馆。我喜欢与你们在一起，我尊重你们。如果我有不满的话，那便是你们没有充分维护自己的权利。我简直是希望你们在这儿，成为我的榜样。我决不允许你们离开。他把我想象成了什么！这是今天早上威洛比同你们谈的？"

很难说，这两个一唱一和的应声虫中，哪一个是更彻底的傻瓜，她们对家族的偶像同样崇拜得五体投地。

"威洛比，"埃莉诺小姐首先开口，从而让自己取得了上述那个现成衔头，"我们的威洛比洞察一切，他一向宽宏大量，又对一切具有先见之明，他的安排从各方面说都是为我们着想的。"

"一点迹象就能使他明白一切。"伊莎贝尔小姐说，现在轮到她来扮演大傻瓜了。

"亲爱的小姐们，你们不必离开。如果我在这儿当主妇，我便得反对这么做。"

"威洛比责备自己没有及早向你声明这点。"

"真的，我们也责备自己没有及早准备离开。"

"是他今天早晨首先提到这事的吗？"克兰拉问；但是她不能从她们那里听到回答。她们又开始了二重唱。她只得听其自然，让那些废话塞满她的耳朵。

"那么一切都不用谈了？"埃莉诺小姐说。

"你们的好意我知道了，女士们。"

"我仍然可以作埃莉诺姑姑吗？"

"我也仍是伊莎贝尔姑姑？"

面对内心的阻力，克兰拉有些束手无策，她不便告诉她们，为什么她不能这么称呼她们，像威洛比与她恋爱的初期那样。她热情地吻了她们，她为这亲吻害羞，尽管她的热情是真实的。

她们一边告辞,一边又向米德尔顿博士再三道歉,表示打扰了他。他站在门口,用鞠躬送走她们后,仍把门开着,希望克兰拉能步她们的后尘,但发现她仍远远站在屋子的一角。

他正在考虑是不是让她待在那儿比较可取,维农·韦特福德已离开实验室,穿过门厅走来了;这位伙伴的神色也闷闷不乐,成了他自己的写照。

不过这都无关紧要,只要维农能对克兰拉发挥遏制作用就成;其实克兰拉给这么一打岔,已经准备离开图书室了。米德尔顿博士看到一张令人不安的脸出现在面前,不免有些惊慌。

"你没有什么心事吧?这对工作是最不利的。你刚才在哪儿?我觉得你的弱点就是不能用三层铜把自己包得严严的,使烦恼和忧虑不能侵犯你;做不到这点就不能好好工作。你是从实验室出来的。"

"是的,先生。要我帮你拿什么书吗?"维农对克兰拉说。

她谢谢他,说她马上得走了。

"现在你的旁边是意大利文学部分,亲爱的。"米德尔顿博士说,"对了,韦特福德先生,实验室,唉!这是一个花工夫的地方,用上一年时间也不一定能把电流从这个庄园通到火车站,大约四英里吧,我想距离就这么一点。是的,先生,业余爱好既花时间,又要机器,这对于一个生活优裕的绅士,不过是装饰品,跟狐狸的尾巴,鹿的角一样;对于后一种装饰,他的老乡们视为一种市民的荣誉,自然欢迎。我得说,威洛比近来真不错,为我的女儿考虑得非常周到。我刚才还听到了两位女士的谈话,根据我了解的情况,他确实又慷慨又细心。在某些斗争中,屈服的人往往也是有权得到尊敬的人。这是女人不会理解的,我怀疑她们看不到这种光荣。"

"我知道的;我刚才与威洛比在一起。"维农赶紧说,免得这位父亲再用旁敲侧击的话攻击克兰拉。他希望让她知道,他跟威洛比的谈话对她的利益没有发生积极作用,她最好趁他在这儿可以支持她的时候,马上向她的父亲推心置腹地谈一下。但怎么让她知道呢?她不会看他的眼睛,他也从来不是一个称职的阴谋家,会马上想出一套既隐晦曲折、对另一个人又明白易懂的话来。

"如果威洛比惹你不高兴,我很遗憾,因为我对他的评价很高。"米德尔顿博士说。

克兰拉掉下了一本书。她的父亲在椅子上跳了一下,高度超过了神经冲击的需要。维农竭力吸引她的目光,她也觉察了他的意图,但是气愤和悔恨的心情促使她决心我行我素,始终垂着眼睑。

"我没有说他惹我不高兴,先生。我在这里只是向他提供意见,如果他不接受,我没有权利生气。威洛比似乎有些担心,怕德克雷中校明后天就想离开。"

"他不喜欢他的朋友离开他。我可以保证,比他心地更和善的人,你跑上一天恐怕也找不到一个。但是你的额头说明你有心事,韦特福德先生。"

"哦,没有,先生。"

"在这儿。"米德尔顿博士用手指掠了一下他的眉毛。

维农也摸了摸自己的眉毛,为它们的不愉快表情制造了一个借口;接着,为了发泄内心的愤怒和不平,他说了些含有双重意义的不太高明的话,却完全没有意识到,这是对克兰拉的关心促使他讲的;他说道:"顺便谈谈,我为一句话绞尽了脑汁,现在只得向你请教,先生。我写了一行诗,但是否符合诗的格律,我毫无把握。你看,这么写行不行?

"'驴子的语言使他成了驴子。'意思是他讲的话比任何人讲的更像驴子的语言。"

米德尔顿博士皱起眉头,似乎在细心推敲,经过相当长的时间,让评论的天才充分发挥之后,他才操起平静而诙谐的口气答道:"不行,先生,那不成。你不懂得诗律,哪怕写上一百行也还是不懂。我的建议是趁戒尺还没打到你身上,赶紧把它抹掉。而这样写倒是可以的:

"'他按照规定履行了他的义务。①'

"表示他出色地完成了他应该做的事。这还可以。但是不要把这作为对你的授权而加以引用。"

"如果这符合实际情况,那倒改得不坏。"维农说。

"或者这么说……"米德尔顿博士正想提出第二种改法,克兰拉却已经跑掉了,她还从没对男人感到这么不可理解。多么奇怪,在一个灾难深重的世界中,他们却把脑筋用在这些废话上!这两个人还是学者,号称学识渊博的人呢!他们明明知道,在他们面前就有一个人正处在水深火热之中!

她关上门后,过了一分钟,他们已开始埋头工作了。米德尔顿博士忘记了他的另一种改法。

"没有什么严重的事吗?"他说,似乎对维农的额头不够光明磊落有些不满。

"确实没有,先生;那只是普通的头脑思考的事。"

"你认为那就不严重吗?"

"我认为赫尔曼②对五音韵脚诗体的赞美,不仅是严肃的,而且没有过分。"维农说。

米德尔顿博士表示同意,随即大谈希腊诗歌的韵律如何音调铿锵,把那个扰攘不安的世界从他的身边赶走了。

---

① 这句话的原文与维农那句话的原文在句型、字形和字音上十分相似,但意义全然不同。米德尔顿博士显然在故意曲解维农的话,用尽脑筋把它改成了赞扬威洛比的意思。克兰拉不明白两人的用心,因此随即跑掉了。
② 戈特弗里德·赫尔曼(1772—1848),德国古典学者,对希腊古代语文学有专门研究。五音韵脚诗是古希腊的一种诗体。

# 第二十五章

## 狂风暴雨中的出走

克兰拉收到她朋友露西·道尔顿回信的那个早晨,太阳升起前是晴朗的,但天空的霞光在农民眼里却是不祥的预兆。然而对于东方这片富丽的红霞,克兰拉既没有观测天气的眼光,也没有欣赏景色的悠闲心情。在她看来,那是希望之门,它把她从前梦想的生活中那些瑰丽多彩的场景,送回了她跳跃的心坎,她又恢复了对它们的信念,但是加快的脉搏却使她的思想集中在她的计划的实施上。在行动中,她像一根磁针,始终指向一个目标。什么也不会离开它,一切都是它的燃料;欺骗,借口,大量不露声色的、没有恶意的谎话,与弄虚作假的狡黠伎俩齐头并进,它们都成了她的武器。为了今天的行动,她昨天放了不少空气。她不得不一切依靠自己,她这么做问心无愧,她把欺骗归咎于沉重的压力。"早晨我得办些事,过了这段时间我便没事了。"她这么告诉威洛比,告诉戴尔小姐,告诉德克雷中校,但直到讲第三次时,她才意识到它包含着微妙的双重意义,因此她把这认识与中校联系在一起。

哪个家伙破坏了你的准则,你喊得最响的声音便是责问他,一个稍有良心的人怎么可以这么做,或者那么做,你声称,你对他的主要过错可以不予计较,你无法容忍的是那些属于良心问题的小缺点,例如,那种莫明其妙的、令人恶心的谎言,或者把说谎不当一回事的可耻态度。然而你知道,我们是生活在一个没有秩序的世界上,我们在从事活动的时候,只是我们的意图的奴仆,这有时是出于感情的需要,有时是被处境所迫。意图给我们面临的行为规定了方式,感情为船舶提供了动力,处境则是它们辩解的理由。这时,假定良心是船上的一个乘客,那么,只要我们的船看来开得快了点,它就会吓得不敢吱声,像海盗船上被劫持的旅客,只能听任贼船为逃脱劈波斩浪的巡逻艇的追击,在惊涛骇浪中穿越礁石和险滩。谨防虚假的处境。

这讲讲是容易的,但有时危机降临到我们身上,束缚了我们的手脚,就像枯萎病对玫瑰树的侵袭一样。我们必须当机立断,鼓起勇气,斩断绳索,如果不能这么做,只得让绝望主宰我们。但是善于鼓起勇气的人不多,年轻女人更是以柔顺懦弱为美德。就她们而言,对罪恶进行直截了当的指责便是鲜廉寡耻,丧失了纯洁的柔和光泽,因而也失去了她们在市场上的高贵身价。她们必须迎合男人的趣味;出于这个目的,她们很快学会了忘记自我的生活,按照男人的看法看待自己,对潜在的可能性几乎像他们一样不予理会。没有勇气,良心只是一个可怜的旅客;如果海盗船一切顺利,良心对任何一方就毫无用处,只能给抛进海里。

那天早上,克兰拉的谎言和欺骗一点也没有使她不安。她选择了绝望,却认为自己很勇敢,因为她的勇气正好足以鼓动她逃走,摆脱她所憎恨的一切。她的心情轻松愉快,或者说得更准确些,她是陶醉在自己的计划中。她天性灵敏,逃出牢笼的前景显得这么鲜明,这么突然,就像当初被囚的意识曾使她突然感到苦闷和消沉一样。维农掠过了她的脑海,这是她的朋友!是的,他可以作她的向导;但是他不会赞成她的做法,既然他要在她通往神圣的自由的道路上阻拦她,那么就必须把他抛开。

他会怎么想？照她推测,他们不会再见面了。也许有一天他们可能在阿尔卑斯山上碰到,两人都已中年,他成了名,她只能为自己无法按照他的崇高标准行事表示遗憾。"然而,韦特福德先生,"她会非常真诚地说,"不论你信不信,我那时确实是希望听你的话,让你满意的。"未来的维农在她的想象中仍那么严峻,他皱起了眉头,就像她昨天在图书室中看到的那样。

她为自己想起他而呵斥了自己,现在她必须把心思集中在他所反对的事上。

很快就想起了露出羞涩的脸色的小克罗斯杰,这可轻松快活得多了,他承认睡了懒觉,她在露水中行走的时候,他还在床上呢。她正在笑他,克罗斯杰蓦地从一棵树后跳了出来,跑到她面前,吓得她按住胸口,立刻站住了。搞阴谋的人是经不起惊吓的。他怕吓坏了她,像个男子一样竭力安慰她,说他已经起床"几个钟头",早已看到她沿着林荫道走来,只是不想吓唬她,尽管他常跟孩子们开这种玩笑,如果他伤害了她,她要对他怎么办都可以,她会看到,他是肯接受惩罚的。他迫切希望她对他实施体罚。

"我要等你当了海军,让水手长来惩罚你。"克兰拉说。

"水手长不敢打军官！瞧,你对海军什么也不懂。"克罗斯杰说。

"但是你不可能比我出来得早,你这个淘气的孩子,我一路出来时看到所有的门都还锁着,上了闩。"

"但是你没有到后门看看,那是威洛比爵士的便门;你走的是大门。我知道你的心思,米德尔顿小姐,你是输给了我,不想认账。"

"我输给你什么啦,克罗斯杰？"

"你的赌注。"

"那是什么?"

"你自己明白。"

"讲吧。"

"一个吻。"

"根本没有这回事。但是,亲爱的孩子,我不吻你并不证明我不喜欢你。这一切都是胡闹,你应该想到的只是学习,做一个诚实的孩子。绝对不讲一句假话,不论受什么苦,都得当一个正直的人。"她对欺骗的愚昧和危害,印象特别深刻,接着又道:"你听见没有?"

"听见了,但是那天我淋了雨,你吻过我。"

"那是因为我答应过。"

"但是米德尔顿小姐,你昨天是赌过一个吻的。"

"克罗斯杰,我相信……不,我不想说我相信,但是你能说你相信,今天早晨你是第一个出门的吗?好啦,你能说你相信,你离开屋子时没有看到我已在林荫道上?啊,你不能!"

"米德尔顿小姐,我确实相信我是第一个穿衣服的。"

"永远保持诚实,亲爱的孩子,这样,你便可以感到克兰拉·米德尔顿永远爱着你。"

"但是,米德尔顿小姐,等你结婚以后,你就不再是克兰拉·米德尔顿了。"

"我当然还是,克罗斯杰。"

"不,你不会,因为我多么喜欢你的名字!"

她想了想,说道:"你这是向我提出了警告,克罗斯杰,那么我决不结婚。我要等待,"她本想说:"等待你,"但犹豫了一下便打住了,"前天我寄信的那个村庄,你觉得远不远?"

克罗斯杰大笑一声,表示这点路根本不在他心上。"在克兰拉之后,我喜欢的名字便是露西。"他说。

"我原以为克兰拉排在纳尔逊①之后,"她说,"而且还隔着一大段距离,要不,你就不能成为一个合格的海员。"

"我不会成为不合格的海员,米德尔顿小姐,你对你那句庄严的话可以放心。"

"可是你讲起话来渐渐有些像那种人,克罗斯杰。"

"那么我不再开口就是了。"

他的决心保持了整整一分钟。

克兰拉心想,但愿在今天早晨这前途未卜,但绝对必要的冒险活动中,她做了一点有益的事。

为了在早饭前赶回来,他们走得很快,向乡村邮局直跑。其实时间很多,他们到得太早了,邮局还没开门;克罗斯杰饿得难受,在路上跳来跳去,于是奉命向面包店进军。他走后,克兰拉感到孤独,望着关紧了百叶窗、寂静无声的街道,心中有些害怕。看到他回来,她很高兴。最后她拿到了信,因为送信人证明她是合法的收信人,于是她和克罗斯杰又匆匆往回跑,要及时赶到公馆。她迫不及待地看完了露西的第一张信纸:

"请用电报通知我,我来接你。我可以在你停留的两天中给你提供你需要的一切,但是能住得久些更好。"

这是信的大意。她在路上又看了一遍,不再那么匆忙,这给了她甜蜜的感觉;露西写道:

"我还像以前那么爱你吗? 我最好的朋友,你这么问,一定是碰到了不愉快的事。"

克兰拉打破了沉默。

"是的,亲爱的克罗斯杰,如果你愿意,吃过早饭你可以再跟我去散步。但是记住,绝对不要说你和我到哪儿去过。我可以给

---

① 纳尔逊勋爵(1758—1805),英国海军统帅,民族英雄。

你二十先令,让你买你要收集的鸟蛋和蝴蝶。还有,听着,你得答应我,今天是你最后一次逃学。告诉韦特福德先生,你知道你过去多么不知好歹,让他可以对你抱些希望。你认识那条穿过田野去火车站的路吗?"

"你可以少走一英里,到了康布林的磨坊旁边便抄小路,再走五分钟,然后绕到大路上。"

"那么,克罗斯杰,吃过早饭,马上到后面养雉场去,我会来找你。万一我来以前,有人看到了你,你就说你是在欣赏印度喜马拉雅山鸡的美丽羽毛;如果我们在一起给人看到了,我们便开始赛跑,当然你能赶上我,但必须等别人看不到我们的时候才那么做。到了晚上,告诉维农先生,不,告诉韦特福德先生,你的钱是我给的,这是我私人给你的零用钱。我一向喜欢身边有几个零用钱,克罗斯杰。你还可以告诉他,我给了你一天假,要不是他太严厉,不准请假,我本可以替你写张请假条。他真是能非常严格的。"

"下一次你不妨仔细瞧瞧他的眼睛,米德尔顿小姐。在他要我仔细瞧他以前,我一直认为他很可怕。他说,人们应该彼此瞧对方的眼睛,就像他给我上拳击课时那样,那么我们的争吵至少可以减少一半。我记不起他说过的每一句话了。"

"你不必都记住,克罗斯杰。"

"是的,但你喜欢听呢。"

"说真的,亲爱的孩子,我觉得我对你那么讲并没有错。"

"是的,但是,米德尔顿小姐,你是喜欢听呢。他也喜欢听你唱歌和弹琴,他一直看着你。"

"我们不加紧就得迟到了。"克兰拉说时加快了步子,简直跟跑差不多了。

他们及时赶到了,还在园子里绕到了重瓣野樱桃树那儿,它的白花不多了。克兰拉在树下抬头看它,正是在这里她曾仰望天空,觉得它比她以前见过的任何景色更美。那是维农躺在树下的时候。但是她望的当然是天空,不是他。现在树显得有些忧郁,花正在凋谢,颜色跟踩脏的雪地差不多。

克罗斯杰又开始谈话了。

"他说女士们不太喜欢他。"

"谁这么说?"

"韦特福德先生。"

"这是他的原话吗?"

"我记不得原话了,但他说,自从你来以后,她们便不愿像我这样听他上课,可是自从你来以后,我却觉得他比以前可爱了十倍。"

"你越喜欢他,我也越喜欢你,克罗斯杰。"

孩子突然大喊一声,跳跳蹦蹦地向威洛比爵士跑去;一看到他,克兰拉仿佛觉得给针扎了一下,心也开始收缩了。克罗斯杰露出各种快活的样子,跑到了他面前。然而在先前散步时,他从没提到过他;克兰拉认为,这是说明孩子懂得,威洛比的全部要求只是感情的表演,因此他便这么办。她对这种场面持批评态度,但她不想责备克罗斯杰,理由是小孩子们不再爱一个人时,必须为他们的不满和反感寻找根据,否则在他没有直接触怒他们的时候,他们会觉得他们对他的态度是粗暴的,因为他们不能分析,不能看到他们的恶感来自许多正义的对抗情绪。它经过长期的积累,形成了对意识的一种阴暗的、无声的负担,而每一个新的证据,一件微不足道的小事,都会成为它的辩护者。由于即将做出对不起他的事,她紧紧抓住这个认识,琢磨着那个男人多么冷酷,多么虚伪,对孩子起了多么大的腐蚀作用。然而她下意识地模仿了克罗斯杰,用几乎兴高采烈的声音招呼他道:

"早安,威洛比,这是一个不可错过的早晨,你出来很久了吗?"

他握住了她的手。"亲爱的克兰拉！你也一样啊,不觉得太疲劳吗？你上哪儿去啦？"

"就在这一带,到处走走！我还一点也不觉得疲劳。"

"只有你和克罗斯杰吗？你应该带几只狗。"

"它们的叫声会使整屋子的人不得安宁。"

"但是我想起你得不到保护,心里更不得安宁。"

他吻了她的手指,这是爱情的表白。

"那么全家人……"克兰拉说,但觉得不必对他不能理解的事提出指责。

"如果今后你在早上比我更早外出,克兰拉,答应我,一定要带着狗,好吗？"

"好。"

"今天我可以把一天都交给你。"

"是吗？"

"从第一个钟头到最后一个钟头！哦,你很赏识贺拉斯的幽默吧？"

"他很有趣。"

"好像是专门给人雇来逗乐儿的！"

"德克雷中校来了。"

"他一定认为是我们雇佣了他！"

她发觉了威洛比的挖苦声调。他向德克雷大声道了早安,说他得到马厩去看看了。

"道尔顿？米德尔顿小姐,是道尔顿吧？"中校鞠躬后抬起头来说,"道尔顿将军的女儿？如果是的,那我很荣幸,还跟她跳过舞呢。你怎么样？——我是说,你是不是时常跟她跳舞,或者像年轻小姐们那样,在舞会上出足了风头,便不想再跳了？那么你一定

307

知道,她是一个多么可爱的舞伴。"

"是这样!"克兰拉大声说,非常感激那位援助她的朋友,她的信还像宝贝一样揣在她怀里呢。

"奇怪,这个姓氏昨天没有引起我的注意,米德尔顿小姐。到了半夜,它却像小银铃一样在我耳边响了起来,我想起了这位小姐,光是她的跳舞就差点叫我爱上了她。她肤色较深,与你一样高,步履也很轻盈;你们简直是肤色不同的一对姐妹。现在我知道她是你的朋友啦!……"

"哦,你会遇到她的,德克雷中校。"

"算了,这只能自讨没趣。一个可爱的姑娘再度见面,只会告诉你,她已经订婚了! 米德尔顿小姐,这不是民歌中的词句,这是伤心的感受。"

"露西·道尔顿……你是在哄我跟你谈正经事呢,德克雷中校。"

"难道你不愿意吗? 不要以为我始终是个演马戏的! 你当然听到过伤心的丑角。你会发现,在我的白粉后面并不是一张可笑的脸。十三年前也有人爱过我,但我的心上人进了坟墓。从那以后,我在生活中便提不起精神,也许这是因为没有找到一个像她那么慈悲的人。赢得微笑和爱情是容易的,但要赢得一个忠诚的女人,你可以在敌人面前像信任你的心一样信任她的女人,却并不这么容易。我那时很穷。她说:'等到我二十一岁生日以后。'到了那一天我去找她,他们没有在门口拦住我,我便觉得奇怪。我给带到楼上,我看到了她,她死了。她希望嫁给我,把她的财产留给了我!"

"那么再也不结婚了。"克兰拉轻声说。

她向后望了一眼。

威洛比爵士就在背后,在草坪上踱步子。

"早餐以后我必须巧妙地避开他,悄悄溜走。"她想。

他早抛弃了前些日子的愚昧做法,他的思想可能在这么回答她:"如果我让你走出我的视线,我就是个笨蛋。"

维农出现了,跟近来一样一本正经的。克兰拉请他原谅,她带走了克罗斯杰,使他早上没能与他一起游泳。他点了点头。

德克雷喊住威洛比,问他有没有火车时刻表。

"吸烟室里有一张;如果你一定要走,十一点、一点、四点,都有火车。"威洛比说。

"德克雷中校,你要离开庄园?"

"就在这两三天内,米德尔顿小姐。"

她没有劝他留下,他的宣告对她毫无影响。由此可见,他想……哦,可见什么?没什么,对,那么她自己也不打算待下去。要不然,她会对失去一个有趣的同伴表示遗憾;当然,那是谦逊的说法。同样的感情可以有谦逊的或自负的表现;两者也许同时存在于一个胸膛中,不论前者或后者都同样正直;男人的自负心理在一位小姐面前,往往会变得畏首畏尾。她喜欢他,也可能她根本不把他放在眼里——但这怎么可能呢?她还是喜欢他的,只要能为她办点事,引起她的好感!这些便是他连绵不断的幻想,感叹是它们的自然结果;它们建立在一个信念上,那就是:她并不爱威洛比,在等待着有力的手帮助她摆脱困境。他问起火车时刻表,这不论在心里还是在嘴上,都纯粹是临时想到的。它是无意识的,但却是从昨天和前天盘踞在他头脑里的各种推测中跳出来的。今天早上,她给她的朋友露西·道尔顿小姐的信该收到回信了;那位深色皮肤的漂亮姑娘,德克雷觉得奇怪,他在跟她跳舞的时候,竟没有多注意她。尽管她那么漂亮,他却是通过她父亲的姓和军衔想起她的,因为她父亲是著名的骑兵将军,那个兵种的战术家。中校埋怨自己失策,没有对克兰拉·米德尔顿的朋友另眼相看。

上午的信件都放在门厅的铜盘里。克兰拉经过那里,连瞧也没瞧,便回了卧室。德克雷打开一封信,上楼写回信了。威洛比爵士在庄严地向全体仆人做早餐前的祷告,他看到他们没有出席,三把椅子空着。维农对这种例行公事式的说教有他自己的观点,自然趁机溜走了!但是另外两个位子,尽管威洛比对椅背瞪起了眼睛,它们却不当一回事,这使他想起了他的朋友贺拉斯曾向他要火车时刻表,但过了一分钟他又说,他还要在庄园上住两天或三天。不过一个人一旦给嫉妒占领之后,他是从来不需要凭事实判断的,他可以夸大事实,小草便是森林,丘陵便是高山。威洛比窸窸窣窣有声地把腿搁起和放下,把双臂紧紧合抱在胸前,还不断清嗓子,这一切都隐隐流露了他的心情。

"威洛比,今天早上你身体还好吧?"米德尔顿博士合上书以后,对他说道。

"凡是熟悉我的人,是不大会为我的健康担心的。"他答道。

埃莉诺和伊莎贝尔两位小姐同时叫了起来:"威洛比身体不好!""他是健康的化身!"

利蒂希娅为他伤心。她想,他的笑容像瘟疫流行期的阳光。她相信他深深爱着克兰拉,现在一定是对她的离心离德又有了新的发现。

他窝着一肚子的火,但事儿又不能对人说,只得走进门厅,打算看看那两个坏蛋究竟躲在哪里。

德克雷在女管家屋里,正跟小克罗斯杰讲话;蒙塔古太太刚来吃早饭。他听到孩子叽叽喳喳的声音,而门正有点开着,他探头一看,便给请进了屋子。蒙塔古太太很喜欢听他闲聊,因为他对这位家道败落了一段时间的太太的敬意是亲切的,它可以充当过去留下的一件忧伤的纪念品,令她想起落难前的日子;而主人的尊敬却总是冷冰冰的。

她抱怨孩子糟蹋自己的身体,一大早什么也不吃便跑那么多路。

"我的孩子,今天清早你上哪儿去啦?"德克雷问。

"哦,中校,你知道这地方,"克罗斯杰说,"我饿啦!我要吃三个鸡蛋,一份咸牛肉,还有奶油蛋糕和果酱,然后再喝第二杯咖啡。"

"这不是说大话,"蒙塔古太太道,"他空着肚子从早上五点熬到九点,然后跑到我的餐桌边,狼吞虎咽地大吃。"

"哦!蒙塔古太太,这可是乡下人所说的随口胡诌。因为,德克雷中校,我在七点钟还吃过一个果子面包呢。那是米德尔顿小姐硬要我去买的。"

"孩子,一个隔夜的面包?"

"对,昨天的,这没什么可怕,它跟新鲜的一样。"

"你是在什么地方离开米德尔顿小姐去买面包的?你不应该让一位小姐独自待着;那么早在乡村市镇上,街上冷冷清清的。克罗斯杰,你叫我吃惊。"

"是她硬要我去的,中校。真的这样。我才不稀罕一个面包呢!不过她很安全。我们可以听到邮局里的人声,我还遇到了我们这块的邮差,他正去取他的信件袋。我并不想离开,面包算得什么!可是你不能不服从米德尔顿小姐啊。我根本不想这么做,永远不想。"

"在这一点上,我们的心情是一致的。"中校说,但这时克罗斯杰嚷了起来,因为给他们看得那么了不起的小姐,这时已站在门口。

"你今天早上太累了,不适宜再去骑马。"德克雷对她说,一面走下楼梯。

她拎着帽带,帽子在她手中晃动。"我今天不想骑马。"

"你为什么不把你要办的事交给我办?"

"我喜欢尽量不麻烦别人。"

"道尔顿小姐好吗?"

"我想好吧。"

"你说,她还想得起我吗?"

"她的记性大概会像你的一样好。"

"你很快就能见到她吗?"

"但愿如此。"

威洛比爵士在楼梯脚下遇到她,但没有把哆嗦的手伸出去。

"我们今天可以在一起了。"他说。

克兰拉点了点头。

在早餐桌上,她面对着钟。

德克雷掏出了怀表。"威洛比,你这钟慢了五分半呢。"

"雷顿的钟表匠上星期没来校正时间,贺拉斯。如果他来了,他会发现这钟走得太慢的。"

一位老小姐把她的表与德克雷的表对了一下时间;克兰拉看了看自己的表,发现它也慢了四分钟,她很感激。

她在九点三刻离开早餐室,临走前先吻了吻父亲。威洛比跟在她后面。他觉得值得欣慰的是,他在各方面都比德克雷占有优势,相信只要他能与这位古怪的未婚妻单独待在一起,把她搂在怀中,就可以使她的不满烟消云散,在她眼里恢复他不久以前的形象。想到这还是不多几天前的情形,他的火气又上来了,但他克制了自己。

德克雷走进门厅的时候,他们正发生小小的争执。

"这件礼物是值得一看的,"威洛比对她说,"我姑且不谈它如何贵重。那么马上就去吧。我整天都可以奉陪。下午我驾车带你去拜访布歇夫人,向她表示谢意,但是你必须先看看它。它放在实验室里。"

"下午以前还有的是时向。"克兰拉说。

"你们在谈结婚礼物吗？"德克雷插嘴道。

"布歇夫人送的一套瓷餐具，贺拉斯。"

"没有变成碎片？让我看一下。瓷器总难免打碎的思想，一直盘踞在我的头脑中。我得看看它，让我得到两点启发。米德尔顿小姐，我们在实验室。"

他挽住了威洛比的胳膊。对他的反抗是短暂的——威洛比想到德克雷跟他在一起，不是跟克兰拉在一起，心里觉得很满意。他看到她在向她的使女巴克莱交代事情，只得暂时不提要她同去的话。

在实验室里，德克雷缠住了他，先是欣赏瓷杯瓷碟，然后又大谈伦敦的最新消息：一个年轻的公子哥儿怎样凭着高贵的头衔偷香窃玉，达到了目的。威洛比喜欢这故事的情调，如果没有高贵的头衔，它便会变得索然无味；它还使地位比他高的人显得与他差不多。不过他虽然欣赏这则故事，他的道德观念没有忘记谴责这位失足的少女。后来他不得不打断德克雷的话，向他指指窗外：维农正在那儿，一会儿走到这里，一会儿走到那里，显然要找小克罗斯杰。"除了我，这儿所有的人都不懂得怎么对付这孩子。但是，贺拉斯，往下讲吧。"他说，收起了他的冷笑。维农的样子很滑稽，因为刚下了一场阵雨，他已淋得半湿，现在又去找小坏蛋了。看来他是下了决心，非找到逃学者不可，因此匆匆忙忙沿着林荫道向前直走。

"跟在板球后面奔跑的人显得傻呵呵的，但是冒着阵雨去抓一个没了影踪的小坏蛋，这却是我平生还没见过的。"威洛比觉得有趣，又开口说道。

"啊哈！"德克雷一边说，一边随着抑扬顿挫的声调挥胳臂，

"比那滑稽的事还多着呢。"

他在实验室吸了烟,因此威洛比吩咐仆人把瓷餐具搬进一间起居室,供克兰拉前来参观。

"你是一个勇敢的人,"德克雷说,"不过你的运气可能不坏。我可不敢把这种容易打碎的贵重物品随便搬动。"

"我相信我的运气。"威洛比答道。

现在大家在找克兰拉。那位一家之主已等得不耐烦了,然而他还得等。楼下的任何一间屋子里都没有她。她的使女巴克莱遭到了盘问,但她宣称,她也不在楼上。威洛比赶忙回实验室找德克雷,他仍在那儿。

埃莉诺小姐和伊莎贝尔小姐,还有戴尔小姐,都问过了。她们对克兰拉的动向一无所知,不仅如此,她们还不明白,她为什么不肯安静,要到处乱跑。她已不在屋里的想法逐渐变得严重了;天已黑黑的,雷声滚滚,闪电不断,大雨随即倾盆而下。仆人们打着雨伞,围了披肩,穿上大氅,前往庄园各处寻找。德克雷说:"我也去。"

"不,"威洛比大声说,立刻拦住了他,"我不同意。"

"我有猎犬的嗅觉呢,威洛比,我一下子就能找到踪迹。"

"亲爱的贺拉斯,我不能让你去。"

"再见吧,老朋友!只要她还能找到,那就只有我才能找到她。"

他向雨伞架走去。这时大家在打听,克兰拉有没有带雨伞。巴克莱说她带了。这个事实说明,她走得很远,不在庄园以内。克罗斯杰也失踪了。德克雷暗暗点头。

威洛比怒气冲冲,朝晴雨计搥了一拳。

"波林顿在哪儿?"他喊道,派人找听差波林顿把他的大钓鱼靴和雨衣拿来。

紧急的论争正在他心里进行。

他是不是应该独自前去,碰巧找到了克兰拉,便可以在他的雨伞和大衣下宽恕她?或者他是不是应该阻止德克雷独自行动,免得他真像他狂妄自大吹嘘的那样找到了她?

"你再坚持,贺拉斯,我就要生气了。"他说。

"把我看作命中注定要为你效劳的工具吧,威洛比。"德克雷回答。

"那么我们结伴同行。"

"但加了一个人就使另一个人多了出来,这比两人分头找更糟,因为只有一个人时我才能依靠我的才智,否则我就无法相信它。"

"我不妨开诚布公告诉你,你的话有时在我听来简直不知所云,贺拉斯。请你用明白易懂的英语讲吧。"

"也许你是英语的天才,所以我的话才不合适,因为我认为我讲的是英语。"

"唉,你知道,有的人讲英语也不清不楚,像讲爱尔兰语。"

"那么讲那种话更是大蠢特蠢,因为我想,它还不如爱尔兰语明白易懂。"

"哎哟!"两位老小姐唉声叹气地说,"她能上哪儿啦!暴风雨多可怕啊。"

利蒂希娅认为可能在船房里。

"对,今天早上克罗斯杰没有游泳!"德克雷说。

谁也没有考虑到这多么荒谬,克兰拉竟会想到带克罗斯杰去湖里游泳,而且是在他刚吃过早饭之后;因此这个推测被采纳了,至少她和克罗斯杰可能到湖中划船了。

由于对这个想法抱有希望,威洛比才放了德克雷,让他独自去碰他的运气。他心里暗暗得意。他定了个计划,要把克罗斯杰支使开,单独与克兰拉待在船房里,充分享受由于寻找和发现了她而赋予他的特权。感情阴魂不散,又插了进来。然而这样的话,他就可以与她单独在一起,她别想再从他身边溜走。

公馆的大门一下子打开了,呈现在两位先生面前的是一框大雨滂沱的图画。刚长出叶子的树木一片铁青色,看不到一点绿意,它们全都垂头丧气地直挂雨水;到处是淅淅沥沥的声音,构成了一支雨水的大合唱。

两位女士看到这幅对克兰拉不利的图画,不禁连连呼唤她的名字;天地这么阴森可怕,一点小过失也会酿成大祸。她一定疯了,敢于冒这样的危险:她总是轻举妄动,从来不肯安分。克兰拉!克兰拉!你怎么可以这么胡闹!我们是否应该告诉米德尔顿博士呢?

利蒂希娅认为还是别惊动他好。

"你走哪条路?"威洛比说,现在他倒是担心不能摆脱他的朋友了。

"哪条都成,"德克雷回答,"我把我的脑袋当半便士的硬币①,它要我到哪里就到哪里。"

这句令人生气的废话使威洛比自顾自走了。德克雷看见他偷偷朝后瞥了一眼,看看有没有人跟着他,心想:"我的天!他可能很喜欢她。但是他没有找到正确的途径。如果我猜得不错,她是一个坚定的姑娘。这种人十万个中才能找到一个。只有真正的男人才能使她们成为真正的妻子。她们是让男人想到要结婚的女孩子。明天!但愿给我个机会。她们一旦看上你,就会牢牢盯住你。"

然后他想到她的花容月貌和漂亮的衣饰,不禁心里发急,但愿

---

① 指掷前先猜正反面以决定行动的硬币。

她没有碰上这场大雨。

他走到庄园西边的大门口,看门人对他说,他看到米德尔顿小姐和克罗斯杰少爷一起走出了大门,但没见她回来。半小时后,维农·韦特福德先生也走出了大门。

"他在找他那学生呢!"中校说。

看门人的妻子和女儿知道克罗斯杰少爷喜欢淘气;她们说,韦特福德先生先前打听他,一定已抓住了他,打发他回家换淋湿的衣服了,因为克罗斯杰少爷已经回来,只是拒绝在门房间躲雨;他好像在哭;他离开时垂下了头,在浸透了水的草地上到处乱走。看门人一家的意见是,克罗斯杰少爷大概很伤心。

"他一定被韦特福德先生骂了一顿,这没有疑问。"德克雷中校说。

母女俩认为事情可能就是这样,觉得湿透了的克罗斯杰不肯马上回公馆换下湿衣服,实在太不听话了。

德克雷掏出怀表。时间是十一点十分。如果他从各种迹象作出的判断不错,那么米德尔顿小姐在前往目的地的半路上,肯定遇到了大雨。根据他猜想的她的性格(他会说根据他了解的她的性格),他认为任何暴风雨都不能阻挡她预定的行动。因此他得出的结论是:她现在已搭上火车,飞向她的朋友,那位深色黑皮肤的漂亮姑娘露西·道尔顿了。

然而另一种可能性还是存在的,即雨太大,她不得不停在路上了。但他想不出她能采取其他的路线,因此决定沿着通往雷顿的路寻找,一路上密切注意每栋小屋和农舍的窗户。

# 第二十六章

## 维农的跟踪追寻

看门人有个儿子,他是克罗斯杰少爷的好朋友,也是许多冒险活动的同谋犯;这孩子希望将来当一名猎场看守人,因此他和克罗斯杰常在猎场看守人的一个小家伙的陪伴下,周游全乡,为三个人都喜爱的未来的快乐生涯作准备。克罗斯杰的前途是与神秘的海洋联系在一起的,这使他们一致同意授予他船长的称号。每逢逃学的时候,他大多是与雅各布·克鲁姆或乔纳森·费纳韦在一起。维农发现雅各布·克鲁姆坐在门房间小客厅的凳子上,立刻相信克罗斯杰也在这儿。雅各布看来正在认真阅读一本他送的书,他认为这只是巧妙的伪装。但是门房间的母女俩和雅各布都说,米德尔顿小姐带着克罗斯杰在十点半走出了大门,后者匆匆忙忙,甚至没来得及向雅各布点一下头;这使维农吃了一惊。她会鼓励克罗斯杰逃学,这是天下最不可相信的事。除非维农把希腊文和拉丁文中攻击女性的格言都当作真的,那还差不多。

雨漫山遍野地下着,织成了一件厚厚的袍子,覆盖着每一个山头;远处雷声隆隆,在这轰鸣声中,大雨倾盆而下哗哗地冲击着地面,那声音就像猪槽里刚加满了饲料,一群猪在争食,又好像一大群饿鬼吵吵嚷嚷地坐下,闷头大吃酒肉,只发出一片舔嘴咂舌的声音。一个匆忙的行人,只要有些诗意和幽默感,一路上会领略到许多新鲜的印象。不论狂风暴雨多大,勇敢坚定的步行者如果不把淋湿的衣服和浸水的靴子造成的不舒适放在心上,它仍是他有趣的旅伴。西南雨云也不会长时间保持阴沉的脸色,它们蕴积在空中,只是要把丰富的雨水倾注给大地,让它喝一个饱;然后它们便会像抓住了小鸡,嘴上还有它的羽毛的鹞鹰头一仰回到空中一样,逐渐向上浮动,把罩在脸上的面纱变成挂在空中的一串串水珠;它们随时可能撕破面纱,露出上面柔和的云层,露出云上的阳光,露出天空,那几乎像它们刚离开的地平线那么青幽幽的,像沾着清晨露水的草地那么碧油油的天空;有时随着一阵风从头顶疾卷而过,它们也会散开,于是明净的蓝天带着笑容,从巨大的肩膀似的白云中间显现了,这可能只是短暂的嫣然一笑,也可能是光辉灿烂的一出幕间剧;但是那一条条泻下的雨水,那一簇簇飘动的、追逐的、上升的云雾,都朦朦胧胧,没有固定的形态,而树叶生气蓬勃地昂起了头,树顶俯下了身子,树枝啪啪折断,顽强的树篱在与狂风的搏斗中呼叫,至多只肯让出一片树叶;这幅画面不靠颜色的帮助,一下子勾勒出斗争和狂野的壮丽场面,使一个习惯于跟道路、荒原和高山打交道的人感到兴奋。即使他全身湿透,他的心仍在歌唱。而你们这些衣冠楚楚、面带嘲笑的伦敦佬,请想想吧,万一你们出门遇到这种情形会怎么样;你们的脚步会像心神不定的舞蹈教师一样变得歪歪斜斜,你们仿佛被大自然逼得走投无路的耗子,一心只想让自己倒霉的身上保留一块干燥的地方!只有对下雨和天晴一视同仁的人,才能适应我们的气候,谁想领会陶醉在坚强意志中的秘密,他就必须以情人的心情去迎接来自西南方向的云层。

  维农把一切置之度外的乐观心理,由于为米德尔顿小姐担忧受到了冲击。丢开这种顾虑,他便会像海鸥一样快活,在惊涛骇浪中自由翱翔。他觉得瑞士和提罗尔的阿尔卑斯山在未来的许多日子中,还不会出现在他眼前,那么眼前这呼啸奔驰的西南风云不失为仅次于前者的美好景象。雨小了一些,乡村铺展在移动的天幕下,显得昏昏沉沉,茫茫一片;云层像他喜欢看到的那样呈现了鱼鳞状的不同色泽,然而拖着长长的衣裾。大雨还蕴积着,因为雨云仍在缓缓飘动,还没有升得更高,鹰也没有冲上天空,而他知道这是天气转晴的一个迹象;山上也看不到一条条雾一般的烟霭。

通往雷顿的近路得越过一道栅栏,在那儿的梯磴上,维农发现了小克罗斯杰。一个流浪汉坐在梯磴顶端。

"你原来在这儿。你在这里做什么?米德尔顿小姐在哪里?"维农说,"注意,要想想好再说。"

克罗斯杰把张开的嘴又合拢了。

"小姐已穿过这儿上车站了,先生。"流浪汉说。

"你这傻瓜!"克罗斯杰大喝一声,准备向他扑去。

"难道我说得不对,小少爷? 你能说不是这样吗?"

"我给过你一个先令了,你这蠢驴!"

"小少爷,你给我这钱是要我待在这儿照顾你的,我是待在这儿呢。"

"韦特福德先生!"克罗斯杰厌恶地打断了他的话,对着老师说道,"照顾我!认识我的人,谁认为我需要别人照顾,那才怪呢!说真的,你一定是个畜生,你这家伙!"

"随你怎么说,小少爷。我把我会唱的歌全都唱给你听了,免得你老是垂头丧气的。你需要安慰。非常需要。你哭得像个小娃娃呢。"

"我让你唱你所谓的歌,是为了免得你老是骂骂咧咧的。"

"小少爷,你知道我为什么咒骂? 因为我穿了淋湿的上装,身上痒痒的,却连一件衬衫也没有。而且遇到这种天气,一顿早饭也没捞到,肚里空空的。难道我生到世上来,就是为了过这种日子!我是个流浪的道德家。我不唱歌的时候,便得骂人,这没什么奇怪的。"

"喂,克罗斯杰,为什么你全身淋湿了,还要坐在这儿! 马上给我回家,换好衣服,准备我来上课。"

"韦特福德先生,我答应待在这儿的,我给了这家伙一个先令,不让他再去纠缠米德尔顿小姐。"

"小姐不让小少爷跟着她呢,先生。我说我可以陪她上车站,当然,离小姐远远的,跟在她后面。"

"胡说! 你这只背信弃义的恶狗!"克罗斯杰对着这个泄露秘密的人把牙齿咬得咯咯直响,"得啦,韦特福德先生,我不信任他,我得盯住他,要不他又会去纠缠她,为他的上衣和肚子向她诉苦,说他是个正派人,等等。他对每个人都来这一套。"

"她上火车站去了?"维农问。

可是克罗斯杰守口如瓶,一句话也不回答。

"走了多久了?"维农问克罗斯杰和流浪汉。

后者一面瑟瑟发抖,一面回答道,可能已走了一刻钟或二十分钟。"但是先生,我怎么知道时间? 要是我每顿都有饭吃,我肚子里就有了钟。可我身上有的只是风湿病。"

"上那儿去!"维农大喊一声,纵身跳过栏栅。

"那只有先生们才能做到,他们睡在温暖的床上,"流浪汉哼哼哧哧地说,"他们没有关节痛。"

维农给了他一个半克朗硬币,因为他总算有过一点用处。

"韦特福德先生,让我也去吧。只求你答应。请让我一起去吧,"克罗斯杰苦苦求道,"我再也看不到她了,因为……"

"快回去!"维农斩钉截铁地拒绝了他,一边向前直跑。

他还能听到流浪汉和克罗斯杰在争吵;克罗斯杰大骂那个职业流浪汉,不要他的安慰。

维农撒开两腿,穿过田野,一边掏出怀表计算时间,要在十点五十分赶到雷顿车站。但他并不明确,这么匆匆忙忙地去做什么。从田间容易滑跤的小路转到大路上以后,他的步子加快了。他最大的希望便是但愿克兰拉迷了路。另一场大雨眼看就要降临,他为她感到不安。她会不顾一切,照旧赶路？然后拖着两只湿漉漉的脚,坐三个多钟头的火车!

他把那双想象的小脚搂在怀里,把它们焐热。威洛比执迷不悟,活该受到这个打击!但是不论她和她的父亲都不该为此蒙受耻辱,给人笑话。然而她是在铤而走险。那么讲道理能打动她吗？如果不成,怎么办呢？他不知道。昨天他已跟威洛比据理力争,请他允许她离开,给她充裕的时间,让她平心静气地考虑一切；但在他离开表弟时,他相信克兰拉的最好办法便是出走,因为一个人这么狡猾奸诈,既自以为有恃无恐,妄自尊大,又出于专横的需要,不惜玩弄各种无耻的小花招,对这种人只能让事实来教训他。

然而她最近对他的态度十分奇怪,如果他能认真考虑一下这种突然变化引起的难以解答的疑团,他也许会对自己了解得更清楚一些。德克雷故意让大家知道,他即将离开庄园。他们是不是已有了默契？这想法比她那双潮湿的小脚更使他胸口发冷。

维农对她向他自己透露一切,固然觉得完全正常,但是当问题涉及她对另一位先生也这么做时,他便不能对那位小姐的性格采取同样的宽容态度了。他甚至疑虑重重：说不定他会发现德克雷也在火车站呢。

这想法使他放慢了步子,琢磨他应该扮演的角色。矮小的柯尼大夫这时正好驾了马车前往雷顿,从他身边驶过；大夫招呼了他,给了他最符合爱尔兰气质的热情接待,也就是让他那狼狈不堪的身子在雨伞和防水篷布下面,占有了一席干燥的位子。

"尽管我只能给你这种最坏的款待,但只要你肯到海豚药房喝一杯掺水热白兰地,保证你不会感冒,"柯尼医生说,"如果你乐意,我可以看你把那喝下去。不过雷顿有一个病人快死了,我得赶紧前去减轻他的痛苦。医药是他们的迷信之一,他们越是拼命吃药,药越是没有用。这些人总是在丸药和教士之间来回奔波:'孩子,你的良心有什么负担?''神父先生,我是担心你的祝福跟我继续服药有没有冲突。''只要你分清主次,我的孩子,这两者就不会发生冲突,上帝保佑你一切顺利!'维农,你是说雷顿车站?如果你没有时间,可以在车站食堂里服用我要你喝的药水。你的脸色不大对,出了什么事?要我帮忙吗?"

"不用。别再问了。"

"你的样子像爱尔兰掷弹兵受到了侮辱,又只剩了一颗子弹。雷顿快到了,这儿的人看到我的车子驶过,就会议论纷纷:柯尼大夫的小车子十万火急赶来了。现在每逢他到场,人已快死了,死人躺在床上,后悔没及早请他呢。说几句骗人的假话伤不了人,我的朋友维农,只要他的药方灵验。对人总得说些安慰的话,尤其是对女人。因此,只要医生像流星一般飞过,窗口就会出现不少张脸,你会看到的,这使我想起了一位小姐,那是我见到过的最甜蜜的小姐,还有那个最幸运的男子。她什么时候置办嫁妆?他们又什么时候结婚?我不想说她十全十美,这只有标杆才当之无愧,可它没有血肉。她比它差一些,她是一根会跳舞的树枝。要谈她得用诗的语言。我想,我是爱尔兰人,容易激动,但是我从没看到一个姑娘像她那样,能使男人懂得陶醉这个词的全部神圣意义。现在她走了!我们不必再谈她了。但你是研究希腊文的,我的朋友维农,女神尚且有些小缺点,何况一个女孩子,这点你该理解吧?"

"见你的鬼,柯尼,让我在这儿下车;我要赶不上火车了。"维农说时按住了医生的手,要他在离车站远处停车。

柯尼医生富有凯尔特人①的智慧,在语无伦次的背后往往隐藏着深意。他停下马车,说道:"跑两三分钟对你没有害处。"

他不免想,他的话可能得罪了维农,不过他们是好朋友,分别时还亲热地握了手。

事实只是维农在这个时候,不能忍受一个爱尔兰人的饶舌。不过柯尼医生成功地提醒了他,不必为克兰拉·米德尔顿喜欢德克雷中校感到奇怪。

---

① 爱尔兰人属凯尔特族。

# 第二十七章

## 在火车站

克兰拉站在候车室,注视着给雨水冲洗得亮晶晶的铁轨。看到维农,她吃惊得张开了双唇。

"你买了车票了?"他问。

她点点头,呼吸自由了一些;这个实事求是的问题安定了她的心。

"你淋湿了。"他又道;这是不容否认的。

"有一点;我不觉得什么。"

"我必须要求你到附近的饭店去,它离这儿不过十多步路。你不会错过火车的,我们可以注意它的信号。来吧。"

她有些惊讶,他的话好像在向她发命令,但他的意图是善良的;尽管湿淋淋的她情绪很不好,她还是愿意向理性让步,只要他继续尊重她的独立人格。因此她外表服从,心里却在反抗,随时提防着,不让他操纵她的行动。

"韦特福德先生,我们一定能看到信号吗?"

"我保证这点。"

他交代了车站的工作人员,然后带她穿过马路。

"米德尔顿小姐,你只有一个人?"

"是的,我没有带我的使女。"

"你必须立刻脱下靴子和袜子,让人把它们烘干。我可以托老板娘照料你。"

"但是我的火车!"

"你还有整整十五分钟,何况火车完全可能晚点。"

他说得有理,尽管口气像命令,他并无恶意,对她的大胆出走采取了友好态度,这使她感到欣慰。她克制了不信任的警惕心理,让他把她交给了老板娘,因为她的脚又湿又冷,裙子的下摆全都脏了;她大致看了一下自己,觉得简直不像样子;维农没有留意她的外表,她很感激。

维农点了柯尼医生开的那剂药,便给领到了楼上的一间画像室,老板的祖先和家族跟植物学家的标本似的,扁扁地在画布上,靠着墙壁,尽管他们全都胖胖的,一副福相,女人也大多胸脯耸得高高的。这全部家族体现了民族的强悍气质,那种曾为了确立自己的理想,战胜重重困难的精神。他们一律直视着客人,如果要给他们加个标题,那么他们说的话一定就是:"要喝酒,请光临敝店!"这是他的同胞中一个大家族的私人英烈祠。现任主人未雨绸缪,在壮年时期已挤进了这行列,占据了中心地位,并因为此举而红光满面。过几年,一位儿子会取而代之,根据新陈代谢的法则,把父亲挤到一个角落里。

任何人穿着不舒适的衣服,是没有闲情逸致评论艺术作品的。维农离开画像,观看玻璃橱中的一个狗鱼标本,逃避到对鱼的同情中了。

不久,克兰拉走到他身边,说道:"但是你,你一定也湿透了。你伞也不带。韦特福德先生,你一定全身都淋湿了。"

"我们今天都成了落汤鸡,"维农说,"克罗斯杰浑身湿漉漉的,还有他遇到的那个流浪汉。"

"那个人真讨厌!但是克罗斯杰,我早对他说了,他应该回家才对。老板不能帮你个忙吗？你不受时间限制。开始下雨的时候，我就劝克罗斯杰回家，后来雨下大了，我又催他回去。那么你遇到可怜的克罗斯杰啦？"

"你不必责备他泄露了你的秘密。那是流浪汉干的。我找到你的踪迹，这全是偶然碰巧。现在请原谅我用命令的口气，你不必吃惊，米德尔顿小姐。你在我面前是完全自由的，但是你不应该拿你的健康冒险。我来的时候在路上遇到柯尼大夫，他说身体淋湿后，尤其是在雨中待久了，可以喝兑水热白兰地。现在这东西就在桌上，我看你已嗅到了它的特殊气味；你必须同意喝一点，这是药，是为了祛除风寒。"

"不行，韦特福德先生，我喝不惯这东西。但是既然这是柯尼大夫给你开的药，你应该听医生的话。"

"我不喝，除非你也喝。"

"那么我喝，我试试吧。"

她拿起杯子，打算喝，但是它那股触鼻的气味又把她难住了。

"喝吧，你是什么也不怕的。"维农说。

"韦特福德先生，你这是给我出了一道难题！好像我为了自己什么也不怕，却不肯为朋友做一点事。不过我真的可以试试。"

"必须喝一大口才成。"

"我试试吧。但你得把它喝完。"

"愿意遵命，只要你剩得不太多。"

他们得喝同一只杯子；她要把这难闻的饮料喝下一部分；她与他单独待在这间有点像旅馆的房子里；他为了找她全身淋得湿湿的——这一切都发生在她走的一个钟头里。

"啊，碰到这么一个日子，多么倒霉，韦特福德先生！"

"这不是你挑选的日子吗？"

"我没料到气候会这么坏。"

327

"更坏的是威洛比会发现克罗斯杰全身淋湿了,他会盘问他,孩子只得支吾搪塞,净讲假话,最后便是他查明真相,把他撵走。"

克兰拉当即就喝,喝得比她预计的多;她拿着杯子,仿佛那是一个敌人,她急于要摆脱它;她喘着粗气,简直像要窒息似的。

"但愿再也别叫我受这种罪。"

"你不至于要从父亲和朋友那里再逃走一次吧。"

她喝下的液体像一团火,她的心还在剧烈跳动。她觉得奇怪,人们把它说得这么灵验,可是它非但没有增强她的抵抗力,反而使她更受不了他的话。

"韦特福德先生,我并不需要知道,你对我怀有什么想法。"

"我的想法?我什么也没想,我只希望尽我的力量帮助你。"

"我猜想你觉得我有点可怕,是不是?其实不必。我从没骗过任何人。我向你坦率地说出了心事,我并不认为这是可耻的。"

"坦率,这是很好的习惯,人们都这么说。"

"但这习惯却不适用于我。"

他有些感动了,这使他对自己颇不满意,出于这个原因,他倒想尖刻一下。"我们是各行其是,米德尔顿小姐。我决非英雄,也不太懂得阴谋诡计,因此我对你没多大用处。"

"你依然留在那里,我却要走了,我不想再扮演我的角色。你强迫我喝了这杯毒酒,可你自己还没尝一口呢。"

"酒后吐真情;如果我喝了,我就会讲心里话了。"

"那就讲吧,这对身心都有好处。"

"可我的话是不受欢迎的。"

"我不怕刺耳的话,只希望你说出一切。"

"时间来得及吗?"

他们看了看各自的表。

"还有六分钟。"克兰拉说。

维农的表停了,他全身淋湿,表也遭了殃。

她责备自己。他笑了笑,让她安心。"我是每逢节假日都要跳进水里的,我习惯了。至于我的表,它可以让我记住,那是在你走的时候停的。"

她向他举起了杯子。她快乐了一些;亲切中包含一点严厉,这正是她所希望的,让它伴随着她,让她在旅途上想想。

他把她递给他的杯子转了一下,然后才举到嘴边;要不是她特地把另一边递给他,这个动作是很难觉察的。

也许这不是故意的。但即使出于偶然,没有一点意图,看到这点也是痛苦的,这个感觉穿过她的头脑,她的心收缩了,脸也红了。

逃亡者对一些奇怪的小事也很敏感,因为他们不是安全地停靠在港口的船舶。她紧紧闭上了双唇,好像它们给什么咬了一下。她敏锐的天性立刻发现它们失去了血色,并向它们发出了指责。可是使她感到懊恼的这个人,却像站台上的火车员工那么一本正经的。

"现在我们两人都得到了毒酒的保障,"他说。"我承认,它的味道真的像毒药。但这是医生开的药;既要出海就得不怕晕船。现在,米德尔顿小姐,时间快到了,你愿意跟我回去吗?"

"不!不!"

"你打算上哪儿?"

"上伦敦,找一位朋友道尔顿小姐。"

"有什么口信要带给你父亲吗?"

"对他说,我给他留了封信,附在给你的信中。"

"给我的信!那么有没有口信要带给威洛比?"

"到了中午,我的使女巴克莱会交给他一封信的。"

"你害了克罗斯杰。"

"怎么会?"

"也许这时他正在受到盘问。你可以猜到他的回答。可是你的信暴露了他的谎言,威洛比是不懂得宽恕的。"

"我很遗憾。我不得不这么做。可怜的孩子!我亲爱的克罗斯杰!我没有考虑威洛比会怎么惩罚他。我太没有头脑了。韦特福德先生,我可以用我的零用钱供他上学。以后,等我年纪大一些,我会有能力抚养他的。"

"这可是一个包袱,你不该背的包袱,它们会束缚你的手脚。当然,你不会改变,但环境是会变的,一旦变了,女人比我们男人更容易屈服。"

"但是我不会屈服!"

"你支配环境的能力这次已得到了表现。"

"因为我决心获得自由吗?"

"不,因为你做的正好相反。你不是下定决心战胜困难,你是逃避困难,把它留给你的父亲和朋友们去承担。至于克罗斯杰,你知道,你使他失去了一个机会。我本可以在这以前把他带走,只是为了审慎起见,才希望与威洛比进行协商,让他在一定条件下留在这里。我们不应该使克罗斯杰介入这事。他是想充当男子汉,模仿那种对女人的骑士风度。"

"你是指靠说假话来掩护弱者,韦特福德先生。唉,我知道。但是我只剩两分钟了。现在木已成舟。我不能后退。我必须准备上车了。你要送我上车站吗?我倒是宁可你赶快回去。"

"我要看到你的火车开出。我可以在这里等你。你的前面还有一趟快车,我已与站上的人讲好,让他给我们一个信号。我会望着窗口。"

"你仍是我最好的朋友,韦特福德先生。"

"然而?"

"是的,然而你并不完全了解,我承受了什么痛苦,以致不得不这么做。"

"是遇到了惊涛骇浪、狂风暴雨吗?"

"啊!你不了解。"

"这么神秘?"

"痛苦并不神秘,它只是简单的事实。"

"那么好吧,我不了解。但是你必须立刻决定。我希望你按你的自由意志行事。"

她走出了房间。

对于旅行,干燥的袜子和靴子比潮湿的舒服,但是尽管她立刻作了决定,在穿鞋袜的时候,她仍觉得仿佛出了什么差错。她不愿放弃自己的目标,但是热情减低了。维农希望她按她的自由意志行事,这迫使她检查这点;难道为了离开这儿,为了获得自由,为了挣脱精神枷锁,必须让父亲伤心,让克罗斯杰受到损害,让朋友们为她悲痛吗?不,一百个不!

她匆匆回到维农身边,为了躲避内心的斗争。

他正望着一辆带篷马车,只见它驶到车站门口便停下了。

"韦特福德先生,我们可以过去了吗?"

"还没看到信号。这儿不致那么冷。"

"请你原谅,我把给爸爸的信附在给你的信中,因为我相信你会按照我的要求,把这消息婉转地告诉他,并为我讲几句话。"

"我会尽最大努力这么做的。"

"我的处境总使我不得不麻烦那些关心我的人。我曾努力听从你的劝告。"

"你先是告诉了我,后来又告诉了戴尔小姐,至少你的良心可以平静了。"

"不见得。"

"是什么使它不安呢?"

"我没做过任何使良心不安的事。"

"那么你便可以问心无愧。"

"不见得。"

维农耸了耸肩膀。我们是否容忍妇女无辜的两重性,这是由它把我们和别人摆在什么地位决定的。如果他愿意,他可能会想:"你并没做什么,只是自寻烦恼,使自己的良心不能平静。"那是很明显的,而她对这点的直言不讳,也证明她希望问心无愧。但他不能帮助她。男人是凭自己的好恶与女人发生联系的,他可以立即作出反应,表示赞成或反对,而这遮住了他的眼睛。他又耸了耸肩膀,因为她说:"我再待在那儿,只能使我人格扫地。你怎么还要我留下呢?"

"当然不是为了要降低你的人格。"他说;德克雷的事叫他不快,他的感觉也使他心情沉重,深切地意识到自己寄人篱下的地位,以及未来穷文人前途茫茫的生涯。

"韦特福德先生,那你为什么追到这儿,想拦住我?"克兰拉脱口而出地说,因为他的声调刺痛了她。

他答道:"我想我是一个爱管闲事的人;直到今天以前我还没意识到这点。"

"你是我的朋友,只是你的讥刺叫人受不了。你关于我可以问心无愧的话便是讥刺。我向你和戴尔小姐诉说过,这样我的良心可以平静一些,轻松一些。我提到这点,对于我就像是一只火烫的炉子,难道你对我没一点同情吗?爸爸落进了威洛比的圈套。他还不断耍手段,要我也听他摆布。他的狡猾和其他一切叫我不能忍受。我怕它们。我对你说过,我比他错误更大,但是我必须谴责他。什么结婚礼物!庆贺!在他家做客!我厌恶这一切。"

"所有这些便成了你值得自慰的理由。"维农说。

"难道你认为这还不够吗?"她胆怯地问。

"你有男人的清醒理智,你应该明白,你的逃跑只能使你的名誉受到损害。只要再花三天工夫,你就可以与你的父亲名正言顺地离开这里。"

"但是他不肯听我的。他总是跟我打岔。威洛比使他变得糊涂了。"

"把这事交给我,我相信他会听你的。"

"让我回去?哦,不!我得上伦敦!再说,今晚有蒙斯图特太太的宴会,我很喜欢她,但我不能与她见面。她的偶像崇拜……何况我能作出什么回答?如果我使眼色恳求她别问,她能领会;但是为了转移目标,我得装出一副可怜相,这在她眼里会变成滑稽的表情;而且我是一个'狡黠的瓷美人',我还得听那些无聊的谈话,她却认为这主要是为了让我高兴。我必须与她避不见面。想到她那副样子,我变得别无选择。她很聪明。她会把她的警句硬安在我身上。"

"留下吧,你可以在那儿坚持自己的要求。"

"她告诉我,你相信我是有些头脑的。但我自己还没发现这能耐。我们谈到过这点,我们称这为你的错觉。她承认我有点姿色,这一定是她的错觉。"

"这两者都不是错觉,米德尔顿小姐。你生得漂亮,人也聪明;普遍的意见可能是:有些狂热;到那时大家会指责你不把名誉当一回事,你的朋友们也只得同意这点。但你是可以摆脱这个困境的。"

"哦,为了去编织另一个困境?"

"这很难说,得看你怎么摆脱第一个困境。我没有更多的话好说了。我爱你的父亲。他那种咬文嚼字、引经据典的作风,只是他喜欢玩弄的一种伪装,但是你应该了解他,不必因此怕他。只要你坐下来,跟他一起讨论一个钟头拉丁文,只要你握住他的手,告诉他,你不能离开他,但是不要哭!他就会立刻回答你的话。这可能要花一两天工夫;不用说,你会觉得不愉快,但我认为,这比你目前这种一走了事的做法好一些。不过我没有任何权利要你这么做。我没有'女人的口才'。我主张一切都得诉诸理性。"

"你这是在恭维我。我讨厌'女人的口才'。"

"不过那是一种有用的才能,但愿我也能那样。那么我就会成功,而不是失败,显得我是在恭维你了。"

"快车肯定晚点不少时候了吧,韦特福德先生?"

"快车已经开过了。"

"那么我们得到对面去了。"

"你最好不要让蒙斯图特太太看到。停在车站门口的是她的马车,她在车上。"

克兰拉望了一下,心沉下去了;她说道:"我顾不得她了!"

"那么我只得在这儿与你告别了,米德尔顿小姐。"

她向他伸出了手。"蒙斯图特太太今天怎么会上火车站的?"

"我猜想她是来接她宴会上的一个客人的。她对你父亲说过,她还请了克鲁克林教授,他可能坐下行列车来这儿。"

"返回庄园!"克兰拉喊道,"我怎么能这么做?我的忍耐已经到头了。如果我还支持得住!如果我只是觉得暗中做了错事,也许我还可以那么做。现在我是落进了蜘蛛网中。不论我怎么做,我反正错了。我唯一要考虑的只是怎么搭救克罗斯杰。是的,还有怎么不连累爸爸。再见吧,韦特福德先生。我会怀着感激的心情记住你的好处。但我不能回去。"

"你不愿意吗?"他说,要她再考虑一下。

"是的。"

"但是如果你给蒙斯图特太太看到,你只能回去。我可以尽我的力量,把她引开。万一她看到你,你必须编个故事搪塞一下,请她让你搭车。我想不能不这么办。"

"我不想这么做。"克兰拉说。

他匆匆鞠了个躬,便走了。她已以她独特的方式承认,如果她只是暗中做了错事,也许她还忍受得了,既然这样,那么不论她走还是不走,在他看来,只是在两种错误中进行选择而已。因此当她站在那里,困惑地思考他追赶她的原因——那是并不明显的——时,他正在回想促成他这次行动的特殊忧虑,就这点而论,应该为她说句公道话,他本人也并非毫无干系。但他的成绩也许只是使她避免了感冒,这是他唯一感到安慰的。他的行为也完全问心无愧,他没有为个人目的利用她的处境;然而在回顾这一切时,他却对自己的冷漠感到吃惊。这个严格按规矩行事的人,直到我们的喜剧快落幕的时候,都不该仔细想想他扮演了什么角色,否则,他也许有时难免会对这次善意的行动的鲁莽感到不安了。

# 第二十八章

## 返回庄园

克兰拉站在窗口的一角观察动静,看到维农穿过马路,向蒙斯图特·詹金森太太的马车走去;他竖起了衣领,缩紧了肩膀,变得非常瘦。这副样子似乎在说:"小汤姆冷啊。"对他的同情使她打了个寒战。

他随即离开马车,走进了车站;铃声响了。那是她的火车吗?他同意她走了,现在他便是在掩护她,帮助她离开,尽管这个行动与他讲过的许多话是背道而驰的,但是他今天充满了矛盾,像人们对女人的指责一样。火车进站了。她在哆嗦;没有看到信号,维农一定欺骗了她。

他回来了,坐进了马车,车轮马上转动了。就在这个时刻,弗利奇的小马车驶过,车上坐着德克雷中校。

维农不可能没有看到他。

但这究竟是怎么回事,中校为什么来到车站?维农的想法对她形成了压力,使她无法声称自己是完全无辜的,尽管她知道,她什么也没有对中校说过,他的到来与她根本无关。除了威洛比,德克雷中校是她最不希望遇到的人。

现在她怕听到铃声,因为这将告诉她,维农没有骗她,她摆脱了他,却落进了另一个人手中。

她咬着手套,望了一眼老板家族的画像,那些眼睛全都注视着她;她看到了那只空杯子,绕到它前面,摸了摸它,还有它里面那只愚蠢的小勺。

只要稍微放松警惕,我们就会想入非非,走得多么远啊!

维农曾问她,她是不是单独一个人。这问题本身很奇怪,他提也很奇怪,她把这点与那杯热辣辣的酒联系起来,反复说道:"他一定看到了德克雷中校!"她盯住了空杯子看,仿佛它可以证明什么似的;因为维农不是你那种温柔的骑士,不会为了巴结你装出假笑,靠一些无聊的事向你献殷勤。但是在一个年轻姑娘的意识中,不是所有的门都已打开,哪怕她有着十分敏感的天性:那些门有的锁着却没有钥匙,有的有了钥匙却打不开门,有的还被一些小鬼在里面把守着。她说不清楚她要证明的是什么。假定我们碰巧知道得多一些,我们也无权把它讲得更明显些,以致超过她自己的认识。那杯子的味道是难闻的,这使她感到委屈。她几乎想把小勺子揣进口袋,留作纪念,将来拿给孙儿们看,让他们汲取教训。甚至到那时她要讲的话已涌到了她的嘴边,这是一篇道德说教的开场白:"孩子们,这里的一把小勺子,也许你们会羞于用它来喝茶,但是在我的生活的一个时期,它却比银的或金的勺子更贵重,因为它指出了……"结论是模糊的,正如她的想法一样;然而她是有想法的。

在这种心情中,她走下了楼梯,在车站的台阶上遇到了德克雷中校。

那张容光焕发的脸说明这个自信的人十分得意,因为他在怀疑和争论的紧急关头冒险作出的推测得到了证实。

"米德尔顿小姐!"他惊喜交集,为他准确的预测感到自豪,接着又道:"我还不太迟,可以助你一臂之力吧?"

她感谢了他的好意。

"德克雷中校,你的马车打发走了没有?"

"我刚要换零钱付给弗利奇呢。他在路上碰到了我。我们的命运简直与他结了不解之缘。我立即跳上了车;我知道它,它的行驶就像巫师在赶鬼。"

"我是否曾……"

"不用担心,没有人怀疑你想逃走。你愿意我保护你吗?我的时间可以由你支配。"

"我是临时想到,要去看看我的朋友道尔顿小姐。"

"我可以冒昧说吗?我早猜到,你今天想去看道尔顿小姐。你不应该没人陪伴,独自出门。"

"请让车子等一下。威洛比在哪儿?"

"他穿了雨鞋不知上哪儿了。米德尔顿小姐,我可以奉陪吗?如果你拒绝,我永远不能原谅自己。"

"他们在找我吗?"

"正到处找呢。但是为什么你要拒绝?再说,我也不需要马车了,如果你不让我送,我可以步行回去。弗利奇是了不起的机灵鬼,但是在未来的二十四小时内,他对我没有用处了。说真的,这是我向道尔顿小姐当面致敬的好机会!"

"她在礼节问题上是很严格的,德克雷中校。"

"我会按照她的要求行事,她喜欢什么,我就扮演什么;我可以在她面前装笨蛋,也可以装反叛者。我记得她。她给我留下了深刻的印象。"

"大概还得靠回忆吧!"

"我第一次听到提这位小姐的名字时,没有马上想起她。正如一位将军提到弹药和辎重,当然就是指军队!只是它还在后方好多里以外罢了。我像一个仆人闻到了屋里的烟火味,还去睡觉,只顾想别的事情。如果我被忘记了,那也是活该。我很想知道这点,这是我的好奇心,早年放荡生活的一点残余。不过也不完全是那样,我是希望看看你的朋友对我有什么印象——毫无印象?但是任何一块小石子抛在水里也是有水花的。"

"那谈不到是印象。"克兰拉说,想靠这种轻松的谈话消弭犹豫不决的心情。

"像我这种男人至多只能指望这样!那么我得到你的同意了?等一分钟。我去买车票。"

"别去。"克兰拉说。

"你的仆人恳求你啦!"

她摇摇头,表示坚决反对,但她的眼睛是迷惘的。她深深叹了口气;跨出这一步,绳索便割断了。困倦的感觉掠过了她全身。

德克雷迈开大步便走。一个铁路搬运夫拦住了他:有位绅士要雇弗利奇的马车。在站台上,一个胖胖的老先生正为他的行李发愁呢。

"那位先生可以雇他。"德克雷说,付给了弗利奇车钱。

"打开车门。"克兰拉对弗利奇说。

他起劲地拉着车门的把手。门开了。她跨上了马车。

德克雷吃了一惊,有些惋惜,等这些表情从他脸上消失以后,他赶紧朝弗利奇喊道:"那好,上驾车座吧,我也上车,坐在你旁边。"

克兰拉向他指指对面的座位;他谦让道他不怕淋雨;她让车门开着。从他的心情说,他倒宁可在外面与风雨搏斗。但她的邀请太甜蜜了。

现在她听到了她那趟火车的铃声。马车沿着铁路路基行驶时,她遇到了火车,根据她的表,它晚点十八分钟。奇怪,当蒸汽像鲸鱼喷水似的从车头冒起时,她不明白她怎么会没在火车上。她可以说的只是,她是按照她的自由意志在行动。不是维农使她留下的,当然也不是对面那位朋友;她的全部心愿是出走,然而她却坐在马车上返回庄园,心情也很平静。她回顾着全部事实,觉得自己确实是不可理解的;于是她不再回想,一心考虑再见到威洛比时的情景。

"我必须选一个较合适的日子去伦敦了。"她说。

德克雷点点头,但没把眼睛从她身上移开。

"米德尔顿小姐,你并不信任我。"

她答道:"请问何以见得?我认为我是信任你的。"

"我可以讲吗?"

"这不是由我决定的。"

"毫无保留?"

"你要说什么就说什么。但让我提个条件:不必太严肃。在阴雨日子,我需要快乐。"

"米德尔顿小姐,弗利奇再一次当了我们的赶车人。不妨想想这点。仿佛总有一股潮水把他送回他被抛却的地方,我们与他好像给一条绳子拴在一起。我过去不认识你,不能以老朋友自居,我只是凭一颗赤诚之心对待你,这是从我见到你的第一分钟开始的。如果要怪谁,那只能怪弗利奇。要是他恢复了他原来的职务,这个奇迹也许就不会发生了。"

"也许是这样。"克兰拉说,脸上的表情似笑非笑。在她看来,这是威洛比冷酷无情的自尊心自食恶果,但它完全符合正义的要求。

"恐怕你是对的,可怜的家伙没有机会。"德克雷继续道。他停了一下,似乎是为了在不幸面前表示应有的礼貌,然后容光焕发地笑道:"除非我雇他,或者假装要雇他!我确实认为,弗利奇的凄惨形象在庄园周围徘徊,这是对里面的伊甸乐园的补充——米德尔顿小姐,为什么你不能对我多一点信任?"

"那么,德克雷中校,为什么你不假装要雇他呢?"

"如果你愿意,我们不妨计划一下。在这件事上你能信任我吗?"

"对任何无私的善良行为,我都信任。"

"真的这样?"

"毫无疑问。你可以公开讲要带他去伦敦。"

"米德尔顿小姐,你刚才是打算走的。我一来,你就改变了主意。你不信任我,我应该惊奇吗?如果情况相反,我倒应该感到惊奇。你听到的关于我的情形,都不会使你信任我,哪怕在最需要信任的时候也不会信任。我猜到你走了。你要问我怎么猜到的吗?我说不清。也许是由于大家所说的心灵感应吧,这是不可解释的。有自发的心灵感应,自发的反感。人们必须生活在一起,才能发现它多么深刻!"

克兰拉只是用沉默表示赞同他的真理。

车子颠簸不定,大有倾覆的危险。

"弗利奇,我的好人!"中校咕哝着表示不满。他的叫唤引得克兰拉笑了,于是他对她道:"跟他在一起可不安全,哪怕我们装得放心也不成,没到目的地,他就该把我的五脏六腑都颠出来了——但是如果我们中间有两个人比较幸运,在发现这点以前还没有结合成夫妇,那么还有希望。那是说,如果一个人有勇气,另一个人有头脑的话。要不然,他们就会身不由己地给自己套上枷锁。最大的敌人是骄傲,它强迫他们坐在一辆车上,把他们载向不幸的大门。这时唯一的办法就是在还来得及的时候,把它推下驾车座。由于没有一种骄傲像占有的骄傲那么顽固,因此对它最致命的创伤,便是使它对自己的权利产生怀疑。任何其他办法都不能教育骄傲,让它清醒过来。但是一个人要这么干,就必须有勇气!"

德克雷轻轻地敲打着窗框,给他的话留出了细细体会的时间。

除了威洛比,还有谁代表骄傲?又是谁在令人昏昏欲睡的摇晃中,琢磨着一个最可靠、最简便的方法,要让他懂得只有放弃她才是上策?

"告诉你,米德尔顿小姐,我研究了人的性格。"中校说。

"我看到了。"她答道。

"你打算回去?"

"嗯,我已决定了。"

"我只得承认,这是不适宜旅行的日子。"

"是的。"

"对于我的谨慎,你可以百分之百的放心。我希望你不致指责我,你应该相信,我并不打算刺探秘密。我猜到了车站,便来到这儿,我一切都听你的。"

"你有没有发现蒙斯图特·詹金森太太的马车从你旁边经过?"克兰拉说,脸有点发红,"那是在你的马车到达车站的时候。"

德克雷看到了一辆马车驶过。"我没见这位太太。她在车上吗?"

"是的。因此你还是别谈你的谨慎吧,我可以肯定她看到了你。"

"但没有看到你,米德尔顿小姐。"

"我宁可认为她看到了。在必要的时候,我还是有一点勇气的,德克雷中校。"

"我从没怀疑这点。但是勇气是需要锻炼的,这跟其他美好的能耐一样。我的勇气就常常生锈和发霉。"

"我不能容忍欺诈和计谋。"

"也许定计帮助可怜的弗利奇,可以不在此例!"

"他是例外。"

中校扭转头,看了一眼车夫的背影。

"今天保证没有事!"他是指弗利奇的神色很镇静。"大自然的剧烈变化看来对我们的朋友起了安定作用;他只有在平静的气候中才是危险的。再过五分钟,我们便到达庄园门口了。"

克兰拉向前俯出身子,眺望公馆附近的树篱小径,奇怪,它们又引起了她的亲切感。就思想和感觉而言,她这时都像一朵在风雨中飘落地上的花;她感谢女性的面具,使她没有流露百无聊赖和消沉倦怠的心情。维农把一切推给她的自由意志,让它决定她的命运,这是狡猾的背叛,她恨不得骂他几句。

她不知不觉叹了口气。

"三点钟还有一趟火车。"德克雷迅速作出了反应。

"是的,五点还有一次。今天晚上,我们得出席蒙斯图特太太的宴会。可是我多么盼望清静!我觉得我是从来不愿接受约束的。我一受到限制,便开始想望自由。"

"米德尔顿小姐,这么说的女人……"

"怎么样?"

"那是因为她们觉得太孤独了。"

她无法驳斥这句话,因为她自诩忠实是她的原则,她只得向自己承认它的真实性;她知道,弱者没有自由。维农曾这么讲过。她企图抵制它的压力,然而她无能为力,这使她觉得自己可怜和无能。

半小时前她会觉得,在一个老是盯住了漂亮的脸蛋观看的男子陪伴下,穿过园子是危险的。现在情况变了。他们已到了庄园门口。

"我要走开吗?"德克雷问。

"为什么要走开?"她答道。

他向她优雅地俯下了头。

他的低声下气、唯命是从,得到了困倦的克兰拉的欢心。他从未使她保持必要的警惕,因此她没有意识到他忽略了这点,便接受了他的看法:"预先编制故事只能束缚自己的手脚。"

"是这样。"她回答。她确实也是这么想的。

现在他昂起了头,滑稽地眨巴了几下眼睛,仿佛在向脑子请教。

"是的,你是对的,米德尔顿小姐,事先的虚构不可能万无一失,这只是对自己的聪明设置了障碍。真实和良知是最好的参谋。由于你是前者,我一定演好你分配给我的角色。"

她思前想后,觉得她要面对的麻烦,主要还在前头,不是现在。但她决心毫不掩饰地与威洛比谈谈;她感谢她的朋友,因为他没有诱使她回避问题。谁也不会怀疑,他有说漂亮的谎话的才能,而对这种小聪明,她在心里也是既羡慕又想仿效的,现在她对自己能摆脱这种心理,感到很高兴。然而她没有问自己,良知怎么才能够与真实取得一致,幸好这时她还没想到克罗斯杰,不必为真实怎么与他早上的谎话相互协调感到为难。

马车驶进了庄园,一个思想完全占有了她。她问自己,维农对她的回来会不会满意;他是她这一行动的真实原因,然而他对促成这件事却很少关系,因此她确实怀疑,他看到她回来是否高兴。

# 第二十九章

## 威洛比爵士的神经过敏事出有因，
## 他受到了不少教育

马厩顶上的公馆大钟正打十二下。这是宣布她出走的时刻，克兰拉坐在车上忧虑重重，心里乱作一团，以致当德克雷中校问她，她的表有没有对准时，紧张的心情使她脸上露出了痛苦的红晕。她明白，在早餐桌上，他一定已了解她的心思；她为了避开威洛比，不是欠了他一大笔人情债吗？这么敏锐的目光令她担忧和气馁；同时她又不得不承认，他并不想利用这事来对她施加压力，她的尊严没有由于他受到任何损害。但这掌握在男人手里，她受不了的就是这点。

她跳下了马车，好像已把危险丢在后面。这时她可以露出例行公事似的友好笑容，向威洛比问候了。门打开了，小克罗斯杰蓦地跳到了她面前。他扑到她身上，拉住了她的手跳舞，把它按在他的嘴上，简直不相信真的看到了她，摸到了她。他结结巴巴、模糊不清地讲着，威洛比爵士怎么在船房的屋檐下找到了他，怎么盘问他，后来给他支使到霍普纳的农场去了，因为那里有一个孩子病了；顺着大路，他又到了一个雇工家里，"因为我说你对穷人总是那么关心，米德尔顿小姐；那是真的，我这是说的真话。我说，你不让我待在你身边，因为怕我传染疾病！"这确实是她担心过的。

"小孩子讲话总是那么啰啰唆唆,拖泥带水。"中校付了车钱给弗利奇以后,一边听孩子讲,一边说。

弗利奇把手举到帽檐上行了礼,然后又提到了他自己,红着脸露出忧郁的神色,唉声叹气地说道:"唉!小姐,唉!中校,要是我还能回到老地方,在庄园上过圣诞节,喝庄园上的葡萄酒,那多好啊!"言下之意是他一定祝他们长命百岁。他抬起头,望了一下窗子,便弓起背,赶车走了。

"那么,韦特福德先生还没回来?"克兰拉问克罗斯杰。

"没有,米德尔顿小姐。威洛比爵士回来了,他在楼上自己屋里换衣服。"

"你看见巴克莱吗?"

"她刚去了实验室。我告诉她威洛比爵士不在那儿。"

"告诉我,克罗斯杰,她拿着一封信吗?"

"她好像拿着什么。"

"快找她,说我在这儿,我要那信,那是我的。"

克罗斯杰撒腿就跑,撞到了威洛比爵士身上,给他抓住了。

"抓这家伙得像接住足球。"受到冲击的绅士喊道,弯下了腰,把孩子紧紧抱住,好让他有个逗弄的对象并装出泰然自若的样子,他现在需要这么做。"克兰拉,你没有淋到雨吗?"

"几乎一点也没淋到。"

"我很高兴。你找到了躲雨的地方?"

"是的。"

"在一个农民家里?"

"不是在农民家里,但我找到了很好的躲雨地方。德克雷中校在遇见我以前,找到了一辆小马车……"

"还是弗利奇的马车!"中校喊道。

"对,你的运气不坏,不坏。"威洛比对他说,仍抓住了克罗斯

346

杰,把他的挣扎当作了要他抱得更紧的表示。但这种伪装并不能掩盖他内心的愤怒和混乱。

"待在我身边,先生。"他最后对克罗斯杰厉声说;克兰拉拍拍孩子的肩膀,表示劝他别闹。

大家走进门厅时,她对中校说道:"我还没谢你呢,德克雷中校。"然后把声音压得低低的,又道:"实验室内有一封我写的信。"

克罗斯杰痛得直嚷嚷。

"我捉住了你!"威洛比一边挖苦他,一边大笑,笑得跟他的俘虏的叫喊差不多。

"你抓得太紧了,先生。"

"别嚷嚷,你这个不中用的家伙!"

"我不是!但我得去拿一本书。"

"书在哪儿?"

"在实验室。"

德克雷中校不慌不忙走到实验室门口,大声说道:"你要什么书,我给你拿。什么书?《早期航海家》?《儿童赞美诗》?我的烟盒大概也在这屋里。"

"巴克莱说有一封我的信。"威洛比向克兰拉道,"据说要中午才给我!"

"那是我怕中午以前赶不回来,免得大家为我担心。"她答道。

"你太好了。"

"太好!不,说我什么都可以,但别说我好。两位女士来了。亲爱的小姐们!"克兰拉迎上前去,这时她们正从起居室走进门厅,于是惊叹声响了整整两分钟。

威洛比松开手,放了克罗斯杰,后者马上飞也似的拐进了实验室,威洛比在后面跟着,这时德克雷正好出来,遇到了孩子,但没说什么。

347

克罗斯杰在屋里转了一圈,注意着每一个地方。威洛比看了看他的书桌、电池台和壁炉架。他没发现信。巴克莱明明告诉他,她遵照女主人早餐后的吩咐,把给他的信放在实验室了。

他转身出来,跑上楼梯,看到德克雷和巴克莱刚讲完话,正要分开。

他向使女招招手。她把上唇一咧,把衣服掸掸平——这是预感到了危机,准备采取对策的表现。

"我的女主人刚打铃叫我呢,威洛比爵士。"

"你有一封信要给我。"

"我说过……"

"你在楼梯脚下遇到我的时候说过,你把那封给我的信放在实验室了。"

"它仍在女主人的梳妆台上。"

"拿给我。"

巴克莱转身时,又一本正经地扮了个鬼脸。显然她必须用这种公开的方式表示她在对自己讲话。

威洛比等着她,但是使女没有重新露面。

他发觉自己这种等人的姿势,以及他的全部行动,都难免成为笑柄,于是走回了卧室,把门关上,在屋里踱来踱去,对自己给人捉弄得这么狼狈感到惊讶。他心烦意乱,像个一筹莫展的可怜虫,失去了自我克制的能力,无法保持落落大方的假面具;一向只习惯于把这种情绪和烦恼给予别人的他,现在却遭到了一个诡计多端的姑娘的愚弄和欺骗。他好像一下子矮了一大截。尽管镜子未作此反映,但他收缩的内心却在肯定这点,它还在哀哀啼泣。她那种自责之词——"说我什么都可以,但别说我好"是她的自白,但这是在她与德克雷一起回到庄园之后,而他们在他面前讲的话显然包含着一个秘密——这一切像熊熊燃烧的怒火烤炙着他的脸。利己主义的苦闷使他不得不大声呼叫：不明真相还是比较幸福的。他愿意受骗。

但这种心愿对他说来，只能是暂时现象；因为他最需要的，还是不让任何人知道他受骗；如果他受了骗，那么骗他的人便会知道，她的同谋犯也会知道，世界也很快就会知道，而这个世界却有一根他无法抵御的舌头。在他的势力笼罩的地方，他可以压制言论，就像冰雪封冻地面的水源一样；但是超出这个范围，他就不免神经过敏，感到惴惴不安，提心吊胆，仿佛在寒冬腊月给人剥光衣服一样可怕。这便是他憎恨世界的根源所在；这是一幅惊心动魄的图画：他赤身露体，变成了一个标明他的姓名的弱小婴孩"自我"，站在世界面前；这是唯独他这种具有高度文化的人才能感受到的，也是他无法伸出双手加以保护的。在那里，任何嘴巴都可以对这个可怜又可爱的小家伙信口雌黄；它冻得发抖，伤痕累累，向他呼救，可是他却无能为力！一个这样对待我们的世界，谁不会恨之入骨呢？何况在我们的势力范围内，人人都对我们奴颜婢膝，我们既然鄙视这些人，我们自然更会憎恨那个世界。

他曾经是一个深得人心的青年王子，世界是属于他的。克兰拉那么对待他，无异是掠夺了他的领土和他的臣民。他的一个最庄严的梦便是与一位人人夸奖的小姐结婚，她既美如天仙，又对她的夫君忠心耿耿，以致世界不得不把她看作一种证明，显示出他的完美无缺，从而使一切诽谤无从置喙，绝大部分嫉妒——不是全部，那倒也不是所希望的——销声匿迹。要不是女人本性难改，他的梦想本来早可实现。他不能责怪命运。他称贺拉斯·德克雷为幸运儿，这只是令他痛苦的违心之论；他从小受的教育就是让他相信，幸运是专门为他小威洛比存在的，只有他才能享有它。因此他的诅咒自然落到了女人身上，要不，他就会失去最后一块温暖的毛毯，无法像诗人那样躺在那里做美梦了。

但是如果克兰拉欺骗了他,那么他也唤起了她的胆怯情绪。这就是他希望自己受骗的真实原因。她没有多看他的脸,也没有接触他的目光,她故意眼光朝下地昂起了头,保持着外表的傲慢。这种神态有它的蛊惑力:少女在姿容体态上的自豪感不屑向犯罪的负疚意识低头;这形成了一种恶魔般的魅力,在它面前他感到既憎恨又想去拥抱。于是按照他的策略,每逢恋恋不舍的情绪控制他的时候,他便抛开眼前的她,在心里想象出另一个更符合他心意的克兰拉,用来代替前者。

既憎恨又想拥抱的心情,实质上是即使你的拥抱遭到拒绝,你的憎恨也不致因此而加强。

符合礼节的距离公认是两英尺十英寸,这是衡量行为是否规矩得体的界线,尽管这样,这规定对伟大的男人却可以,而且往往发生不可思议的后果:它使他的特殊憎恨重又变成产生它的欲罢不能的爱恋,而拥抱的热情也会像神龛前的信徒那样匍匐在地上——他被弄到以斋戒为崇拜手段的地步。

(关于这些难以理解的现象,请参看那部伟大著作的重要一章,即第七十一章论爱情的部分,那里什么也没有写,但读者可以得到一盏灯、一桶火药和一把铁镐,让他在寂静的矿坑中,穿过从前的挖掘者留下的碎石堆,在昏黄的光线中摸索前进;这一章比写得满满的第七十章对我们更有教益;第七十章是法国部分的开始,这部分代表了文明世界迄今为止的最大成就。)

主人公在催促我们,我们不能为挖掘坑道浪费时间。他急于找她单独谈谈,以表面尊敬的辛酸形式叫她也尝尝自己的这种苦恼,等一切如愿以偿之后,再心满意足地把她一脚踢开。他看到她正在巴克莱的保护下,走下楼梯。

"给我的信呢?"他说。

"我想我已告诉你,威洛比,我留了一封信给巴克莱,万一我不能及时赶回来,可让你可以放心,"克兰拉说,"现在她已不必把信交给你了。"

"是吗?但是任何信,只要是你写的,是你给我的,我都希望看到!信还在吧?"

"不,我已把它销毁了。"

"那可不对。"

"你看了不会快活的。"

"亲爱的克兰拉,但这是你写的信呢!"

"它总共才三句话。"

巴克莱在咬嘴唇。一个使女掌握了女主人的秘密,她就可以收买,因为如果她的右手会接受贿赂,她的左手也会;需要估计的只是贿赂的性质和数目;这便是威洛比爵士在一心盘算的。他不愿再想,也不想再知道什么,只知道他是站在火山边沿,薄薄的地壳正在熔岩上颤动。这对他是一种新的感受,代表了克兰拉在他们的交战中取得的成绩。克兰拉并不怕他盘问,倒是他怕她把一切和盘托出。

互相提防必然导致表面上的客客气气,任何简单明了的话都难以这么清楚地向对方表明,彼此都怀着戒心。克兰拉决定坚持她的谎言,她把它装进信封,贴上封条,送进邮局了;本来只要他好好问她,声音不太严厉专横,他是能知道一切的。

她在心里说:"这是你的过错,因为你太冷酷无情,要毁掉克罗斯杰,为他对我的忠诚而惩罚他,可是这个可怜的孩子从没想到这点!因此我有义务尽力保护他。"

然而这种相应的忠诚还符合两个目的:它可以使她不再多想那半途而废的出走和匆促赶回所带给她的屈辱;也可以使她在与德克雷中校迅速建立的亲密关系上,感到心安理得。威洛比所夸耀的不留情面的性格,是应该受到责备的。她在与他斗争,她不能不从这个角度看待问题。必须在一个对冒犯者绝不宽恕的人面前,保护克罗斯杰,在这件事上要求德克雷中校的帮助是完全自然的,中校天衣无缝的手法在她看来,与其说可怕,不如说可敬。

尽管这样,她并不想用假话回答直率的问题。她赞成无关紧要的谎话,但不赞成欺诈,一句话,她对一些遁词可以不以为意。她的神色便说明了这点。威洛比也看出来了。她写给他的信包含三句话:"总共才三句话";她销毁了信。可能在什么问题上她反悔了?那么她一定做了损害他的事!他对损害的猜疑使他愤怒,然而他对她欲罢不能的垂涎又使他必须谨慎,在这两种情绪的夹攻下,他只得装聋作哑,以便另作打算,伺机报复。

"好吧,你安全回来了,我又看到了你!"他说,显得喜气洋洋,十分高兴,"那是比你的信更重要的。我为了找你,跑遍了附近一带。"

"这又何必?我们不是在野蛮的国家里。"克兰拉说。

"克罗斯杰说,你去访问一个生病的孩子了,亲爱的。哦,你换过衣服了?"

"你看到了。"

"孩子还告诉我,你要去霍普纳的农场和其他农民家中。我在庄园大门外遇到了一个流浪汉,他发誓说他见到了你和孩子,但他说的方向完全相反。"

"你给他钱了?"

"我想是的。"

"那么他是为了钱,才说看到我的。"

威洛比点点头,她说的也许是实话;乞丐都是骗子。

"但是,亲爱的克兰拉,你在谁家避雨来着?霍普纳的农场里没人看到过你。"

"人们花多少力气,便得到多少报酬。付给他们太多,就会惯坏他们。你把钱太不当一回事了。那地方没有人生热病。谁能料到会下这么一场暴雨！今天晚上我要出席蒙斯图特太太的宴会，因此得找戴尔小姐商量一下，我该穿什么衣服，这可是件重要的事。"

"对，她是不会错的。"

"她有高雅的鉴赏能力。"

"尽管她自己穿得很朴素。"

"但这对她很合适。她是那种天然完美，不需要打扮的少数女人之一。"

"她是一个很有见解的女人。"

他想了一下，重复了一遍他的赞美。

克兰拉的脸上隐隐露出了一个笑靥，这使他猛然想起她曾嘲笑过他什么，但是当然，他绝对不能再提出那个荒谬的想法，说她在嫉妒利蒂希娅了。那么这个姑娘要求解除婚约的动机是什么呢？这疑问使他感到屈辱，他回避着它的答复。

他去找德克雷。这个机灵的阴谋分子却不打算单独给他抓住。到处都找不到他，直到吃饭的铃声响了，他才露面，这时，克兰拉与他公开讲了一两句话，他随口附和了几句。那以后，他陪威洛比打了一个钟头弹子，结果完全输了。

仆人通报了蒙斯图特·詹金森太太的来访，于是先生们走进了会客厅，怀疑她的宴会将发生什么问题。事实是，她只是为失去了宴会上的一颗明珠感到伤心，那就是伟大的克鲁克林教授，她邀请他是要他在餐桌上陪米德尔顿博士；她讲她怎样按照约定的时间，坐车到车站接他，因为众所周知，这位教授每逢出门总要惹些麻烦，现在事实证明，他一定在伦敦误了火车，以致没有到达，连他的影子也没有。她说维农·韦特福德可以证明，他们找遍了火车，在站台上也没见到教授。

"这样,"她说,"我只得把你们的原始人送回家中,让他把身子烤干。他全身湿漉漉的,牙齿直打冷战,简直像裹在海绵中的一具骷髅,要是他居然没有感冒,他一定像他自己吹嘘的,他的身子是钢筋铁骨做的。这些运动家都是吹牛大王。"

"他们爬上了他们的阿尔卑斯山便大吹大擂,"克兰拉说;她在担心,只怕蒙斯图特太太提到在车站附近看到了德克雷中校。

大家笑了,德克雷中校笑得特别响,因为他突然想到,米德尔顿小姐这样一个聪明伶俐的姑娘,在他来到庄园以前,对维农·韦特福德这样的硬汉子一定产生过好感,现在才大失所望,发现他对她毫无用处。他回头瞧瞧,看到维农站在那里一动不动,盯着那位小姐发愣。

"你听到没有,韦特福德?"他说。克兰拉的脸色表明,她内心十分后悔,超过了他认为必要的程度;可是中校还在挖苦这位登阿尔卑斯山的运动员,说他想成为他们中间最高的人,一位登上天空的先生!他描绘这些高山征服者像薄煎饼一样贴在峭壁上,拼命抱住了岩石,身上一块白一块黑的,浑身的皮肤都擦伤了,只是为了夸耀他们爬得"这么高",又征服了一座大山!他大肆取笑,自鸣得意,似乎女性的征服者便可得到完全不同的报偿。

维农终于清醒过来,听到了针对他的各种谰言。

"登山和抓泥鳅完全不是一回事。"他说。

他这是指他得经常去抓小克罗斯杰,让他坐下来读书,这个比喻得到了大家的赞赏。

克兰拉感到,他的视线从她这儿移到了德克雷中校身上。如果他要误解她,她也没有办法。德克雷中校却没有误解她!

蒙斯图特太太表示对维农很同情,因为他经常得干抓泥鳅的苦差事,也就是德克雷平时所说的"到河里捉他的鳗鲡"的活儿;小克罗斯杰不幸这时走进了会客厅,于是德克雷和威洛比立刻开始盘问孩子最近逃学的情况；两人对他的谎话穷追猛打，企图抓住它的破绽。正当他们即将成功的时候，维农打断了他们的话，打发孩子去从事读书的苦役了。蒙斯图特太太给请去参观布歇夫人送的美丽的瓷餐具。"又是瓷的！"她对威洛比说，要不是克兰拉这时正凑在利蒂希娅耳边，谈得津津有味，不便打搅，她真想招呼那位"狡黠的瓷美人"一起去。她要他注意这点，对他的不耐烦有些奇怪。她还得上车站，说不定教授会搭下午的火车到达。"但是告诉米德尔顿博士，"她说，"也许晚上没有一个可以与他谈天的人了！"在出外上车时，她又对威洛比说："我希望在宴会的谈话中，你能发挥重炮的作用。"

"戴尔小姐与他旗鼓相当。"威洛比答道。

"她做什么都没说的！但是必须考虑我的餐桌，我不能指望一个年轻女人隔着桌子与他对话。要是这里有动物园，我情愿雇一头狮子作陪客；请了个著名学者，却没一个著名学者陪他，这我可不愿意。米德尔顿博士喝了酒，会把一个公爵弄得下不了台。他非得把我那些可怜的客人吓坏不可。说真的，我们不能让他太得意，我料得到，他的谈话中会夹入一些叫人咬不动的硬疙瘩，除非你肯卖力。"

"行，我一定尽力而为。"威洛比说。

"如果你赞成，我也可以依靠德克雷中校，还有我们那位瓷美人，他们讲起话来妙趣横生。他们在一起会配合得很好。你今晚可当不成天神了，你只是朱庇特的侍酒童子，也不妨说是朱诺①的；布歇夫人和卡尔默夫人，以及你的一切崇拜者，事后都会知道你做得怎样。这是我对你的警告。当然，我没有把克鲁克林教授列入没有信仰的人中间，要不然我决不会冒险，把米德尔顿博士请

---

① 朱庇特和朱诺是罗马神话中的天帝和天后。

上我的餐桌。我的宴会一向顺顺当当。这一次我有些担心是很自然的。因为单独一次失败总是特别引人注目。例外会永远成为话柄！这主要不在于人们会说什么,只是我的情绪受不了。我讨厌失败。不过如果你靠得住,我们就不会出事。"

"只要大炮一开火,我马上跟他周旋就是了,夫人!"

"这还差不多。"那位夫人笑道,随即走了;然而他对女人的利己主义却颇多感触。为了她的宴会,他得充当小角色,侍候米德尔顿博士,却要让克兰拉和德克雷互相配合,大出风头！可偏偏他特别希望出人头地。他在全郡的声望使他相信,在任何社交场合他都会显得光彩夺目,但是他的未婚妻还没认识到这点,现在为了让蒙斯图特太太高兴,他却只得放弃这个机会！即使她是他的敌人雇佣的,她也不致提出比这苛刻的条件。

他记得,小克罗斯杰给他抓住后拼命挣扎,可是克兰拉把手一放到孩子肩上,他马上安静了。从这件微不足道的小事,他得出了结论:在孩子的心目中,他与他的未婚妻完全不同,克罗斯杰的忠诚已从他这里转移到了她那里。她年轻漂亮,天生就富有女性的魅力,这吸引了孩子。必须让孩子感到,背叛他的严重后果。但目前要考虑的,还是得让克兰拉看到,她的未婚夫也不是等闲之辈;只要周围的人都向他投以倾慕的目光,她就可能认识到自己的渺小,从此猛然惊醒,再一次把他看作她的目标。到那时便可以对她实施惩罚了。

在图书室与米德尔顿博士的会面,使他很满意,因为他发现,她没有再次提出离开帕特恩庄园的请求。不,这个卖弄风情的贱女人现在胡闹够了,同意留下了。但是骗局还没有结束,他听到欺骗的梭子在空中来往飞旋,尽管他没有看到它。但是,整个说来,想起在她失踪的几个小时中,他所经历的惶恐心情,他还是感到值得欣慰,觉得这总算不幸中之大幸。他的惶恐是为了什么？是怕听到她出走的消息,这可不是一件小事。真是胡思乱想,一个情人的胡思乱想!然而它却使他走得这么远,甚至在雨中与德克雷分手之后,还怀疑他的朋友与他的未婚妻已串通一气,他再也看不到他们了。他确实曾在大雨滂沱的路上仰天大呼:"我给耍了!"这像戏剧中的台词,然而却是他天性的呼喊!经常逼得别人这么呼喊的人,尤其会这么呼喊。

康丝坦霞·德拉姆教育了他,使他相信,女人可能直到背叛前半分钟,才把这个爆炸性新闻通知他。奇怪,仿佛为了证明女人都是一丘之貉,她在逃跑之前也同样不露声色,与克兰拉昨天和今天一样;她们态度安详,既不脸红,也不皱眉头,显得从容不迫,毫无心事,几乎可以说,这是一对惟妙惟肖的姐妹。这种人大概在残忍和亲切之间,排斥和吸引之间找到了一条中间道路,在这条界线上行走,因此尽管拼命引诱你走向她面前,可是到了离她一尺远的地方,她却穿起了冷酷无情的盔甲,把你拒之门外。这既不是瞧不起你,也不是恨你,这是她们的路线,你看到一个人这么做,你就知道另一个人也会这么做。她们的感情像海水浸泡的一块土地,水分蒸发干了,只剩下了一层盐巴。克兰拉与康丝坦霞在这方面如此相似,这便是不祥的预兆。她们每个人,他本来都有权搂在怀里,重重地吻她们的眼睑,从她们的眼睛中看到她们逐渐明朗的内心世界,可是现在这一切变成了一场悲剧,这太可怕了。他再一次沉浸在比较中。康丝坦霞,他可以指责她在他男人的目光面前暴露得太多了,她对他几乎百般迁就,这当然值得赞美和高兴,但是她的坦率未免过于露骨,往往令人怀疑,不知小姐和先生两人中,究竟谁是追求者,这使他那颗男人的心感到极不自在。至于克兰拉,她的内在气质是比较胆怯的,胆怯得像躲在玫瑰色深渊中的一头鹿;她既可爱又可怜;她那灵活的眼睛里仿佛隐藏着一片世外桃源。正是那两个美女的这种不同,使他如今的遭遇变得更加痛苦和难以忍受。因为如果康丝坦霞像被他抛弃的——或者按照那种奇怪的说法,被他征服的——那种女人,那么克兰拉不是。她作为一个女人的特点,使他不得不拜倒在她面前。他不能把她与别的女人混为一谈,像一件随时可以抛弃的东西一样一脚踢开。因此他才爱她,尽管她伤害了他。也因此他才欲罢不能,无计可施,要不是他对他同样心爱,而且爱得更深的"自我"保持着真诚的信念,他也许会像一只丧家之犬那样觉得走投无路。

谈到德克雷,由于威洛比一向对自己的成就看得过于了不起,他从不信任别人。然而脾气和策略的那个不幸的结合,使他完全放松了警惕,否则甚至在那个家伙认识克兰拉的第一个钟头,他也不至于相信他。但是他在编制把她留在庄园的计划,他希望取得她的欢心,这一部分也因为他认为他的怠慢会使她受不了;这真是罪有应得的错误!实际他应该举办一些娱乐活动,在他的世界中成为太阳,让自己以更加绚丽多彩的面目出现在她面前。在那惊天动地的"我给耍了!"不再使他震动的时候,他几乎要骂自己笨蛋了。

怎么办呢?这问题对可怜的先生的自尊心无异是当头一棒。跟她私下谈话只能促使她重新提出她的要求。他看到它在那位姑娘表面的平静背后跳动。那种平静带有一层灰白的象牙颜色,它实际便来自对她的要求的勉强克制,这也是他可以猜想到的;如果他听到她再度提出她的可耻要求,那么他的脾气或他的策略恐怕都无济于事了。

他忽然想到,不妨找维农谈谈,与他半真半假地讨论一下年轻小姐的幼稚幻想,它表面是要摆脱桎梏,实际也许只是出于嫉妒心理;但他打消了这个主意。他对维农一向高高在上,无法一下子放下架子,何况还是谈这样一个问题!此外,维农这样的人总把女人看得与男人一样,这使他从来没有征服过一个女人,或者只征服过一个女人,如果我们知道他的秘密经历的话;但那一个也不是值得夸耀的。他根本不懂得女人,像傻瓜一样把她们理想化,这在别的时候是荒唐的,在目前更是有害无益。他也许还会为克兰拉不知检点的反常行为进行辩护,向他的主人讲一篇大道理;他是完全可能在妇女的权利问题上采取偏激观点的。这个人以前就毫无顾忌地声称,他主张对女人通情达理。他便是自食恶果的例子!

另一个后果是维农不能合理地对待男人。威洛比对克兰拉把他暴露给他的表兄一事,十分生气,这使他取消了这场谈话,它既可能刺激他的火气,又必然降低他的身份。由于他不愿与任何人商量,他便孤立了,然而他意识到他给秘密活动包围着,它正在整个屋子展开,从克兰拉和德克雷到利蒂希娅和小克罗斯杰,以至使女巴克莱,都参与了这活动。我们可以想象,他那盲目的神经过敏,就像一只蜘蛛给捉出了它自己的网,放进了另一只网中,变得不知所措。利蒂希娅的神态说明她也了解了一部分秘密。她的眼睫毛显出她心事重重。她怎么会对他的处境产生怀疑,他无从想象。可能是她对他的强烈同情吧。他这么想,不免对她有些怜悯,那种轻轻拍着孩子肩背的父亲的怜悯。她崇拜他,这是维纳斯①的旨意,但女神没有旨意要他在对她的崇拜中寻求安慰。必须谨慎从事的考虑,也使他不能彻底改变方针,向利蒂希娅说出一切,争取她的同情。他同样打消了这个主意,而且更为坚决。在他看来,被利蒂希娅同情,这无异是搅乱了上帝的计划。上帝的意旨,或者说生活中各种美好事物的赏罚分明的分配者,规定了他是灯塔,她是小鸟;确实,他可以把他的心事告诉任何人,也不能告诉她。想到他的处境竟要他这么做,他不禁怒不可遏,大为吃惊。看来还存在另一个神。这个神一度给他带来过耻辱,现在又在威胁

---

① 罗马神话中掌管爱情的女神。

他了。这不可能是上帝,因为他一向是上帝的宠儿。在利己主义成为我们的信仰的核心时,我们必须有两种神,这才能说明我们的不幸。仁慈的神选择了他,把不同寻常的福祉赐予他,不怀好意的神却力图把这从他手中抢走。可是你们却认为这个世界很好,不是吗?

他必然把克兰拉与不怀好意的神结合在一起,这总是用刀子在威胁他的自尊心。然而他还是愿意把啼哭的她扶起来,止住她伤口的鲜血;他迫切希望她遭到不幸,这样他就可以轻易地从她的心里取得慈爱。或者让她干下傻事,然后把她抛弃。不过她干的傻事必须骇人听闻,以致她同样也被世界所抛弃。想到她像被拔除的莠草一样给抛弃,他的呼吸急促了,因为她是美丽的。他祈求他的神灵,但愿贺拉斯·德克雷不是那个人!为什么非得男人呢?一场病,一次高烧,一次火灾,两匹脱缰的马,容貌受到毁损,跌断一条腿,这就够了。然后由他提出正式的、高尚的建议,与这个不幸的受难者维持原来的婚约;如果她愿意,他就带着这个瘸腿的东西走向圣坛。他的想象力描绘着这幅图画,它得到了世界的赞美。

恶心和对家族的责任感,把一个配偶的如此可怕的前景扑灭了,尽管他为遵守诺言所表现的骑士般的忠诚仍熠熠生光,仍留在他的心中,永远歌颂着他。

整个说来,他指望她屈服是完全合理的,她应该喜欢他。他在更衣时,喝了一杯香槟酒,这不符合他的习惯,但正如他向他的仆人波林顿随口说的一样,那是因为他今天没有练习骑术;瓶里剩下的酒,他赏给了仆人。

他有事跟维农谈,走进教室,发现克兰拉也在那里,她穿着全套晚礼服,显得容光焕发,一只手搭在小克罗斯杰的肩上。他听说,那位严厉的教师不想参加蒙斯图特太太的宴会,已向她表示了歉意,打算待在家里,继续折磨克罗斯杰。威洛比袒护孩子,跟平时一样,而且讲得比平时更娓娓动听。克兰拉看看他,有些惊讶。他谈笑风生,跟维农打趣,不让他开口,说道:"我可以证明,这小子是按时在这里上课的,是不是?"他把手伸到克罗斯杰肩上,碰到了克兰拉的手。

"你得记住我对你说的话,克罗斯杰,"她说,为了把手避开,离座而起。"这是我的命令。"

克罗斯杰皱起眉头,嗯了一声。

"但只是在向我提出问题的时候。"他说。

"当然。"她答道。

"那我就来向小坏蛋提个问题,"威洛比说,使克兰拉吃了一惊,"先生,米德尔顿小姐今晚穿了这套礼服,你觉得怎么样?"

"注意,说实话,克罗斯杰!"克兰拉竖起了一根手指;孩子看得出她是在开玩笑,但威洛比却当了真的。他对她嘟哝道:"大概只有说实话,才不会得罪你,也不会得罪我。"

"我希望他永远、永远不在任何借口下,讲不是实话的话。"

"我始终认为她是一个美人。"克罗斯杰气呼呼地说。他讨厌非得讲这样的话。

"你瞧!"威洛比爵士大喊起来,俯出身子,把胳臂向她伸去。"实话对你是毫无损害的,我的克兰拉!"

她的回答是:"我在想,如果教他讲假话,他会多么痛苦。"

"可是为一个漂亮的小姐这么做是值得的!"

"这是最坏的教育,威洛比。"

"还是让小家伙的本能去决定吧,他身上是有我们的血统的。不过,如果允许我举出例子,我可以叫你相信。对!是这样!毫无疑问!哪怕叙述事实,也不可能一点都不走样。我敢说,事情就是这样。"

"你愿意原谅为一个'漂亮小姐'说的假话?"

"我赞成这么做,亲爱的。"

他捏了一把他的手臂够得到的那只手,一面端详着她的神色。

她穿的是宽大的淡蓝色绸衣,用同样颜色的薄纱——尚贝里纱①镶着蓬蓬松松的花边,这种颜色与她的金黄头发和白净皮肤很相配,哪怕不像威洛比那样容易激动的人,也不会不倾倒在这副装束面前。

"克兰拉!"他叹了口气。

"如果这样,那确实是宽宏大量,"她说,"不过这样的教导还是不好。"

"我认为我是能宽大为怀的。"

"真的这样吗?"

他转身向维农交代了几句要写的信的大意,便把她拉进门厅,说道:"不信吗?有些人对他们自己也毫不了解,可是由于他们是多数,他们可以制定公理。大家认为我们应该接受它们。我得指出,我有我的看法。我不能让多数吞没我。'我在他们中间,但不属于他们。'我知道这点,我在生活中的目标是宽宏大量。"

"这不是一时的冲动或情绪,而是生活的目标吗?"

"我是这么想的。"威洛比继续道,他是不愿给人挑剔的。可是她的话在他听来却颇不入耳。他那句"我认为我是宽大为怀的"和"我的目标是宽宏大量"没有得到反应。"事实已证明一切,"他简单地说,只得放弃了那个不允许他高谈阔论的话题,他咕哝道,"凡是认识我的人……"于是他问她,难道她要他把那些宽宏大量的事实搬出来吹嘘一通吗?"从儿童时代起我就这样!"她听他这么喃喃地说,在心里对自己道:"只要肯放我走,你便一切都是!"

① 法国尚贝里地方生产的一种薄纱绸。

这位不幸的先生一边讲,一边觉得痛心,因为他跟男人,或者跟他漠不关心的许多女人讲话,从来不会这么结结巴巴,低声下气,吞吞吐吐,完全丧失了大人物的高贵声调,也没有一点权威的斩钉截铁的口气。他无从探究其原因,但这是克兰拉给他造成的,只有愤怒才能改变这种状况。他多么想发一顿脾气,让自己从威严的语调中得到一些安慰。然而这办法今天晚上行不通,因为如果他指望在宴会上显露风采,他就必须保持镇静;所以,他只是提到了布歇夫人的礼物,试图用它作幌子,为他的不满寻找根据,但对她预料中的狡猾推托,又只得采取谨慎的将就态度。她说,现在她还不想看它。

"那么现在就不看吧,很好。"他说。

他立即表示同意,这倒使她有些抱歉。"现在没有时间了,威洛比。"

"亲爱的,我们应该向她表示感谢。"

"我不能。"

他的手臂猛地一抽。但他不得不保持沉默。

米德尔顿博士、利蒂希娅、埃莉诺小姐和伊莎贝尔小姐来到门厅,与他们汇集时,发现这两个人若即若离,像一件东西分成两半,只剩了最后一根丝线还连在一起。威洛比仍用胳臂挽住了她的手,仿佛这是他们结合的标志;可是他的接触使姑娘的神经受不了,连呼吸也变得困难了。德克雷从楼梯上望着他们。马车等在门口,威洛比说道:"贺拉斯在哪儿?我看他还在抓紧时间,最后看一下他的《逸事汇编》和《爱尔兰谚语手册》吧。"

中校一边下楼一边回答:"不对,我有的是弹簧的自动装置,它掌握了永动不息的秘密,可惜你不了解!要不然,倒是可以用在你的科学上的。"

他心平气和地笑了一下。

"贺拉斯,你的笑声便是对你的智慧的最好注解。"

威洛比讲这话时得意扬扬,好像把对方抽了一鞭。

"那只是表示我的智慧毫无价值。"德克雷说。

"准确地说,你是要把三个铜子当作一份家产拍卖。"

"哦,如果你遇到一个自拉自唱的江湖郎中,尽管你不想服用他的药,你还是得承认他有些音乐天赋,威洛比。"

"如果他懂得音乐,他就应该有些时间观念。"

"我迟到了吗?"德克雷对女士们说,这证明尽管他处在尴尬的地位,他还是能应付自如,因而可以赢得女人的同情。

威洛比恢复了精神。他内心深处有一个疑团,即他的对手要不是在实际方面有了胜利的把握,便不会这么轻易让步;这想法在他心中逐渐取得了优势,以致他咬牙切齿,准备一有机会,再进行一次较量。但是他尖酸刻薄的嘲笑能耐,已让克兰拉看到,一旦必要,他完全可以用另一种口气讲话,而不必低声下气、吞吞吐吐、转弯抹角,真不知道刚才在她面前为什么竟会那样,这都得怪她。他也怀有他的家族的看法,认为单刀直入、棱角分明的强硬态度,或拳击手作风,是主宰者在这种较量中应有的表现,现在便这样,他觉得自己强大、坚定,期待着晚上的成功。德克雷坐在第一辆马车上,陪伴埃莉诺和伊莎贝尔两位小姐。威洛比与克兰拉、利蒂希娅和米德尔顿博士坐后一辆马车;他一直保持着沉默,因为神学博士显然在考虑什么问题;但是他不能不有些泄气,因为听到博士开口说道:

"然而照我看,德克雷中校不应该受到凯尔特伊比利亚人伊格纳蒂乌斯①那样的待遇,伊格纳蒂乌斯是由于不合时宜地露出

---

① 凯尔特伊比利亚人是公元前西班牙东北部的一支民族。在公元前一、二世纪反对罗马统治的同盟战争中,凯尔特伊比利亚人伊格纳蒂乌斯成为"同盟者"的领袖之一,后被杀害。古罗马诗人卡图卢斯(见第二十章注)曾在一首诗歌中对他作了嘲笑。

那口洁白的牙齿,才遭到了嘲笑:'不论发生什么事,不论在哪里,也不论他做什么,他总是露出了那口牙齿傻笑。'①啊?这个毛病在大家眼里既不漂亮,也不文雅,不论这么做的人觉得多么舒服。但是这位先生没有惹我们什么,而且不知为什么,我对他很有好感,因此几乎看不下去。"

米德尔顿博士一再发出啊?嗯?还皱起眉头,表示了公正的疑问,使威洛比不得不作出回答;他起先想一笑置之,认为这种事不值一谈,但最后在博士炯炯逼人的询问的目光下,只得表示了歉意。

"这些爱尔兰人把说笑话当作了职业,好像他们生来就是干这个的,"威洛比说道,"我们只得不时对他们批评几句,要不,他们的乔·米勒作风②就会在我们这里泛滥成灾。"

"也许你是要说奥米勒③作风吧?"

威洛比对这句俏皮话,照例恭维了几句,但是神学博士作为这种乐趣的提供者,尽管脸上露出了慈祥的笑容,却不肯就此罢休,继续批评道:"根据我的理解,'你的笑声便是对你的智慧的最好注解'也算不得新鲜,类似的说法还可以举出不少。但必须指出,这是挑衅性的语言,是对人的虚张声势的攻击。我得冒昧向你提出,朋友,作为高尚的人,应该考虑到嘲笑一个人就像剥夺他的生命一样,带有极其严重的性质,考虑到如果我们不惜拿起武器,攻击别人,那么这武器越普通,它的危害也必然越大,因此作为高尚

---

① 原文为拉丁文,引自卡图卢斯的诗歌。
② 《乔·米勒笑话集》是英国十八世纪的一个作家假借当时的喜剧演员乔·米勒的名义编印的,由于它出版时间较早,因此"乔·米勒作风"又有陈旧的笑话之意。
③ "奥"(英文O)往往加在某些爱尔兰人的姓氏前,表示是这人的后裔,因此这里的奥米勒便是"米勒的爱尔兰人后裔"之意,同时也有"新的米勒式笑话"的意思。

的人——我想,按照你的地位,你是希望属于这一类别的——有一条规则是不能不遵守的,那就是不要讲得太露骨,太通俗,同样,为你自己着想,又不宜夸大其词,牵强附会,因为如果是前者,由于你的听众容易接受和理解,它们便可能对你的受害者具有杀伤能力,如果是后者,那么你会受到言过其实的指责,因而无异是自讨没趣,自取灭亡。因此如果杀人是你的消遣,你又不想剖腹自尽,那么为了避免犯罪,在你对别人发动突然袭击的时候,必须先对这些话好好想想。我讲得对吗?"

"我一向认为,先生,你的话是不可能错的。"威洛比说。

米德尔顿博士没有再说什么,使那段话更加重了分量。

他的女儿和戴尔小姐都不赞成对德克雷中校的嘲笑打击,因此博士的谈话艺术使她们十分钦佩,它这么委婉曲折地告诉了那位绅士,他的行为有失绅士风度。

威洛比根据他所理解的意思,闷闷不乐了几分钟。但他逐渐想到,今天晚上又可与一贯崇拜他的人欢聚一堂,精神便振作了。他开始感到惊奇,他怎么没有举办几次宴会和舞会,却让他自己和他的未婚妻在寂寞中苦度光阴,这实在是一大失策。他想,寂寞对男子是有好处的,男子可以完全沉浸在自己的爱情中;相反,女人的爱情却必须从你在别人的眼睛里引起的反光中汲取营养,她没有自己的感情,她只是在本能的驱使下,把自己献给最受到尊敬的、最光辉的男人,不论这是谁。这么一想,他决定改变行动方针,于是心情轻松了一些。直接从经验取得的智慧,在它开始涌现的时候,往往使我们的心灵感到陶醉,它驱逐了旧世界,建立起一个新天地,不允许我们问一下,这是不是已为时太晚。

# 第三十章
## 蒙斯图特·詹金森太太举办宴会

维农和小克罗斯杰一起孜孜不倦地工作了两个小时,中间几乎没有停顿,只是仆人给老师用托盘送来了一盆肉,还有孩子不时向他提出了几个关于米德尔顿小姐的问题。克罗斯杰发现,如果不准他提到米德尔顿小姐的美貌,那么他可以尽量用她的名字给那条干巴巴的道路洒些水。提起她的美貌便会遭到申斥。第一次老师没有作声。"她多么漂亮!"克罗斯杰以为,他这句叫人舒服的闲话得到了嘉许。他再试了一次,但老师的呵斥马上在他头顶爆发了。

"是的,只是我不明白她的意思,韦特福德先生。"他为自己辩解道。"起先是不准我讲;我知道我不能讲,因为她这么关照过;是的,她的意思就是这样。她最后一句话是:'记住,克罗斯杰,你对我的事什么也不知道。'那时我还跟那头流浪的畜生在一起,他自称是'流浪的道德家',其实是招摇撞骗,要人掏钱给他。"

"专心读书,要不然你也会变成那样的人。"维农说。

"是的,但是,韦特福德先生,现在又要我讲。我必须老老实实回答每个问题。"

"米德尔顿小姐是希望你做一个诚实的人。"

"是的,但是在早上她告诉我不要讲。"

"她当时太匆忙。她心里有些不安,怕你可能误会她的意思,她是希望你永远不犯不诚实的错误,尤其是为了她的缘故。"

克罗斯杰只得把没有说出的决定丢在一边,大声叹了口气:"唉!"然后说道:"要是我知道的话,那多好!"

"她怎么交代你,你就怎么做,我的孩子。"

"但是我不知道她需要什么。"

"照她最后对你说的话办就是了。"

"我是这么办呢。如果她要我跑到累死为止,我也会这么做。"

"她告诉你要好好读书,你就照办吧。"

克罗斯杰开始读书了,他在书上看到了他的女王的形象,因此读得特别起劲。

读了一段时间,女王的形象消失之后,他又说道:"她那么滑稽,简直像个小姑娘,然而她又是一位小姐。她是我想象中的公主。还有德克雷中校!他好像在跟她学跳舞!每逢他讲到什么有趣的事,便低下了头,仿佛要跟他的舞伴配合。我真希望我能像她的父亲一样聪明。那是个聪明人。也许今天晚上德克雷中校会跟她跳舞。可惜我不在那儿。"

"这是一次宴会,不是舞会。"维农强迫自己这么说,免得看到他不愿看到的幻景。

"是吗,先生?我以为他们在宴会后会跳舞呢,韦特福德先生,你见过她怎么奔跑吗?"

维农向他指指书本。

两人又沉默了一段很长的时间。

"但是米德尔顿小姐的意思,是不是要我在威洛比爵士问我的时候,照实说出一切?"克罗斯杰问。

"当然。你不必看得那么严重。一切很简单,很清楚。"

"但是,韦特福德先生,我敢肯定,不能让他知道她和我早饭前去过邮局。德克雷中校怎么会找到她,又跟老弗利奇一起送她回来的?他是个大人,要去哪儿就可以去哪儿;要是给我机会,我也能找到她。你知道,我喜欢戴尔小姐,但是她——尽管我非常喜欢她——但是你不能认为她也是个女孩子。再说,戴尔小姐讲到一件事,总让你觉得清清楚楚。但是米德尔顿小姐的话却包含着许多意思。没关系,不论什么意思,我会照办,我完全相信我能叫她满意。"

"把你的下巴与你的手分开,你的胳膊弯与你的书分开,眼睛对着书本。"维农说,竭力不让克罗斯杰的偶像崇拜诱惑他,因为米德尔顿小姐离开时留下了非常甜蜜的印象,现在虽然不能看到她,从这位热情的少年诗人口中听到她,也是一大乐趣。

"记住,你讲真话,她就会喜欢你。"维农又道。这使他不得不接触到什么是真话的问题,通过这些谈话,他怀着既嫉妒又同情的复杂心理了解到,孩子心目中的真话,其实就是怎么才能使米德尔顿小姐高兴,两者十分接近。

他打发这位少年诗人上床,给他盖好被子,离开他以后,心里觉得很孤独。他不能读书,思想七上八下。坐在图书室中,呆呆地望着空中,倒也可以度过几个钟头,要不是忧郁的阴影使他不得不违背自己的意志,沉浸在思索中,那么他真会显得无忧无虑,麻木不仁,与一个在晒太阳的白痴差不多。他确实失去了对自己理性的控制。她太美丽了!不论她做什么都是最好的。这便是他内心的歌声的基调;但是她的忽发奇想和变化多端,她的出尔反尔和诡诈狡谲,构成了歌词中的叠句;她是在善良和淘气之间摇摆,这可能把她引向高尚,也可能引向糟糕;她的真诚和狡猾,她的勇敢和怯弱,蕴藏着英雄主义和背信弃义的可能性。他的这些思索,把这位年轻小姐在他心中放大了许多倍。他的理智使他不得不承认,她的个性还没有定型,还处在变化中,这只是一个具有反抗意识的年轻女子,由于遭遇到了女性在文明社会中所能遭遇到的恶劣环境,在痛苦的折磨下,才铤而走险,变得怪诞莫测。但他情不自禁,对她作了反复的思考,他的倾向是对她有一点不信任,因为她的实际形象使他感到压抑,不能忍受。他在最后说:"她太美丽了!不论她做什么都是最好的!"这就勾销了他对她的一切不公正想法。要是他办得到,他宁可抽象地思考她,他选择的场合也是有利于这种思考的,但是他的企图没有成功,哪怕那位斯塔吉罗斯人①也未必做得到。哪个哲学家会把太阳和春风一般可爱的脸,把树林中的仙女,当作单纯的哲学问题来思考呢?

到了午夜,图书室的门给戴尔小姐推开了。她随手轻轻关上了它。"韦特福德先生,你不在工作吧?我猜想你希望知道今晚的情形。克鲁克林教授毕竟到了!蒙斯图特太太表示不能理解,她说她是等你去的,你没有对她说你不能出席,她觉得这些奇怪等。那就是说,她宁可不理解,好让她表示惊讶。不过她一定很烦恼,因为教授竟是坐她去接的那趟火车来的!"

"这是很可能的,我也想到了。"维农说。

"他只得在车站客店里待了两个小时,一辆马车也找不到。他认为他得了感冒,老是惦记着这点,怎么也不能放心。也许他像米德尔顿博士一样学识渊博,但是他没有那种幸运的体质。发生这种事真是太不幸了,他弄得大家十分扫兴。蒙斯图特太太竭力安慰他,这就使大家也尽量向他表示关心,按照他的调子讲话,以致好几分钟变得索然无味,这还发生了不止一次。蒙斯图特太太慌慌张张的,简直昏了头,一点也不像平时那样。也许我这么批评她有些放肆,但是宴会的主持人难道不应该把它当作战场,让不能

--------

① 指亚里士多德,因为他出生于古希腊的斯塔吉罗斯城。

胜任的客人退下,不允许不协调的声音取得主导地位,不论它多么了不起吗?当然,我只是在看到那些失败后,才认为我能主持好宴会,在其他情况下我就不敢妄加比较了。毫无疑问,我是一个大胆的批评者,因为我知道我永远不会受到实践的考验。我也没有接受考验的野心。"

她没有发觉维农脸上的微笑,继续说道:"蒙斯图特太太让他唱了主角,他要谈什么便谈什么。于是这位教授大谈在他以前,一位年轻小姐怎样在客店里与一位先生一起喝掺水热白兰地;要是让他讲下去,我不知道他什么时候才会讲完!"

"他怎么知道这事的?"维农叫道,命运的恶作剧使他吃了一惊。

"老板娘为了安慰他,告诉他的。她还提到那位年轻小姐向她借了皮鞋和袜子,等她自己的干了以后才还她。他脾气急躁,用讽刺挖苦的口气叙述他听到的一切,以致餐桌上所有的人都议论这位引人注目的年轻小姐,打听她是不是这一带的人,她可能是谁,居然在大雨天步行外出。这使我很痛苦;我有充分根据,知道这是谁。"

"她有没有泄露什么?"

"没有。"

"威洛比瞧过她吗?"

"当时还没引起怀疑。"

"当时?"

"德克雷中校把话岔开了,他讲得很有趣。蒙斯图特太太后来对他说,多亏他,她的宴会才避免了触礁的危险,他应该得到嘉奖。威洛比爵士有些尖刻,不过讲得还可以,没说什么出格的话,只是心情不太好;他没有德克雷中校那种满不在乎的轻松口气,使随口胡诌的话也能引人入胜。在客厅中,他失去了他先前的乐观态度。克鲁克林教授走过来的时候,我正好在蒙斯图特太太身旁,听到了他怎么谈那位先生和那位小姐。他一边讲一边点头,可想而知,他是指德克雷中校和米德尔顿小姐。"

"她当即转告了威洛比吗?"

"即使她想这么做,德克雷中校也没给她机会。他用各种话缠住了她。你别看他喋喋不休,他还是有头脑的。他总是千方百计让她和她的朋友们感到有趣。"

"威洛比什么也不知道?"

"我说不准。我们告别的时候,他跟蒙斯图特太太一起站了一会。她的神色有些奇怪。我听得她说:'这个狡黠的小妞儿。'他笑了笑。她耸耸肩膀。在回家的路上,他几乎没有开过口。"

"事情总是要按自己的逻辑发展的,"维农说,带有一点哲学意味,这是绝望的文雅表现,"威洛比也咎由自取。一个成熟的男人应该懂得,世界上没有任何事比要一个年轻女人放弃自己的意愿,与一个男子结合在一起,更违背天意的。那两个人互相发生了兴趣,两人都是……他们走到了一起,毛病就由此产生;两人都聪明伶俐。他可以用一句话说服别人,另一个可以像天使一样讲一篇大道理,但说了没用。我讲了我考虑到的一切,但毫无效果。事情便是这样,这种所谓相互的好感,其实正如她的情形一样,威洛比却与此相反,他遭到了排斥。如果她与我订了婚,我大概也会陷入同样的困境,或者必然如此。那是说,陷入五分钟,因为我必须经过这段时间才能办妥手续,把她的自由归还给她。一个神志正常的人怎么能想象,那样一个姑娘会……但是既然她改变了,她便是改变了!你不能硬要萎谢的感情重新开花。这么硬拉住她,玩弄手段,不听她讲,只能增加她的反感;她也因而懂得怎么对付你。现在她在这儿,那只是他靠新的计谋,把米德尔顿博士留在庄园上造成的。这是真的,难道不是吗?"从对方的表情,他看出是这样。

"对,她没什么可责备的!她把心里想的告诉了他,他却不愿听。于是问题变成她遵守还是违背诺言了。这里争论的焦点便是尊重传统的义务观念,还是损害她的个性要求。哪一个做法比较不光彩?是的,你和我不久就会看到,让她的感情引导她是最好的。这是应该把个性当作神谕一样加以考虑的少数场合之一。"

"她对自己的个性这么有把握?"戴尔小姐说。

"你可以怀疑,但我不。我倒是对她的回来感到惊奇。德克雷是一个老于世故的人,我想,是他劝她这么做的。他……嗯,我一向没有规劝的口才,我的失败算不得什么。"

"但是突然变得这么亲密!"

"这不幸无非是众所周知的'一见钟情'。他在幸运的时刻来到这里……这对他有利。只要机会凑巧,一个侏儒也能变成巨人。你没有发觉,他们见过两三面后便存在危机了吗?你劝我留在这儿,我能做什么,我起的作用比起我忍受的一切,简直微不足道。"

"我知道,这是违背你的意愿的。"利蒂希娅说,但话一出口,她又担心它们带有试探的意味。她的谨慎心理使她不愿流露一点迹象,仿佛她想探听他对米德尔顿小姐那种微妙处境的态度。

同样的情绪也使他不愿流露自己的内心,他说道:"有些违背。我们两人都预见到了可能发生的事,因为我们像许多预言家一样,了解的情况比别人多一些,这使我们看到了注定的后果。一个侏儒本就够了,何况德克雷是个漂亮、聪明、和气的人。"

"可他是威洛比爵士的朋友!"

"得啦,这种事说不清楚!只能由爱神负主要责任。"

"那真是异教的宿命论!"

"在我们现代的用语里这就是个性。按照科学观点,不妨说是自然选择。瞧这两人!他们文雅、迷人、聪明,内心和外表都引人入胜,正如我国人民所说,这是天生的一对。我不能责备他。再说,我们不知道他有什么过错。我们对情况一无所知,可以肯定的只是它必然造成什么结果。你假如有机会,不妨向威洛比提个忠告,但不要说我知道他在婚约上遇到了麻烦,免得他恼火,只向他表示,这是你自己看到的;我想,你可以做到这点。他总是神经过敏,怀疑世界在窥探他的动向,于是弄虚作假,封住了自己的眼睛。一旦他认为别人看清了他的内心,他便得为自己编一张网了,其余他什么也看不到。一般说,那是一张聪明的网,但是如果它阻碍了别人的视线,它同样也阻碍了他的视线,就像面纱那样。他是在为灾难创造条件,制造不幸的后果。告诉他,她脱离他的要求是坚定的。为了安慰他,不妨当她发了疯。要不,总有一天他得重新睁开眼睛……这是毫无疑问的。到那时,就只能完全怪他自己了。要给他灌输一点哲学观念。"

"可惜我没有。"

"既然我这么想,应该说你比我懂得更多。有两种哲学:我的和你的。我的来自冷静,你的来自忠诚。"

"他恐怕不会对我开诚布公。"

维农考虑了一下。"一个人如果从不了解推动他的行为的内在热源,他就永远无从知道他要做什么,他擅长的只是自欺欺人。至于我,你看到,我的观点里哲学意味太多,以致我对他们任何人不能有什么用处。我要责备的只是抓住婚约不放的人。我还是早些走的好!事实上,我也不能再待下去。那么,米德尔顿博士和教授碰头以后没有开火?"

"米德尔顿博士作了准备,向他进攻,但是克鲁克林教授总是说他冷得直发抖。他反复念他那行无韵诗:'一个铁路站台和一个铁路饭店!'显得可怜巴巴的,怎么也念不下去。他一定真的病了。"

"有的人非感冒不可!"

"为什么偏偏是这个无辜的人呢?"

"因为他来得正是时候。但是记住,弗里多林①有时能够幸免于难,有罪的人反而葬身火窟。如果教授没有赶上火车——按照他的习惯,这是完全可能的——他就不必吃苦头。这样,违反他的习惯的幸运反而成了他的不幸的原因。"

"你在车站上看到他了?"

"我不认识教授。我得设法把蒙斯图特太太引开。"

"她说她向你描摹了他的外表:脸色像甜面包,身体像肉丸子一样结实,头发灰白,活像一个圣徒,只是缺少一圈光轮。"

"她的描绘相当准确,可惜她忘记勾勒他的背影了,我看到的只是一个狭长的有些弯曲的背部,背上是宽边帽的帽檐。我向她汇报说,我在站台上看到的唯一旅客,是一位黑皮肤的老先生。她完全相信她的描绘准确无误,因此马上想坐车离开。克兰拉的目的是去伦敦。德克雷中校来了,只花五分钟便办成了我三十分钟都没办成的事。"

"但是你看到了德克雷中校从你身边经过?"

"我的任务完了,再待在那里会妨碍别人。再说,当时我的外衣全淋湿了,我得催蒙斯图特太太快走,要不,她可能跳下马车,再亲自寻找她的教授。"

"她说你瘦得像把叉子,风在叉尖上吹得簌簌直响。"

"你瞧,一个喜欢玩弄辞藻的人多么容易受骗。戴尔小姐,别用辞藻,它们只能迷惑作者,使他看不到实质。那就是为什么像蒙斯图特太太那样能干的人,却看不清事实真相;他们总是想把话说得非常华美。不过她的心地还是善良的,仁慈的。我今天晚上一

---

① 席勒的叙事诗《锻铁厂之行》的主人公,他是一位伯爵夫人的青年侍从,被控向伯爵夫人求爱,伯爵命令把他投入锻铁炉烧死,由于他到得迟了,幸免于难,反使诬蔑他的人烧死了。

直在想,为了解决目前这个疙瘩,米德尔顿小姐不知还会怎么干,与其这样,倒不如直截了当跟蒙斯图特太太商量。对威洛比,没有一个人比她更有影响力。只要蒙斯图特太太了解一切,这个简单的事实也许就足以使他就范。但那么做需要勇气。晚安,戴尔小姐。"

"晚安,韦特福德先生。我打扰了你,你不介意吧?"

维农与她握了手,请她不必多虑。他只要看一下她的脸色,回顾一下她的过去,便会觉得,他的表弟威洛比受到的惩罚是他应得的报应。确实,不论是男人还是女人,对纯洁的爱神的任何亵渎,只要是你知道的,你又具有普通人的健全理智,那么你可以相信,他们迟早会受到正义的惩罚。

戴尔小姐回房时一路在想,她和维农多么相似,他们都从伤心的经历中学会了保持沉默。由于她不敢正视现实,他才得以在她面前隐瞒自己。她责备自己不能像他那样始终忠于冷静的责任观念;尽管它引起了她的好奇心,她却不愿再留在那里,问他为什么丢下米德尔顿小姐不管,让她落在能说会道的德克雷中校手中。也许这便是他所宣扬的那种哲学的表现。

她走过小克罗斯杰的卧室门口,看到了一张脸。威洛比爵士慢慢走出房门,直挺挺地站在她面前,请她不要发出惊叫声。

他讲话时压低了嗓音,脸上的神色显得有些感伤。

"你累了吧?想睡了?"他问。

她作了否定的回答,说她还打算读一个钟头书。

他要求把这一个钟头献给他。"与一个老朋友的谈话能够使我的心情轻松一些。"

她不想推托;她认为他半夜出现在孩子的床边,这是他的美好表现;她也对他充满同情;她答应了这个奇怪的要求,觉得这种深夜的谈话,她作为参加者之一,哪怕给大家发现了,对"一个老妇人"也无关紧要,不能大事渲染,还觉得,她只是被当作一个老朋友,只是这个老朋友是个女人罢了。她多次从他旁敲侧击的话中窥察到的那个计划,万一再度出现,她打算立即加以制止,尽管他善于作这种谈话,也常常令她感到惶惑不安。

他带她沿着走廊,走到了埃莉诺和伊莎贝尔两位小姐的私人起居室中。

"欺骗!"他说,一边点亮了壁炉架上的蜡烛。

她是真心同情他的,这句话也不可能与她个人的命运有任何联系,因此它驱散了她的烦恼,打消了她的顾虑和对抗情绪,给同情心提供了自由活动的天地。

# 第三十一章

## 威洛比爵士得到了他想得到的同情

两人坐下了。他没有开口,显然,他宁可保持着沉思的神色和随同它出现的忧郁表情,在静默中端详她低垂的黑黑的睫毛。她的脸上泛出了红晕,宴会给她的面容带来了生气。难道活跃的社交活动,经济上的无忧无虑,悠闲的家庭环境,就完全足以使她重新焕发青春吗?在她增加了光泽的皮肤面前,这样的假定不是毫无根据的。

她抬起了眼睛。在她的注视下,他不能继续沉默了。

"你能宽恕欺骗吗?"

"如果我说我能,这无异是对我拥有的仁慈作了夸大的表达,威洛比爵士。我希望我能宽恕。但我说不上来。我但愿能作肯定的回答。"

"你能与一个骗子一起生活吗?"

"不能。"

"是的。我也能替你作出这个回答。在骗子和我们之间不可能存在任何样式的联系。利蒂希娅!"

"威洛比爵士?"

"难道我没有权利直呼你的名字?"

"如果你喜欢这么……"

"我是怎么想就怎么讲,我的思想对戴尔小姐不如对亲爱的利蒂希娅那么熟悉,而后者是我最忠实的朋友!你同克兰拉·米德尔顿谈过话了?"

"我们谈过一次。"

她的简单回答使他吃惊。他陷入了迷雾中。

"回到欺骗的问题上来吧。你是不是认为,原谅和宽恕便意味着把虚伪当作纯洁,因而败坏了社会的风气?这不是我们……"他的脸上露出了一抹凄凉的笑容,仿佛一个大病初愈的孩子第一天回到他的玩具世界中,"利蒂希娅,这不是我们要把一枚假币当作真币流通吗?"

"如果那确实是一种欺骗。"

"撇开我对欺骗,对任何形式、任何理由的虚伪的厌恶不谈,我认为,揭露、惩罚和根除它们是我们不可推卸的义务。我认为这是道德败坏的表现之一,是正直的公民必须加以消灭的。我承认,除了消极的憎恨,不能再大大跨前一步的话,我自己也算不得一个正直的公民。我不能宽恕;我的心情是严肃的,我不能宽恕;在这个问题上不可能妥协,只可能表面上暂时停战,这个世界存在着两种敌对力量。"

她迅速地瞅了他一眼。

"善和恶!"他说。

她的脸上露出了发自内心的惊讶。

他认为她皱眉头意味着她担心:他会不按基督徒的仁慈精神讲话。

"亲爱的利蒂希娅,所有的宗教,不论是印度教、波斯教,还是我们的宗教,都包含这个意思。它是普遍的,是我们人类的共同体验。欺骗和诚实不能和平共处。真理必须处死谎言,否则谎言就会杀死真理。我不能宽恕。我对这人要说的只有一句话:去吧!"

379

"但那是对的!那是宽大为怀!"利蒂希娅惊叹道。她欢迎他的这种态度,这使她摆脱了对他的不满情绪,也为克兰拉的困难得以解决松了口气。

"也许我还是能够宽大待人的。"他沉思地说。

她伤了他的心,因为她没有像他希望的那样,没有热情地宣称她相信宽大是他一贯的倾向。

停了一会,他又道:"但是世界对不能让它直接得到好处的事物,往往毫无感觉。我发现,人是要变的,随着年龄的增加,我们便不再是从前的英雄了。我自己没有觉察到这种变化,因此也不接受这种指责。我们承认的只有一点:个人的雄心壮志。这我已不再有了。然而我们有这种雄心的时候,它又是什么呢?无非承认自己的幼稚而已!那就是说,想要出类拔萃的愿望其实是承认自己的不足。但我还是渴望我最亲密的朋友们相信我为人不坏。这是弱点吗?可以这么说。但不是不高尚的弱点!"

利蒂希娅在苦苦思索,现在这段话与前一段话有什么联系?由于对维农那晦涩的说法"内在热源"缺乏理解,她感到迷惘,对她崇拜的对象的同情也遇到了阻力。

"是的,"他觉得还不够,继续说道,"除了出人头地的欲望,在与我的地位相当的娱乐活动方面,我心爱的重点也有了一些变化。我对纯种马已失去了兴趣,以前这却是我的爱好;对猎狗也是这样。我还记得那些日子,当时我决心要拥有全英国最好的猎狗和最强壮的纯种马。真是孩子气!那种荣誉,或者任何这类收获和成就,算得什么?我们得问!一个人的自身并不会因而伟大一些。这种追求,事实上就是承认自己的渺小。就算达到了目的,那又怎样呢?我的马很好,它们受到了赞美,我向全郡挑战:谁的马能超过它们,嗯?但这只是我的马,受到赞美的是动物,不是我。我不想分享这种荣誉。然而我知道有的人却乐此不疲,把对他的牲口的赞美,当作了对自己的赞美,于是成了半人半马的东西。看到伙伴在整个社会生活中这么微不足道,这是一种奇异的感受!我们为失去了祖先的纯朴精神而感到遗憾,我们不能像他们那样,从这种或那种荣誉中领略到出自内心的欢乐,更不必说自豪感了。比如说,我是人们所谓的神枪手,我便得说:'先生们,你们的喝彩应该属于我的祖先,我是从他们那里继承了强劲的手和敏锐的视力。'我不稀罕他们的喝彩声。凡是不能找到我自己的地方——因为我主要就是我自己——任何赞美都不能使我动心。有些话我不对别人说,但可以对你说,歌颂——你知道,我的少年时代是在谄媚中度过的,我必须逃避它们,才不致淹没在奉承的海洋中——对我个人才能的歌颂,现在已变得索然无味。因此,变化是随着精神的逐渐成长而形成的。我们都得服从不可改变的规律,就这点而言,我确实变了。我还得说,对一位乡绅说来,投身于科学研究是不寻常的。然而这符合时代精神。我在大学读书的时候,已凭本能预见到了这点。我为科学而抛弃了古典著作。因此我避免了古典学者那种唯我独尊、盛气凌人的恶习。这种学者的一个有趣例子,今晚在前往蒙斯图特太太家的马车上,你已看到了。科学是谦逊的,也可以说是温和的;它研究的是事实,它掌握了事实,也就掌握了人;这是必然的结果,不是靠愚昧而傲慢的夸夸其谈,那些大话只是像教皇的贴身卫队那样穿着奇装异服,招摇过市。当然,对一贯正确的人,我们只能让步,就像在那些虎背熊腰的雇佣军向我们端平刺刀的时候,我们只能低头一样。"

威洛比爵士停顿了半分钟,以便戴尔小姐通过温柔的女性方式体会他的话,同意他含而不露的指责:在坐车前往蒙斯图特太太家的路上,米德尔顿博士对待他的行为是应该受到谴责的。她没有这么做。

她的心在谴责克兰拉做了错事,造成了伤害。因为她觉得,他的谈话似乎是在为克兰拉的感情和行为进行辩护;于是她自己的受损害感觉重又苏醒,从心底升起,打量了他一会,说是宽恕了他并可怜他,却几乎不觉得奇怪。

他的内在热源促使他寻求他所需要的安慰;他喜欢在女人的嘴上听到与他唱和的最终的乐音,就像音乐家独奏完毕之后,希望另一些乐器发出从属的和谐的乐音与他配合,结束他的演奏一样,然而连一个小节也没有。她没有开口。也许他的利蒂希娅惊呆了,他早已知道,每逢他们谈话时,她总会这样:受压抑的神经使她无法运用她的智力,或者她的音乐才能。然而平时她是善于应对的。那么,是她太为他伤心了吗?有没有理由作这种推测呢?会不会那个感情冲动、不顾一切的女人把一切都告诉了利蒂希娅?更知道,她是那个妄自尊大的先生的无耻女儿呢!更可怕的疑问(它在他的内心敲起了警钟)是:利蒂希娅对他的同情之所以如此强烈,不是因为她知道了他们情人间的小小争执,而是更坏,知道了他的未婚妻的背叛行为?那么她知道他的情敌是谁?知道得比他更清楚?

在他的内心受到强烈冲击时,他是洞察一切的天才。他猜到她知道了,正是这点帮助了他,使他得到了同情。

"这样,我选择了科学,"他继续道,"如果说它像我担心的那样,使我成了乡绅中的一个怪物,那么我也可以说,它使我进入了、汇合到了唯一的进步潮流中;尽管在他们的政治术语中,进步是一个臭名昭著的词语。蒙斯图特太太家的晚会使你很高兴吧?"

"非常高兴。"

"后天她要带她的教授到这儿来吃饭。你觉得奇怪吗?你好像有些吃惊呢。"

"我没有听到这邀请。"

"这是在餐桌上商定的;当时你和我不坐在一起——我告诉

她,这是残酷的,可她说我们见面的机会太多了,暂时分开一下对我有好处,其实这两点都不对。也许我并不知道什么对我最有利,尽管我知道什么是对的。如果说我在年轻的时候,做了件大错特错的事,那么从它本身来说,也是提醒我要懂事一些,聪明一些,这样,它便为我今后的明智提供了可靠的保证。我从亲身的经历中知道,明智是从痛苦中来的。如果痛苦对明智有帮助,我愿意痛苦!利蒂希娅,你同意这看法吗?"

"这说得很好。"

"这是我的切身感受。只有忍受过痛苦的人,才知道决心的重要。"

"有的人可能忍受得太多了,只希望得到安静。"

"确实,但是你!你是这样吗?"

"如果我还指望世界赐给我什么,那便是安静。"

威洛比爵士对她露出了一丝笑容。"我刚才提到了教皇那支穿得花里胡哨的贴身卫队。在我年轻时期,他们的独特装束给了我很深的印象。据说,他们的服饰现在改了,我很遗憾。他们至今仍是那永恒之城①留给我的最鲜明的印象之一。他们引起了我的幽默感,正如你知道的,这在我身上一向很活跃。我们英国人是懂得幽默的。我们跨上大陆的时候,这是我们的第一个感觉;在整个旅行中,笑的本能几乎一直处在活跃状态。幽默,或者意识与荒谬的新奇事例的不调和感,成了我们的性格特点。我不想哗众取宠,夸大它的表现。我只是看到了,并在我的通信中记下了各国人民滑稽可笑的事实。但是你看过我的信,如果不是全部信,也是大部分信,对吗?"

"看过许多。"

---

① 指罗马,因它是天主教世界的中心,教皇的驻地。

"当时我的思想还是与你在一起的！是的,尽管那个瑞士卫队提醒了我,你没有到过意大利。这始终是我的一大憾事。你正是应该到意大利去的女人,你具有意大利人的气质。没有第二个人可供我这么说,可以使我感到她在这地方就像在自己家里一样,可以感到她与我完全融洽一致。意大利和利蒂希娅！我经常把你和它联系在一起。这有一天会成为事实的。我开始有了希望。你在这里的生活太死气沉沉。瞧,一次宴会就能使你恢复活力！旅行更会创造奇迹,何况那么美好的气候！你爱读历史和诗歌。不过,诗歌！我还没看到一篇诗歌能表达我在美好和壮丽的事物面前的感受,连十分之一也不能,它无法深刻表现我内心的真实思想。应该说我是一个实事求是的人。我感到这样,只是我对诗歌的要求太高了。从本质看,诗歌是不可能真诚的。可是我要求真诚。不论打动我们感情的是什么,都应该是自然的,不是做作的。我知道你爱好诗歌。如果有人能说服我,那么一定是你。至于历史！我与你是一致的。我们可以一起在废墟中漫步,在夜里,那庄严的漆黑的圆形竞技场的拱门,月光流泻在我们身上,那意大利的月光！"

　　"你不致在那里发笑吧,威洛比爵士?"利蒂希娅说,不再陶醉在惊奇的幻景中,想讲点什么,回到真实的天地中来。

　　"不过我想,如果我对你的认识没有错,"他离开了他精心设计的那篇演说,"你是不会成为联想和可笑的幻觉的牺牲者的。"

　　"我能够理解它们的作用,至少我还是有一点幽默观念的,但是在罗马的圆形竞技场上,我产生的感觉不会是嘲笑。这叫我受不了,是的,威洛比爵士！"

　　她对他的话表现了严肃认真的态度,这才会请求他不要嘲笑圆形竞技场。于是他继续道:"再说,你是可以跟我那两位姑姑和好相处的。她们都是好人,利蒂希娅！我不能想象她们在意大利,或者在家庭生活中,会成为不受欢迎的人。当然,我的判断可能失之偏颇,这是并不奇怪的。"

"她们是极好的、非常亲切的女人,我喜欢她们。"利蒂希娅热情地说;由于她逐渐捉摸到了他的含义,她的情绪变得更加激动了。

她认为他是表示,让米德尔顿小姐获得自由之后,他打算带她和两位小姐去意大利;那些话必然包含这个意思。这确实是慷慨的行为。在童年时代,他就以豪爽大方闻名,乐于周济别人。在以后的生活中,他也许使自己遭到了误解。

克兰拉向她讲过,两位小姐曾衔命前往图书室拜访她;因此利蒂希娅很有把握,相信她准确理解了他的意思,他认为她能够与她们和好相处,而米德尔顿小姐不能,不论在外面和家里都这样。

威洛比爵士问她:"你可以与她们一起旅行吗?"

"当然可以!"

"毫不勉强?"

"绝对肯定。我喜欢与她们在一起。"

"那么说定了。这是一种保证,"他伸出了手,"不论我是不是一起去!到意大利去,利蒂希娅!与你在一起我感到愉快,即使我不得不留下,想到你在意大利,我也会同样愉快。"

他的手伸出了。她必须假装没看到,或者也伸出自己的手。她不愿弄虚作假地装作没看见,于是伸出了手。他握住它,每逢它退后四分之一英寸并企图缩回时,他便上下摇动它,好像这是借给他的一件工具,让他可以用它加强他的语气。这是爱情的告白者对被俘的小姐所能作的最强烈的表示。

"对那个问题或任何问题,我都没法讲得很肯定。我想我正像你有一次引用过的那句诗:'像一叶小草在大海中起伏'。我可以谈我自己,但不能为别人说什么。我要操心的事太多了。我不能说走就走,讲一声'明天到意大利去!'便走。唉! ……不要以为我在发牢骚。我知道男人的命运。但是,利蒂希娅,欺骗! 欺骗! 这可是难以下咽的味道啊。它败坏了我们的人性。我把它比作地震:我们失去了对坚实大地的一切信任。这不仅是对个人的背叛,这是对人类的背叛。我的朋友! 忠实的朋友! 不,我决不绝望。是的,我有过错;我得记住它们。不过,宽恕是另一个问题。是的,伤害能得到我的宽恕,但虚伪永远不能。为了人类的利益,不能。这么年轻,可是那样的欺骗!"

利蒂希娅的胸口起伏不定,她的手给拉住了——一个女人伸出了手,就别想轻易挣脱;那些保护她的外围工事,一旦落进敌人手中,就成了他的据点,他可以躲在那里,向堡垒发动进攻。我们的文明赐予了她丝绸的盔甲,就要求她温情脉脉,文雅柔顺,直到毁灭为止。她咻咻喘气,呼吸急促地说道:"也许不……不是这样,这不大可能……"接着是一声长叹。她恨自己知道得太多了。

"我爱就是因为我爱,"威洛比爵士说道,"我的朋友们和仆人们都知道这点。这里不存在中间道路,对我不存在。我给予一切,要求一切。我对别人一往情深,别人也得对我一往情深。我们是相反相成、相得益彰的统一体。在意中人的选择上可能发生错误,但在感情上不允许。在感情上必须绝对信任,毫无保留。我再说一遍,我要求这么多是因为我给予这么多。爱情的自私性也许应该受到谴责,它本来是我们的一部分呢。因此我的答复是:它是最高尚的人才具备的一个要素! 爱,利蒂希娅! 我谈的是爱。但是一个背信弃义,把我们拖进沼泽的人,一个辜负了我们,背叛了我们,把我们出卖给世界的人——我们成为世界的俎上肉,便是因为我们接受的教育,使我们认为它要我们拥有的美德是高尚的——请问,对这样的人应怎么称呼? 还有,我一贯的原则就是尊重女性。但是如果我们看到女人弄虚作假,背信弃义……我得问,为什么我们还要纵容那些抽象的观念！它们是世界强加给我们的,它们包含着各种卑鄙无耻的事例。它们企图铲除一切根本原则,嘲笑我们的信仰,抢走我们的宗教。对世界的这种痛苦体验,驱使我们回头寻求我们在沉沦前所知道的解毒药:我们过去尊重、现在仍尊重的一个人……一件事物。这解毒药是否还有效,还足以清除毒液呢？我希望它能！我相信这点！失去对女性的信心是可怕的。"

他打量着她。她显得十分忧郁,但没有感动。

她是在想,他对男人讲话,除了有些自命不凡,还是相当自然的,至少他的口气与他要表达的意思是一致的;但是对女人的谈话方式,未免过于做作,总是把男子看得高于一切,带有感情用事的教训口吻;他把自己吹嘘得太过分了,她怀疑,是不是正是这点损害了他与米德尔顿小姐的关系。

他明智的直觉建议他必须感动她,争取她的同情。这是一项艰巨的任务,因为他已看出她对他的状况不是一无所知,却又不了解她知道到什么程度,可是他的要求只是感动她,却不希望暴露自己,这样,他既要表现得值得她的同情,又像一个穿戴了盔甲和臂铠的骑士那样处处受到限制,无法让胸部自由起伏,或显示出它在起伏。

而且,同情是一股潮水,它卷来的时候,往往把意识到需要它的人掀翻,挟着他和他的盔甲不断旋转,使他无能为力地匍匐在地上,显得很不雅观,连他自己回想起来也感到害臊。当我们低声下气,哀求别人的泪水时,我们是无法完全保持自己的尊严的。摩西从磐石内打出水来的时候①,这位年高德劭的立法者大概也得敏

---

① 《圣经·出埃及记》第十七章:"耶和华对摩西说,你手里拿着你先前击打河水的杖……你要击打磐石,从磐石里必有水流出来,使百姓可以喝。"

捷地跳开,才不致溅一身水。

然而他的内心要求他,必须相信他有力量打动她。

他开始了,起先有些不自然,像戴着臂铠的骑士想掏出拭眼泪的手绢。

"我们算得什么!我们只能度过极其短促的一生。为什么不按照自己的爱好生活呢?我确实应该问自己为什么。满足它们的条件我无不具备。但是不,我总是把眼睛盯着最高的地方——由于我的盲目,我认为是最高的地方。利蒂希娅,你知道运动员的本能;静止的目标对他没有吸引力。我们年轻时便是这样,我们把幸福不当一回事,丢下它不顾,却去追逐虚无缥缈、五光十色的东西!"

"这使我们提高了认识。"利蒂希娅说。

"但付出了多大的代价!"

这声感叹引起的自我怜悯帮助了他,同情已唾手可得。

"付出了半辈子的生命和全部希望!是的,我们提高了认识,变得聪明了一些;很可能我今天的价值超过了从前比较幸福的时期。但是那失去的!心灵的青春活力是像健康之于身体一样重要的;失去了它,我们就成了精神上的残废。不,我的朋友,珍贵的朋友,我不能放弃这四只手指;它们在我眼里是船舶失事后留下的残骸。我马上就会放开你;真的,利蒂希娅,除此之外我已一无所有。我们刚才谈到了受骗,那么从骗局中觉醒又怎么样呢?我们崇拜的人已暴露了真面目,但真正值得崇拜的人却不肯给我们一点可怜的安慰。没有比这更大的不幸了。哪怕死了,我们仍可保持我们的崇敬。死比这更好。但是你必须知道一个情况:你的作为使一个不如你的人可以与你比较,让你受到损害,陷入不利的地位,因为你的慷慨使你献出整个的心,交给了一个浅薄、轻佻、自私的人!……我们不必用太多的形容词。对于一条毒蛇,即使我们用的恶劣名称像它身上的斑点一样多,毒蛇还是毒蛇,它不会因此好一些或坏一些。我感到孤独!黑暗!灯熄灭了。自尊心不允许我继续崇拜,但感情又不肯退让。我真的走进了黑暗中,我在摸索,如果可能,我愿意抛弃自尊心;我愿意以比我们可取的人为榜样;我不怕丢脸,不怕贬低自己;我呼吁正义,我也要请求原谅……"

"请求原谅!可是同时我们却在尽力宽恕别人!"利蒂希娅喃喃低语,她所能做的只是这样。她记得,从前在痛苦中,她总是希望别人仁慈地对待她,认为自己犯了过错,应该祈求别人的饶恕;这种高尚的感情,使她对那颗发出这呼声的心充满了同情。他的想法和她的并不一致,但她的想法无疑是从他的"请求原谅"引起的,他从她潮湿的眼睛中看到了他这句话的收获。她的嘴唇在哆嗦,眼泪淌了下来。

他听到了声音,但没有听清那些话,不过那显然是对他有利的;她流露的感情让他相信这点,他达到了目的。这里有一个女人,她对他是永远忠诚的!他把男人需要的自我捐弃、自我牺牲的神秘感情,灌输给了这个女人!他已看到了证明。任何时候,只要他需要,他就可以飞向她,支配她的热情。

确实,也许由于共鸣作用,他在自己身上不遗余力地表现的同情,在她身上引起了类似的反应,打开了同情的源泉。

他吻了她的手,然后放下它,站起身子,安慰似地向她俯下了头。

"别哭了,利蒂希娅,你瞧,我没有哭;我还能笑。帮助我忍受一切吧,你不应该使我丧失勇气。"

她竭力忍住哭泣,但自我怜悯的感觉使她多年郁积的不幸一下子涌上了心头,几乎难以遏止;她说道:"我必须走了……我不适于……晚安,威洛比爵士。"

他也确实担心,他的尊严在她的心目中降得太低,他在同情的潮水中给卷得太远,超过了他的要求;他说道:"我们明天还得谈谈克罗斯杰的事。他的欺骗是严重的。我已说过,欺骗使我痛心,无法容忍。但是你太累了,晚安,亲爱的朋友。"

"晚安,威洛比爵士。"

他放她走了。

德克雷中校正好从吸烟室出来,遇到了她,在与她道晚安时,注意到了她红肿的眼睑。他在她离开的屋子中望见了威洛比,但是谨慎地走了过去,没有作声,也没有问自己为什么要谨慎。

我们的主人公回顾这一场戏时,整个说来,对自己所扮演的角色是感到满意的。克兰拉给他造成的悲痛,本使他怀疑他已不能约束任何女人,现在他完全相信,他对一个女人还保持着力量。只有一个,当然满足不了他的胃口,但他在最近几天和最近几个小时中受尽了折磨,对此自然还是急急争取的。不错,她只是一桌食之无味的酒菜,然而她也是一个堡垒,一个救护的据点,既是盾,又是矛,既可靠她防守,也可靠她进攻。现在他可以大胆与克兰拉交锋了。如果她反抗,不肯就范,他不会孤立无援,毫无抵御能力;他预见到他能在世界面前保持荣誉,不致丧失自己的阵地——这是只有在万分危急的情况下才需要考虑的事。他刚才争取同情的行动,使他可以安心睡觉。眼前他已心满意足了。

窥伺着他的精灵们也觉得心满意足,在他的卧榻周围跳起了舞;那位警觉的绅士也不再思考,他有没有超出宽恕她的范围,在利蒂希娅面前把自己暴露得太多;他已抛开当前的一切事务,进入了仁慈的睡乡。

# 第三十二章

## 利蒂希娅·戴尔发现了精神变化，米德尔顿博士发现了身体变化

一大清早,克兰拉敏捷地穿过草坪,向利蒂希娅问好。她中断了在威洛比爵士的窗下与德克雷中校的谈话。中校与克罗斯杰一起游泳后,正像马戏团的驯马师那样,挥动湿毛巾,逗弄跳跳蹦蹦的克罗斯杰。

"亲爱的,我非常不愉快!"克兰拉说。

"亲爱的,我给你带来了好消息。"利蒂希娅答道。

"快告诉我。但是可怜的孩子要给赶走了! 昨天夜里他冲进克罗斯杰的卧室,把孩子从床上拖起来盘问,他了解了事实。那样也好,只是克罗斯杰会给驱逐出庄园,因为他以前没有讲真话——那是为了我,为了帮助我;真的,我觉得那是我要他做的。克罗斯杰今天得避避风头,他答应晚上回来,设法争取宽恕。你一定要帮助我,利蒂希娅。"

"你自由啦,克兰拉! 如果你希望,只要你提出,就能获得自由。"

"你的意思是……"

"他愿意放你走。"

"你有把握?"

"昨天晚上我们作过一次长谈。"

"那是亏了你?"

"根本与我无关。他主动表示了这个意思。"

克兰拉吃惊得仰起了头,好像在向上天呼吁。"克鲁克林教授!克鲁克林教授!我明白了。我没有想到这点。"

"要相信别人的宽大行为,克兰拉;你这是不公正的。"

"等着瞧吧,到时候我会非常公正的。我会大声宣告这点,我会告诉大家,一旦我们充分理解了男人,我们就会发现他们的心灵多么伟大。但现在我们还不太了解,我们只能是不公正的。利蒂希娅,你没有受骗吧?现在还不用跟爸爸谈?这不会是误解?你使我太激动了。确实,我是个毫不足道的小人物。我觉得我能理解那些崇拜他的人。他愿意把我的婚约一笔勾销?毫不勉强?哦,用不到长时间的争吵和书信交涉?明天以前就能作出安排,让我和爸爸离开这儿?我永远无法向任何人解释清楚,我是怎么落到这种地步的!每逢想起这事,我便对自己感到害怕。我应该承担全部责任,这件丑事是我造成的。亲爱的利蒂希娅,你出来得这么早,就为了告诉我这消息?"

"我希望让你知道。"

"你使我想把整个心都掏给你。"

"算了,只给我一部分就成,但得永远不变。"

"不会!但你有权利这么说。"

"我并没有恶意,但你提到的那颗心不是永远不知道满足的吗?"

"它很自私,因为我忘记了克罗斯杰。如果我们真的变得宽大了,为什么不能原谅克罗斯杰?孩子的父亲为国家出外打仗,随时可能遭到生命危险,而拿到的薪饷还不够养活家庭,单从这点考虑,我们便有责任为孩子着想!可怜的傻孩子!他对我说:'米德尔顿小姐,为什么有的人在我的父亲到这儿找他时,不愿意见他,以致他只得冒雨走十英里路回去?'可想而知,这叫我多么伤心……想不到昨天的大雨之后,今天早上天气这么好。我们应该宽大为怀。利蒂希娅,你得承认,这会使宇宙间最美好的日子变得更加美好。"

"毫无疑问,这种精神可以使我们的生活永远充满光明。"利蒂希娅说。

"你对我宽容,我对你宽容,他对我们宽容。对,如果他能这样,这会成为我一个神圣的日子。未来会证明这点。我们还没有老呢。"

"今天早上你看到韦特福德先生吗?"

"他曾从我身边经过。"

"不要认为他老是那么严厉。"

"我有过一个女教师,这是一位有学问的太太,我从她身上懂得了坏脾气的可爱之处。她一向性情温和,因为她从来不犯错误,可是我老犯错误,于是她的脾气便来了。我一做错事,她便受不了,皱起了眉头瞪我。我是一个爱淘气的孩子。"

利蒂希娅笑了,说道:"这我可以相信!"

"然而我喜欢她,她也喜欢我,我们有点像前景和背景:她对我起了烘托作用,我则成了她存在的理由。"

"你使我仿佛看到了她。"

"现在她谈到我,便说我是她唯一爱过的学生。谁知道,也许我也可以这么说她呢!"

"你还会跟她怄气,叫她为难的。"

"我使韦特福德先生生气和为难了吗?"

"他使你想起了她吧?"

"你说你仿佛看到了她呢。"

"哦,不要笑他。他是一个忠实的朋友。"

"可以做朋友的男子是想当监察官的人。"

"这是和善的监察官。"

"他宣布什么结论,我无权干涉,但是他那副面孔老像拉达曼堤斯①在宣判罪状。"

"米德尔顿博士!"

克兰拉回头瞧了瞧。"谁?你是说我?你听到了爸爸的回声?他从来不会把拉达曼堤斯用在欧洲人这里,在他看来,拉达曼堤斯只审判亚洲人,因此你错了,戴尔小姐!我父亲非常赏识韦特福德先生呢。为什么这样?我们女人无法理解那些渊博的学者,也许这是因为他们的珠宝在我们的市场上没有价值;我们只知道谁冒犯了他们,他们就不惜兴师问罪,口诛笔伐。韦特福德先生自命清高,从来不注意我们这些小人物。他深奥,勤奋,不同寻常;但你有没有发现,他一旦落进我们中间,就成了岸上的特里同②?"

利蒂希娅一向对人百依百顺,这是她理想的女性性格,然而她还有没被驯服的较为尖锐的一面,因为她的一生并不美满无缺,她受到的创伤还没有愈合,早年的经历造成的沉重负担也像铁链一样束缚着她。现在,出于前者,她仿佛同意了克兰拉的话,说道:"你是认为他不善于应付社交活动吧?"但是她希望尽力为他辩护,结果她不得不放弃她在日常生活中为自己制定的理想,这对她而言是违反习惯的新鲜表现;这样,在整个谈话过程中她的思想显得有些混乱。由此可见,扮演一个角色,不论在我们看来可能多么自然,无非只是蒙蔽我们的鲜明个性的一个方法!这是熙熙攘攘的世界中每个正直的自传作者都可以做证的。

---

① 希腊神话中的阴间判官。
② 希腊神话中半人半鱼的海神。

她接着道:"你没有发现他富有同情心吗？他是这样一个人。你以为他思想沉闷,心情阴郁？正好相反,他是一个愉快开朗的人,只是他对个人的不幸不以为意罢了。柯尼医生说,没有人能像维农·韦特福德那么欢笑,也没有人那么风趣。当然他最近……但这也不是你的残忍用语所说的坏脾气。实际上,他非常关心克罗斯杰,也关心别的事;现在他急于离开。目前,他与那些兴致勃勃、无忧无虑的先生相比,虽然相形见绌,但是你的'岸上的特里同'是不公平的,这是丑化他。我可以说,他是我所知道的最真诚的人。"

"我并不怀疑他的善良,利蒂希娅。"

"但是你的口气不是这样。"

"是吗？那我一定像克罗斯杰,他向我宣称,他最喜欢开玩笑。"

"克罗斯杰应该比任何人都了解他。韦特福德先生总是在我面前为你辩护,克兰拉,而且自从我直呼你克兰拉以后就这样了。也许在你认为他像你从前的家庭女教师的时候,他却在考虑怎样才能帮助你。昨天夜里他还向我陈述理由,认为你最聪明的办法是把一切告诉蒙斯图特太太。现在这已没有必要了。我只是提一下。他是一个忠诚的朋友。"

"他是一个不知疲倦的步行者。"

"嗬！"

德克雷中校一直在附近打转,指望她们分开,现在改变策略,采取了先三人,然后向两人转化的办法。

他加入以后,便高谈阔论起来,利蒂希娅望望克兰拉,想采取措施,结果发现那张脸红红的,像个新娘。

她心头的怀疑当即跳出她的怀抱,变成了鲜明的事实。

"我亲爱的孩子在哪里？"克兰拉问。

"出外度假了。"中校用她的口气回答。

"利蒂希娅,告诉韦特福德先生,不必浪费时间找克罗斯杰。今天克罗斯杰还是避不露面的好。至少我刚才是这么想的。德克雷中校,他身边有零花钱吗?"

"我们的少爷付得起饭店账。"

"你考虑得多么周到!"

利蒂希娅心里在叹气,意思相当于:"女人啊女人!你们总是上华丽和虚浮的当!对谦逊、真诚、善良的人却视而不见!"

让这段台词在道德家们的内心独白中继续下去吧。

这比较完全是她自己创造的,然而这对照使她愤慨,尽管她说不清楚她的愤慨出于什么目的,因为她并没把维农看作德克雷的情敌并企图得到一个订过婚的少女的欢心。她只是在为女性感到不平,似乎由于克兰拉的无所用心,把一个浅薄的人看得更有价值,女性的名誉已千钧一发,它的纯洁性也受到了威胁。当那位年轻的小姐漫不经心地谈到她像克罗斯杰时,她也许并不知道,妇女和孩子之间本来存在着相似之处,这是以他们的热情、爱好和兴趣为基础的。利蒂希娅对这点一向不满,采取彻底否定的态度,除非在情绪极端恶劣的时候,才会随意把这个贬斥的标记加在一个反复无常的年轻女人(只是年轻的)身上。维农谈话时可能喜欢带些哲学意味。但是德克雷中校和克兰拉·米德尔顿这两个人的轻松活泼,对于她却是忧伤的音乐,他们的和谐只能使她痛苦。这位女性的代表在感情上受不了。

但她只得待在他们身边,因为克兰拉挽住了她的胳臂。中校的声音有时突然低落,轻得跟耳语差不多。回答他的话却平静而清晰可闻。机灵的绅士立刻改正。但是从他随即向戴尔小姐大献殷勤看,从他以阴谋家自居的作风看,他似乎还需要加以指点,甚至责备。于是克兰拉说道:"利蒂希娅,我们正在商量,怎样才能医好克鲁克林教授的感冒呢。"德克雷发觉,他走错了一步,以致大为惊讶,想不到在玩弄阴谋方面,他竟比任何人更需要接受教育。米德尔顿小姐的大胆倒并不这么叫他惊奇,他早已承认这位年轻小姐具有非凡的才能。为了免得她走得更远,使他丧失掌握她机密的有利阵地,他改变了话题,巧妙地采取了顺从的态度。

克兰拉与威洛比爵士会面的时候,流露了一种隐藏着疑问的、带有顾虑的友好神色,这是除了利蒂希娅,谁也不理解的。利蒂希娅的头脑在苦苦思索,竭力要让自己相信,她没有误解他。可能还有疑问吗?她决定不可能有,它建立在理性的基础上,按照她的想象,这是在她的指引下完成的。不论合理或不合理,这想象有充分的根据。昨天早上她还不能这么设想。现在她已有理由相信,她能够影响他,因为现在,从午夜开始,她觉得她已在一定程度上摆脱了对他的盲目服从。他在她眼中并没成为另一个人,只是她终于感到她比以前强大了。他不再是压在她头顶的乌云,也不再是磁石,尽管这乌云曾一度布满天空,磁石也曾不可抗拒地迫使她屈从他的意志。她仍然崇拜他,他的翩翩风度,他恰如其分的举止,他向克兰拉鞠躬和握手时的谦恭有礼,都使一个从未对自己的英雄的高贵气概作过分析的女人认为,她早年对他的狂热崇拜是合理的。只是现在她对他的崇拜是从各个部分开始的。她把它们汇集在一起,构成整个的他时,她是冷静的。同情他,这已是她的最高要求。她不是像米德尔顿小姐那颗觉醒的少女的心所感到的那样,把他看作人间的一个畸形怪物,她把他与其他男子放在一起,他是"他们中的一个"。她没有把自己的醒悟变成对他的谴责。她责备的是自己,她承认转变的秘密在于她自己,青年时代的她死了——要不然,她怎么能把同情给予他,而不是让自己给这股潮水冲走呢?这同情是热烈的,也是纯洁的。她认为这正是他所期待的;她看到,克兰拉·米德尔顿与他和好相处只是因为对他的宽容抱着希望。这使她伤心。她用忧郁的眼光鼓舞着威洛比爵士,目送他与克兰拉手挽手地一起走进实验室。

利蒂希娅得去通知维农,他不必在屋里屋外到处寻找克罗斯杰。但米德尔顿博士拉住了他,与他讨论昨晚跟克鲁克林教授展开的古典文学问题,论争今天还得继续。克鲁克林教授为此特地约定今天来访。"这是一个出色的学者,"神学博士说,"但有些古怪,跟一切喝不来波尔图酒的人一样。"

"我听说他得了感冒,"维农指出,"但愿他喝的那点酒对他有好处,先生。"

一个感伤的陪审团的发言人受命向铁面无情的法官通报他们的裁决,他必须用准确无误的英语声明他们赞成对罪犯处以绞刑,但出于慈悲的动机,希望对这个罪行昭彰的暴徒酌情减刑,从轻发落,这样的发言人站在精通语法的法官炯炯逼人的目光下,难免感到他的脑子里至少有三句话纠缠在一起,同时还得提防法官为发现他的准确意义可能提出的质询,这一切使他心情沉重,似乎自己在接受审问,他迟疑不定,一再重复,越怕语无伦次便越是语无伦次;一个人处在这种状况,他就不得不为自己呼吁宽容,要求大家理解他含混不清地陈述的各种互相矛盾的理由,如果可以得到允许的话,他还宁可当场提出申请,让他回到群众席上,免得在这个不朽的时刻,他的威信在法官大人的评价中当众发生动摇。现在米德尔顿博士便是这样,他在谈到昨天晚上的宴会时,既得考虑对一位夫人应有的骑士风度,又得考虑对女主人的盛情款待应该保持的礼貌,尤其是知道听他讲话的人希望他毫不含糊地采取与人为善的态度,因此他的话时断时续,结结巴巴。他说,在中世纪,大家知道,女人常下毒药;但他认为,我国已有一批酿酒商人在密切注意寡妇的行动;然而他不得不说,他今天仍分秒不差地醒来,一点也没感到头痛;不过从另一方面说,这种幸运的状况是他就寝时没有预料到的。可是韦特福德先生认为,他不应该对酒有任何抱怨。毫无疑问,这是为了欢乐的正当意图提供给大家的。它的味道诚然不太和醇,从结果判断,它是没有毒的。

"它对克鲁克林教授起的作用,可以认为是对它的检验,他答应今天上午来的,"米德尔顿博士用莫衷一是的话结束了议论。"如果我再听到八阵大风或十二阵大风一下子袭击了火车站,年轻小姐全身淋湿后,与一位先生在车站饭店里喝掺水白兰地,我就得请求你同意,我对酒的声讨是对酒神的亵渎和伪造的证词。不要误解我的意思。我们的女主人是没有责任的。但是寡妇应该结婚。"

"如果教授还在那方面攻击女主人,你应该设法制止他,先生。"维农说。

"寡妇应该结婚!"米德尔顿博士又说了一遍。

他嘟哝道,他反对一切听凭男管家做主①;然后又谨慎地补充道,除非这位男管家可以自夸受过大学教育,但即使那样,他说,一个人的口味还得靠名门出身的传统来培养。

神学博士忍住了一个呵欠。然而压制引来了第二个,这个无法克制的大呵欠来势汹汹,就像我们海上的老朋友奔向锁在岩石上的美人一样②。

这消化不良的该死迹象弄得他坐立不安,他的脸色表明,他认为自己对没有再醮的女主人的酒太宽容了。他拼命皱紧了眉头。

在这段间隙中,利蒂希娅告诉维农,克罗斯杰今天逃走了,并匆匆要求老师原谅他;她没有时间说明应该原谅的理由。维农只得自己在心里琢磨。

~~~~~~~~~~

① 男管家是负责管理全体男仆和酒窖等的,这里是说男管家不懂得酒。
② 据古希腊神话,埃塞俄比亚公主安德洛墨达因得罪了神,被锁在海边的岩石上,让海怪希波甘甫斯把她吞没,后来多亏珀耳修斯救了她。

399

米德尔顿博士拉住了他的胳膊,对克鲁克林教授的偏激观点发起了猛攻,为了用书本驳倒他,他立刻向图书室进发。由于相信自己已患了消化不良症,他变得十分暴躁。他对外出用膳一律加以痛斥,尽量美化帕特恩庄园,仿佛那是他自己的家;他记得夜里还做了梦,这是身体机能失调的最丢脸的症状。"但愿我在帕特恩附近找到一幢房子。有人要我相信这是不成问题的,"他说,"到那时,除了家里,就只能在这里找到我了。"

利蒂希娅回自己的房间去了。她既得意又担心,只想安静一会,读一点书。她最担心的是克罗斯杰,不是别人。因为克兰拉当然会明确说明自己的意愿,一个绅士怎么能拒绝她呢?他会向她恳求,但这会打动她,使她让步吗?那是不可想象的,这位年轻小姐已经厌弃威洛比爵士了。不如他的人反而有更多的机会。不论他的错误怎样,他那种高高在上的气势不允许他乞求怜悯。乞求对于他无异是降低了身份。至少别人看来是这样。他的尊严像一座纪念碑,永远不会向人弯腰。这位大人物在她心中保持着这样的形象,它是她的偶像崇拜覆没之后留下的残骸。她对着书本仍这样沉思默想,终于读不下去,折上了书角。她向下眺望草坪,米德尔顿博士一个人在那儿;他反剪着手,垂下了头,那沉思的步子,那对着草地仔细揣摩的反常神态,都说明他心中的陪审团毫不感情用事,正在对寡妇的酒提出不容赦免的裁决。

利蒂希娅赶紧去找维农。

他在门厅。她走近他后,实验室的门推开又关上了。

"事情快解决了。"利蒂希娅说。

维农的脸那么苍白,显得很不平静。

"我简直不知道,我是不是应该像克罗斯杰一样逃之夭夭,免得见到教授。"他说。

他们一边小声交谈,一边偷偷注意着门口。

"我相信,她的希望也是我的希望;只是这么一来,就苦了孩子。"利蒂希娅说。

"哦,好吧,我可以带他走,"维农说,"我还但愿如此呢。我想我对付得了。"

实验室的门又开了。这次出来的是米德尔顿小姐。她的脸涨得通红。看到他们,她从皱紧的眉头上驱逐了风暴,露出了勉强的笑容;这是在别人面前她能表现的最安详的神态。

在走动以前,她先深深吸了口气。

维农离开了屋子。

克兰拉奔向利蒂希娅。

"你受骗了!"

愤怒的哽咽使她说不出话。

利蒂希娅要求她一起回她的房间。

"我需要空气,让我一个人待一会,"克兰拉说,拿起了她的宽边帽。

她迅速向门廊的台阶走去,拐向右边,免得从实验室窗外经过。

## 第三十三章

### 喜剧女神窥探着两颗善良的心

在月桂树林中的保龄球草坪上,克兰拉遇到了维农。她问他,她的父亲在哪儿。

"现在别同他谈。"维农说。

"韦特福德先生,你这么说?"

"现在时候不合适。等一等吧。"

"等一等?为什么现在不成?"

"他现在的情绪不对。"

她感到窒息。有时我们在圣人那里找不到药,必须请教奴隶;我们不屑拖延时间,我们需要不顾一切。她转身便走,仿佛刚才弄错了,跟一根柱子交谈了几句。

她与威洛比之间发生的事,像浓雾布满了她的头脑,她只知道它压得她透不出气,它的结果只是告诉她,他仍牢牢掌握着她,它对她的离开和解除婚约都毫无帮助。

啊,男人!男人!他们使她震惊;她无法理解他们,说明他们。他们的动机,他们的爱好,他们的虚荣观念,他们的专制作风,他们那虚荣观念的化装外衣,他们那专制作风的厚颜无耻,都只是坚定了她反抗暴力的女性意识。哪怕她完全承认可能向她提出的指责是公正的,她也不想停止反抗。她只有一个回答:"什么都可以,就是不嫁给他！"它把她的行为归结为她的性格,这是我们最后的固执己见的辩护士,它像洪水,可以把我们从高山迅速冲向平地,甚至更低,只要河床中凑巧有一些裂口。因为就算我们干了错事,这能靠背弃我们天生的性格和我们存在的基础来改正吗？这问题使我们心安理得,舒适自在,不必再为反抗洪水的冲击花费力气。我们的天性变得足智多谋,对敌人了如指掌,可以理直气壮地指责他的要求公然违背常情,甚至更坏。克兰拉找到了一条迫使敌人向她让步的独特道路。但她闭上了眼睛,不敢看它,它使她的得救带有太刺目的色彩;然而她的心却搂住了它,欢呼不已。她把指尖压在胸口,仰天大喊："我不是我自己的,我是他的！"这强烈的反感使她的心不断猛跳,全身的血都涌了上来,恨不得不顾一切,大干一场。这时一个绝望的人可能说,她已向上天呼吁过,却没有得到可以使她安心的回答。

幸好米德尔顿小姐在烦躁不安中,走了几分钟以后,德克雷中校那对猎鹰眼睛便在土丘上的几棵山毛榉树中间发现了她。

维农站在那里犹豫不决。现在绝对不是打扰米德尔顿博士的时候。他考虑怎样与威洛比谈一次话,要尽量保持友好的态度。绕到前面的草坪上,他看见威洛比和米德尔顿博士在一起,后者正立定下来,全神贯注地倾听慷慨的主人讲话。他们没有看到或者不想理睬他,他只得回到利蒂希娅那里,与她一边走一边谈论眼前那些事,尽量不动声色地听她赞美他无私的自我克制精神;这证明他多么善于掩饰自己,尽管它使他很不自在。他了解男人的心理,幽默地把这种不自在的根源比作赌徒不能全赢、宁可全输的豪迈作风;他们不在乎几个小钱,如果不能大赢,宁可输得分文全无离开赌桌,因为他们是在为一大笔财富赌博,不是为几个零钱。如果我们不能争取到爱,那么对我们性格的几句赞美,也不过是几个小钱。何况他们赞美的只是我们的表面行动。在我们赌输时,谁恭维我们镇定自若,我们的忍耐往往是有限的。但是利蒂希娅并不知道他的赌注已经输掉,因此对他的品德的赞美只能是隔靴搔痒。

"威洛比原谅克罗斯杰是有条件的,"他说,"为他求情的人必须答应这些条件。你怎么能想象威洛比会放弃她!他怎么可能!谁相信!……他会同意,这说说是容易的。他们刚才谈话时我不在场,但我料得到谈的结果,我几乎说得出他们讲过的话。事情到了这一步,一切就看她有多少勇气了。米德尔顿博士还不想离开帕特恩庄园,今天找他谈是没有用的。可是她的天性缺乏忍耐力,容易绝望。"

"今天找米德尔顿博士谈没有用,这是为什么?"利蒂希娅问道。

"他昨天喝的酒使他感到不舒服,他不能工作。今天他一心指望喝帕特恩的波尔图酒。任何人要他今天离开,他都不会听。"

"我的天!"

"我理解你的叹息的深刻意义!"

"你不会理解,韦特福德先生。"

"恰恰相反,我像别人一样理解。应该说,你的感叹是针对男子的。但在你们与男子打交道时,男子有权希望你们了解自己的心思。你们对世界或对你们自己并不完全了解,这是事实;然而错误的根源是在你们这边,这一点应该引起你们的注意。她把父亲带到了这儿,可是他刚安顿下来,觉得非常舒服的时候,她又指望他离开。"

"这点我无法解释,我不能理解。"利蒂希娅说。

"你是忠诚的化身。"

"不对,"她脸红了,"我也'像别人一样'。我不想说我也会做那样的事,但是我知道,我不应该用审判官的态度对待她。我不能判断。"

她又脸红了。她希望他明白,她不是麻木不仁的忠诚的塑像,躲在墙角里听任欺诈横行无忌。昨夜的谈话留下的回忆,使她在听到自己因为是永远指着一个方向的磁针而受到赞美时,觉得很不对劲。她新获得公民权的个性要求声明自己的存在。然而维农没有看到这个新变化,继续给她所抛弃的形象涂抹赞美的油彩,这使她非常不舒服。它们遏止了她的赞美;不仅如此,他突然对她终生不渝、毫无怨尤、几乎无所要求的忠诚感到了羡慕。如果你认识的一对情侣已没有理由指望得到幸福,你会想起,他们就是用这种对忠诚的赞美和羡慕来寄托他们无法克制的牢骚的。而且对忠诚的颂扬,隐晦地谴责了某种不忠诚,这也许足以扰乱她内心的平静,但是不会伤害她。他从这中间找到了安慰,可怜的利蒂希娅却为此感到苦恼。她不打算反驳,只是本能地拿起了防卫武器,继续赞扬他的热心,弄得他向天空仰起了头,仿佛要祈求它多少让她了解一点真实情况。然而他不能不倾吐心头的块垒,他重又回到了忠诚这个问题上大讲特讲,简直有些一反常态,以致利蒂希娅盯住了他的脸看。她有些惊讶,怀疑在这反复谈论忠诚的背后,是否隐藏着什么秘密。他把她聚精会神的注视当作了对真挚的表白的召唤,因此仍讲个不停。她几乎想逃走,但是想到逃走,又不免想起促使她逃走的原因多么微不足道,然而想到留下,听取那些她不应得到也不再使她愉快的赞美,却是一种折磨。

"韦特福德先生,我不能与你相比。"

"我应该也必须把你看作我的榜样,戴尔小姐。"

"说真的,你错了;你并不了解我。"

"我可以那么说。这么多年……"

"请别说了,韦特福德先生!"

"是的,我一直钦佩你。你让我们知道怎样克制自己。"

"这句话应该用在你的身上!"

"我的身上？我从来只知道考虑自己。"

"我倒可以那么说。"

"你必然意识到你是坚定不移的。"

"但事实不是这样,我摇摆得厉害;我没有连续两天是一样的。"

"实际你是一样的,只是在同一幅画面上增加了一些新的色彩。"

"可是你连色彩也不变。我总是把你看作支持我的力量。"

"那么你看到的我只是我的幻影。这说明你需要的支持多么少。"

"我讲的不仅是我个人的意见。"

"谁的？"

"我不是一个人。"

"让我再说一遍,我希望我能像你一样！"

"那么也让我说,我愿意与你对换！"

"你会对这笔交易吃惊的。"

"别人才会这么想！"

"你的交换会使我得到我所缺少的一些特点,戴尔小姐。"

"至多只是一些消极的、否定的特点,韦特福德先生。可是我得到的……"

"哦,对不起！你是要给一个靠舞弊获胜的孩子颁发奖状,如果他有一点良心,你会使他觉得受不了的。"

"那么如果一个女人已到了十一月的边缘,却硬给戴上五月女王的花冠,她会觉得怎么样？"

他反对她的类比,她也反对他的。但是使这种互相赞美变得不能忍受的原因何在,他们却谁也不愿说明。他越是颂扬她的忠诚,她越是倾向于用批判的眼光看待那个想象的美德的体现者;她越是赞美他对人怀有高尚的友谊,他的情绪越是不能平静,他不稀罕这种无稽之谈,对它发出嘘声,要把它赶走,就像烧热的熨斗给泼上了水,嘶嘶地把水滴化为蒸汽。他不要这种赞颂,宁可让自己的荒谬愚蠢得到彻底暴露。

尽管他们是亲切的,彼此怀有好感,他们还是在散步中站住了,准备分开,但又不知怎么说才好;经过这场互相推崇的风雨之后,他们的关系更紧密了。

"我想现在我得回家探望父亲,陪他待个把钟头了。"利蒂希娅说。

"我也得着手工作了。"维农说。

搬走堆在自己身上的花环的美好过程,到此结束了;然而这对高尚文明的人,从花丛中突然走进平凡的天地,还是有些不习惯,尤其是利蒂希娅;于是她打破沉默,又说道:"我对我自己的观点确实是忠诚的。"

"在涉及严格规定的观点时,通常得用另一个名称。也许你不久会明白你的错误,到时候你便得承认这点了。"

"什么?"她说,"你要我明白什么?"

"你是否知道,我是个十足的利己主义者?"

"你?这不可能是利己主义。"利蒂希娅又说;她的态度使他,同时也使她自己感到,她正在难以置信的推测面前彷徨不定。

"韦特福德先生,你的耳朵到哪里去了?"

有个声音插了进来,但是他正在琢磨利蒂希娅那句还没说完的含糊的话,他用实事求是的声调嗫嚅道:"一点不假,就是那样。"接着他才向蒙斯图特·詹金森太太转过身去。

"难道克鲁克林教授站在你面前,你还不想看到他吗?"那位高贵的太太说。

维农赶紧走上几步向教授鞠躬,表示歉意,他的话断断续续,脸有些红,这使蒙斯图特太太打量了一下利蒂希娅的脸。

她对维农昨晚没有赴宴教训了几句,还驳斥了他的辩白,这才谈到今天的事:"我们来到庄园既是参观,也是准备与米德尔顿博士会面。昨晚的论争还没结束,我们便分手了,现在是特地来领教的。我们那位不屈不挠的对手在哪里?"

蒙斯图特太太让克鲁克林教授转过身去,与维农一起走。

"我们拥护现代英国的学术成就,"她说,"反对德国的领先地位。"

"说反了。"克鲁克林教授指出。

"哦!"她安详地改正了错误,"我们拥护德国的学术成就,反对英国的。"

"某些出版物。"

"我们保卫某些出版物。"

"保卫这个词就我的身份而言,不完全恰当,夫人。"

"我亲爱的教授,你的咬文嚼字,吹毛求疵,可以与米德尔顿博士匹敌,但不必把它浪费在我这里。瞧,他们在那儿;他在那儿。韦特福德先生会领你去,我不奉陪了。我还是避开你们的锋芒为好。"

蒙斯图特太太回到利蒂希娅身边,说道:"用语稍有不当,他便百般挑剔,寻找岔子,像家禽在地上啄虫子。"

克鲁克林教授的态度和神气被她形容得活灵活现,利蒂希娅忍不住笑了。

"这些大学者真有意思,"高贵的太太赶紧补充道,免得这位年轻朋友误会了她的话,以为他们对主持筵席的女主人毫无价值,"他们为了一句话哓哓不休,实在可笑,然而他们的风趣可以使宴会生色不少。昨天晚上……不,我决不再提昨天晚上的事。我们失败了,这一带还从没别人出过这种洋相,偏偏我们遇上了。如果我们中间出了一个能吃会喝的年轻小姐,可以把我们饭店里所有的……哈!……所有的掺水白兰地都喝下肚子,占去我们所有的马车,说真的,出现了这种不正常的状况,我们的失败是必然的,因为我们失去了应付临时变故的条件。韦特福德先生竟会没有见到克鲁克林教授!戴尔小姐,他在车站干什么啦?"

"你把克鲁克林教授描摹得太特别了,出色的画面迷惑了他的眼睛。看来他见到的偏偏是石板没有文字的一面。"

"啊!他是他表弟的忠实朋友,你说是吗?"

"他是朋友中最忠实的一个。"

"至于米德尔顿博士,"蒙斯图特太太把话岔开了,不再追究她提出的问题,"如果我老是与他见面,他会使我的词汇中的字母扩大几十倍;他是有传染性的。"

"我相信,这是他的幽默的一种表现形式。"

"昨天在我的餐桌上我算是领教了,他把我弄得束手无策,在他滔滔不绝的时候,我只得随声附和。直到我躺在床上,他那些话还在我耳边嗡嗡直响,害得我半夜没睡。亲爱的,请你老实对我说,你觉得怎样!至于我,我不想隐瞒。我觉得我们好像坐在那里听低音提琴独奏。我们简直像隆隆雷声下的一群昆虫。我衷心感谢德克雷中校那些有趣的插话,可是我听到的还是米德尔顿博士的声音。我觉得我那一桌子人似乎变成了化石,呆坐在那里,听他在头顶上玩保龄球。"

"我觉得很有趣。"

"真的?你使我很高兴。我的客人为他们度过了一个愉快的夜晚,向我表示祝贺,但谁知道他们讲的是不是真话?你明白,我确实怀疑!我知道那些人言不由衷!他们为了安慰我,总是这么讲。我自己也这样,那只是为了尽量表示亲切。但是想想我为那一切受到祝贺,我的心情会怎样!……早安,威洛比爵士!……这个人来得太不合时宜了！我一点也不欢迎他。"蒙斯图特太太偷偷对利蒂希娅说。利蒂希娅退后一些,悄悄走了。

威洛比爵士跨前一两步,站在那里,望着利蒂希娅的背影向着屋子飘然而去。

不妨打个比方,这就像一个人站在溪边,看到一朵花浮在水面,张开了花瓣,逐渐沉入清澈平静的水中。他自然有权利沉浸在遐想中,欣赏大自然这件美好的小事。

陶醉的愉快的微笑分布在他的脸上。

## 第三十四章

### 蒙斯图特太太和威洛比爵士

"早安,亲爱的蒙斯图特太太。"威洛比爵士从遐想中醒来,招呼高贵的太太。"她为什么要逃走?"

"谁逃走啦?"

"利蒂希娅·戴尔。"

"利蒂·戴尔?哦,你把那称作逃走吗?她大概是要跟维农·韦特福德继续亲密的谈话,因为我打断了他们。你哼的'牧羊人告诉我'叫我害怕。领我到花园的长凳上坐一会吧,免得我听到米德尔顿博士的声音,求求你啦。他使我打瞌睡,还要跟我讲拉丁文。昨天晚上我已受够了。我知道,我会永远把他与一次失败的宴会和一只低音大乐器的独奏联系在一起。他扫了大家的兴。"

"贺拉斯情绪还好。"

"你可不行。"

"我认为,利蒂希娅……戴尔小姐,她谈得不错。"

"她是跟你聊天,当然,她谈得很有趣。可我们无法参加。酵母变质了。你向德克雷中校放冷箭,你是想打击他。你又惹恼了米德尔顿博士。我的天,这个人老是在我的头脑里打转。你亲爱的小姐在哪里?"

"谁?"

"还得我讲名字吗?"

"克兰拉?我已经一个钟头没看见她。我猜想,在到处游荡吧。"

"多么精致的夏季凉亭,"蒙斯图特太太边说边坐了下去,"好吧,威洛比爵士,爱好,爱好是没有道理好讲的,一切都可能发生,我们永远不知道应该怜悯还是应该祝贺。我需要与米德尔顿小姐谈谈。"

"你的'狡黠的瓷美人'随时可以从命,那么你是吃了饭再走吗?"

"现在你也得引用我那句话了,是吗?"

"但是'睫毛上挂着一个浪漫故事',恐怕不再是合适的描写了。"

"描写谁?现在你又想起利蒂希娅·戴尔了!"

"我只是随便引用一下你的话。她的脸色如今变得严肃了。"

"这是个好兆头!"

"不过浪漫色彩还没有完全消失。"

"是的,它像印在脸上,不可改变。"

"你总是说得恰到好处,夫人。"

威洛比爵士思忖了一会。

像一个人重又拿起乐器参加合奏一样,他说道:"我昨晚觉得利蒂希娅·戴尔很活跃,与平时不同。"

"是吗!……"蒙斯图特太太有些惊讶,张开了嘴。

"我要求对她作出新的描写。你知道,我在收集你的格言和警句。"

"我觉得,她已从壳里把身子伸出了四分之三,但还保留着壳,以备不时之需。"

"只要听到邀请就随时准备出来?这太好了!完全正确!"

"唉,我的好威洛比爵士,但是这真的这么好,这么正确吗?会不会我们永远不了解自己的心愿呢?"

他发出了一串多音节的叹息,像诗人随心所欲创造的包括许多音节的复合词,用它表达重重叠叠的意思。"我的心愿我是了解的。它一向如此。我认为,就女人而言,聪明并不稀罕。智慧才是明珠。一个智力出众的女人像希腊雕像一样珍贵,她是上天赐予的,也是人间罕见的。"

"讲下去。"夫人说,朝空中咳了一声。

"这是罕见的,因为它不仅是智慧,它是一种同情的智慧,或者说,它是与强烈的同情心完全一致的一种智慧。它是罕见的,因此显得格外可贵,我们一旦遇到它,便不愿与它分开。我年纪越大,它也变得越宝贵。"

"我们是在谈女人还是在谈品质?"

"请问什么意思?"

"是谈一般的人还是个别的人?"

他耸耸肩膀。"从另一方面说,心理的共鸣才能使人融洽无间,这与物质条件、道德偏见、亲属关系,以至婚约、婚姻等都毫无关系。"

"好吧,那当然不是感情的胡言乱语,"蒙斯图特太太说,"它像是男人的一种值得安慰的理论。根据这理论,你们每个男人既可以有一个妻子,还可以有你们的阿斯帕西娅①。我们走进庄园时,远远看见你那位漂亮的米德尔顿和德克雷中校在一起。克鲁克林教授产生了一种幻觉。"

"这不是完全可能的吗?"

---

① 公元前五世纪古希腊的名妓,曾作雅典统治者伯里克利斯等人的情妇。

这脱口而出的含有双重意义的回答,几乎使她的喜剧感陷入了危机。

"教授一定听到了什么。他总是提起那辆出租马车,那家小饭店,那湿透的靴子和防寒的酒,那老板娘和车站搬运工讲的话。"

"我说,这不是完全可能的吗?"

"你这是指他总是提起那些事?"

"是指他产生了一种幻觉!"

"他可能告诉别人。"

"我只想再说一遍……"

"'这不是完全可能的吗?'这确实富有哲学意味,符合追求心理共鸣的主张。"

"我看,克鲁克林教授还不致从古典文学的山上下来,向米德尔顿博士大谈他的幻觉吧?"

"威洛比爵士,你是骑士精神的典范!"

他对利蒂希娅的称赞,已使蒙斯图特太太大胆到揭开克兰拉身上的帷幕的地步。这对他并不好受,伤害了他的自尊心,但是为了实现他自我保护的整个计划,他不得不忍受这一切。

"我只是希望我的客人不致感到任何不愉快,"他说,"要不,米德尔顿博士可能会像维农说的那样,成为'奥林匹斯山上的雷神'。"

"别说了。我了解他。什么雷神!只是一个词典迷!一本愤怒的、带角的词典!夜间出没的词典幽灵,只能吓唬笨蛋!"

"为了免得出事,一个人需要百般忍耐。"

"你是怕老家伙大发脾气!不论你怎么讲你自己,你还在为她担心,这说明你是一个真正的、慷慨的骑士。但是现在,坦白说,为什么你不能委屈一点,讲究一些策略?请你听听一个老朋友的忠告吧。你太高傲了。没有一个情人忍受得了半小时的误解。不妨迁就一点。说教是没有用的。你可以不露声色地控制一切。要知道,我是不相信哲学对爱情有什么帮助的。它表面看来满不错的,但我不相信它能解决问题。我倒是认为情人之间有时不妨口角几句,这可以给他们增加些色彩,也可以调剂一下单调的生活。我早看出她有点任性。只要在结婚前能够改正,那也算不了什么。"

"克兰拉吗?任性得像一个孩子!"威洛比说时仿佛是她的父亲,尽管心里在为她发抖。"你刚才从远处望见她了,也许还听到了她的笑声。贺拉斯逗得她很开心呢。"

"不过我为他昨晚的行为永远感激他。她也在餐桌上保持着愉快的脸色。她的笑声那么甜蜜,像沙漠中的雨水!你想象得到,我当时心情多沉重,只有这两个人让我轻松一些,这是一场失败的比赛中我唯一赢得的几分。我认为他们很聪明。"

"他们两人都是聪明的,算得是聪明的。"威洛比同意道。

"他们碰在一起时就像一对铙钹。"

"这可不是高雅的乐器。不论怎么说,他们使我觉得有趣。我心情好的时候,也喜欢听他们说笑。"

"你还是得多多控制你的心情,我的朋友。只要你乐意,你可以表现得很好。"

"这得靠你的指点。"

威洛比向她欠过身去,没精打采地点了点头。他的痛苦好受了一些,因为他居然骗过了这位太太。她在他眼里代表外部世界;她可以调整世界的声音,决定两人中谁更可怜,是他还是克兰拉;哪怕情况坏到极点,他也不希望自己沦为那样的角色。

目前离那一天还很遥远,于是他继续道:"也许一个男人伪装的能力比不上一个女孩子。我讨厌为一些小事争吵。在一切不太顺利的时候,我难免在脸上流露出来。一些小小的怀疑常常困扰着我。我无法掩饰它们,我知道,这是一个弱点。男人得花力气才能学会女人天生的能耐。我并不喜欢猜疑,它违背我的本性。"

他的眉头皱紧了。那个不祥的幽灵弗利奇从树丛边绕到了离他不远的地方。

弗利奇先是为自己辩护,因为他受到了指责,说他是喝醉了酒,才肆无忌惮违反禁令,闯进了庄园;但他承认,他喝了"一点儿",这是为了壮壮胆,让他敢踏进这个一度使他十分幸福的地方;他还记得,在圣诞节期间,所有的仆人怎样在头发花白的老管家切辛顿先生的带领下,一排排坐下,用陈年葡萄酒为老庄园的年轻继承人祝酒!那时他多么快活,还没有痴心妄想,要自己开店当老板,做自立门户的上等人;正是这一切使他掉进了泥坑,今天回想起来,他还不如老庄园上的一只狗,他多么想再闻闻帕特恩庄园马厩的味道,他耷拉着的鼻子似乎在说,那是比阿拉伯树胶还香的。

他把一个东西举到了鼻子下,这立刻使威洛比爵士安静了,其效果之佳就像演说中动人的开场白,可以把不爱听的群众一下子吸引住;他把那东西扬了扬,表示这是他有权在这里发表不中听的伤心诉说的保证。威洛比爵士认出了克兰拉的钱包。他马上明白,它是怎么落到这家伙手中的;可惜他不够灵敏,没有及早想到对策,制止他的故事。他上了弗利奇的当。对他的问题:"你手里拿着什么?"弗利奇答称"完整无缺",还把这句伟大的话重复了一遍。然后他转向蒙斯图特太太,谈到了伊甸乐园和亚当,说他在亚当身上看到了自己的影子;又根据教士们的说法,谈到了希伯来人在埃及受到的奴役,说他本人的处境也有些相似。

"不过灾祸也教育了我,使我不再忘记上教堂,夫人。"弗利奇说。"每逢我到了伦敦这个马车夫之家,我的乘客大多是有身份的,不过根据我听到的,他们讲的话对我的道德可没有多大好处。据说在伦敦,遗失在马车座位下的钱包,完整无缺地归还小姐们的机会是不多的。"

"把它放在那把椅子上,我们会了解是谁的,你可以找威洛比爵士,"蒙斯图特太太说,"完整无缺是一定的,没有人怀疑这点。"

她用一根手指的动作,示意那个人转身离开。弗利奇踌躇了一下;他很遗憾,他的伤心诉说不得不宣告结束,他本来还想谈谈他是怎么发现钱包的,但蒙斯图特太太没有再看他;他只得没精打采地走了,那副神气活像图画书中给驱逐的亚当。

"我相信,在我们大英帝国的老百姓中间,老老实实的作风已荡然无存。"她说。

威洛比为此表示歉意:"他已经灌饱了老酒。"

她的警惕性和周密考虑,使敏感的绅士吃了一惊,这无异是在明白告诉他,她对他的实际情况并非一无所知。她在他的地界上表现出的精明能干和以主人自居的态度,也伤害了他的自尊心。

他掂掂钱袋的重量,轻轻抛了一下,壮起胆子说道:"这有点像克兰拉的。"

他担心他的嘴唇和面颊在抽搐,还意识到不能让他的神色流露丝毫迹象,证实那个目光犀利的女人的任何怀疑,因此采取了更加大胆的态度,说道:"我知道这不是利蒂希娅的。她的已经旧了。"

"是你赠送的!"

"亲爱的夫人,你怎么猜到的?"

"靠推理。"

"好吧,这钱袋看质地还完好如新,与它的主人一样。"

"那个可怜的姑娘用钱包的机会不多。"

"你错了,她每天用它。"

"威洛比爵士,要是它装得满一些,你早先的计划便可能实现了。那一对儿在一起不见得不乐意呢。克鲁克林教授和我刚才还看到他们,他们没有防备,告诉你,他们的头凑在一起,几乎脸贴着脸,眼睛脉脉含情的。"

"不可能。"

"因为他们快到达终点了,你不愿意!自私!"

"算了,"威洛比说时非常激动,"你可以问克兰拉。听着,亲爱的蒙斯图特太太,你不妨跟克兰拉谈谈那件事;她会让你相信,我最近作了多大的努力——也许,这是违背我的意愿的。我要求她协助我,对她作了详细的交代,委托她全权办理。她不可能有任何怀疑。我相信她可以澄清你在这问题上所抱的一切成见。我一而再,再而三地提出,但事情还是毫无指望。如果你认为我在后悔,不愿意它成功,那么我只得回答,我的行动可以由我做主,我的感情却不成。任何事,只要符合一个正直的人应尽的责任,我都愿意做,然而一个正直的人也往往会犯致命的错误,因为他不能在必要的时候,与那些感情的指示完全取得一致。我可以违抗它们,但是我不能左右它们,正如我不能左右我的命运一样。它们从前遭到过摧残,现在也让它们忍受一切吧。情绪问题我们不必讨论,尽管你知道,情绪对社会生活有一定的作用,它是必要的因素,正如人们在最近的时髦话中说的那样。我从来不谈我的心情,只是对你谈谈。这并非必要。如果老维农不是总把胸口压在写字台上,还有一点男子汉的雄心壮志,想从事社会活动,她就是同他相配的女人。我曾称她为我的艾吉利娅①。她可以成为他的柯奈利亚②。我们可以保证,她会生育出高贵的后代!但是老维农对他

---

① 见第四章。
② 古罗马著名政治活动家格拉古兄弟的母亲,在丈夫死后,曾全力教育两个儿子,使他们成为对社会有卓越贡献的人,因此被看作贤妻良母的典型。

的不幸记忆犹新,也许一生都不会忘记这件痛苦的往事。至于她呢?情形便是这样。我作了尝试,是的,亲自作了尝试,没有一点效果。在别的事情上,我对她也许有些影响,但那件事却不成。她拒绝了。她要作为利蒂希娅·戴尔活到最后一天。现在没有旁人,我可以向你承认,我喜欢这个名字。它在我的耳中是一首熟悉的歌。别的名字我一时还不能适应。请相信我——我是根据以往的体验讲的——在这类问题上存在着天数,它无法改变。我不能向我可怜的姑娘隐瞒这种天数……"

"现在这个可怜的姑娘是哪一个?"蒙斯图特太太说,不让他含糊其词。

"尽管她会告诉你——我是指克兰拉·米德尔顿——我同意也尽了我应尽的力量,促成你提议的那种结合,她仍不得不承认,她意识到在我们中间存在着这种天数——我找不到更好的名称,只得这么说。它促使她朝一个方向走,使我朝另一个方向——或者说,如果我屈服于压力的话。她并不是第一个意识到它的存在的人。"

"我们是不是又有了第三个可怜的姑娘?"蒙斯图特太太说。"啊!我记起来了。我记得,从前我们把这称作反复无常,不称作天数。它神秘莫测。也许就因为这样,当时你毫不害臊地让别人追求你,觉得这是可以原谅的;我们大家以为……可是你一走了事,旅行去了。"

"那是母亲给我开的药方。它收到了一定的效果。她主张门当户对的婚姻,我并不如此。我可以作出牺牲,但不能成为牺牲品。于是到了合适的时候,我自己作主请教了丘比特大夫①。她是有些吸引力的……但人要变化!人总是在改变想法。我们先是

---

① 丘比特是罗马神话中的爱神。

从好感开始,后来便沉浸在美的感受中,然后又出现了严肃的问题:对方是不是与我们相配的合适伴侣?也许我们会发现,我们在非常年轻的时候还比以后聪明一些。但无论怎样,她是美丽的。现在,蒙斯图特太太,你是赞赏她的。那么你应该从你的观点中排除'狡黠'的想法。你赞赏她,因为她令人陶醉,有她独特的魅力,不仅如此,她有着真正的美。"

蒙斯图特太太面对着他说道:"不说假话,亲爱的威洛比爵士,我确实认为她很美,不论她到哪里,没有一个男人会对她毫不动心。她是那种可以使男人束手就擒的女人。不论那是由于她们的口才还是她们的眼睛,她们的内在气质还是外在风度,反正她们有一种叫你着迷的魅力,你的另一种天数!"

"但那是肉体的,不是精神的!"

"对,她没有利蒂·戴尔的头脑。"

威洛比爵士让蒙斯图特太太停顿了一下,作进一步的思考。

"哎哟!"她喊道。"昨天晚上我发觉利蒂·戴尔有了些变化,今天也一样。她显得鲜艳了,年轻了,气色非常好;可是,我的朋友,对于你,我却不能这么说。看来,把一切看作天数对皮肤并没有好处。"

"对不起,不要否定我的健康。"威洛比嚷道,发出了刺耳的笑声。

"注意,"蒙斯图特太太说,"你的声音中有一种感伤的调子。你谈到'感情从前遭到了摧残'。你是在对一个女人,不是对男人这么讲,但是这样的话只能使自己站不住脚。我听不到自然的谈吐;在我听不到它的时候,我便怀疑男人在耍诡计。有时你吸气的时候,也露出了下面的牙齿,像一个高等种姓的印度犯人,那是我的丈夫带我参观加尔各答的监狱时看到的,因为我怀念英国,他要让我高兴一些。那家伙呼吸时总要露出牙齿,你昨晚便这样,今天还是这样,好像空气刺痛了你的牙肉。你给惯坏了。你的一生太顺利了。我刚才提到的这点,在我看来,是男人头脑里形成了一个什么观念的表现。"

"头脑?"威洛比爵士说,皱起了眉头。

"是的,你笑得很不自然,叫人看了不舒服。"她说。"我的丈夫告诉我,男人心里有事,觉得不痛快的时候,嘴部的肌肉比眼睛更容易暴露他们。"

"但是,夫人,我不会违背我的诺言,绝对不会;我打算,我也决定要遵守它。我不会把一切看作天数,不论我的皮肤是黑是白。尽管我像加尔各答监狱中一个高等种姓的罪犯……"

"朋友!朋友!你知道我一向喜欢饶舌。"

他吻了她的指尖。"不论我露出多少牙齿,你会发现,我可以从容不迫地走上刑场,可以说视死如归。"

"像乔治时期的詹姆士党人①。"

"你曾告诉我,你读到一个詹姆士党人的传记时哭了,那么,我就算像他吧。我的原则没有变,如果我有的话。年轻的时候,对妻子我有自己的观点,她必须与我在思想和目标上保持一致,她既有浪漫精神,又有清醒坚定的头脑。我或迟或早总得献身于社会活动,因此我想,我的家里必须有一个可以随时给我提供忠告和安慰的人。我确立了这样一个理想,这也许是我的不幸。但是我决不会就特殊的品德提出苛刻的要求。世界上最残忍的事,便是在妻子面前树立一个生活的模型,强迫她仿效它。不过无论如何,我们已经走上这条路,无可挽回。我不想摆脱责任,我也不能让她离开。结婚代表事实,恋爱代表幻想。她很快会被治好,她渴望的一

---

① 詹姆士党人是指1688年英国"光荣革命"后,拥护流亡的詹姆士二世的人,这些人大多是保守党人,贵族,他们不断向英国组织武装进攻,直至汉诺威王朝乔治一世、二世在位时期(1714—1760)才被完全扑灭。

切都能从我的行动、感觉、思想、追求和憧憬中得到满足……永恒的满足。我把利蒂希娅请到这儿,就是为了给她提供一个忠贞不渝的榜样,忠贞得像任何坚硬的物质一样,让你在它上面建立理想的天地,同时丝毫也不丧失她女性的特点。"

"永恒的满足!不用说,你对你所做的一切都是有一个计划的,威洛比·帕特恩。"

"你嗅到了独裁者的气息?是的,他可以塑造和统治他周围的人。他最难对付的敌人是他自己!如果你见到克兰拉……我想你说过,你希望见到她?"

"昨晚她对布歇夫人的态度很奇怪。"

"也许是吧。她见到瓷器便把嘴一撇,又是瓷器!对于我,她的小性子正是她的一个可爱之处,我承认这点。要是年轻十岁,我就不懂得比较她们。"

"你在讲谁?"

"利蒂希娅和克兰拉。"

"威洛比爵士,无论如何,用你的话说,我们已经走上了这条路,我们只能当事情真会发生的那么办;在结婚礼物问题上,我必须征求她的意见,因为我不想让她看到我的礼物便撇嘴,不论她的撇嘴多么漂亮,而且确实漂亮。"

"她谈到瓷器便说:'又是对我的狡黠的一份献礼!'"

"那么瓷器不合适。我打算问问她本人,我来便是打定主意要与她商量。我想我是理解她的。但是她使那些不了解你们俩的人产生了错误的印象。昨晚布歇夫人与我握手告别时,对我说:'那瓷器我大概得收回了。我想,它要是用柳树图案就对了①。'她

---

① 柳树图案是十八世纪英国仿照中国陶瓷绘画制作的风景图案,以柳树为主,空中有一对燕子,据说这是两个情人为争取婚姻自由变的,因此布歇夫人提到柳树图案便含有克兰拉可能私奔的意思。

还真的说过:'他得准备再一次给抛弃呢!'"

要不是威洛比爵士的克制,他的身体真会跳起一尺高。他的头脑在嗡嗡直响。

"这种事只会落到她的身上!"他嚷道,刚有些像那个高等种姓的罪犯,便赶紧纠正。

"但是你知道布歇夫人。"蒙斯图特太太说,真心希望减轻这个高傲的人的痛苦。她可以看到他表皮下很深的地方,尽管他的敏感随时提防着,像保护他的内心一样保护着他的表皮。"布歇夫人要是没有她那些想入非非的怪念头,她便等于零。她一直说,你有一个不祥的鼻子。我记得,她在你成年那天便讲过,说这是一个注定要丢掉王位的国王的鼻子。"

"我得罪过布歇夫人吗?"

"她在替你作宣传呢。卡尔默夫人与她一唱一和,两人到了一起便互相点头,使眼色,打暗号,好像在塑造石膏面具。她们崇拜你,在她们眼里,你是英国的希望,没有一个女人配得上你;但她们是一对宿命论者,你要是对她们提到利蒂·戴尔,倒不如对你的结婚公告提出异议。她们会到处嚷嚷,说一切早有预定,婚姻是上帝的安排等。"

"瞧,克兰拉和她的父亲!"威洛比爵士喊道。

米德尔顿博士父女俩出现在一圈花木中间。

"带她过来,免得我跟那位语言大师见面,"蒙斯图特太太说,因为她看到米德尔顿博士对着垂头丧气的女孩子的耳朵,滔滔不绝讲个没完的样子,心里直发怵。

威洛比本来想凭他的天才,从容不迫地考虑下一步行动,现在看来已没有工夫,只能把希望寄托在刚才对蒙斯图特太太讲的那些拐弯抹角的话上,让她带着这些先入之见去会晤那个女孩子,那个既美丽又可恨,既讨厌又可爱的女人!一个应该掐死了丢在地

423

上,给她唱挽歌的东西!

他不得不冒这个险,尽管布歇夫人的不祥预言还压在他的心上,使他觉得前途莫测,忧心忡忡。

米德尔顿博士认为,谈话中最不愉快的任务,便是把他要讲的话统统讲完之后,却听不到一个字的回答。幸好正在这个时候,威洛比把他的女儿叫走了。

"克兰拉,蒙斯图特太太要找你谈谈。"

"那太好了。"克兰拉回答,马上换了一副脸色。

在她心中,一种难以觉察的紧张畏缩的情绪,似乎给另一股力量代替了,它推动她向前直走,毫无不乐意的迹象。她的眼睛似乎还有些发亮。

她给带到了蒙斯图特太太面前。

米德尔顿博士把一只手搭在威洛比肩上,向本地区的高贵夫人鞠了个躬便走了。他叹了口气,说道:"女性的本能对男人的理智的反抗,必然造成理智对本能的相应的对抗。"

"先生,她怎么回答?她的理由何在?她说了什么没有?"

"我们不妨认为,"米德尔顿博士为了说这句话吸了一口气,"猫弓起背脊,让它变成字母 H 的形状,或者一座中国桥梁,这便是它对狗作出的回答和它的理由。但是如果谁想把它翻译成人的语言,那无异是自告奋勇要扩大现有的字母和续写荷马的著作。这两者都是伟大的惊人之举。女儿,威洛比,这些女儿!在人的大部分罪孽中,我最恨的便是不守信用。她不会犯那种罪孽。我要求她愉快地履行婚约;想到我不得不在进行教育之后,才能指望这点,我感到痛心。"

"她不久就可以由我来操心了,先生。"

"那是一定的。老实说,她现在已与结了婚的差不多。她已经站在圣坛上了。她是在她自己的家里。是的,她现在还有什么不是的？她已经走进了圣殿。她已经走出了市场。她那种要求自由的狂热叫嚣，如果在巴黎的革命群众中，也许倒还能为她赢得一顶共和派的弗里吉亚帽子①。对我说来，它毫无意义；但我不相信我的孩子会发疯，需要我为她的理智担心。"

威洛比爵士得悉克兰拉只是叫叫而已，他那忐忑不安的紧张心理平静了。曾经有一两次，克兰拉使他有理由感到害怕，甚至考虑是否应该改变对女性的看法，或者只是谴责她一个人。然而他不能想象她敢于毫无保留地说出一切，哪怕是对他，哪怕在心情激动的时候。他认为女孩子都是胆怯的，加上他的理想是蜡像式的女性，因此他相信，尽管她们的行为往往放荡不羁，无所顾忌（这是他深有体会的），她们的嘴巴却受到了谨小慎微的羞耻观念的钳制。这对他是有利的。因为如果事实证明，她在蒙斯图特太太面前也只是一言不发，无计可施，那么那位太太就会把她打翻在地，要她扁就扁，要她尖就尖，总之，要她怎样都行，反正不把她当回事，同时心悦诚服地相信，他是基督教世界的模范绅士。那位太太会把他向她勾勒的草图修饰完好，尽管在这里他不能引以自豪，它与他早年的理想已不可同日而语；在早年他把自己看作事事顺遂的命运的宠儿，他认为他的一生会像太阳一样光辉灿烂，有目共睹。这不像你们的模范绅士，那种只能从理论上加以阐释的抽象的偶像！然而这是他唯一可能的选择。它包含着两个机会。蒙斯图特太太的这位模范绅士可以娶两个女人中的任何一个，把另一个丢入海中。他必须结婚，必须给自己选择她们中的一个；不论他选择哪一个，都能给他的名誉锦上添花。至少她可以从布歇夫人的魔爪中拯救他，摆脱她那猫头鹰的叫嚣"柳树图案"，她那巫婆

---

① 古代一种象征自由的帽子，1789 年法国资产阶级大革命时期曾作为共和派的标志。

的预言"再一次给抛弃"。那个飞翔的婴孩威洛比——他那不受保护的、无所不在的、无形的小小自我（这主要是在感情上觉察到的，不是在思想上意识到的）——也不致再遭到嘲笑，被看作女人问题上的失败者。确实，这与他原来扬名天下的想法，已何啻天壤之别！然而威洛比大可告慰的是，他知道别人比他跌得更低。是的，即使我们被逼得走投无路，还有魔鬼的命运可以安慰我们。要知道，你心里有一分痛苦，另一个人心里却受到了十分的煎熬，那本令人宽慰的伟大的书便是这么说的。

威洛比根据这一切精密的盘算，站在自我之上，考虑着它的活动方式，其中有一些他并不完全同意，但又无可奈何；他只是感到不可思议，为什么一个风度翩翩、英俊漂亮、在世人眼中受到普遍青睐的人，还要制定这些目标和计划，还要为此提心吊胆；要不是他全心全意爱护自己，他会不惜忍受分裂的痛苦，抛弃那纠缠不休、令人烦恼的一半——他的自我，它忙忙碌碌，无非像一群昆虫，总是在为建立和修补自己那个极小的巢穴操劳。他确实太爱自己了，对这种分裂他一分钟也不愿考虑。但由于他看到了这点，他相信，他对造成这一切的女人的感情第一次变得负担重重，充满了痛苦和忧伤。

在他与米德尔顿博士一起离开时，他回头瞧了一眼，只见克兰拉这个狡猾的东西，正在从容不迫地表演她那邪恶的优美风度，向蒙斯图特太太作正式谈话前的问候。

## 第三十五章

### 米德尔顿小姐和蒙斯图特太太

"坐在我的身边,美丽的米德尔顿。"高贵的夫人说。

"太高兴了。"克兰拉说,表示了对她的尊敬。

"我要向你打听一件事,亲爱的。"

克兰拉露出了开朗的脸色,只是额上带一点疑问的影子。"是吗?"她顺从地说。

"在我昨晚的宴会上,你是脸带笑容的客人之一。我很喜欢你。精美的器皿只要指甲一弹,便会发出悦耳的声音。凡是真正风趣的话,你都会响应它。这我能看到,也是我所喜欢的。我们筵席上的客人大多是鼓。你得拼命摇它,它才能发出声音。在他们互相摇鼓的时候,他们便称这为谈话。"

"德克雷中校很有趣。"

"很有趣,也很聪明。"

"但是从不生气。"

"这些爱尔兰人或半爱尔兰人符合我的口味。但是注意,政治家不在此例,我讲的是爱尔兰绅士。以后我再请客吃饭,一定要有这么一个人。我们的人脾气变化不定。你怎么也不能使他们忘记自己。只要酒一下肚,他们就原形毕露,争争吵吵,于是政治跳了出来,和睦也就得再见啦!很遗憾,我得承认,我的丈夫也是这么一个人,他们的宴会往往弄得不欢而散。我亲眼见过他和他那些朋友为了一个社会问题,争得脸红脖子粗的,大家怒气冲冲,谁也不肯让步,可是说穿了,这种问题根本就不值一顾。这是在伦敦!"蒙斯图特太太叹了口气,表示这指责是针对她那位已进入阴曹地府的当家人说的。"但是不论在城市还是乡村,宴会应该是神圣不可侵犯的。我曾经听得一些女人说,这是男人方面的一个计谋,是为了让我们懂得我们的渺小。我不相信他们有什么计谋。那倒是太恭维他们的才能了。我相信他们互相攻击是盲目的,只是因为他们喝饱了酒;我们知道,英国人厮打以前总得喝酒,这是必要的准备。他们吃饱了以后,便不能和睦相处。你有没有注意那个可怕的凯普斯先生?"

"那位常常跟爸爸抬杠的先生?但是德克雷中校相当好,他给我们出了气。"

"亲爱的,怎么回事?"

"你没听到他的话?在凯普斯先生为他的朋友——我想那是英国驻印度的一位总督——唱了一通赞歌之后,刚一停顿的时候,德克雷中校便利用这空隙,对他旁边的夫人说道:'他是一位杰出的行政官员和伟大的逻辑学家,他娶了一个英印混血种的寡妇,不久以后便发表了一本鼓吹寡妇自焚殉夫制度[①]的小册子。'"

"那位夫人怎么说?"

"她说:'哦!'"

"你瞧!别人听到了吗?"

"凯普斯先生承认有这么一个寡妇,但宣称他从未见过鼓吹寡妇自焚的小册子,因此不相信这事。他坚持说,这应该称作'寡

---

[①] 寡妇自焚是从前印度教提倡的一种殉夫制度,已于十九世纪废除。下文所说的"寡妇自尽"是同一个词,只是发音略有不同,这里姑且这么译。

428

妇自尽'。他讲得慷慨激昂。"

"现在我想起来了,这一定使德克雷中校大为得意。凯普斯先生退出争论时,还不断叨咕'总而言之,总而言之'。好像'总而言之'是宴会上的应酬话!但是这些人从来不知道吸取教训。看来我们必须引进一些法国人,让他们以身作则,教会他们谈话的艺术,就像我们的祖父把法国的侯爵夫人们带回来教她们制作色拉一样。我们的年轻人也得照此办理!如今女人必须爱上了打猎,才能与他们谈得拢,而且谈吐必须与他们的马夫保持同一水平。好吧,现在谈威洛比·帕特恩,他从前是他们中间的王子。那么,你昨晚没有注意他?你发现没有,他非但不参加谈话,非但不帮我的忙,而且由于维农·韦特福德的缺席——这件事我至今还不明白原因何在——特别需要他这么做,可是他坐在那里一声不吭,抿紧了嘴唇,只准备讲挖苦话。而且是挖苦我最好的客人!挖苦德克雷中校!如果他是攻击凯普斯先生和他讲的那位孟买总督,或者怀德约翰上校和他的《新教教会在危急中》,或者老是鼓吹君主共和制的威尔逊·佩蒂弗先生,或者任何其他人,那还罢了!不,他要挖苦的是他的朋友贺拉斯,这是他自讨苦吃。讲挖苦话多蠢!就算他的话很尖刻吧,可他得到了什么?大家忘记了他的警句,却记住了另一个人的和善态度。在那个方面,亲爱的,他不是'贺拉斯朋友'的对手,除非他决心挨打。我有我的成见,我也有我的偏爱,但是我喜欢心平气和,喜欢机智,如果我看到一个人两者兼而有之,我便拥护他,这是我开诚布公的自白,尽管它完全不像女人说的。"

"才不是呢!"克兰拉喊道。

"那好,我们是一致的。"

克兰拉动了动嘴,但没说什么,因为她与她完全一致。蒙斯图特太太按住了她的手。"我很高兴,我能得到狡黠的小美人的欢心!"她说。"请原谅,我敢起誓,威洛比早已把我的话告诉你了。"

克兰拉的脸色在变化,有时温柔,有时亲切,有时兴奋,但是在蒙斯图特太太往下讲时,又立刻蒙上了一层阴影。"一个年轻的女朋友,一个亲密的邻居,这正是我所需要的。"蒙斯图特太太说道。"亲爱的,你并不这么急切地希望得到一个老妇人的友谊,这是可以原谅的。但是你会发现,我对你还是有用的。首先,我从不探听别人的隐私。其次,我能保守秘密。第三,我有一定的力量。第四,每个结婚的年轻女人都需要像我这样朋友。是的,全郡首屈一指的帕特恩夫人,在我的支持下会更加强大。亲爱的,你的脸色好像并不那么高兴。告诉我为什么。"

"亲爱的蒙斯图特太太!"

"我告诉你,我非常喜欢威洛比,但我了解他的缺点,不论童年时代和成人以后。他有国王的骄傲,你一旦冒犯了他便糟糕。他非常慷慨,可是不懂得宽恕。对于他的错误,你必须闭上眼睛,当他是一个圣人。他的秘密就在于他属于那种具有高度教养的、希望成为完人的人;他自以为已经做到这点,但我想他这种自负应该得到鼓励,因为那样的人越多,我们的影响也越大。他在男人的活动中是优胜者,因为他不论做什么,都必须超过别人,但是男人们不了解他的长处,他这才来到我们中间;他的妻子只能凭这把钥匙驾驭他。你轻视驾驭这一想法。然而这是必要的。有一点你可以深信不疑,那就是他会以你自豪。他的妻子如果不是世界上最幸福的人,那么主要只能怨她自己。你会得到英国最好的马,最好的衣服,最珍贵的珠宝;还有一个手艺超群的厨师。你一旦作为帕特恩夫人走进这公馆,它就会变得面目一新。但是,亲爱的,尽管他具有一切优点,有时却令人不快,正是在这种地方,你可以发挥你的作用。也许他有点像奥赛罗,或者利昂提斯①,我不知道,我们也无须知道。我的印象是:他的心头哪怕掠过一点怀疑的影子,为了对这种想象的子虚乌有的侮辱进行报复,他也会不择手段,什么都干。这在男人是很平常的。我听到过他们的各种离奇故事,你将来有一天也会听到的,但不是从我这里。没有一个年轻女人会因为同我做了朋友,变得更不愉快的。现在我只想就这问题提一句忠告:永远不要与他对抗。他一定会打败你的,你会被迫走上你不想走的路。人们说,在这场较量中我们能打败男人;但要做到这点,付出的代价是自己也遭殃。一旦我们开始走上这条跑道,它的终点便是悬崖,胜利的人也难免坠入崖底。为了保持我们的地位,我们必须温和一些,以顺从为是;尽管我们的地位只是外表,但外表构成了生活的极大部分,只要我们随时留心,适可而止,不走极端,我们的处境还是非常舒服的。他是一个自尊心极强的人,一旦自尊心受到伤害,他为了安慰它,会把妻子逼上绝路。如果他娶了一个专给他找麻烦的寡妇,不出一年,他就会发表主张寡妇自焚的小册子。说不定在冰冷的蜜月中,维农·韦特福德便接到了指示,要他写这么一本书。你喜欢戴尔小姐吗?"

"我想,我喜欢她超过了她喜欢我。"克兰拉说。

"你们从没在一起谈过心?"

"我试过。这丝毫不能怪她。我能明白为什么她会误解我,或者也许应该说,她对我的指责是公正的。"

"要等两个女人的英雄死了,她们一起为他啼哭的时候,她们才能互相理解。你觉得冷吗?"

"不。"

"你在发抖呢,亲爱的。"

---

① 莎士比亚《冬天的故事》中的主人公,一个对妻子无端怀疑的人。

"是吗?"

"有时我也这样。不论坟墓在哪里,有时总觉得有人在它上面走动①。请你相信我的话,威洛比·帕特恩是一个无可指摘的正直的人。"

"我并不怀疑这点。"

"他本意是要对你忠诚的。只是他养成了习惯,要一些女人围着他转,向他顶礼膜拜。"

"我……"

"你不能,当然不能,这是任何人一眼就看得出的。正因为你并不驯服,我才觉得你特别可爱。结婚能治愈许多不满情绪。"

"啊!蒙斯图特太太,你愿意听我说吗?"

"当然愿意。但不要自以为是,企图说服我。女人的口才是一种可怕的东西。我想,亲爱的,我们两人已知道得够多的,没什么好说了。"

"恐怕你还不了解真实情况。"

"让我先跟你谈谈男人的嫉妒——当然,这不是指与违抗父命的女儿结婚的黑皮肤的摩尔人②。我讲的是我们客厅中的文明人,而且是情人,注意,不是丈夫——结婚和还没结婚是两个不同的范畴——这些人是不大会被嫉妒左右的,除非他们本来就轻浮浅薄。嫉妒只会使他们感情专一。他们只要能想到,我们也像他们一样需要娱乐,他们便会像我的仆人一样恭顺,像失去猎枪的猎人一样没有危险。哦,美丽的米德尔顿,我是不是自以为高明得可以教导你?你已给了他教训,昨晚我的宴会便为此遭了殃,不过我并不埋怨你。"

---

① 西方迷信,认为打寒战是不祥的预兆,因此无故打寒战时便说:"我觉得有人在我的坟头走动",参见第十三章注。
② 指奥赛罗。

"我不明白你的意思,蒙斯图特太太。"

"你应该明白,你已把这个可怜的人逼得走投无路,几乎想考虑,是不是可能放弃你了。"

"是吗?"

"好啦,你成功了。"

"我成功了?"

"跳吧,亲爱的!"

"他愿意?"

"除非男人爱旧的不爱新的,爱枯谢的花超过爱盛开的花,爱抽象的美胜过爱形体的美,他才会愿意。你别听他们喋喋不休,讲什么女人的智慧,山洞里的仙女,格拉古兄弟的母亲①!说真的,他一定以为我对他佩服得五体投地,才跟我讲那些话!你知道,别人讲话,你只能听着。而且一旦你听他说了,他便像有一股魔力,直到你突然清醒,开始与别人搭讪,他才住口。我想,有的人就比较聪明,他们在谈话进行时,就能看到你的心里。我们在书里读到过这种人。不,亲爱的,你做得非常聪明,你让他看到,那是不可能的,他不能么做。按照我的愚见,我认为真正值得担心的是,你这场可爱的游戏别玩得太起劲,走得太远,以致弄巧成拙,使他认为这是真的。有人也许可以指责他不够聪明,但是男人不吃一点苦头不会明白,他们给当作武器拿起来,只是为了用完以后重新放下。把事情交给我吧,我会使他安心。威洛比不会放弃你。我相信他考虑过这么做,因为他的自尊心受到了严重的打击。你相当精明,他得到了教训。这种小风波婚前不发生,婚后也会发生;因此算不得耽误时间,将来回头瞧瞧,还是很有趣的。你的脸色很苍

---

① 即柯奈利亚,见前一章注。格拉古兄弟生活在公元前二世纪,两人均曾任罗马保民官,为保护人民的利益作出过一定的贡献。

白,我的孩子。"

"蒙斯图特太太,你怎么会认为我是一个没有心肝、玩弄手段的人呢?"

"老实一些,美丽的米德尔顿,回答我:你能说你一点也没有要给威洛比一点教训的意思吗?"

克兰拉克制了舌头的冲动,不让它为她涨红的脸颊辩护,她觉得自己在分解和崩溃,但是她需要这位太太做朋友,她只得委曲求全,红着脸保持沉默。

蒙斯图特太太悠闲地观察着她。

"这就行了。良心脸红了。从烧红的脸色已可得到答案。不要跟自己过不去,这是走上了另一个极端。你的脸红对我说来,抵得上任何数量的证据——这个王国里所有的克鲁克林说的话。你遗失了钱包。"

"今天早上我发现它丢了。"

"弗利奇已把它送来了。它在威洛比那里。你可以问他要,他会索取报酬,你也会羞得全身通红,像一块两码长的红布;这样,事情便宣告结束,没有死人,只是一个可怜的家伙患了一场忧郁症,我会伸出援助之手给他医治,向他证明,废除寡妇自焚殉夫制度是完全合理的。好吧,现在言归正传。我说过,我要向你打听一件事。你对瓷器已觉得讨厌。可怜的布歇夫人对你的不满感到很伤心。现在,我希望我送的结婚礼物能符合你的口味。"

"夫人!"

"你这么可怜巴巴的,在呼叫哪位夫人?"

"亲爱的蒙斯图特太太!"

"怎么样?"

"我会失去你的尊敬的。也许你能帮助我。别人谁也不能。我是一个俘虏,我不得不继续扮演这种冒名顶替的角色。唉,我不想多讲,因为你反对多讲,我也不喜欢。但是我必须努力向你说明,我不配得到你认为值得夸耀的那种地位。"

"啧啧,我们全都不配,可我们还是合抱着手臂,俯下了头,接受了荣誉。难道你是卑贱的使女不成?这种老调过时了!怎么样?跟我谈谈理由。"

"我不想结婚。"

"这是全郡最体面的一门亲事!"

"我不能嫁给他。"

"算了,你已跟他走到了教堂门口!不能嫁给他?"

"这不能束缚我。"

"对一个正直的女孩子,教堂的大门和圣坛是同样有约束力的。你究竟要干什么?我希望开诚布公,但单方面是不成的。必须女方和男方都保持公正的态度。你不致认为到了这个时候,到了现在还可以抛弃他吧?你对他有什么不满?讲吧!"

"我发现我并不……"

"什么?"

"并不爱他。"

蒙斯图特太太做了一下苦相。"那不是回答。原因!"她说。"他什么地方错了?"

"没有。"

"你什么时候发现这点的?"

"这是一个过程,我自己也没意识到;它突然发生了。"

"究竟是一个过程,还是突然发生的?我想,追问怎么开始是没有意思的。但如果这一切都是真的,你就不应该到这儿来。"

"我希望离开,但办不到。"

"你们有没有吵过架?"

"我只是表明了我的希望。"

"是转弯抹角讲的?用那种女孩子的英语?"

"讲得很清楚。是的,相当清楚。"

"你跟你父亲谈过吗?"

"谈过。"

"米德尔顿博士怎么说?"

"他觉得不能相信。"

"我也这样!我能理解小小的分歧、心血来潮、忽发奇想等,因为我们不会一下子习惯我们的套索,这不像册封骑士,只要在肩头一拍,就可以把一个人变成骑士。但是到了教堂门口,突然与一个不幸的绅士决裂,一走了事,这不是发疯,至少也有些莫名其妙。你相信你真的想这么做吗?"

"完全相信,因此想到我以前没有这么做,还感到后悔。"

"但那时你与他是相爱的。"

"我搞错了。"

"那不是爱?"

"我没有爱可以给他。"

"我的天!是的,是的,但是那种哭哭啼啼的自信口气往往只是一种花招,这并不新鲜,我知道,把事情讲得那么简单是为了掩盖丑恶的真相,"蒙斯图特太太拍了拍她的膝盖,"是的!但是对这件事我得动动脑筋,这是女性的厌恶?你听到了对他以往生活的污蔑?品德问题?不是?环境可能使他对人不太和气,不很漂亮,但我们对一个人的过去不能吹毛求疵,要追究也太迟了。究竟是怎么回事?"

"我们完全合不来。"

"那不是由于……不是由于嫉妒吗?"

"根本不是!"

"那么为什么?"

"我们的意见不一致。"

"许多相安无事的一致是建立在不一致上面的。可惜你不是没有嫁妆的女人。要不然,你就不会对意见不一致这么郑重其事了。实际你已承担了道义上的责任,跟戒指已戴在你的手指上差不多了。"

"道义上!他没有权利要我这么做,我还不是他的妻子。"

"但是如果他坚持,你答应吗?"

"我要求理智地对待问题。夫人,难道……"

"我问你,如果他坚持,你答应吗?"

"他坚持的话,只能使他自己也像我一样不幸。"

蒙斯图特太太摇动着身子。"可怜的威洛比爵士!这是什么命运!可是我却把你当作聪明的姑娘!我刚才还称赞你驾驭他的手腕!看来我真得好好向布歇夫人学习了。我亲爱的好米德尔顿,别让人说布歇夫人看得比我深刻吧!我承认,我也不想掩饰,我的虚荣心受不了。她把礼物送来的时候,就宣称她有预感,知道它还会回去,只是我不相信。毫无疑问,你不会让一个得不到普遍尊敬的女人的夸大话获得证实,因为不论我们爱怎么解剖他(我那么做主要是为了鼓励你,想打动你),他是一个杰出的人。像他这么仪表高贵的人是很少见到的,每逢他心情愉快的时候,他讲话也那么娓娓动人,这是英国绅士的一幅画像!他的结婚应该成为我们这一带的光荣!可居然有女人公开扬言,他会再一次给抛弃!你也不敢相信呢。是的,那是不能容忍的,也是不能理解的,只有布歇夫人才会那么说,她信口开河,胡言乱语,现在却成了女先知。一个女人居然可以设想,这同一个男人会两次给抛弃!我不能肯定,她送来的是否就是这里以前收到和退回的那份礼物——你知道,那是为德拉姆送的。昨天晚上她告诉我,它退回了。我看到,她听了克鲁克林教授的话非常怀疑。亲爱的,预告灾难,这是她的爱好,她的拿手好戏!当然,如果它们得到证实,她就胜利了。从此她会骑在我们头上,对每一件小事都指手画脚。全郡的人谁受得了!我的米德尔顿,收回你的话吧!不要老是听我说,而让回答我的话像神谕一样不可理解。把一切都讲出来。我相信你马上会讲不下去,发现你无话可说是因为没有理由。我敢说,事情一定是这样。让我好好看看你。不,"蒙斯图特太太摆正姿势,端详着克兰拉的脸,然后又道,"你是有头脑的,从你的鼻子和嘴都可以看出这点。我敢起誓,你仍是我原来设想的那种姑娘,你全身上下都充满智慧。只是你的心呢?"

"我没有心。"克兰拉叹了口气。

这叹息不完全是自发的,但也不是被迫的;就像一个人也许真心诚意要扮演一个角色,但又觉得与它格格不入一样。

蒙斯图特太太认为,这位年轻小姐的叹气含有特殊意义。没有心,或者承认没有心,这都用不着叹气。如果克兰拉不爱那个与她订婚的男人,那么她为此叹气便表示……表示什么?表示这是一种伪装,伪装便包含着秘密。姑娘们不会为了同情得不到她们的心的男人叹气,除非与此同时,她们有难言之隐,知道或者不敢承认,另一个男人得到了她们的心。一般说,她们没有同情可以给予他,这是合理的,就像你不能指望一个士兵为他在战斗中杀死的敌人啼哭;她们不可能有这种感情。假定她们表现了这种情绪,又不是非表现不可的,那么这背后一定另有隐情:她们是在用怜悯她们的受害者的冠冕堂皇的假面具,掩盖她们对自己的怜悯。

蒙斯图特太太在心里这么琢磨,这与她的怀疑一样漫无边际,十分广泛,不过也不是绝对不准确的,只是与真实情况还不完全吻合。真实情况像针头一样,你存心要找它就很难找到。善于探索的人才能在黑暗的胸膛中发现它,他在它的周围用力敲打,追寻它的踪迹,这就是所谓试探,但它出现时并不是纯净光洁的,它上面往往粘着杂质,杂质愈多,离真实也愈远。纯粹的东西只能靠信念或等待获得。

明智的夫人想,她一定有一个情人!如果没有情人,至少有某种爱情存在;或者不如说,已经布置好了新房,只是灯还没点亮。

"你是不是确实要告诉我,你对全郡第一夫人的宝座毫不动心?"蒙斯图特太太问。

克兰拉的回答是坚定的:"丝毫不想。"

"亲爱的,我只能在一个条件下相信你。看着我。你有眼睛。如果你不想得到幸福,那么你是有权这么做的。但既然得了奖,就把它收下,挂在身上,这就好得多!帕特恩夫人是全郡的领袖人物,她要随心所欲,想入非非,有的是机会。至于那个男人,确实,他昨晚的行为很不得体,但是这样一个美人,"她伸出一根手指,在克兰拉的脸颊上摩弄了一会,"哪怕妖魔见了,他的火气也会消失得无影无踪。何况这个人虽然风度翩翩,也是容易制服的。你的美貌法国人称作……不,你美得像仙后,一群小精灵隐藏在你周围,这儿一个,那儿一个,你一笑,它们就跳舞,你一哭,它们便垂头丧气。不,你身上没有一点邪恶的影子,至少目前还没有。好啦,好啦,我的米德尔顿,这个人是值得你骄傲的。你可以把他送进议会,让他的棱角逐渐磨光。照我的想法,他有很好的风度,你意识到没有?昨晚以前我还没想到这点。我猜不出,他最近发生了什么。他从前像一个年轻的君主。他也确实是高贵的英国青年绅士。你是不是伤了他的心?"

"我不得不使他伤心,这是我的不幸。"克兰拉说。

"完全不必,我的孩子,因为你是一定会嫁给他的。"

克兰拉的胸部起起伏伏,肩膀也耸高了,变窄了,头微微向后仰起。

蒙斯图特太太叹息道:"但是这会变成丑闻!你决不会,决不会想学那个德拉姆姑娘吧?不管她是否出于嫉妒。在这么短的时间内,你会走得这么远,实在太叫人吃惊了,不知道你会走到哪一步为止。你刚才那副神气简直叫人讨厌。"

"我怕是这样。是这样。我控制不住自己。亲爱的夫人,我可以向你保证,我不会做出不名誉的事,不正当的事。我只要求你帮助我。我自己也知道,我不是完美的女人。我性情急躁,喜欢淘气。我决不会成为好妻子。我这样的心情告诉我,我只能给人带来不幸。"

"富裕,漂亮,高贵,显赫的地位,健全的体魄,美丽的庄园。"蒙斯图特太太一边想,一边用怒气冲冲的声调,列举着威洛比爵士一些可以使女人动心的特点。"我想,你是希望我真的相信你吧?"

"我要求你帮助我。"

"怎么帮助?"

"让他相信,强迫我遵守诺言是愚蠢的。"

"亲爱的米德尔顿,我只能在一个条件下相信你,那就是你讲你没有心只是一句废话。这样的变化,如果要让人相信是真的,那么它是通过心完成的,不是由于没有心。你说是不是这样?但是如果你要我做你的朋友,你就不应该假装糊涂。糊涂本身已经很坏,假装的更叫人恶心。你必须对我老老实实,直截了当回答我的话。你到这儿进行这次访问,本打算嫁给威洛比·帕特恩的。"

"是的。"

"可是你来了以后,又逐步地、突然地发现,你并不打算这么做,只要你能找到一条退路。"

"啊,夫人,是的,这是真的。"

"现在我得提问了。我亲爱的米德尔顿,这一次你光有发烧的面颊是不够的。化作蛇的魔鬼有时也会像天真的姑娘一样脸

440

红。你必须讲话,用六个字把道理讲清楚,一个字也不准浪费在'夫人'或'啊！蒙斯图特太太'上面！你为什么要改变主意？"

"我来……我来的时候已有些怀疑。真的,我说的是实话。我发现我不能像他要求的那样爱他,尽管我承认他有权这么要求。于是我改变了,这使我吃惊,至今仍使我吃惊。但转变已经完成！因此再指望我嫁给他,那是……"

"暂时不要用比喻,"蒙斯图特太太打断了她的话,"如果你想依靠一个聪明的比喻,你永远不能把事情讲清楚。现在,由于你已超出了我给你限定的字数,你让我觉得你并不老实。"

"我可以起誓。"

"你起誓也是假的。"

"你肯帮助我吗？"

"如果你是完全真诚的,我可以试试。"

"亲爱的夫人,你叫我还能说什么？"

"这也许是困难的。你可以照题目回答。"

"我会得到你的帮助吗？"

"嗯,是的,尽管我不喜欢在朋友之间讲条件。那么,没有一个活着的男人是你愿意嫁的？这是我的问题。只有我了解了这点,我才可能采取步骤。回答要简单明了:有或者没有。"

克兰拉把身子靠后一些,屏住呼吸,跳进了思想的深渊,在那里摸索考虑,是冷静而谨慎地回避问题,还是胡言乱语承认这点。有这么一个人吗？为了自由,应该说有;公开承认这点便是向自由迈出了一步。

"哦,蒙斯图特太太！"

"怎么样？"

"你会帮助我吗？"

"你这么磨蹭,我开始怀疑你是否真想得到我的帮助了。"

441

"夫人,是问有没有我愿意嫁的人吧?"

"真不害羞!凭你这样的聪明,你还看不出,回答这么一个问题吞吞吐吐的,意味着什么?"

"亲爱的夫人,你会向我伸出援助的手?我在你耳边说,行吗?"

"不用,我不看你就是了。"

克兰拉的嗓音有些颤抖,像绷紧的弦。

"有一个人……与他相比,我觉得我简直毫不足道。我多么希望能帮助他!"

"你告诉我有这么一个人就够了,有必要讲那么多吗?"

"啊,夫人,这是不同的,不像你想象的那样。你命令我要严格保持真实,我便这么做,我希望你知道,这是另一种感情,不是人们猜想的那种……那种需要忏悔的东西。结婚已超出我的想法,我不允许自己这么做。如果你问我,是不是有一个人是我所爱慕的,那么我回答:是的,是有这么一个人。我不可能不爱慕一种美好而英勇的自我牺牲的性格。这是一个你必须同情的人,同情便是承认你不如他;你同情他是因为他的高尚成了他的命运的敌人。他是为别人生活的。"

她的声音像音乐一样在空中回旋,这是发自内心的低声诉说,是谁也不能嘲笑或不信任的。

蒙斯图特太太频频颔首,好像她的脑袋是装在弹簧上的。

"他聪明吗?"

"很聪明。"

"谈吐文雅?"

"是的。"

"生得漂亮?"

"可以认为这样。"

"头脑灵敏?"

"我想是的。"

"快活乐观?"

"按照他的方式。"

"对,如果他用任何别的方式,那他就成了一个江湖骗子。他穷吗?"

"他并不富裕。"

蒙斯图特太太沉默了很长一段时间,但有一两次捏了一下克兰拉的手指,让她安心,又不表示赞许。最后她说道:"当然,他很穷,与你可能有的境况正好相反,这是一定的。好吧,美丽的米德尔顿,我不能说你不诚实。我可以尽我的力量帮助你。怎么帮助,这还完全没法讲。我们陷入了泥沼。在我看来,最好的出路还是让这个可怜的天使出点洋相,闹点笑话,使你对他产生另一种想法。我不相信他是无辜的。他知道你是订了婚的女人。"

"他从没用言语或行动暗示过,要我违背婚约。"

"那你怎么知道……"

"我并不知道。"

"他不是你要解除婚约的原因吗?"

"不是。"

"那么你弄到结果是什么也没有告诉我。原因是什么?"

"唉,夫人!"

"你要解除婚约,只是因为存在着这么一个值得你爱慕的人吗?"

克兰拉摇摇头,她不能说,她觉得头晕。她讲的话已比她对自己讲过的话更多,有些话是她连想也不敢想的,它们超出了她为自己规定的范围。

"我不想再留住你了,"蒙斯图特太太说,"我们知道得越多,

443

便越是发现,我们并不像自己想象的那么聪明。我应该做布歇夫人的小学生!我确实认为你是一个非常聪明的姑娘。我相信,如果你再改变的话,一定会把必要的情况通知我。"

"我会的。"她说,尽管她没有用强烈的口气宣称,她不可能再改变,但对听的人却产生了这样的效果。

蒙斯图特太太审视着她的脸,想看到一些新的迹象,证实她最近的印象。

"我可以按照我了解的情况便宜行事吗?"

"一切完全由你做主,夫人。"

"我对你没有不友好的意思。"

"你对我一向很亲切;我真想拥抱你呢。"

"我已经给你搞得头昏脑涨,亲吻不能使我恢复正常。我曾嘲笑布歇夫人!难怪我告诉你,你对威洛比爵士耍的手腕已大奏凯歌,他不可能放弃你的时候,你会像焰火一样爆发出失望的火花。我看到了这点。布歇夫人那样的女人,老是幸灾乐祸,所以不用进一步查问就明白了。他脾气好吗?"

克兰拉没有要她说明,她突然提出的这个人是谁。

"他有缺点。"她说。

"那么威洛比爵士已经没有指望了!但是我得说,哪怕他听到事情已无可挽回——这是应该让他知道的,为了他自己,他也得听我说——他仍不会死心。我也不认为他应该死心。但是如果他那么做,他也会变成那种可怜的天使。至于你,你可不值得称赞;谁称赞你,那是不道德的。你的行为很糟,很糟,太糟了。我一生从没见过这种一百八十度大转弯的事。这是你的耻辱,你会臭名远扬,人家会称你'第二号'。想想吧!比'第一号'更差!我们的会谈可以结束了,要不我会漫无边际,乱说一通。我想我听到了午餐的铃声。"

"是在打铃。"

"你的神色不宜让人见到,不过你还是来的好。"

"哦,是的,反正每天都这样。"

"不论你由我做主,还是我由你做主,我们成了一对大阴谋家,正在密谋破坏这个款待我们用膳的家庭的平静生活。我们越是高声谈笑,越显得卑鄙无耻;但又必须讲话,减轻心头的不安。"

蒙斯图特太太抖开宽大的衣服的下摆,继续说道:"到了一定的年纪,年轻人成了我们的老师,我们得回过头去重新学习。我没有说你发疯,这总算还值得称赞……缺点不少,面孔漂亮,谈吐不俗,乐观,贫穷,但她宁可要这一切,不要显赫的地位!"高贵的夫人显得神思恍惚,一边叹气,一边离开灌木丛,朝公馆走去。

德克雷中校迎面走来;这个人无疑是漂亮的,无疑是乐观的,也决不是不善谈话的,又绝对不是克罗伊斯[①],还有各种缺点。

他露出满脸笑容,对她眉宇间流露的狐疑和敌意毫不在乎,像灿烂的阳光不把微风当一回事。她想起威洛比爵士的未婚妻,对这种轻松的神态感到气愤。

"早安,蒙斯图特太太;我想我是最后一个向你道早安的。"

"德克雷中校,你还要在这儿待多久?"

"我到达时像诺曼人威廉[②]一样,吻过这儿的泥土,因此我对这片土地总觉得依依不舍,夫人。"

"你大概不致想要占领它吧?"

"我只要占一点就够了。"

---

① 公元前六世纪的吕底亚国王,以豪富著称。
② 即英王威廉一世(约 1028—1087),原为诺曼底公爵,于 1066 年征服英国,建立了诺曼底王朝,号称"征服者威廉"。据说他在踏上英国国土时摔了一跤,便自称在吻英国的土地。德克雷到达帕特恩庄园时也可说是摔了一跤(见第十八章),因此说他像威廉。

"我听说,你扮演征服者已经够卖力了。但是现在财产权可不像诺曼人威廉的时代,难以随便侵占了。"

"谈到财产,米德尔顿小姐,你的钱包找到了。"他说。

"我知道。"她回答时毫没装模作样,这使蒙斯图特太太感到满意,但对姑娘那种轻描淡写的口气,却有些受不了。

克兰拉走了过去。

"你应该送还钱包。"蒙斯图特太太说。

她的生硬口气和脸色,使德克雷有些吃惊,他知道她和那位小姐已作过一次长谈。

"这东西是遗失的,不是我偷的。"他说。

"那么把它保存起来不是很好!"

"钱包是可怜的马车夫弗利奇捡到的,不过我想我也会像他一样做。"

"如果你对不属于你的东西,感到了想占为己有的诱惑,你最好离开这一带。"

"上别处去干?这劝告可并不符合道德。"

"我的劝告不是为了促进你的道德观念,德克雷中校。"

"可我刚才竟以为你是为了这个呢。"他说话时垂下了头,有些惋惜似的。

他们已离餐厅的窗口不远,蒙斯图特太太觉得应该结束谈话了,这种谈话不可能改变她一开始就出现的铁青脸色。她对他昨天晚上在她的宴会上的表现,还保持着感激的心情,现在不忍心对他过分严厉。

# 第三十六章

## 午餐桌上的热烈谈话

蒙斯图特太太进屋时,维农正好穿过门厅,前往餐室。她喊住了他:"两位斗士和解了吗?"

他答道:"还没有,不过他们同意在圣台前相会,各人呈上一篇模仿古典作品的现代诗歌,作为对诸神的献礼。"

"真是够天真的。教授不再担心他的感冒啦?"

"只是有时还会想起他的咳嗽。"

"你必须帮助他忘记它。"

"布歇夫人和卡尔默夫人在这儿。"维农说,没想到这消息有什么严重,直至看到蒙斯图特太太的反应,才猛然醒悟。

她压低了嗓音:"在大家离开餐桌的时候,请你邀我的漂亮朋友与你一起散步。也许她不愿意,但你得拖走她。我希望这样。"

"她很会跑路。"维农回答,仿佛什么也不明白。

"我可不是要你们去赛跑,"蒙斯图特太太说着就让他走了,随即转身向德克雷中校宣读了一篇颂词:"你是我认识的最坦率的人!你随时准备提供可靠的帮助,从来不会使人为难。如果你总是这样……不去攫取你渴望得到的一切战利品!是的,你会为你的无私精神得到报答,我向你保证。是的,在你希望得到的地方得到它!那是你们男人谁也不会相信的。"

"只要你把我看作你最忠实的仆人!"中校大声说。

"是吗?"她说时心里扬扬得意,初步形成了一个计划,要让他做她的帮手。"那是怎么搞的,为什么人们跟你讲话,总喜欢旁敲侧击,转弯抹角?我猜不出原因。"

"无非因为狗不懂得准确的英语,大家自然只得用不准确的英语与他交谈了。"

高贵的夫人给逗乐了。谁能不喜欢这个家伙呢?归根结底,如果她那位美丽的米德尔顿甘心当傻瓜,那也是不足为怪的,尽管可怜的威洛比爵士的朋友们不得不为他感到伤心。

她竭力不让自己发笑。

"你太不可思议了。或者,你刚才说婴儿也成。"

"我可不敢。"

"我不妨老实告诉你,德克雷中校,我最后会爱上你的,不过恐怕不会尊敬你。"

"但是后者必然会随之到来,正如你喝酒的时候,香味和酒总是一起出现的,夫人。"

"先生,我们女人认为,尊敬应该在前面。"

"这是颠倒了季节,十月开花,四月结苹果,苹果一定不甜!尊敬是成熟的感情,只能在开花和发热之后到来,就像晚上的合家欢聚一样。如果它先出现,它就没有父亲,也不能指望有子女,因为这不符合事物的自然程序。由此看来,夫人,还是保持原来的次序好,这样,你是自然的子女,我也是最幸福的人。"

"只要我能年轻十五岁就成。我不能完全肯定……我得尽量使你不造成危害。"

"你要抚摸羔羊,先得拔掉它的牙齿!"

"我要你做一件事,中校,不论你怎么做,我都不在乎。但是现在,请你让你的机智和坦率暂时靠边,暂时与我一起回到日常的水平上来。"

"要散播流言蜚语吗?"

"不是,我敢说,如果那样,你倒是比较容易响应的。"

"好吧,只要你一声令下,我就会奋勇向前,为你效劳。"

"这可不能张扬。要机灵一些,像你昨晚那样。把全桌人的注意力吸引到你这儿。只要你能随机应变就行了。我并不认为谁有什么恶意,但有时好奇心也同样坏,而且不容易对付。布歇夫人和卡尔默夫人在这儿呢。"

"要扫除天空中的蜘蛛网?"

"对,那么你会使用扫帚吗?"

"想当年我与她们也较量过。"

"她们可是锋利无比的。"

"像拿破仑命令他的骑兵做的那样,总是'把剑头朝前'。"

"你必须帮助我挡开她们的剑头。"

"让她们改变话题。"

"不断变换话题。你是一位智慧的天使,如果我对你的判断不错,我想你是可以胜任的,不论谣言多么盛行。打开门,我不脱帽子了。"

德克雷推开了门。

这时布歇夫人正在说:"米德尔顿博士,你真的会在这儿做我们的邻居吗?"

神学博士的回答湮没在新来者的问候中了。

"我以为你已抛下我们走了呢。"威洛比爵士向蒙斯图特太太说。

"跟德克雷中校一起跑掉了?我跑不动啦,亲爱的朋友。再说,我还没参观过结婚礼物呢。"

"这正是我们拜访的目的!"卡尔默夫人嚷道。

449

"我不得不承认,我为我的礼物非常担心,"布歇夫人隔着餐桌向克兰拉点点头,"哦!你可以摇头,但是我宁可听刺耳的真话,不愿听口是心非的恭维话。"

"米德尔顿博士,你认为刺耳的真话的定义应该怎样?"蒙斯图特太太说。

像训练有素的武士,只要听到军号声,随时准备拿起武器一样,米德尔顿博士也马上抖擞精神,提出了他贤明的判断。

"关于刺耳的真话,夫人,我的定义是这样:这种真话的表达方式给人一种感觉,似乎讲话人怀有直截了当、无所顾忌的粗鲁情绪。"

"夫人,世界是由傻瓜组成的,除了傻瓜便是坏蛋,这就是一句刺耳的真话。"克鲁克林教授提供了神学博士所忽略的例子。

"前面所说的那个定义我可不敢苟同,它像约拿的鲸鱼①一样毫不可怕,这条鲸鱼可以把当时最博学的人吞进肚里,但无须消化他,"德克雷说,"我认为,刺耳的真话是包含着普遍真理的强大子弹,可以射穿一个个人间的伪装。"

"柏拉图是雅典化的摩西,这也是刺耳的真话。"维农向米德尔顿博士说,这是为了使这种说笑不致冷场。

"还有,亚里士多德的头盖骨下面装着整个地球。"神学博士接着道。

"还有,现代人在靠古代人生活。"

"还有,一万个人中没有一个人肯承认,他的东西是从某个宝库中窃取的。"

"我们今天的艺术便是刺耳的真话组成的一桌酒席。"克鲁克

---

① 约拿是《圣经》中的先知,由于违反了上帝的命令,被鲸鱼吞入腹中。在他悔改后,鲸鱼又把他吐了出来,见《约拿书》。

林教授说。

"还有,文学便是千方百计掌握形容词,把它们与名词联系在一起。"米德尔顿博士又补充了一个例子。

"奥尔松①第一次出现在宫廷中,便是刺耳的真话的体现,他使宫廷女官们大惊失色,惶惶不安,因为她们看惯了挂毯上的亚当。"德克雷说。

由于不甘心在这场活泼的游戏中受到冷落,威洛比爵士也举起标枪,投向了这个靶子,向利蒂希娅笑道:"总而言之,漫画便是一种刺耳的真话。"

她答道:"这是它的一个目的,另一个目的是揭露现实。"

他点了点头:"胜利总是属于你的。"

蒙斯图特太太十分得意,因为每个人都跟着她的话打转,作了各有特色的表演,只有一个人是例外,这就是那个忧郁的少女,她没有意识到这是对她的帮助;她已经心力交瘁,无法保持虚伪的礼节了。就这样,蒙斯图特太太作了大胆的引导,向德克雷中校表明了她的意图,并且一下子牵住了敌人的鼻子。

然而威洛比爵士的"总而言之",并不使她高兴,他向戴尔小姐作的那种没精打采的浪荡子式的点头和微笑,更叫她反感;他发现了这点,感到很委屈。他心情这么沉重,怎么能与这些无牵无挂的人相比,参加她在餐桌上津津有味发动的这场毫无意义的游戏?后来他听得埃莉诺小姐和伊莎贝尔小姐一起表示,"漫画"是最精确的定义,这使他更加烦恼。亲戚们在这种场合应该知道怎么办,不是仅仅对他的话表示一下赞赏而已。

"好了吧!"布歇夫人的话表明,她引起的那场别开生面的讨

---

① 法国中世纪传奇《瓦朗坦和奥尔松》的主人公。奥尔松幼年给抛弃,由熊把他养大,后来被哥哥瓦朗坦带回宫中时,已是个野人。

论,显然已把她弄得晕头转向。

"米德尔顿小姐,它们已开始陈列了吧?"卡尔默夫人问。

"我们这一大群人都陈列在这儿,等待检阅呢。"德克雷中校向她点点头,但是她不肯罢休。他又说道:"米德尔顿小姐的崇拜者是随时可以恭候大驾的。"

"它们可以参观了吗?"布歇夫人问。

克兰拉露出了疑问的脸色,她的平静是值得夸奖的。

"这是指结婚礼物。"卡尔默夫人解释道。

"不成。"

"那么,亲爱的,我们的礼品就有重复一次、两次、三次的危险,结果根本不能满足新娘的要求。"

"但是'展览'会遇到更大的危险,我的夫人,"德克雷说,"陈列结婚礼品肯定会像磁石一样,吸引无法识别的梁上君子;这种人对婚事特别关心,凡是有礼品陈列的地方,他们总是躲在附近,伺机出动。据说,他们在十五年后还记得,当初作为结婚礼物送给一位夫人的化妆盒。"

"有十五年之久吗?"蒙斯图特太太问。

"根据警察的计算。如果礼品当众陈列,狗没有用,插销和栏杆也没有用。这些窃贼比丘比特更难对付。我发现,唯一有效的保护设施——尽管这有些不可思议——还是英伦三岛上两瓶最古老的牙买加朗姆酒。"

"朗姆酒?"布歇夫人惊叫道。

"这是皇家海军的饮料,我的夫人。你乐意听的话,我可以讲个故事,证明这点。我有一个朋友与一位小姐订了婚,她是一个老舰长的侄女,舰长是老派人物,属于班鲍①一流将官,那种有假腿

---

① 十七世纪英国一位著名海军将领,行伍出身,靠战功升为将军。

和辫子的人①。这先生是个老海员,浑身浸透了海水,仿佛舌头也用盐腌过,他做的每一件事都带点咸味。他好像是刚由最近一次潮水冲到岸上的,全身还闪闪发亮;他的性情也与海神一样。他送给新娘的礼物打开了,果然,匣子里装着两瓶英伦三岛上年代最久远的牙买加朗姆酒,比他本人年纪还大,也许比他父亲还大。我的夫人,请你相信,这确实是一种神奇的酒,我们这篇故事的唯一优点便是它的惊人的真实性。两瓶酒扎在一起,表示这是一对,因为它们具有同样的高龄。瓶上还贴了标签,说明它们年高德劭,绝非赝品。这确实是两瓶祖传的名酒,历史之悠久可以与英国许多世家望族媲美。假定驴子也像人一样懂得饮酒作乐,喜欢喝朗姆酒,那么这两瓶酒一定会使它像站在两捆干草中间一样,老是斜起眼睛去瞧它们。真是妙不可言的多年陈酒!标签上除了年月,还写着几个大字,'本杰明叔父赠予侄女贝西的结婚礼物'。可怜的贝西流下了失望和愤怒的眼泪,恨不得把老先生和他的战船等,统统丢进海里。她起誓,这一定是老头子的恶作剧,故意要怄她生气,因为她的叔父憎恨结婚礼物,曾对着陈列的酒杯和茶碟、这种和那种精致的餐具、餐桌饰架、墨水台、镜子、刀叉、化妆盒以及全部这类贵重物品嘟哝不已。她大声反对,窜东窜西,宣称这两只难看的瓶子不能与其他礼品一起陈列在餐厅中;由于展览得进行好几天,连家里人吃饭也只能临时找地方,有的还只得像苍蝇一样靠在墙上吃。然而本杰明叔父的遗产也已隐隐在望,这使她不得不委屈自己,让两瓶酒占有了一席位置。一天早晨,仆人们在楼下忽然发生了可怕的争吵,大叫大喊,有的说要找警察,有的甚至大喊:"杀人啦!"全家人赶到了下面,你说,他们看到了什么?看到两个魁梧的窃贼直挺挺躺在地上,每人手里拿着那两瓶酒中的一瓶,神色

---

① 班鲍曾在作战中失去一条腿。又,十八世纪前英国水兵均留辫子。

那么可怕,仿佛他们半夜干的恐怖活动的影子,还像浓雾一样迷漫在他们身边,以致踢他们一下,都会叫人毛骨悚然,尽管他们已经烂醉如泥。那些结婚礼物狼藉不堪,丢了一地,可是一件也没少!你知道,这就是多亏了本杰明叔父那两瓶牙买加陈朗姆酒。"

德克雷中校最后还再三声明,这故事绝无虚构之处。

"老舰长好像早有预见,真算得深谋远虑!"蒙斯图特太太惊叹道,对着布歇夫人和卡尔默夫人大笑不止。

那两位夫人将信将疑,只得随声附和。

"德克雷中校,你还有多少这么有趣的故事?"布歇夫人问。

"啊!我的夫人,一棵树上的果子如果可以计算,那么它已接近破产了。"

"多么富有诗意!"卡尔默夫人喊道,一边窥视着米德尔顿小姐脸上的任何细小变化,发现她没有与威洛比爵士交换过一个眼色或一句话。

"但是,威洛比,说到你的帕特恩波尔图酒,那么它一瓶的价值就超过全部结婚礼物,因此我建议,你得安排几个警卫人员站岗放哨,保护它们。"米德尔顿博士边说边斟酒;他中午只喝法国葡萄酒,认为这体现了他的美德,晚上七时半喝波尔图酒则是对这种美德的奖赏。

"那些浑蛋会索取一打酒呢,先生。"德克雷说。

"那就不能这么考虑了。真的,一瓶就够多了!"米德尔顿博士否定了自己的主意。

"我们还没有从出发点前进一步呢。"布歇夫人指出。

"如果我们的谈话得用里程计算的话。"蒙斯图特太太表示同意。

"那我们真称得上是老式驿车了。"中校附和道。

"你们比我们有利,因为你们跟米德尔顿小姐很熟,"卡尔默夫人说,"你们了解她的爱好,也知道哪些纪念品得到她的欢心,它们有些已送到这儿,只是还没供人参观罢了。我却毫不知情。布歇夫人在这儿,她也非常担心呢。现在还有足够的时间可以改换,然而,那个注定的日子已一天天临近了,米德尔顿小姐。我们,我们离它不远了。是的,很近了!我这个人就是这样,认为这些小事都应该公开商量,不必像可笑的中产阶级那么装模作样,于是我们可以事先知道该送什么,让人家满意。生活中的任何事都该这么办。就我来说,我希望给人留下良好的印象。能不能把这类事当作简单的事实进行商谈,这是对一个人的修养的考验。你要结婚了,我希望送件礼物,让你看到它就想起我,那么它应该是什么呢?是实用的物品,还是装饰品?对于普通的家庭,这不难选择,然而对于一个要什么有什么的家庭,我们便心中没有数了。"

"尤其是那些有固定爱好的人。"布歇夫人补充道。她向克兰拉声称:"我确实觉得很为难。"

威洛比爵士丢下了利蒂希娅;克兰拉不动声色,似乎对结婚礼物问题已决心沉默到底,这样,转移目标变得十分必要了。

"你的瓷器挑选得很好,我自知还是一个识货的人,"他说。"古老的萨克森瓷器我不多,这你知道;但我们的塞夫勒瓷器在全国是数一数二的,我继承的中国瓷器,全国恐怕很少有人比得上。"

"你那些青龙花瓶应该说是小克罗斯杰给你的。"德克雷说。

"为什么?"

"不是多亏他没把它们打碎吗?了不起的孩子!瓷器和孩子在一个家庭里不能和平共处,这肯定要出乱子,就像弗利奇驾驭马车一样。"

"你知道,我的朋友贺拉斯的这句俏皮话是根据孩子的另一件事编的,不过他本人确实带来了一件很出色的瓷器,可惜从火车站来这儿的时候,马车翻了,瓷器也打碎了。"威洛比爵士对布歇夫人说。

她和卡尔默夫人同时发出了伤心的"啊!"埃莉诺小姐和伊莎贝尔小姐则向她们描绘了这件事故。然后两位女客人一起露出同情的目光,注视着克兰拉;在对这块大理石端详了一番之后,布歇夫人才算看清楚了,郑重其事地说道:"不,你不喜欢瓷器,这是显而易见的,米德尔顿小姐。"

"我很高兴,终于肯定了这点。"卡尔默夫人说。

"嗯,我了解那张脸,我了解那神色,"布歇夫人装作打趣似的说道,"我已不是第一次看到这样的脸色。"

威洛比爵士的心像给刺了一下。"为了一个慷慨的行为就这么小题大做,想入非非,似乎大可不必,亲爱的布歇夫人。"

她违反通常的礼节,公开谈论她的礼品,又庸俗不堪,一再抓住这个话题不放,这一切都使他非常不满。如果他没有误解她的意思,那么她刚才指的便是那个女魔鬼康丝坦霞·德拉姆。但也许是他误解了她,他的敏感使他感到害怕,他不愿相信。然而她作为他的老朋友和崇拜者,作为一位出身高贵的夫人,她的这种行为却是很难解释的。卡尔默夫人也一样!她也是一位出身高贵的夫人。她们是勾结在一起的吗?她们看到了什么漏洞不成?他转身瞧瞧利蒂希娅的脸,指望为他的痛苦寻找镇痛剂。

"哦,但是你们还没有成为一个人,我必须听到两个人都这么说,才能放心。"布歇夫人对那块大理石又瞪了一眼,然后说道。

"布歇夫人,我要求你不要认为我是一个不知道感激的人。"克兰拉说。

"废话!感激!这是为了适合你的趣味,让你感到满意。我对感激就像对谄媚一样,毫不在乎。"

"但是感激也是一种谄媚。"维农说。

"好了,别搞形而上学了,韦特福德先生。"

"但是对谄媚还是小心为好,我的夫人,"德克雷说,"这是艺术中最精致的一种,不妨称之为道德的雕塑艺术。擅长此道的人,可以依靠必要的手法,通过反复使用,把他们的朋友塑造成他们喜欢的任何形式。我本人尽管手法并不高明,也曾对一个人一再称赞他的聪明,结果他便以所罗门自居。在他服用谄媚这帖药后不久,已觉得自己变聪明了,哪怕鸡毛蒜皮的小事,他也要装出一副大智大慧的样子反复思考。如果我再捧他一下,他一定会雇一个婴孩和两个母亲,让她们为那个无法平分的小生命大吵一场①。"

"我希望有一天能在伦敦见到你。"卡尔默夫人对克兰拉说。

"你没有忘记示巴女王②吧?"蒙斯图特太太对德克雷说。

"她一出场,我就得退避三舍啦。"他答道。

"那是说,"卡尔默夫人继续道,"如果你上伦敦置办嫁妆的时候,不嫌弃一个老妇人与你做伴的话。"

"嫌弃为我们牺牲羊毛的羊!"米德尔顿博士喊道。"啊,不,卡尔默夫人,这羊是神圣的。"

"我认为未必。"维农说。

"怎么个未必?未必到什么程度?"米德尔顿博士说。

"给剪了羊毛的羊,一般只会受到轻视。"

"我坚持相反的态度。说怜悯也许还可以,尤其在它们咩咩大叫的时候。"

"这是把送礼品的人当作给剪了羊毛的羊,我反对。"蒙斯图特太太说。

"夫人,我们给予是因为人们希望我们给予,要求我们给予;

---

① 关于所罗门和两个母亲的故事,见第九章注。
② 《圣经》中的人物,她因不信所罗门的智慧,曾特地去拜访他,见《列王记》上。后人因此把示巴女王作为自以为了不起的人。

你的话夸大了给予的方式;那些不愿给予的人,或者无力给予的人,便会认为他们可能被看作软弱的绵羊,它松垂的毛被农夫剪下;这牲口的可怜样子,也使人把农夫看作欺压羊群的一种特殊的狗。正如你看到的,甚至本杰明船长也无法抵制对他的要求。新婚夫妇成了有权向我们敲诈勒索的特许的海盗,那种不文明时代的幸存者。但是凭这种毫不留情的需索,我相信,一个更幸福的时代的生活方式能教会他们不再藐视我们。不过我理解,韦特福德先生心中想到的,只是那些低级的海盗。"

"请允许我指出,先生,你没有考虑到羊给剪掉羊毛后那副不雅观的外表,"维农说,"我请夫人们想想,如果她们看到一只给捋光了毛的鸵鸟走进女王的客厅,尽管她们身上戴着它的羽毛,她们会不藐视它吗?"

"这真是想入非非的假设,"米德尔顿博士说,皱起了眉头,"极不合理,不足为据。"

"先生,我认为,这作为一个例子是恰当的。"

"请问,这种情况发生过吗?"

"在生活中?发生过一千次。"

"恐怕是这样。"蒙斯图特太太说。

布歇夫人露出了想告辞的样子,因为这顿饭对她毫无帮助。

维农突然起立,望着窗外。

"你见到克罗斯杰吗?"他问克兰拉。

"没有。如果他在那儿,我必须见他,"她说。

她起身走出了屋子,维农跟着她。他们的离开都是有理由的。

"可怜的孩子朝哪个方向走的?"她问他。

"我一点也不知道,"他回答,"但是如果你要避开那两个侦查官,你得戴上帽子。"

"韦特福德先生,这真叫人受不了!"

"我想你不致觉得太难受,它的终点已为期不远了。"他说。

这样,当布歇夫人和卡尔默夫人离开餐厅的时候,米德尔顿小姐已经逃之夭夭,听不到呼唤的声音,也见不到传话的人了。

威洛比爵士为她的不在表示了歉意。"如果我要嫉妒,只能嫉妒那个孩子克罗斯杰了。"

"你是一个通情达理的人,一个最好的表弟。"布歇夫人作出了谜一般的回答。

餐桌上那场生动活泼的谈话,得到了卡尔默夫人的赞美。

"不过,"她说,"那些话是什么意思,究竟要谈论什么,真是要我命,我也说不出。你这里每天都这样吗?"

"大多这样。"

"你一定很希望清静一阵!"

"你大概是指单纯的谈天,不是卖弄口才!不过我一般都跟利蒂希娅·戴尔做伴。"

"啊!"布歇夫人咳嗽道。"但是应该承认,蒙斯图特太太一心想聪明!"

"我想,夫人,利蒂希娅·戴尔同样聪明,绝对不比蒙斯图特太太或我差一些。"

"我指的是口才。"

"口才也一样。也许你们还没有给她发挥这种天赋的机会。"

"是的,是的,当然,她很聪明,可怜的孩子。她的气色也比以前好了。"

"我觉得她很漂亮。"卡尔默夫人说。

"她有了些变化。"威洛比爵士说。

两位夫人坐上马车以后,立刻把两个戴着帽子的脑袋凑在一起,低声交谈了。不过离开餐桌后,她们再没一句话提到结婚礼物。她们来访的目的是很清楚的。

## 第三十七章

### 聪明的防范措施和对它的必要性的认识

在康丝坦霞·德拉姆背弃婚约之后,那个女人布歇夫人便声称,这事早在她的预料之中。威洛比出门旅行以后,她又对他与利蒂希娅·戴尔根深蒂固的关系,提出了种种疑问。她与蒙斯图特·詹金森太太争夺全郡的领导地位,却被打败;她恶毒庸俗,甚至不惜把他的鼻子说成他的命运的不祥征兆;最近她还不顾他的名声,用不堪入耳的语言谈论他的遭遇。她知道得不多,但她天生善于对各种现象作最坏的解释。现在她想不出其他颂词,只得称他为最好的表弟,因为维农·韦特福德的食宿衣着都得靠他供应。对一个她认为不幸的人,她没有别的话好说了!她是一个智力贫乏的女人,缺少风度,但是她富裕,喜欢搬弄是非,是流言蜚语的制造商,卡尔默夫人则是她的助手。两人离开了他的家,便开始散播恶毒的谣言;她们已经在煽动咬人的世界蜇他裸露的伤口了。蒙斯图特太太聪明,但容易受骗;她们与她完全不同,是愚钝的女人,但坚定地相信她们所嗅到的事实;唯一可以使这种顽固势力屈服的办法,便是走在她们前面,揪住和改变预期的事实,等她们走到那里,只得大吃一惊,发现一切与她们的想象完全不同。

"夫人们,你们瞧,你们错了。"

"确实是这样,威洛比爵士,我们承认这点,我们从没料到会那样！"

她们未来的影子在真相大白后,只得这么说。他能远远跑在她们前面。

是的,但是要制服这对傻瓜,必须让她们看到事实,在无可奈何中承认既成事实。群众中这些蠢猪的代表,总是根据具体情况作出判断的,抽象的事物和推理对她们不起作用。空口说白话的方法应该抛弃。

愚钝是一种无情的力量,为了逃避它可怕的锋芒,我们往往不得不采取违背我们本意的具体行动,威洛比一眼就看到了这点,这使他一时间具有了智者的洞察力。他强烈的切身感受有时对他起了照明作用,使他对人类保持着清醒的认识,这时他可以成为一个非常聪明的人,可惜他的准确认识的出发点常常左右着他,使他的个人感受与他的智慧判断背道而驰。他厌恶和鄙视他看到的情况,因此尽管他受到驱策,他的思想却没有从中得到教益。他发现自己与人们的不同后,宁可(这种选择是我们大家都有的权利)为这种不同而感到得意。

但是既然他与别人不同,为什么他要感到不安、忧虑和痛苦呢?认为理应如此,这是完全违背他的征服者的理论的,他从小便在这种理论的熏陶下成长,它认为,只要他获得了成功,这成功便是对他天生的优良品德的报答,他的伟大表现也来自他伟大的内心,正如点燃着的蜡烛能点燃蜡烛一样,他是大自然提供的榜样。他早年的教育,他一生的光辉开端,都教导他把人间的主要成果看作他的天然财富;只是由于一个女孩子的捣乱,他才成为人们说长道短的目标,才毫无防卫能力,为两个老太婆可能对他的恶意中伤而提心吊胆。那为什么不把这个女孩子赶走呢?

是的,这样他就可以回到幸福的日子,尽情享受,无忧无虑,比年轻时更年轻了!

那时他就可以昂首挺胸,不把企图吞没他的污泥浊水放在眼里。那时,那只阴险恶毒的黄眼睛躲在臭水坑中窥探,他也不怕了。那个充满病菌的天地总在跟踪他,迫害他。然而世界的呼吸,世界对他的看法,一部分也是他维持生命所必要的呼吸,也是他对自己的看法。这个受到折磨的人的祖先留给他的,除了其他,便是这个高度文明的环境。那些衰老的利己主义者蜷缩在茅屋和山洞中,他们不关心公众的意见,渴望的只是自由和闲暇,只是舒适的生活。但威洛比是开拓型的,是个朝气蓬勃的人,他生来就是为了把世界当作附庸看待,让自己高高在上,人人景仰。现在世界要把污泥扔到他的身上,面对这前景他惊恐万状,这有什么奇怪呢?王子们有义务去教育大家,使大家懂得他们是凡人,而那个附庸世界的光辉后裔,同样也得接受它给他们规定的忠君观念的约束——由于这种束缚是无形的,不可捉摸的,不是靠征税体现的,它的力量更大;只是他不能对谋反的叛逆处以极刑,他必须保持宽宏大量的形象,取得众人的好感;尽管他心里也有痛苦,他必须通过他的名声和他的行为,永远让人看到他的脸和他的腿。

这位伤心的绅士把自己关在实验室内,在那里他可以来回踱踱步子,伸伸胳臂,舒展一下身子,免得在所谓沉思的名义下,跟那些光怪陆离的幻觉打交道。也许他会看到这些幻象是不奇怪的,因为他的神经和境遇之间正在激烈交火。他不愿承认他在呻吟挣扎,这只是他想活动活动身体罢了。

蒙斯图特太太像世界的化身一样,突然在最远的窗口外面出现了;到了草坪的另一头,她衣裾一甩地旋转身来,贺拉斯·德克雷装出笑脸,跟随着她。这个女人自以为明察秋毫,却看不出那家伙弄虚作假的爱尔兰人作风。要不,她正是喜欢他的装模作样,废话连篇;不过,倒也不是她一个人这样。这个夸夸其谈的畜生,生来就是为了骗取女人的欢心。威洛比感到痛心,他崇拜女人的坚贞如一。这种神圣美德的体现者掠过了他的眼前,她显得那么美。

他感到了一阵难以描摹的可怕的痉挛,它是由呵欠和呻吟组成的,他赶紧去摆弄仪器,免得痉挛再度出现。他一边调整和校准那些已不习惯于工作的仪器,一边把自己与维农、德克雷及本郡的其他人放在一起,进行有利于他的对比;他那些猎场上和治安法庭上的伙伴,既不了解也不关心科学研究这种扎实的工作,这种有益的实事求是的活动。

然而他不得不停止工作:他的手发抖。

"在这种情况下,实验无法顺利进行。"他说,把妨碍研究的罪责推给了他的敌人。

他必须与蒙斯图特太太谈一下,这是不容争论的,尽管对调整面部肌肉的艰苦任务,他有些畏惧。她没有来找他,这是不祥的预兆,她在午餐桌上的表现也一目了然。显然她是在怂恿先生们对抗和阻挠布歇夫人和卡尔默夫人的谈话。她的目的何在?

克兰拉的脸色作出了回答。

她们不留情面。他也可以照此办理。

在寂静的屋子里,他直截了当地喊了起来:"我起誓,我绝对不把她让给贺拉斯·德克雷!她必须为我的痛苦得到报应,付出代价,知道她罪有应得。"他说出了这话,这成了他必须付诸实行的誓言。

他要把无法忍受的创伤加在她的身上,这主意使他兴奋、陶醉,引起了另一阵肌肉活动,最后以身体和四肢的强烈震动告终。但正在这时,他成了蒙斯图特太太观赏的对象,她站在一扇窗外。他露出笑容,走到她面前,说道:"今天干不成了;毫无进展,简直没有法了。"

"我得把教授送走,"她说,"他坐立不安,老是担心他的感冒。"

威洛比爵士走出屋子,来到她面前。"我刚才想工作一个小时,我不能整天闲着。"

"你每天在这么一间小屋子里工作不成?"

"至少一小时,只要我抽得出时间。"

"真是一个绝好的避风港!"

这句话使他心跳不止,他想,危机再延长的话,非弄得他生病不可,也许还是心脏病。

"这是习惯,"他说,"在这里我可以丢开世界。"

"但愿到一定的时候,你能获得一些成绩。"

"恐怕不能,我只是希望掌握当今的实际知识,如此而已。"

"成为乡绅中的一颗明珠!"

"这是你的美好想法,亲爱的夫人。一般说,不如做一个能说会道的人,在笔记本上收集一些逸事更好。我无法那么做,只是因为我不能为了偶尔炫耀一下才华,便整天游手好闲。无所事事。我希望充实自己。毫无疑问,这是一个狭隘的目的,不值得称道。"

"利蒂希娅·戴尔赏识这点。"

他的嘴角皱了一皱,做出一抹苦笑,像一片在火上皱缩起来的树叶。

为什么她不提她与克兰拉的谈话?

"他们抓到克罗斯杰没有?"他问。

"显然还在追捕中呢。"

很可能克兰拉感到胆怯,不敢露脸了。

"你必须离开我们吗?"

"我想还是把克鲁克林教授带走妥当一些。"

"他还……?"

"非常像呢!"

"悄悄跟米德尔顿博士打个招呼就没事了。"

"你实在太好了。"

对他同情心的这一可恶赞美使他一怔。那么她了解他的灾难!

"我想,不如说这是一种哲学态度。"他说。

"顺便提一下,德克雷中校答应离开你以后,上我那儿做客。"

"明天吗?"

"愈早愈好。他太惹人喜欢了,这是一个有趣的人。他五分钟就征服了我。我不想指责他。大自然赋予了他迷人的能耐。我们女人是软弱的,威洛比爵士。"

她了解!

"这叫作英雄识英雄,惺惺惜惺惺,夫人。"

"你称赞我时不带一点妒意吗?"

"我并不在称赞他。"

"当然,这也是一种哲学态度,如果你爱谈哲学的话。"

"我希望我懂得一点哲学。我想这我也许能办到,因为我对此要求不高;我说不清。我们对自己都是个谜。"

蒙斯图特太太用阳伞尖刺着草地。她看看地面,又抬起了头。

"怎么样?"他说,望着她的眼睛。

"好啦,利蒂希娅·戴尔在哪儿?"

他扭转了头,把脸朝着别处。

当他重又面对她时,她把眼睛盯住了他,摇了摇头。

"这事不会成功,亲爱的威洛比爵士!"

"什么事?"

"这件事。"

"我猜不透你的哑谜。"

"你说的那个'永恒的满足'。情况早已变了。出门旅行一次对大家都有好处。送她回家吧。"

"利蒂希娅吗?我不能与她分开。"

蒙斯图特太太咬住下嘴唇,一面频频摇头,露出了不以为然的神色。

"夫人,她在这儿有什么妨碍?"他大胆坚持道。

"你自己想吧。"

"她是忠实可靠的。"

"两次!"

这句话像一颗重磅炸弹。他竭力装得瞠目结舌地什么也不懂。她也许看出了他的心在怦怦跳动,于是他不再装糊涂,做出个轻松的表情。

"她是不可侵犯的。她是我的朋友。我可以用我的荣誉为她担保。不必替她担心。我要求你信任我。我宁可牺牲自己。世上没有一个人可以与她相比。"

蒙斯图特太太又说了一遍:"两次!"

这个简单的词语说得轻轻的,既像音乐,又像一个好心的幽灵提出的警告,然而在他听来,它却像隆隆的雷声使他震惊,他不敢用明确的话正面回答它。

"这是为了我的缘故吗?"他说。

"事情不会成功,威洛比爵士。"

她逼得他快发疯了。

"亲爱的蒙斯图特太太,你听信了各种谣言。我不是暴君。我是一个最通情达理的人。让我们保持社交中应有的礼数,其余我就不多说了。至于可怜的老维农,人们称我是好心的表弟;我希望他获得美满的婚姻,这一次还是体面的婚姻。我曾经建议,帮助他成家立业。我现在提起这事,表示这是经过实际考虑的。他在这方面有过相当不愉快的经历,但是,比如说吧,如果你能说服他,让他再冒一次风险,他是会同意的。结婚是前途莫测的彩票。然而它得到了政府的批准。"

"但是,威洛比爵士,哪怕我说服了他,又有什么用,你不是说利蒂希娅·戴尔不同意吗?"

"她确实这样。"

"那么我们谈这些话就毫无意义了,除非你能保证她会同意。"

他勉强笑了笑,使自己的话似乎含有深意。

"你把这么一个任务交给我,不能说考虑得不周到。"

"你怕发生危险吗?"她几乎是在讥笑他。

她的口气刺痛了他,他说道:"我一向尊敬坚贞如一的性格,因此在破坏这种性格方面,我不是有力的说客。坦白说,我知道这危险。在我刚才提出我的意图时,我已顾到了我的荣誉,这便是我能说的一切。"

"讲老实话,"蒙斯图特太太仰起了头,让她的眼睛从漂亮的鼻梁上方端详着他,"你掌握了故弄玄虚的本领,我的好朋友。"

"不要再对利蒂希娅·戴尔抱什么希望。"

"那么叫你的表兄维农娶什么人?我们在谈什么呢?"

"夫人,我已说过我是一个通情达理的人。我身上确实没有一丝专制的气息。我揪住一个酒鬼的衣领,关进牢房,只是为了马上释放他,这时他对我的为人之道也许会有所理解。但是我对肆无忌惮破坏婚约,公开背叛庄严的诺言,明目张胆的背信弃义等丑事,确实深恶痛绝。哪怕我是事情的起因,我也不允许违反礼法的行为。这还不清楚吗?一切都可以公平合理地解决,使各方面都感到满意,不必争争吵吵,闹得满城风雨。注意,这不是我的希望。我是被迫这么做的,处在被动地位。但是我不愿成为别人的阻力。"

他不再往下说,挥了挥手,表示其他的话尽在不言中了。

对他的某种看法,在怀疑的冲击下,激发了她的智力。

"好啦!"她高声道,"你把我带进了一个谜的国土。正如我的丈夫常说的,我看不到光,但我看到了猞猁那对发光的眼睛。我们暂且不谈这点。我一定比我想象的还年轻一些,因为直到现在我还在刻苦学习呢。瞧,教授来了,纽扣扣到了耳朵上,而米德尔顿博士的衣服却在风中飘动。如果我们一起站着,就该听到咳嗽了,接着是一条脚注,提到火车站上的一位小姐,因此请你吩咐我的马车赶快套车。"

"你不是认为克兰拉自命不凡,喜欢捣乱吗?"

"我明天来找你。威洛比爵士,你使我的任务简单了;那是说,假定我完全没有误解你的意思的话。现在我简直什么也不明白,我得仔细回忆一下,从前在某件事上布歇夫人是怎么反对我的观点的。怀疑是她的长处。这可真要成咄咄怪事了,要是到头来……不,我得承认,骑士故事还没过时。你喜欢愚鲁的人吗?"

"我讨厌这类人。"

"回答得很好。就凭这句话,我可以原谅你。"她不让自己再加上一句:"要是你想把我弄成这号人。"

威洛比去打铃,让她的马车做好准备。

她知道了。那是显而易见的,克兰拉出卖了他。她说过:"德克雷中校愈早离开帕特恩庄园愈好。"她还说道:"出门旅行一次对大家都有好处。"她了解目前的状况,也猜到了其他一切。但是她不了解,也无从猜到,他在哄骗她。他继续思考着聪明和愚钝的问题。那些愚钝的人是死硬派,她们只相信事实;他向自己承认,正是这些人促使他采取新的步骤,向蒙斯图特太太谈到了那些隐晦曲折的暗示;而且越隐晦越好,这样他才能在一片黑暗中逃之夭夭,它笼罩着他,他在那里感到新奇,也感到愉快,似乎一个事实已经形成了。

是的,他甚至感到非常愉快。他的苦难在那里结束了。他进入了风平浪静的海洋,成了一个坚贞如一的女人的丈夫,而不是一个狡黠的淘气精的丈夫。坚贞如一是女人最优美的品德,它赋予利蒂希娅的光辉,是克兰拉无法相比的。一个久经考验的坚贞如一的女人,是女性中的一颗宝石。她像向日葵那样,永远面向她的丈夫;她的爱情会照得他光彩夺目;她以他为生命,为他而生活;她证实了他的价值,使世界匍匐在他的脚下;她领导着歌颂他的合唱队;她证明他对自己的崇高估价是正确的。毫无疑问,人世间没有比这更美好的事!

如果我们必须通过苦难才能发现它,珍惜它给予的平静生活,那么紧紧抓住它,使它成为我们所有,这便是对我们的最大报偿。

他沉浸在自己的白日梦中,向蒙斯图特太太说了再见;马车驶走了,他仍在林荫道上漫步,回味着这甜蜜的幻想;在没有把它咀嚼完毕以前,他还不想见到利蒂希娅。

假定这成了事实!……

那么,这在他是慷慨的表现。它会提高他的声望。

他的家会成为流言蜚语无法侵蚀的堡垒。他在家中会获得神圣的安全感。

那个了解、信任和崇拜他的人像发光的星坐在家中,等待着他,这是他的一颗恒星。

他仿佛与镜子、与回声结了婚,而且那是一面熠熠生辉的镜子,一种美妙悦耳的回声。

这是与智慧,与心心相印的理解的结合,这可以使他的家庭成为不断迸发智慧的源泉,使他亲切可爱的帕特恩庄园成为全郡的灯塔。

他反复唱着这首歌,只是有时不由自主地跳出了一些不和谐的音符,那是对布歇夫人的谴责。那些密切注视着他的精灵,听到了他内心的愤怒呼叫。

他随即给利蒂希娅涂上了青春焕发的色泽,这样,她像上世纪的小画像,为他保存了理想的形态,供他个人欣赏。全世界都将拜倒在她有目共睹的美貌面前,他还给她涂了珐琅,添了光彩,增加了身材的高度,赋予了飘逸的风度;这是一种升华,它肃清了原来那个驱使他出此下策的衰老形象。

这样,利蒂希娅在他的心目中便公然成了一个人造美女。他又在苍白的脸颊上配置了黑黑的睫毛,这更给他需要的改造工作增色不少。一切便这么完成了。他接受了这个蜡制塑像。

于是他那些追随左右的小精灵,举行了庆功宴会。我们听到过人间的奇迹,也看到了世界上纷纷举起的双臂。但是只要有一群睁着猴子眼睛的小精灵,老是跟踪着那个神秘莫测的人并报告他的情况,奇迹便可以得到解释,奋臂欢呼也没有必要了。它们一直在窥探着他内心的变化。

心是会变戏法的先生。没有心的地方,小精灵不会光顾。心的曲折变化便是喜剧。

"心的秘密是它对自己的压倒一切的爱。"伟大的著作这么说。

掌握了这个秘密,我们对这个神秘的器官就容易理解了;不妨把它比作山涧,我们看到,这小溪流具有不可阻挡的力量,总想扩大它的体积,千方百计,无孔不入,永远在为自己奔忙;但是尽管它忙忙碌碌,它的目的却只此一个,这在世上各种力量中是少见的。我们应该在它的各个转折处设置观察哨所,这样才能对它有个基本的了解。

但很少有人能坚持站在那里。他们往往看到一点,便匆匆离开岗位,要与别人一起为他们看到的现象振臂高呼,而不是孜孜不倦地研究它的动向。

这样,一个男子在爱一个女子的同时,几乎完全有意识地躲在一层薄薄的纱幕背后,准备爱另一个女子的事,便变得似乎不可相信了。在这里,那颗既能勇往直前又能随机应变的欲壑难填的心,便是理解他的一把钥匙。看看山涧怎样变成小溪,变成急流,怎样把美丽的圆石卷走吧;如果圆石不愿跟它走,它仍会继续前进,追求实现自我、壮大自我的目的,直到一个地方出现了一道堤坝,又有足够的深度,可以容纳它,约制它,它才不再汹涌澎湃向前猛冲。利蒂希娅便代表展望中的这个起遏制作用的平静的水域。

但她是容颜衰老的年轻女人。他意识到这点;在他的心目中,她总是仰眼望着他,他接受她是出于仁慈,就像上帝报答凡人的礼拜一样;他用她赋予他的神力修饰她,美化她。他的心要求她这样。心是想象的动力,想象从心接受任务,它是狡猾的艺术家。

狡猾的诱惑功能极大,它向他的冥想提供了一件杰作,使他可以一边眼睛盯着克兰拉,一边心中想着利蒂希娅。原来这时克兰拉已与维农一起走进了庄园的大门,这确实是一个光彩夺目的姑娘,但也是一个浅薄的女人;一个健康的女人,但只是一只动物;一个迷人的、但是任性的、急躁的、背信弃义的、卑鄙龌龊的女人,一个要把男人拖进污水坑的女人。她走来了。

## 第三十八章

### 跨向利己主义的核心

他们遇见了。维农立刻离开了他们。

"你没有看到克罗斯杰?"威洛比问。

"没有,"克兰拉说,"我再一次要求你宽恕他。他说了谎,那是出于这可怜孩子的骑士观念。"

"对女人的骑士风度是以说谎开始,以成为她们的英雄告终的,这种人世界上到处都是,还可以在某些法庭上看到。"

他有着使她沉默的非凡能耐,她无法回答那样的议论。

"你把一切都告诉了蒙斯图特太太。"他说。

"是的。"

"这是你的钱袋。"

"谢谢。"

"克鲁克林教授已设法让你父亲了解了你的意图。我想,那是因为钱包里就藏着那张火车票。他在车站上得知,你买了上伦敦的车票,你不需要马车了。"

"这是真的。我很傻。"

"你跟维农一起散步一定很愉快,对我说长道短了吧?"

"我们没有谈论你。你提到的是他绝对不愿做的事。"

"他是一个正直的人,保持着老派人物的作风。他守口如瓶,从不多嘴。他跟你谈到过他的妻子吗?"

克兰拉的钱袋掉了,她俯身捡起了它。

"韦特福德先生的事,我一点也不知道。"她说时打开钱包,把火车票撕得粉碎。

"这个故事证明,浪漫精神并不能提供令人向往的浪漫事件。你经常把'骑士精神'挂在嘴上;他就出于这种骑士精神,娶了他房东的女儿;在我收留他以前,他便住在房东那出租的房子里。我们是从报上得知他的美满婚姻的,根据报道,韦特福德太太在伦敦一个火车终点站酗酒胡闹——大概就是你昨天的火车票要带你去的那个车站,因为我听说,这位太太正要上我们这儿索取赡养费,因为她早把结婚后取得的积蓄花光了。"

"对不起,这些事我一无所知;我什么也没听说,什么也不知道。"克兰拉说。

"你不爱听这种事。但是你得知道,学者和作家的婚姻状况,一半都是这样。可是像维农这么幸运的却不多。"

"她为人不坏吧?"克兰拉问。

她耷拉着下嘴唇。

这是厌恶的表情;他要求她不必太动感情。

"众所周知,这些文人哪怕有权出入上流社会,在女人问题上却只有庸俗的观念。他们需要的只是一个老婆。高尚的女人使他们害怕,毫无疑问,这只能给他们的家庭生活带来烦恼和负担。"

"你刚才说他是幸运的。"

"你好像很关心他。"

"我尊敬他。"

"他对人没有坏心,尽管行动有些古怪;他为人也正直等。但是那种声名狼藉的结合能影响人的一生。人们会议论这件事。是的,从目前看来,他还算幸运;他掉进了泥坑,又爬了出来。要是他

473

重新结婚……"

"那么她……"

"她死了。不必惊慌,这是自然死亡。她满足了他的家族对她的唯一要求。他安葬了这个女人,我接纳了他。我带他一起旅行。第二次结婚可能抵消第一次的影响,至于目前,人们还难免对这件往事喋喋不休,据我所知,那个女人的亲戚还在给他写信,想从他身上榨些油水。好吧,现在你明白,为什么他老是闷闷不乐了。我并不认为,他是在为他死了妻子而难过。也许他有些伤感,大部分男人卸下包袱以后都会这样。他就是这么一个人,不应把他想得很坏。"

"我没有。"克兰拉说。

"每逢人们谈论这事,我总是袒护他的。"

"我希望你能这样。"

"但我不赞成他干的傻事。我不能恢复他的清白。"

他们是在公馆门口。她等待着,也许他有什么事要跟她面谈,但看来他不想谈什么,于是她上楼回自己的房间了。

他在心里已把她丢给了维农,这不仅没有一点痛苦,还给了他一种十分得意的感觉。心是一位魔术师。

接着他从容地走去找利蒂希娅了。

头脑有些犹豫,但脚步还是往前走。

她正在一扇窗口绣花。窗开着,德克雷中校靠在窗外;威洛比原谅她假装听得津津有味的表情。中校在讲:"不,这是我生平最愉快的半小时之一,如果你称这为游手好闲,我宁可在这儿游手好闲,也不愿把精力花在马背上。"

"与戴尔小姐谈话不是浪费时间。"威洛比说。

她身子坐在阴影中,脸却在柔和的光线中。

德克雷问有没有抓住克罗斯杰。利蒂希娅轻轻说了一句袒护孩子的话。威洛比端详着她绣的花。

埃莉诺小姐和伊莎贝尔小姐来了。

她们邀她一起乘车出游。

利蒂希娅没有立刻回答,威洛比说道:"戴尔小姐正在责备贺拉斯游手好闲呢,我建议你们给他些事做,让他陪伴你们,我可以在这里替他值班。"

两位女士只要看一眼中校就明白,她们同意的话,他随时可以奉陪。于是他给带到了马车上。

利蒂希娅忙着刺绣。

"德克雷中校谈到了克罗斯杰,"她说,"威洛比爵士,要是我请你原谅可怜的孩子,成吗?"

他答道:"谈谈你的理由。"

"可惜我没有这种口才。"

"照我的看法,你是有的。"

"如果他得罪了你,那决不是出于卑鄙的动机。进了学校,在同学中,他会显露才华。他有很强的理解能力;他的感情和精神世界都相当丰富。"

"他在你家里的时候,可不是这样的。"

"我要求太高,太严厉了。"

"像斯巴达人的母亲!"

"我管教孩子的那套办法,可以说属于这个模式,除了一点,就是他永远感觉到,他是能得到原谅的。"

"不致损害正义的原则吧?"

"哎!这种法庭太高了,不是传讯小孩子的地方。我觉得那是危险的,会损害他们富于幻想的天性。如果我们那么做,它可能造成的后果,不正是我们所要反对的那种不幸吗?孩子只生活在学校和家庭两处地方,应该让他们相信,宽恕和纪律也分别存在于这两处地方。他们年纪还太轻,世界的严格要求对他们不适合;否则我们会使他们变得冷酷无情,这就危险了。你看,这番话证明我没有口才。只是你要我说,我才说的,威洛比爵士。"

"你的话很有见识,利蒂希娅。"

"我想这也是实情。你愿意考虑吗?你要做的只是宽恕他罢了。我确实变得大胆了,我也该为我自己请求宽恕。"

"你还在写东西吗?还在使用你的笔吗?"威洛比说。

"只是偶尔写写,写得很少。"

"我不希望你为了公众,浪费自己的精神,消耗自己的体力。你太宝贵了,不应该为野兽牺牲自己。不断的支出,结果必然使自己萎缩枯槁。要为你的亲友们保护自己。你这么做,使他们受到的损失太大了,这应该吗?目前的休闲状态,可以为未来的家庭生活储存更充沛的精力,这难道不合理吗?坦白说,如果我有权力,我要没收你的笔,对你说:'丢下那小玩意儿。'①你知道,我不大引用克伦威尔的话,但是在这件事上,这很合适。我还宁可说,那根刺血针②。也许这是更准确的名称。它在吸你的血,消耗你的体力。为了什么?为了一点虚名!"

"我写作是为了挣钱。"

"这使我想起另一个问题:你这是在冒精神堕落的危险。谁知道呢?什么道德!用头脑去换取金钱,势必有一天落到买卖人的地步。我没收你的笔,利蒂希娅。"

"那无异是没收你自己的礼物,威洛比爵士。"

"那么这证明……你还记得那日期吗?"

---

① 十七世纪英国资产阶级革命时期,克伦威尔为加强政府权力,宣布解散国会。他于 1653 年 4 月亲赴国会,指着它的权杖说:"我们要这小玩意儿干什么?把它丢掉吧。"

② 从前英国外科手术中放血用的一种柳叶刀。

"你在我十六岁生日那天,送给了我一个金笔架。"

"这证明我那时完全缺乏头脑,以后也这样。以后也这样!"

他把一只胳膊肘支在膝上,用手捂着双眼,从那个深深的空隙中发出了对过去表示悔恨的嘟哝声:"以后也这样!"

可以采取行动了。他得出了结论:这是可以成功的,尽管为了使坐在他身旁的那个形象,与他用最纯洁的颜料绘制的那个人为的形象完全统一,他花费了不少力气,眨了不少次眼睛。然而那也是可以成功的。她那悦耳的声音,那伶俐的谈吐,以及那使她的皮肤变得柔嫩的光线,也帮助了他。她是一杯不会使人喝醉的酒;不会使人喝醉,而且有益健康。胡思乱想是青春期的现象。指望喝醉的人对前途还充满着幻想。

事情是奇怪的,然而也是完全可以肯定的:这个女人的丈夫能够对人夸耀她的品德和珍贵,然而不能——为什么不能,这说不清楚——夸耀她的美貌或学识。她作为妻子的优点之一,便在于这种独特的中间性质,它需要也愿意接受丈夫的手的润饰。

利蒂希娅从不知道,他有这么多的心事。他流露的悲伤使她惊讶,这引起了她正在跳动的模糊的警惕心。她惴惴不安,等待着悔恨或热情的爆发。

"我可以认为你已经原谅了克罗斯杰吗?"她问道。

"我的朋友,"他说,把手从脸上移开了,"我是按原则行事的。只要你使我相信我错了,我就不会坚持我原来考虑的措施。但你是了解我的。凡是不按原则行事的人……嗯,他们哪怕半小时也不配作你的朋友。今天晚上我会找你谈谈。现在我得去发几封信。今天夜里十二点钟,就在我们上次谈话的那间屋子。或者在会客室等我。我得很晚才能离开我的客人。"

他鞠了个躬,便匆匆走了。

事情可以成功,也必须成功,这是他的命运。

## 第三十九章

### 在利己主义者的心中

但是他已经开始把这件事当作他的刽子手了。他怕遇见克兰拉。他发现,把她留在这里是愚蠢的。现在面对着她,叫他怎么坚持明智的决定,毫不动摇呢?她是使人丧失理智的诱惑力。要是她已经走了,他便可以心安理得地实行这件事,意识到这是对自己应尽的责任。也许,对那个终于如愿以偿的可怜虫,他有些厌恶,然而在态度上他对她是亲切的,是以礼相待的。克兰拉在这事发生以前,哦,我的天!而且在这以后,还待在这屋子里,就不好办了。是自尊心作怪吗?他没有自尊心,他已把它扔在地上,任她踹踏;但是她还没踹到它,他又把它收回了。是的,他有自尊心,它像一把匕首插在他的胸口;他的自尊心便是他的痛苦的根源。但是他太高傲了,痛苦不能使他屈服。"我做的事是正确的。"他对自己这么说;他理直气壮,相信道路是平坦的,但有个问题却叫嚷着要求回答:世界会支持和认可他靠利蒂希娅保持的尊严吗?有一个时期是这样。现在呢?克兰拉的美貌照射着他,他露出了原形。

他觉得,我们是在人类的大船上迎着惊涛骇浪航行,人们你喊我叫,吵吵闹闹,水手们乱成一团,但自我保护的本能使他对各人区别看待,这个人是要挽救船,那个人是要挽救他的生命。对他说来,克兰拉是前者,利蒂希娅是后者。但是如果固执地抓住克兰拉,并不比抛弃她后转向利蒂希娅更加安全,那又怎样呢?是的,她干的事已使他的尊严遭到了沉重的打击。她到处向人哭诉,一会儿向这个,一会儿向另一个,她把他的秘密泄露给维农,又泄露给蒙斯图特太太;贺拉斯·德克雷的眼神告诉他,他也知道了,还有谁不知道?他可以抓住她,进行报复,但是如果这对他的目的没有帮助,这种兴趣就不能维持长久。

"我得完全抛弃报复的想法。"他说;他发觉,一个人蒙受了致命的创伤,还能这么宽宏大量,实在值得敬佩,但是这种敬佩却使他万分痛心,因为越是叫人敬佩,越显得渺小可怜。他尝了一两滴自我怜悯的苦水,觉得它跟毒药一样,别人的怜悯更难以忍受。克兰拉是必须抛弃的。但是也必须让世界像他感到的一样,看到他做的事是正确的。他是给自己的毒蛇缠住的拉奥孔①,他把巨蟒绕在自己身上,在它们有力的肌肉中挣扎,表现了他的伟大庄严。他必须放弃克兰拉。啊,这个又美丽又可恶的东西!必须抛弃她,但不能把她丢给那个人,他与她的接触会像箭一样刺痛他的心,像毒蛇盘踞在他的卧床上一样可怕;只能把她丢给一个可以使她失去光彩的人,让她嫁给一个过着半隐士生活的老古董,那个给第一个妻子弄得声名狼藉的家伙,作他的第二个妻子。只要让大家知道她是被抛弃的,因走投无路才倒进老维农的怀抱,是出于怨恨,出于羞耻,出于绝望,出于对处境的清醒估计,才嫁给他,那么,她的美貌就不能影响世界对这事的评论。世界会知道,该怎么想。自我保护的本能轻轻告诉威洛比,如果必要,也可以教会世界怎么想,那么它的表态就会与它看到她和贺拉斯·德克雷一起走上圣坛大不相同。这是自我保护的声音,不是报复的声音。他回顾着

---

① 古希腊传说中的祭司,因得罪了阿波罗神,被神派来的两条大海蛇缠死,著名的拉奥孔雕像便表现这事。

她的邪恶行径,想予以赦免,根本不想给她造成永久的伤害,因他是有高深修养的人;他只有一个坚定的愿望,那就是让她领教一下人言可畏的滋味,即使这不致成为丑闻,也会成为人们说长道短的话柄。

"于是他把她让给了他的表兄和秘书维农·韦特福德,一个只知道开口,不知道睁开眼睛的人。"

你听到世界的这些话了?我们怎么能不让它喋喋不休呢?他并不想伤害她,这就够了。他只是希望她的光辉暗淡一些,这要求是不算过分的;就他而言也十分自然;要不然,失去这个光辉灿烂的、又美丽又可恶的东西,会叫他受不了;这超过了他的忍受能力,他也可能下不了放弃她的决心。

而且这件事产生了立竿见影的愉快效果。他的想象力把未来推到了他的眼前:人们怎么耸肩膀,大家怎么议论,一切都那么生动,于是她的美貌在他眼中变丑了,沾上了污点,失去了强大的吸引力。他可以平静地会见她;他的心变硬了。女人的纯洁是他的首要条件,一个遭到众人唾弃的女人,他是不会留恋的。

不妨设身处地为他想想。利己主义者是他自身的儿子;他同样也是父亲。儿子爱父亲,父亲也爱儿子;他们有着千丝万缕的关系,感情是一致的;他们一旦看到一个行为粗暴地伤害了他们中的一个,他们怎么会不为自己的亲人憎恨那个冒犯者呢?他们不想损害你,但是他们不能袖手旁观,看着自己的亲人遭到欺侮,或者希望得不到满足。这两人除了亲属关系,还是相依为命的。他们在你不致受到太大危害的情况下,牺牲了你,这是牺牲在他们互敬互爱的祭台上的,是出于子女的孝顺,或父母的慈爱,年轻的给年老的,或者年老的给年轻的呈上的精美献礼。他们陶醉在为忠诚所作的伟大表率中,没有工夫为你考虑。他们是美好的。

然而有一点也是千真万确的:年轻人有年轻人的热情,这就会造成他们之间的分歧；这是一个不幸的状况。他们因而感到伤心。威洛比爵士也得经历这样的状况，他必须倾听长辈的教导，直至完全屈服，吃下长辈要他吃的苦果，尽管他的嘴巴露出了悲痛的表情，尊敬的长辈却宁可视而不见。至少正如我们看到的，他的一半具有成熟的智慧，知道什么符合他的切身利益。较粗糙的另一半只要服从智慧的领导，他的利益便能得到保障；在这方面，孝顺心理帮助了他；这确实有些痛苦；但在这罕见的品德的指导下，这位善良的先生还是吞下了这杯苦酒。儿子竟为他的命运哀叹，这是给父亲丢脸。因此他恭恭敬敬地服从了。由此可见，说要设身处地为他着想，是为一个只需要一分为二这种原始解剖手术的人，要求多余的仁慈，以便豁免他的罪责，或者抬高他，其实这是不必要的。利己主义者是我们的源头，一种原始状态的人；但原始人是可以再生的，他的要素可以繁殖。再生的原始人在新的状况下，可能成为高度文明的人，然而除了他本性中的粗野方面，他什么也不会丧失。他不仅是他自身的父亲，他也是我们的父亲，还是我们的儿子。我们养育了他，他也养育了我们。我们过去怎样，我们现在还会恢复那个样子。这正如一个诗人说的，就像逆水行舟，不进则退，"只要胳膊放松一下"，不论你已划到上游哪里，情况马上会"恶化"，会回到原处，也就是回到原始状态，那时对种子和植物只能靠手大致掂量一下，不加区分地随意播种；①人类也是这样。

　　另一方面，我们也可以引用一些诗人的话，证明原始人在我们身上的出现并非退化现象，相反，这正是这类人不可消灭的铁证，让我们看到，原始的潜力可以冲破重重阻碍，在个体中得到繁衍；只要我们有他那种集中在一起的力量，我们便可以成为他那样的

---

① 前面的两处引文，原文均为拉丁文，引自古罗马诗人维吉尔的长诗《农事诗》，其余的话则是按该诗改写的。维吉尔在这里是谈改进农业技术的重要性，否则便会回到"对种子和植物只能靠手大致掂量一下……"的原始状态。

人。他是无辜的原型,是单纯而朴实的。堕落的是我们;我们与社会融合了,它削弱和破坏了我们的本质。原始人是矗立在我们中间的纪念碑,坚强而正直的旧时代的标志;他四肢发达,攻击的手如奔跑的腿像我们古代语言中的象形字母,点缀在他的身上;光辉的早期燧石和箭镞构成了他的头盔。他既是远古贝丘的化身,又是我们最成熟的后嗣。

但是社会包围着现代人。有时他会看到一个原始人挂在绞索上,这使他对他的天然仇敌的强大力量留下了深刻印象;在触目惊心的现实面前,他感到惶恐不安,仿佛看到一个声名狼藉的人在遭到万人唾骂。由于这些教训,他对生活中的各种矛盾作了深入思考,想象的脉搏开始活跃,他进入了精神利己主义这个更高的层次或范畴,成了文明的利己主义者。他仍具有原始人的素质,这点确定无疑,就像他有牙齿一样,但是他使用牙齿的方式有了发展。

不论是否退化(还没充分理由作出肯定的回答),威洛比爵士是一个社会利己主义者,凡是与他有关的一切都能唤起他强烈的想象力。他发现了一个比感官享受更广泛的领域,在他风华正茂的时期,他曾怀着亚历山大[①]的自豪感,在那里横冲直撞,所向披靡。他先是带着康丝坦霞,继而又带着克兰拉,进入这些精神世界。不管德拉姆小姐的观感可能是什么,但就米德尔顿小姐而言,几乎可以肯定,他的宏论只是使她十分厌烦,因而对他的内心有了一定的了解。但他所暴露的一切,还不是她不满的根源;女人能够容忍暴露,因为暴露能激动人心。她不满的是那种单调的谈话,他扼杀了想象力。在恋爱中,没有比丧失幻想更可怕的灾难。他拉着她穿过他内心的迷宫,如饥似渴地要求她爱他,更爱他,爱得更

---

① 指马其顿国王亚历山大大帝(公元前356—前323),他雄才大略,曾南征北战,建立了一个地跨欧、亚、非三洲的大帝国。

深些,更深些,直至放弃她自己的想象力;他像妖魔一样对着她凡人的耳朵讲个不停。情况必然如此,因为原始人催眠女人的咒语是不达目的决不罢休的。

"于是他把她让给了他的表兄和秘书维农·韦特福德,一个只知道开口,不知道睁开眼睛的人。"

现在关键问题是怎样进行。威洛比集中力量,思考这个问题;他的思维能力常使他感到并声称,如果他是一个律师,一个外交家,或者一个将军,他一定会步步高升;只要事务涉及他的个人利益,他便能旗开得胜;他的计谋和战术都是第一流的。

按照他的计划,在表示了对老维农和他的未来生活的关心之后,他便得与克兰拉进行谈判。克兰拉当然还会与他顶牛,这是他早已习惯了的,他不能想象情况会有什么变化;于是他说:"如果你决心毁约,我可以同意,但有一个条件。"这使她吃惊,他坚持她必须答应;她拒绝,这样,事情又回到了他们原来的立足点;她跟他纠缠,要求他作出说明;他便奉承她,说他希望把她留在家中;她给弄糊涂了,但引起了强烈的好奇心;于是他对婚姻发表了一套哲学理论:"我们算得了什么? 只是可怜的生物!我们必须尽我们的力量安排生活,为我们所爱的人多做一些好事;不论你怎么想,我是爱老维农的。关于这点,我现在的考虑不就是最好的证明吗?"她还是不明白。于是他只得开门见山,讲出这个条件。那便是一切。"你接受维农,我便让你自由。"她拒绝。接着便是争论,他的口才占了优势。"是不是由于他第一次的不幸婚姻?你向我保证过,你不会因此瞧不起他"等。她宣称,这建议令人厌恶。他说,如果她不愿让他幸福,那么他建议让他的表兄得到幸福,他看不出这有什么地方得罪了她。讥刺和嘲笑使他心情舒畅,但是却使她不得不相信,他的做法合情合理,符合宽宏大量的精神。她给搞糊涂了,像小姑娘一样不知怎么回答才好。

他又提到了维农早年的失着。她对此不感兴趣。谈话结束时,他要她好好考虑,记住这是他放弃她的唯一条件。现在蒙斯图特·詹金森太太终于相信,他也急于摆脱她,因此同意来找克兰拉谈谈。他的姑姑埃莉诺和伊莎贝尔会向她喋喋不休。利蒂希娅也会苦口婆心地企图说服她。她的父亲也给动员出来对她进行规劝。最后,威洛比和蒙斯图特太太对维农发起了攻势;威洛比认为,这是主要的困难。但是这个姑娘有钱,又讨人喜欢;维农对她有好感,她也赞赏他的"阿尔卑斯山行动",他们有共同的趣味,他又喜欢她的父亲,最后他也参加了对她的围攻。她会让步吗?德克雷走了。她已没有其他出路,无法逃避这件她无法理解却又强烈反对的婚事。她陷入了困境。她的父亲巴不得留在帕特恩庄园,只要它的主人让他留下。她动摇了,被征服了。尽管维农过去的婚姻使她产生一定的厌恶情绪,她还是让步了。

威洛比当着克兰拉的面,在心里反复琢磨他设计的这出戏。它使他能冷静地对待她。他陪她走进餐厅,还谈到了克罗斯杰,显得对他毫无恶意。在餐桌上,他又在琢磨那些场面;他红光满面,这是由于酒,也由于他的朋友贺拉斯的脸色,因为他在竭力怂恿贺拉斯说笑逗乐。他把这家伙挖苦了一两次,不过这是善意的,从他到达庄园的一天起,他还从没对他表现得这么友好;但是不喜欢夸夸其谈的人,自然会采取批判态度;不过帕特恩庄园的波尔图酒使米德尔顿博士保持着仁慈的沉默,尽管威洛比声称,德克雷讲的东西并不新鲜,嘲笑他没有查一下他的逸事记录本,以致与他上次讲的生动笑话发生了矛盾。他说:"你的笑话固然很妙,贺拉斯,但还是得当心,别说溜了嘴!"德克雷没有分辩,米德尔顿博士也没有用双关语与他为难。我们只要稍微动动脑筋,就可以在我们认为适当的任何时候,让自命不凡的饶舌者露出马脚;显然,如果我们也愿意不顾身份地耍嘴皮子,我们能比他说得更好。但是这位批评者尽管肚子里有不少挖苦话,还是只得到此为止不再节外生枝。从女士们的微笑看,她们似乎也认为应该这样。

时间已快到十一点钟,米德尔顿博士表现了斯巴达人那种坚定立场,毅然谢绝了另一瓶波尔图酒。规定的两瓶已经喝完,这是由神学博士和他的主人平分的,现在他们可以到会客厅进行礼节性访问了。他们是不速之客,两位年轻女士正在啧啧赞赏两位年长女士的编结艺术,那是一块卧室用的丝绸小沙发毯。维农和德克雷中校早先出外寻找小克罗斯杰了,一人前往戴尔小姐的家,另一人去找猎场管理人和他的助手。据说他们要在外面散散步,吸吸烟,因为夜色很好。威洛比走出客厅,回来时口袋里揣着克罗斯杰的房门钥匙。他预见到,这个少年犯可能对他还有用处。

利蒂希娅和克兰拉在一起唱歌。利蒂希娅脸红红的,克兰拉却很苍白。到了十一点钟,她们辞别了两位老小姐。威洛比向两人分别道了晚安,一边把利蒂希娅闷闷不乐的神色与克兰拉直截了当的生硬态度作比较。他推测她们离开这儿,是要去谈论她们共同关心的那个人——克罗斯杰。他招呼了他的姑姑,拿起沙发毯,称赞了她们的勤快和高雅。为了让米德尔顿博士快些回房安歇,他怂恿他来欣赏毯子,把它翻过来又翻过去,弄得那位彬彬有礼的老先生只得搜索枯肠,寻找赞美的词句,最后终于走了。

在午夜前,会客厅空了。十分钟后,威洛比又走进屋内,发现他约好在这儿会面的人并未到来。失望使他烦恼,他踱来踱去,无意中抓起了那块沙发毯;至于为什么,就只能问他自己了;说是要背着两位姑姑赞赏她们的手艺吧,恐怕他是不会这么想的。然而温暖柔软的丝织品,给人一种女性的柔和感。他向壁炉架上瞥了一眼,时钟告诉他,利蒂希娅已迟到二十分钟。

她的失约可能危及他的整个计划,改变他的全部生活道路。他给她涂上的色彩太鲜艳了,恐怕不能持久;他头脑中的狂热情绪也难免冷却。显然正因为这样,他不能等待第二夜再献上他要作出的牺牲。

时钟指到十二点半。他把丝毯扔在中央的大沙发上,熄了灯,走出了屋子,一面在心中责备不见踪影的利蒂希娅,她的不幸只能由她自己负责。

# 第四十章

## 午夜，威洛比爵士和利蒂希娅，
## 藏在毯子下的小克罗斯杰

小克罗斯杰是个贪玩的孩子，只要不读书便在外游荡，不到天黑不回家。今天黄昏降临时，他还在庄园外几英里的地方，正考虑着在结束一天的许多惊险活动后，是否在小饭店过夜；因为他身边还有不少钱，而明天在一个陌生地方醒来的想法，也令他兴奋。再说，威洛比爵士把他从睡梦中摇醒的时候，已告诉他，他必须滚出去，不准再在帕特恩庄园露面。然而另一方面，米德尔顿小姐又吩咐他回来。他应该服从谁，这对他并不重要，他跟自己的心思走。

他在一家小饭店用晚饭，那里的人喜欢听他的冒险故事，这耽误了他的时间，为了弥补损失，他抄小路回家，结果迷失了方向。他到达庄园时已经很迟，他决定，万一必要，他可以在星光下度过一个又恐怖又快活的夜晚。但是在屋后的一个窗口一支蜡烛还亮着。他打了门，厨娘让他进了屋子。她已为他煮好一碗热汤。为了让她高兴，他尝了一口，但吃着吃着脑袋却耷拉下来了。她唤醒了他，让他站直身子，可他却靠在她的肩上。厨房的干燥空气，看来使疲倦的小家伙受不了。玛丽厨娘让他尽可能走稳，带他从后面绕到前厅，叫他不要出声，偷偷回房睡觉。他明白他在这屋里的地位，尽管他困得可能在楼梯上睡熟，还是坚持以他的卧室为目

487

标,像猫一样轻轻走到了房门口。房门推不开。他有些慌张,一下子没了主意。门锁上了。克罗斯杰觉得,好像威洛比爵士站在他的面前。他赶紧溜走,两腿摇摇晃晃的,绊一下,摔下了六七级楼梯。上面的一扇门开了。他一溜烟穿过门厅,拐进了会客厅,那里的门幸好开着。他在黑暗中跌跌撞撞,摸到了沙发,倒在上面,把一块光滑柔软的东西裹在身上,它像小姐们的手那么软,那么香;他觉得非常舒服,就连头带脚都钻到了它的下面。他正在琢磨这是什么地方,他的腿已蜷曲起来,眼睑也合上了;他又开始重温白天的惊险活动,从事更有趣的游戏了。

他听见了自己的名字,那是确定无疑的。他知道,这是他自己的耳朵听到的,当时他已进入人间最最飘忽的梦乡。但那声音并非来自梦中,它在梦外;它像冰面上的危险标杆,滑冰者滑到这儿,滑到那儿,突然遇到了它,又遇到了它;一会儿它标志着他要经过的转折点,一会儿它又使他只得放慢步子;他开始绕圈儿,转得更靠近了它;最后他像挨了一拳,他的心一跳;他抖擞精神,正想拔脚逃走,突然愣住了,怀着跳动的心开始静听。

"啊!威洛比爵士。"一个声音说。

口气显得十分惊慌。

"我的朋友!我最亲爱的!"另一个声音回答。

"我是来谈克罗斯杰的事。"

"请你坐在这儿沙发上好吗?"

"不行,我不能等待。我多么希望听到克罗斯杰已经回来的消息。我还是不坐下的好。等他回来,我可以要求你原谅他吗?"

"你,也只有你,可以这么做。我不会答应任何别人。关于克罗斯杰,明天再谈吧。"

"现在他可能睡在田野里。我们都很焦急。"

"这小坏蛋会照顾好自己的。"

"克罗斯杰常常出事。"

"如果他受到的惩罚太大,他会得到补偿的。"

"我想我得说晚安了,威洛比爵士。"

"除非你自觉自愿、毫无保留地答应嫁给我。"

她犹豫了一会。

"我可以说晚安了吧,威洛比爵士?"

"只要你答应我的要求。"

"晚安,威洛比爵士。"

"你还没有答应呢。你不相信?还有怀疑?我得怎么讲才能使你相信呢?然而你是了解我的。你比谁都了解我。你是一向了解我的。你是我的家和我的神庙。难道你忘了在我成年那天你写的诗吗?

"'黎明的星升起了,
在光芒万丈中……'"

"请你别再念了!"利蒂希娅气吁吁地喊道。

"我对自己背诵过一千次了,在印度,美国,日本,它像我们英国的云雀一样总在对我歌唱:

"'我的心啊,现在冲出你的牢笼吧,
高傲地飞向那万里长空!'"

"我求求你,别再强迫我听那些无聊的废话吧,那只是我小时候写的。不要再提那些愚蠢可笑的句子!既然你知道什么是写作,瞧不起人们写的东西,你就别再给我增加痛苦。你今晚不打算谈克罗斯杰的事,那就请让我走。"

"你了解我,因此你知道我一般来说,是瞧不起诗歌的,利蒂希娅。但你给我的诗不在此列。为什么你要说它愚蠢可笑?它表现了你的感情,在我看来,它是神圣的。对于我,它不仅是诗,它带

489

有宗教的性质。也许那第三节是我最喜爱的……"

"我再也不能忍受了!"

"你写的时候是真诚的吧?"

"那时我还很年轻,容易激动,非常愚蠢。"

"依我看,你过去和现在都是忠诚的化身!"

"那是一个错误,威洛比爵士,我早已与过去不同了。"

"我们都长大了,我相信也变得聪明了。我承认,我便是这样;聪明多了。终于聪明了!我要求你与我结婚。"

她没有回答。

"我要求你嫁给我,接受我的姓,利蒂希娅。"

没有答复。

"你认为我与另一个人有婚约吗?"

她保持着沉默。

"我自由了。谢天谢地!我可以自由选择我的妻子——我一直爱着的女人了!我是自由的,全心全意的,我要求你嫁给我,我保证与你结婚。你是帕特恩庄园的女主人,我的妻子。"

她没有说一句话。

"我最亲爱的!难道你还不理解我的心吗?我要求你嫁给我,因为我的婚约解除了。我这要求是向我最尊敬的女人提出的。我终于发现,没有尊敬就没有爱,没有爱也就不能结婚,因此我现在自由了,我是属于你的。终于?……你的嘴唇在动,告诉我,你要说什么。我说过,我一直爱着你。你的心里藏着忠诚的磁石;尽管表面上我走了一段弯路,但我现在可以向你宣告,你对我的吸引力从未中断过。现在障碍不再存在。我们两个已独立于世界之外!我们是一个人。让我承认我过去的软弱,那完全是由于年轻,我相信你也会把它归罪于年轻;我一度抱有幻想。我不相信事实,那便是原因,现在我明白了。你使我懂得,与一个明智的女人结合是不同的。我为你感到自豪,利蒂希娅,它真正医好了我不明智的感情——我称它为不知满足的欲望。我认识到,这是一种愚蠢的幼稚病。不妨说,我经历了一段坎坷的历程,现在才回到家中,回到你的身边,过成年人平等的相敬相爱的生活。终于吗?是的,终于!但是别忘记,在比较年轻的人那里,你只能得到一个暴君,也许还是一个嫉妒的暴君。我告诉你,年轻人在爱的观念上是有东方倾向的。正是他们使爱情名声扫地。我们,利蒂希娅,我们不会把爱情看作自私的东西。如果真有爱情,那么它便是生活的精髓。至少这已是向美的范畴升华了的自私。我与你谈话,就像一个人在异国他乡遇到了故人。我觉得好像我已一个世纪没有开口了,我当然也没有向任何人敞开过心扉。那些为欢乐歌唱的人,对于我不是不能理解的。如果我没有什么值得讲的,我想我也会歌唱。从每个意义上说,你都使我与人们,与世界和解了,利蒂希娅。为什么要强迫你开口呢?我愿意自己讲出一切。正如你了解我,我也了解你,这是肯定的,而且……"

利蒂希娅终于开口了:"不!"

"我不了解你吗?"他说,尽量显得十分甜蜜。

"恐怕是的。"

"怎么会呢?"

"我已经变了。"

"怎么变法?"

"变得多了。"

"变得冷静持重了?"

"变得老了。"

"你的美貌会恢复的,不用担心,我向你保证。如果你认为你需要新的活力,那么药方便在我的手中。我,亲爱的,我!"

"请原谅……威洛比爵士,你能告诉我,你是不是已与米德尔顿小姐解除婚约了？"

"请你放心,亲爱的利蒂希娅。她现在与我一样自由。我做了一个正直的男人应该做的一切。她与我分手了。明天或后天她就离开。我们,利蒂希娅,你和我,亲爱的,我们仍留在家中。留鸟和候鸟是不能配对的。你提到的变化,那微不足道,算不得什么。意大利会使你复原。我可以用我自己的健康担保,我的健康是还没受过医药博士的伤害的——我特别提到医药博士,因为有些神学博士甚至连巨人也敢伤害呢。总之,一次意大利旅行就能使你恢复健康,你会变成一个容光焕发的新娘从意大利回来。你摇头,是不相信吗？亲爱的,我向你保证这点。我不能使你恢复青春？瞧吧！走到亮处,照照镜子。"

"可能我是脸红,"利蒂希娅说,"我想这是心理活动造成的。我已经变了。除了心理活动,我的心已没有任何作用。威洛比爵士,有一点我是与你一样的：没有爱情,我便不能结婚。可是我不知道什么是爱,只觉得它是一个空虚的梦。"

"结婚,我最亲爱的……"

"你误解了我的意思。"

"我的利蒂希娅,我会医好你的创伤。相信我,我便是强身剂。这不是普通的信任,这是坚定的信念。我,亲爱的,我！"

"我所感觉到的一切是没法医治的,威洛比爵士。"

"称呼我时请别用那正式的衔头。答应我的要求,让我做你的保护人吧。其他的一切包在我身上。让我们的结束像开始一样美好,我要求你答应我,答应嫁给我。"

"我不能答应。"

"做我的妻子吧！"

"这是一种荣誉,但我只能拒绝。"

"利蒂希娅,你没有病吧？我是在用我最明白的话向你提出,希望你成为帕特恩夫人,成为我的人呢。"

"我不得不拒绝。"

"为什么?拒绝?你的理由!"

"理由已讲过了。"

为了开动脑筋,他走了一大步。

"我知道,女人有时会出现一种疯狂的情绪。请你回答我,利蒂希娅,你爱过我吗?——尽管凭一个男人所能有的一切证据,我相信这点,但我还是得这么问。"

"我过去是一个非常傻的女孩子,充满了幻想。"

"你在回避我的问题,我是认真的。哦!"他大叫一声,从她身边走开,表示绝不相信她现在会这么不知好歹,然后又赶紧回到她旁边,说道:"但那是全世界都看到的!人人都这么讲。要像利蒂希娅·戴尔那样爱,这已成了一句流行语。你成了榜样,成了指引女人的灯塔;在忠诚这点上,没有一个人可以与你相比。你像凯米奥浮雕宝石①上的珍贵头像,眼睛总是注视着一个方向!我便是你的目标。那时你是爱我的。你爱我,你属于我,你是我的,我的财富,我的珍宝;我为你的忠诚自豪,把它看得比我在世上拥有的任何事物更贵重。对于我,这是世界秩序的一部分。怀疑它便是破坏我的信条。哎呀,我的天!这个世界变得怎么啦?难道什么也靠不住吗?你是爱过我的!"

"那时我很幼稚,真的。"

"你对我的爱是热烈的!"

"你再三这么说,威洛比爵士,是不是为了羞辱我?我已经给暴露得够了。"

---

① 英国一种贵重的浮雕宝石,上面雕有头像。作为对这个人的纪念性饰物,曾流行于十八、十九世纪。

493

"你不能抹杀过去,那是写下的历史,事实的记录。你真心实意地爱过我,沉默也回避不了这事实。你爱过我。"

"我爱过。"

"你从没爱过我,你这个浅薄的女人!'我爱过'!仿佛爱情是可以终止的!那我们还能指望什么?我们珍重一个女人的爱;我们保护它,为它嫉妒,信任它,向往它;它便是我们的财富,我们的护身符!可是当我们打开珠宝匣时,它却不见了!里面空空的,什么也没有!原来我们只是穷光蛋。我们还以为保存在女人心中的爱,是像保存的陶瓮中的名贵的酒一样可靠呢!这就是女人,女人!啊,她们都是一路的货色,一枚钱币!可以握在任何人手里!这是一个故事,一个骗局,她们不懂得爱。她们只是男人的影子。与男人相比,她们没有心,她们的心只是一个影子。利蒂希娅!"

"威洛比爵士!"

"你拒绝我的要求?"

"我不得不这样。"

"你拒绝我做你的丈夫?"

"我不能做你的妻子。"

"你变心了?……你已下了决心?……你可能结婚?……你已有了人?……你可能嫁给这个人!我要得到回答,我不能容忍逃避。上帝创造女人是为了什么,直到世界末日这仍是个谜不成!每个正直的男人都曾这么问。我有权利知道谁抢走了我的人;只要我们愿意,这是可以解决的。魔鬼总是装出了笑容!我说我有权利知道,是谁抢走了我的人。回答我。"

"我不想结婚。"

"那不是回答。"

"我不爱任何人。"

"你爱过我——你不作声?但是你已经承认这点。那么你承认你的爱情是会死亡的！你没有发现,这只能增加我的怀疑？你爱过我,可是你不再爱我了,换句话说,你是指责我不能永远保持一个女人的爱。你谴责我只是引起了一种不能维持终生的可怜的感情！你让世界看到,我是一个只能当作临时目标的人！那无非因为一个女孩情窦初开时,正好有我住在你附近！你使我变成公开的例子,证明我这样的人只能满足女人一时的幻想,如此而已；他不能永久吸引她们,他的魅力转眼就会烟消云散,于是她们离开了他。我给你任意捡起,又任意抛弃,这公正吗？请你想想那种诽谤！她们像影子？算了,一个男人的影子至少是忠于他的。可是女人呢？与她们相比,自然界没有一种事物不大大高出于她们之上！没有谁不可以对她们大声呵斥！她们虽有弱点,我却一向是绝对尊重她们,对她们谦恭有礼,不论我接触什么,我都感到愉快,唯独与女人的接触是例外！这是怎么回事？秘密在哪里？一定存在着某种骇人听闻的原因。这可能是什么？我出生以来,一向得到命运的宠爱,直到与女人有了接触以后,情形便变了。你要为女人辩护,但是请问该怎么解释这件事？啊！要是这些关系是不正当的,情况当然完全不同。那时她们……我能举出……但我不屑炫耀这些得意事件。那完全是另一回事！她们是会飞的虫子,我却比较稳定。她们是苍蝇。我不能只考虑眼前,我对我的家族负有责任。她们是苍蝇。我早已看到这点,如果我不能避开她们,我的命运便会遇到挫折,这些苍蝇！她们天生是只顾眼前的,不仅如此,我相信她们在精神上也是朝生暮死的虫子。好啦,我对女性的观点是直接与你有关的。你可以改变它,也可以再把男人中的一个抛给世界,让他忍受那古老的痛苦经历。你考虑吧,我对女人的理想是否破灭,这取决于你。要恢复它也全在于你。我爱你。我发现,你是我始终爱着的唯一女人。我来到你的身边,我提出了要求,可是你突然变卦了！'我变了,我已经不是原来的我。'这还能是什么意思？'我不想结婚,我不爱任何人。'你说你不知道什么是爱,可是你又同样声称你爱过我！难道我是一个空虚的梦！我这人,我这颗心,命运,姓氏都是你的,我把它们放在你的脚下,你却把它们踢开。我在这儿,你却拒绝我。但是我之所以在这里,除了我对你忠诚的爱,还有什么其他原因？你把我吸引到你身边,又推开我,这是一种报复,恶毒的报复。"

"你知道不是这样,威洛比爵士。"

"难道你还怀疑我仍受着婚约的束缚,并不像我告诉你的那样,在事实上和名义上都已完全恢复了自由？"

"问题不在这里。"

"那就把问题讲明白;你看到,力量在你手里。小姐,难道要我向你下跪不成？"

"啊,别这样,这只能使我更加痛苦。"

"你觉得痛苦？那么你相信我的感情,却又要把它扔掉。我毫不怀疑,你作为一个女诗人会说,爱是永恒的。你过去爱过我,但你现在对我说,你不再爱我了。你这么做是不合逻辑的,利蒂希娅·戴尔。"

"女诗人是罕见的,不能因为我写过一些愚蠢的诗,便说我是女诗人,我没有这种奢望。我像许多人一样,早已不抱那种幻想了。"

"你不应该否定从前那些可爱的日子,利蒂希娅。它们现在还在我的眼前,每逢我骑马经过你的小屋,总看到你坐在窗口,手里拿着笔,你的头发披散在额上。充满幻想,是的,但并不愚蠢。为什么你想念我便是愚蠢？过些日子,我得请一位画家按照我的描摹,给你画一幅画像。我还记得,我们第一次促膝谈心的时刻……我记得你战栗的声音。你忘记了,可我还记得。我记得我们怎样在园子里相遇,一起前往教堂。我记得我旅行回来的那个晴朗的早晨,我遇到的仍是同一个利蒂希娅,那么坚定,那么不可改变。我怎么能忘记?那是一些永远不会磨灭的经历,我青年时期的情景,与我有着不可分割的联系。我可以说,我离它们越远,也越是怀念它们。告诉我,利蒂希娅,你父亲谈到我们两人的话,是不是包含一点预言的意味?我认为我听到的是预言,一种预兆。"

"他是一个病人。老人总是喜欢幻想的。"

"问你自己吧,利蒂希娅,谁是实现他的预言的障碍?如果世界上还有可以预见的真理,那么他的预言便是真理。你的变化还没有那么大,以致对满足他的愿望毫无兴趣吧?明天早上天一亮,我就去看他。"

"你这是迫使我不得不跟你一起去,免得他受到迷惑。"

"那就去吧,你不好意思承认,那种情绪毫无意义,我不在乎。"

"你的做法是卑鄙的,但毫无用处。"

"这是爱情的证明!因为除了你,我不会为别人这么做,除了你也没有别人敢责备我卑鄙。"

"威洛比爵士,请你让我父亲平安地死去吧。"

"他和我联合起来,会有办法说服你的。"

"你使我不得不想,你为了娶一个妻子可以不择手段。"

"这是为了你,利蒂希娅,你。"

"我倦了,"她说,"时间已经太晚,我不想再听下去。如果我使你感到痛苦,我很抱歉。我愿意相信你讲的话是坦率的。我既不想偏袒我们女性,也不想偏袒自己。我只能说,我是一个心如死水的女人,我希望按照我的方式得到幸福,我已经心灰意懒,不能想象任何其他方式的幸福。至于爱情,我很高兴我已打破了幻想。你心里想的是一个较年轻的女人;我现在老了,我没有野心也没有热情。我最大的愿望是随波逐流,听其自然,一种纯粹维持生命的要求。我没有力量游泳了。这样一个女人不适合做你的妻子,威洛比爵士。晚安。"

"再说一句。请你好好考虑一下。不要尽说些老生常谈式的抱歉话。你坚决拒绝?"

"我坚决这样做。"

"你拒绝?"

"是的。"

"我牺牲了我的尊严,却一无所得!你拒绝?"

"是的。"

"我低声下气!得到的是这样的回答!你决定拒绝?"

"我拒绝。"

"晚安,利蒂希娅·戴尔。"

他给她让开了路。

"晚安,威洛比爵士。"

"我的命运在你手中。"他说,口气既像恳求,又像威胁,它仿佛爪子一样抓了她一下,她转身答道:

"我不会泄露这件事。"

"我可以信赖你?……"

"明天早餐以前,我就回家去了。"

"请允许我送你上楼。"

"随你的便,但不论今晚还是明天,我不会再见到这儿的任何人。"

"这是你赏光,使我成为看到你的最后一个人。"

他们走了。

小克罗斯杰听得头脑里嗡嗡直响;仿佛有个人在他的头颅内或头颅上拼命擂鼓。

威洛比爵士的实验室的门砰一声关上了。

克罗斯杰从沙发上一骨碌翻了下来。他偷偷摸到了会客厅开着的门,张望了一下。从没一个孩子像他现在这么清醒。他的目的是溜出公馆,躲进黑夜中,不让遇到任何人,因为他觉得自己很重要,他听到的消息像一颗炸弹埋在心里,他担心它会爆炸。他穿过门厅,在通往碗碟储藏室的过道上,他撞到了德克雷中校身上。

"原来你在这儿,"中校说,"我还到处找你呢。"

克罗斯杰告诉他,他的卧室锁上了,又没了钥匙,而威洛比爵士在实验室里。

德克雷中校把孩子带到自己屋里,让他躺在沙发上,他舒舒服服盖上被子,枕头又松又软,但是他睡不着;他要讲话,要呼喊,要哭;他把身子一会儿翻到左边,一会儿翻到右边,不知道应该怎么想,只知道有人正在策划一个阴谋,要陷害他所崇拜的米德尔顿小姐。

"怎么样,小家伙,你连半个老兵也比不上。"中校向他喊道,以为他是因为躺在沙发上,条件太差,觉得不舒服。尽管这挖苦不好受,克罗斯杰还是忍住了。他隐隐感到,把他有关米德尔顿小姐的心事,泄露给德克雷中校并不合适,因此也就不为自己辩护了。这样,他唉声叹气,翻来覆去,折腾到了天亮。时间还早,那位热情接待他的朋友还睡得正香,在被子上露出了半边身子和脑袋,侧面看去显得十分漂亮。克罗斯杰拔腿走了。

"他说我还抵不上半个老兵,但我只要在床上躺两个钟头就够了。"孩子不服气地想,一边呼吸着田野上旭日初升时的清新空气。他回头瞧了一眼帕特恩庄园,感到很忧郁,因为他不知道怎么办,他太容易激动,又知道得太多了,他的心容纳不了;他太关心他那位亲爱的米德尔顿小姐,在一天的那么多小时里没法默不作声。

# 第四十一章
## 米德尔顿博士、克兰拉和威洛比爵士

当克罗斯杰少爷滚下楼梯的时候，利蒂希娅正在克兰拉的房间里，推测那个遭受打击的小家伙可能遇到的各种灾难。利蒂希娅走后，克兰拉一直很焦急，注意着屋里的动静，最后听到了威洛比爵士的声音，才放心一些，因为这至少证明孩子不在家中。

她等待着，指望戴尔小姐回来；后来只得脱衣上床，试图睡一会儿。争论使她困倦。年轻人少有的一些古怪想法掠过了她的头脑，例如：责任感可能克服厌恶情绪，一个人可以不理会自己的好恶过活，等等。她不得不承认，威洛比爵士具有独特的能耐，可以把人折腾得筋疲力尽；她问自己她的斗争获得了多少进展，可是每一次努力看来都在消耗她的精神力量，使她的前景变得更加渺茫，却仿佛只是加深了她的沉沦，与她每跨出一步便希望更接近自由的初衷，恰好背道而驰。回顾过去，她对自己所做的事感到惊讶。仔细想想，它们显得毫无效果！然而还有一场与她父亲直接对抗的重头戏要唱呢。

展望这场戏，她觉得毫无信心。自从他意识到她打算逃走以后，他还没有与她谈过话，但现在已不可避免了；她不想把痛苦强加给他，她自己也但愿不必这么做，除此以外，她特别伤心的是她知道，他们已变得疏远了，站到了对立的地位上，而这只是由于男人的一个更不可思议的弱点,而对这个弱点,她既不敢隐约提及,不敢想到,甚至在她的内心活动中也不愿提到。只有在转向其他问题时,她才允许自己喊出:"酒!酒!"一边却再一次感到惊异,究竟酒里边包含着什么,以致可以诱惑一个正直的男人,使他分不清是非曲直。她还太年轻,不会想到她犯了个大错,就是把杯中物看作一位正直的绅士考虑他的职责时会发生决定作用的因素。他反复揣量的其实是:他为什么要纵容一个企图破坏婚约的女孩子,为了满足她想入非非的任性行为,放弃无价的美酒?她的错误是严重的。当然,酒使他夸大了它,这是任何人喝了酒都难免的;尽管这样,她的错误仍是严重的。

她还太年轻,不会想得那么多。她准备反省她的严重错误,只要这种屈辱对她摆脱束缚能有所帮助,然而她陷入困境的个性不允许她作更深入的思考。她从没准确地理解这个问题,原因也许便在于威洛比从没放松过他的要求;但是,接受指责,承认自己的任性,这就意味着她已认识了错误,感到了后悔,并准备在今后接受惩罚;哪怕永远不结婚吗?这是多么轻的惩罚啊!

天亮以后,她来到利蒂希娅的卧室门口,叩了门,没有得到回答。

早餐时,她得悉戴尔小姐走了。埃莉诺小姐和伊莎贝尔小姐认为,恐怕她家里出了什么急事。没有一个人看到维农,克兰拉要求德克雷中校前往利蒂希娅家中,打听克罗斯杰的消息。他接受了任务,这只是为了表示服从她的安排,愿意为她效劳;但他同时请她放心,不必为孩子的事不安。他想把其他情况告诉她,可惜米德尔顿博士把她带走了。

威洛比爵士看看表,发现时间已过了十分钟。他两位杰出的姑姑对他的脸色提出了大胆的推测,这使他吓了一跳,担心自己成了泄露他惊人失败的罪魁祸首。他觉得他昨夜的行动像发疯,利蒂希娅也像发了疯——不过幸好她发了疯！这真是不幸中的大幸！她拒绝了他慷慨得可笑的提议，这显得似乎有一只无形的手在保护他，使她在关键时刻变得神志不清。他完全相信她是出于谨慎；但她是一个可怜的女人，她失去了上天赐予她的最后一个机会，也给他提供了一个显著的例子，证明女人的爱情如何不足称道。

时间在飞逝。再过一会儿，蒙斯图特太太就要到了。他必须想好一套办法对付她；如果他不能做到胸有成竹，他便失去了与她对垒的武器，但他搜索枯肠，脑子里还是空空如也。她那不祥的"两次！"现在已不能用在利蒂希娅身上；它成了布歇夫人的传声筒。不仅如此，如果大家都了解了秘密，那么"三次被抛弃！"就会成为普遍的议论。他感到痛苦，想不到这种命运竟落在他的头上，可是要不是为了对家族的责任，他可以根本不把女人放在眼里，任意玩弄她们！这就是正直给我们的报答！

从他的表看，十五分钟过去了，他走到图书室门口，用指关节叩了门。米德尔顿博士给他开了门。

"先生，你没有事了吧？"

"我的讲道已到了即将唤醒痴迷的阶段。"神学博士答道。

克兰拉在嘤嘤啜泣。

威洛比爵士忧心忡忡地走到她身边。

米德尔顿博士的满头银丝所处的状况，足以证明他的讲道多么热情洋溢；威洛比说道："我希望，先生，你没把一件小事看得那么严重。"

"我相信，先生，我的话已发生了一定作用，她现在正在考虑这点。"

"克兰拉！我亲爱的克兰拉！"威洛比拍拍她。

"我可以告诉你，她真心为她的行为感到后悔呢。"米德尔顿博士说。

"亲爱的!"威洛比小声道。"我们发生了一点误会。我怎么也不明白,我什么地方错了,但我愿意承担责任,全部责任。我请求你别再哭了。我恳求你别哭了。赏个光,看看我吧。我没想要你受到任何责问的。"

"我不想责怪你。"克兰拉哽咽道。

"当然,威洛比是没有什么可责怪的。应该为公然背信弃义、违反礼法的逃跑行为负责的不是他,使我的一位同行和朋友染上感冒的也不是他。"她的父亲说。

"先生,你的讲道已完成了任务。"威洛比说。

"请你相信,听到这句话没有人会比牧师更高兴,他额上流的许多汗总算有了收获,"米德尔顿博士轻松地叹了口气,"我懂得亚伯拉罕①的烦恼。那样的讲道不论对子女怎样,对父亲说来总是一种牺牲。"

威洛比在安慰他的克兰拉。

"可惜我不在这里,不能分担这一切,让你少流一些眼泪。对我们之间小小的意见不合,我也许太急躁了。我得承认这个缺点。我的脾气往往有些暴躁。"

"我也一样!"米德尔顿博士感叹道。"然而我不记得我曾因此忽视丈夫的责任。我也不能完全理解,一种可能出于正当义愤的情绪,怎么能容忍为背信弃义的蛮横行为提出的借口。"

"讲道已经结束了,先生。"

"这是它的余波!"神学博士宽容地挥了挥胳臂,"就算是你听到的遥远雷声吧。"

"把手伸给我,亲爱的。"威洛比啜嚅道。

---

① 《圣经》人物,希伯来人的始祖,生有子女多人,见《创世记》。

手没有伸给他。

米德尔顿博士注意到了这点。他走向窗口,转过身来时,发现两人仍保持着原来的姿势,于是咳嗽一声,算是警告。

"这是残忍的!"克兰拉说。

"有权与你结婚的人要求你把手伸给他,这是残忍的吗?"她的父亲问。

她又在从一阵眼泪中寻找安慰。

威洛比向她俯下身子,没有开口。

"这种说教作为父亲的责任,五年一次已是不能想象的,难道要在半小时内进行两次吗?"她的父亲吆喝道。

她耸起肩膀,哆嗦了一下,然后垂下肩膀,低下了头。

"我最亲爱的,把手伸给我。"威洛比情意绵绵地说。

手投降了;它像突然融解的冰锥。

威洛比把它按在胸口。

米德尔顿博士在屋里踱来踱去,两手反剪在背后。年轻人之间的沉默似乎在催促他离开。

他亲切地说:"严冬老人走后,花骨朵才能绽放。'现在春天又给我们送回了温暖的气候'①,春分的风暴过去了。我走了,让你们谈谈。"

克兰拉和威洛比同时仰起了脸,但表情却截然相反。

"我的女儿!"她的父亲站在她旁边,把手轻轻按在她肩上。

"没什么,爸爸,我会到外面找你。"她笑道,意思是他不必为那些严厉的话表示歉意。

"不,先生,我要求你留下。"威洛比说。

───────

① 原文为拉丁文,与下半句均为古罗马诗人卡图卢斯(见第二十及二十三章)的诗句,引自他的《诗集》。

"我只能使你们保持冻结状态。"

克兰拉没有否认这点。

威洛比却矢口否认。

那么他们两人究竟谁更像恋人呢？米德尔顿博士这时认为应该是他的女儿。

克兰拉说："爸爸,你在草坪上吗？"

威洛比插口道："别走,先生,给我们祝福。"

"那可以。"米德尔顿博士匆匆为父亲的祝福仪式表示了一点意思。

"爸爸,过几分钟我就来找。"克兰拉说。

"请她定个日子,可以吗？"威洛比慌忙提出。

"不可以！"克兰拉斩钉截铁地回答。

"预定的日子只有在它到来时才是重要的,"她的父亲说,"但目前,作出决定恐怕还是首要的。你先把炮火准备好吧,我的朋友。"

"事情已经决定了,先生。"

"那么我可以撤出你们的火线了。随你们选定哪一天。"

克兰拉始终克制着自己,没有大叫大喊,这是为了免得她的父亲继续留在这儿。

这种冷静的克制态度既使威洛比忧虑和害怕,也提高了他的警惕。他明白,一旦米德尔顿博士离开,他面对的将是什么。她的父亲是她畏惧的法官,必须趁他在这儿的时候解决争端,事情才不致反复。他叫了一声"亲爱的",抱住她半个身子,作出要亲吻的样子,这像针一样扎在她的心头。

她竭力让她的身体忍受这一切,因为她看到她的父亲把这当作他可以立刻离开的信号。

但是他还没走到门口,威洛比抢在前面拦住了他。

"请听完我们的话,先生。不要走,我恳求你留下。恐怕我们还没有完全和解呢。"

"既然这是你的看法,"克兰拉说,"那么就不应该再给我的父亲增加痛苦了。"

"米德尔顿博士,我爱你的女儿。我追求她,也赢得了她;我还蒙你同意了我们的结合,我成了世界上最幸福的人。但是自从她来到我的家,我不知为什么——她不肯讲,或者不能讲——好像我得罪了她。一个人做了错事,也可能是无辜的。我从来不认为我没有缺点,因此我可能做错事是十分自然的。我只是要求她说明事实,或者原谅我。但两者我都没得到。如果把我们的位置对换一下,那么不论怎么严重的过错,哪怕是我们所能想象的最坏的错误,我想,我相信,它也不致使我提出要解除我们的婚约。对于我,爱就是爱;婚约是神圣不可侵犯的。尽管我有各种缺点,我仍具有绝对忠诚的优点——哪怕它在世界看来是可笑的!我承认我可以犯许多许多错误,但我还保持着这么一个优点,不过,在你女儿眼中,这恐怕是无足轻重的。说得简单一些,我毫不怀疑,我是男人中的一个傻瓜,是大家所说的像狗一样忠诚的人,因为忠心便是这种动物的命运。一个男人受了伤害便痛哭流涕,这是可笑的,我也并不想乞求怜悯。就算我倒霉吧。但是我厌恶背信弃义。对于我,破坏婚约是可恨的。如果是我,我会认为这是一种自杀。有些原则是有教养的人必须加以维护的。我们的社会结构便建立在它们上面。正如我的话我得遵守,我也要求别人遵守他们的话。如果不能做到这点,那么世界或多或少会变成骗子的天下。至于这件事,啊!克兰拉,我亲爱的!你是有原则的,你的出身和你受的教育都使你接受了它们,那么,我是不是在不知不觉中犯了不可饶恕的错误,以致你,你这样的一个女人……也不能向我指出我所犯的罪?这不仅是为了我失去的东西,我是要求从道义上给我公正的裁判,它不涉及个人的感情、利益、痛苦、悲伤,也不涉及我是否可能容忍任何诱惑也不能使我犯下的错误……是的,公正的裁判……先生,恐怕我不是一个擅长法庭辩护的人……"

"这种情况是不需要西塞罗出场的,先生,往下讲吧。"米德尔顿博士说时,不得不暂时中断了对这篇至理名言频频点头表示赞许的动作。

"公正,尽管这可能是一个极端痛苦的人的奢望,我还是得斗胆说一句,我要求公正,我厌恶背信弃义的行为。"

米德尔顿博士对他预料中的这句话,把头点得更低了。他说:"我个人,尤其是现在,也憎恨背信弃义。公正的裁判?可以公正地审理,公正地判罪,但有公正地厌恶吗?我想,先生,当我们说厌恶的时候,我们已离开了法庭,不是坐在法官的位子上了。然而憎恨恶劣的行为,这是完全合理的。你只要说,这不涉及个人利益,就足以阐明你的感情了。"

他从眉毛下注视着那位先生,又道:"她已经得到了教训,威洛比;她已经从这些浅显的英语和不容否定的崇高精神中得到了教训。我认为,现在不必重提这些事了。"

"请原谅,先生,不过我还是没有得到宽恕。"

"其余的事你们自己商量吧。我在这里很不自在,就像一只火鸡跟一对鸽子待在一起。"

"父亲,你走吧。"克兰拉说。

"先把我们的手放在一起,让我用那个称呼叫你一声,先生。"

"把你的手伸给这位先生①,我的女儿。从肩膀起,手臂伸直,像勇敢的拳击手一样。要让情人高兴。他要求的是属于他

---

① "手"在英文中含有允婚之意,见第六章注。后面威洛比一再要克兰拉把手伸给他,都是这个意思。

的手。"

"我做不到,父亲。"

"怎么,你做不到?你是与他订了婚的,一个订有婚约的女人。"

"我不想出嫁。"

"这理由并不充分。"

"我不配……"

"废话!废话!"

"我要求他解除婚约。"

"胡说!"

"我没有爱情可以给他。"

"你是回到了摇篮中不成,克兰拉·米德尔顿?"

"啊,离开我们吧,亲爱的父亲!"

"我冒犯了你,克兰拉,我冒犯了你!那是什么事?你给我讲一下也不成吗?"

"父亲,你还不离开?还是让我们两人单独谈的好……"

"我们已经谈得够多啦,克兰拉!"威洛比又道,"但有什么结果?我只知道,你爱过我,但你不再爱我了;你的心曾经属于我,可你又把它收回了,从我这儿夺走了;你要求我作出的牺牲涉及我的名誉,我的生命。我究竟做错了什么?我还是原来的我,我不会变。我过去爱你,现在仍爱你;我的心过去属于你,现在属于你,将来也永远属于你。你是我的未婚妻,也就是我的妻子。我究竟做错了什么?"

"说真的,这是没有用的。"克兰拉叹了口气。

"不会没有用,我的女孩子,你应该告诉这位先生,你的未婚夫,你反对他的理由是什么。"

"我说不出。"

"你可知道?"

"如果我能说明这是什么,也许我就可以克服它了。"

米德尔顿博士转向了威洛比爵士。

"我确实相信,我们是在指导这个女孩子分析她的任性脾气。这类事往往被这些年轻人看得很重要,但是由于它们没有器官,没有血管,没有头脑,没有黏膜,因此用解剖和检验的办法也同样不能收效。你提出疑问是自然的,因为你是一个情人,情人有着与女人建立关系的激情,但这与他对构成女人的素质的无知却通常是成正比的。到了一定的年龄,女人便与幻想结合在一起,我个人认为,这就是她们的歇斯底里精神;但是只要这种脾气发展得不太过分,无疑还是听其自然的好。不少例子证明,男人方面掌握反复多变的主动权,是很好的矫正办法。这样,我们也许会闹得天翻地覆,但是女孩子会拜倒在你的脚下。哈!"

"你可以瞧不起我,父亲。我一直自命不凡,把自己看得不同于别的女孩子,我应该受到惩罚。"克兰拉说。

"把你的手伸给他,我的孩子,因为他是在正式要求和解,这点我毫不怀疑。"

"父亲!我说过我不……我说过我不能……"

"最仁慈的上帝啊!这是为什么?为什么?把事情讲清楚,讲清楚!"

"别对我皱眉头,父亲。我希望他幸福。我不能嫁给他。我不爱他。"

"你应该记得,以前你对我说过你爱他。"

"那是我的无知……我不了解自己。现在我希望他获得幸福。"

"可是你不让他得到你希望他得到的幸福!"

"如果我与他结婚,这不能使他得到幸福。"

"啊!"威洛比喊了起来。

"你听到了。他否定你的预言,克兰拉·米德尔顿。"

她把握紧的双手举到了颈部。"这只能造成不幸,两人都不幸!"

"你说不出一句可以指责他的话,可悲的姑娘。"

"可悲!是的。"

"这是动物的叫喊!"

"是的,父亲。"

"你觉得你像动物?你的行为是属于那个类型。你说不出吧?"

"我应该责备自己,不是责备他。"

"你讲得这么宽大,我能让你走吗?能放弃你吗?"威洛比喊道。"唉!亲爱的,我的克兰拉,随你要我怎么样都可以,只要不是那件事。这对一个男子太严重了。我起誓,那已超过我的承受能力。"

"往下讲吧,继续努力;你已找到了正确的钥匙。"米德尔顿博士一边说,一边往外走。

威洛比转身后一个箭步,拉住了他。

"为我讲句话吧,先生;你是最有力量的。让她嫁给我,她会幸福的,我宁可死也要做到这点。我愿意为她牺牲一切。那是不可能的!我不能失去她。亲爱的,失去你?那无异是剥夺我的一切幸福,身心两方面的幸福。无异是使我不能再拥有你的优雅、美貌和智慧,你在身心两方面具有的女性的一切无比可爱的魅力,让我自己落到一片沙漠中。你是我的配偶,我所拥有的一切的体现。克兰拉,如果我能忍受这样的损失,我就算不得一个男子。你承认这点吗?但是我爱你!我崇拜你!我怎么能同意失去你?……"

他看到那个无比狡猾的年轻女人的眼睛瞧着别处。米德尔顿博士走得离门越来越近了。

"你恨我?"威洛比压低了嗓音。

"也许那样便会变成恨!"她嘟哝道。

"恨你的丈夫?"

"我不能保证不恨。"她小声说,狡猾使她的口气变得温和了一些。

"恨?"他大声喊道;米德尔顿博士站住了,仰起了头。"恨你的丈夫?恨一个你起过誓要爱他和尊敬他的男人?啊,不!只要你嫁给我,我就不怕。我相信我了解你的性格;我信任你的血统,信任你受的教育。哪怕我没有别的可以使我信任,我也能信任你的眼睛。克兰拉,记住我的自白:我宁可被你仇恨也不愿失去你。因为如果我失去了你,你就进入了别人的世界,离开了这个包含了我的世界,让我在这里忍受死一般的孤独。但是如果你恨我,我们仍在一起,仍生活在一起。任何的结合,任何的,都比分开好!"

克兰拉用批判的耳朵听着。他的语言和声调是新的,她知道,它们一半是朝她的父亲讲的,他狡猾地利用了她父亲那句"背信弃义"的话,这引起了她对这个演员的蔑视,以致说了一句极端错误的话,尽管那是用冷漠的口气讲的:

"你以前从不是这样对我说话的。"

"但现在他终于这样对你说话了。"她的父亲插嘴道,企图因势利导,靠那短短一句话来解决问题。"你应该听我的话,把手伸给他,作为结合的象征,或者说明你反对那么做的理由。你也承认,他已作了最大限度的让步,除非你能说明理由,否则你就必须与他结婚。"

她的头脑在旋转。威洛比进屋以前,她已经历了严重的打击,觉得心力交瘁了。她找不到恰当的语言来表达她独特的恶感。她构想了一些词句,但发现它们经不起她父亲的小小一驳。她还发现,威洛比也像她一样作好了大声疾呼、慷慨陈词的准备。如果她有眼泪做她的后盾,那么他的手势姿态也同样有说服力;她对这件婚事发出的厌恶的啼哭,只能带来这个人的爱情的倾诉,因而失去作用。那么她能说什么呢?他是一个利己主义者?在这样的场合,这个称呼毫无意义。"编造!"心中的厌恶情绪在用千百个声音向她这么喊叫;如果单独与父亲,或者单独与威洛比在一起,她可能会编出一些代替的话,使她的心灵由于无法提出真正的、重大的理由而忍受的委屈得到补偿;但是面对两个人,她感到无能为力。她想象得到,他们会轮流跳将出来,气势汹汹地进行反驳。她活跃的思想固然恨不得痛痛快快向他们讲出一切,但从她本身来说,她却不能这么做。这会带来不可避免的后果:她的嘴无法按照内心迫不及待的指示行事,以致心灵与头脑脱节。一个在激烈跳动,另一个却落在后面;当那颗受伤的心用含混不清的声音喊叫时,她用她想象得到的那两人可能说的各种话回答它。她对它讽刺挖苦,抑制它的非难,同时命令自己别忘记:为了在父亲面前保持表面的一致,她的拖延已造成了多大的危害;她称它为两面派;问她自己她算得了什么!谁爱她!就这样,她打退了她的心,完成了对它的嬉笑怒骂,并从这中间看清了她父亲为威洛比辩解的根据;她更加悲伤地问自己,如果她失去了对父亲的尊敬,她还有什么价值。

另一方面,在她冷静思考时,理性跳了出来,帮助她的父亲反对她;她抓住对他的尊敬不放,这使她觉得自己在随着它沉入水底;她还意识到,她是在重复威洛比的话——这种意识使她极端惶恐——埋怨在这个世界上最神圣的感情得不到尊重。她居然会重复那个人的话,这使她非常吃惊;但是这也证明,她决不比他好,只是年纪轻了几年。这几年很快就会过去,到那时,他与她便成了一丘之貉。没有人爱她,如果她履行对这个人的诺言,也不致对任何人造成危害；这是她自己许下的诺言，不履行便是背信弃义。没有人爱她。看看父亲对她的爱是怎么回事吧！让他幸福现在成了她的主要目标，她自己的幸福给体面地埋葬了。他在这里是幸福的，为什么她要成为他离开这里，失去他这么盼望得到的这一点点欢乐的原因呢？

孝顺的想法这么迎合她的软弱方面。她流露了一些犹豫的迹象；在犹豫中她瞥了一眼威洛比，又赶紧把眼睛移开，心想（对她说来，把自己的一生交给他实在太难以接受了），哪怕与一个面目可憎的人结合也比这强一些。嫁给一个丑陋至极的人，固然是为放弃自己的青春迈出了致命的一步，这是可怕的，但也是崇高的表现。

对威洛比爵士说来，不幸的是他完全有理由感到焦急；他看到她在反复思考，看到她匆匆瞥了一眼他美好的身材，马上把他的自我欣赏意识与他记得的那本伟大著作中一句有关的格言结合了起来，相信她的反抗已经过去；按照他的想法，这主要得归功于他完美的体格。

确实，在先生们和女士们的角逐中，那本大书的许多格言往往能鼓舞进攻者去夺取胜利。它们是由牺牲者的鲜血染红的。听到它们，就像听到了射中猎物的号音，而这已发生过千百次。但是在记住它们多次取得的成功的同时，为了未来某位女沃邦①的利益——她也总是在开动脑筋，收集格言，以便加强她的防御能力——失败的情况也应有所记录才是。

威洛比等不及冰雪的融化了。他完全相信他所看到的溶解过程；这位命运不济的先生在真心爱慕和渴望的同时，却鲁莽从事，

---

① 沃邦（1633—1707），法国元帅，著名的军事工程学家，在城防工事和攻城战术上均作出过卓越贡献，著有《论要塞的攻击和防御》等书。

企图拔苗助长,结果只是欲速不达,适得其反。

从这情况看,我们不妨给那条格言加上一个大致如下的附注:在你开口之前必须完全确定,你不致对这个溶解过程发生反作用。

"她是我的!我的!他喊道,"再一次变成我的了!终于属于我!永远属于我了!"他不仅这么大声呼喊,还辅之以身体的步步紧逼,可是她,尽管不像他那么坚决,却在步步后退。她像年轻小姐们必然做的那样,退后了两三步;但是少女畏缩退让的神态反而使他快乐得忘乎所以,没有发觉,她已成了愤怒的狄安娜①,身上佩满了箭。他抓住了她一只漂亮的手,但没有抓住她的身体,她躲过了他的拥抱,避到了一边。他喊道:"不必再提那件事了,它过去了!你不用再解释了,我的克兰拉。我应该更多地了解你,接受你的指导,亲爱的。如果我以后再犯什么错误,我的妻子便可以直截了当地向我指出,不必像我的未婚妻那么难以启齿。至于她为什么保持缄默,我不想再追究,也许她还不理解沉默的后果,因为在她还比较年轻和缺少经验的时期,她是不能完全明白婚约的神圣性的。现在一切都过去了,我们又是一个人了,亲爱的先生和父亲。现在你可以走了。"

"听到我可以走,真是太高兴了。"米德尔顿博士说。

克兰拉想挣出那只给拉住的手。

"不,爸爸,别走。这是误会,误会。你不能离开我。我只属于你,不属于任何人,更不会永远地、最终地属于谁。除了你,谁也没有权利说我是他的。"

"莫非你是流沙,克兰拉·米德尔顿,在你上面什么也不能建造?反复无常的头脑和变化多端的意愿会把这个女孩子带到哪里啊?"

---

① 罗马神话中的狩猎女神,身背弓箭。

"先生,克兰拉会和我在一起的。"威洛比说。

"那好吧,但愿如此。"博士边说边转身要走。

"还不成,爸爸。"克兰拉跳到了他身边。

"怎么,你,你,你,那是你要求同威洛比单独在一起的啊!"父亲大叫道。"我们转了一圈,又回到了出发点上,唯一不同的只是你现在不愿单独跟威洛比在一起了。起先要赶我走,现在又要拖住我;看你一会儿这样,一会儿那样,我真怀疑你这小妞儿,恐怕你看到天使乘波而行,在你决定投身于哪个波之前,你也会把天使弄得忍耐不住。你究竟打算怎样?"

克兰拉皱紧的眉头松开了。

"我希望让你高兴,爸爸。"

"但我要求你让你这位合法的丈夫高兴。"

"我极愿意履行我的责任。"

"这给你提供了一个满意的基础,威洛比;女孩子就是这样!"

"先生,我只要求在你离开以前,让她把手伸给我。"

"克兰拉,这不算过分吧?"

"爸爸,这是毫无意义的形式,不是吗?"

"她的意思是,她只准备举行重要的仪式,我的朋友威洛比。"

"先生,她的手;让她当你的面把手伸给我握着,这才有了保证;我经过这一番折腾才要求这么做,我认为我的要求是合理的,这可以使我恢复信心。"

"完全合理,虽然不能说是必要的。但我不妨补充一句,这也是正当的,与反复无常的人打交道,也许还是聪明的。"

"我的手在这里。"威洛比说。

克兰拉退后了一步。

他跨前一步。她的父亲皱起了眉头。她两臂往后缩,双手悬空,眼睛朝逼迫她的人投出了厌恶的一瞥,然后跑到父亲面前,喊道:"我的脾气就是这样！我反复无常,随心所欲,喜怒不定,又十分愚蠢。但是你看到,我赋予了这件事以真正的意义,感到了它的约束力;在你的面前,我不能把它看作毫无意义的形式。是的,你的女儿现在心情不好,请你为她考虑一下。过几个小时,等她心情好些再谈吧。请你宽容我这段时间,我必须仔细想想。我原以为我还是自由的;我也认为他还不致强迫我。如果我现在慌忙把手伸给他,我知道,我马上就会反悔。我的情形就是这样！但是,爸爸,我是希望克服这种情绪的,只要放我走,让我独自散一会步,我就会冷静下来,明白我的责任是什么……"

"你要到哪里散步?"威洛比问。

"智慧与走哪条路没有关系。"米德尔顿博士说。

"先生,我是担心那条路会通往火车站。"

"这有一定道理！"米德尔顿博士为他女儿的行为叹了口气。

克兰拉涨红了脸,但她已不想发怒,听到威洛比的攻击,甚至还有些得意。

"我保证不离开他的庄园,爸爸。"

"我的孩子,你已表明,你的保证并不能约束你。"

"啊！"她哽咽道。"但是我可以向你起誓。"

"那么,为了让这位先生放心,为什么现在不能向我起誓,说在一定时期内他就可以成为你的丈夫?"

"我会主动找你的。我必须独自待一会儿。"

"我会失去她的。"威洛比叫道,流露出发自内心的不安。

"为什么?"米德尔顿博士说。"我会教育她的,先生,只要你看在我面上再缓一缓。克兰拉,你得在一小时内主动来找我;那时,你要么立刻答应嫁给他,要么提出不能嫁给他的理由,但必须是正当的理由。"

"知道了,爸爸。"

"你愿意?"

"愿意。"

"注意,我说的是理由。"

"是理由,爸爸。如果我提不出理由……"

"如果你提不出使我满意的理由,那就不言而喻,你必须立刻乖乖地服从我的命令。"

"我会服从的。"

"你还有什么要求?"米德尔顿博士得意地向威洛比爵士点了点头。

"万一她……"

"先生!先生!"

"她是你的女儿,先生。我很满意。"

"也许她对她的婚约一时还不能适应,就像在一群殖民主义冒险家发现的新土地上,那些土著居民对我们出于文明的考虑而要他们穿的衣服,总要进行一番斗争,但是最后他们会兴高采烈、神气活现地戴上破旧的三角帽,穿上连小腿都露在外面的裤子。但是她还没有撕毁她的婚约,先生;我们可以预料,一个年轻女人桀骜不驯的天性一旦得到控制,她就会像我的譬喻讲的那样,到时候对她的命运同样采取自豪的态度。"

威洛比没有闲暇去领会米德尔顿博士这番赞辞的深刻意义。在听取这篇宏论的时候,他看到克兰拉已溜出了屋子;恐惧又回到了他的心头,他总觉得他没有赢得她,而是失去了她。

"她走了。"她的父亲发现她不在了。"她不能浪费时间,为了从贫瘠的土地上取得惊人的收获——她的理由,她必须这样;那是说如果这是她的目的,但我看不是,那只是表示她认为她目前需要安静,如此而已。没有一个人愿意被迫向后转,我们只喜欢自己向后转,在需要采取这样的行动时,我们的条件是:这必须是我们自己的行动——女孩子和其他人都这样。再过一小时,这在她看来便是她自己的行动了。威洛比,幸亏我们今天晚上不用离开庄园,参加宴会。"

"是的,先生。"

"也许可以归因于居功邀赏的意识,但我得承认自己的弱点:今天我想喝点波尔图陈酒了。"

"今天我们增加一瓶,先生。"

"你对一切都那么大方,关于这点我是没有理由怀疑的。"米德尔顿博士说,一面把他的主人送出了图书室。

# 第四十二章

## 洞察一切的头脑的推测艺术

　　昨天晚上在米德尔顿博士和威洛比爵士走进会客厅前几分钟,维农和德克雷中校刚走出庄园,在大门口分手。维农前往戴尔小姐的住所,但那里没有他那逃学者的消息。从柯尼大夫那里,他得到的也是令人失望的回答;和蔼的医生是从卧室的窗口与他说话,听得他在夜里跑这么长一段路,只是为了打听克罗斯杰这个有着猫一样旺盛生命力的孩子的消息,不觉大为惊奇;然而哪怕他像拳击手一样拼命捶打窗槛,维农还是拒绝进屋休息,理由只是现在他"除了那个孩子,什么也不关心",说完便走了,只讲了一个五英里外的农场的名称。柯尼大夫在后面大喊,要他回来路过这儿时,一定上他家用早餐。然后医生上了床,一直在琢磨这事。各种猜测的结果,使他认为维农是米德尔顿小姐的骑士,于是对这位可怜的朋友产生了强烈的同情。"然而,"他想,"没有希望的爱情是生活乐曲的美好伴奏,这对一位绅士来说倒是求之不得的,因为这是一个大不谐和音,它能兼收并蓄一切小不谐和音,显得和谐悦耳;因此哪怕有许多不如意的事,他仍能像幸运儿一样逍遥自在!"

　　在这个小医生的心目中,威洛比爵士是个幸运儿;这位趾高气扬的先生有钱,有社会声望,还有世界上最迷人的一位年轻小姐作他的未婚妻。然而,尽管他充分估计到了威洛比爵士拥有的这一切优越条件,他还是觉得,幸运的天平最后仍可能向维农倾斜。但为了完成这点,他必须把全部计算建立在绝对抽象的因素上,也就是说,让这位清瘦的朋友靠露水和树根过活;维农的幸福收获是在遥远的将来,接近暮年的时候,到那时他的心上人才能在悔恨中认识他的价值,他也才能安享健康体质的成果。这是爱尔兰头脑作出的评论。威洛比爵士与柯尼大夫是截然相反的两种人,后者的个性天然带有反抗性质,但这不是针对他的民族,因为维农与他属于同一民族,有一部分相同的血统,所以柯尼喜欢他;人的类型是他不满的根源。他所在的乡村是威洛比这类人的天地,他们扬扬得意,统治一切,他在这里只能保持沉默,仿佛这是法律规定的,这在这位凯尔特人胸中播下了叛乱的种子。在柯尼大夫眼中,威洛比爵士与斯特朗堡①指挥的轻骑兵有一定的类似之处,不同的只是柯尼的所见所闻使他认为,这位朋友与他的崇高地位还比较相称,尤其还比较能赢得一位可爱的小姐的欢心,不过要是能教会那些文雅的英国小姐,让她们对男子汉怀有另一种观念,不是去崇拜她们本民族那些木雕的正统偶像,那就更好了!

柯尼大夫很早就用过了早餐,维农没有到来。当云雀在清晨的天空唱出第一支歌的时候,他便出门看病人去了,这时,一天的工作还没有繁忙得像乌云一样压在人们心头,还与大自然的色彩和音调欢乐地结合在一起。一小时后,他从大路转到了一条绿色小径上,他看到一个小家伙正把脑袋和胳臂钻进树篱中,那使劲扭动的下半身说明这是在用手爬行;根据这独特的姿态,他清楚地认出了小克罗斯杰。孩子捧出了一些鸟蛋。大夫停住了马车。

"什么鸟?"大夫吆喝道。

---

① 十二世纪英国的一个伯爵,镇压爱尔兰人民的一个英军将领,曾任爱尔兰总督。

"黄鸸。"克罗斯杰也大声回答。

"听着,先生,把蛋放两个回窠里。"

"别命令我,"克罗斯杰顶嘴道,"是你啊,柯尼大夫。早安。我那么说,因为我每次总是留下两个蛋的。我答应过韦特福德先生这么做,也答应过米德尔顿小姐。"

"吃过早饭没有?"

"还没有。"

"不饿吗?"

"如果我想到了就会饿了。"

"上车吧。"

"我想我还是不上车好,柯尼大夫。"

"柯尼大夫叫你怎么做,你就怎么做;你现在应该想卷曲的肥肉薄片,热气腾腾的甜咖啡,吐司,热蛋糕,橘子酱和李子酱。瞧,这家伙的鼻孔张大了,嘴角流出了涎水!上来,小伙子。"

克罗斯杰跳上了车,坐在大夫旁边。医生轻轻打了一下马,说道:"今天早上我不需要帮手,但如果需要,我会录用你。你喜欢米德尔顿小姐吧?"

克罗斯杰没有回答,只是为压在他心头的爱叹了口气。

"我也一样,"医生接着道,"对不起,你遇到了一个竞争者。而且比这更糟,我是爱上了她。你觉得怎么样?"

"随便多少人爱她,我都不在乎。"克罗斯杰说。

"你不错,这早饭应该请你在这里最好的饭店的餐厅里吃,就是叫阿卡狄亚①的那家。昨天夜里你睡得好吗?"

"马马虎虎。"

"大概很硬,没有床垫?"

---

① 古希腊一个风光明媚的地方,被认为是人间的乐园。

"我用不到床。睡两个钟头,我就够了。"

"但不论怎样,你喜欢米德尔顿小姐,这是一大优点。"

使柯尼医生大吃一惊的是,他发现,两大滴滚圆的眼泪从这个倔强的小家伙的眼中夺眶而出,尽管他的脸色仍很高傲。

当克罗斯杰相信他可以张开嘴巴时,他说道:"我必须见到韦特福德先生。"

"你有什么消息要告诉他吗?"

"我有事要问他。那是关于我应该怎么办的问题。"

"那么,我的孩子,你是找对了人,却找错了方向,因为我发现,你现在是背对着韦特福德先生。你给他制造了麻烦,害得他一夜没睡,尽在找你。那真是一大不幸。怎么样,不想问问我的意见吗?"

克罗斯杰叹了口气。"这事除了韦特福德先生,我不能告诉任何人。"

"你急于找他谈吗?"

"很想这样。"

"可我发现,你在跑得离他越来越远。克罗斯杰·帕特恩先生,你是个怪物。"

"啊!可是随便什么人知道了我所知道的事,都会这样的,"克罗斯杰说,那忧心忡忡的认真表情使医生不得不严肃地对待他。

"事实是,"他说,"韦特福德先生正在这一带找你。最好的办法是把你送回庄园。"

"我不想回庄园。"克罗斯杰坚决地说。

"除了庄园,你不能在任何地方找到米德尔顿小姐。"

"我不想找米德尔顿小姐,因为我什么忙也帮不了她。"

"这位小姐可能遇到什么危险吗?"

克罗斯杰好像没听到这个问题似的。

"现在告诉我,"柯尼大夫说,"假定米德尔顿小姐解除了婚约,我有没有希望?"

回答很容易:"我相信毫无希望。"

"先生,为什么你讲得这么肯定?"

没有回答,但是医生一再追问,最后孩子表示,他认为她会嫁给韦特福德先生。

医生问为什么;克罗斯杰说,因为韦特福德先生是世界上最好的男子。柯尼大夫一听,起劲地喊了一声:"上帝保佑他!"然后说道:"我倒本以为德克雷中校最有希望,他是更讨女人喜欢的那种男人。"

克罗斯杰又使他吃了一惊,没好气地说道:"别说了。"

孩子又道:"除了捉鸟取蛋一类事,现在我什么也不想谈。这是多么好的一个早晨!我看到太阳升起来了。今天不会下雨。你说得对,柯尼大夫,我饿了!"

那个和蔼瘦小的人挥了下马鞭。克罗斯杰告诉了医生,他在公馆里受到的侮辱,以及与此有关的一切细节,从流浪汉到从男爵都讲到了,只是没有提米德尔顿小姐的出走和夜里客厅中的一幕。柯尼大夫灵敏的感觉嗅到其中略去了什么,于是说道:"你可不能让米德尔顿小姐知道我的感情。其实这只有一点儿爱情的意思。不过正如巴特里克①在凯特琳向他透露这一点儿的时候说的:'那是一切中最可贵的一点儿!'他说得对,正如我说你饿了一样对。"

克罗斯杰宣称,他不屑谈论爱情。"我从不向米德尔顿小姐谈我的感情。怎么,那儿就是戴尔小姐的屋子了!"

"要填饱你的肚子,它比我的宅子近得多,"医生说,"我们不

---

① 古代在爱尔兰传播基督教的传教士,被罗马教廷谥为圣徒。凯特琳是一个爱尔兰女信徒。

妨停车打听一下,今晚你能不能在这儿过夜,如果不成,我仍可带你走;我可以把你装在瓶子里公开展览,因为你是个罕见的标本。至于早餐,你放心,戴尔先生肯定会让你吃得饱饱的。我看见那儿有一位先生。"

"那是德克雷中校。"

"也是来打听你的消息的。"

"不一定!"

"米德尔顿小姐派他来的,这毫无疑问。"

克罗斯杰转过整个脸朝医生说道:"我已经这么长时间没见到她了!但是他,我昨天夜里还见到,如果她焦急,他会把这事告诉她。早安,中校。我作了一次愉快的散步,还坐上了马车,现在肚子饿得跟布莱船长①的水手们差不多了。"

他跳下了马车。

中校和医生笑嘻嘻地打了招呼。

"我已打过门铃了。"德克雷说。

一个少女来到门口,随着她的脚步声,戴尔小姐也出现了;她扑到克罗斯杰身上,一边吻他,一边埋怨他。她回答了中校的问候以后,几乎再没抬头瞧他一眼,借口孩子饿了,便想带他进屋用早餐。

"我可以等着。"德克雷说。他已发觉,她比平时更苍白了。给请来给她父亲看病的柯尼大夫也注意到了。她报告说,他还没起床,说完便带克罗斯杰进屋了。

"病人睡得这么久,这是好兆。"医生说。"但这位小姐的气色可不太好。不过小姐们是经常变化的,她们把心情表现在脸上,因为她们与我们不同,没有受过拳击训练,不知道隐藏她们的脸部。

---

① 十八世纪英国一位海军将领,曾多次在航行中遇到危险,以致濒于饿死。

她们像军旗,既可用在丧事上,也可用在喜事上,今天卷起,明天张开。男人是船头的雕像,不论有风浪没有风浪都一样,只是给海水冲洗得不太漂亮罢了。中校,从我们上次相遇起已过了好久了,我记得,那是在都柏林的船上,而且在夜里。"

"我记得你医好了我的晕船病,大夫。"

"对!你应该看到,柯尼在海上可不是江湖医生,他有加尔都西修道士①作后盾,他们的仙酒可以平息波浪。据说,它还可以起死回生呢!"

"大夫,你把医生和修士结合在一起了!"

"不错,他们一结合就能创造奇迹。尽管医好了灵魂,就可以彻底全部地医好身体,但是认为把身体交给我们医治,便是让灵魂离开身体的信号,这却是恶意中伤。顺便说一下,中校,孩子心里藏着什么呢。"

"我想,他大概捉弄过哪个农夫或者猎场看守人了。"

"你不妨问问他。这孩子守口如瓶呢。他头脑里老是惦记着米德尔顿小姐。反正有个什么秘密弄得他心事重重。"

"让我试试。"中校说。

柯尼大夫点点头。"我本想看看这儿的病人,可是我好像来得太早了,只能先找一两个已经起床的可怜虫看看了,"他说着便驾车走了。

德克雷在园子里溜达。他是个头脑灵敏的先生,考虑问题时反应极快,是跳跃式的,简直好像心里装着一面会跳舞的镜子。他一眨眼就能识破一个计谋,一眨眼也能想出一个计谋;但两者都是经过漫长的盘旋和再三的斟酌,耐心运用他敏锐的洞察力的结果。

---

① 加尔都西修会是法国天主教的著名修会,创建于中世纪,曾利用加尔都西山谷的葡萄酿酒,将盈利所得扶助教会。

认为克罗斯杰头脑里老惦记着米德尔顿小姐这点,使得最近四十个小时内与克罗斯杰有关的一切,都鲜明地呈现在他眼前了;但是他没有把目光停留在它们中的任何一点上,只是匆忙浏览了它们一遍,于是他精神中的鹰正如他那张漂亮面庞上的鹰一样,立刻轻而易举地发现了他应该攫取的目标。沉思的气质潜伏着一种危险,那就是往往把猜测作为依据,沿着习惯的轨道和方式,探索各种可能性,然而胡乱猜测往往使人陷入迷途。只有能够居高临下盘旋观察,冷静思考,收集材料的人,才能通过衡量和对比,为头脑取得解开秘密的钥匙;当然,他可能找到正确的线索,也可能一无所获,而且大多会一无所获;但是他可以避免受自己的聪明的干扰;他总是比纯粹猜测或估计的人更接近谜底,他能掌握他们所丧失的广阔的视野。然而,为了有成功的机会,他必须保持冷静而敏锐的知觉,善于察言观色,在要紧关头敢于冒险。

德克雷想见见戴尔小姐。她的回家非常突然,而且看来不是由于她父亲的病。他还记得,那天夜里他在走廊上碰到她的时候,她的眼圈有些发红。克罗斯杰吃饱肚子以后,她便让他出来了。德克雷又打发孩子进屋,说他要见她。她没有马上出来,过了一会才勉强来到前门口,显得心神不定。德克雷问她,有没有口信要捎给米德尔顿小姐。没有口信。他请她不必客气。她说,她目前确实不用捎什么口信。

"你对我连捎一句简单的话也不放心吗?"他说。显然,这使她不得不考虑要不要捎什么话,但是没有,她觉得不必捎什么口信。

"我一两天就能见到她,德克雷中校。"

"她会非常想念你的。"

"我们很快就会见面。"

"还有可怜的威洛比!"

利蒂希娅脸红了,站在那里不作声。

一只少见的蝴蝶吸引了克罗斯杰。

"我恐怕他肚里有什么鬼,"她说,"他好像老是在避开我的眼光呢。"

"他的胃口好吗?"

"非常好,真的。"

德克雷点点头。一个孩子只要胃口不错,绝对不可能是一把打不开的锁。

中校和克罗斯杰在园子里闲走。

"现在,"中校说,"我们来研究一下,是不是可以为你和米德尔顿小姐安排一次会面的机会。你是一个幸运儿,因为她经常惦记着你。"

"我知道我也经常惦记着她。"克罗斯杰说。

"如果你遇到了什么麻烦,她便是你必须寻找的人。"

"是的,可惜我不知道她在哪儿!"

"怎么,她一般总在庄园上。"

没有回答;克罗斯杰那个可怕的秘密跳到了他的喉咙口。显然,吃饱早饭以后,他已成了一把不容易锁上的锁。

"我非常需要见到韦特福德先生。"他说。

"有事情要告诉他?"

"我不知道怎么办,这件事我弄不明白!"秘密又在他的嘴巴里扭动,他把它咽下了。"是的,我需要跟韦特福德先生谈谈。"

"他是米德尔顿小姐的又一个朋友。"

"我知道他是。他是真正的钢。"

"我们都是她的朋友,克罗斯杰。我认为,必要的时候,我可以成为一把托莱多纯钢宝剑。昨天夜里你撞到我身上的时候,在屋里多久了?"

527

"我不知道,先生;我睡着了一些时候,等我醒来……"

"你醒来时在哪里?"

"我在会客室里。"

"我说,克罗斯杰,你该不是一个怕鬼的人吧?可是你撞在我肋骨上的时候,却有点像呢。"

"我不相信有鬼。中校,你说呢?你也不可能相信!"

"这很难说。我们希望没有鬼,因为否则的话,斗争就不会公平。一个人有鬼撑腰,可以打败十个人。我们的拳头打不到他,打牌会输给他,在爱情上也会败在他手里。那么,你是不是见到鬼了?"

"他们不是鬼!"克罗斯杰说得很肯定,他的声音也表明他相信这点。

"我想,米德尔顿小姐听了你的话,恐怕不会特别高兴,"中校说,"为什么?很简单,你使她不能安心,你知道你常常这样。"

孩子几乎忍不住了。"我必须……我得找……我不能让她不愉快……事情是那样!那就是这样!我不知道我该怎么办。我希望见到韦特福德先生!"

"你遇到的麻烦还真棘手呢,我的孩子。"

"我昨天根本没遇到麻烦。"

"那么你在会客室里找到了一张舒适的床?幸好威洛比爵士没有看到你。"

"不过他是没有看到。"

"差一点儿,是不是?"

"我躲在一块丝织的东西下面。"

"他吵醒了你?"

"我想是的。我听到了他的声音。"

"谈话声?"

"他在谈话。"

"怎么！对自己谈话？"

"不是。"

秘密逼得克罗斯杰进退两难:要么让它出来,要么自己憋死。德克雷给了他一个喘息的机会。

"你喜欢威洛比爵士,是吗?"

克罗斯杰的肯定回答刚到嘴边,又咽了回去。

"他待你很好,"中校说,"他会栽培你,关心你的利益。"

"是的,我喜欢他,"克罗斯杰说,对这问题作出了习惯性的迅速反应,"我喜欢他,他待我亲切,还给我零用钱,跟我玩,这都很好;但我总是不明白,为什么我的父亲走了十英里路,巴巴地来看他,他却拒绝见他,害我父亲只得冒雨再走十英里路,又乘了一大段路火车,这才回到远在德文波特的家中,这都因为威洛比爵士不肯接见他,尽管我父亲看到他是在家中。我们都觉得这事不对头,不过父亲不让我们多议论。我父亲是一个勇敢的人。"

"帕特恩上尉是个极其勇敢的人。"德克雷说。

"我相信你会喜欢他的,中校。"

"我知道他的事迹,我尊敬他,这离喜欢已经不远了。"

他尽量迎合孩子对父亲的想法。

"因为我家里的人说,对一个穷人,只要一块面包,一点奶酪,一杯啤酒,让他休息一会就够了,许多大户人家都会这么做,我们并不要求更多的东西。我的姐妹们说,她们认为威洛比爵士一定很自私。他傲慢无礼,也许这是因为我父亲穿得不够体面。但是我们有什么办法?我们家里非常穷,人又多,大家吃不饱肚子。我父亲说,他为政府当兵,待遇却不高。他只是海军陆战队的一名下级军官。"

"他是个英雄!"德克雷说。

529

"他回到家中已筋疲力尽,又得了感冒,得请医生。不过威洛比爵士倒是给他寄来了钱,母亲想把它退回,父亲说她不像一个女人,要知道我们有一大家子人呢。他说,他认为威洛比爵士是一个古怪的人。"

"毫不古怪,他很普通,是地地道道的英国人,"德克雷说,"做人要有锋芒,掌握这门艺术是这个国家文明教育的重要一环,如果你想做个绅士,做个帕特恩家的人,你就得学会这一套,我的孩子。我开始看到,米德尔顿小姐为什么这么喜欢你了。按照她的指导做吧。但我希望你不曾偷听别人的秘密谈话。这是米德尔顿小姐不会赞成的。"

"德克雷中校,我怎么能不听呢?我是听了好一会以后才弄清楚这是怎么回事。这简直是一首诗!"

"当然,如果那很重要的话——它重要吗?"

孩子又几乎忍不住了,中校问他道:"戴尔小姐知道你听到了?"

"她!"克罗斯杰说。"哦,我不能告诉她。"

他的呼吸急促了,眼泪差点淌下来。"她不会做任何伤害米德尔顿小姐的事。我相信这点。那不是她的过错。她……韦特福德先生在那儿呢!"克罗斯杰飞也似的跑了。

中校不想等他回来。他匆匆走上了大路,尽管没有明确地意识到,他的动机是要赶在维农·韦特福德的前面,因为归根结底,克罗斯杰提供的情况对维农没有多大好处。说不定那家伙还会跑到威洛比面前大吵,说他背弃了对米德尔顿小姐的诺言!德克雷心想,有的人什么也看不到,什么也没发觉。

他跨过树篱间的台阶,走进了湖畔的一片树林。他在那里望见了她,他的心情很好,认为这是幸运的预兆,毫无疑问,是命运把这位使他心跳的小姐安排在这儿的。他没有为她的魅力感到惊讶,因为在这个世界上,能够像她那样把公主和仙女结合在一身的小姐,还是不多的。她拉着山毛榉的树枝站在那里,正低头凝视湖水。

她没有听到他走近。当她抬起头来的时候,蓦地发现她思想中千百个景象中的一个出现在面前,不禁飞红了脸,但是她没有惊慌,红晕只是散布在一张严肃的脸上。

"威洛比玩弄这种花招已不是第一次了!"德克雷对她说,张开嘴露出了得意的微笑。

克兰拉翕动着嘴唇,竭力琢磨这句突如其来的奇怪的话是什么引起的。

他笑嘻嘻的,显得那么特别,似乎发现了什么滑稽的事;这时候他完全像一只鹰;他本意是要让克兰拉吃惊,结果反而自己感到了吃惊,发现她根本不想理会他的惊人谈吐。只是她的出现激起了他攫取猎物的愿望,于是他便从空中直扑而下了。

另一个冲动也在发生作用(在猎人一般的心中,它们往往不是两个,而是二十个同时涌现的),它促使他直截了当,迫不及待,要把她立刻带进他的新发现中。

她还没发觉他的意思,但是当她明白他是指什么时,立刻又在一定程度上恢复了精神上的自制力;然而她不能抵制他的引导,同时也清楚地意识到,他心里可能有的想法与她自己的想法这两股意识之流在什么地方发生了分歧。

"米德尔顿小姐,我现在像一个信使前来叩见光荣的女王——我的头脑没有发昏,我讲的是真话!我掌握了一切,现在已到了摊牌的时候。难道我猜不到你的心愿吗?当然,我是在暗中凭我的心猜测。但有一点可以肯定:威洛比让你自由了。"

"你从他那儿来吗?"她不可能想到其他情况,她也无法隐瞒自己的心情;她在哆嗦。

"从戴尔小姐那儿来。"

"啊!"克兰拉有些失望。"那种话她对我讲过一次了。"

"我不是听她讲的,这是事实。"

"你离开屋子以后,没见过她吧?"

"在黑暗中见过他,但很清楚,像是命运的安排,只隔着一层纱幕。告诉你,昨天夜里他向戴尔小姐求婚来着,大约在十二点到一点那段蛊惑人心的时间里。"

"戴尔小姐……"

"她还会怎样?她能怎样?这可怜的女人苦了十多年了。女人的爱情就像她这样。"

"德克雷中校,你不是说笑话吧?"

"米德尔顿小姐,这种事我敢跟你开玩笑吗?"

"我有理由相信这不可能。"

"我的头脑还不致这么糊涂,这是千真万确的事实。我敢用我的名誉担保!"

"我去找她。"她拔脚就走。

"不要造次。"他说。

"戴尔小姐和我是好朋友。她不会怪我太鲁莽的。由于克罗斯杰的缘故,她也很关心我。哦,这可能吗?一定发生了什么误会。你看到了……你希望让我高兴,因此你很容易搞错。昨天夜里?——他昨天夜里?……可是今天早上!"

"我们这位朋友玩弄这种花招已不是头一次了,米德尔顿小姐。"

"但这是不能相信的,昨天夜里……今天早上,当着我父亲的面,他还逼我来着!……你见到了戴尔小姐?他什么都干得出,昨天他们是在一起,我知道。德克雷中校,我的事瞒不过你,这是我第一次看到你就感觉到的。你能让我知道,为什么你这么肯

532

定吗?"

"米德尔顿小姐,我第一次有幸见到你的时候,我的姿势使我只能向你仰望,这决定了我以后在思想上一直对你采取仰望的姿势。起先我认为威洛比赢得了世界上最好的女子;接着我又得出结论,他赢得了她,但必定要失去她。他有没有想过这点,我不知道,也没工夫研究。我只知道,他主要关心的只是他自己,他一向如此。"

"你发现了这点!"克兰拉说。

"是他自己暴露的,"德克雷说,"奇怪的是世界看不到这点。但对于富人说来,世界只是一窝小猪,它们的饲料是靠他供应的,而这事他一向做得很聪明。除了我,只有几个女人看清他的底细。我从没揭露他,我纯粹是一个简单的旁观者;由于我怕再一次引起灾祸——据我所知,这恐怕可算是第四次了,一次是公开的……"

"你知道德拉姆小姐?"

"也知道哈利·奥克斯福德。他们像一对幸福的黑鹂,夏季日出时在樱桃树上叽叽喳喳,花园的主人却在睡觉。由于我的担心,我拒绝充当傧相,直到威洛比第三次写信给我,我才答应。他坚持要我来。我来了,看到了,可是我给征服了。不过我完全相信我没有暴露自己。我担负的责任使我必须隐瞒这点。至于我在用眼睛观察这点有没有完全瞒过别人,我不知道,这只能由它们负责。"

中校使他的眼神变得更温柔了,这比甜蜜威胁更大。

"我相信你是真诚而友好的,"克兰拉说,"我们从湖边绕到路上去吧。"

下坡时,她没有拒绝他搀她,到了下面,他便让她抽回了手。由于他是在扮演一个正人君子的优美角色,他必须注意各种小节;尽管他已开始感到他获得了她的好感,还是觉得她有点叫他捉摸

533

不透,不敢认为他已十拿九稳;不过他的感情在他的处世哲学的鼓舞下,几乎已形成了一股难以抵制的力量。他望着那只手,现在它是一位自由的小姐的手了。威洛比放下了它,他的机会便大为增加。还有谁挡在路上呢?没有。他要求自己再等一下,也许她对这种事有她一丝不苟的观点。她显得心事重重,似乎在思索什么,眉尖布满阴云,嘴唇闭得紧紧的。

"你这不是从戴尔小姐那儿听到的吧?"她问。

"昨天夜里他们在一起,今天早晨她便走了。我刚才看到她愁眉不展。她不愿给你捎口信,讲话也含含糊糊,只说过几天便会见到你。他为了得到安慰而去找她,这已不是第一次了。"

"那谈不到求婚,"克兰拉寻思道,"他非常谨慎,不会在你提到的那段时间里向她求婚。德克雷中校,你的结论未免太轻率了吧?"

阴影集结在她的额上。她向公馆的方向望了望,停住了脚步。

"米德尔顿小姐,昨天夜里有人听到了呢。"

"谁?"

"克罗斯杰,他待在两位帕特恩小姐绣的那块漂亮的丝织品下面。他回家很迟,发现他的房门锁住了,便跑下楼梯,拐进了会客室,钻在沙发里马上睡着了。两人的谈话声惊醒了他,可怜的孩子出于对你的爱,听到那些话吃了一惊;等他们走后,他溜出屋子,那时我刚为了找他从外边回来,他一头撞在我身上,我便带他上我屋里,安排他睡在沙发上,还责备他老是翻来覆去。他确实不安静,像一条鱼到了岸上。我天亮醒来时,他已走了。柯尼大夫在路上遇到了他,让他搭他的车到了戴尔小姐家。那时我正在打铃。柯尼告诉我,孩子老在惦念你,心里很难过,因此我与克罗斯杰作了一次谈话。"

"克罗斯杰没有把他听到的谈话内容告诉你吗?"克兰拉问。

"没有。"

她高兴地笑了,为孩子感到自豪,一面继续向前走去。

"但是我得请你原谅,米德尔顿小姐,我曾设法套他的话,这也许不对,不过我是跟你一样关心他的。"

"可怜的孩子,我很同情他。"

"他的秘密使他感到伤心。他憋不住,只要再逗一下就出来了,但我两三次放过了他,因为我尊敬他那种神圣的感情。他要找韦特福德先生,认为除了他,谁也不配做他的忏悔师。"

"克罗斯杰!"她喊道,在心中拥抱着孩子。

"这秘密是特别不能让戴尔小姐知道的。"

"他说过这话?"

"差不多是这意思。她也告诉我,她觉得他老是避开她的眼光。"

"哦,这倒有点像。那么克罗斯杰很不快活?非常不快活?"

"不快活得好像眼眶里老含着泪水,如果小家伙没这点男子汉气概,眼泪恐怕早挂下来了。"

"看来……"她的思想又回到了威洛比那儿,她感到怀疑,盲目地伸出了双手,要在回忆中寻找她在他身上发现的老妖怪的迹象。这样的人是什么都会干的。

这个结论坚定了她的信心,她继续朝公馆走去,决心为自由进行一场战斗。威洛比在她眼里似乎不再是人,他成了一个无法理解的谜,只有用她提供的钥匙才能解开这个谜。她决定相信德克雷中校暗中对情况作出的惊人推测。当生活中的怪现象袭击我们的时候,神奇的推测便是我们的有力武器。她的脸色开朗了。她完全抛开了个人的心事,开始跟德克雷谈论上流社会和政治舞台,这使他很钦佩。

到了菜园尽头,在走过从花园延伸过来的界沟上的小桥时,他又一次遭到了感情的冲击,它似乎在心中提醒他,要抓住这个天赐良机,向她要求感谢,用她垂下的温柔眼睑作出报答的表示。但他再一次克制了这种冲动,怀疑它是否明智。

尽管克兰拉可以宣称,在这个密切注视着她的人面前,她是问心无愧的,一句类似"上帝宽恕我"这样的话,还是涌上了她的心头。

# 第四十三章

威洛比爵士得出了神灵
也在阴谋反对他的结论

克兰拉在园子里还没走多少步,便意识到德克雷给她的帮助之大真该好好感激的。威洛比和她的父亲正在等她。德克雷看到这情形已心里有数,立刻悄悄拐到旁边,钻进了灌木丛。她慢慢向前走去。

"我们可以指望迷雾已经散开了吧?"她父亲向她喊道。

"只要一句话,这些讨论便可结束,我们同样不喜欢它们呢,"威洛比说。

"不必再争吵了,"米德尔顿博士又道,"说明你的决定吧,我的孩子,这是形式,但他有权要求你这么做,请你就让我卸下担子吧。"

克兰拉望着威洛比。

"我决定去找戴尔小姐,听听她的意见。"

他不动声色,仿佛这句话对他无关紧要。

"找戴尔小姐?听听她的意见?"

米德尔顿博士的火气上来了。"这个新花招是什么意思?"

"跟戴尔小姐商量一下是必要的,爸爸。"

"为了你结婚的事,得跟她商量?"

"对,这是必要的。"

"你是说戴尔小姐?"

"是的,爸爸。"

米德尔顿博士又挺直背脊,恢复了自然状态——他刚才一直弯着腰,因为凡是公认为明智的人,不论是老学究还是其他人,遇到个别场合,要他们观察人性中微不足道的荒谬现象如何严重(那是说,从理性的角度看,它们如何渺小,从疯狂的程度看,又如何严重)时,他们习惯上会采取这种姿势。

他的女儿简直把他搞糊涂了。他挺起胸膛,对威洛比说道:"我看到你脸上惶恐的表情,毫不觉得奇怪,我的朋友。发现和你订婚的女子疯疯癫癫,跟卡珊德拉①差不多,又没有一点中暑的迹象,这可不是一件十分舒服的事。我反对拖延,我也不愿意我的女儿犯背信弃义的错误。"

"我不准你重复这些话,"克兰拉对威洛比说。

他一怔。显然,她是带着武器来的。但在这么短的时间里,这是怎么回事?她得到了什么消息?在茫无头绪中,他匆匆望了一下天空,吸了一口空气,喊道:"惶恐,先生?我一点也不觉得我脸上会有惶恐的表情。我的求婚拖得太长了,这使我不习惯,我受不了扮演卑躬屈膝的求婚者的角色。她弄得我心烦意乱。克兰拉,我们是订了婚的。在这件事上还讲要征求人家意见,这纯粹是浪费时间。"

"那么我要解除婚约是不是背信弃义?"她说。

"你问这个?"

"提出这样的问题便是神志不清的表现。"她的父亲说。

---

① 希腊神话传说中的特洛伊公主,能预言吉凶,后因得罪了阿波罗,她的预言便无人相信。

她看着威洛比。"现在还是?"

他轻蔑地耸耸肩膀。

"从昨天夜里以后还是?"她说。

"昨天夜里?"

"我的婚约不是取消了吗?"

"我没有取消。"

"你用你的行动取消了。"

"亲爱的克兰拉!"

"你不是实际上已同我解除了婚约吗?"

"我要求你嫁给我,怎么会这么做?"

"你还能要求?"

"我是在这么做,也必须这么做。"

"在昨天夜里以后?"

"这是玩弄花招!故意捣乱!一个不开化的女人的胡说八道使她快变成一条毒蛇了!"米德尔顿博士大声嚷嚷。"你要么就投降,要么就提出拒绝的理由。你提不出。那就履行婚约,把你的手伸给他,孩子。我刚才还向他称赞你守信用,按约定的时间回来呢,现在不要给你自己和我丢脸。"

"他真的有权要求我嫁给他吗?爸爸,问问他。"

"履行你的责任吧。让我们太平一些!"

"真的有权!我像第一次向她求婚的时候一样有这权利。"威洛比坦然地挥动了一下他那只尊贵的手。

他的脸色那么苍白:也许空气中的敌人偷偷告诉了她什么,他怀疑天上的神灵是否忠实可靠。

"昨天夜里以后呢?"她问。

"哦,如果你坚持,我可以回答,从昨天夜里以后仍这样。"

"你知道我是什么意思,威洛比爵士。"

"嗯,当然。"

"你讲的是实话?"

"'威洛比爵士'!"她的父亲怒气冲冲地喊道。"但是请你解释一下你的意思,你从一开始就表现了女人的一切矛盾,一切任性,这是为什么?他说'当然',其实他像我一样不明白。她要求宽容一小时,可是回来时带来了一套新的遁词,侮辱被她伤害的男人。我不得不怀着耻辱承认,我们在这婚约中的行为只是由于他的宽宏大量,才没有公开出丑露乖。他的命运也是不值得庆贺的,因为他受够了你的折磨;我现在才看到,我自以为是恩赐给他的这个年轻女人,实际是一个只有躯壳、没有灵魂的黄毛丫头,脾气古怪,行为荒唐。如果要为她这种行为作点可怜的辩解,那么在她的话中即使能找到什么意义,也无非是某种嫉妒情绪提示给她的一些借口。"

"我只能指出,这是毫无根据的,"威洛比说,"我愿意满足你的要求,克兰拉。请你提出那个使你不安的人的名字。我简直不能想象世上有这么一个人,但是谁知道呢?"

她提不出这样的人。如果她提出,那么所谓嫉妒的污辱就得到了证实;而且确实,利蒂希娅的名字是不能提出的。

他趁机继续道:"嫉妒对我是一种陌生的感情——据我想象,先生,男人早已不把它当一回事了。这谈的是我自己,但我可以谅解这种猜疑。在某些场合,这还被认为是一种赞美;而通常只要一句话就可以消除误会。整个事情其实毫无根据!然而我愿意为此走讲证人席,或者被告席!只要这能使一颗混乱的心恢复平静。"

"先生,"米德尔顿博士说,"你这样的人可以使一个父亲感到自豪。"

"那不是嫉妒,我不可能是出于嫉妒!"克兰拉喊道;她受到的诬蔑使她痛苦,她在头脑里搜索,要寻找一些话,使她即使不能赢得父亲的尊敬,也能取得他的谅解。她不是个铁石心肠的女子,她属于那种感情容易激动、却不能持久的女人,尽管刚才内心的深刻厌恶使她不得不违背了自己的意愿。"爸爸,你以后还是会为我感到自豪的。"

也许这是她讲的一句最不策略的话。

"很好;但还是言归正传吧。"他答话时平静得出奇。"他已经保证了他的忠实。现在你也这么做,不要再像兔子那样跟我们在田野里绕圈子。"

"我希望先见到戴尔小姐。"她说。

神学博士失望和生气得举起双臂,像朝上天呼吁似的。

"她在自己家里。你先前就可以见到她。"威洛比说。

显然她还没有见到她。

"昨天夜里十二点至一点之间,你在会客室向戴尔小姐求婚来着,不是这样吗?"

他终于相信,在他与利蒂希娅谈话时,她一定轻轻走到楼下,在门口偷听。

"为老维农求婚吗?"他说,露出了轻松的笑容。"这想法不是新的,你也知道。他们两人很相配,可惜他们还看不到这点。先生,我是讲利蒂希娅·戴尔和我的表兄维农·韦特福德。"

"这个计划太好了,我的朋友,我得为你讲句公道话,威洛比,你具备丈夫的耐心!"

威洛比为这赞美鞠了个躬,让自己露出了一点疲倦的神色。他打了半个呵欠:"没有比这称呼更叫我高兴了。"似乎对这场令人厌烦的讨论毫不在乎。

克兰拉却动摇了,她担心克罗斯杰听错了,或者德克雷中校猜错了。威洛比为维农向利蒂希娅求婚,这是完全可能的。

她觉得毫无把握,只有在她坚定不移地谈到戴尔小姐的时候,他脸上那惊恐不安的表情还使她保持着信心。哪怕承认所有的假设对她不利,她也敢于根据这表情宣称她是对的。不幸的是,文雅的一切准则(这是小姐们的一队强大卫士,如果她们遇到灾难,一下子失去了它们,她们便会变成赤手空拳的挤奶女工)不允许她这么做,它们是年轻高雅的女人的保护神,客厅中的侍从,给她提拖裙,编发辫,让她保持柔和的声音、娇嫩的皮肤的仙女,也是对付男人的箭和盾,它们禁止她说出她的感觉,否则便会立即把它们近来一再重申的威胁付诸实施,使她失去它们的一切保护。她不能像在有趣的闹剧中那样,仅仅根据自己的本能,就伸出一根手指指责他,说他的话是假的,他的行为是虚伪的。她甚至不能宣称,她怀疑他是否表里如一。她不能流露不愉快的情绪,不能哭哭啼啼,心情不好也不能成为她的借口;它们违反优美风度的严格规则,而这种风度是具有高尚教养的小姐不可缺少的外衣。

"再等一等,爸爸。"她恳求他,但痛苦地意识到,她的请求只能给她带来更大的麻烦,不过如果这会使她陷入困境,那么她也看到了光明的一面;她看到,不论这个症结怎么变得像戈耳迪结①一样难以解开,可是在千钧一发的关键时刻,从扑朔迷离的云端会跳下一位勇猛的武士,尽管他的面貌与地上的一位先生相像,但他来自天上,他会一下子斩断这个结。这样,在她几乎要向软弱屈服的同时,她内心的呼声却变得更加热烈:"什么都可以,就是不嫁给这个人!"斗争使她感到虚弱,感到气馁,这种状况的产生是由于年轻人一面充满着活跃的想象力,充满着无法克制的憧憬,一面又觉得前途茫茫,毫无希望。

"不必再等了!"威洛比说,口气是温和的。

~~~~~~~~~~

① 古希腊神话中佛律癸亚国王戈耳迪挽的死结,谁也无法解开,据神谕,能解开此结者可以统治各国。后来亚历山大大帝用利剑斩断了这个结。

"我也得说,不能再等了!"她的父亲指出。"你的要求已超出了我们允许的范围,克兰拉·米德尔顿。"

"我为惹你生气而难过,父亲。"

"惹的是他!你的责任不是惹他生气。把你的理由说给他听。我不愿老是给你拖着在原地打转,老是重复同一道命令。"

"既然权力已授予了我,那么我要求你履行诺言。"威洛比说。

"你没有违背你对我的诺言吗?"

"绝对没有,要不然我怎么还可能向你提出要求吗?"

"把你的右手和他的右手握在一起,"米德尔顿博士说,"不成,还是不成。我真不明白,她吃了什么迷魂汤,但是在她的理智清醒以前,她必须接受那些还没有被上帝抛弃的人的指导。她以前曾……好了,不谈过去了,但愿那时确实是她,是个真正懂得道理的女儿,不是一个假的。啊,我的朋友韦特福德先生来了,我欢迎他。见到他就像经过一天的鏖战和骚乱之后,在特洛伊海滩上洗澡和吃晚饭一样舒服。"

维农朝他们径直走来,这在他是不寻常的举动,因为别人谈话时,他从来不愿打扰。

不仅如此,他见到威洛比时还露出了沉思的神色,蹙紧的眉尖有些跳动;根据这些,克兰拉相信他是作好了准备,特地来支援她的。他的前额显得特别富于表情,似乎有一个惊人的有趣消息藏在它背后,使他感到忍俊不禁。

"韦特福德先生,你见到克罗斯杰了吧?"她说。

"我逮住了他,他的身体很好。"

"他昨晚睡在哪里?"

"大概是在一张沙发上。"

她笑了,心想这下有希望了,因为维农已知道这个故事。

威洛比觉得应该为他的严厉措施作些解释。

"孩子说了谎,耍弄了两面手段。"

"既然这样,孩子应该接受希腊的斯多噶派教育①,提高他的理性。"神学博士说。

"我的教育方法不同,先生。我奉行己所不欲,勿施于人的原则。"

"难怪希腊文给排除在近几代人的教育之外;你们抛弃了一块还没开垦和播种的园地,可是它对年轻人的道德教育是可以取得丰富果实的。啊!得啦。太文雅的风气只能使我们退回野蛮时代。过度敏感不是好事,大自然已向我们指出了另一条教育之路。现在,我想,没有我的事了。"

"我们再谈一两分钟,维农不会见怪的。"

"现在韦特福德先生既然来了,我得拉住他。"

"我到实验室来找你们,维农。"威洛比生硬地向他点了点头。

"我们别管他们,韦特福德先生。他们是在为一个特定的日子,一个讲起来就会脸红的庄严日子,进行旷日持久的争论。"

"什么日子?"维农问,像一个乡巴佬。

"人们所说的'这个日子'。"

维农骨碌碌转动着眼珠,看看这个,又看看那个,最后把目光停留在威洛比身上;这目光不仅表示惊讶,还灼灼发亮,显得那么热烈,仿佛他的感情刚在炉子上烤过,吸收了它放出的全部热量。

威洛比示意他快走。

"韦特福德先生,你见到戴尔小姐了吗?"克兰拉问。

他答道:"没有。她心神不定,似乎遇到了什么麻烦。"

"她在为克罗斯杰担心吧?"

~~~~~~~~~~~~~~~~

① 斯多噶哲学强调理性,主张锻炼坚强的意志,这里是指对孩子实施体罚,把这作为教育的一个方法。

"也许!"维农对威洛比说道,"你把克罗斯杰的房门钥匙揣在口袋里,这真是高明的一着!"

这巧妙的讽刺使她心情舒畅,她悠闲地沉浸在它中间,听得被它愚弄的人答道:"我的惩戒方法很简单。我没想到她会上他屋里找他。"

"但是我相信戴尔小姐会来找我,"克兰拉说,"我们两人都同情那个孩子。"

"戴尔先生可能会来。他与他的女儿好像想法上有所不同,"维农说,"她一直躲在房间里,锁上了门。"

"他不是唯一遇到这种尴尬处境的父亲。"米德尔顿博士说。

"他说他要找你呢,威洛比。"

"找我干什么?"威洛比竭力克制他的烦躁情绪。"当然,他来我是欢迎的。还是让孩子回来的好。"

"只要你可能原谅他。"克兰拉说。

"那么告诉戴尔父女,我准备听听孩子怎么说,维农。戴尔先生大可不必拖着有病的身子,亲自到这里来。"

"韦特福德先生,戴尔先生究竟为什么事与他的女儿想法上有所不同?"克兰拉问。

维农装出不安的神情,用迷惘的目光打量着威洛比的周围,这比目不转睛的注视更使他不自在。维农答道:"也许她不肯把心事全部告诉他吧,米德尔顿小姐。"

"那么在这个问题上,我们的情况与他们在相同中又有一点不同,因为我女儿的心事我听得过多了。"米德尔顿博士说。

克兰拉垂下了眼皮,让心情平静下来。"我总觉得,戴尔小姐是一个非常坦率的人。"

"为什么我们要打听戴尔先生的家务呢?"威洛比插口道,掏出了怀表,但并不是要看看钟点;他一直在暗暗琢磨,维农是不是与克兰拉

545

一样了解这件事,尽管他的思想要他相信这不可能,他的感觉却告诉他,情况恰恰是这样。但是如果这样,天上的神灵岂不成了一群阴谋家?他向利蒂希娅唱了一次赞歌。他不能想象任何人可能泄露这个秘密。克兰拉的发现使他清醒的头脑变得糊涂了。

"戴尔家的事确实与我无关。"维农说。

"然而,我的朋友。"米德尔顿博士斟酌了一下,露出慈祥的神色,含蓄地提出了异议,它的含义威洛比一时并未理解,等他理解已太迟了,"这事可能与你有关呢。我甚至可以说,他们父女俩想法不同的根源和起因可能就在于你,尽管这得怪威洛比昨夜在客厅中当了他不该当的代理人。"

"对不起,先生,请你解释一下。"维农说,同时在克兰拉的脸上寻找答案。

米德尔顿博士把解释的责任推给了威洛比。

克兰拉尽量向维农使眼色,这是那种安详而充满深意的目光,它似乎在说:想一想吧!不必多费脑筋,你便可以恍然大悟。

维农在威洛比开口以前,已经明白了。他的嘴唇闭得紧紧的,眼睛中明亮的闪光在跳跃、增长。它们像克兰拉在夜间看到过的一颗星,那颗闪闪烁烁、光芒四射的星。然而由于他十分沉着,谁也不会想到他全身的血液都在奔驰,都在发笑,只是他使出了浑身的力气才没有让笑声迸发而出。他的外表使她那么满意,现在她关心的主要是回忆那颗星的名称,它的亮光仿佛在向她招手,对她说话,而且处在精神之火的烈焰中。在严寒的日子,在月光皎洁的夜晚,那是唯一保持不灭光辉的星体,她记得这情形,她想起了冰雪覆盖的大地,瘦瘦的俄里翁①站在熠熠生辉的天空中,那颗星便

---

① 原为希腊神话中的猎人,后来在天文学中被用来命名一群星体,即猎户座。天狼星是夜空中最亮的恒星,位于猎户座附近。

在它下面偏东方向,但是它的名称!名称!这时她清晰地听到了威洛比的声音:

"哦,那早已不是新闻了;我又作了一次努力;你知道我的愿望,当然,我失败了,双方谁也不会感谢我,我只得请你原谅——先生,他们谁也没看出这对他们是件好事。"

"不过这是显而易见的,"米德尔顿博士说,"从我们刚才听到的想法不同看来,我想,那位父亲是支持你提出的那个人的。"

"我不知道,不过从我而论,我把事情搞糟了。"

维农抵制住沉默的诱惑,用几句风趣的话表示承认这件事。

"你是出于好意,威洛比。"

"我希望这样,维农。"

"可惜你逼得她逃走了。"

"现在只得听天由命了。"

"反正对我没什么影响,因为我明天就走了。"

"先生,你瞧,这就是对我的感谢。"

"韦特福德先生,"米德尔顿博士说道,"那位小姐的父亲是你的强大后盾。"

"先生,你要我依靠这后盾对这姑娘施加压力吗?"

"为什么不呢?"

"要她在婚姻上完全听命于她的父亲?"

"哎,我的朋友,一个热恋的情人是愿意在这种条件下娶那位小姐的,因为他完全知道,这是为了她好。威洛比,你认为怎么样?"

"先生!我认为怎么样?我能说什么?戴尔小姐没有订过婚约。如果她订过,她是决不会背弃的。"

"她是忠诚的化身,哪怕对方破坏了诺言,她也会坚守不渝的。"维农说,克兰拉不禁打了个寒战。

547

"照我看,先生,那便是成为忠诚的塑像,我们有血肉之躯的女孩子如果以此为模范,那么可以说,她们只能成为一个合格的白痴。"米德尔顿博士说。

"但诺言总是诺言,先生。"

"但不论是瓷器还是婚约,破碎了就是破碎了,如果只有双方中的一方保持忠诚,那么我只得表示遗憾,而且这一方所能做的,也只是把今后的一生花在收拾碎片上;可是这种工作,为了人类的安宁,只能在指定的与世隔绝的精神病院中进行。"

"你否定了感情的诗意方面,米德尔顿博士。"

"这是为了促进天性的诗意,韦特福德先生。"

"那么,先生,你认为,当一方背弃诺言时,婚约也就终止了,另一方已绝对自由?"

"不错,我是拥护那种普通的观点的,我要给感情世界敲响丧钟;由于你要保卫它,我只得请教威洛比,问他,难道他不赞成理性世界的观点,认为男人或女人被抛弃后,一个月内另行结婚是合理的?"

克兰拉把手臂伸到了父亲的腋下。

"先生,"威洛比说,"我从来不会不懂装懂,我不懂得诗歌,也不想懂得。"

米德尔顿博士笑了。维农似乎也赞成他表弟的回答,可是在克兰拉听来,这却是一句最缺乏人情味的话。她的胳膊在父亲腋下变得有些发冷了。她又开始怕威洛比了。

他完全是依靠随机应变,在躲避各种指向他的打击。要是他真的相信上天的神灵背弃了他,他立刻会发觉,这些致命的打击是有一定的意图的,因为在目前这场危机中,他的感觉比任何时候更加敏锐;那么他会设法带走克兰拉,向她盘问个水落石出,因为他相信,凭维农对他的友谊还不至于向她的父亲泄露他的秘密;只是向克兰拉盘问不会立即收效,而且也不是一件愉快的事。他一向机警灵敏,伤害他的事不论多么细小,他也不会忽略,可是他一生都相信,他具有保护自己的天赋,这样,对一些本来可以一目了然的迹象,他变得视而不见了。现在他只知道,克兰拉可能曾躲在门口偷听,她听到的话已足以构成她的怀疑。但是维农昨夜不在家中,她不可能把她的怀疑告诉他,何况他没有见到利蒂希娅,而这个女人尽管她愚蠢和苦命,却是既可信赖又令人敬佩的。

不过他认为,归根结底,维农是一个夸夸其谈的说教者,他与一只咬文嚼字的雄蜂一唱一和,说个没完,因此最好把他们拆开,趁克兰拉垂头丧气的时候,一举征服她;而在维农来造成麻烦以前,她本已处在这种状态。

"亲爱的朋友,我看你恐怕太胆小,太紧张了,在求婚这种事上很难胜任。"他说。"你这种人在书上很动人,在生活中却是可笑的。我们还有一点私事要讨论。我想,先生,我们还是进屋去吧。这只要一会儿工夫。"

克兰拉用力挽住了父亲的胳臂。

"还没完?"他说。

"五分钟。有一点小小的误会必须澄清,先生。亲爱的克兰拉,到时候你的看法就会改变了。"

"爸爸希望与韦特福德先生一起工作。"

但是父亲的话却使她的心又沉下去了,他说道:"不,这个早上反正浪费了。我只能同意再花一些工夫,把另一个年轻女人送给世界。我也有一个女儿呢!韦特福德先生,我希望你下午能补偿我的损失。不要萎靡不振。近来我发现你一直心事重重。只要你肚里老记挂着那件事,你的头脑就不会清楚。我冒昧说一句,如果我对这事能有所帮助的话,我愿意出头为你讲讲话。"

维农简单地表示了感谢,说道:

"威洛比已经用尽了他的口才,结果你看到了:你们失去了戴尔小姐,我却没有赢得她。在这么微妙的事件上,他为别人做了一个男人能做的一切,甚至为了讨好那位女诗人,还背诵了她在他生日献给他的著名诗篇。可惜他的美好努力都失败了,因为她根本不喜欢我。"

威洛比听得提到那诗,像触电似的,立刻走了一两步;这时米德尔顿博士却说道:"瞧,你得到了一个多么好的辩护人,他是不会遇到一次挫折便打退堂鼓的,我相信他会再接再厉,坚持到底,尽管这样的人还不多。他是正确的。不相信女人的'不',这是攻克这种天生就得投降的堡垒的行之有效的办法。尽管毫无疑问,一个年轻人为了我们去劝说一位小姐,往往会碰到反抗。然而众所周知,威洛比已订过婚,他可以享受年长者的特权。"

"先生,他作为一个订过婚的人,取得了年长者的资格,可以为我开导戴尔小姐了。"维农说。

威洛比在踱来踱去,自言自语。天意在他的思想中即使没有变成仇敌,至少也有些神秘莫测了;他的信仰发生了危机,他发现,他的崇拜对象忽然改变了态度,不再对他百依百顺了。

"先生,我们走吧?"他说,但没有引起注意。神学博士正在高谈阔论,不想就此停止。

"一位体面的绅士忠于自己的婚约,又乐意帮助他的亲戚成家立业,按照我的看法,他不仅应该得到你的衷心感谢,也理应得到这位小姐的尊重。你们中的任何人都不必为暂时的失败感到泄气,尽管那位小姐突然从帕特恩庄园撤走了,尽管在你最近拜访她时,她也躲在闺房里闭门谢客。"

"那么假定他成功了,"维农说,把威洛比几乎逼疯了,"我非得结婚不可吗?"

这是在向米德尔顿博士提出咨询。

"难道求婚没有得到你的同意吗?"

"完全没有。"

"你喜欢这位小姐吗?"

"我尊敬她。"

"你没有与她结婚的意图?"

"这种意图一丝一毫也没有。"

"你这些叫人受不了的废话,我们还得站在这里听多久?"威洛比嚷道。

"但是如果没有征求过韦特福德先生的意见……"米德尔顿博士说,可是他的话湮没在威洛比迫不及待的叫喊中了:"请行行好,先生。行行好,我的老朋友!"他向维农挥挥胳膊,又向克兰拉作了个要她一起离开的手势。

"啊,蒙斯图特太太来了!"她喊道。

威洛比一怔。这冒出来的是朋友还是敌人呢?他不知所措,在两种可能性之间愣住了。

克兰拉先前看到蒙斯图特太太与德克雷中校分手,现在这位伟大的夫人正像五彩缤纷的王家游艇,从草坪上慢慢驶来。

她的脸色是友好的,但这是向每个人表示的;她的笑容总是叫威洛比心头发冷,也使克兰拉怔忡不安。

她走到她面前,小声说道:"这真是一大新闻!太奇怪了!昨天我对他的暗示还不敢相信。你觉得满意吗?"

"蒙斯图特太太,请你找个机会跟爸爸讲一下。"克兰拉也小声回答。

蒙斯图特太太向米德尔顿博士哈哈腰,向维农点点头,然后驶向威洛比,说道:"是这回事吗?可真是这回事吗?我真的可以相信?你那么做了?亲爱的威洛比爵士?是真的吗?"

这位先生惊得目瞪口呆,像翻了船,抓住光光的一块船板,在海面上漂浮。

他对这个突然袭击,只能报之以讪讪的微笑。

谨慎的本能使他倒退了一步,他听得她在说:"是这样!"表示她的测锤已到了他秘密的内心深处;他又退后了一些,说道:"夫人?"那口气是请她讲轻一些。

随着他的步步后退,她恢复了流利的口齿,压低了一点嗓音,说道:

"不能想象这是真正的事实!你做事一向出人意料,但这一次!这一次!真是大丈夫敢作敢为,像个绅士,这再好也没有了,它一下子扭转了这个尴尬的局面,使它顿时改观,变得皆大欢喜,人人找到了恰当的位置。这叫我高兴极了,喜欢极了,健全的理性胜利了!男人总是那么自私,他们不听劝告,不能对这种状况采取理智的态度。可是你,威洛比爵士,你表现了明智和高尚的情操,这是男人中最罕见的气质。"

"你是从哪里……"威洛比喃喃地说。

"听到的?从树篱,从屋顶,从所有的地方听到的。不到天黑,消息就会传遍这一带。我毫不怀疑,布歇夫人和卡尔默夫人马上会赶到这儿,宣称这早在她们意料之中。我不会这么自命不凡。我得请你原谅我昨天说的'两次'的话。尽管这伤害了我的虚荣心,我还是高兴承认我的错误,这是我完全没有想到的。那时我也不指望命中注定的缘分一定会实现,我认为男人从不理会这一套,只有我们可怜的女人才得听凭命运的支配。这确实是命中注定的!你想方设法逃避它,你是这么做过。但你终于屈服了,她不会亏待你的,亲爱的朋友。她温柔体贴,而且非常聪明,她对你一往情深,她一定会使你十分满意的。我看她像阳光中的一朵鲜花。她会变成一个完美的主妇。帕特恩庄园在她的管理下会兴旺发达,我可以向你保证这点。你也会变得容光焕发。是的,只要有人崇拜你,你就会心情舒畅。她的爱必然就是崇拜。你近来一直闷闷不乐呢。几年以前我就说过,这是天作之合,可是没有人相信你肯低就。布歇夫人希望这只是烟幕,然而大家却认为她聪明过人。世界会支持你,所有的女人都会支持你,当然,除了布歇夫人,她是以未卜先知自居的,这次她可不能自鸣得意了。我的朋友,你最真诚、最坚定的崇拜者在这里向你表示祝贺了。我忍耐不住,必须痛痛快快讲出一切。现在我必须走了,我得听听米德尔顿博士的高见呢。他对这事反应如何?他们要走吗?"

"他一切都好。"威洛比说,提高了声音,但心里七上八下的。

她承认他对她的纠正是正确的,因为她把低声的谈话发展到了极点,其实这时他们离其他人已相当远。这时德克雷中校已走进那些人中间并同大家在一起闲谈;威洛比有些担心,怀疑他们是在议论他。

克兰拉离开他走了!走了!但是他想起了他的誓言,又在心里重申:决不让她嫁给贺拉斯·德克雷!她走了,不见了,消失在与他对立的芸芸众生的世界中了;他决定全力以赴,务必使她离开那个人,因为这是一个不忠实的朋友,从她浅薄的心中挤走了他,如果他得逞,就会到处吹嘘,说他一出现,就赢得了那个女人的心。

蒙斯图特太太刚要去找米德尔顿博士时,威洛比拦住了她,说道:"亲爱的夫人,请等一分钟。"

德克雷慢悠悠地走了过来,露出了最友好的笑容:"威洛比,你的万花筒又摇出了新花样,没人有你这份本事。"

"贺拉斯,你又在讲双关语吧?"威洛比回答,痛心地发觉,还有一个人了解这个该死的秘密。他把米德尔顿博士拉到两三步外,匆匆要求他,别在这个问题上再对克兰拉施加压力。"我们必须尽最大力量让她快活,先生。也许她有她的理由——一个年轻女人的理由!"他笑道,把米德尔顿博士弄得莫明其妙,只得耸起皱紧的眉头,在心里琢磨是怎么回事。

德克雷带着狡猾而迷人的微笑,站在克兰拉面前,恭恭敬敬地垂下了头,表示他绝对忠于她,服从她,目前这美好的成果便是他的作用的证明。

她笑了笑,虽然甜蜜,却毫无其他意思。她不想掩饰他们的亲密友谊。

"战斗过去了,"维农平静地说时,威洛比和蒙斯图特太太已走前几步,接着又说道,"戴尔先生会到这儿来。他知道了。"

维农和克兰拉交换了一下目光,他的显得刚强,与她的温柔构成了鲜明对照。他向公馆走去。

德克雷期待着一句话,或者一个给人以希望的表情。但他并不性急,因为他相信他能成功;他走了过去。

克兰拉又一次挽住了父亲的胳臂,突然兴高采烈地喊道:"天狼星,爸爸!"

他用意义深长的语调重复道:"天狼星!"然后问道:"难道你从那儿找到了女性的理智吗?"

"亲爱的爸爸,我先前一直在想那颗星的名字呢。"

"这是阿伽门农王在奥利斯献祭前看到的那颗星①。你先前是在想它吗?但是,亲爱的,我的伊菲革涅娅,你的父亲可不是一定要把你作祭品的。"

"爸爸,我曾听得他要你哄哄我呢,对吗?"

米德尔顿博士哼了一声。

"确实,天狼星在许多人的头脑里兴风作浪。"他答道。

---

① 据希腊神话,阿伽门农王得罪了神,在远征特洛伊时,他的船队在奥利斯因无风不能启航,必须用他的女儿伊菲革涅娅向神献祭。阿伽门农在发信召他的女儿前来的晚上,在天空中望见了天狼星。见欧里庇得斯的悲剧《伊菲革涅娅在奥利斯》的"开场"。

# 第四十四章

## 米德尔顿博士，埃莉诺小姐
## 和伊莎贝尔小姐，戴尔先生

克兰拉仰望着飘动的白云。她现在与它们在一起漫游，领略着自由的欢乐，但是谨慎地避免打扰她的父亲；她把一切隐藏在心头。

午餐的铃声把他们召唤到了一起。

用餐时很少人说话，也很少人吃东西。克兰拉参加是为了观察蒙斯图特太太的脸色。威洛比是作为主人必须出席。这顿饭成了哑巴与餐具的组合；餐具轻轻的碰击声传到耳中，仿佛教堂里动人的传道之后听到的那种人人熟悉的募集捐款的声音。德克雷中校的俏皮话得到的反应，跟一个孤儿院孩子充满活力的嗓音湮没在沉寂的圣殿中一样。威洛比试图与米德尔顿博士谈论政治，但博士胃口极好，在正该饱餐一顿的时候，不愿意考虑与此无关的问题；他独自对着菜盘吃得津津有味，回答主人道：

"你说时势不好，我们的内阁简直对我们为所欲为。算了，先生，事情就是这样，反对只能促使他们变得更加稳定；这种时候，聪明人最好独善其身，不问外事，同时下定决心，像地下的种子一样慢慢生长。一切听其自然，安心睡觉，等待有利的时节。这便是我对在野党的忠告。"

忠告确实不坏,但它扼杀了这个话题。

米德尔顿博士的胃口受到了普遍关注,大家在等待可以离开餐桌自由呼吸的信号;但是一个心安理得的善良绅士,在专心致志为自身履行他的义务时,是应该受到礼遇的,因此他对不安的气氛毫不在乎,安详地吃着一盘盘菜,也同样安详地给埃莉诺小姐和伊莎贝尔小姐引述弥尔顿的诗句,尽管这时大家看到他就餐完毕,已一下子全都站了起来。维农给威洛比带走了。蒙斯图特太太偷偷向克兰拉招了招手。米德尔顿博士心想,威洛比应该与他通通气才对,因为情况不太明朗。不过这样也好,他希望了解事实,但完全不必匆忙。

博士陪两位老小姐走进会客室时,对她们说道:"如果我能把今天剩余的时间贡献给你们,这对我说来便不算白过了一天。"

"恐怕雷雨已经不远了。"一个嘟哝道。

"恐怕它已近在眉睫。"另一个叹了口气。

她们开始一唱一和地讲了起来。

"——我们习惯了观察我们的威洛比,只要看到一点影子就知道他在想什么。"

"——从他的童年到光辉的青年时期和成年时期都是这样。"

"——他一向是骑士精神的体现。"

"——义务,义务第一。关心家庭的幸福,家属的福利。"

"——他为他的姓氏自豪,但这不是盲目的骄傲,它的基础是意识到自己拥有优秀的品质。"

"——在必要的场合,他也会十分谦虚。"

米德尔顿博士在这种礼赞面前垂下了头,觉得这正是他应该表示谦卑的场合。

"但愿他……"他说,为他不可理喻的女儿感到了发自内心的忏悔。

女士们继续道：

"——维农·韦特福德不是他的家属,却是他的弟兄!"

"——还有千百个例子!利蒂希娅·戴尔比我们记得更清楚。"

"——本不该有任何打击轮到他头上!"

"——而且新的打击居然还等待着他!"

"——人们怎么会不理解他,真是不可思议!"

"但愿他……"米德尔顿博士说。

"——指望一个广施恩德的人得到一点尊敬,这要求并不过分!"

"——他小时候一天爬上一把椅子站着,情况很危险,可是他不让我们碰他,因为他比我们高,我们只得眼睁睁望着他。埃莉诺,你还记得吗?他说:'我是全家的太阳!'谁能比得上他!"

"——你的感情,他要的是你的感情!他十四岁那年,他的表姐格兰丝·韦特福德结婚时,他失踪了。他们本是最要好的同伴;过了好久他才回到我们中间。从此他再也不愿见到她。"

"——但他还是把她的丈夫看作朋友。他一向宽宏大量。他的唯一缺点是……"

"——他太重感情。那是……"

"——他的秘密。那是……"

"——你不会发现的!他成年以后还是这样。没有人可以责备威洛比·帕特恩缺乏男子气概,但什么叫男子气概?如果他得不到别人的爱,他会比谁都痛苦。他本人就是在感情上忠贞不渝的。"

"——什么叫男子气概谁也说不清楚。我们是看他长大的,我们知道他准备作出任何牺牲;只是他要求别人用整个心灵回报他。如果他产生了怀疑,他的神气就像我们今天看到的这样。"

"——萎靡不振,我们以前从没看到他这样。"

"但愿不是这样,"米德尔顿博士说,这次抢先开了口。他心头痒痒的,想就"什么叫男子气概"发表他的高见,解决她们的疑难问题。为了适应这个题目,他往下说时采取了亲切的口气。"你们知道,女士们,我们英国人来自粗犷的祖先。我们年轻时受到一点粗暴待遇,这对我们并无害处,它可以增强我们的体质。否则我们就可能感到寒冷,因为我们生长的地方,如果体质虚弱,必然经不起风雨的侵袭,也就会影响我们的自尊心。我们是野蛮人,只是生活在富饶肥沃的土壤上,舒适安定的暖房里,但仍是野蛮人。因此,你们瞧,当我们被拉出暖房,进入狂风暴雨的环境,进入战争状态,我们便会获得最大的发展。战争状态对我们是最合适的状态,我们的人是高尚正直的,是西庇阿①和骁勇的军人。在和平时期我们也不能生活在和平中,我们天生的粗犷会在想不到的场合爆发出来,获得独特的表现——专横,奢侈,在家中作威作福;要不是我们早年受过严格的训练……从里到外……得到了我们岛国传统教育工具②的熏陶,我们的老师和祖先的文化早已深入我们的血液,我们便不可能横行天下,充分显示我们的优越性。啊哼!"神学博士说到这里停顿了一下,他本想隐约地提出一个重要真理,但考虑到高雅的老小姐们未必理解,只得作罢;这真理便是:英国老小姐太多,是这个民族日趋衰老的主要原因。于是他接着说道:"然而我还没发觉威洛比极重感情这点。我无疑不是一个感情脆弱的人,然而我觉得他比我更受得起打击。"

"他隐瞒着他的感情,"小姐们说,"其实它是很强烈的。"

"那么这是一种病态表现?"

---

① 公元前二世纪的罗马名将。
② 指对孩子进行体罚的鞭子。

"这无从解释,它是神秘的。"

"这么说那是一种宗教精神,自我崇拜的一种形式。"

"自我!"她们叫了起来。"但自我是对别人漠不关心的,不是吗?难道渴望得到同情、爱和忠诚的,也是自我吗?"

"他是一位可敬的主人,女士们。"

"他在各方面都是可敬的。"

"他能使看他长大的明辨是非的妇女对他保持这么好的印象,他必然是可敬的。我再说一遍,他是一位完美的主人。"

"他也会是一个完美的丈夫。"

"这完全可能。"

"这完全肯定。只要爱他,听他的话,他便会跟着她走。这正是他恋恋不舍的她应该知道的秘密。可惜我们过去不够大胆,没向她透露这点。她通过对他的爱可以主宰他,通过他又可以主宰她周围的一切。倒不是他屈服于人家的主宰,而是他接受了爱。她能看到这点就好了!"

"她能懂得这些奥妙的真理就好了!"米德尔顿博士叹了口气。

"——但是他这么丰富的感情可能……"

"——给一个缺乏同情心的妻子弄得苦不堪言……"

"——而由于我们中间最好的人也是凡人,终于变成……"

"——铁石心肠!"

"——也许仍那么感情丰富……"

"——甚至更丰富……"

"——仍那么温柔……"

"——然而从外表看也许已变得冷酷无情!"

两位女士谈到这可怕的前景时,抬头望着米德尔顿博士。

"这是一则触目惊心的故事,"他说,与她们一样悲伤。

三个人低头站着——两位女士在努力消化他发表的意见,神学博士则意气消沉,觉得他的殷勤精神已快无法与他的健全理智对抗了。

救兵来了。

房门打开,仆人通报道:

"戴尔先生到。"

埃莉诺小姐和伊莎贝尔小姐举起胳臂,彼此作了个手势。

她们走到他面前,表示了欢迎。

"请坐,戴尔先生。你没有给我们带来利蒂希娅的坏消息吧?"

"能在这里欢迎你真是太高兴了,戴尔先生,你是个稀客,因此尽管我们相信,你带来的是真正值得庆贺的好事,我们还是有些惊慌。"

"柯尼大夫为你创造了奇迹吧?"

"承蒙他用马车把我送到了府上,女士们。"戴尔先生说,这是一个身体瘦弱、行为拘谨的人,由于长期卧病,他印度人似的脸色灰黄暗淡。"我很少出门,难得离开自己的家。"

"这位是米德尔顿神学博士。"

戴尔先生向他鞠躬致意。他似乎有些惊异。

"你是生活在一个空气美好的地方,先生。"神学博士指出。

"但它给我的好处不多,先生。"戴尔先生回答。他问女士们:"威洛比爵士现在有空吗?"

她们商量了一下。"他与维农在一起。我们派人去请他。"

铃声响了。

"我很荣幸,认识了你的女儿,戴尔先生,她是一位最值得尊敬的小姐。"米德尔顿博士说。

戴尔先生哈了哈腰。"承蒙夸奖,先生。我作为父亲不妨说,我完全相信对于这夸奖她是当之无愧的。我一向毫不怀疑。"

"对利蒂希娅吗?"两位女士发出了惊叹,说她是文雅和美德的化身。

"我也一向真心相信这点。"戴尔先生说。

"她无疑是最亲切的护士,最孝顺的女儿。"

"她尽了她对父亲的责任,从这点说我确实认为这样,女士们。"

"不,在一切方面都这样,戴尔先生!"

"那是我所祈求的。"他说。

仆人来了。他报告道,威洛比爵士与韦特福德先生在实验室中,门锁着。

"那是谈家务,"两位女士说明,"戴尔先生,你知道,威洛比对任何事都一丝不苟。"

"他身体好吗?"戴尔先生问。

"十分健康。"

"身心两方面都好?"

"亲爱的戴尔先生,他是从不生病的。"

"啊!这使一个常年疾病缠身的人听了多么羡慕呀!那么韦特福德先生身体也很好吗?"

"也很好?对我来说这倒是一个惊人的问题,"米德尔顿博士答道,"他的身体健全得像我们的宪法,国家的信用,桂冠诗人的名声一样呢。你大可不必为他担心。"

戴尔先生轻轻吸了口气,仿佛给弄得越来越糊涂了。

他说:"韦特福德先生是用头脑工作的,他是一个勤奋的学者;也许我可以这么说,他是不大善于处理琐碎俗务的。"

"请你不要听信这种对学者的诽谤之词,戴尔先生;在这个问题上,你得接受我的看法:凡是孜孜不倦用头脑工作的人,处理什么事都能得心应手。"

"啊！先生,你的女儿在这儿吗?"

"我的女儿在这儿,先生,她能见到她的朋友戴尔小姐的父亲,一定会感到非常荣幸。"

"她们是朋友?"

"非常亲爱的朋友。"

戴尔先生又轻轻吸了口气,让自己镇静下来。

"利蒂希娅!"他叹着气叫了声女儿的名字,用显然有些哆嗦的手抹了一下额头。

两位女士有些担心,问他是不是觉得屋里太热了;一个还把嗅盐瓶递给他。

他谢了她们。"我能坚持到威洛比爵士出来的。"

"每逢他把门锁上时,我们不敢打扰他,戴尔先生。不过如果你希望的话,我们就尽量设法给他捎个信。你确实没有带来我们的利蒂希娅的坏消息吗?今天早晨她突然离开了我们,没有与任何人告别,只是交代了一个使女,说你身体欠安,需要她马上回去。"

"我身体不好!可现在她锁了房门不见我!我们只能隔着房门谈话,情况便这样。我现在是站在两扇锁着的门中间,心烦意乱,一筹莫展,可是哪一扇似乎都不愿向我打开;我现在需要的是弄个明白,不是医药。"

"我的天!"米德尔顿博士喊道,"你描摹的处境使我震惊,戴尔先生。这可以恰当地用来说明我们的这一代人;如果现在是我传道的日子,我可能要建议,让我把这作为一个实例,用在布道坛上。就我而言,如果门关上了,我不想打开它们的锁;我认为,为了我的完全平静,哪怕为了我的健康,我应该毫无怨言地接受它们对我关上这一事实。我可以点起灯来读我的书。相反,今天这个世界,如果我可以应用你的话,我得说,它却在这些上锁的门外打门,想探听藏在这两扇门内部的秘密,由于打门得不到回音,它便只得站在那里,心烦意乱,一筹莫展。先生,世界不妨比较一下乞丐和邮差的不同命运:为了给予而打门,门便向你开了;为了乞求而打门,门就继续关着。因此我说,如果送一封信到锁着的门前,你就会得到友好的接待,可惜我们现在没有信要传递。我们有什么理由……"

戴尔先生抹了一下出汗的额头,伸出了手表示恳求。"我是一个病人,米德尔顿博士,"他说,"我无法领会你的推理,我的全部体力只够我慢慢消化事实。"

"对于事实,我们每个人都患了消化不良症,先生。我们还不知道,大自然是事实,还是为理解事实而作的一种努力。世界还没有消化它所碰到的第一个事实。我们仍在力求改善我们的生存条件这个事实呢。"

戴尔先生把双手按住了太阳穴,呻吟道:"哎哟,我的头脑都晕了;我实在是昏了头才跑出来。这是一时心血来潮,不过我相信,我的动机是高尚的。我不行,我不能理解你的话,米德尔顿博士。请原谅。"

"不,先生,我得说,根据我对我国同胞的体验,如果你不能接受我的劝告,又并不因此而辱骂我,你便算得宽大为怀了。"神学博士回答,说什么也不愿放开这个人,刚才他在两位女士面前洗耳恭听,几乎默认自己是个哑巴,现在得从这个人那里找到补偿,尽管他知道,他的谈话像强有力的东风,使神经衰弱者受不了,但他由于被迫与书本分开了一天,已成了一架折磨人的机器。

埃莉诺小姐开口道:"戴尔先生,你要弄个明白?我们能帮助你吗?"

"我想不能,"他无力地回答,"我想我可以等威洛比爵士……

或者韦特福德先生,只要我能坚持。不过我怕我会坚持不了,那么,我能不能与那位年轻小姐说几句话,她是,以前是……"

"先生,你是指我的女儿米德尔顿小姐?她可以服从你的需要,我马上带她来见你。"米德尔顿博士走到窗口站住了。"确实,她可能比我更了解戴尔小姐的心情;不过我自以为更了解那位先生。我想,戴尔先生,由于你是那位小姐的父亲,我不妨对你说,你会发现,在维护他的利益方面,我会是一个循循善诱的、也许还是热情洋溢的辩护人。"

戴尔先生惊得目瞪口呆,像一棵虚弱的幼树给狂风一吹,向后弯去。

"辩护人?"他说时几乎连气都憋住了。

"我再说一遍:他的热情洋溢的辩护人,因为我对他的评价非常高。你瞧,先生,我对情况了如指掌。我相信,"米德尔顿博士向两位女士转过了半个脸,"戴尔先生,一旦你有力的引导与我的劝告结合,我们便会战胜女人可能出现的疑虑,处理好这些一般并不公开的情况。我们的斯特雷方①也许过于腼腆,应该受到指责。但就目前而论,如果我们义不容辞的责任是为双方作恰如其分的考虑而不拘泥于表面的细节,那么在这个家庭中,这对我们可说并不是必要的。他现在再三声称他对这事毫不在意。我想我们理解爱情上的这种僵持状态。坦率说,戴尔先生,我一生中也有一次遭到一位小姐的拒绝,我并没有义愤填膺,只是对结婚表示了无所谓的态度。"

"先生,我的女儿已拒绝了他?"

"从目前看,似乎她已谢绝了求婚。"

"他是自由的?……可以光明正大的……?"

---

① 牧歌中常用的牧人名字,后来便成为青年情郎的代称。

"他最好的朋友和最接近的亲戚可以向你担保这点。"

"我知道,我听说了;我了解这一切;我听到了求婚的事,知道他可以光明正大地提出这要求。然而我还是无法想象,我不能走,除非我相信,我女儿的理由可以不需要父亲的同意。"

"那位小姐的态度大概有些暧昧吧?"

"今天早上我没有看到过她,我起身很迟。我只听她谈了离开帕特恩庄园的理由,这使我吃了一惊。接着我发现她锁上了房门不肯见我,也不答话。"

"那是因为她提不出理由,她怕你要她提出理由。"

"女士们!"戴尔先生伤心地喊道。

"我们猜到了这秘密,猜到了!"她们兴奋地答道,脸上笑眯眯的,与米德尔顿博士一样。

"她提不出理由?"戴尔先生边说边琢磨着这句话的意义。"那么先生,她知道你不反对这事?"

"毫无疑问,凭我对那位先生的崇高敬意,她准知道我不会反对。但她不会认为需要得到我的同意。她也不大会把我当作障碍。我仅仅是那位先生的朋友。不妨补充一句:一位热心的朋友。"

戴尔先生伸出了恳求的手,他更加糊涂了。

"请原谅,我的头脑有些不听使唤。先生,你的女儿也是这个态度吗?"

"我们没有交换过意见,但我可以说,我的女儿也是这个态度,先生。也许我还可以补充一句,这两位女士也一样。"

戴尔先生的手势表明他已承受不了,"这是怎么回事?利蒂希娅居然拒绝他?"

"我们可以说,这只是暂时的。戴尔先生,这事不是一部分还得靠你吗?"

"但是在我女儿离开舍下的这段时间里,发生了多么奇怪的变化!"戴尔先生声音之大说明他全身的血都沸腾了。"如果我不怕给人当作疯子,我想我一定会放声大笑的。她拒绝他的求婚?而且他是自由的,有权提出这要求的!我的女儿哟!我们简直都是两脚朝天头朝地了。神话成了真的,教科书却错了。但这真是,真是叫人如坠烟海。我是病人,不会把暂时的欢乐当作永恒的;但病人总是要求稳定和秩序的,事物的习惯状态只要遭到一丝一毫的破坏,他便受不了。确实,多年来我一直在预言这件事!多年来我的愿望却一直遭到挫折,现在成了现实,可是恐怕我还是不能不说我是个傻瓜!"

"亲爱的戴尔先生,几年来尽管有各种波折和人事变化,这结合一直是我们的威洛比的心愿。"埃莉诺小姐说。

"是他一心向往的目标。"伊莎贝尔小姐说。

"我没有提到名字,"米德尔顿博士说,"但它实际已被提到了,这样也许更好,免得造成神秘的印象。也许我们辜负了别人的信任,但我认为这并不严重,尽管他也许希望他自己第一个向你提出这人。我便是从威洛比那儿听到的,他说他昨夜向你的女儿提出了这事,戴尔先生,而且,如果我没有弄错的话,这已不是第一次;可是他没有成功。他感到绝望。但我并不绝望,我认为你的帮助可以保证我们的成功。我并不绝望,因为这位先生是一位有价值的、有公认的价值的先生。你对他也很熟悉,你会同意这点。我要把我的女儿带来,帮助我证实我对他的赞美。"

米德尔顿博士穿过落地窗,向草坪走去,步子轻松,容光焕发,只觉得太快活了,急于分一些给他的朋友韦特福德先生。

"女士们!这简直不可思议。"戴尔先生气呼呼地说。

"威洛比一向助人为乐,这确实是不可思议的。"她们一致唱道。

门开了,仆人通报了布歇夫人和卡尔默夫人的光临。

# 第四十五章

## 两位帕特恩小姐，戴尔先生，布歇夫人和卡尔默夫人，蒙斯图特·詹金森太太

布歇夫人和卡尔默夫人进屋时东张西望的，看到戴尔先生在室内，布歇夫人便轻轻对她的朋友说道："证实了！"

卡尔默夫人也轻声答道："柯尼一向靠得住。"

"这人本身便是可靠的强身剂。"

"他在本乡的价值是无与伦比的。"

埃莉诺小姐和伊莎贝尔小姐向她们表示欢迎。

两位帕特恩小姐性情温顺，何况在侄儿的光辉下更显得无足轻重，因此两位雄心勃勃的夫人无拘无束；她们不是胆小怕事的。

布歇夫人说道："怎么样？出了新闻！我们已知道了大概。别大惊小怪的，大致情形我们都知道了，我们听到了消息。昨天我就可以这么讲了。我看到了。其实前天我就猜到了。噢，现在我真的相信一切都是命中注定的。卡尔默夫人和我都同意这观点，这是最简单的。好吧，亲爱的，你们满意吗？"

两位女士瞠目结舌，问道："满意什么？"

"满意这件事！对一切都满意！对她！对他！"

"我们的威洛比？"

"难道需要柯尼给她们开些药不成？"布歇夫人对卡尔默夫

人说。

"她们的谨慎可说已完美无缺,"卡尔默夫人说,"但是,亲爱的女士们,我们已了如指掌啦。"

"她现在态度怎么样?"布歇夫人小声说。"我想,不致再趾高气扬、目中无人了吧。据说她有很好的社会关系,可我不明白,一个学者家庭怎么谈得到这个,无非是一群束围嘴儿的小娃娃罢了;不过她生得漂亮,这在开头是很起作用的,然而永远比不上头脑。他有两个人在家里供他对比,于是……这就是结果!一个有头脑的年轻女人,在家庭里可以打倒一切美貌。卡尔默夫人和我坚决相信这点。他本以为她是一个快活的舞伴,可是跳到最后,便发现她不如人意,对她厌倦了。昨天我就看到了这点,清清楚楚,毫不含糊。她不了解他,他却了解她。那就是我们的结论。"

"她还年轻,她可以学习。"女士们说时有些尴尬,可是对她的意思一点也不明白。

"你们心肠太好,过去也一向如此。我记得,你们为那个姑娘德拉姆也是说过好话的。"

布歇夫人穿过屋子,走到戴尔先生面前,他正在翻一本豪华的大书,书里收集了我国各大家族的纹章图案。

"亲爱的戴尔先生,"她说,"好好研究吧;你生了一个多才多艺的聪明女儿,就有权进入这中间了。在第三百页上,你会看到帕特恩家的族徽。记住我的话,在她成为贵族以前①,先得把你拉上去——当然,这是相对而言。威洛比夫妇是不会满足于坐在家里管理田产的。利蒂希娅不会没有雄心壮志吧?我说,这是值得称道的。"

戴尔先生似乎想声明什么。他合上书本,看看它的装帧,用手

---

① 在英国,贵族是指取得男爵以上爵位的人,也就是有权进入贵族院(上议院)的人,威洛比还是从男爵,不能正式称为贵族。

指敲敲封面,祝贺了夫人身体健康,又提到他自己的病,说一只病鸟能飞出笼子是奇怪的。

"你很可能在这儿定居了,这是一只又大又漂亮的笼子呢,戴尔先生。"

他摇摇头,说道:"我担心……"

"我知道。"她说。

"我的天,这可能吗?"

戴尔先生望望天空,仿佛一个人很迟醒来,发现世界已生机勃勃,阳光遍地了。

布歇夫人压低了嗓音。既是在与一个比她地位低的人讲话,她竭力装得平易近人,用亲切的口气预示他未来的高升,这表现了她高贵的修养,或者对社会权利的准确估量。

"你可以相信,利蒂希娅会幸福的。我喜欢看到持久而忠诚的爱情如愿以偿,我喜欢它!她的经历是耐心获得的胜利。远远超过了格列丝儿①!任何女人都不会为这位帕特恩夫人感到害臊。你不相信?你还在怀疑?讲给我听——你可以尽量小声地讲。但是这出戏的新转变是无可怀疑的吧?那求婚也无可怀疑吧?亲爱的戴尔先生!稍稍讲响一点。你在这儿是因为……?当然,你希望见到威洛比爵士。她?我不太理解你的意思。她?……你说事情似乎……?"

卡尔默夫人对两位帕特恩小姐说道:

"你们一定经历了一段苦恼的时期。这类事总是要发展到转折点的,除非大家十分富于教养。我们看到了它的到来。自然我们不希望看到改变未婚妻的事,谁会这样呢?如果我朝天躺在床

---

① 英国一部喜剧中的人物,一个穷人的女儿,被一位侯爵看中了,为了考验她的忠诚,他使她受了不少苦,但她都默默忍受着。

上思索,我早会发现这结局。只要我思考的时候朝天躺下,我就从来不会错。一个人冷静一些,点子就来了,用不到多花力气。这就是为什么到了冬天清静的下午,我躺在沙发上,边上放着茶具,头脑就变得比任何季节灵敏。好在你们的烦恼已经过去了。米德尔顿们什么时候离开的?"

"米德尔顿们离开?"两位女士说。

"米德尔顿博士和他的女儿。"

"他们没有离开。"

"米德尔顿父女还在这儿?"

"是的,还在这儿。他们为什么要离开帕特恩庄园呢?"

"为什么?"

"是的。他们很可能还得住一些日子。"

"我的天!"

"提出任何相反的说法是毫无根据的,卡尔默夫人。"

"毫无根据!"

卡尔默夫人大声呼叫布歇夫人。

从那位吃惊的夫人那儿也传来了一声叫喊。

"她拒绝了他!"

"谁?"

"她。"

"她?对威洛比爵士?"

"拒绝啦!她不接受这荣誉。"

"哦,绝对不会!这简直比传奇故事更不可相信。那么他是不是完全按……?"

"看来是这样。求婚是在正常方式下进行的,但她拒绝了。"

"不会,绝对不会!"

"亲爱的,我是听戴尔先生讲的。"

"戴尔先生,她的行为可能表示什么意思?"

"说真的,卡尔默夫人,我一点也不了解她的意思,"戴尔先生答道,心里乱糟糟的,但看到他引起了这么大的兴趣,仍不免沾沾自喜,尽管他有些纳闷,想不到公馆里会公开讨论这事,"她的父亲应该了解,可是我不了解。她把我锁在门外,我还没见到她。我绝对一无所知。我是个不问世事的人,早已忘记了人们的做法。我觉得按理说,这事是应该首先向她父亲提出的。"

"得啦。现代的先生不会这么循规蹈矩了;他们往往心血来潮,说做就做,还为此自鸣得意呢。他提出了。这点可以肯定。但你这拒绝的说法是听谁讲的?"

"听米德尔顿博士讲的。"

"米德尔顿博士讲的?"布歇夫人大喊道。

"米德尔顿父女还在这儿呢。"卡尔默夫人说。

"我们卷进了什么旋风中?"布歇夫人站起身子,跑了两三步,坐上另一把椅子。"哦!让我们按部就班地分析一下。要不,我们便马上就会发脾气,空着急,这对我们很不利。米德尔顿父女还在这儿,米德尔顿博士又亲口告诉戴尔先生,利蒂希娅·戴尔拒绝了威洛比爵士的求婚,大家又都知道,威洛比爵士是与他的女儿订了婚的!现在请问,戴尔先生,米德尔顿博士是怎么讲的?镇静一些;没什么急得不得了的,尽管我们对你的同情,对各方面的关心,也许使我们有些激动。现在定下心来,讲吧!"

"夫人……布歇夫人,"戴尔先生好像哽着一只球,"我看不出我为什么不该讲;我也不知道什么人能欺骗我。两位帕特恩小姐也听到了他的话。这是米德尔顿博士自己提起的,不是我要他讲的。我来的时候,根本不知道拒绝什么的。我只听说了求婚的事。我对此的态度是赞成的。我拜访的目的,是要亲自证实我女儿的行为是光明正大的。她一向保持着最崇高的荣誉感。但是大家知

571

道,感情会使人走上歧途,而我却听到了这个离奇的消息。我想,对米德尔顿博士和他的女儿,我们恐怕应该表示最恭顺的歉意。我明白利蒂希娅可能发挥的魅力。夫人,米德尔顿博士谈到,他愿为向我女儿求婚的人辩护,他用的是最简单明了的话,我不可能对他有丝毫的误解。我的头脑并不灵敏。我立刻想到的是,威洛比爵士和米德尔顿小姐之间的亲密关系破裂了,或者我所听到的关于他们订婚的情形并不完全准确。我的头脑不好。米德尔顿博士的语言使我这种头脑的人较难理解,但我可以肯定地说,我听懂了他的主要意思;他说他随时准备作个热情洋溢的辩护者,为向我女儿求婚的人说话。这都是他的原话。我明白,他要求我做她的工作。不仅如此,连名字也提到了。完全没有闪烁其词。我相信这中间不可能有任何误解。他对威洛比爵士的幸福的关心,使我很感动。我认为这是出于一种不必我详细说明的感情。热情洋溢的辩护人,这话是他说的。"

"我们陷入了茫无头绪的大混乱中!"布歇夫人转身向每个人喊道。

"把人弄得晕头转向!"卡尔默夫人喊道。

两位帕特恩小姐的脸色突然开朗。她们互相使了个眼色。

刚才布歇夫人的态度使她们很不高兴,几乎有些生气,只是天生的温厚和习惯的顺从使她们不敢顶撞她。

"也许,改换一下名字就能纠正这种误解吧?"埃莉诺小姐说。

"威洛比想为他表兄维农的婚姻问题出一把力,这早已不是第一次了。"伊莎贝尔小姐说。

"戴尔先生犯了个痛苦的错误,我们觉得万分惋惜。"

"我们现在看到,这完全来源于误解了米德尔顿博士的意思。"

"他心里想的是维农,这点我们很清楚。"

"那绝对不可能是威洛比!"

"你们瞧,这是不可能的,这是个误会!"

"米德尔顿父女还在这儿!"布歇夫人说。"啊,如果我们心里不明不白地离开这儿,我们非得在全郡成为笑柄不可。戴尔先生,请你别打瞌睡。你明白没有?你可能弄错了。"

"布歇夫人,"他惊醒了,"我可能误会了米德尔顿博士的意思;他的话我只能比作去检阅一支野战部队。但是我的消息来源却是绝对可靠的,我女儿的不同寻常的行为也证实了这点。要是我活到明天,一定会把今天的我视作幽灵的。"

"亲爱的戴尔先生!"两位老小姐同情地说。

布歇夫人对她们嘟哝道:"但你们知道,这两人并不和谐;他们相处得不好,我看到了,这早在我的预料之中。"

"到时候她会了解他的。"她们说。

"决不会。我相信他们已同意分手,利蒂·戴尔终于赢得了胜利。是的,我现在确信这点。"

两位女士坚持反对态度,但是她们知道得太多了,不能不感到困惑,而且流露了这点,尽管她们仍说:"亲爱的布歇夫人,难道这是合乎礼仪,可以相信的吗?"

"亲爱的蒙斯图特太太!"布歇夫人看到自己的主要对手来了,便把她拉了进去。"你来得正是时候,我们遇到了一个无法解决的难题,简直快发疯了。除了你,没有人能帮助我们。你一向什么都知道,我们得依靠你了。这事是真的不是?有点真实性吗?"

蒙斯图特太太像女王一样坐了下去。"啊,戴尔先生!"她向他欠身道。"是的,亲爱的布歇夫人,这事有点真实性。"

"现在,不要捉弄我们。你会的,你擅长这手法。我知道整个故事。那是说我知道了一部分。我的意思是知道了它的轮廓,我不会上当,你只需要补充细节,我知道你能做到。这事我昨天就看出来了。现在,告诉我们,告诉我们,它是完全真的还是完全错了。究竟怎样?"

"说准确一些。"

"他命中注定的缘分!你曾这么称呼她。是的,我以前持怀疑态度。但现在我们可以把一切重新来过,如果这消息是真的,我愿意承认你一贯正确。他干了?那她呢?"

"双方一致。"

"可是米德尔顿父女还在这里?他们没有走,仍坚守着阵地。更令人惊奇的是,她拒绝了他。还有一点,米德尔顿博士为威洛比爵士向戴尔先生说情。"

"米德尔顿博士为他说情!"这却使蒙斯图特太太吃了一惊。

"为维农。"埃莉诺小姐强调说。

"为维农·韦特福德,他的表兄。"伊莎贝尔小姐更是强调。

"谁讲拒绝什么的?"蒙斯图特太太问,像女王一样抬起头,瞧着大家。

"我是听戴尔先生说的。"布歇夫人道。

"我是听米德尔顿博士说的,我认为我听得清清楚楚。"戴尔先生说。

"米德尔顿博士的意思是:威洛比为他的表兄维农向利蒂希娅提出了求婚。"埃莉诺小姐说。

她的妹妹跟着道:"这误会便来自这里,真正可笑!"为了安慰戴尔先生,她又补充道:"确实,也是不幸的误会。威洛比是维农的代理人。他表兄的事在他的思想里即使不占第一位,也占第二位。"

"但是我们是否还要继续……"

"这样的讨论!"

蒙斯图特太太作为法官听完了她们的陈述。她们在全郡无足轻重的人中,公认是最忠厚老实的,在她们面前,她像布歇夫人一样,可以不必回避这个棘手的问题。她宣布道：

"你们都对,也都不对。"

布歇夫人发出了一声喊叫:"我不服!"

"这太不合理!"卡尔默夫人呻吟道。

"把问题混在一起,你们便都错了。分开来看,你们便都对了。威洛比爵士确实在为他的表兄维农考虑,他关心他成家的事;他是那个求婚事件的设计师。"

"这事我们知道,"两位帕特恩小姐喊道,"利蒂希娅再一次拒绝了可怜的维农!"

"谁说戴尔小姐拒绝了韦特福德先生?"

"他没有被拒绝吗?"卡尔默夫人问。

"这是正在争论的问题,眼下正要解决呢。"

"哦,你坐好,戴尔先生,"布歇夫人边要求他,边站了起来,以便在必要的时候把他按回座位,"只要弄错了位置,我们便会重蹈覆辙! 为了解开这个谜,我们必须共同努力。那么,蒙斯图特太太,我们可以说,那另一件事是毫无根据的?"

"这类话还是不说的好,亲爱的布歇夫人。"

"我的天! 那个命中注定的缘分呢?"

"像指南针一样绝对可靠。"

"她没有拒绝他?"

"你是聪明人,问你自己吧。"

"那么她接受了?"

"等着瞧吧。"

"全世界都跑到了我的前面! 现在,蒙斯图特太太,你是先知。不妨说,你讲的尽是谜语。如果我们得不到麦子,那就把麸皮给我们吧。"

"布歇夫人,我们有谁能预见未来的事呢?"

"有的,我相信你就能。我向你致敬。我是真心的。那么给韦特福德先生的是另一个人?你在点头。我们的利蒂希娅是给威洛比爵士的?你笑了。你没有哄我吧?只要有一句假话,我就得发疯乱跑,骂到你门上来。米德尔顿博士在这中间给蒙在鼓里了?那么这另一个人是……现在我明白了!客气的分手,和谐的重新组合。她有钱;她与我们的英雄一向都不相配,绝对不相配;昨天我就看出来了,以前也时常有所发现;那么他把她让给了……"嘟得隆咚,嘟得隆咚,布歇夫人在膝盖上打着急行军节拍,"你说,我猜得对不对?我只要有一点小小的线索就成。因为我了解人的天性。我匆匆一瞥,马上能看到各种联系。这样,他把钱保留在家族中,既摆脱了那个女孩子,又成了他的表兄的大恩人,还顺从了命运的安排。可他让这事反反复复拖得太久了,这不能不说是一个缺点。你知道,时间就在这种反复中过去了。但是这给故事增添了色彩。我敢说,这么鲜明生动、曲折离奇的故事,你休想在英国其他任何一个郡里找到。不瞒你说,我也猜到是韦特福德先生,昨天我已隐隐提到这点。"

"真的吗!"蒙斯图特太太说,尽量减少自己的锋芒。

"这是真的。现在这位可爱的好好先生又可以站起来了。他的神色又变得激动了。"

戴尔先生对这件事的关心和那位夫人的声音,使他不得不注意听着。他听得太多了,神经变得非常紧张。他坚持坐在椅上,不敢离开他的座位;那些高贵的女人都是本地享有特权的大人物,可是她们谈到他的女儿却毫无顾忌,这引起了他的反感,无意中高声说道:"礼貌!"他的话不可能没人听到,但没有引起注意,即使注意了,也一定认为这是他在告诫自己。

就在这当口,威洛比爵士穿过直通花园的落地窗,走进了客厅,同时米德尔顿博士也从门口走了进来。

# 第四十六章

## 威洛比爵士的大将韬略

历史也许永远不会知道,威洛比·帕特恩爵士天赋的将帅才能,哪怕指挥一支庞大的军队也绰绰有余,因为我们看到他不必为国事操劳,宁可接受国家赋予他的荣誉,致力于管理自己的庄园的平静工作;然而他具备的特殊才干带有军事性质,尤其适合于运筹帷幄却是无疑的,这是天生的大将的标志和保证,在一切紧急场合,缺乏他这种应变能力的人难免在困难面前束手无策,面临失败的危险,他却可以凭他的机动灵活打开局面。

他没有得到消息,不知道戴尔先生在他府上,也不知道布歇夫人和卡尔默夫人这两位可怕的女性已经驾临,因为他一旦锁上了门,便没有仆人敢去打扰他。他和维农的谈话已经结束,现在,在对那家伙作了不厌其烦的开导,让他认识到他必须采取这一步策略的意义之后,他走出屋子,到了草坪上,打算看看另一场谈话的进展情形,尽管他对这场谈话寄予的希望不大,也许它的失败对他还更有利。原来按照他的指示,蒙斯图特·詹金森太太负责做克兰拉的工作,维农方面则由他自己负责。他的要求已向维农和蒙斯图特太太作了坦率而剀切的说明,那便是:由于那个女孩子似乎不乐意让他成为一个幸福的人,因此她便应该让他的一个表兄得到幸福。他告诉蒙斯图特太太,他没有她就会更幸福,同时指出,那姑娘的钱对贫穷的老维农是有利的；如果老维农能在他抛掉她的时候，把她接到手里，那么不仅可以避免一场丑闻，而且可以使一切迎刃而解，皆大欢喜。他表示，只有在她接受维农的条件下，他才同意放弃她。他说，这个条件是不容讨论的，并补充道，她听到的有关利蒂希娅·戴尔的消息，意义便在这里。然而她是从什么地方得到这消息的？他问道。她避而不答，只是作了个手势，表示那是从空气中，从天上来的，同时攻击他提出的安排。蒙斯图特太太认为，这女孩子已表明具有坚强的意志，强迫她这么做是愚蠢的，但是这种世故女人的陈词滥调，他不想听。她警告他，这必然失败无疑。他不接受劝告，说道："这是我的计划。"这位太太觉得，这计划是反常的，但也是仁慈的，大概正因为这样，她觉得不妨试试，说不定机会凑巧，它会与我们天性中的悖谬方面不谋而合，获得一定的成功，或者导致事情的和平解决。威洛比爵士放下架子作这样的安排是为克兰拉着想；等这事办妥后，他再考虑自己的事。这便是他表示的姿态。在世界发现我们的真相之前，我们可以戴上我们乐意戴的任何假面具，世界凭空想象的赞美不一定便是不悦耳的音乐。但是蒙斯图特太太对他的仁慈和坦率的颂扬却令他不安；因为他在利蒂希娅那里碰了个大钉子，现在虽已恢复正常，认为只要他一再施加压力，不怕她不俯首帖耳；他竭力让自己相信，她只是个谦卑的使女，对提高自己的身份具有强烈的渴望；但蒙斯图特太太对这事的信心，却触痛了他，使他想起了最近的辛酸经历；他的立足点还没有完全巩固。另外，假定事情如愿以偿，他还得考虑他赢得的战利品究竟如何；这使他全身发抖，对世界深恶痛绝，是的，我们为世界作出了重大牺牲，得到的却只是一个磨损了的、薄薄的、几乎分文不值的铜币，简直懒得去计算它的价值。确实，利蒂希娅在落到他手里以前，没有经过别人的手，这与维农得到的克兰拉不同；利蒂希娅只是受到了时间的摧残，但是两人形体上的对比,不能不令他寒心,给他差可自慰的想法抹上一层阴影。正因为这样,他的声音中有一种与平常不同的凄凉情调,使蒙斯图特太太不能无动于衷。它对她产生的戏剧性效果,便是大大迷惑了她的智慧。她向克兰拉谈到他的时候便说,想不到他是一个感情无比深厚的人。

维农对这番交谈的态度是奇怪的。他似乎比较容易爱他那位仁慈的亲戚,而不太容易爱那位小姐。他感到困惑,毫不掩饰他感动的心情,不过他说,这计划是不可能的,不必讨论,但对威洛比的善良意愿,他表示心领,表示万分感谢。在指出这措置不切实际以后,这个有趣的角色却让自己给推到了草坪上,了解米德尔顿小姐与蒙斯图特太太谈话后的反应。威洛比望见他与蒙斯图特太太会面后,给领进了她刚才离开的灌木丛。等那位太太回到空旷的草地上,他立刻向她奔去。

"她会接待他的,"蒙斯图特太太说,"她喜欢他,尊敬他,认为他是一个非常真诚的朋友,聪明,有学问,而且是一个出色的登山运动员;她认为你的心是好的。我做她工作只能做到这一步,但这对韦特福德先生恐怕没有多大帮助。"

"但她同意与他谈谈。"威洛比说,一听到这点就认为已给了他的朋友贺拉斯致命的一击。

"她同意与他谈谈,因为这是你的安排,如果她拒绝,未免有些不近人情。"

"你认为这不会有什么结果?"

"毫无疑问。"

"她愿意与他谈,这就够了。"

"你也只能满足于这点。"

"不一定。"

"她说:'如果能和平解决,怎么办都可以。'我想,一位先生只要讲话讨人喜欢,不能说毫无机会。她愿意取得你的欢心呢。"

"老维农讲话可是不会讨女人喜欢的,可怜的家伙!你们只希望我们做蜘蛛或苍蝇,如果一个男人不会织网,他的唯一希望只能是不落进网里。何况她知道他的过去,这对他是不利的。你离开他们时,她的神情怎么样?"

"并不太高兴,像一件没有掸掉灰尘的瓷器。她显得有些拘束,这使我惊奇;倒像一个不敢淘气的乡下姑娘,扭扭捏捏的,不像受过良好教养的少女。我并不怀疑她有她的想法。你必须记住,威洛比爵士,她尽了最大努力,希望按你的意愿行事;我认为,我们可以说,她已有了一些改进;如果说她有错误,那么她也在后悔了,你不要太固执己见。"

"我是要坚持。"他说。

"坚持行善却又做暴君!"

"好啦,好啦。"他并非不喜欢这个角色。

他们看到米德尔顿博士在草坪上闲走,威洛比故意迎上前去,引开他的注意力,让蒙斯图特太太趁机溜进会客室。随后威洛比离开了神学博士,在遮荫棚附近转悠,他相信他那对傻瓜这时已结束他们结结巴巴的谈话;不过,也许他们谈得很投机,那又怎么样呢?他可以忍受,勉强忍受。他绕着灌木丛走了一圈,发现两人已经不在。棚内空空的。他的想法是:他们立即发现他们无法成为情侣。他一分钟也不愿浪费,要趁克兰拉对那场不愉快的会见记忆犹新的时候,冲进会客室,在那里找到她,劝她回心转意,最后一次针对她刚才拒绝的事,向她提出唯一的另一选择,他的态度必须坚决,热情。为什么他以前不运用热情,老是在脾气和策略之间徘徊,以致像跛子一样旷日废时,毫无进展?他是能够做到这点的,只要他的想象力使他觉得,他的个人感情没有受到伤害,没有面临危险,那么这想象的力量可以激发他无所顾虑的信念,而克兰拉方面如有所谢意,有所感动,他便会认为她已软化。因为抱有这种想法,他冲进了客厅。

但一跨进屋子,他便感到不妙,发现自己又落进了世界的魔爪中。常言说得好,一个人到了紧要关头,必须保持镇静。不用说,威洛比能够做到这点,每逢危险威胁着他的时候,他便能以三倍的镇静表现自己,显得泰然自若。他一眼就看到,这群人有着共同的脑袋,脑袋上生着一只波吕斐摩斯①的眼睛。布歇夫人,卡尔默夫人,蒙斯图特太太,戴尔先生,在不同的表情中显示了共同点,构成了一只巨人的眼睛,尽管可怕,对他说来却是可以理解的。他看得出,他那个不祥的秘密已经泄露,大家都知道了。他把这归咎于命运。他落进了世界的血盆大口,落在它的牙齿中间了。这一次他认为一定是利蒂希娅出卖了他;他一边向布歇夫人和卡尔默夫人点头致意,殷勤地与她们握手,回答她们的问候和狡黠表情,一面考虑他的防御措施,然后才与她的父亲寒暄。他不想单独与这个人在一起,一心琢磨怎样才能使他的出现对他有利。

"我很高兴见到你,戴尔先生。请你坐下。这是大自然在表现它的力量,还是药物发挥了效力?我想不可能两者兼有。你把你的女儿带回来了吗?"

戴尔先生沉重地坐进一张椅子中,他无力抗拒那只按他坐下的手。

"不,威洛比爵士,不。我没有带她来。她今天早晨从帕特恩庄园回家以后,我还没见到她呢。"

"真的?她身体不好吗?"

"我说不清。她把自己关在房间里。"

"她把门锁上了。"布歇夫人说。

---

① 希腊神话中的独眼巨神,性情凶残,专食人肉。

威洛比向她露出了笑容。它使他们变得亲密了。

这在对付世界方面是有利的,但也是向这个讨厌的女人暴露了自己。

米德尔顿博士走到戴尔先生面前表示歉意,他在屋里屋外都没找到克兰拉,不能带她来见他。

"正如我预料的,"他对威洛比说,"戴尔先生站在我们一边,与我们完全一致。"

"威洛比爵士,我要求跟你谈两分钟,行吗?"戴尔先生说。

"你难得来一次,我不能让你待两分钟就走,"威洛比答道,"米德尔顿博士,戴尔先生现在就要走,我想,我们不能同意。"

"不付赎金绝不放行。"神学博士说。

戴尔先生摇摇头。"威洛比爵士,我的力气不能支持多久了。"

"你是在自己家里,戴尔先生。"

"确实,离家不远,但是对一个开始感到精力不济的病人而言,还是太远了。"

"你可以把帕特恩庄园看作自己的家,戴尔先生。"威洛比又说一遍,让全世界都听到。

"不附带任何条件?"米德尔顿博士问,用诙谐的语调表示了异议。

威洛比用冷淡而恭顺的眼色瞟了他一下,然后看看布歇夫人。她几乎难以察觉地点了点头。他的眉毛耸了起来,威洛比同样点了点头。

这些暗号翻译出来就是这样:

"神学博士纠缠不清,我看你也在叫苦。我听到的故事是否准确?也许只是在细节上有些出入。"

这像给他戴上了一副松松的手铐。

但是那些亲密的眼色和点头所表示的敬意,布歇夫人还嫌不够。她认为她知道的可能仍不如蒙斯图特太太多;她是一个勇敢的女人,对他又非常关心,那个谜弄得她像热锅上的蚂蚁一样不得安生,现在没有时间犹豫了。

她天生不是一个沉默寡言的人,又享有一定的特权,他刚才偷偷跟她使眼色更使她感到关系不同一般,因此在他面前一站,说道:"告诉老朋友一声,哪一个是那位幸运的女儿的父亲?我不知道应该怎么对待他们。"

他没有时间计较她的庸俗和鲁莽。

他只觉得她在铆紧他的手铐,答道:"这屋子明天就空了。"

"我明白。这是体面的撤退,做得光明正大,天衣无缝。可是我们在这里听说她逃跑了,拒绝了荣誉,因为害怕,或者出于自尊心什么的。"

这是怎么回事,这个女人对他家中的这种事态变化已有所察觉?难道她发现了什么蛛丝马迹?他忘记他为了自卫已向她作过类似的暗示。

"你这是听谁说的?"他问。

"她的父亲。你两位姑姑也宣称,她拒绝的是你的表兄!"

威洛比的头脑混乱了。为了行动,他定了定神,向埃莉诺小姐和伊莎贝尔小姐走去。他的耳朵在嗡嗡直响。他和他的整个故事已给公开讨论过!他的遮羞布给揭开了!这真是咄咄怪事,他这么一个人竟然闹了这样的笑话,给剥光了外衣任人议论,说他千方百计想摆脱困境,免得出丑露乖;这使他觉得,就像他这个大人物在一群小鬼中间接受夹道鞭答的刑罚。他感到了鞭子的抽击。

两位女士正在向蒙斯图特太太和卡尔默夫人谈论维农,说利蒂希娅与一位学者正好匹配。他向她们作了个手势,两人站了起来。

"现在需要你们坐车走一趟了。到她的住处去！戴尔先生病了。她必须来一趟。她的父亲病了！不能拖延，快去快回。立刻把她带来。"

"可怜的人！"她们唉声叹气，一个叫了声："威洛比！"另一个说道："这是个奇怪的误会，你得好好纠正才是。"

她们结结巴巴，正想说明情由。他把胳臂挥了一圈，于是她们赶紧辞别客人，乖乖地走了。

布歇夫人按照他的要求留下了，坐在卡尔默夫人和蒙斯图特太太旁边。

她对后者说："你跟学者打过交道。你觉得怎么样？"

回答是："人不错，但很难相处。"

"我从没作过这种尝试。"卡尔默夫人说。

"有的人是无可奈何！"蒙斯图特太太为那次不欢而散的宴会叹了口气。

布歇夫人安慰她道："不论怎么说，失去一位学者对本郡算不得损失。"

"他们还是安心待在城里的好。"卡尔默夫人说。

"我相信，还是随他们去，别管他们。"

"这对我们毫不可惜。"

"我也是这个看法。"

米德尔顿博士正在与戴尔先生谈话，他的声音越来越响，变得像打雷一样节奏分明："先生，我还能为什么人作我向你声称过的热情辩护人呢？这里只有一个人是我熟悉的，可以打动我，使我愿意在这种活动中支持他。威洛比，请你到这儿来。我正在告诉戴尔先生……"

威洛比向戴尔先生伸出了双手，想扶住他，免得他摔倒，尽管他并没表示要站起来的意思。

"戴尔先生,你觉得不太舒服吧?"

"威洛比爵士,我的情况看来很严重吧?"

"不必担心,二十分钟内利蒂希娅就会到达这儿了。"

戴尔先生握紧了双手。他的神色坏得吓人,但能让主人看到,他的气色为什么这么坏,他觉得倒很满意。

"威洛比,我正在告诉戴尔先生,求婚人得到了我们共同的关心,在程度上我不亚于你。"米德尔顿博士说,他的嗓音由于刚才受到了抑制,现在变得更响了;但他仍自以为是在谈机密大事。"女人爱耍花招,我可以说,她们天生的脾气就是有时喜欢故弄玄虚,让人捉摸不透。压力常常是行之有效的办法。不妨对她试试,让她周围所有的发光体都把光线射在她身上。她拒绝了你;那么我斗胆地自荐一下,让我来劝她。我的女儿对那位求婚人相当尊敬,这会在那类事情上鼓动一个女人的舌头。公馆里的两位女士在这方面也不会自甘落后。最后,如果必要,我相信那位小姐的父亲也会投入他的力量。我的方案是对她进行疲劳战,让她的反对没有用武之地;只要不存在根本的对立,我坚信,这样的围攻决无失败之理。没有一个女人能坚持到底,永远说'不'。哪怕在单枪匹马的进攻面前,防守也不能绝对成功,何况我们在她学会拒绝到底之前,已解决了连续行动的问题。这便是我的主张。"

威洛比瞧了蒙斯图特太太一眼。

"这是怎么回事?"她说。"米德尔顿博士,想阴谋反对我们女性?"

"我听得你在说,没有一个女人会永远说'不'!"布歇夫人抗议道。

"在一个忠诚的绅士看来,夫人,再三争取的土地不会是不神圣的,所以毋宁说这是给了它崇高的评价。"

米德尔顿博士遭到了三只愤怒的蜜蜂的围攻。她们多次强迫他在"是"和"不"之间作出选择,使他只得承认,男人比起被认为是无主见、易屈服的女人来,显得更无主见,更容易屈服。

威洛比只是做手势,成了女性方面一个无声的合唱员。这种隐隐显示的倾向性,在这问题上对她们起了鼓舞作用,也赢得了她们的好感。

辩论在尖厉的枪声和间断的炮声中渐趋沉寂时,威洛比把戴尔先生拖开了。

戴尔先生露出了一些迹象,说明怀疑的重担已压得他坐立不安,快支持不住了。

"威洛比爵士,我有一个问题。我要求你带我上另一间屋子,以便我把问题提出来。我知道我的头脑不太好。"

"戴尔先生,我对你说我的公馆便是你的家,利蒂希娅很快就会跟我们在一起,这便是我的答复。"

"这么说,消息是真的!"

"我不知道什么消息。你已得到了回答。"

"能不能说我的女儿错了,有了任何误解或不高尚的想法?"

"她与我一样没有错误。"

戴尔先生端详着他的脸。他没有发现丝毫阴影。

"因为如果人们可以这么说我的女儿,那么我只能像破产的人一样走进坟墓了。尽管你知道,靠养老金过活是怎么回事,可是我还从没觉得自己贫穷过。那么关于拒绝的这种传说……"

"是无稽之谈。"

"她接受了?"

"戴尔先生,有些情况太复杂了,不是三言两语就能说清楚的。"

"啊,威洛比爵士,但一个父亲总是不希望看到女儿陷入复杂的处境的。我希望一切顺利。我觉得弄糊涂了。也许这是由于我的头脑。她让我弄不明白。你不是……我能在这里问一声吗？你是当真的？……你能减轻我的焦急吗？看在我身体虚弱上，请你原谅。"

威洛比爵士摇了摇头，又握了握戴尔先生的手，表示他不是，而且是当真的。

"米德尔顿博士呢？"戴尔先生问。

"他明天离开我们。"

"真的？"病人的脸像刚灌下一大杯酒。可是出乎主人的意料，他突然向神学博士喊道："先生，我们就要见不到你了吗？"

威洛比正想打岔，米德尔顿博士却像一架洪亮的风琴淹没了长笛的声音，破坏了他的计划。

"在我取得胜利，把我的朋友送上他应得的宝座以前，戴尔先生，我还不会离开。"

"先生，那你明天不走吗？"

"先生，你听说我明天要走吗？"

戴尔先生向威洛比爵士转过脸去。

后者说道："克兰拉指定今天。我想还是明天比较合适。"

"啊！"米德尔顿博士把惊叹声提得高高的，但没有露出不乐意的表情，接着又兴致勃勃地说道："对，那么就明天吧。这是说，如果我们能说服那位小姐的话。"

他走到威洛比面前，拉起他的手，握了一下，连连表示感谢和赞许。奇怪的是他说话时还压低了嗓音，只能听到他说的一句话："我们应该永远感谢你，我的朋友。"他显得郑重其事，似乎接受了安排，又大声说道："我只是希望为攻破那个堡垒出一把力。"让人觉得他思想上毫无负担。

米德尔顿博士接受安排的方式，使威洛比有些迷惑不解，但是他的行为太符合需要了，不允许对他同意解除婚约的动机进行任何猜测。这成了婚约纠纷的转折点。

布歇夫人站了起来。

"我不能让我的马再等下去了。"她说,招了招手,威洛比爵士立刻走到了她身边。"你是个了不起的人!做得太好了!不必再要求我保持沉默。我收回我的话,声明它作废。这是命中注定的缘分。我已决定采取那个观点。你能抵制美貌,选择了头脑。这便是我们要说的话。对!我们感到高兴,我们的郡赢得了你。不用茶了。我不能再等。啊!她来了。我必须见见她。亲爱的利蒂希娅·戴尔!"

威洛比赶紧走到戴尔先生面前。

"先生,请你不要激动,镇静一些。明天你就会复原,会身强力壮;你是在家里,在你自己的屋子里;你是在利蒂希娅的客厅中。明天一切都会明朗了。明天以前,让我们同意暂不泄露谜底。我求你坐下。你便住在这儿。"

他与利蒂希娅见了面,从布歇夫人那儿救出了她,一边向她小声嘀咕,那神气就像一个情人在讲:"亲爱的!我的宝贝!"似乎表示她来得很对,来得很及时。

她的父亲已给折腾得完全处于一种病态的心神不安之中,自然会产生这种印象。利蒂希娅向他坐的椅子俯下身子时,忧心忡忡的神态流露在长长的睫毛上,给她增添了妩媚。

这时柯尼大夫到了,他的名字对戴尔先生起了振奋精神的作用。"柯尼来用车子送我回家了,"他说,"我真害羞,让自己在这里出丑,亲爱的。让我们走吧,我的头脑真不管用。"

柯尼大夫给拦住了。他挣脱了威洛比爵士,向他连连点了十来次头,表示已准确理解他的意思,无须语言上的交流了。他轻轻按了按病人的脉搏,以职业性的安详态度略微叹了口气,说道:"需要休息。不能行动。不,不,没有严重情况,"他消除了利蒂希娅的恐惧,"只要休息,休息。换个地方睡一夜便能恢复正常。我晚上会给他送一剂药来。是的,是的,我会去你们那住处,为你和为他取来一切用品。请你放心,柯尼都会想到的。"

"柯尼大夫,真的没事?"利蒂希娅说,她为她父亲,也为她自己担心。

"戴尔先生的卧室最好是朝哪个方向?"殷勤好客的埃莉诺小姐和伊莎贝尔小姐问。

"当然是东南方向,他需要早晨的阳光,温暖而新鲜的空气,明朗的光线,这样,病人一醒来便能保持愉快的心情。"

利蒂希娅还在怀疑,她是否落进了陷阱;她在轻声对父亲说,他的家多么安静和舒适。

他回答她,他也觉得宁可回自己家里去。

柯尼大夫斩钉截铁地说,这不成。

利蒂希娅又低声谈到了家,但随即发出了无可奈何的叹息。

埃莉诺小姐和伊莎贝尔小姐已从威洛比那儿接受了指示,说道:"但你是在家里,亲爱的。这便是你的家。你的父亲在这里会获得周到的照料,至少不比在你们那屋里差。"

她有些伤心,向她们抬起了眼睛,无意间瞟了米德尔顿博士一下,这确实是无意的。

这目光向在场的人雄辩地说明了威洛比需要大家相信的一切。

"但是克罗斯杰还在那里,"她哭道,"我的表妹走了,孩子单独留在那儿。我不能让他一个人待着。如果我们……柯尼大夫,如果你坚持爸爸今天不能移动地方,那么克罗斯杰就必须……他不能给丢下。"

"柯尼,你把他带来。"威洛比爵士说。瘦小的医生满心欢喜,答应说,只要他在那里能找到克罗斯杰就照办,但他心想这是不大

589

可能的。

"他向我保证过,在我回去以前,他不会外出。"利蒂希娅说。

"如果克罗斯杰向你保证过,"一个新的声音在她旁边响了起来,"那么他肯定不会跟柯尼大夫回来,除非他有你亲笔写的条子作证明。"

克兰拉·米德尔顿轻轻走向利蒂希娅,似乎要与她拥抱,甚至要用亲吻来对她为克罗斯杰做的一切表示感谢。她噘起了嘴唇,似乎在说:"吻吧!"

"他必须来。"利蒂希娅说。

"那么写几个字告诉他允许他来。"

于是大家谈起了克罗斯杰,说他是可以成为坚守岗位的哨兵;这时,利蒂希娅在悲痛中写了张字条,让柯尼带给孩子。克兰拉站在旁边。她先前曾责备自己在布歇夫人和卡尔默夫人面前未能保持沉默,而现在与利蒂希娅谈话时,又犯了点过分克制感情的错误。这与利蒂希娅刚才瞟一眼米德尔顿博士一样,来得正是时候,足以使威洛比这种窥测方向的人终生成为宿命论者:根据她对利蒂希娅态度上的细微差别,他便断定,不是她现在的冷淡,便是她以前的热情是伪装的。更好的是,这时米德尔顿博士说话了:"那么我们明天动身,亲爱的,我想你大概已写信通知道尔顿家了。"克兰拉涨红了脸,变得容光焕发,但立即克制了激动的心情,向威洛比站的地方投去了严肃的、可能被认为是后悔的一瞥。

只要我们是好船长,机会便会帮助我们。

威洛比的自尊心极强,尽管他心里明白,为了保持他的尊严,他像个手法灵巧得惊人的魔术师一样,玩了不少花招,得到的却毫不足道;然而这是因为他处在世界的罗网中。

"信写了没有?邮袋半小时后便得发出了。"他对她说。

"他们知道我们要去,但我还是写一封吧。"她回答。她没写过信,这还是使他满意的。

她上楼去写信了。柯尼大夫奉命去接克罗斯杰和取药,也走了。布歇夫人早已等得不耐烦,对卡尔默夫人说道:"柯尼可是个碎嘴子。"

"根深蒂固,积习难改。"卡尔默夫人答道。

"我那些可怜的马!"

"不是那对年轻的栗色马吧?"

"幸好是它们,亲爱的。但愿今晚没人请客吃饭!"

威洛比爵士正要领戴尔先生走进一间安静的屋子,它在为这位病人安排的卧室隔壁;在门厅中,他把他交给了利蒂希娅,以便恭送两位夫人上马车。

"尽量不要焦急。柯尼马上就会回来。"他说,看到利蒂希娅让她父亲的整个身子压在她的手臂上,对她优美而恭顺的身姿,不免觉得既辛酸又赞赏。

他在一场险恶的战斗中取得了胜利,但他赢得了什么呢?他为胜利吃尽千辛万苦,可是世界给予他的报偿是什么呢?可以说只是一件衬衫,仅仅足以遮蔽身体的衣服,并不温暖。布歇夫人叫人受不了,老是叽叽呱呱,没有教养,居然说米德尔顿博士毫不足道,郡里失去他算不得什么。蒙斯图特太太也不见得比她高明多少,总是用她的漫画丑化别人:"你们瞧,米德尔顿博士的布道坛又跟在他的脚后说三道四了!"也许神学博士丢下他的布道坛是对世界的惩罚,也可以设想它还是跟在他的脚跟后面到处转悠,但是威洛比的心情使他厌恶这种滑稽的描写,他憎恨这些漫画制造者和插科打诨的人。他为这个喜欢嘲笑的空虚的世界作出了巨大的牺牲,可是他瞧不起它,这使他在心里把米德尔顿博士,还有克兰拉,与他放弃的他所向往的一切联系到了一起,那便是年轻而健康的形体,光彩夺目的伴侣,如花似玉的容貌,以及他自身的诚实,内心的尊严感,还有他的兴趣和爱好,还有那种光明磊落、问心无愧的蔑视,这一切在朦胧的回顾中为他构成了一幅真正幸福的图画。也许他牺牲的还不仅这些,从科学角度展望未来,他可能还牺牲了一个还没有名字的人。他再一次问自己,这是为了什么?为了得到这些女人的青睐和好评,可是她们的神色和议论正是他所厌恶的!

"米德尔顿博士说他欠了我的情,其实我才深深欠了他的情。"他说道。

"是我们欠了你的情,因为你给了我们一个有趣的恋爱故事,亲爱的威洛比爵士。"布歇夫人说。他的话是为了纠正她的想法,但她这时无法接受,因为她已沉浸在他那个虚构的故事中,相信她得到了一个可供她传播的有趣故事。

她坐车走了,在车上还在向卡尔默夫人喋喋不休。

"给她一顶帽子和一只号角,她便可以当从前通缉传单上画的衙役了①。"蒙斯图特太太说。

威洛比感谢这位伟大的夫人为他做的一切,她则赞扬这位彬彬有礼的绅士自我克制的高贵情操。但她同时埋怨,午饭后她还没见到她那位"可爱的人"德克雷中校。她的赞扬缺乏热情,这使威洛比有些不安,心想他从世界得到的只是一件破衬衫,根本不能遮掩身体,一阵风就能把它吹走。

"我相信,他明天会上我那儿去。"她说,觉得她比布歇夫人了解的事实究竟多得多,这夫人马上还会听到一些新的情况并惊叫道:"原来如此,怪不得你对中校关怀备至呢!"其实根本不是这么回事,因为蒙斯图特太太可以毫无愧色地说,她是助人为乐,不是

---

① 从前英国在通缉罪犯的招贴上画有手持号角的衙役,衙役在罪犯藏匿的区域追捕时,手持号角,大声呐喊,要求当地居民协助捕捉。

为了自己。

"贺拉斯是一个令人羡慕的家伙。"威洛比说;那部伟大著作使他变得聪明了,它教导我们,为了心平气和,不妨把我们朋友的状况想得比我们自己的更坏,还建议把嘲笑当作整个精神药房中,对心灵创伤最有效的镇痛剂服用。

"我不知道。"她回答,显然是在辨别他话中的意思。

"到了明天,中校就可以归你一人所有了!"

"中校对我有什么好处,我还不知道!"

"他不是永远可以陪你谈笑取乐吗?"

蒙斯图特太太摇了摇头,便不再谈这件事了。

"明天早上我坐车来接他。"她说。她的马车随即载着她驶走了。

也许是她猜到了真相,或者克兰拉把贺拉斯·德克雷背信弃义的感情告诉了她。

然而至少今天夜里,帕特恩庄园已把世界关在大门外了。

# 第四十七章

## 威洛比爵士和他的朋友贺拉斯·德克雷

威洛比把自己关在实验室里,进行战斗之后的短暂反省。按照他平时的习惯,他在心里反复琢磨着最符合他要求的措施;在内心这片小天地的底层,他发现了一个新奇现象。他不再是根据他的爱好和愿望在进行选择,他必须条分缕析,衡量利弊得失,通过最敏锐的判断力的反复考察之后,他的心才能接受他的决定。尽管他清楚地知道他的愿望指向哪里,他还是不能仅仅凭一个愿望便跨出两步。他懂得了怎样理解世界,却丧失了分别理解个人的能力。对自己内心的秘密他了如指掌,但他只能从它们与外部世界的直接联系中理解它们。这个可恶的世界控制了他,把他变成了一架机器。他的新发现便是:为了满足利己主义的本能,我们可能使自己陷入死胡同,不论转向哪里,都只会给自我带来致命的创伤。

在人类的经验中,这无疑是最奇怪的。它让人感到困惑。在象棋比赛中,我们陷入僵局,但对方未能将死我们,这是对方的耻辱,可是在生活中,在与世界的对抗中,这样的胜利并不符合我们感情上的要求。

威洛比是用怜悯作指导,解释他的新发现的,因为他已没有其他强烈的感情了。他可怜他自己,他得出的结论是:他的吃亏在于太主动,不能听其自然。要是他不想忠于他的家族和姓氏,他就不至于两次成为女人的牺牲品;要是他只为自己,他就可以成为最幸福的人! 他大声这么说。他为他尚未出生的儿子,为他周围那些人,作了仁至义尽的考虑,这样他才陷入寸步难行的困境,每走一步都得伤害他的感情。他是慷慨的,要不然,难道他不会不顾良心的谴责,一开始就干脆抛弃克兰拉·米德尔顿,让她在流言蜚语中忍受折磨?但他忠于他的感情,利蒂希娅就在他的家中,可以证明这点。这两个女人都是他宽大为怀的例证,可现在,对克兰拉讲一句温柔的话便会给他带来耻辱——这便是她对他的感谢! 如果他不娶利蒂希娅,嘲笑马上会从他的周围蜂拥而来——这便是世界对他的感谢! 他给维农提供了改变他孤独生活的机会,可是也许不用多久,他便会不再感谢他。贺拉斯怎样呢?威洛比抛弃伪装,赤膊上阵,与贺拉斯对抗。那个人是第一个把他分割成几乎相等的两部分的:一部分是利己主义的自我,一部分是爱情的自我;贺拉斯·德克雷的罪状便是扼杀了他的个性。此外,他还怀疑贺拉斯(他不知道为什么,只是那本伟大的书要我们怀疑那些我们所憎恨的人)是泄露他最近与利蒂希娅谈话的内情的人。

威洛比在公馆的过道里走来走去,希望遇见克兰拉,以便确定她对自己,或者,必要的话,对维农的态度,这样,他才能决定对利蒂希娅的下一步行动。克兰拉可以使他的两个部分重新结合起来,成为一个整体,一个有血有肉的人。可能她还愿意听他的话。她愿意与维农交谈便证明了这点。蒙斯图特太太说过:"一位先生只要讲话讨人喜欢,不能说毫无机会。"那么情人的机会又会大得多! 因为他还没有向她恳求过,她看到的只是他的高傲和脾气。他也可以追求,作一个热情洋溢的追求者。让克兰拉偎依在自己身旁,出现在布歇夫人和世界面前,这是一件扬眉吐气的事,于是那些人大吃一惊,发现他们完全错了,他们料想的任何其他发展都毫无根据。对利蒂希娅,这是她罪有应得。

克兰拉下楼来了,手里拿着给道尔顿小姐的信。

"它必须寄吗?"威洛比在门厅中迎着她说道。

"他们天天等待着我们,但还是寄出的好,让爸爸可以放心。"她回答,显得很亲切,脸上有一种新的羞涩表情。

她似乎并不认为他把她丢给他的表兄是对她的鄙视,真奇怪!

"你见到维农了?"

"那是你的希望。"

"你们谈过话了?"

"我们谈过了。"

"谈得时间多吗?"

"我们边走边谈,走了一段路。"

"克兰拉,我已尽力作了最好的安排。"

"你的意图是慷慨的。"

"他没有获得成功?"

"这是不可能当真的。"

"但我是当真的。"

"因此我才认为你是慷慨的。"

威洛比觉得,这种赞美,她同意谈这问题的态度以及谈话时那几乎毫无拘束的神情和圆润的声调,都是十分奇怪的;她当他真心要这么做,这也是奇怪的。显然,她对这件事的反常和荒谬性质,还缺乏女性的敏感!

"但是,克兰拉,你的意思是不是说,他还没有开口?"

"我们是推心置腹的朋友。"

"但他失去了这次机会,尽管成功的可能性非常小!"

"你忘记了,他不会这么看这个问题。"

"他没有一句谈到他自己吗?"

"没有。"

"啊!可怜的老家伙相信这是没有指望的,因此死了心。我可以为他说几句话吗?你肯不肯到实验室去一会儿?我们是两个明白事理的人……"

"请原谅,我必须去找爸爸了。"

"也许维农过去的私生活……"

"我认为在这事上他是光明正大的。"

"光明正大!……是吗?"

"比较而言。"

"跟什么比较?"

"跟别人比较。"

他沉吟了一会,发出了一声带有批评和谴责意味的漫长的叹息。这个年轻姑娘知道得太多了。然而她的身材多么动人!

"克兰拉,你能……你能答应我吗?我坚持这点,我必须这么做。我知道他一向害羞,请答应我给他最后一次机会。这想法使你感到讨厌吗?"

"这是一件无法考虑的事。"

"你不感到讨厌?"

"对于韦特福德先生的事,没什么可讨厌的。"

"我并不想惹你生气,克兰拉。"

"我觉得我应该听你说话,威洛比。凡是你要我做的事,我都乐意做。这是我的终身义务。"

"你能……克兰拉,你能这么想,真正这么想,答应与他?……"

"与他做朋友?哦,是的。"

"不,与他结婚。"

她有些踌躇。在他与她对立的时候,她能看透他的一切,可是在他感动了她的时候,她却受到了蒙蔽;因为心不论怎么清醒,不能永远作头脑的导师;与通常反应较慢的头脑不同,心只是为自己,不是为整体利益服务的。

"你的心这么好……我应该尽量……"她说。

"你愿意接受他——嫁给他吗?他很穷。"

"我对财富并无奢望。"

"你愿意嫁给他?"

"我目前还不考虑结婚。"

"但是你肯嫁给他吗?"

威洛比希望不。他怀着兴奋的心情等待着这个回答。

她回答的话是:"我可以答应我不嫁给别人。"

他惊讶得说不出一句话。

他拍动着双手,这时真像一只身体过大的鸟企图靠翅膀起飞,结果只是跳了一下。

"你能保证这点吗?"他说。只要他能听到他那位背信弃义的朋友贺拉斯在绝望中呻吟,哪怕他像一只昆虫给踩在脚下,他也可以心满意足了——他们为争夺她而进行的较量,现在已降低了规格。

"我看没有这个必要吧。起誓之类——不必!"克兰拉说,想起往事她心里还在颤抖。

"但是你真的肯吗?"

"我希望满足你的要求。"

"你答应?"

"我说过了。"

据说,在冰雪覆盖的隆冬季节,一个爱国的山民哪怕已奄奄一息,仍要把最后一点生命献给他的祖国,要在悬崖边上,扑向一个年轻力壮的入侵者,与他同归于尽,为消灭一个比自己强大的祖国的敌人而视死如归,献出自己。威洛比也与此相似,他受到的打击剥夺了他的希望,然而他感到兴奋,因为贺拉斯·德克雷也被打倒了。他们同归于尽,但在掉下悬崖时,两人中谁真正感到胜利的喜悦呢?何况维农在克兰拉眼中,也许只是一个勉强还可将就的男子;克兰拉在维农眼中,也大概只是以前属于别人的、名誉上有过污点的女人。所有这些都是他在摔下悬崖时,还觉得差可自慰的。

至少他已可以高枕无忧,让他的自尊心每天打扮得漂漂亮亮,不必担心遭到非议了。

从今以后,他成了利蒂希娅的人。铃声通报了柯尼大夫的归来,这使威洛比感到欣慰。他心情愉快地说:"等一下,克兰拉,你先见见你的英雄克罗斯杰吧。"

克罗斯杰和柯尼大夫冲进了门厅。威洛比拦腰抱住克罗斯杰,按照老规矩把他举到空中,以博得克兰拉一笑。孩子像铅一样沉重。

"我好不容易才抓住他,要带他来更不容易,"柯尼大夫说,"我必须让他相信,这屋里每个人都在等待着他的安慰,尤其是你,米德尔顿小姐。"

威洛比把孩子拉到一边。

克罗斯杰回到了克兰拉身边,他的神色比他的四肢更沉重。她把信投进了庄园的邮箱,握住他的手,与他亲切地拥抱。等剩下他们两人时,她说道:"克罗斯杰,亲爱的,亲爱的!你的脸色很不愉快呢。"

"是的,谁会高兴呢,而且你不嫁给威洛比爵士了!"他的声音几乎像哭一样。"我知道你不嫁给他了,柯尼大夫告诉我,你马上要走了。"

"克罗斯杰,你真的这么希望我嫁给他吗?"

"那样我才可以常常看到你,现在我再也见不到你了。早知道这样,我一定不……你瞧,他给了我这个。"

克罗斯杰摊开手掌,那里放着三枚金币。

"他待你很好。"克兰拉说。

"是的,但是我怎么能收下呢?"

"你可以把它们交给韦特福德先生,让他替你保管。"

"是的,但是,米德尔顿小姐,我应该告诉他吗?我是指威洛比爵士。"

"告诉他什么?"

"就是说我……"克罗斯杰凑近她一些。"就是说我……我……你知道你时常教导我的话。我不想说谎,但是他不问的时候,我是不是应该……还有这钱!我可不在乎再给他赶出家门。"

"你问问韦特福德先生吧。"克兰拉说。

"然而我知道你是怎么想的。"

"也许眼前你最好什么也别说,亲爱的孩子。"

"但是我把这钱怎么办呢?"

克罗斯杰伸出了拿金币的手,仿佛它们还没有进入他的所有权观念。

"我听到了,我在背后说他,"他说,"我是无意中听到的,但我把事情说了出去。我不想再待在这里,拿他的钱,他却不知道我做的事。你没有听说吗?我相信我知道你在想什么,我也这么想,我必须接受我的命运。我老是闯祸,碰到麻烦,或者逃走。不过我不在乎,真的不在乎,米德尔顿小姐,我能睡在一棵树上也同样舒服。如果你不再待在这儿,我也宁可马上离开。我得争取自己养活自己。为什么不能当个管船舱的小厮呢？克洛迪斯利·肖维尔爵士①的出身也不比这好。我不在乎他最后触礁死在海里,一个人当了海军上将,淹死也值得。因此我得去请他收回他的钱,如果他问我原因,我就老实告诉他,就这样。你知道这是怎么回事,我从柯尼大夫的话中猜到了。我相信我知道你是在想,怎样才像一个男子汉。你想,我收了他的钱,你却不嫁给他！哪怕去耕田,我也不在乎。我还可以当一个很好的猎场看守人。当然,我最喜欢的还是船,但是一个人不可能万事如意。"

"先找韦特福德先生谈谈。"克兰拉说;孩子在按照她的教导成长,这使她非常自豪,不想劝他采取与他的男子汉观念背道而驰的态度,虽然现在她的战斗已经结束,为了太平无事,她宁可作些明智的让步,不引起事端。

过了一段时间,维农和柯尼大夫为这问题发生了争论。柯尼坚决反对维农就这事的道德方面所宣扬的感情观点,而维农的观点来自米德尔顿小姐并得他部分的赞同。"如果这事压在孩子的心头上,"维农说,"我不能禁止他去找威洛比,向他坦白一切,尤其这事涉及我,我迟早也得向他说明真相。"

柯尼大夫反对所有这一切。"现在听我讲,"他最后说,"这只是我们两人谈谈,算不得不守信用;尽管我愿意为一个朋友牺牲整只手——那是说我的左手,我也不会为四十个朋友干不守信用的事。威洛比爵士向我提出了一两个问题,要我回答,说这涉及他、他的家庭和名誉。很好,但是对不起,我不想回答那一切。我只是巴不得戴尔小姐能年轻十岁,或者这十年中没有经历过那些感情上的风波,以致损害了她的肌体,甚至精神状态。那样,她就可以

---

① 英国十七世纪一行伍出身的海军上将,原为鞋匠学徒,后出走从军,在历次海战中功勋卓著,1707 年在锡利群岛附近因舰只触礁沉没身亡。

保持良好的健康，不必时常看病；也可以心情舒畅地接受她的地位和财富，把她的笔退还给鹅妈妈了①；她会这样。顺便说一下，我认为我让戴尔先生了解了情况，把他送到这儿，又把消息带到了周围一带，这应归功于我的明智态度，因为这么一来，就使我们这位先生像鳗鲡一样给两把叉子叉住了，再也不能滑来滑去；这两把叉子便是不容否认的事实和人人知道了真相。但是，听我说，我的朋友。我们只要彼此看一眼就能心照不宣。我得说，这位小少爷克罗斯杰是坚强的、好心的撒克逊孩子，你可以把他培养成一个英勇的小伙子，不会比任何戴肩章的人差。我喜欢他，你喜欢他，戴尔小姐和米德尔顿小姐也喜欢他；帕特恩庄园和其他地方的主人威洛比·帕特恩爵士，一旦看到他鸿运高照，出人头地，也不可能不非常喜欢他，因为他出类拔萃，又是帕特恩家族的成员。"柯尼大夫挺起胸膛，伸出一根手指，又道："现在听我说，聪明人一句话就够了：克罗斯杰没有必要去得罪威洛比爵士。别的我不再多讲。向前看。奇迹会出现的，但最好不要抱太大希望。好啦，再说戴尔小姐，她不会狠心到底的。"

"看样子她也许会。"维农说，琢磨着柯尼大夫描绘的模糊前景。

"不可能，我的朋友。她的境况并不稳定，她父亲除了养老金，几乎什么也没有。写作又损害了她的健康。她不可能那样。而且她喜欢这位从男爵。哦，这只是高傲情绪的一次小小发作。她正是他所需要的女人。她会驾驭他的——只要给他指点一下，他便会千方百计照她的话做。如果她固执到底，那只会害死她的

---

① 法国童话作家佩罗写有著名童话《鹅妈妈的故事》，后来英美等国的儿童读物中，又有《鹅妈妈的故事》《鹅妈妈之歌》等，鹅妈妈被设想为一个会讲故事和唱歌的老婆婆。由于古人用鹅毛笔写字，所以"把笔退还给鹅妈妈"似为停止写作意。

父亲。我把事情告诉他的时候,他对我说,他的梦想终于实现了;如果梦想又变作泡影,他只能再度成为一个得靠梦想,而不是靠现实,取得营养和药物的病人。上个星期,我用尽了我的手腕和科学论证,也不能使他走出他的屋子呢。她会回心转意的。她的父亲预言过这点,我也可以这么预言。她还是喜欢他的。"

"这是过去的情形。"

"难道她已看透他不成?"

"现在她没有给他公正的评价,"维农说,"其实他是能够宽大待人的,只是他有他自己的一套方式。"

"什么方式?"柯尼问。他得到的回答是:到一定的时候,他会知道的。

与此同时,德克雷中校在庄园各处和那幢小屋附近转悠,指望单独与米德尔顿小姐相遇,现在只得第一次垂头丧气地返回公馆,偏偏劈面遇到了威洛比爵士。

"亲爱的贺拉斯,"威洛比说,"我找了你一个下午。事实是……我想,你也许以为你到这儿来是上了当,受了骗;其实,这不能怪我,情况并不像人们想象的那样。简单说,实际情形是戴尔小姐和我……我从没请教过别人碰到这种事该怎么办。归根结底就是米德尔顿小姐……我想,你已猜到了一部分。"

"是的,一部分。"德克雷说。

"好吧,她喜欢那么办,如果事实证明那还不错,那么这是我所能想到的最好的安排了。"

中校脸上本来变化不定的神色,终于固定为一种茫惑不解的表情。

"一个人可以支持一个好朋友,让他成为一个合适的丈夫,"威洛比说,"到了目前的阶段,我与她分手的时候,不能不考虑这点。我对她的评价还是很高的,尽管她和我终于发现,我们彼此并不相配。我的妻子必须是有头脑的。"

"我一向就这么想。"德克雷中校说,眼睛发亮了,在惊异之中还显得有些像一只饥饿的狼。

"你明白,我不会让人说她的坏话。你知道我不喜欢说长道短。那么让我承担一切吧,我的肩膀是宽阔的。我尽了最大的力量劝导她,看来她很可能会同意。她告诉我,她的愿望便是照我的意思做;而这事正是我的意思。"

"这是当然的。那位先生是谁呢?"

"我告诉你,这是我最好的朋友。我不可能提出别人。就让这件事正在顺利地进行下去吧。"

中校心里七上八下的,使他的头脑变糊涂了;威洛比的脸色显得这么亲热,可以设想,这个足智多谋的人已把他最好的朋友推荐给米德尔顿小姐。

但这个最好的朋友是谁呢?

目光敏锐的中校从没想到自己已背上了出卖朋友的罪名,因此现在受到了愚弄。

"威洛比,你能公开他的名字吗?"

"目前这对他还不太合适,对她也一样,贺拉斯,你自己猜吧。现在事情正处在敏感阶段。不要性急。"

"当然。我不问姓名。你告诉我姓名的第一个字母就够了。"

"你一向善于猜测,贺拉斯,哪怕你承认世上有难猜的问题,这件事也不致费你多大力气。我是出于对她和他的关心,可以说,我对这两人同样关心;这你是知道的,如能让我促成此事,我就太感激了。"

"干得有气派!"德克雷说。

"我倒不这么看。我认为这么做通情达理。"

"哦,毫无疑问。我是指你的作风。这大有古人风范!"

"应该说这很新鲜,不过倒也不坏。我们必须实事求是地处理男女之间的问题。但我们往往采取错误的方针。我讨厌感情用事。"

德克雷哼着一支曲调。"那么那位小姐呢?"他问。

"我对你说过了,看来她很可能会同意。"

威洛比手中的这条鱼听到这话,显然高兴得跳了一下,这说明他确实接受了指示,正在运用他猜想的天赋。

"在那位先生方面,不需要按照惯例,先作些试探吗?"他问。

"我们必须让他按部就班地慢慢来,不能焦急,我的朋友贺拉斯。他见了女人总是冒冒失失的,不会讲话,从来得不到女人的欢心。"

德克雷听到这种取笑不禁心花怒放;他装出了一副幽默的怀疑脸色。

"小姐绝对不至于一口拒绝,不给那位可怜的先生一次机会吧?"

"我有理由认为她不至于。"威洛比说,表示她的意愿如何,他毫不在乎,这使他很得意。

"理由?"

"充足的理由。"

"那太好了!"

"对女人说来最有效的理由。"

"啊?"

"这毫无疑问。"

"啊!不过她会这么做吗?"

"唔,她不肯保证一定嫁给他。"

"对,这才像她的做法。"

"不过她说,如果她出嫁,她不会嫁给别人。"

中校跳了起来,喊道:"克兰拉·米德尔顿这么说吗?"他克制住自己,又道:"这真是一种别开生面的顺从方式。"

"她希望让我高兴。我们是在那样的条件下分手的。我也希望她幸福。我的心情最近有了发展,我知道应该为别人考虑。"

"再好没有了。你似乎对我们那位朋友了解得一清二楚呢?"

"贺拉斯,我对他太了解了,毫不怀疑他是愿意的。"

"是吗,威洛比?"

"她有钱,又长得漂亮。是的,我相信我是对的。"

"一个人如果要别人把他托上光辉的圣坛,他还像一个男人吗!"

"如果他需要开导,贺拉斯,你和我也许能使他开窍。"

"应该踢他一脚!"

"我希望我周围的每个人都得到幸福。"威洛比说,同时指出已到了更衣吃饭的时间了。

他表示的心情,使德克雷有理由抓住他的手称赞他,但中校做得过火了,声音几乎有些发抖,暴露了他自己的思想。

"我们什么时候能听到进一步的消息?"他问。

"哦,也许明天吧,"威洛比说,"不必这么性急。"

"我像睡熟的婴儿一样安心呢!"中校回答,随即走了。

威洛比心想,他确实像睡着的孩子,或者给吃了麻醉药的叛徒。

"我还原以为他是有点头脑的人呢!"

如果我们利用人们的虚荣心捉弄他们,谁不会成为跟着我们的指挥棒打转的傻瓜呢!看他们被玩弄于股掌之上,能使大人物悦目赏心。然而如能骗得一个假朋友晕头转向,那就更令人高兴,而且对于我们不该得到的不幸,也是一种暂时的安慰。

威洛比尽管有不少心事,但看到他的话对贺拉斯·德克雷发生了迷惑作用,以致在克兰拉面前那么自作多情,觉得很满意。他真想放声大笑。他的事为那部伟大著作中讨论朋友和女人的一章增添了注解,它们形成了发人深省的警句;要不是他心事重重,要不是两位女士,他的姑姑,最近告诉他的消息还在困扰着他,他真会把这两人一起拉进来,为他的朋友贺拉斯给他提供的高贵娱乐摇旗呐喊。

## 第四十八章

### 有情人终成眷属

已将近夜里十一点钟。利蒂希娅坐在她父亲卧室隔壁的房间里。她一个胳膊肘支在椅边的桌子上,两个手指按紧了太阳穴。当思想和感觉在我们身上融化和流走之后,便出现了这种介于两者之间的状态——我们的天性的一种间歇阶段,它是在思想使激动的神经终于平静,变得无事可做之后到来的。她似乎还在沉思,但她意识到的只是一场斗争业已过去了。

她回答了轻轻的叩门声,抬起头来,看到了克兰拉。

克兰拉轻轻走了过来。"戴尔先生睡了吧?"

"我想是的。"

"唉!亲爱的朋友。"

利蒂希娅让她握住了自己的手。

"你今天晚上过得愉快吗?"

"韦特福德先生和爸爸到图书室去了。"

"德克雷中校唱了歌吧?"

"是的,他的嗓音很响!我想到你们在楼上,但没法叫他唱得轻一些。"

"他大概很起劲。"

"也许是这样;他唱得不错。"

"你不知道是什么原因吗?"

"这不关我的事。"

克兰拉的脸上堆起了红晕,但她可以面对注视的目光。

"克罗斯杰上床了吗?"

"早上床了。吃甜点的时候他还在。但他什么也不想吃。"

"他是一个奇怪的孩子。"

"说不上太奇怪,利蒂希娅。"

"他没有来看我,与我道晚安。"

"那是并不奇怪的。"

"但不论在我们家还是在这儿,他一向这么做;他自称是喜欢我的。"

"哦,他是喜欢你的。我可能唤醒了他的热情,但你是他所爱的。"

"克兰拉,为什么你说那并不奇怪?"

"他有一点怕你。"

"为什么克罗斯杰要怕我?"

"亲爱的,我可以告诉你。昨天夜里——但你得原谅他,因为那是碰巧:他自己卧室的房门给锁住了,他下楼走进了会客室,蜷缩在沙发上睡着了,盖的是两位女士做的夹丝毯,恐怕连靴子和衣服都没脱!"

利蒂希娅在心里感谢克兰拉提到了这个可笑的细节,让她有了个藏身之所。

"他应该脱下靴子才对。"她说。

"他睡在那儿,后来醒了。亲爱的,他并不想捣乱。第二天他复述了他听到的一切。你也许会责备他。但可怜的孩子头脑里没有恶意。现在全郡的人都知道了。啊! 不要皱眉头。"

"怪不得布歇夫人会那样!"利蒂希娅惊叫道。

"亲爱的,亲爱的朋友,"克兰拉说,"为什么——凭着你对我的深厚情意,请让我说吧,我明天得走了——为什么你要抛弃你的幸福?那两位慈祥善良的女士深深感到不安。她们说,你的决定是不可动摇的;你拒绝了她们和你父亲的百般恳求。难道你还怀疑他不是真心实意爱你的吗?我相信他。我毫不怀疑这是他最强烈的感情。如果在我离开以前能看到你们……你们两人得到幸福,我就放心了;我会很高兴。"

利蒂希娅平静地答道:"你记得那天我们一起散步前往我们那小屋吧?"

克兰拉举起双手,似乎想塞住耳朵。

"在我离开以前!"她说。"如果我走以前能够知道,大家盼望的这件事即可成为事实,我的心情就不会像现在这样。我希望看到你幸福……他,是的,他也幸福。这有点像我在要求你替我还债吗?那么请原谅!但是,不,在这件事上我并不是完全为自己着想。他赢得了我的感谢。他是真正可以体谅人的。"

"一个利己主义者?"

"你说谁?"

"你忘记那天我们一起前往我们那小屋时,你讲的话了吗?"

"帮助我忘记它们,忘记那一天,那些日子,所有那些日子吧!我但愿我是在地下埋了一段时间,现在重又回到了地面上。我那时才是一个利己主义者。我相信,如果我真的曾埋在地下,回到地面时,我也不会看到我这么丑恶,身上有这么多肮脏的污点,这么多的泥土。啊!帮助我忘记我的言行吧,利蒂希娅。他与我只是性情不合——我记得当时我便责备过自己。你和他却相配;他让人感到太高傲,但现在我已能理解这点。他的最大缺点也许便是太会用心计。"

"那么是否又会来一个新花招呢?"利蒂希娅问。

红晕又涌到了克兰拉的脸上。

"你没有听到吗?那是不可能的,那只是出于善良的意图。按照我自己这个时候的感觉判断,我能理解他的心情。我们都愿意看到我们的朋友获得幸福。"

利蒂希娅点了点头。"当然,只是我的好奇心被触动了。"

"亲爱的朋友,我们明天就要分别了。我相信你想起我的时候,一定会认为我实际比表面上好一些;我相信这点,因为我知道我始终是正直的——我是一个粗鲁的乡下姑娘,愚蠢,疯狂,急躁,但不是不真诚的。我希望以那样的面目留在别人的记忆中,这应该不是过高的要求,因为她发现,你的克兰拉就是这么一个人。我得告诉你,这是他的愿望……他希望我答应嫁给韦特福德先生。你瞧,这是出于好心。"

利蒂希娅的眼睛睁大了,一眨不眨的:

"你认为这是出于好心?"

"指他的意图。他支使韦特福德先生来找我,还通知我与他谈谈。"

"那完全是出于对韦特福德先生的好心吗?"

"在那次前往你家的路上,我给了你怎样一个印象呀,利蒂希娅!我不觉得奇怪,我当时头脑正在发热。"

"你同意与他谈了?"

"我确实这么做了。现在这使我惊讶,但当时我想我不能拒绝。"

"我可怜的朋友维农·韦特福德尝试了一次爱情谈话?"

"他?哦,不,没有。"

"你让他失望了?"

"我?不。"

"我是说,委婉地拒绝了他。"

611

"不是。"

"你该不至于想捉弄他吧。他是一个感情很深的人呢。"

"是吗?"

"你还问呢,你对他不是毫不了解的。"

"他没有向我暴露过他的感情,亲爱的;别说深,连表面也没有。"

利蒂希娅皱起了眉头。

"不,"克兰拉说,"我不会玩弄男人,我向你保证,她不是一个玩弄男人的人。"

利蒂希娅笑了,答道:"你那天使我感到你有一种'可怕的力量',现在还是这样。"

"我希望我能把它用在良好的目的上!"

"那么他没有谈吗?"

"他谈了瑞士和提罗尔,还有伊利亚特和安提戈涅①。"

"就这些?"

"不,还谈了政治经济学。你得承认,我们的情况是没有先例的,或者说我的情况是这样。你对我的话感兴趣吗?"

"如果我知道你的感情,我会发生兴趣的。"

"我感谢威洛比爵士,但为韦特福德先生感到难过。"

"真的难过?"

"因为给他的任务是要他向我有礼貌地表明,他不能扮演他表弟要他扮演的角色,这任务显然使他很为难,思想负担很重。"

"克兰拉!你对某些事这么敏锐,可是……"

"他同情我。我看得出,他在回避……这次他也像平时一样令人舒坦。我们在园子里溜达了不知多长时间,尽管并不觉得

---

① 希腊神话中的人物,俄狄浦斯王的女儿,一生遭遇悲惨,成为悲剧的题材。

很长。"

"完全没有触及那个问题?"

"连边也没沾上,亲爱的。一位绅士必须尊敬这个姑娘,才会向她提出……这类问题。我认为他喜欢我,但只是把我当作一个并不可靠的朋友。"

"如果他真向你求婚呢?"

"尽管他瞧不起我!"

"你真会讲孩子话,克兰拉。也许你喜欢戏弄人。他受到了你的戏弄,现在又轮到我了。"

"但是他一定有些瞧不起我。"

"你是瞎子不成?"

"亲爱的,也许我们两人都是,都有一点儿。"

她们彼此盯看了一眼。

"你愿意回答我吗?"利蒂希娅说。

"你的如果? 如果他提出,那只是一种迁就的行动。"

"你太狡猾了。"

"等一等,亲爱的利蒂希娅。他很谨慎,不愿使我感到痛苦。"

"这还像一句回答。你让他看到,这会使你感到痛苦。"

"亲爱的朋友,为了让你了解我当时的心情,也许不妨用一个比喻:我想我那时像渔夫的浮子,完全静止不动,随时准备沉下,或者升起。我的态度大致这样。"

"比喻的优点便在于既能满足寻找答案的人,又能蒙骗听到的人,"利蒂希娅说,"你承认你的心情会感到痛苦呢。"

"我是渔夫的浮子,要知道,我的比喻还是不错的,随你怎么想,浮子这样或那样,或者纹丝不动,使望着它的眼睛都快打瞌睡了。也许我会突然消失在水中,或者飞到空中。但没有鱼儿上钩。"

"好吧,那就照你的说法,假定鱼或钓鱼人,因为我不知道究竟是什么……哦,不,不,这事太严重了,不能靠比喻。根据我的理解,你对他的保留态度至少是感谢的。"

"是的。"

"你丝毫也不想鼓励他放弃这种态度?"

"我只是渔夫的浮子,利蒂希娅!"

利蒂希娅得不到回答,叹了口气,沉默了一会。

那比喻使她百思不解,以致怀疑它还包含着潜在的意义。

"如果他讲了呢?"她问。

"他是一个过于认真的人。"

"男人为什么经常埋怨不爽快的女人,说她们总爱绕弯子,不肯接触到问题的核心,现在我算是明白了。"

"好吧,利蒂希娅,如果他讲了,如果那样,而且还可以认为他是真诚的……"

"他不是一个认真的人吗?"

"我是在考虑我自己。如果那样!是的,那么,我会羞得要死的。我在什么地方读到过?有一个故事……谈到了永不熄灭的火星。那么它会射进我的心中。"

"克兰拉,你说羞?你是自由的。"

"对于我,那只是劫后残余而已。"

"我觉得只有在没有感情,只知道妄自尊大的场合,才谈得到什么羞。"

"我并不认为那是只有在没有感情,只知道妄自尊大的场合才有的。"

利蒂希娅露出了若有所思的神色。"你对一个这么奇怪的建议却念念不忘它的好意!"有些明白以后,她不耐烦地喊道:"维农爱着你呢。"

"别这么讲!"

"我看到这点。"

"我从没发现这种迹象。"

"这正是证明。"

"它应该一再流露出来才是!"

"这是更充分的证明!"

"他有过很有利的机会,为什么那时不讲?事情尽管奇怪,但他那时确实很有利。"

"他怕呢。"

"怕我?"

"怕你不高兴——可能也是为他自己担心。在这类事情上,男人要为自己考虑是可以原谅的。"

"但是为什么他要担心?"

"担心你更喜欢另一个人吧?"

"他有什么理由这么想……啊!你瞧!他竟会担心那件事;怀疑那个!瞧,他对我的看法!他能对这么一个姑娘发生兴趣吗?利蒂希娅,骂我吧。我愿意你狠狠骂我一顿。我需要在烈火中净化自己。在这幢房子里我成了怎么一个人?我觉得我像疯子一样在这里转了一通。经过了那一切,还有人爱我!不,我们一定是在听故事:战场上残余的一件谁也不屑一顾的东西,却给一个古物收藏者当作了宝贝!我看,给人爱就是让我们感到自己的渺小,空虚——感到羞愧。我们会把自己的一切缺点暴露无遗。一个人哪怕想要爱我,他也绝不会向我表示什么!亲爱的利蒂希娅,让我保持怀疑态度吧。你会说,因为他是一个正直的人!但是你没有意识到,你这是使我感到痛苦吗?因为照你的说法,如果我确实被这位先生爱上了,那么他爱的是怎么一个人呢?无非是一个吵得大家不得安生的东西,作风嚣张,连女人听了也不能忍受,连她自己也不敢想象的一个人！哦,我已看到了我自己的心。那是一个可怕的鬼怪。我看到了我的弱点,不知它还会把我带到哪里去呢。确实,对女人说来我是仁慈的——那是我的天性。但是得到爱！得到维农·韦特福德的爱！我这个渺小可怜的人给捡了起来,在变得百孔千疮之后,还有人爱我！你只是在凭空想象吧？你并没有确实可靠的根据！为什么你要吻我？"

"为什么你这么哆嗦,这么脸红？"

克兰拉尽可能仔细端详着她,然后低下了头。"这使我的行为显得更坏了！"

这句话使她得到了一次更温柔的亲吻。它是她的自白,而对方也明白了这点：她一直爱他或者准备爱他,正是这点给她的回忆投上了阴影。

"啊！你对我了解得多么深透。"克兰拉说,把整个身子投进了她的怀抱。

"那么他完全没有理由感到害怕？"利蒂希娅小声说。

克兰拉把脸藏得更看不到了。"对我的心是不用怕的……但我说过我看清了它,它是配不上他的。如果像我现在所想的,我过去竟会这么轻率,这么软弱,恶劣,不可宽恕——我确实有过这些想法！——那么我听到他讲,我也必须暴露我自己,告诉他——是的,你会觉得难以相信！——当他……是的,利蒂希娅,这一切都是真的,既然认为他是最正直的人,那么凡是能帮助我砍断我的结子的,我本该都欢迎。这样,"克兰拉说,眨着眼睛,从埋藏的地方露出了脸,"你明白我提到的痛苦了。"

"为什么你刚才不立刻向我说明呢？"

"最亲爱的,这需要我跨过一个世纪呢。"

"现在你觉得已跨过了吗？"

"是的,现在我是在炼狱中,身边还有位天使。对这地方,我以后会说好话的。善良的天使,我还有话要说呢。"

"说吧,说出来就能赎罪。"

"我想,确实有过一两次,我非常模糊地意识到,尤其是今天……我不应该抱任何幻想,但是我看到他走来,看到他没有像别人那么做,我便觉得……一个真正高尚的绅士,他的表现我们是不能用普通的眼光来理解的。我以前希望听到他讲话,但是我又觉得,他的沉默对我的启发更大,因为像我这样的人,只要心中怀着信念,就不必听到舌头的聒噪。"

叩门声使两位小姐互相瞥了一眼。

进来的是维农,利蒂希娅站了起来。

"我正想走开几分钟,去看看我的父亲呢。"她说。

"我刚从你父亲那儿来。"维农对克兰拉说。

她在他脸上看到了使她惊慌不安的表情。

于是对抗的情绪涌进了她的头脑,要为她先前的自卑感取得补偿。看到利蒂希娅随手关上房门后,她说道:"父亲想必上床了。"那意思是:"否则……"

"是的,他上床了。他希望我幸运。"

"他晚上与人告别时总么说。"

"对,要不,便变得不想再见到我了。"

克兰拉的呼吸喘动了一下。"我们明天一早就动身了。"

"我知道。我已约定六月在布雷根茨①会面。"

"这么快?是与爸爸约定的?"

"然后我们从那里前往提罗尔,再绕道向右南下。"

"前往意大利的阿尔卑斯山!有没有把我也算在这次旅行中?"

---

① 奥地利西部城市。

617

"你父亲讲得有些含糊。"

"那么你提到了我?"

"我冒昧提了一下。你知道,我不是一个很大胆的人。"

她眨动着那对可爱的眼睛,竭力隐藏温柔的目光。

"在我是不是与他同行这点上,爸爸是不该含糊的。"

"他让你自己决定。"

"那么我去,说多少遍也行,绝不含糊。"

"你有没有考虑过你在说什么?"

"韦特福德先生,我闭着眼睛也得说去。"

"注意,我得提醒你,如果你闭着眼睛……"

"不用说,"她走得离他远一些,"大山看到我怀着景仰的心情来到山脚下,一定会满意的。"

"这只是在开头的时候。"

"它们会鼓励我上山。"

"只有一座山会这样。"维农的胸脯在剧烈起伏。

"你要我匍匐在你的脚下,把你当高山吗?"她说。

"如果我希望那样,那么我有的只是一颗老鼠的心!"

"你太高大了,叫人无法接近。"

"我得再一次警告你。你不妨让人提上去。"

"那么就得有人俯下身来。"

"然后把你像旗子一样插在被征服的山顶上!"

"你确实跟爸爸谈过了,韦特福德先生。"

维农改变了口气。

"要我告诉你,他怎么说吗?"

"他的话我知道得很清楚。"

"他说……"

"但你已在按照它做了。"

"只做了一部分。他说……"

"你不能告诉我什么。"

"他说……"

"维农,不要讲!哦,在这幢房子里不要讲!"

在这个请求里她直呼他的名字,无异于承认,她敏锐的目光已看到了她正在被引向的结局,而且她愿意接受这个结局。

她在他心头唤醒了同样的畏缩情绪:那句伟大的话不应该在这里讲,只能留待以后到了深山中再说。

但是他知道了她的心。他们的手可以握在一起了。这两只手也这么想,或者没有想便自然而然这么做了。

正如克兰拉所感到的,米德尔顿博士的精神注入了维农心中,这促使他要求立即说出一切。当时他们正在看书,维农突然合上了书,谈起了这个家庭的故事。"这个人心中还有一点宗教观念吗?"神学博士在中途插嘴道。维农就这事讲了一番大道理,为他的表弟辩护。"这是一个普通有教养的绅士也应该做到的!"米德尔顿博士说,一边看了看表,发现时间已经太迟,明天清早前动身怕来不及了。再谈下去就危险了。维农正要谈到威洛比的慷慨计划却浑身一震,因为,米德尔顿博士突然喊道:"在所有的男人中,我偏偏要我的女儿嫁给他!"但是维农的叙述还是提高了威洛比在神学博士心目中的地位,他称赞那位先生明白事理,对一个小姑娘反复无常的情绪采取了容忍态度,尽管命运没有让他在学校中尝过鞭打的味道。父亲对小姑娘的变化多端已心有余悸,因此敦促维农立刻去找她,并以他的名义叫她别再任性,让他早上可以太平无事。维农犹豫不决。米德尔顿博士便指出,尽管证据不足,这场乱子的罪魁祸首说不定还是他。于是维农为了证明他的正直,只得把他的情形和盘托出。"去找她。"米德尔顿博士说。维农提议在瑞士会面,米德尔顿博士表示同意,一边又说:"去找她。"然而维农对这方面的礼节一无所知,他只得把一切顾虑抛在脑后,鼓起勇气服从了。他还反复思考过,克兰拉在得知威洛比的条件后,仍答应与他见面,他们在园子中漫步时,她的神色也是严肃而亲切的。她父亲的敦促鼓舞了他,因此现在他的心中只有一个信念,那就是幸福的命运已来到他的面前(在我们用明确的意识抓住这幸福,并盖上我们的印记以前,我们难免信心不足,这是大家都有的体验,哪怕我们承认我们是最幸运的人,也无法避免),他握住了她的手。不过,当鸟笼已经打开,大自然在招手的时候,要忍住那句独特的话,不让它飞到空中,这对他,对他们两人,尤其是对男人,却是困难的,然而他实现了他的自我克制,她也因此更爱他了。

利蒂希娅再来到屋里时,亲眼看到了他们的手握在一起。

他们答应明天一早便来看她,两人谁也没有想到他们离开后,她这一夜是在风暴和眼泪中度过的。

她坐在那里,默默琢磨着克兰拉现在对威洛比爵士的宽容精神的赞美。

## 第四十九章

### 利蒂希娅和威洛比爵士

我们不可能是精灵部族的教唆者,它们只是依靠我们可怜的人类天生的弱点寻欢作乐。它们有自己的位置和作用,只要我们继续保持我们的现状,它们便会跟我们纠缠不清,不断撕破遮蔽我们赤条条身体的衣衫,一刻不停地扯它们,拉它们,直至把我们剥得光光的,可以供它们在一个阴森恐怖的瓦尔普吉斯之夜①取笑作乐为止,这时它们的笑声之可怕可以使听到的人毛骨悚然,终生难忘。但是如果说这种作乐只是在月光下进行,不受喜剧女神的约束,那么喜剧女神也不会来凑趣,不会参加它们那些疯狂、邪恶的狂欢活动,否则,这种活动就会越出布罗肯山的风格,让灰猫精和癞蛤蟆成为我们过于亲密的知交。

现在我要说的只是:从那天午夜到天光微明的时刻,威洛比爵士都在一刻不停地苦苦哀求利蒂希娅,要她嫁给他,这中间还不时从旁协助他的有埃莉诺小姐、伊莎贝尔小姐和一醒再醒的戴尔先生——因为爵士企图软化对方顽固的恳求声太响,被他听见了。最后,威洛比一再声称他会终生爱她,永不变心,他的求爱活动也

---

① 据德国民间传说,魔女们在每年四月三十日晚至五月一日天亮前,聚集在布罗肯山与恶魔们一起举行狂欢活动,此即所谓"瓦尔普吉斯之夜"。歌德在《浮士德》第一部中对此作过专门描写。

变成了疯狂的叫喊。他来了又去，去了又来，所有这些时候，那些小精灵都围绕着他，跟随着他，骑在他身上，怂恿他，驱赶他，赋予了他一副可怜巴巴的神态，一种可以感动死人以外的任何人的口才，然而她好像还是无动于衷，一言不发。他听小精灵们出谋划策，与它们商量，安抚它们；他抛开它们，逃离它们，又无可奈何地站在那里，让它们重新骑到他的身上，聚集在他的周围。世上有些人确实常常遭到精灵们的包围。这些人一旦想达到什么目的，便非达到不可，这自然就招来精灵。他们总是显得与众不同，那表现便是时常与无形的事物交谈，流露出失魂落魄的状态。那天夜里威洛比也意识到了精灵们的作祟。有一次他窜回房里独处时，他对自己说：我一定是着了魔了！如果他不是真的相信这点，只是有些怀疑，或者在设想一种理由，说明为什么他会变成一个低声下气的人，与他平时的作为判然不同，那么毫无疑问，这是那伙精灵发挥了作用，它们在折磨着他的意识。

他发觉它们闯进了他的头脑，因为在他为利蒂希娅热情奔放，迸发出疯狂的言行时，他似乎听到它们在叫布歇夫人和蒙斯图特·詹金森太太的名字，这些名字像她们本人一样使他心惊胆战，这便是他急于用更加大胆的言行，更为坚决的意志，务必在天亮以前征服这个女人的直接原因——尽管他现在竭力让自己相信他是爱她的，其实他已几乎不敢在日光下看到她。但他觉得，天亮以后，他没有她便不能出现在众人面前。她便是他的早晨。他狂叫着她是他命中注定的妻子。不论她在不在他面前，他都称她"亲爱的！"一切被他当作他的阶级和国家的理想的行为规范，都被这位坠入情海的绅士抛弃了。他失去了控制面部表情的能力。他低头哈腰，以至下跪，丑态毕露。不仅如此，在他周围那群无形的精灵的记事录中还写道，当他再三喊着"利蒂希娅！"向她苦苦哀求的时候，他甚至哭了。

说到这里就够了。确实,在这块重视社会影响的土地上,文艺女神的大批仆从要回避乌烟瘴气、不合体统的场面,不是没有道理的,它们会损害我们的领袖人物的尊严,搅乱人们的思想。能够让人物以熟悉的面目,在一般的范围内,按通常的轨道活动的作者是聪明的。人们会怎么做,情场失意的人又会怎么做,这都不是主要问题,重要的是按照我们的要求应该教他们怎么做。

夜逐渐消逝了。利蒂希娅心软了,但还没有让步。她不得不开口,而且记不得说过多少次:"我不爱你,我没有爱可以给你。"经过了这样的一夜,重新面对黎明的时候,她简直无法想象自己还活着。

争执由她的父亲在鸟鸣声中重新展开。这时戴尔先生第一次让她产生了一个严肃的印象。他谈到了他们的境况,她失去他以后的一无所有,她的体弱多病,而靠写作糊口只能损害她的健康,而如果她答应了,他便能摆脱沉重的负担等。他不再哀求她,只是按照通常的情理讨论这个问题。

他最后说:"我的女儿,别再这么无情了。"

这一席实事求是的话,这不太协调的最后的哀求,与她混乱的思想,她心如死水的状态,她对父亲的孝顺,发生了共鸣。她轻轻叹了口气:"幸好一切终于过去了!"

她的父亲虚弱得无法起身。他又倒在床上睡了。她必须还在这幢屋子里待几个钟头;她在那套房间里走来走去,有时站在门口,有时走到窗前,心里在想克兰拉那句要跨过一个世纪的话。她本不希望那样,但是一道亮光照进了她的头脑,把她原以为一个世纪也不会发生的事送到了她眼前;她看到昨天不可能的,今天变得可能了,它不符合要求,然而是可能的,带有可能的种种迹象。幸好她的拒绝非常坚决,不致再遭到骚扰。

那些可能的迹象一旦出现,便诱使头脑重新考虑它们。财富给予我们在世上行善的权利。财富使我们可以观看世界,欣赏各地美丽的景物。利蒂希娅长期以来渴望在她的腰带上有一只给她陪嫁的钱包,在她身上有一对可以供她到处飞翔的翅膀,然而这些希望在她贫乏的想象力中似乎已开始变得暗淡了。再说,如果她对这位绅士的感情已化为乌有,那么失去的也只是它的错觉部分;对他的准确看法和认识,同样可以使一个女人成为他的得力内助。那正是他所需要的妻子,可以引导他的妻子。如胶似漆的爱情对他没有用处。靠纯粹理性的纽带与他结合的女人,便不是这样;他需要指导。幸好她已再三向他声明,她身体不好,也没有爱情,不必担心再一次遭到进攻。

她在房间里忙着整理东西,作好离开的准备,这样在她的父亲吃过早饭,穿好衣服后,他们可以立刻动身。

克兰拉是最早的来访者,她们互相探问晚上睡得可好,并从彼此的脸色上寻找答案。利蒂希娅的眼圈黑黑的,克兰拉与她一样,于是她说道:"我这么一个人居然给纠缠了一夜,要我答应嫁给他!我知道我的脸上毫无血色,像两片枯萎的树叶,因为我一夜没睡。但是你应该睡得很好,克兰拉。"

"我睡得很好,然而也可以说根本没有睡,利蒂希娅。我与你在一起,亲爱的,一半是在梦中,一半是在思想中,因为我希望在我离开以前,能看到你恢复理智的态度。"

"理智。对,这正是我所需要的。"

利蒂希娅扼要地谈了一下夜里的情形;克兰拉的回答是完全真诚的,证明她对威洛比爵士确实怀着感激的心情:"他这么真心诚意对待你,你能拒绝他?"

利蒂希娅觉得这合乎常情,并不感到不快;她回答道:"克兰拉,我希望你不要一开始就沉浸在多余的感情中,因为没有什么比它更能使你心肠变硬,变得实事求是,庸俗,计较利害得失。"

第二个来访者是维农,他非常急于听到戴尔先生的消息。利蒂希娅走进父亲的卧室,为他了解情况。回来时,她发现两人都愁眉不展的,只得打断他们的话,问他们原因。

"是这样,"维农说,"威洛比会不断缠着孩子,逼他爱他。也许那位可怜的先生昨天夜里找到了什么把柄。不管怎样,今天早上他到克罗斯杰屋里去了,喊醒了他,跟他谈话,害得孩子哭了。他一件事一件事盘问克罗斯杰,孩子说弄得他好像有一颗干果哽在喉咙里,只得把他知道的和做过的一切统统讲了出来。不用我说,你知道结果会怎样。他在这儿已无法立足,因此我必须带他走了。"

维农瞧了一下克兰拉。"是的,必须这么做,"她说,"他是你的孩子,也是我的孩子。再也得不到原谅了吗?"

"看来不可能了。"

"利蒂希娅!"

"我能做什么呢?"

"啊!你有什么不能的?"

"我不明白。"

"告诉他应该宽恕孩子!"

利蒂希娅的眉头皱得紧紧的,克兰拉不再强迫她。

她不想下楼与这家人一起用早餐。克兰拉心里宁可与她一起在她屋里喝茶,但对这位已获得了自由的少女说来,这是最后一次,她愿意按礼节行事;她答应用完早餐,立刻上楼来。因此很自然,半小时后,利蒂希娅认为是克兰拉回来了,高兴地喊道:"进来,亲爱的。"

叩门声有些像是克兰拉的。

但进来的是威洛比爵士。

他走到她面前,握住了她的手。"亲爱的!"他说。"你不能收

625

回这话了。你称我'亲爱的'。是的,我必须成为你的亲爱的。话已出口,不论是不是无意的,但这是天意。我得到了它,我不会把它让给任何人。随你爱我不爱我,你得嫁给我,我的爱会使你恢复对我的爱。你已让我懂得我并不那么强大。我必须有你在我身边。你具有我以前没有认识到的力量。"

"你误解了我的意思,威洛比爵士。"利蒂希娅说,声音虚弱;她已筋疲力尽了。

"一个能够与我对抗,经过整夜的恳求,仍拒绝做我的妻子的女人,正是具备了我的家庭所需要的气质;我会在她耳边反复讲几个月,像昨天夜里那样一刻不停,直至获得成功为止。但是昨天夜里我已对你说过,我要在十二个钟头内得到你。我把我的尊严押在这上面了。到中午你便是我的了,我得把你作为我的终身伴侣,我的家庭的主妇,介绍给蒙斯图特太太。介绍给全世界!我决不放你走。"

"威洛比爵士,你不致想把我扣留在这儿吧?"

"我要你留下。我会用我的力量和计谋让你留下。我要不惜一切做到这点。"

他叫喊了一阵,像昨夜一样。

等他喊得上气不接下气以后,利蒂希娅说道:"你不要求我爱你吗?"

"我不要求。我给你的是更高的敬意:不论你有没有爱,我要求得到你。我爱你,这就够了。你回报不回报都可以。我是不习惯被人拒绝的。"

"但是你可明白你要求的是什么?你还记得我对你说过我是怎样一个人吗?我是铁石心肠,讲究实际的;我对爱情已失去信念,留下的只是骷髅,它会伴随我的一生。我的健康并不好。我渴望的是钱。我嫁人是为了财产。我不会崇拜你。我会成为你的包袱,只是一个活的包袱,没有反应的、冰冷的包袱。威洛比爵士,你考虑吧,我是这么一个妻子!"

"然而这仍是你!"

她竭力回想,在很久以前,这在她听来会多么甜蜜。她的胸部在极端厌恶中起伏。她驳斥他的弹药在昨天夜里已消耗殆尽了。

"你从来不懂得宽恕别人。"她说。

"我是这样的吗?"

"你并不了解我。"

"但你是全世界最了解我的女人,利蒂希娅。"

"你真的认为被人了解对你更好吗?"

他正想说别的话,但咽下了。"我相信我不了解自己。不论你怎么样,我只要你嫁给我;嫁给我,信任我,你要我怎样都可以。如果我有错误,你帮助我改正它们。"

"你不怕我把它们看作卑鄙无耻的表现吗?"

"但你是我的妻子啊!"

利蒂希娅突然离开了他,喊道:"你的妻子,你的批评者! 哦,我无法想象这是可能的。请把两位女士叫来,让她们听我说。"

"她们就在附近。"威洛比边说边打开房门。

她们已在楼上一间屋子里,正密切注意着这儿的动静。

"亲爱的女士们,"利蒂希娅等她们进屋后,说道,"我也许会伤你们的心,对此我感到难过;但既然我要成为你们家庭中的一员,与其以后得罪你们,不如现在。他向我求婚,但我却是没有心的,因为我的心已经死了。我再说一遍。我一向认为,心是女人带给丈夫的嫁妆的一部分。现在我发现,她可以答应婚事,却没有心,他也同意这点。但是应该让你们知道,我答应的时候,我是怎么一个人。我一度是个傻姑娘,充满了幻想;现在我成了体弱多病的女人,所有的幻想都消失了。贫穷把我变成了富足的命运通常

627

使别人变成的那种人——一个利己主义者。我没有欺骗你们。那是我的真实性格。我少女时代对他的看法已完全改变了,我对这种变化也几乎毫不在意。我可以尽力尊重他,但我不能崇拜他。"

"亲爱的孩子!"女士们表示了温和的抗议。

威洛比向她们摆摆手。

"如果我们要在一起生活,我可以与你们生活得很愉快,"利蒂希娅继续对她们说,"但你们必须了解我。如果你们像我想象的那样,盲目崇拜他,那么我不知道,我们怎么能生活在一起。你们又绝对不可能离开这个家,把它让给我。我有一对锐利的侦探的眼睛。任何过错很难瞒过我。"

"亲爱的孩子,我们大家不是都有过错的吗?"

"但是与他的不同;尽管对于在偶像崇拜中长大的绅士说来,这是情有可原的。然而他应该知道,他的过错大家都能看到,他要求做他的妻子的人也看到了,我们之间不会存在误解,趁现在时间还来得及,他可以问问他的感觉。他是崇拜他自己的。"

"威洛比吗?"

"他是报复心很重的。"

"我们的威洛比吗?"

"这不是你们的看法,女士们。但这是我的坚定看法。时间教我懂得了这点。这样,如果你们和我有着这样大的分歧,我们怎么能生活在一起?这是不可能的。"

她们看看威洛比。他威严地点了点头。

"我们从来没有断言,我们亲爱的侄儿是没有过错的。如果他受到侮辱……就算他把自己看得高人一等吧,难道这不是他的正当权利,而且被他的大量宽容仁慈的行为所证实?想想吧,亲爱的利蒂希娅。我们也是你的朋友呢。"

她不忍对两位慈祥的女士再作进一步的鞭挞了。

"你们一向是我的好朋友。"

"你对他没有其他的指责了吧?"

利蒂希娅的话温和了一些:"他不懂得宽恕。"

"利蒂希娅,请举个例子吧。"

"他把克罗斯杰赶出他的家,禁止可怜的孩子再踏进大门。"

"克罗斯杰犯了不名誉的背叛罪。"威洛比说。

"这正是造成你要逼迫我作你的妻子的原因!"

两位女士喊了起来:"逼迫!"

"品行这么卑劣的小家伙,没有一个会变好的。"威洛比说,他挨到的鞭挞使他脸上布满了一块块红斑。

"他很正直,"她反驳道,"他交代了一切,而且他一定早已料到他会得到的惩罚。他应该跟一个老师学习,为就业作准备。可是他给关在这儿,基本上无所事事,不是被溺爱,便是被赶走。真正关心他的只有维农·韦特福德一个人,一个注定了靠写文章勉强维生的穷人,可是我知道这种生活多么艰难,对我说来简直是难以忍受的!"

"可以宽恕克罗斯杰。"威洛比说。

"你答应了我?"

"我立刻送他到一个老师那儿去补习功课。"

"但是我的家必须也是克罗斯杰的家。"

"你是我这个家的主妇,利蒂希娅。"

她踌躇了一会。她的眼睫毛变湿了。"你是可以宽大待人的。"

"他是这样的,亲爱的孩子!"两位女士喊道。"他是这样的。忘掉他的错误,像我们一样看他吧,他是宽大的。"

"还有那个不幸的人弗利奇。"

"那个酒鬼几年来一直在本郡里游荡,损坏了我的名誉。"威洛比说。

"你应该宽大一些,再给他一个机会。他有许多孩子要养活呢。"

"九个。我得为他们负责吗?"

"我讲的是宽大。"

"照你的话办吧。"威洛比说,摊开了双手。

"利蒂希娅,你现在一定满意了吧?"两位女士说。

"他呢?"

威洛比看到,蒙斯图特太太的马车正从林荫道上驶来。

"完全满意。"他伸出了手。

她也伸出了手,但手指弯曲着,在讲了下面这番话之后才把手放下:

"女士们,你们可以作证,我没有隐瞒什么,没有保留什么。但愿上天能赐予我比现在仁慈的眼睛。我不要求你们改变对他的看法,只是我希望你们知道我对他的看法。至于其他,我保证对他尽我的责任。我所有的一切,只要他觉得有用,都可以为他效劳。我非常疲倦了。我觉得我要是不想垮掉就只能让步。这是他的愿望,我表示同意。"

"我向我的妻子致意。"威洛比说时把她的手握在自己手中,这个动作令他满意,她确实属于他了。

蒙斯图特太太在米德尔顿博士和他的女儿离开以前,匆匆赶到庄园,未免不合时宜,这使他感到痛苦,因为这天早上,让他的利蒂希娅站在克兰拉旁边,她们外形上的差距,便会在这位太太眼中变得一目了然。

然而他毕竟得到了一个有头脑的女人!他得到了,而且还会通过我们称之为妻子的女人,懂得这种占有的性质。

# 第五十章

## 幕随之落下

"我要求世上的男女对婚姻问题采取通情达理的态度,这可以防止许多悲剧的发生。"

这话是米德尔顿博士在回答威洛比的简单解释时讲的。

他没有说,在面临悲剧的威胁时,或者至少在喜剧可能突然转变成悲剧的危险时刻,他作为父亲便表现了这种态度。结婚双方的父母在他心目中不是剧中人物。他也没有提到他为戴尔先生的健康感到的同情和惋惜,因为向这位可怜的先生献上一瓶帕特恩庄园的波尔图酒,无异是绝大的讽刺。他踱来踱去,等着动身,似乎除了德克雷中校,在任何人跟前都显得落落寡合。德克雷中校竭力向他讨好,他既会讲故事,又彬彬有礼,能说会道,正是神学博士在旅行前的忙乱阶段所需要的人。

"先生,你一定是个愉快的旅伴。"博士说,又谈到了他倒霉的命运,必须带着女儿上阿尔卑斯山,在那儿的湖畔度过夏季。

说也奇怪,上阿尔卑斯山度夏,这正是中校预定的计划。

米德尔顿博士还要从那儿给硬拉到意大利北部,在气候宜人的地区消磨盛夏。

那也是德克雷中校在地图上标明的路线。

"按照约定的日期,我们得在六月动身。"米德尔顿博士说。

真是巧极了,六月也是中校预定的日期。

"我相信我们一定又会碰头。"他说。

"太好了,这会给我带来不少乐趣,"神学博士答道,"因为事实上可想而知,我大部分时间只能独自度过。"

"要上巴黎,斯特拉斯堡,巴塞尔吗?"中校问。

"我听说要去康斯坦茨湖。"米德尔顿博士说。

德克雷中校急着寻找机会,要与未来这次光辉旅行中的第三个,也是最美丽的那个人,见面交谈几句。

威洛比遇到了他。中校说,他正在寻找米德尔顿小姐,以便与她告别;他的坦率感动了威洛比,他决定为他提供这样的机会。他带他的朋友贺拉斯走进了蓝屋,克兰拉和利蒂希娅坐在一起,像在拥抱,一边絮絮叨叨小声讲个不停。威洛比找个借口,把利蒂希娅带走了。过了几分钟,蒙斯图特太太大喊中校,要用车带他走。威洛比尽管轮流为各人效劳,服务却始终很出色;他把她领到了蓝屋,听得她站在门口说道:"难道这个人要带着这么一副脸色,到我家中待一天吗?"

克兰拉把她请进了屋子。

德克雷走出房间。

"你在想什么?"威洛比说。

"我在想,"中校说,"怎样学你的样,宽大为怀,替别人着想。"

"终于想通了!"

"啊,你是一个真心的朋友,威洛比,一个真心的朋友。不愧是一个表弟!"

"怎么!克兰拉告诉了你?"

"米德尔顿小姐把预定的旅行路线告诉了我。"

"你打算参加他们的旅行?"

"说真的,那会是一次愉快的旅行,威洛比,但是很不凑巧,我弄到了一批弹药,非得放掉不可,因此我想背了猎枪,到海边去打海鸥①;这最有意思,不论你打死它们的父母,打死它们的弟兄,都不会构成犯罪行为;海鸥,这便是我的家族,我来自它们中间!我还得跟蒙斯图特太太说笑逗乐,说不定得谈上十二个小时,假定她在午夜上床的话;不过我不能保证,那种年纪的太太往往精力过剩!"

威洛比瞧不起受了打击便流露出来的人,尽管他是在取笑自己的失败。

"海鸥!"他嘟哝道。

"这是一种很容易捉到,但不宜吃,只宜用它们的毛填枕头的鸟,"德克雷说,"你失去了你的表兄,这很可惜。"

"我有一个与他旗鼓相当、可以取代他的人。"威洛比回答。

门厅里乱了一阵,全家人聚集在一起,跟米德尔顿博士父女俩告别。在这之前,柯尼大夫建议戴尔先生继续静养后,维农便搭他的马车走了,并且答应一路上随时留心寻找克罗斯杰。

"我想你可能在火车站找到他,如果见到他,叫他立刻回家来。"利蒂希娅对克兰拉说。

回答是热情的握手。克兰拉又把手伸给威洛比,他恭恭敬敬地握住,并俯下了头向她说再见。

结子终于砍断了。米德尔顿博士的马车驶走后,第二辆是蒙斯图特太太的车子,车上坐着这位伟大的夫人和德克雷中校。

"我要求你别对我老是哭丧着脸,"她对他说,"我不得不装得什么都不知道,这使我讨厌,我已经受够了,现在我需要快活,要不我宁可丢开你,把你那位小同乡请来,我敢肯定他会使我满意,他的职业就是让人身体健康呢。谁看得透女孩子的心啊!这一次又

--------

① "海鸥"一词在英文中,又有"呆子""容易受骗的人"等意思。

是布歇夫人猜对了！我错了。她一定是天生的赌徒。我决不会冒险作那样的猜测。德克雷中校,你把脸拉得太长了,你是故意装出这副怪相呢。"

"夫人,"德克雷答道,"我国军队可以夸耀的是从不知道什么时候打败过,这表现了一种大无畏的军人精神。但是在某一个领域,英国人必须承认他的失败,不论是哭着承认还是笑着承认;我不相信,号叫几声便是不体面的事。"

"我能肯定,她一直爱着维农·韦特福德,德克雷中校!"

"啊!"仔细听着的中校道。"我已经意识到,我没有对这位先生给予足够的注意。由此看来,要那位小姐向我的朋友威洛比起誓,说她决不嫁给任何别人,并不是一件困难的事!"

"女孩子的心是猜不透的! 我知道布歇夫人不是根据性格进行判断,只是胡乱猜测,可是她胜利了。这件事她会吹个没完。本来成功的机会都在我这儿。我必须承认这点。"

"夫人,"德克雷说,眨了眨眼睛,"说不定你已在无意中把她对维农·韦特福德的好感,透露给威洛比了吧?"

"没有,"蒙斯图特太太说,"我不是搬弄是非的人。郡里的方针就是要让他保持自命不凡的架势,否则帕特恩庄园又会变得像过去一样枯燥乏味,没有一位夫人主持一切。只要他的自尊心得到满足,他便是一位王子。我了解男人。现在,德克雷中校,请你活跃一些。"

"如果你向威洛比透露了一点消息,我想,我也许本会活跃一些的。但你是个宽宏大量的人,夫人;为了爱情游戏中的一个打击进行报复,只能使我们显得不配得到别人的爱。"

蒙斯图特太太用阳伞做了个威胁的姿势。"我禁止多愁善感,德克雷中校。多愁善感的结果总是长吁短叹。"

"让我的心情休息五分钟,这以后,我便可以恢复过来,听凭你支配了,夫人。"他说。

在那段时间过去以前,德克雷已跟蒙斯图特太太有说有笑,变得引人入胜,因此她天生的机智也开始恢复活力了。

就这样,威洛比·帕特恩爵士和他变更未婚妻的事,引起了普遍的强烈反应,他所畏惧的和不自觉地崇拜的世界为此说长道短,议论纷纷,直到婚礼的准备阶段,他才在全郡人眼中重新焕发出他成年之日的伟大光辉。那正是两位情人在瑞士和提罗尔阿尔卑斯山之间的康斯坦茨湖上相会的时期。喜剧女神坐在他们旁边,显得庄严而亲切。但是想起最近这出喜剧中的其他角色,她不免闭紧了嘴唇。